KB054287

번역의 유령들

조재룡 비평집
번역의 유령들

펴 낸 날 2011년 3월 31일
지 은 이 조재룡
펴 낸 이 홍정선 김수영
펴 낸 곳 ㈜문학과지성사
등록번호 제10-918호(1993. 12. 16)
주   소 121-840 서울 마포구 서교동 395-2
전   화 02)338-7224
팩   스 02)323-4180(편집) 02)338-7221(영업)
전자우편 moonji@moonji.com
홈페이지 www.moonji.com

ⓒ 조재룡, 2011. Printed in Seoul, Korea

ISBN 978-89-320-2194-2

::조재룡 비평집

번역의 유령들

문학과지성사
2011

1

몇 가지 사건을 명확하게 기억하며, 그 사건의 영향 속에서 살아가
는 것 같지만, 실상 우리는 사건을 중심으로 세상을 바라보는 것도,
사건이 열어놓은 정치적 재편의 과정을 자신의 호주머니 안에 오롯이
담고서, 그것을 헤아리려 꺼내보거나 더듬거리며 삶을 영위하지도 않
는다. 오히려 사건이라고 부르는 몇몇의 커다란 계기가 제멋대로 허
우적거리며 우리 주변을 떠돌아다닐 뿐이다. 관계를 만들어내는 것은
따라서 사건 속에 포장되어온 커다란 이야기들이 아니라, 그것을 읽
어내고, 때론 단정한 포장에서 벗어나거나 틀 자체와 아예 엇갈려버
리게 마련인, 주관적인 시선이다. 사건이 알리바이를 확보하기 위해,
아니 사건 자체를 설계하기 위해, 늠름히 제시하는 위대하고도 거대
한 지표를 좇으며, 원대한 계획 속에서 누구나 제 삶을 살아갈 거라
고, 무람도 없이 생각했던 시절이 나에게도 있었다. 그러나 이제는

안다. 비켜서 있는 것, 등한시해온 것, 오히려 필연적으로 등한시하게 마련인 잔여물 같은 것, 사건이라고 부르는 것의 주변에 헝클어진 채 녹아 있는 감정의 편린, 흔히 일상이라고 부르곤 하는, 거개가 자잘하게 마련인 것, 심지어 '찌질하다'고 범박하게 말하곤 하는 것에 포섭되어 하루하루를 지낼 뿐이라는 사실을. 그렇다. 함정은 여기에 있었던 것이며, 그런데도 함정은 여전히 여기에 있다. 그러니까, 이 함정은 무언가를 읽어내야 할 의무와 그 방식, 내가 번역이라고 부르는 삶의 형식을 문학과 결부시킨다. 이렇게 본다면 삶은 지속될 필요가 있는 것이다.

문학이, 시가 돌보고자 한 것은 이성도, 그 반대라고 말해온 감성만도, 이분법의 틀에서 이 둘을 분배해온 전통적 구분과 그 구분의 경계에 대한 확정도 아니다. 이런 의미에서 모든 문학은 사회와 문화, 정치와 역사의 '잠재성'을 실현하면서, 흑과 백으로 갈라선 이분법이나 추상적인 범주, 확고한 분류가 포착하지 못하는 이 사회와 문화, 정치와 역사의, 우리가 흔히 인간의 정신활동이라고 말해온 총체적인 체계와 그 역사성을 사유하기 위한 잘 알아주지 않는 도전이다. 잠재성을 드러내는 일이, 그것의 구체적인 실현이 바로 번역이라고 여기에 말해두기 위해서는 번역이 포괄하는 범위가 우리가 짐작하는 것보다 훨씬 넓으며, 번역을 통해 포개어지는 사유와 그 스펙트럼이 매우 복잡하고도 분산적이라는 점도 함께 말해두어야 한다. 말할 수 없는 것과 알 수 없는 것에 대한 도전으로서의 문학이, 지배하는, 지배하고자 하는 패러다임의 한 축에 치우치거나 귀속되기는커녕, 그 반대의 것도 아우르며 결과적으로 전체를 돌보고, 다른 곳을 향해 치닫는 작업, 즉 '미지'를 향해 발을 뗀다고 할 때, 문학은 필연적으로 번역적 특성을 지니게 되며, 번역적 의식을 발현하고, 그 활동을 개진하며, 나아가 치유하고 돌볼 유일한 장소가 된다.

2

다시 번역이 문제가 된다. 빠르게 변화하는 세계에서, 오늘 태어나고 죽어가는 자들과 마주하며 살지만, 우리 곁에 아주 가까이 있는 실존의 그늘을 그다지 실감하지 못할 때, 무언가가 내부에서 불쑥거리며 솟아오르려고 한다는 걸 새삼 느끼게 될 때, 어느 날 나의 내부에 미확인 비행접시 같은 외계의 동그라미 하나가 내려앉을 수도 있다고 느낄 때, 그런데 그것이 기실 동그랗고 단단한 것이 아니라, 무정형이었다는 사실을 불현듯 깨닫게 되었을 때, 그럼에도 불구하고 동그라미라는 형식 속에 갇히고, 결국 동그라미가 되어, 내 안으로 허락 없이 침투해온다는 사실 때문에 괴로워하거나 의문스러워할 때, 바로 이럴 때, 번역이 문제가 된다. 동그라미가 단단한 사건이 되는 것은 오로지 동그라미의 무정형이 단단하게 고정되었을 때, 한데 모인 총구처럼 가지런히 한곳을 향해 무언가를 겨냥하고자 할 때나 가능한 것은 아닐까? 그렇다면 한번쯤 멈추어 서서, 찬찬히 무른 것을 들여다보고 또 생각해보아야 할 것이다. 사건이 버젓이 앞서 갈 길을 내고, 나에게 그 길 위의 생성과 소멸을 조장하는 것이 아니라는 사실을 따져보아야 한다는 말이다. 어쩌면 시는 비행접시가 단단한 동그라미가 되어 사람들의 속내를 휘젓는 일에 착수하기 이전의 상태, 이와 같은 상태의 언어적 발현을 말하는 것일지도 모른다. 시가 나의 내부에서 번역되기 시작하는 건 바로 이때이며, 번역은 이렇게 해서 시를 바라보는 특수한 관점이 된다. 빛이 있기 이전에 빛이 있으라는, 최초라고 해두어야 할 저 언어행위가 있었던 것처럼, 아니, 이때 빛이 있으라는 언어행위 역시 무언가의 번역일 수밖에 없다는 점에서, 시와 문학, 그리고 번역은 자신을 붙들어 매고 있는 제 언어의 감옥을 깨뜨리지 않고서는 존재할 수 없는 것이며, 결국 동일한 하나의 동선 위에 놓고서 생각해야 할 구체적인 사유의 대상일 뿐이다. 성취할 수 없는 것을 성취하려고 시도한다는 의미에서만 시는 시가 되는 것이며, 이때 성취할 수 없는 것을 세상에다 옮겨놓거나 그것을 바라보게 만든다는 점에서 번역도 세상을 읽어내는 행위와 그리 다른 것만은 아니다. 추상화된 단어들이 시 속으로 걸어 들어오기 시작하면 그간 안 될 것이라고만 여기고서 물끄러미 주시하던 사유가 어느 틈엔가 우리와 교류하기 시작하고, 번역도 함께 제 일에, 고유의 일에 착수하기 시작한다. 말이 없으면 개념도 없는 것이고, 말이 없으면 사물도 없는 것이며, 말이 없으면 번역도 없는 것이니까.

시가 없으면 일상도 없고, 일상이 없으면 시도 없는 것이다. 시가 없으면 번역도 없으며, 번역, 아니 언어를 내재화하는 작업이 없다면, 시는 갇히거나 아예 홀로 되며, 이도저도 아니면 전통을 한껏 움켜쥐고서 죽은 글과 통념을 반복해대면서 저 자신을 시라고 앵무새처럼 자청할 뿐이다. 어찌되었건 왼손이 왼손을 만질 수는 없는 일이고, 두 눈이 두 눈을 바라보지도 못하는 것이라면, 매개를 통해 재현되지 않고서는 순수도, 우주도, 사물도, 보편도, 진리도, 결국 인간도 사회도 역사도 없는 것이 아니겠는가? 오른손으로 더듬거리거나 두 눈을 비추는 거울 앞에 설 때 비로소 인식되고 마는 우리 존재의 특성을 과학과 자본, 빠르고 효율적이라고 자청하는 그것의 템포를 염두에 두고서 다시 한 번 곰곰이 생각해보아야 하는 일은 번역과 시의 필요성, 그것의 시대적 요청과 다른 말이 아니다. 가장 특이한 양태의 거울임으로 인해 시와 예술은 '우리가 못 보는 것' '보지 않고 그냥 지나치는 것' '애써 보려고 하지 않는 것'을 드러내는 바로 그 행위에 적극적이고도 주관적으로 관여한다는 사실을 번역의 관점에서 다시금 생각해야 할 때인 것이다. 그렇다면 거울은 어떻게 나를 비추고 타자의 모습을 드러내며, 어떻게 나와 타자의 관계를 고민하게 하는가? 거울 속에서 나의 오른손이 왼손이 되고 마는 것은 번역이, 아니 세상의 모든 언어활동이 그만큼 치명적이며, 정치적이며, 주관적이기 때문이다. 과정을 살펴보아야 할 필요성은 바로 여기서 생겨난다.

3

시가, 예술이, 지금 우리가 가고 있는 길, 일률적인 유니폼을 입고 너무나도 지나치게 빠른 속도로 오직 하나의 방향을 향해 질주하고 있는 우리를 잠시 멈추게 해줄 것이라고, 나는 믿는다. 아니 그렇게 믿고자 한다. 이런 나를 순진하다고 말할지도 모르며, 나를 향해 드리워진 그간의 눈빛이 이제는 그리 낯설지도 않다. 그러나 나는 여전히 시가 그런 일을 도모한다고, 이 시에 위임된 소임을 읽어내는 행위가 바로 번역이라고 믿는다. 고로 시와 번역, 시인과 번역가가 주관적인 거울 앞에 가장 가까이 다가선 그런 사람이라는 나의 믿음은 여전하다. 이런 점에서 내게 시인은 번역가이며, 그것도 가장 창조적인 번역가라고 할 만하다. 세상에서 제 모습과 타자의 모습을, 그 상처와 연민을 끌어안으며, 우리를 둘러싸고 있는 파시스트적인 행위나 그것이 감추고, 조작하고, 통제하는 경로를 파헤치고, 끈덕지고 비루한 일상을 힐끔거리며, 뒤돌아보고, 때론 따져보는 사람이 시인이라고 나는 생각한다. 우리 주위에 포진하여 끈질기게 제 주권을 행사하는 모든 행위를 적어도 한번쯤은 따져 물을 수 있는 계기를 시와 예술이 만들어내고 있는 중이며 만들어내기를 멈추지 않을 것이라는 단순한 믿음을 나는 아직도 갖고 있다. 시와 예술은 이 사회에서 '왜'라는 물음을 소급하고, 그 속에다가 우리를 당혹스럽게 위치시키기 때문에 오히려 근본적인 '변화', 가시적으로 드러나거나 당장에는 소용이 될 리가 없는, 예컨대 누구나 힘들다고 말함에도 왜 이렇게 힘들게 살아야 하는지 묻지 않는 타성과 습관에 강하게 반발하는 힘을, 주관적으로, 그것을 주관적으로 비추어볼 '깨어진', 아니 금이 가도 한참 복잡하게 간 거울이라고 나는 생각한다. 그리하여 아직 문밖에서 서성이고 있는 것을, 앞으로 다가올 것을, '지금-여기'에 끌어다가 잠시 내려놓을 것이라고 나는 믿는다.

시는 감추어진 것, 부정된 것, 내가 모르던 저 관계가 나에게 내뻗는 희미하고도 주관적인 손짓이다. 시를 읽지 못하는 사회는 시를 읽을 수 없다는 사실 앞에서 제 결함을 드러낼 수밖에 없다. 한 사회에서 차이가 만들어내는 이타성, 타자의 존재양식을 캐물을 수 없을 때, 그리하여 자기동일성의 견고한 성곽을 조금도 부정하지 않고 살아가는 사람들의 틈바구니 속에서 살아가도록 사회가 우리를 조장할 뿐이라면, 그 사회는 이성복 시인이 말하듯 "모두 병들었는데 아무도 아프지 않은", 혹은 병든 것을 알지 못하는 병든 사회일 것이다. 시를 읽고 쓰는 행위를 이 병든 사회가 추방할 때, 깨어진 거울은 말끔하게 복원되며, 단호하고 과감하게, 깨끗하고 무결점의 완벽한 것들을 비추려 들 것이다. 이 거울에, 예컨대 성숙하지 못한 사람들, 무능력한 사람들, 소외된 사람들, 유약한 심성의 소유자들, 고삐가 풀린 인간들, 집중하지 못하는 사람들, 사회적 유용성이 제거된 사람들, 쉽사리 수긍하지 못하는 사람들, 뒤처진 사람들과 같이, 우리가 '잉여적'이라고 부를 수도 있는, 아니 그렇다고 치부해온, 그런 인간들의 모습이 비추어지는 일은 좀처럼 일어나지 않는다. 일그러져 고정되지 않고, 관점에 따라 몹시 흔들리기도 하는 그 남루하고도 일천하며, 헛헛한 모습을 거울로 비추는 일 자체가 이미 이런 사회에서는 모욕적이며 그 행위조차 쓸모없을 뿐만 아니라, 생산과 발전에는 도무지 도움이 안 될 것이라고 여겨지기 때문이다. 발전과 효율, 건강과 안녕, 안전과 보장을 지향하는 사회의, 지금 우리가 뿌리 내리고 살고 있는 이 사회의 이데올로기도 이와 크게 다르지 않다.

그리하여 국가의 밖에 위치하고 있는 국외자는 국가의 밖에, 중심으로 파고들지 못하는 낙오자는 존재하지 않는 곳에, 외부에서 불순물처럼 흘러들어온 이방인은 이방인이 떠나올 수밖에 없었던 그 외부에, 쫓아내야 할 추방자는 보이지 않는 곳에 머물게 될 때, 균열과 주름, 낡은 때와 덕지가 낀 녹을 제거하는 데 성공한 거울은 말끔해지며, 번역과 시는 포기를 선언하게 된다. 그러나 이 순간은 바로 거울이 산산조각이 나는 그런 순간이기도 하다. 그리 낯선 이야기만도 아니다. 연민과 공포를 조장하는 시인은 이미 공화국에서 쫓겨나야 할 운명에 처했던 사람이 아니었던가! 그러나 가만히 생각해보면, 문제를 풀어갈 단초와 암시, 심지어 출발점이나 핵심조차 이들에게 있는 것이기도 하다. 이들이 담지하고 있는 것은 깨진 거울을 말끔한 것으로 복원해야 하는 구실이 아니라, 사회에 위임된 부당함을 들추어낼 비판적 기재이며, 비판의 유일한 잠재성이자, 전체를 통찰해볼 원천이기 때문이다.

4

여기에 모은 글들은 『문학과사회』나 『현대시』를 비롯해, 몇몇 문예지에 실린 평문들이며, 2008년에 선보인 조세희에 대한 글을 제외하고는, 모두 2009년과 2010년 사이에 씌어진 것이다. 그 출처를 일부러 표기하지 않기로 결정한 것은, 많건 적건, 다소간의 수정과 편집 과정을 거쳤기 때문이다. 비평집의 형태로 묶어낼 만큼 구성이 고르지 않고, 천착한 주제 또한 들쭉날쭉하기 이를 데 없으며, 글이 물고 들어오는 그 대상은, 좋게 보아주면, '넓다'고 하겠지만, 산재되어 있는 것이어서, 한편으로 출간이 저어되는 마음이 있었다는 점을 여기에 적어놓는다. 우리 시와 우리 문학이 차지하는 분량도 비평집 치고는 비교적 적은 편에 속하며, 엿보고자 한 영역도 단아하거나 말끔하지 못하긴 마찬가지이다. 다루어진 시기는 또 얼마나 성큼거리는가? 그러나 나에게도 할 말이 아주 없는 건 아니다. 사견에 속하겠지만, 특정한 나라의 문학과 그 문학 특유의 '감수성'을 보존해야 한다고 주장하는 것은 그 '특유'를 참칭하는 사람들에게만 특수하거나 고유한 것이라는 생각을 나는 비교적 오래전부터 갖고 있었다. 문학은 하나이며, 그 방법과 체계, 언어와 역사, 작동방식과 유통구조, 독자의 인식과 사회적 파장이 서로 다를 뿐이라고 믿어왔고, 지금도 그렇다고 믿는다. 불문학이나 독문학, 러시아 문학이나 영문학과 한국문학은 항상 연대해왔으며, 앞으로도 그럴 수밖에 없을 것이다. 그리 적다고는 할 수는 없을, 이렇게 생각하는(해온) 비평가들은 분명 너와 나의 획일화된 구분의 부당성에 대해, 관계와 관계를 살피는 방식을 고안해야 할 필요성에 대해 한번쯤 절감했으리라고 나는 생각한다.

한국 근대문학의 시작이 번역, 즉 외국 문학과의 교류와 결속을 통해 착수되었다는 점은 따라서 내겐 의미심장하다. 굳이 분류하여 그 자리를 매기자면 비평을 전공한 불문학 연구자에 가까울 나에게, 최남선이나 김억의 '번역'이 하나의 사건이었던 것은 번역이 물고 들어온 외부의 문학작품들과 근대적 지식들이 이 땅에서 날카로운 비평 용어들과 새로운 문학 장르를 실험해나갈, 지금 우리가 사용하고 있는 그런 언어를 만들어내는 데 크게 기여했다고 생각했기 때문이다. 외국 문학이, 아니 그것의 번역이 한국문학을 풍부하게 하는 데 일조한, 한국문학의 내적 구조와 그 기능, 그 특수성을 살피는 데 도움을 주었다는, 역사적으로 비교적 자명한 사실을 여기서 반복하며 열거해놓을 필요는 없을 것이다.

결국 번역이 또다시 문제가 된다. 지배에 맞서는 방식으로서의 번역, 타자를 결부시키는 동력으로서의 번역, 근대의 실험으로서의 번역이 결국에는 문제인 것이다. 번역은 문학 간에 상호적 의존성을 확인하고 교류를 통해 그 필연성이 지각될 때에만 드러나는 "주체들의 질서 정연한 집합"을 말하고, "시간성"과 "운동"에, "경계"와 "분할", "주변부의 투쟁"과 "불평등한 분배" [1]에 주목하게 만드는 유일한 출구는 아닐까? 이때 번역은 비로소 한 문화의 고유성이나 특수성의 문제가 아니라, 보편적인 논리, 합리적인 논리, 미적 근대성과 문학성에 대한 논의를 견인하는 주요 축으로 인식될 수밖에 없으며, 결국 아(我)와 타(他)를 구분하는 행위 자체를 무화시키면서, 포괄적으로 '관계'를 고민하게 만든다. 세계문학을 꿈꿀 수 있는 아주 자그마한 권리가 여기서 우리에게 주어질 것이다. 질량과 함수, 크기와 영향력을 기준으로 따져 물은 한국어나 한국문학의 열등성을 새삼 확인하며 절망하거나 우리 것의 고유함에 무게를 두어 이해의 불가능성을 빌미로 포기 선언하는 일은 여기서 아무런 기여를 하지 못한다. 이렇게 번역은 세계문학의 좌표에서 가깝거나 먼 그 거리를 조절하는 데에만 자신의 주요 임무를 놓아두는 것이 아니라, 오히려 턱없는 주장들 같은, 내부의 적들도 함께 직시하게 만들기 때문에, 타자를 타자인 채, 우리의 내부 안에서 궁글리는 작업이기도 하다.

5

글은 계속 씌어진다는 의미에서만 글이며, 쓴다는 행위를 통해 글과 글의 '됨'을 꿈꿀 수 있다. 타자에 의해서 씌어지는 내 글도 결국에는 마찬가지 운명에 놓인다. 글은 타자에게 번역될 때, 즉 이해의 자장 안에 놓여, 타자의 사유를 움직일 때, 비평을 끌어안으며 순환할 것이기 때문이다. 내가 가장 공들여 끌어안은 글은 지금에 와서 아무리 살펴보아도 그저 부족하기만 한 이 어눌한 비평집의 초석이

---

1) 파스칼 카사노바, 「세계로서의 문학」, in 『오늘의 문예비평』 제74호, 혜성, 2009.

되었는데, 황현산 선생님과 앙리 메쇼닉 선생님의 글을 옳게 끌어안았는지, 늘 그렇듯, 조그마한 확신도 서지 않는다. 두 분 선생님의 말을 나는 어떻게 내 안에서 번역하였을까? 물음 자체도 참으로 민망하다. 모든 오류는 번역하는 자의 몫이겠지만, 어쨌든 원문도 고정되어 있는 것이 아니기에, 내가 가져온 두 분 선생님의 글들과 귀한 사유는 결국 내 방식 안에서 녹을 수밖에 없는 저간의 형편으로, 오해의 지평에 노출될 위험성이 도사리고 있기 때문이다. 두 분 선생님께 행여 누가 되지 않기를 간절히 바랄 뿐이다.

대다수의 경우와 마찬가지로 내게도 문학과 비평 주위로 포진된 지인과 선생님이 있다. 얼마 되지는 않았지만, 안암동의 캠퍼스에서 함께 공부하게 된 선생님들의 문학에 대한 사유도 내게는 본받을 만한 번역의 대상이었는데, 나의 메마른 사유 역시 그분들께 번역의 대상이지 않았을까 내심 기대하면서도, 결국 따져보면 내가 얻은 게, 내가 받은 것이, 내가 배운 게 훨씬 많다는 사실을 항상 깨닫게 된다. 고려대 불문과 선생님들이 인문학을 공부하고, 문학을 사유할 환경을 내게 조성해주시지 않았더라면, 나는 아마 비평 같은 것은 일찌감치 집어치웠을지도 모른다. 전성기 선생님을 위시한 학과의 선생님들께 감사의 마음을 담지 않을 수 없다.

문단에서 만나게 된 시인과 비평가, 번역가의 도움과 격려, 배려와 충고가 적지 않았다. 그분들이 없었더라면, 나는 여전히 어디로 가야 할지 모른 채, 하루하루를 지내고 있었을 것이다. 이분들의 시집을 읽다가, 평론집을 읽다가, 번역작품을 읽고 번역에 대한 담소를 함께 나누다, 내 가슴에 한껏 차오르는 게 있었다면, 얼마 간의 공감과 다소간의 시름도 함께 있었다는 말이 된다. 공감해주고 함께 시름해준

여러 시인과 비평가, 번역가에게 감사의 말을 전하며, 권혁웅과 황호덕, 정혜용에게 각별히 고마운 마음을 표시해둔다. 텍스트를 제공해준 시인들에게, 생각할 거리를 주고 독서의 풍부함을 가르쳐준 비평가들에게, 번역에 대한 내 좁은 편견을 돌아보고 다스릴 수 있도록 자신의 생각을 들려준 번역가들에게, 감사의 마음을 제외하고, 내가 할 수 있는 말이 더 있다면, 그것은 계속 시를 읽고, 비평을 쓰고, 번역하겠다는 다짐과 현장을 좀더 살펴보겠다는 기약뿐이다. 프랑스에서 함께 공부했던 친구들도 잊을 수 없다. 지도교수였던 제라르 데송 G. Dessons 선생님과 '폴라르Poétique et politique de l'art'의 동료들에게도 감사의 말을 전한다. 함께 파리 8대학의 강의실이나 담배 연기 자욱하던 파리 8대학의 복도에서, 그도 아니면 늘 지저분하던 대학 주변의 카페에서, 혹은 성이 차지 않아 누구의 집이 되었건 그 누추하기만 한 곳에 모여 문학과 이론, 번역과 시학을 함께 이야기했던 친구들, 이제는 학자가 되어 캐나다, 영국, 프랑스 등지에서 생활하고 있는, 개인 안에도 늘 공동체가 존재한다는 사실을 확인하게 해주는 바로 그 친구들에게 감사의 말을 전한다. 끝으로 비평집을 내는 데 도움을 주시고, 미욱한 원고를 귀하게 봐주신 정과리 선생님, 엄벙덤벙 적어놓은 글을 꼼꼼히 정리해준 문학과지성사의 이근혜 편집장에게도 감사의 말을 전한다.

2011년 3월
안암동 연구실에서
조재룡

차례

제1부 시의 아포리아, 번역의 아포리아

시의 아포리아, 번역의 아포리아

너는 피의 책이다.

네 눈의 뜨거운 신경다발은 목구멍까지 이어져 있다.

얇은 낱장들이 내게서 펄럭였다.

한 권의 책에는 어떤 사건도 담기는 법.

너는 육신으로 기록한다.

내 몸의 모래 알갱이들,

발바닥을 찌르는 빛나던 유리잔,

토마토의 차가운 속살,

네 피는 붉고, 너를 서서히 채우고,

그리고 식는다.

바람은 어디에서든 잠깐, 불어왔을 뿐.

네게는 너의 현재가 읽히지 않을 것이다.

나는 아무 일도 도모하지 않기 위해

다른 나라의 말을 하기 시작했다.

그것이 언젠가 피로써 번역되기를 바라면서.

― 하재연, 「피의 책」 전문

1. 아포리아의 아우라가 빛나는 곳

시가 점점 어려워지고 있다는 객쩍은 말들이 심심치 않게 들려온
다. 아니, '비주류 하위문화'(이렇게 말하는 것도 이데올로기다!)나 '주
변문화'(어디가 주변인가? 그럼 당신이 있는 곳은 '중심'이란 말인가?)

에만 지나치게 치중한 채, 난삽한 패러디를 일삼으면서 처절함(처절하지 않은 시대도 있었던가!)을 드러내고자 설익은 공격성(세련된 실험이라고 볼 수는 없을까?)을 표출하는 데 시가 집중하고 있다고 말한다. 이 난해함이나 난삽함이라는 말의 주위에 몰려든 다양한 담론은 지금 '주변부'나 '비주류'를 가장하여, 우리 시가 한창 시험 중에 있는, 오히려 이 경우 동의어에 가깝다고 해야 옳을, '새로움'이나 '낯섦'으로 충만한 언어의 운용을 부정하거나 기성의 문화적 산지(産地)에다 애써 이것들을 붙들어 매면서 제 이데올로기를 관철 중이다. 그렇다면 시는, 이런 담론들에 이끌려 묘책도 없이 추상의 저편 너머로 흘러가고 마는가? 사막 위에서 길을 잃은 나그네마냥 시는 모래 언덕에서 끊임없이 몰아치는 저 아포리아의 사풍을 그저 되받고만 말 것인가? 시가 아포리아인 것이지 논저들이 시에 아포리아를 조장하는 것은 아니다. 시가 아포리아의 연속이라면 번역은 시의 아포리아를 짚고, 시의 아포리아가 담지하고 있는 그 '아우라'를 드러내거나, 연속성과 현대성을 담보하면서 적어도 시로 인해 매개되는 문화의 접경지대에서 꽃피운 이 아포리아의 히스테리적인 발작을 우리에게 맛보게 해준다. 이 발작을 우리는 일반적으로 '시의 힘'이라고도 부른다.

시는, 예컨대 아포리아적인 제 성질로 인해서 시인 것이다. 아포리즘이 한 시인의 시 세계에 헌정된 개별적인 시학을 산출하는 일에 더 치중한다면, 아포리아는 한 편의 시에 존재의 가치를 부여하는 역동적인 힘을 만들어낸다. 역사주의가 시대라고 하는 한시적 패러다임에다 시를 가두어두는 데 비해, 역사성이 끊임없이 시를 추동하며 시에다 다양한 해석의 가능성을 다시 열어주는 것과도 같다. 모더니즘이 유행과 동시대성에 시를 종속시키는 데 비해 모더니티가 시에 자양분을 제공하면서 시의 나아갈 길을 터주는 것과도 같은 이치이다. 그래서 시는, 무엇이 되었건 간에 '이즘'에 갇히지 않는다. 시가 아포리즘, 역사주의, 모더니즘 따위에 갇히면, 추상의 탈을 뒤집어쓰게 되고, 그러면 그걸로 끝이기 때문이다. 시는 모더니티와 모더니즘의 차이만큼이나 선연하게, 미끄러지는 제 속성으로 인해 생리적으로 언어의 미지(未知)를 향한다. 시가 도전인 까닭도, 기존의 통념에 대항한, 불편하고, 난해하며, 그리하여 낯선 모험인 까닭도, 일상을 사는 우리가 망각하고 있는 그 일상을 일상이라는 이름으로 우리 곁에다 외람되게 펼쳐 보이고, 그래서 때론 느끼하고 스멀대며 뭉그적거리는 느낌으로 다가오기도 하지만, 그럼으로써 주변을 다시 둘러보며 오늘을 되살아갈 힘을 망각의 바구니에서 끄집어내어 우리에게 보여주는 '현재적 기억'인 까닭도 여기에 있다. 번역은, 이런 일에 동참하거나 적어도 일조한다.

그리하여 시 번역을 둘러싸고 논의되었던 학술적 담론들을 정리해보는 데 할애되지는 않을 이 글은 대신 시의 아포리아, 혹은 그 당혹감이 번역과 마주할 때 더욱더 선명한 궤적을 그리면서 제 모습을 드러낼 것이라는 점에 무게를 두어, 번역('가')의 편에서 시를 읽고, 읽기만으로는 충족되지 않을 지점들에 잠시 머물면서 문학과 번역, 시와 번역, 이론과 실천에 관해 궁리해보는 것을 궁색한 변명거리로 삼는다.

번역의 관점에서 시를 재해석한, 거의 최초라고 해도 좋을 만한 뛰어난 글에서 황현산은 "두 문화는 번역의 유예에서 얻어낼 수 있는 이익을 공유"[1]한다며, 최근의 시가 어떻게 "한국의 주류 시를 압박하고 거기에서 제 자리를 모색하기 위해 번역이나 '의사번역'을 가장 효과적인 통로로 삼는"지를 정치하게 밝혀내었고, 그 결과 완전히 새로운 방식으로 시를 읽을 가능성을 우리에게 보여준 바 있다. 이 글의 출발점은 바로 여기이다. 간혹 인용되는 외국 학자들의 이름과 그들의 문장을 부디 용납해주시길. 하나 더. 제사(題詞)를 제외하고 거의가 부분만을 발췌해 인용한 까닭에 시의 온전한 이해를 포기하고 만 이 글을, 더구나 번역에 관한 사유를 중심으로 시 구절을 가져다 쓴 무례함과 어설픈 탓에 엿가락처럼 늘어나버린 분량도 너무 개의치 마시기를.

2. 형식의 번역, 번역의 형식

당신의 텍스트는 나의 텍스트

나의 텍스트는 당신의 텍스트

당신의 텍스트는 텍스트의 나

나의 당신의 텍스트는 텍스트

나의 텍스트는 텍스트의 당신

텍스트의 당신은 텍스트의 나

당신의 나는 텍스트의 텍스트

텍스트의 나는 텍스트의 당신

당신의 나의 텍스트는 텍스트

---

1) 황현산, 「완전소중 시코쿠 —— 번역의 관점에서 본 황병승의 시」, in 『창작과비평』 2006년 봄호, p. 355.

나의 당신은 텍스트의 텍스트

— 성기완, 「당신의 텍스트 1 — 사랑하는 당신께」 전문

이 시와 대면한 번역가는 어떤 생각을 품게 될까? 번역에서 '형식forme'이라는 문제 전반을 들추어내면서도 결국 다른 걸 궁리하게 만든다는 점에서 이 작품은 다소 문제적이다. 이 글과 마주하여 우리는 번역에서 가장 염두에 두어야 할 것을 자칫, 이 글을 반듯하게 제시해주는 '박스(틀)'라고 생각하게 될지도 모른다. 여기에 난점이 있다. '박스'를 그냥 버리자니 원문의 구속력이 만만찮아 보이고, 그대로 옮겨보자고 결심해놓으니 언어의 장벽이 너무 높아 보여, 정복이 불가능한 산에라도 오르는 것 같다는 느낌을 번역가라면 받게 될지도 모른다. 정형시 번역의 문제들이 줄줄이 딸려나오는 가운데 시와 시적인 것 사이의 갈등과 번역에서 '형식'이 끌어안고 있는 생태적인 함정들이 몸을 드러내는 것도 바로 여기이다.

흔히들 말한다. 시 번역은 자유시(산문시를 포함한) 번역과 정형시 번역으로 나눌 수 있으며, 후자에는 고려해야 할 사항이 최소한 하나가 더 추가된다고. 시 번역의 어려움이 바로 바로 여기에 있노라고. 이렇게 해서 소급되는 논리의 중심에 시의 '번역 불가능성'이라는 담론이 자리한다면, 시의 번역 불가능성을 진득하니 '불가능성' 속에 가두어두고자 어깃장을 놓을 때 시 번역을 둘러싼 논의들은 대부분 난센스로 귀결되고 만다. 보들레르와 말라르메의 시가 유럽 전반에 불러온 파장을 언급하기에 앞서 시 번역이 불가능할 것이라는 거개의 견해를 옥타비오 파스는 비꼬는 뉘앙스로 다음과 같이 말한다.

번역의 실현 가능성에 대한 최대의 비관론은 시에 집중되어 왔는데, 각종 서양 언어로 된 걸작 시들의 다수가 번역이고 그 번역시들의 다수는 또한 위대한 시인들에 의해 씌어졌다는 것을 생각해보면 희한한 태도가 아닐 수 없다.[2]

"걸작 시들의 다수가 번역"이라는 말의 진의를 따져보기도 전에 "최대의 비관론" 편에 서서 번역 불가능성을 거들먹거리며 원본의 숭고함을 강조하는 이론가들에게 시는 형식과 음성의 조화, 음절의 규칙성에 의거해 탄생한 부차적 산물일 뿐이다. 원문의 규칙적인 음절 수가 아름다움과 순수, 시의 작법과 원리를 간직한 비밀스런 열쇠일 것이라고 생각한 번역가는 한 걸음 나아가 제 손으로 직접 이 비밀의 문을 여는 수고를 마다하지 말아야 한다며, 번역가로서의 임무를 다짐해보기도 한다. 이처럼 이론가들이 "운문은 오로지 운문으로 번역할 수밖에 없으며, 또 그렇게 번역해야만 한다"[3]라고 주장할 때, 그러나 정작 번역에서 의미와 형태가 결합하며 만들어낸 가치를 살펴보는 작업은 오로지 원문의 미적 효과, 예컨대 각운의 배치, 음절의 규칙성 따위를 그대로 옮겨와야 한다는 이상적 제안 속에 파묻혀버리고 만다. 형식주의자들에게 중요한 것은 '운문의 운문으로의 번역'을 성공적으로 해내었다는 안도감이지, 시를 옮겨보겠다는 모험은 아니기 때문이다.

---

2) 옥타비오 파스, 「번역: 문학과 문필」, in 『번역이론: 드라이든에서 데리다까지의 논선』, Rainer Schulte & John Biguenet 엮음, 이재성 옮김, 동인, 2009, p. 245.

3) E. Etkind, *Un art en crise: essai de poétique de la traduction poétique*, L'Age d'Homme, 1982, p. 276.

한편 음절의 규칙성이나 시를 가두고 있는 '박스'의 견고함도 한몫 거들겠지만, 이것을 옮겨오는 게 과연 옳은 임무인지를 반문해보려는 비판적 저항감이 번역가를 그대로 놓아두지도 않는다. 형식을 옮겨오는 데 집착한 번역가에게 중요한 것이 규칙적인 율격, 즉 시의 살점을 덜어낸 후 텅 빈 채 남겨진 앙상한 껍질이라면, 형식이 시를 만들어내는 게 아닐 것이라고 의심하는 번역가의 직관 속에서 살아 꿈틀거리는 것은 오히려 껍질이 감싸고 있는(감추고 있는) 시의 속살을 번역에서 담아내야 한다는 비판정신이다.

이때 번역가가 포착해내고자 하는 이 살점은 '의미의 단위'를 구축해내는 통사의 운용이며, 이것을 옮겨보고자 할 때 비로소 시 번역을 꽁꽁 얽매고 있는 불가능성의 신화 중 일부가 빗장을 풀어 헤치기 시작한다. 운문을 가능하게 해주는 '외적 조건들'(율격이나 압운 등)이 시의 전부가 아닌 것처럼, 번역의 성패 역시 운문 속에 존재하는 이 '외적 조건들'을 제외한 '나머지'를 파악하는 방식에 달려 있다고 말해두어야 한다. 아니, 번역가는 운문의 성립조건인 형식적인 요소들을 제외하고 운문 속에 존재하고 있을 또 다른 무엇, 오히려 '운문의 비운문적인 요소'라고 부를 수도 있을 그 무엇, 결국 운문이 시로 체현되게끔 부추기고 있는 무언가를 옮겨보려고 고민할지도 모를 일이다. 운문일망정 결국 일정 정도 반듯한 형식을 비켜나게 될 이 특수한 무언가가 '비운문적인 요소'들을 중심으로 형성될 것이라고 번역가가 판단하기 시작하면 번역가는 심지어 시조 번역에서조차 율격보다는 의미생산의 경로를 옮겨오는 게 중요하다는 사실을 별 어려움 없이 유추하기에 이른다. 숫자란 결국 '훈령(訓令)', 즉 '메타'텍스트일 뿐 시를 시로 옮겨보려는 번역가에게는 기실 아무런 도움도 주지 않기 때문이다. 이는 보들레르의 소네트가 단지 소네트라는 형식의 탈을 뒤집어쓰고 있기 때문에 반드시 시인 것은 아닌 것과도 같은 이치이다. 번역에서 의미생산의 통로를 짚어내고 이것을 다시 쪼개어 언어의 살점을 보듬어보고자 주체적이고 창조적인 조작에 착수하기 시작하면 이때 번역가는 더 이상 언어의 전달자가 아니다. 이 사람은 바로 시인이다.

3. 번역의 심비구시(心非口是)

'형식'을 고수해야 한다는 강박관념은 시 번역에서 예상외로 교묘하고도 끈덕지게 작동한다. 김민정의 시 제목 「내가 그린 기린 그림 기림」과 마주하여 이론에 경도된 번역가라면 이게 무엇을 뜻하는지를 채 헤아려보기도 전에 야콥슨이 '유음중첩paranomase'이라고 말한 현상, 즉 단어가 "선택의 축을 결합의 축으로 동시에 투사하는 원칙"[4]이나 이를 바탕으로 야콥슨이 제시했던 '시적 기능'을 떠올려보고는 내친김에 유머를 동반하는 이 효과를 옮길 채비를 꾸릴지도 모를 일이다. 그리하여 되도 않게 유음중첩현상을 '그대로' 전사(轉寫)해보고자 억지를 부린 이 번역가는 다음과 같은 작품과 맞닥뜨리게 되면 더 착잡한 심정에 젖어들게 될 것이다.

제가 다니던 삼선 교회엔 유난히 숙이 많았죠

---

4) R. Jakobson, *Essais de linguistique générale*, Les Édition de Minuit, 1963, p. 220.

은숙(恩淑)이, 애숙(愛淑)이, 양숙(良淑)이 현숙(賢淑)이, 경숙(京淑)이 남숙(南淑)이, 난숙(蘭淑)이, 미숙(美淑)이, 정숙(貞淑)이……

그야말로 쑥밭이었죠 제일 믿음이 좋았던 애는 은숙이,

애숙이는 잠시 나를 사랑했고

양숙이와 현숙이는 정말로 현모양처가 되었죠

경숙이는 지금도 서울에 살지만, 남숙이는

먼 데로 이사 갔답니다

난숙이는 청초했고 미숙이는 예뻤는데

지금도 제일 기억나는 애는 정숙이에요

— 권혁웅, 「쑥대머리」 부분

한자로 이루어진 고유명사의 속뜻을 풀어내면서 여학생들과 얽혀 있는 소싯적의 기억을 단출한 이야기 형식으로 유머러스하게 빚어대고 있는 권혁웅의 이 작품은 번역에서 형식을 고집하는 이론가들을 적잖이 곤혹스러운 상태에 빠지게 할 것이다. 유사성의 원리에 기초한 "선택의 축"을 인접성을 바탕으로 한 "결합의 축"에다 "동시에 투사하는" 방식에서조차 이 시는 야콥슨이 말한 그것보다 훨씬 복잡한 환유의 양상을 보여주기 때문이다. 설사 '恩 = 믿음' '愛 = 사랑' '良/賢 = 현명' '京 = 서울' '南 = 지방' '蘭 = 청초' '美 = 아름다움' '貞 = 절개'라는 의미망을 그려본 후, 이것을 응용하여 가령 'Lovely'나 'Confidency' 같은 낱말을 지어 이름으로 가장해놓은 다음, 제 응용의 산물 앞에다 어쭙잖게 'Miss' 따위를 덧붙여 은근히 성공을 자부해본들, 번역가를 괴롭히는 딜레마는 좀처럼 사라지지 않는다. 그리하여 번역가는 심비구시(心非口是), 즉 '마음은 아니면서 입

은 그렇다'고 해야만 하는 제 처지를 번역 불가능성의 탓으로 돌릴지
모르지만, 사실 이 시는 그것조차도 변변치 않게끔 오히려 다른 것을
좀 고안해보라고 시인이 일부러 주문하고 있는 인상마저 풍긴다. 번
역은 유머의 진원지인 '동사'를 적절히 찾아내고, 동사의 환유적 기능
에서 착안하여 고유명사를 다시 구성해보는, '마음이 그렇다고 하는
지점에서 입을 맞추어보는' 역(逆)번역의 수순을 통해서 번역 가능성
을 잠시 타진해볼 수 있을 뿐이다. 번역가를 괴롭히는 '심비구시의 상
황'을 극단적으로 보여주는 사례를 하나를 더 꼽아보자.
　다음에 제시한 작품은 '구어'에 가까운 '서면어'의 필요성이 대두되
었던 20세기 초, 중국 전통의 문언문(文言文)을 당시 서양에서 밀려
오던 근대적 감수성을 표현해낼 수 없는 사어(死語)로 치부한 신문학
운동의 선구자들 가운데 한 명이었던 자우위안런(趙元任)이 백화문
(白話文)을 그 대안으로 삼아 활용해보던 과정에서 선보인 「시씨식
사사(施氏食獅史)」의 전문이다.

　　「施氏食獅史」
　　石室詩士施氏, 嗜獅, 誓食十獅。
　　氏時時適市視獅。
　　十時, 適十獅適市。
　　是時, 適施氏適市。
　　氏視是十獅, 恃矢勢, 使是十獅逝世。
　　氏拾是十獅屍, 適石室。
　　石室濕, 氏使侍拭石室。
　　石室拭, 氏始試食是十獅。

食時, 始識是十獅, 實十石獅屍。

試釋是事。

위키백과사전에 따르면 이 작품의 병음(竝音)은 다음과 같다.

「Shī Shì shí shī shǐ」
Shíshì shīshì Shī Shì, shì shī, shì shí shí shī.
Shì shíshí shì shì shì shī.
Shí shí, shì shí shī shì shì.
Shì shí, shì Shī Shì shì shì.
Shì shì shì shí shī, shì shì shì, shǐ shì shí shī shìshì
Shì shí shì shí shī shī, shì shíshì.
Shíshì shī, Shì shǐ shì shì shíshì.
ShíShì Shì, Shì Shǐ Shì Shí Shì Shí Shi.
Shí Shí, Shǐ Shì Shì Shí Shi, Shí Shí Shí Shi Shi.
Shì Shì Shì Shì.[5]

높낮이와 강세의 차이가 있기는 해도 발음상 모두 '시[shi]'로 읽히

---

5) 위키백과사전에서 제시한 한국어 번역이다. "석실(石室)의 시인 시씨(施氏)는 사자를 먹기를 즐겨 열 사자를 먹기로 하니/ 종종 저자(市)에 사자를 보러 나감이라/ 열시에 열 사자가 저자에 오니/ 그때 마침 시씨도 저자에 있더라/ 열 마리 사자를 보고 활을 쏘니 열 사자는 곧 세상을 떠나/ 열 사자를 끌고 석실로 갔노라/ 석실이 습(濕)하여 종에게 닦으라 하고/ 석실을 닦고 나서 그는 열 사자를 먹으려 하는데/ 먹으려 할 때 열 사자를 보니 열 개의 돌사자 주검이라/ 이 어찌 된 일이오."

는 이 작품은 번역 불가능성의 컴컴한 터널 안으로 번역가의 등을 떠밀기에 만족할 만한 조건을 두루 갖추고 있는 듯하다. 음성의 조작을 통한 원문의 말장난을 번역에서 살려보려면 번역가는 그럼 어떻게 해야 할까? 결론부터 말하면 음성의 장난스런 효과를 그대로 보존할 방법이란 존재하지 않으며, 심지어 그렇게 하고자 애쓸 필요조차 없다. 시의 번역 불가능성 담론에서 단골 메뉴처럼 등장하는 음성조작의 경우, 도착어에서 음성적 등가물을 찾아내어야 한다는 생각 자체가 이미 함정일 수 있다. 성공한 번역으로 간주되려면 원문과 완전히 다른 음성구조를 지니고 있다고 해도 번역에서는 도착어의 운용 범위를 완전히 벗어나지 않는 한도 내에서 음성 '이외'의 요소들을 한꺼번에 조작해야만 한다. 예컨대 원문에서 발생한 이 유별난 효과를 번역에서 살려내는 길은, 비록 음성이 그 문제의 진원지라고 하여도, 그러나 음성의 조작에만 국한되는 것은 아니라는 말이다. 왜냐하면 이 작품에서 배열된 음성들조차 '서로 같지 않기' 때문이다. [shi]로 읽히는데 무슨 소리냐고 반문할지도 모르겠다. 그러나 높낮이와 강세가 '차이'를 드러내고 있는 것처럼, 동일하게 읽힌다고 해도 실상 각각의 음소가 지니는 '가치valeur'[6]가 작품 속에서 늘 같은 함량을 지니는 것은 아니기 때문이다. 시가 음소 각각에 합당한 가치를 부여해주는 것이지, 음소가 시 안에서 제 항구적인 성질을 간직하거나 관철시키는 것은 아니다. 이렇게 되면 시 전체를 고려하여 근사치의 효과를 산출

---

6) 소쉬르는 텍스트 전체를 고려하여 헤아린 기호의 가치에 '선행하거나' '이미 결정된' 불변의 요소를 상정하는 것이 전적으로 불가능하다는 사실을 피력하면서 "기호의 가치는 기호의 밖에, 그리고 기호의 주변에 있는 것들에 전적으로 달려 있다"고 말한 바 있다(F. de Saussure, *Cours de linguistique générale*, Payot, 1972, p. 161).

해보는 '창조적' 방법 외에 번역가에게 남겨진 해결책은 따로 존재하지 않게 된다.

번역 가능성은 유음중첩현상의 언저리에서 살아나는 게 아니라, 오히려 유머를 이끌어내는 가두리, 즉 문화적 힘과 풍자의 고리를 통째로 옮겨보려는 번역가의 노력으로 열린다. 심지어 음성조작에서 발생한 효과를 제거한 후, 전혀 색다른 방식을 채택한 번역을 목전에 두게 되었다고 하더라도, 원문과 완전히 상반된 선택을 감행했다고 이 번역을 단죄할 권리가 우리에게 쉽사리 주어지는 것은 아니다. 쇼펜하우어의 지적처럼 비록 시가 "늘 완벽하게 부정확한 작업으로 다시 쓰일 따름"이라고 해도, 이 "부정확한 작업"이 반드시 번역에서 실패를 의미하는 것은 아니기 때문이다. 기계적인 원문의 전환을 제 기대치로 삼는 '동의어구' 번역이 실현될 수 없는 이상적 가설일 뿐이라는 사실이 바로 여기서 확인된다. 번역 불가능성 담론이 활성화되는데 일조한 쇼펜하우어의 또 다른 지적이다.

시는 번역할 수 없다. 시는 단지 바꿔 말할 수 있을 뿐이기에 항상 어색해진다.[7]

이 지적은 번역 불가능성에 대한 확신이라기보다 번역가에게 어떤 '단초'를 열어줄 화두에 더 가까워 보인다. "단지 바꿔 말할 수 있을 뿐"이기 때문에 오히려 원문에 다각적인 접근을 시도하거나 원문을

---

7) 아르투어 쇼펜하우어, 「언어와 단어에 관하여」 in 『번역이론: 드라이든에서 데리다까지의 논선』, p. 56.

다양하게 해석해볼 당위성이 번역가에게 주어지기 때문이다. 황현산은 이 당위성에 대해 적절하게 다음과 같이 말한다.

> 언어의 딜레마는 곧장 번역의 딜레마로 통한다. 번역의 대상이 텍스트이건 문화이건 번역을 불가능하게 하는 것은 "또 다른 어떤 것"이지만 번역이 요구되는 지점도 바로 이 '어떤 것'에 있기 때문이다. 이 '어떤 것'은 한 문화의 맥락과 모국어의 육질 속에서 아우라를 지니지만, 그만큼 그 맥락과 육질 속에 사로잡혀 있는 것도 사실이며, 그것을 다른 언어로 해방시키는 것이 번역자의 일이다.[8]

바로 이 "다른 언어로 해방"시켜야 한다는 임무를 바탕으로 번역가는, 벤야민이 말한 원문의 저 "순수언어", "행간마다 잠재해 있는" "시의 신비한 본질"을 옮겨오려고 도전장을 내밀게 되는 것이다.

4. 행갈이가 파놓은 지뢰밭에서

면박을 주는 주모
허름한 인생들을 받아낸 그녀의 욕설에는
힘이 있다 야생동물 같은
신문지를 말아 쥐고 주모가 다가가자
부리나케 달아나는 거미의

---

8) 황현산, 앞의 글, pp. 357~58.

느닷없이 쏟아지는 우박

느닷없이 쏟아지는 눈동자　　　　　— 장경린, 「몽유도원도 17」 부분

　　외형상 단 한 줄에 해당하는 시구가 행갈이의 탄력을 지렛대 삼아 문법의 범주를 파괴하게 될 때, 대개 서술구조가 틀어지거나 기호의 단일한 속성이 의미의 변형을 통해 다양한 가치를 지닌 단어로 거듭나게 된다. 이때 작품 고유의 특수성도 제 문을 살며시 열어 보인다. 하지만 행갈이에서 울려나오는 아포리아의 메아리에 귀를 기울이며 번역가가 "거미"가 아니라 "거미의"라고 적혀 있다는 점에 당혹스러워하거나 "신문지"가 "야생동물 같"을 수 없다는 사실을 눈치 채기 시작하는 순간, 번역가는 난해함의 지뢰밭에 홀로 남겨진 자신을 발견하게 된다.

내가 살아온 것은 거의

기적적이었다

오랫동안 나는 곰팡이 피어

나는 어둡고 축축한 세계에서

아무도 들여다보지 않는 질서

속에서, 텅 빈 희망 속에서　　　　　— 기형도, 「오래된 書籍」 부분

　　나란히 앞뒤 행으로 미끄러지면서 한 단어의 품사를 둘 이상으로 변형시키고 있는 "단 한 줄일 수도 있는" 저 행갈이는 단일한 문법 체

계를 파괴하는 "읽을 수 없는 문장들"(기형도, 「물 속의 사막」)을 끊임없이 만들어내는 시인의 전략이다. 그것이 전략인 까닭은 이것을 옮겨오는 일이 시구 한 줄을 벗어나 행해질 수 있기 때문이거니와 충분한 외국어 이해능력을 갖춘 번역가가 비평적 능력, 즉 아포리아의 아우라를 번역에서 담아낼 자질을 겸비했는지의 여부를 살펴볼 좋은 예가 되기 때문이다. 어쨌든 문학번역에서는 '언어상의 오류'나 '번역상의 오류' 못지않게 '비평의 오류'가 제 성공의 목줄을 단단히 쥐고 있으니까. 그래서 번역가는 "피어/나는"을 한 단어로 번역하여 행갈이가 만들어놓은 복합적인 의미를 고정된 문법의 틀에 가두어버리는 대신, 두번째 등장하는 "나는"을 '1인칭 강조형'으로 처리하여 행 앞에다 빼내어본 후, 얻는 것과 잃는 것을 차근차근 헤아리며 조심스레 지뢰밭을 건너려고 할 수도 있을 것이다.

> 우산이 하나 있었다 펼쳐졌을 때 창피한
> 뙤약볕 아래 우산 하나가 펼쳐져 있었다 해변에
> 인파 속에서 옷이 벗겨졌다 우산에 얼굴만 가려진 채
> 어린애가 뭐가 부끄럽냐고
> 새엄마는 내가 얼마나 조숙한 앤지 몰랐다
> — 김이듬, 「태양 아래 헐벗고」 부분

"창피한"이나 "해변에" 같은 글귀를 제대로 해석해내기에는 행갈이의 탄력을 받아 생겨난 중의성이 역시나 만만치 않아 보인다. 그렇다고 번역가는 시인이 배열한 이 '망설임'의 언어를 제 번역에서 담아내는 일을 포기할 수도 없다. 아니, 이러한 난점은 오히려 번역가에게

주어진 '특권'이라고 해도 좋을 법하다. "번역가의 과제"(벤야민)란 시의 아포리아를 더듬거리면서(실은 눈이 빠질 정도로 읽고, 뒤지고, 분석하면서) 그것을 번역의 아포리아로 고스란히 살려내는 데 놓여 있기 때문이다. 비록 제 모국어를 뒤틀어 쥐어짜게 되더라도 말이다. 이때 원문이 머금고 있는 애매함은 번역가에게는 특수성 그 자체가 되며, 번역가의 시선에 포착된 이 아포리아는 시를 읽어내는 그의 비평능력을 통해서 부활하게 된다. 물론 번역가가 주목해야 하는 중의성의 아포리아는 비단 행갈이에만 의지하는 것은 아니다.

> 그가 내 혀를 잘라 먹으며 똥구멍을 과도하게 벌리는 바람에 통쾌하게 어릴 적을 떠올린다 나는 발가벗겨진 채 죽은 지 오래되어 나는 흰 티셔츠를 찾아 커다란 옷장 안에서 나는 어딨어?
> ─ 김이듬, 「망한 정신병원 자리에 마리 수선점을 개업하기 전날 밤」 부분

이 시가 빚어낸 문장의 저 혼란스러운 배치는(혹은, 저 혼란스러운 문장의 배치는) 행갈이와 무관함에도, 애매함을 곧잘 만들어낸다. 이 애매함은 김이듬의 시 전반에서 목격되는 '복수의 성적 정체성'에 대한 탐구나 버젓이 경계를 나누는 이분법의 권위에 대한 도전과 고스란히 연관되어 있는 것이기도 하다. 아니, 이분법의 견고함을 뒤흔들고자 시인이 꿈꾸듯 표출한 언어에 가깝다. 앞뒤가 맞지 않은 덜 여문 시라고 여기는 대신, 여기서 번역가가 놓치지 말아야 할 것은 현실과 평행선을 그은 듯하면서도 현실을 달리 늘어놓는 저 천연덕스런 알레고리, 현실에 기어이 불안과 공포의 범선을 띄우고야 마는 문장의 배열일 것이다. 다른 예를 보자.

라미가 는에게 저녁에 손을 잡아주었다. 귀머리가 를에게 속삭였다. 손에 목을이 달렸다 라미가 을의 생존을 물었고 분홍귀가 욜을 불러냈다 아슬이 나무의 우유 방울을 약속했고 동화는 저녁에 읽지 않기로 는의 손목을 잘랐다 라미는 투명을 흔들던 기괴한 한(寒)이 되었고

— 김경주, 「죽은 나무의 구멍 속에도 저녁은 찾아온다— 베리에게」 부분

우리말의 주격, 목적격 조사를 목적보어 삼아 낯선 문장들을 토해 내는 이 글을 옮겨오고자 할 때 번역가는 십중팔구 제 능력을 탓하거나 아득한 절망감을 맛보게 될 것이다. 오 미안. 어쩌면 방법이 있을 수도. 그리하여 조동사의 일인칭 변화형(프랑스어의 경우)을 이용해보거나 전치사나 실사 따위를 생뚱맞게 배치해 이 난해함을 번역에서 해결해보려고 시도할지도 모를 일이다. 그러나 더 중요한 것은 위 텍스트가 '번역적 의식' 안에 사로잡히는 바로 그 순간, 시의 아포리아가 고스란히 노출된다는 사실이다. 이게 바로 번역의 힘이다. 한국어의 권위를 해체해 보이려는 저 야심, 시인의 작품에서 고르게 목격되는 메타언어의 사용, 혹은 호응을 번번이 빗나가는 문장의 배치는, 비트겐슈타인이 옳게 지적한 것처럼, 응당 요구될 법한 지점에서 불현듯 접속사를 생략해버릴 때 야기되곤 하는 혼란이자, 번역가의 의식 속에 오래 머무를수록 새로운 고민거리들을 만들어내는 아이디어의 게토이다. 문법의 사다리를 무턱대고 오르거나 또 내려가기를 서두르지 않아 아래로 굴러 떨어질 가능성을 줄여보려고 애쓰는 번역가는 김경주가 배배 꼬아놓은 언어운용의 전략 한가운데를 과감히 파고드는 인파이터일 수밖에 없다.

〔……〕 나는그녀에게다가오는그림자였고그녀도내가보지못한그림자를
가진채누워있었다아이는울지 않았다나는그아이를안고내방으로천천히
걸었다그녀가손을뻗어잠깐동안무엇인가알수 없는알타이어를중얼거렸
지만이윽고그녀는조용히벽에비친내그림자만만지고있었다.

— 김경주, 「비정성시(非情聖市)」 부분

떠어쓰기(붙여 쓰기)의 전략 역시 번역에서 동일한 문제를 제기한
다. 자구(字句)를 모두 붙여 적었지만 종결어미 '~다'의 속성 덕에
문장 간의 경계가 한국어에서는 비교적 용이하게 드러난다고 해도,
정작 번역가를 당혹스럽게 만드는 건 "울지 않았다"와 "알수 없는"처
럼 시인이 그 안에다 한 번 더 설치해놓은 이중의 장치이다. 이러한
난점, 즉 번역가가 이 아포리아의 발작을 번역에서 드러내고자 텍스
트를 붙잡고 힘겹게 버둥거릴수록 번역은 '시의 힘'을 옮겨보는 실험
에 가까워진다. 번역이 불가능하다고 여겨진 바로 그 지점에 번역의
가치도 함께 웅크리고 있는 것이다.

5. 문화적 '낯섦'의 아포리아

江邊살자, 江邊엔
엄마야 누나야, 엄마야

누나야가 있다 組暴

水準의 兒孩들만 쇠파이프 들고
사시미칼 들고

娼女에게서도 奸婦에게서도
그리고 少女에게서도 나는
그저 그저 엄마야   ─ 김영승, 「엄마야 누나야」 부분

　우리가 폭넓게 공유하고 있는 아련한 상처와 폭력문화의 섬뜩함이
모순어법oxymoron의 형태로 이접(異接)되어 있기 때문에만 위의
작품이 번역에서 문제를 제기하는 것은 아니다. "엄마"와 "누나"라는
칭호에서 풍겨나온 애잔함이 "組暴"과 "娼女"라는 폭력적이면서도
비루한 이미지와 충돌하는 지점을 만들어내고, 거기에다 우리의 습속
과 기억 밑바닥에 깔려 있는 식민지 치하의 아련함을 불러내 패러디
형식으로 얹어놓은 형국이니, 이 글을 마주한 번역가의 심정은 좀 복
잡할 것이다.
　이 시는 항간에 논쟁거리로 등장하곤 하는 번역윤리를 둘러싼 거개
의 문제가 문화적 차이를 바라보는 번역가의 태도와 직결되어 있다는
사실을 넌지시 알려주면서, 번역의 아포리아를 낳는다. 고유 문화의
번역 문제는 번역가의 모국어에서 합당한 '등가물'을 찾아내야 한다는
주장(나이다Nida, 혹은 그 아류들)에서 '자민족중심주의' 번역에 대
한 질타(앙리 메쇼닉Meschonnic, 앙투안 베르만Berman)에 이르기까
지 그간 다양하게 변주되어왔다. 원문이 간직하고 있는 문화적 '낯
섦'을 최대한 존중하여 옮겨보려는 번역가를 독자의 수용 가능성이 희

박하다는 이유를 들어 비판하면서 이 낯선 문화를 텍스트의 '곁para'으로 밀어내야 한다는 주장도 심심치 않게 들려온다.

그러나 독자들은 우리의 염려와는 반대로 그렇게 어리석지 않다. 이렇게 말해보자. 개항(開港)이라는 저 혼란기에 성서번역이나 문학번역이 이 땅에 광범위하게 전개되고 흡수되었던 현상을 어떻게 설명할 수 있을까? 식민지 개척의 사명감에 충만한 선교사들이 제국주의 이데올로기에 고취되어 이루어낸, 광란 어린 행위로 치부해버리기에는 우리 측의 흡인력과 그것이 불러일으킨 파장의 짙은 그림자가 너무나 자주 얼씬거린다. 또한 조선 중인들의 정치적 신념과 계몽의 의지 때문에만 문학번역이 저 찬란한 빛을 발한 것도 아니었다. 당시에 우리말을 고안해낼 수단이자 통로가 바로 번역이었던 것처럼 낯선 것을 마주한 독자들은 우리가 미루어 짐작하는 것처럼 그다지 '나이브'하지 않다. 아니 독자들은 우리가 염려하는 것보다 훨씬 더 낯선 것에 탄력적이고 성기게 대응한다. 독자들의 수용력과 그들이 활보하고 있는 문화지평은 이론가들의 우려 속에 매몰될 만큼 단순하지 않은 것이다. 번역가들이여! 낯섦 때문에 가독성이 사라질 것이라고 너무 염려 말고, 이 낯섦의 아포리아를 그대로 옮겨보려고 힘써볼지어다. "언어들 상호 간의 낯섦과 전격적으로 대결하는 일종의 잠정적인 방식"9)을 한번 고안해볼지어다. 허수경의 다음 시 역시 우리 언어의 낯섦을 등가어로 대치하거나 에두른 설명이나 불필요한 첨언을 통해 완전히 풀어내야만 한다는 학자들의 섣부른 주장을 뒷받침하는 알리바

---

9) 발터 벤야민, 「번역가의 과제」, 황현산 · 김영옥 옮김, in 『번역비평』 창간호, 고려대학 교출판부, 2007, p. 191.

이로 충분해 보인다.

> 기다림이사 천년 같제 날이 저물셰라 강바람 눈에 그
> 리메지며 귓불 불콰하게 망경산 오르면 잇몸 드러내고
> 휘모리로 감겨가는 물결아 지겹도록 정이 든 고향 찾아올 이 없는
> 고향
> 문디 같아 반푼이 같아서 기다림으로 너른 강에 불씨
> 재우는 남녘 가시나
> 주막이라도 차릴거나
> 승냥이와 싸우다 온 이녁들 살붙이보다 헌칠한 이녁들
> 거두어나지고
> 밤꽃처럼 후두둑 피러나지고 　　　　　 — 허수경, 「진주 저물녘」 부분

번역가에게 토속어나 사투리만큼 곤혹스럽게 만드는 요소가 없다
손 치더라도, 또 외국 독자들이 이 시의 사투리가 뿜어내는 감칠맛을
이해하지 못할 것이라고 우려할 수도 있겠지만, 도착어에 종속시키지
않고 '날것' 그대로 사투리를 번역해보려는 시도가 반드시 불경스러
운 오해를 빚어내는 것만은 아니다. 물론 번역가는 제가 부리려는 언
어에서 이 사투리와 토속어에 상응하는 가치를 찾아내야만 할 것이
다. 아니 이 경우, 번역가는 오히려 제 모국어에서 새로운 어휘를
'발명'해내야만 하는 상황에 봉착하게 될는지도 모른다. 그 필요성에
대해 루돌프 판비츠는 다음과 같이 말한다.

　번역가의 근본적인 잘못은 외국어의 강한 충동에 자기 언어를 맡기

는 대신, 자기 언어의 우발적인 상태를 고수하려 한다는 것이다. 특히 번역가가 자신의 언어와 아주 멀리 떨어진 언어로부터 번역을 할 때는, 언어 자체의 근본 요소로까지, 말과 이미지와 성조(聲調)가 합류하는 그곳까지 거슬러 올라가야 한다. 그는 외국어에 힘입어 자기 언어를 확장하고 심화시켜야 한다.[10]

"자기 언어의 우발적인 상태"에서 번역자의 모국어에 일대 변화를 가져올, 이 번역의 '창조적 성격'은 그러나 원문을 완전히 벗어나 번역가가 마구 지어낸 언어의 유희를 의미하는 것은 아니다. 번역의 창조성은 앙리 메쇼닉이 정확하게 지적한 것처럼 특수성이라는 이름으로 원문 속에 도사리고 있는 "언어활동의 최대치의 주체성"을 찾아내는 작업에 다름 아니다. 시 번역이 필연적으로 "새로운 관계, 현대성, 신어(新語) 생성의 정착 과정"[11]을 적나라하게 드러낼 수밖에 없는 까닭도, 번역이 '닫힌 언어'나 완결된 '도착점'이 아니라, 타자에게로 열린 언어활동이자 제 언어를 더 풍요롭게 가꾸어내고 경직성에서 언어를 해방시킬 새로운 출발점인 것도 바로 이 때문이다. 번역자는 생리상 새로운 표현을 창안할 수밖에 없는 비평가이자 창조자인 것이다. 문화적으로 역방향의 문제를 우리에게 펼쳐 보이고 있다는 점에서 다음 시는 새로워 보이지만 본질적으로 동일한 문제를 제기한다.

---

10) 발터 벤야민, 「번역가의 과제」, 같은 책, p.197.
11) H. Meschonnic, *Pour la poétique II, Épistémologie de l'écriture, Poétique de la traduction*, Gallimard, 1973, p. 311.

텔레비전의 플러그를 빼고, 오디오의 플러그를 빼고, 가습기의 플러그를 빼고, 스탠드의 플러그를 빼고, 냉장고의 플러그를 한 번 더 꽂고, 커피메이커의 플러그를 빼고, 컴퓨터 옆에 꽂혀 있던 나의 플러그도 빼고, 사방의 벽에 붙어 있는 스위치들을 확인하고, 천장의 전등들을 올려다보고, 실내 온도 조절기의 버튼을 바꾸어 누르고, 가스레인지의 중간 밸브를 확인하고, 앞쪽 베란다 창을 닫고, 베란다 창의 고리를 잠그고, 뒤쪽 베란다 창을 닫고, 베란다 창의 고리를 잠그고, 거실의 창을 닫고, 창의 양쪽 고리를 잠그고, 이중창을 닫고, 이중창의 양쪽 고리를 잠그고, 이중창 위로 블라인드를 내리고, 〔……〕 가방을 들다 외출 시스템의 입력 오류를 범한 것을 인식하고, **재부팅을 시작합니다.**
— 이원, 「사이보그 1— 외출 프로그램」 부분

이 작품에서 제시된 어휘들은 그다지 새로울 게 없어 보인다. 그런데 번역과 마주하게 되면 조금은 당황하게 될지도 모를 어떤 문제가 여기서 불거져나오기 시작한다. "텔레비전" "플러그" "오디오" "커피메이커" "컴퓨터" "가스레인지" "밸브" "베란다" "블라인드"는 분명 외래어라고 불리기에는 지나치게 우리에게 익숙한 단어들이다. 그러나 외국 것을 음차해온 단어들이라는 평범한 사실이 번역에서는 미묘한 마찰을 불러일으킨다. 가령 저명한 영국 시인이 우리 문화의 낯섦을 영어로 멋 부려 "I like Ondol"이라고 적었다고 가정해보자. 우리는 이 문장을 "온돌이 좋아"라고 옮길 수도 있다고 생각하며, 또 대부분 그렇게 할 것이다. 그러나 만약 이 시인이 '상습적'(?)으로 영어 문화권에 아주 낯선 한국어 표현을 즐겨 사용하는 경우라면, 이야기는 좀 달라진다. '혼성어'임이 분명한 "재부팅"이라는, 지극히 평범한 단어가 're-booting'으로 번역될 수 없는 이유도 바로 여기에 있다.

> 네 머리칼을 날리며 지나가는 차들의 광속 너머로
> 붉은 머리를 치켜든 라이트 사이로
> 너는 뛰어간다
> 네게는 무대도 코러스도 없다　　　— 하재연, 「고속도로 위에서」 부분

　이런 관점에서 볼 때 하재연의 시가 뿜어내는 '속도감'이나 '촉각성'도 번역가에게 당혹감을 주기는 매한가지이다. 그저 '불빛'이 될 수도 있을 것을 "라이트"로, '합창'을 "코러스"라고 한 까닭은 물론 시인이 어설픈 외래어 예찬자이기 때문은 아니다. 외래어의 의도적 사용, 더구나 시인의 작품에서 천연덕스럽게 툭툭 튀어나오는 이 외래어들은 시각적인 속도감과 청각적인 울림을 독특한 방식으로 체현해내는 시인 고유의 언어운용과 다르지 않다.

> 미드나잇 트레인을 타고
> 네가 사는 꿈의 나라로　　　— 하재연, 「미드나잇 트레인」 부분

　'한밤의 기차' 대신 등장한 이 "미드나잇 트레인"도 번역가의 눈에는 같은 맥락 속에서 비쳐질 수 있다. 그리하여 그것의 영어로의 번역이 단순하게 "midnight train"으로 환원될 수 없다고 번역가가 생각하게 되면 바로 그 순간부터 번역가의 머릿속에는 좀더 복잡한 함수들이 떠돌아다니기 시작한다. 어찌 알겠는가? 호레이스 실버 Horace Silver의 기념비적인 재즈 앨범 『Midnight Train』이나 일본

의 옛 그룹 오토코구미가 아라시도 콘서트에서 선보였던 「midnight train」을 반복하여 청하면서 시인이 "네가 사는 꿈의 나라로" 가고 있는지. 세 번이나 반복해서 후렴구(물론 이탤릭체도 단단히 한몫 거든다)를 자청한 그 심상치 않은 배치가 더 심상치 않아 보이는 것도 바로 이 때문이다.

외국어의 낯선 배치는 경우에 따라 패러디와 결합하면서 이데올로기의 문제에서 자유로울 수 없었던 젊은 날에 드리워진 자괴적인 감정을 효과적으로 폭로하는 기재가 되기도 한다.

> 혁명이 뭐겠어. 우리 결혼할래.
> 헬로와 헬로와 꽃들이, 헬로와 헬로와 우리들에게,
> 청첩을 돌린다면, 너와 나의 결합.
> 오래된 진리와 형체 없는 유행의 결합.
> 내 삶은 recycled life. 폐기해줘. 철폐해줘.
> 모든 법칙들을, 모든 용기를, 사랑의 만용을.
> 질풍노도의 시대. 그 시대의 아들이.
> 헤이 걸. 큰 젖을 가진 아가씨. 날 위해 울어줘.
> 이봐. 웨이트리스. 천 하나 더.
>
> — 장석원, 「젊고, 어리석고, 가난했던」 부분

1970~1980년대를 풍미했던 장미화의 노래 「봄이 오면」의 한 구절 "헬로와 헬로와"의 등장을 목도하고는 '제기랄'을 내뱉는 번역가는 낯선 것들과 마주하여 최소한의 망설임을 표출한다는 점에서 볼 때 비판적 의식을 갖춘 번역가일 소지가 농후하다. 프랑스어나 독일어라

면 모면할 수 있을 거개의 문제가 영어 번역에서는 아포리아를 한껏 뿜어내고 만다. "내 삶은 recycled life" 같은 표헌이 "My life is recycled life"로 번역될 수 없다는 사실이 자명해 보이는 만큼, 시에 등장하는 또 다른 외국어 표현들이 'hello-A hello-A'(노래의 가사집에 수록된 것과 마찬가지로)나 'waitress'라는 번역으로 충족되지 못할 거라는 사실도 뻔해 보인다. 시인의 신산스런 과거 체험이 혁명과 대척점에 위치한 싸구려 술집과 천박한 유행가가 뿜어낸 이미지와 한데 뒤엉켜, 단어 마디마디마다 감정의 골을 한층 깊게 파버렸기 때문이다. 이 작품에 등장한 외국어 단어의 번역 가능성은, 때문에 구어식 명령 투로 표현된 "천 하나 더"('1,000CC'가 아니라)나 퇴폐 속에 잦아든 절망감의 표현일 "큰 젖을 가진 아가씨"와의 연관 속에서 한껏 폭을 넓히고 만다.

6. 오오, 성스러운 일상이여!

시 번역을 신봉하던 나보코프는 1954년 컬럼비아 대학교에서 발표한, 발표문이라고 하기에는 좀 길어 보이는 글 「번역의 난관 영어판 『오네긴』」에서 이렇게 말한 바 있다.

나는 자세한 각주가 달린 번역을 하고 싶다. 이 주석들은 마치 마천루처럼 이런저런 페이지의 꼭대기까지 닿아서, 행 하나의 번득임만이 주석과 불멸 사이에 남게 될 것이다. 난 골자를 빼버리거나 군말을 붙이는 어떠한 행위도 가미되어 있지 않은, 그와 같은 각주들과 절대적

인 축자적 의미를 원한다.[12]

나보코프의 이 충고에 한껏 고무된 번역가는 문화적 낯섦이나 외래어 차용에서 비롯된 이질감 따위를 단박에 해소할 대안으로 '주석'을 꼽아보고선 흐뭇해하며 입가에 웃음을 머금을는지도 모른다. 예를 들어,

80년대는 박철순과 아버지의 전성기였다 90년대가 시작된 지 얼마 안되어 선데이 서울이 폐간했고(1991) 아버지가 외계로 날아가셨다 (1993) 같은 해에 비행접시가 사라졌고 좀더 있다가 박철순이 은퇴했다(1996)　　── 권혁웅, 「선데이 서울, 비행접시, 80년대 약전(略傳)」 부분

여기까지 시를 읽은 번역가는 '이 정도라면 주석을 동원해 처리할 수 있겠군' 하곤 안도감에 젖어들 수도 있다. 하지만 시집을 한두 장 넘기게 되면 차츰 자기가 기대어본 주석이라는 해결책이 유효할까 의심하는 지경에 이르게 되고, 시집을 끝까지 읽고 난 후에는 결국 아수라장으로 범벅되고 만 자신의 번역기획을 완전히 수정해야만 할지도 모를 일이다. 마징가 Z, 그레이트 마징가, 오방떡, 짱가, 그랜다이저, 애마부인, 안소영, 외팔이, 오수비, 청마(靑馬), 김부선, 권상우, 장승화, 김호진, 진주희, 변강쇠, 정인엽, 미키 마우스, 요괴인간 벰 베라 베로, 아수라 백작, 헬 박사, 브로켄 백작, 헐크, 육백만

---

12) 블라디미르 나보코프, 「번역의 난관 영어판 『오네긴』」 in 『번역이론: 드라이든에서 데리다까지의 논선』, p. 227.

불의 사나이, 시인과 촌장, 선우일란, 밤으로의 긴 여로, 독수리 오형제, 김완선, 겔포스, 무궁화 빨래비누, 데이트 세숫비누, 돌아온 외팔이, 소림사 지주승, 당랑권과 호권과 취권, 삼선교 칠공주, 괴수대백과사전, 용가리, 대왕오징어, 이미숙, 이대근, 뽕, 내사랑 유자씨, 죽(竹)부인, 황금박쥐, 고스톱 등과 맞닥뜨리게 된 번역가는 그제야 시집 전체를 뒤발하고 있는 이 고유명사의 원뜻이 '특정한 사물이나 사람을 다른 것들과 구별하여 부르기 위하여 고유의 기호를 붙인 이름'이라는 걸 새삼스레 떠올려보고는 이 고유성이 파놓은 번역의 함정과 아포리아를 뼈저리게 실감하게 될 것이다. 끈기 있는 번역가라면 고유명사가 머금고 있는 문화적 파장과 속성, 나아가 시인이 고유명사를 전략적으로 배치한 까닭을 캐물으려 시도할 것이다. 그리하여 번역가는 서로 다른 문학 공간에서 타자를 수용하는 작업이 난항을 겪게 되는 이유 중 하나가 독특한 형태의 문화적 '각인'들이 보란 듯이 제 공간에서 활개치고 있기 때문이라는 사실을 어렴풋이 깨닫게 된다. 번역가가 번역을 통해 서로 다른 문학 공간을 성공적으로 매개하기 위해서는 이미 한물 건너간 이 대중문화의 패러디가 최소한 시인 연배의 사람들에게는 다음과 같이 그만 실소를 자아내고 마는 문화적 배경에서 나온 것이라는 사실을 헤아릴 능력이 있어야만 할 것이다.

평화로운 남해 해상. 갑자기 바다 속에서 괴수가 출현한다. 이유는 알 수 없다. 그것은 바다 속에 잠들어 있던 공룡의 후예일 수도 있고, 방사능 오염으로 거대화된 미지의 생물일 수도 있다. 하여간에, 괴수가 출현한다면 하는 것이다. 그것은 하나의 약속. 괴수는 선박을 파괴하고 육지로 올라온다. 마침 그곳에는 국가의 중요한 동력 자원인 발전소가 있고, 괴수는 발전소를 파괴하기 시작한다. 전력의 공급이 끊어지고 순식간에 아수라장으로 변하는 한국. 즉각 군이 출동해 괴수를 막아보려 하지만 탱크와 전투기의 합동 공격에도 괴수는 꿈쩍하지 않는다. 괴수의 앞에는 오로지 파괴만이 있을 뿐이다. 이때 갑자기 서해와 동해에도 괴수가 출현한다. 왜 그런지는 알 수 없지만, 그것도 하나의 약속. 괴수들은 불을 뿜고, 도시를 파괴하며 서울을 향해 모여든다. 그 와중에 괴수가 알을 깐다. 괴수의 알을 발견한 군은 즉각 전투기를 출격시켜 괴수의 알을 폭격한다. 한국연구소의 김박사는 "안 돼, 그러면 안 돼!"라며 말리지만 결국 괴수의 알은 모두 파괴된다. 파괴된 자신의 알들을 보며 괴수는 눈물을 흘리고, 우워어어~ 복수의 집념이 가득한 괴성을 지르며 인간과 도시를 철저히 파괴하기 시작한다〔……〕나는 아직도── 괴수가 코앞에 서 있고, 본사에선 "빨리 대피하게, 빨리!"를 외치는데도 혼자 숙직실에 남아 "흑흑~ 사장님, 저는 최후의 순간까지 회사를 사수하겠습니다! 으악!" 하고 괴수에게 밟혀 죽는 공장장과, 제작비 절감을 위해── 괴수의 알이 터진 장면을 실제 프라이팬 위의 계란 프라이 클로즈업으로 깔끔하게 처리해준 그 영화의 감독에게 늘 감사하는 마음으로 살고 있다.

── 박민규, 『삼미 슈퍼스타즈의 마지막 팬클럽』

번역에서 수용되기에 낯설어 보이는 문화적 표현들은 특수한 역사적 체험이나 섬뜩한 억압의 기억, 이데올로기적 딜레마나 빈궁함의 두려움 따위를 함유하고 있게 마련이다. 이때 문화적 가치를 보존하여 번역에 임해야 한다는 평범한 전언은 실상 말로 표현되기 어려운 것을 번역가에게 고안해보라고 하는 충고라는 측면에서 평범하지만은 않은 주문으로 변해버린다. 이야기되지 않는 것의 저편에, 시가 탄생하는 장소인 시인의 문화적 무의식 속에, 떠돌아다니는 번역의 침묵과 아포리아가 함께 있다. 이 아포리아는 시인의 다른 작품들 속에, 혹은 아직 이야기되지 않은 형태로 존재하고 있을지도 모른다. 번역가는 시인이 자신의 문화적 무의식을 덜어내면서 우리에게 맛 보여준 환희와 고통을 번역 불가능성으로 환원하지 말아야 할 과제를 안고 살아가는 사람들이다. 아무리 자명해 보이더라도 결국 "번역이 불가능했던 지점들은 역사적인 이유에서 비롯된 문화적 효과일 뿐"이며, 결과적으로 번역 불가능성이란 "사회적이고 역사적인 것이지, 형이상학적인 것(의사소통이 불가능한 것, 표현될 수 없는 것, 신비한 것, 천부적인 것)은 아니"[13]기 때문이다.

> 알프스 산맥을 넘는 나폴레옹을 1982년, 동아 완전정복에서 만났다
> 내 사전에 불가능은 없다고 그는 외쳤으나 연합군 가운데는 산을 넘지
> 못한 이들이 적지 않았다 연합고사를 목전에 두고, 고지가 바로 저긴
> 데, 친구 여섯이 낙오했다　　　　　　　— 권혁웅, 「나폴레옹 이야기」 부분

권혁웅의 시는 대중문화와 세대의 특수성을 기발한 패러디로 되감아내면서 번역에서 새로운 지점들을 고민하게 만든다는 점에서 번역을 패러디의 또 다른 형식이자, 말을 뒤틀고, 언어의 불안정한 면을 거침없이 드러내는 위대한 문화적 행위로 간주한 보르헤스의 지적을

---

13) H. Meschonnic, *op. cit.*, p. 309.

떠올리게 한다. 보르헤스가 탁월한 상상력을 바탕으로 『돈 키호테』의 패러디에 내재되어 있는 천재성을 언급했다면, 범속하다고 할 일상문화에 대한 권혁웅의 패러디는 자신의 과거와 그 과거에 녹아 있는 기억을 돌아보고자 시도한, 도도하고도 강건한 "약전(略傳)"의 한 기술 방식이자, 흔히 동의어로 여겨지곤 하는 진부함과는 전혀 다른 '일상성의 위대한 기록'이라는 점에서 아포리아를 만들어내는 원천으로 자리 잡는다. 이 "약전"의 기술방식을 번역에서 담아내고자 할 때, 번역가는 일상적이라는 말에 따라붙게 마련인 쉬울 것이라는 편견을 마침내 시험대에 오르게 한다. 즉, '낯섦l'étranger'이 시련을 겪기 시작하는 것이다. 결국 권혁웅의 작품을 번역하고자 할 때 과도하게 따라붙을 수밖에 없을 것만 같은 주석은, 그러나 그 횟수를 늘려가는 만큼 아포리아를 아포리즘으로 치환해버릴 위험성을 동반하게 되는 '필요악'인 것이다.

7. 창조적 힘, 번역의 아포리아

시의 번역은 '뜻'을 옮겨오는 일을 포기하지 않지만 시가 언어의 현란하고 다양한 스펙트럼을 연출하는 스펙터클이라는 사실 때문에, 때로는 관념이나 의미보다는 '리듬'(앙리 메쇼닉)이나 '문자'(앙투안 베르만)라고 불러도 좋을,[14] 텍스트를 특수하게 얽어내는 물질적인 경

---

14) 실상 관념(이나 의미)과 리듬(이나 문자)은 서로 동떨어져 시에서 작동하는 것은 결코 아닐 것이다.

로를 가져와야만 하는, 그리하여 좀처럼 쉬이 풀릴 것 같지 않은 아포리아의 사막에 놓인다. 그럼에도 불구하고 이 공간이 그리 갑갑하기만 한 것은 아니다. 번역의 단위를 음성에서 문장으로, 문장에서 '문장들의 조직'을 의미하는 '디스쿠르discours' 차원으로 옮겨와 고민해볼 때, 실패를 예견하는 번역 불가능성이 번역가에게 다양한 해석과 새로운 시도를 허용해주는 번역 가능성으로 차츰 바뀌어나가기 때문이다. 여기에 바로 창조적인, '시를 번역한다는 것은 시를 쓴다는 것'(앙리 메쇼닉)에 다름없다고 할, 시 번역의 본질적인 성격이 놓여 있다. 번역은 시를 시답게 구성하는 요소들, 때에 따라 한 단어가 될 수도, 텍스트 전체가 될 수도 있는 지점들로 파고들어, 그것을 읽어내고, 다시 쓰는 작업인 것이다. '읽기-쓰기'의 일원론적 순환이 번역에서 제 모습을 드러내지 않으면, 시의 아포리아는 번역의 아포리즘으로 나락해버린다.

시의 번역 불가능성이 역설적으로 시 번역의 조건, 시의 아포리아에 끊임없이 도전하며, 아포리아의 세계를 가늠해볼 가능성 자체인 까닭도 여기에 있다. "번역은 불가능한 과업을 해결하려는 시도"라는 훔볼트의 지적처럼 바로 시의 이 번역 불가능한 속성 때문에 시는 계속해서 번역(재번역)되는 것이며, 이때 시의 번역 불가능성이란 번역의 옳고 그름, 직역이나 의역, 오역이나 명역, 형식과 의미, 말과 사물이라는 이분법의 잣대에서 벗어나 텍스트의 특성을 옮겨보고자 시도된 다양한 제안의 믿을 만한 보증인이 된다. 시 번역에 창조적인 성격을 부여할 합당하고도 당찬 이유가 바로 시의 번역 불가능성에서 생겨나는 것이다.

그리하여 번역가가 아포리아를 넘어섰다고 생각하는 매 순간, 다시 맞닥뜨리게 되는 것은 바로 이 아포리아의 연속이며, 이렇게 해서 시와 번역은 해석과 이해의 지평으로 수렴된 아포리즘을 거뜬히 거부하고, 고정된 것들로부터 계속해서 미끄러지는 모더니티의 공간 속에 놓인다. 시와 번역, 번역과 번역 사이에 돌이킬 수 없는 관계가 형성되는 것도 이 바로 때문이다. 예컨대 우리는 김수영을 번역하면서, 이상을 번역하면서, 황지우를 번역하면서, 외국의 "언어-문화"(앙리 메쇼닉)와 맞닥뜨리는 동시에, 시를 읽어내는 것 자체가 번역의 조건이라는 사실 때문에 나의 "언어-문화"도 '다시' 발견하게 되는 것이다. 시 번역에서 타자를 빌미로 내 것만을 확인해보는 작업은 타자를 상실할 뿐만 아니라 결국 나도 함께 잃게 되는 첩경일 뿐이다. 마지막으로 쇼펜하우어의 지적을 하나 더 곱씹어보자.

산문 분야에서조차, 가장 완벽에 가까운 번역이라 해도, 키를 바꾸어 악곡을 전환하는 것과 같은 방식으로 원문과 연결시킬 뿐이다. 음악가들은 그것이 무슨 뜻인지를 안다. 모든 번역이 억지스럽고 딱딱하고 부자연스럽기 짝이 없는 죽은 문체가 되어버리든지, 아니면 언어를 고수하는 제약에서 벗어남으로써 거짓말처럼 들리는 à peu près(그 부근, 혹은 그 정도)의 개념으로 만족하게 되는 것이다. 번역된 서적들을 모아 도서관을 만든다면 모조품 그림[模畵]의 전시장을 방불케 할 것이다.[15]

회의에 가득한 눈으로 번역을 바라보는 이 글은 역설적으로 원문에

---

15) 아르투르 쇼펜하우어, 앞의 글, p. 58.

서 우리가 고수해야만 하는 것은 아무것도 없다는 사실을 강조하고 있기에 그 의도에서 비켜선 것이 분명한 또 다른 지점을 생각하게 해준다. 그렇다. 비록 "억지스럽고 딱딱하고 부자연스럽기 짝이 없"을 지언정, 번역에서는 오로지 옮겨와야 할 것만이 있는 것이며, 옮겨와야 할 것을 파악할 힘이 늘 번역가에게 문제가 되는 것이다. 번역은 다른 잣대를 필요로 하지 않는다. 번역은 '충실성'이라는 명분 아래 원문을 고집스레 베끼려 드는 모사(模寫)가 아닌 만큼, 수용독자의 이해를 돕는 일에 눈멀어 가독성을 제 잣대로 번역이 불가능해 보이는 지점을 쉽게 풀어내야만 하는 서비스도 아니다. 번역은 텍스트의 특수성을 포착하는 언어행위이자 시의 아포리아를 번역의 아포리아로 되살려내려는 지난한 노력일 뿐이다. 시의 아포리아가 우리에게 중요한 까닭도 최근 시에서 목격되는, 일관되지만 상이한 특성들과 몸짓들이 우리 시의 새로운 지평을 열어젖히는 힘겨운 몸짓이라고 여겨지는 까닭도, 이것을 읽어낼 한 방편이 바로 번역에 놓여 있다고 여겨지는 까닭도 바로 여기에 있다.

나는 번역한다, 고로 존재한다
── 도플갱어의 세계를 들여다보기

> 담론의 대화적 운용은 새롭고도 본질적인 문학적
> 가능성을 제 담론에다 창조해주고, 고유한 산문의
> 예술성을 부여해준다.
> 이 대화적 운용이 가장 심오하고도 완성된 표현을
> 발견하는 것은 바로 소설에서이다.
> ── 미하일 바흐친[1]

1. 모든 것은 섞인다

 그렇다. 모든 것은 섞인다. 필경 문학작품과 결부되어 범속하게 떠
돌아다니고 있을 이 말은 그러나 고유한 작품이나 작품의 고유성이
존재하지 않는다는 것을 의미하지는 않는다. 섞인 것은 섞인 채로 정
체되는 게 아니라, 녹아들거나 매번 저 맥락의 다름으로 인해, 녹아
든 재료 안에서 매 순간 다른 가치를 부여받기 때문이다. 심지어 '녹
아든다'는 이 표현 속에도 제 것을 잃고 동화되었다는 식의 일방적인
해석을 방해하는 어떤 힘이 남아 있다. 타자의 목소리라고 해도 좋을
이것은 그러나 '식별'을 목적으로 자기의 목소리를 내는 법이 드물다
는 데에서 표절이나 영향과 같은 골치 아픈 문제들을 함께 끌어들이
고 만다. 한 줌의 지식도 갖추지 않은 상태에서 제 글을 적어나가거

---

1) M. Bakhtine, *Esthétique et théorie du roman*, Gallimard, 1978, p. 99.

나 타인의 글을 읽는 법도 없다고 했던 알뛰세르의 지적처럼, 내 글 속에 녹아 있는 타자의 흔적은, 의식적이건 무의식적이건, 그간의 내가 취해온 타자의 것이자 타(他)와 아(我), 안과 밖, 동화(同化)와 이화(異化), 원문과 역문, 낯섦과 친숙함을 완전히 분리하여 나누어버리면 결코 포착해낼 수 없는 것이기 때문에 늘 그리고 어느 곳을 막론하고, 이걸 좀 읽어달라는 주문을 강제하면서 문학의 새로운 지평선을 힐끔거리게 만드는, 작다고만 말할 수는 없는 힘을 지니고 있다.

　때문에 이 타자의 흔적은 경계선을 밟고 있는 너와 나, 이렇게 양자가 뒤로 물러나 있다고 가정할 때보다는 오히려 서로를 향해 한 걸음씩을 더 내디디며 서로가 포개어지며 결국 교차될 때, 그리하여 뒤엉킨 상태로 이 둘을 전제하게 될 경우, 또 그제야 비로소 새삼스런 사유의 꽃을 피우고 진솔한 성찰의 창을 연다. 가시성과 비가시성의 절반쯤을 성취한 상태에서 작동하게 마련이지만, 종종 내 안에 무작정 '침입'한 것으로도 오해를 받기 십상이기도 한 이 타자의 몫은, 에둘러 말하자면 제 글 안에다 한 시대를 갈무리하려고 했던 문학적 제안이나 이론적 사유를 작가가 무의식적으로 반영한 결과, 야기되었다는 전제하에서만 오로지 그 변형과 틈입을 허용하며, 글 속에서 제 가치, 즉 섞어놓은 행위에 대한 정당성을 획득해나간다. 그러니까 결국 물음은 이런 것이다. 내 뒤통수를 주시하는 자는 나인가? 왼손이 왼손을 만질 수 있는가? 고유한 나는 타자 없이도 존재할 수 있는가? 타자의 '상'은 내 안에 어떻게 맺히는가? 이걸 솎아내는 일이 과연 가능하기는 한 것이며, 그런데도 왜 들추어내야만 하는가? 왜 들추어내고자 하는가?

2. 대화론은 번역론이다

폭풍우가 거세게 휘몰아치던 저 혁명의 시절, '창조'라는 통념에 짓눌려 간과되어왔던 문학과 예술의 '섞임'을 '대화주의dialogisme'라는 화두로 새롭게 감아내면서 미하일 바흐친이 이야기하려고 했던 예술작품 고유의 어떤 '속성'은, 그것이 바로 '영향'이라는 용어 주위로 난삽하고도 난감하게 제기되어온 물음들에 대한 일면의 대답일 수 있다는 생각에서 나온 것이었을 것이다. '대화' 덕에 소위 작품이라는 것이 제 대상을 차츰 개념화해나간다는 바흐친의 말은, 실상 타자의 사유가 내 안으로 침투해 들어와 내 정체성의 고유함을 만들어나가는 데 일조하며, 타자의 글도 결국 내 글의 일부가 되어 내 글의 특수성을 조절해나간다는, 그러니까 전통적인 의미에서의 '창조론'을 전면으로 부정하면서, **게다가 모든 텍스트는 텍스트이기 이전에 이미 타자의 텍스트**라는 사실을 완곡하게 말하고 있기에, 불온한 사유로 치부될 만한 조건을 두루 갖추고 있었던 셈이다.

바흐친의 문학론은 그럼에도 엄청난 파장을 불러일으켰고, 세월의 굴곡이 어느 정도 밋밋해지자 이곳저곳에서 봇물처럼 터져나와 본격적인 연구의 궤도 안으로 진입했으며, 그 후로 얼마 지나지 않아 비교문학에 새 지평을 열어 보였다는 성찬을 받기도 했다. 문학 개념어들의 영역에서 별다른 의심 없이 사용되고 보호받아온 '영향'이라는, 그러나 한편으로 상당히 모호한[영향이란 단어는 고작해야 '감정의 상태'를 드러내거나(나는 누구의 영향을 받았다-받지 않았다, 나는 이 누군가의 꼭두각시이다-아니다) '이데올로기적 판단'(영향은 좋은 것이다-아니다. 영향은 고유성을 해치므로 지양되어야 마땅하다-그렇지 않다)을 반영하는 비과학적 용어일 뿐이므로) 이 수식어 격의 실사를 코에도 귀에도 걸지 않고 꿀꺽 삼켜버린, 그리하여 이 용어에서 번져나올 수 있을 잡다한 갈등의 원인을 아예 제거해버릴 만한 강력한 알리바이를 만들어낸 바흐친의 대화론은 글과 글의 섞임과 그 섞임의 운용 전반을 꼬집어 말한 것이기에 일면 '번역론'과 다름없다고 해도 좋을 법하다.

그러나 바흐친이 '대화'가 만개할 장소로 모든 문학 장르를 꼽아보았던 것은 아니다. 특히 시는 "독백적인 측면"(그는 시가 '모놀로그적 monologue'이라고 했다) 때문에 대화주의가 만개할 요건을 갖추고 있지 못하며, 그러나 시와 대비되는 대립 항으로 고정되어 인식된, 또 그만큼 시와 분리된 틀 속에서 주조되어 두루 안착된 산문이나 소설은, 이제 와서 새삼 생각해보면 그 뉘앙스조차 묘하다고 할, 열려 있는 장르, 즉 "대화적 담론"의 상징이자 "무한히 소통하는 다성적(多聲的, polyphonie) 장르"[2]의 이상적 모델로도 부족함이 없는 것으로 간주된 바 있다. 바로 이러한 이유로 '산문'은 리얼리티를 가장 효과적으로 반영할 장르로 승격하게 되기도 했는데, 번역을 이야기하려는 우리에게 아이러니는 바로 여기서 발생한다.

그 속사정이야 어찌 되었건(잠시 접어두고), 바흐친의 사유는 서정시에 비교할 때 서사적 산문이 더 '탁월하다'는 판단을 토대로, 현실의 다양한 모습을 포착할 유일한 언어 역시 바로 이 산문(소설)이라

---

2) M. Bakhtine, *ibid.*, p. 117.

ㄴ 주장해 마지않았던 게오르크 루카치의 관점[3]과 밀접히 교류하면서 사실상 '사실적 리걸리즘'이라는, 한 시대를 사실적으로 풍미했던 저 문학론의 중심에 덜커덕 소설을 사실적으로 올려놓는, 사실적인 결과를 낳는다.

3. 흔들어도 깨지 않는 잠, 그 존재의 불안을 말하는 두 가지 방식

하지만 또 곰곰이 생각해보면 이 텍스트 사이의 '대화'라는 화두는 시대와 역사, 장르와 장르, 국가와 국가를 넘나들기 일쑤이다. 발자크의 작품을 러시아어로 번역한 도스토예프스키가 번역에서 얻어진, 다시 말해 타자의 글을 제 언어로 매만지면서 갖게 된 경험을 곧추세워 제 소설의 문체를 다듬고 소설 자체를 실험해나간 만큼이나, 소설가들이 펼쳐놓은 사유나 철학적 단상들이 시 속에 오롯이 녹아들어 대화, 즉 번역을 적극적으로 풀어놓는 일을 조장하지 말란 법도 없다. 이성복의 작품이다.

숟가락은 밥상 위에 잘 놓여 있고 발가락은 발 끝에
얌전히 달려 있고 담뱃재는 재떨이 속에서 미소 짓고

---

3) "산문만이 유일하게 강력한 힘을 바탕으로 고통과 해방, 투쟁과 성취, 전진과 축성을 포착할 수 있는 언어이다." [G. Lukac, *La théorie du roman*, Gallimard, 1989(1ère édition, Denoël en 1968), p. 52].

기차는 기차답게 기적을 울리고 개는 이따금 개처럼
짖어 개임을 알리고 나는 요를 깔고 드러눕는다 완벽한
허위 완전 범죄 축축한 공포, 어째서 이런 일이 벌어졌을까
— 이성복, 「어째서 이런 일이 벌어졌을까」 부분

    모든 게 정상인데도 태연히 그 정상됨을 되묻고 있기에, 턱없는 불안감과 존재의 저 부당함을 역설하고 있는 것이 분명한 이 대목은, 한 시대가 어영부영 끌어안고 있는 난감한 처지를 결곡하지만 역설의 색채가 짙게 묻어 있는 일련의 '가짜' 물음들을 통해 되받아내는 게 어떻게 가능한지, 그 시적 변용을 별다른 여과 없이 보여준다. 모든 게 안전하게 작동하고 있는데도 "완벽한 허위"이자 "완전 범죄"라고 한다면, 그리하여 올바른 자리에 놓여 있는 모든 것이 "축축한 공포" 마저 불러일으킨다고 한다면, 그 이유나 원인은 결국 총체적인 것, 즉 내가 살고 있는 시대의 이데올로기적 잣대나 합리성으로는 쉽사리 들여다볼 수 없는 것이며, 그럼에도 불구하고 그것이 나의 내부에서 까닭 없이 차올라오는 무엇이라고 한다면, 지금의 나를 구획 짓고 있는 경계를 허무는 범람과 그 파장을 염두에 두지 않을 수 없다.
    저 의혹의 시대를 지나오면서 시인이 불안을 떠안고 사는 까닭은, 이렇게 정치적 폭압 때문이라기보다는 오히려 그것의 근간을 지탱하고 조장해온 어떤 불온한 정신에 우리 모두가 감염되었거나 포획되었다는, 더욱이 그 상황 전반이 시인에게 부조리하게 내비침은 물론, 터무니없다는 느낌마저 불러일으키기 때문이다. 결국 이런 나는, 나를 둘러치고 있는 경계, 즉 내 밖으로 자꾸 흘러넘치는 수밖에 다른 방법으로는 나의 존재이유를 발견하지 못한다.

그리하여 습관적으로 우리가 느끼고 매만지고 소유하고 향유하던 모든 것은 죄다 회의 가득한 의심의 시선 안으로 걸어 들어오고, 그런 만큼 굳건히 현실에 두 발을 박아두고서 하루하루를 살아가야 하는 나는 정작 그 현실에서는 반감과 권태, 불투명한 전망과 의아한 마음을 떨쳐버릴 길이 없어진다. 그것은, 이를테면, 이성이 관장하고 합리가 조절해온 가치 체계 안에서는 도저히 가늠할 수 없으며, 아예 가늠할 수조차 없는 어떤 형태의 패러독스와 같은 감정을 시인이 고스란히 지니고 있다는 점에서, 다음 글에서 목격되는, 마찬가지로 도무지 그 까닭을 알 수 없는 상태에서 솟구쳐나온 것으로 보아야 할, 턱없는 적의와 조응할 만한 시간과 공간의 두께를 만들어낸다.

구토는 내게 짧은 휴식을 남겨준다. 하지만 그것이 다시 찾아오리라는 것을 나는 알고 있다. 그것이 내 정상적인 상태인 것이다. 다만 오늘 그걸 견디기에는 내 몸이 너무나 기진맥진해 있다. 마찬가지로 병자들도 제 병에 대한 의식을 몇 시간 정도는 잊게 해주는 행복한 허약함을 갖고 있다. 나는 권태롭다. 그게 다다. 가끔가다가 눈물이 뺨 위로 흘러내릴 정도로 나는 하품을 한다. 그것은 깊고 깊은 권태이며, 존재의 깊은 마음이며, 심지어는 내가 만들어진 질료이기도 하다. 내가 내 자신을 소홀히 하는 건 아니다. 아니, 오히려 반대다. 예컨대 오늘 아침, 나는 목욕을 하고, 면도도 했다. 다만 이 모든 정성스런 일을 다시 생각해볼 때, 어떻게 내가 그 일을 할 수 있었는지 이해할 수 없을 뿐이다. 그런 일은 정말로 허무한 것이다. 그런 일을 내가 하게 시킨 것은 습관임에 분명하다. 습관은 죽지 않으며, 습관은, 습관이란 끊임없이 분주하게 움직이고, 아주 부드럽게, 엉큼하게 자신의 결을

계속 짜낸다.[4]

'의식'이 확고하게 담보해온 세계, 즉 합리적 개인의 내재성과 그 견고한 '내부'에서, 그러나 밖을 향해 끊임없이 흘러넘치는, 지금의 나로서는 좀처럼 가닿을 수 없는 저 피안에 도달하고자 하는 나는, 그럼 대체 어디에서 내 존재됨을 찾을 것인가? 데카르트적 주체, 흔히 말하는 근대성과 합리성의 개인됨을 확정 짓는, 내부라는 견고하고 단단한 울타리를 자꾸만 벗어나게 되는 나는 외부, 즉 내가 아직 알지 못하는 어느 곳으론가 흘러들어 결국에는 나를 둘러친 경계를 벗어나고 말 제 운명을 예고하는 상황에 놓인다. 바로 여기서, 지금까지 의심하지 않았던 모든 것을 의혹의 상태로 돌려놓으려는 시인과, 지극히 정상인 상태임에도 습관적으로 "구토"를 반복할 수밖에 없는 실존적 주체 사이에 적절한 대화의 고리가 만들어진다. 견고했던 내가 더 이상 견고할 수 없음을 깨달았을 때, 그리하여 바깥과 내부의 경계가 무의미해지거나 아예 그 경계조차 목도하지 못하게 될 때, 이 견고함 밖의 세계를 엿보는 내가 그런데도 어떤 통일성을 찾고자 한다면, 아니 인간됨으로써 그러할 수밖에 없다고 한다면, 몸서리치며 구토를 반복하는 것 외에 내가 할 수 있는 일이란 대체 무엇이 있겠는가?

　　여러 번 흔들어도 깨지 않는 잠, 나는 잠이었다
　　자면서 고통과 불행의 正當性을 밝혀냈고 反復法과

---

4) J.-P. Sartre, *La Nausée*, Gallimard, 1972(1ère édition, 1938), p. 222.

기다림의 이데올로기를 완성했다 나는 놀고 먹지 않았다
끊임없이 왜 사는지 물었고 끊임없이 희망을 접어 날렸다
— 이성복, 「어째서 이런 일이 벌어졌을까」 부분

대답을 얻을 수 없거나 애당초 그것이 목적이 아니라는 점에서,
"끊임없이 왜 사는지"를 되물으면서 "끊임없이 희망을 접어" 날리는
시인의 행위는 지나가는 행인— 누구인지는 중요하지 않으며, 그저
동시대인이면 된다— 을 향해 무턱대로 퍼붓고 있는, 공격을 가장한
사르트르의 까닭 모를, 아래의 '가짜' 질문들과 밀접히 교류하는 만
큼, 고함에 가까운 이 가짜 질문에 서려 있는 비판의 날을 메아리로
되받아내고 있다는 점에서 서로가 그 까닭을 모를 리 없는 어떤 공통
점을 창출해낸다.

나는 벽에 기대어, 행인들에게 이렇게 소리칠 것이다.
"당신들의 과학으로 당신들이 이루어놓은 게 대체 무어요? 당신들
의 휴머니즘으로 한 게 무어요? 당신들의 그 '생각하는 갈대'의 위엄
은 대체 어디에 있는 거요?"[5]

"왜 사는지 도무지 알 수 없"(「그러나 어느 날 우연히」)다고 말하는
시인에게 사소한 것들에 드리워진 섬세한 관찰은 때문에 이 세계에서
완전히 의미를 상실한 행위이거나 한없이 초라하다거나 수동적인 몸
짓에 가깝다기보다는, 근대 이성적 주체의 견고함을 더 이상 확신할

---

5) J.-P. Sartre, *ibid.*, p. 225.

수 없을 때 제 '존재'를, 아니 존재됨을 찾고자 구천을 헤매는 절박함에서 울려나온, 치 떨리는 몸부림에 가깝다. 우리가 잘 보지 않으려고 한 것들, 그저 안전하다고 생각하여 덥석 물고 나서는 그 벌어진 입을 다물지 못한 채 어정쩡하게 함구해올 밖에 다른 도리가 없었던 것들을 다시 한 번 들여다보고, 그리하여 그 존재의 이유를 새삼 되묻고자 하는 이 작업은 결국 제가 서 있는 시대를 송두리째 부정하는 일종의 도전과 맞닿아 있는 것이며, 부정을 통한 자기긍정의 변증법적 원리를 추구하는 과정에서 솟구쳐나온 필연적 행보이자, 시대가 낳은 처참하고 처절한 결의의 한 형태라고 볼 수밖에는 별다른 방법이 없다.

> 그러나 어느 날 우연히 풀섶 아래 돌쩌귀를 들치면 얼마나 많은 불개미들이
> 꼬물거리며 죽은 지렁이를 갉아 먹고 얼마나 많은 하얀 개미 알들이 꿈꾸며
> 흙 한점 묻지 않고 가지런히 놓여 있는지
> ── 이성복, 「그러나 어느 날 우연히」 부분

이성복의 시와 사르트르의 "구토"가 서로 교류한다고 할 때, 또 이 교류라는 것이 바흐친이 말한 대화의 일종이라고 한다면, 실존주의의 시적 변용이라고 부를 수도 있을 이 텍스트와 텍스트 사이에 맺혀 있는 관계를 통해 우리가 보게 되는 것은 바로 번역, 아니 번역의 효과, 즉 번역의 파장이다. 이렇게 번역이라고 보아도 무방할 만한 어떤 공명이 한 시대의 공통된 고민들을 공유하는 가운데 '오늘-지금-이 순

간'에도 장소와 국가, 문학의 그 장르를 가리지 않고 이곳저곳을 떠돌아다닌다. 한 시대가 처한 난감한 상황을 서로 다른 사회와 언어활동 속에서, 그러나 한 시대의 고민을 끝까지 밀고 나간 상태에서만 오로지 '공감'하게 되는 그 공통된 통찰력을 바탕으로 시대를 보란 듯이 지배하고 있는 지적 패러다임을 꾸짖고, 그 정당성에 제동을 거는 행위가 어떻게 가능한지를 이 두 글은 잘 보여준다.

의식적이건 무의식적이건 텍스트라면 무릇 '대화'의 자장 속에 놓인다는 점에서 볼 때, 소설이나 산문에 견주어 시가 이런 역할을 게을리하는 법은 없다. 어쩌면 문학을 바라보는 자의 게으름만이 있을 것이다. 문학에서 한 시대의 지적 고민을 담아내는 것이 문제가 될 때, 따져 물어야 하는 것은 고로 장르의 우월성이 아니라 텍스트가 서로 맺고 있는 그 접점들을 파악할 힘과 그것의 가치를 견주어볼 안목인 것이며, 바로 이럴 때 문학과 문학 전반의 행위를 색다른 지평에다 올려놓고서 주시하게 될 암묵적인 가능성도 함께 생겨난다.

4. 텍스트는 텍스트이기 이전에 이미 타자의 텍스트이다

시와 소설, 문학과 사상, 철학과 문학, 정치와 문화의 다소간 어긋나 있는 지평들을 넘나들며, 더구나 그 대상을 가리는 법도 없기에, 번역은 한 언어를 다른 언어로 옮기는 작업이라는, 비교적 단순한 정의에서 출발함에도 결국에는 우리가 예상하지 못하는 곳까지 한껏 치달아 문학 전반의 섞임과 그 틈입을 허용하고 주시할 사유의 공간과 폭을 확보하고 만다. 그 폭이 열어놓은 예각의 공간에다 사유를 드리위 측정해볼 때, 좀처럼 좁혀지지 않을 것만 같던 이쪽저쪽의 거리가 대화를 꼭짓점으로 하여 양축으로 엇갈리며 교차되기 시작하는 것이며, 바로 이럴 때 언어의 기계적 전환(코드의 변형이라고 해도 좋을)의 문제로는 환원되지 않는 잠재적인 에너지를 번역이라는 말이 포괄하고 있다는 사실이 더 명확해지면서 그런 만큼 번역이라는 문제의식은 텍스트 해석의 새로운 가능성으로 바뀌어 당당히 우리 앞에 자리하게 된다.

텍스트 사이의 대화가 더 구체적으로 제 몸을 드러내는 장소가 바로 번역이며, 보란 듯이 그 효력을 발휘해가며 제 개념의 유용성을 한껏 연장하는 행위가 바로 번역이기 때문이다. 롤랑 바르트가 말한 것처럼 텍스트는, 텍스트이기 이전에 이미 '곁para' 텍스트이자 '전(前, avant)' 텍스트이며, 결국 '상호inter' 텍스트인 것이다. **모든 텍스트는 그러므로 누군가의 텍스트, 다시 말해 누군가의 텍스트의 번역인 셈이며, 거기에 담겨 있는 무언가를 번역한 텍스트이자, 남의 것이나 내 것, 즉 이러저러한 기억을 번역한 텍스트인 것이다.**[6] 이렇게 따지다 보면 습속과 이데올로기, 한 시대의 문화지평과 그 번민의 흔적들은

반드시 번역이라는 형태로만 우리에게 주어지고, 우리의 주변에서 표출되거나, 우리 주변을 맴돈다는 사실이 드러난다.

그리하여 지각현상을 이미 번역이라고 볼 수 있으며, 세상의 모든 지식이 우리에게 주어지는 방식 자체가 이미 번역이자 작가라는 존재역시 작가이기 전에 이미 번역가라고 할 때, 사상은 그것이 새로운 성찰을 담보한 경우 그 어떤 형태의 문학 장르이건 간에 또 다른 텍스트 안에서 변형되게 마련이며, 그 어떤 장소도 가리지 않고 표출됨은 물론이요, 그 어떤 상황 속에서도 문학 전반을 육박해오는 무시무시한 잠재력을 머금고 있는 상태로 우리 앞에 존재할 뿐이다. 이렇게 나는 내가 생각한 것만큼 고유하지 않다고 말할 수 있다면, 그것은 나의 독창성의 소멸이나 그것이 부재함을 고발한다는 의미에서 그런 것이 아니라, **이와는 완전히 상반되게 내 독창성의 역사성을 생각해보는 일이 바로 '번역적 사유'를 통해 가능하다는** 점에서 그런 것이다.

다시 바흐친으로 돌아오자.

서사적 장르의 승리를 예견하고 소설의 우월성을 설파했던 바흐친이나 루카치의 경우 시에 대한 노골적인 차별과 편견(언어에 대한 편견을 포함하여)은 글과 언어, 말과 심지어 시마저 어떤 내용을 표현하는 단순한 수단일 뿐이라는 주장을 손에 움켜쥔 1960년대 구조주의의 품에 안겨 탄력을 받고 그 절정을 맛본다. 한 시대를 주도했던 '지적인 공모'가 그 당시나 향후에 어떤 파급효과를 만들어내는지 알아

---

6) 그의 글 대부분이 이와 같은 사유를 바탕으로 전개되었다고 볼 수도 있겠지만, 특히 "Théorie du texte", in *Encyclopédie Universalis*를 참조할 것.

보고자 한다면, 바로 여기가 적절하다고 할 수 있다. 그것이 무엇이 건 간에 어떤 '사유'를 전달하는 데 필요한 보조적이고 부수적인 형식 (심지어 장식)이 바로 시와 다름없다고 인식되었기에 어쩌면 시는 철학자들의 시선을 사로잡기에 부족함이 없었을지도 모른다. 속을 뒤집어 까면 뭔가 튀어나올 것이라는 추측이 시 주위로 팽배하게 늘어선 까닭도 따지고 보면, '형식'에는 응당 이에 호응하는 '내용'이 별도로 존재할 것이라는 기계적이고도 고루한 생각 때문이었다. 말과 언어는, 그러니까 심오하고도 완숙한 사유의 덩어리인 철학적 난제들을 담아내는 깨지기 쉬운 질그릇이거나 진리의 도래를 예견하는 징후일 뿐이라는 생각, 시는 질그릇 중에서도 가장 빛나는, 가장 순수한 형태의 질료들로 빚어진 절정(헤겔, 헤겔, 헤겔을 떠올리자!)이라는 인식이 적어도 철학의 바통이 포스트모던이라는 이름하에 프랑스로 넘어오는 그 시점에서는, 심지어 지배적이지 않았나 하는 인상마저 짙다.

5. 말로 구획을 짓는 세계에서
시인은 예외적 상황의 선포자이다

그런데 공교롭게도 이 시기, 글의 내적 자율성을 운위하고자 하는 지적 흐름이 '형식주의'라는 야유에 가까운 칭호(대개 이런 칭호는 정적들이 가져다 붙여놓는다)에 구애받지 않고 러시아 형식주의의 유산을 명확하게 포착하여 수용해낸 지식인 몇 명의 손길에 힘입어 프랑스에 등장한다. 물론 소쉬르와 벤베니스트의 수용과 더불어. 언어의 힘과 언어로 구획되는 세상, 그것의 가장 주관인 표출과 실현이 바로 시라는(시일 것이라는) 생각이 장르의 기계적인 구분을 단박에 취소하면서 텍스트의 특수성을 하염없이 바라보게 만든다. 이들에게 텍스트는 무엇보다도 '조직체'이며, 더욱이 이 조직의 구성요소들은 서로 밀접하게 결속되어 있는 것이었다. 정말로 그렇다고? 아니 그러면 그 위대한 철학자들, 시의 짜임과 결을 더듬거리며 그 문장과 문장이 결속되는 조직의 특수성을 이해해보려는 노력을 무위로 돌리고서 시를 쪼개어 그 조각을 붙들고, 거기서 '진리'의 그림자를 읽으려고 덤벼들었던 그 심오한 하이데거의 후예들은 이제부터 죄다 어찌하라고?

1960년대 프랑스의 새로운 문학비평 공간은 정치 · 문화적 혁명과 맞물려 제법 시끌벅적한 분위기 속에서 진행되었지만, 지금에서 다시 돌이켜보면 몹시 단순하기조차 한 하나의 화두, 한 가지 사실을 관철시키려는 젊은 지식인들의 야심을 지렛대 삼아 전통의 무게를 달아보고자 했던 배중률 가감의 놀이였다고 해도 과언은 아니다. 그래도 싸움의 상대는, '대학비평'이라는 이름으로 비판의 도마에 오른 '전통비평'과 문학이라는, 구태의연하게 유습되어온 고질적인 그 제도(낡은 커리큘럼과 권위적인 교수들이 판치고 있는 교육 현장), 이렇게 적어도 둘 이상이었다. 그러다 지렛대가 한쪽으로 기울어지기 시작한 것은 그 길목을 지키고 있었던 비평가들과 시인들, 특히 앙리 메쇼닉(시학 이론)이나 클로드 뒤셰(사회비평), 장 벨맹-노엘(심리비평), 장 스타로뱅스키나 롤랑 바르트(텍스트 이론), 문학비평가에 가깝다고 할 푸코나 데리다 덕분이었을 것이다. 김언의 작품이다.

이보다 명확한 사건을 본 적이 없다.
사건 다음에 문장이 생기는 것이 아니라

문장 다음에 사건이 생긴다. 어떤 문장은 매우 예지적이다.
어떤 문장은 매우 불길하다. 그리고 어떤 문장은
자신의 말에 일말의 책임을 진다. 그것은 조금 더 불행해졌다.

당신 앞에서 누가 손을 내미는가. 그것은 거지의 손이거나
도움의 손길. 아니면 서로가 평등하다고 착각하는
무리들의 우두머리가 맨 처음 만나서 나누는 인사.
그들은 무리들을 대표한다는 점에서 동일하지만, 평등하지는 않다.
공평하지도 않다. 누군가의 손이 더 크다. 이 문장이
사소한 분쟁을 일으킨다. 커다란 의문에 휩싸인다.

　　　　　　　　　— 김언, 「이보다 명확한 이유를 본 적이 없다」 부분

　사물 이전에 언어가 있으며, 쓰는 행위가 모든 것을 규정한다는 생
각이 문학을 물들인 이후의 풍경을 잘 보여주는 이 작품에서 우리는
"사물들이 형성되고 해체되는, 혹은 작가가 자신의 주관성을 부각시
키고 다시 말소시키는 대화의 장소"[7]가 바로 시라는 어떤 증거를 찾
아낼 수 있다. '에크리튀르écriture'의 모험이라고 바르트가 이름을
붙였던 사유 속에 도사리고 있던 무엇이 김언의 작품에서 되살아난
다. 언어나 글, 글쓰기와 그것의 재료인 자음과 모음의 배치나 그 조
직이 더 이상 '비인칭'이 아닌, 제 힘을 기묘하게 행사하는 세상의 실
질적 주체를 이룬다는 사실이 김언의 작품에서 변형되어 표상되기 시
작한다. "사건 다음에 문장이 생기는 것이 아니라/ 문장 다음에 사건

---

7) R. Barthes, *Le grain de la voix*, Seuil, 1981, p. 102.

이 생긴다"고 말하는 김언이 언어의 주관적인 세계를 구축하고자 가장 먼저 추방한 것은 그럼 무엇인가? 바르트의 글이다.

비록 저자의 제국이 여전히 강력하기는 하지만(신비평은 빈번히 이 제국을 공고히 했을 뿐이다), 이미 오래전부터 몇몇 작가가 그것을 붕괴하려 시도해왔다는 사실은 자명해 보인다. 프랑스에서는 분명 말라르메가 첫번째인데, 그는 이때까지 언어의 주인으로 간주되어왔던 자를 언어 그 자체로 대체할 필요성을 폭넓게 예견하였으며, 그에게나 우리에게나, 말하는 것은 언어이지 저자는 아니다. 예컨대 쓴다는 것은 미리 결정된 비개인성――어떤 경우라도 사실주의 소설가들의 거세하는 객관성과는 혼동될 수 없는――을 통하여 '자아'가 아니라 오로지 언어 행위만이 영향을 끼치고 '수행하는' 그런 지점에 도달하는 것이다. 말라르메 시학의 전부는 에크리튀르를 위해서 저자를 지워버리는 데 놓여 있다(살펴보겠지만 이것은 독자에게 독자 자신의 자리를 돌려주는 것이기도 하다).[8]

그 한자 하나하나를 따져보아도 비교적 뜻이 명확한 '저자'(著者―'분명하게 기술하는 자' = Auteur: 그래서 대문자가 더 효과적이다!)는 오랫동안 작품의 창조자이자 주인으로 군림해왔다고만 말해두자. 위대한 저자들 몇 명 주위로 공고히 구축되어온 문학의 '제국'을 허물어버리고 그 폐허 위에다 온전히 '에크리튀르'의 모험을 상재한 글들

8) R. Barthes, "La mort de l'auteur", in *Le Bruissement de la langue*, *Essais critiques IV*, Seuil, 1984, p. 62(*Manteia*지에 1968년 발표되었던 글).

(말라르메, 조이스, 프루스트, 카프카 등의 작품들)로 구성된 문학의 공화국을 지으려고 했던 바르트의 사유가 우리 문학에서 울려나오는 반향을 목격하는 일이 바로 김언의 시에서 번역을 말할 수 있는 근거로 자리 잡는다. 한 시대를 대표하는 문학이론이 화려하게 꽃을 피우는 장소, 이론을 실험하고, 거기서 얻어진 사유를 바탕으로 시의 새로운 카리스마를 창출해내는 과정을 목격하는 것은 어떻게 대화 속에서 텍스트들이 서로 공명하는지, 그 가능성을 주시하는 작업과 긴밀히 맞닿아 있는 것이다.

김언의 시에서 세계를 구획하는 자, 세상에 문학이라는 이름으로 "예외적 상황을 선포하는 자"(카를 슈미트)는 창조자의 탈을 쓴 전통적인 의미에서의 '저자'가 아니다. 그것은 바로 '말'이자 '문장'이며, 말과 글이 제 자율적인 성격으로 말미암아 독자와 대화의 고리를 하나씩 만들어간다는 점에서 볼 때는 텍스트라는 하나의 견고한 조직처럼 말과 문장을 운용해나가는 '정언적인 힘'이다. "오로지 언어행위만이 영향을 끼치고 수행하는 그런 지점"을 김언의 시가 노정하고 있다면, 그것은 시인이 "논리와 오류를 함께 내장한 문장"뿐만 아니라 "지금 이 순간의 문장이 가장 중요"(김언, 「이보다 명확한 이유를 본 적이 없다」)하다고 여기고 있기 때문이다. 물론 이때 다시 한 번 더 부정되고 지워지는 것은 저자의 존재와 전통적인 시의 문법일 것이다. 저자가 물러난 자리, 견고한 문법이 부서진 그곳에는 그럼 누가? 아니 무엇이 들어서는가? 그곳에 덩그러니 놓여 있는 것은 말하는 자가 기획하는 세상, 말하는 자가 그 문을 힘껏 열어젖힌 감옥이라는 이름의 세계이다. 바르트의 지적처럼 우리에게 말을 하는 자는 "언어이지 저자"가 아닌 까닭이다.

내가 덥다고 말하자 그는 문을 열었다.

내가 춥다고 말하자 그는 문을 꼭꼭 닫았다.

내가 감옥이라고 말하자 그는 꼼짝 말고 서 있었다.

2 더하기 2는 네 명이었다. 남아도는 것은 꼭 필요한 것이었다.

내가 유죄라고 말하자 그는 포승줄에 묶였고

내가 해방이라고 말하자 그는 머리띠를 묶고 앞으로 나아갔다.

그는 꼼짝 말고 서 있었다. 버스 안에서

이제 그만 내릴 때라고 말하자 그는 두 발을 땅에서 떼었다.

내가 명령이라고 말하자 그는 망령처럼 일어서서 나갔다. 누군가의

입에서.   ― 김언, 「감옥」 전문

김언이 이렇게 '말하는 나'에게 고유한 권위를 부여해나가는 방식
은, 예컨대 "꼼짝 말고 서 있었다" 같은 문장에서 표면으로 떠오른다.
'꼼짝 않고 서 있는' 것이 아니라, "꼼짝 말고 서 있었다"는, 어찌 보
면 완숙하지 못한 것으로 비칠 수 있을 이 표현은, 그러나 김언 특유
의 문장의 운용과 맞닿아 있기에, 빗대어 말하자면 '자유간접화법'의
효과를 적절히 이용하여 '말하는 나'와 '명령하는 나' 사이의 경계를
허물고, 이것도 모자란 듯 한 걸음 나아가 아예 그 구획을 짓뭉개버
리고 난 후, 오로지 문장과 단어를 채근하여 차곡차곡 쌓아올린 언어
의 집을 창출하는 일에 시인이 여념이 없다는 사실을 잘 알려준다.

"에크리튀르를 위해서 저자를 지워버"린 김언에게 물론 "우리는 무

엇인가를 쓰려고 하지만, 바로 이 순간 우리는 그저 쓸 뿐이다"⁹⁾라는 바르트의 명제가 반드시 유용한 것만은 아니다. 왜냐하면 김언은 바르트보다 더 멀리 나아가기 때문이다. 아니, 바로 이 지점에서 어쩌면 김언은 바르트와 다시 조우한다.

그 어떤 문학적 형식 속에도 어떤 톤이나 어떤 에토스에 대한 일반적인 선택이 존재한다. 작가가 명백하게 '개별화'를 이루는 것은, 정확하게 말하자면, 바로 여기〔에크리튀르-인용자〕에서인데, 그 까닭은 작가가 연루되는 곳이 바로 여기이기 때문이다."¹⁰⁾

김언이 작가로 "연루되는 곳"은 단호한 목소리로 현실을 비판하거나 그 시정을 바로잡고자 하는 고발의 장소에서가 아니라, 오히려 글의 자율성을 뛰어넘었다고 볼 수밖에 없는(자율성이 일견 무책임을 말한다고 할 때), '정언적인 힘'으로 다스려지는 말과 언어의 공화국에서이다. 자기목적적인 글들, 예컨대 글이 되레 글을 지칭하면서 주관을 개입시키는 방식을 보여주는 그의 시는 바르트가 말한 "자동사적 글쓰기"¹¹⁾의 시적 변용을 통해, 그만의 환희를 맛보게 될 언어의 공화

---

9) R. Barthes, *Essais critiques*, Seuil, 1964, p. 153.

10) R. Barthes, *Le degré zéro de l'écriture*, Seuil, 1953, p. 14.

11) R. Barthes, "Ecrire, verbe intransitif?", in *Le Bruissement de la langue, Essais critiques IV*, Seuil, 1984, pp. 21~31. 진정한 작가에게 글을 쓴다는 것은 "자동사적인 행위acte intransitif", 즉 목적어를 따로 필요로 하지 않는 기술이 되어야 한다고 바르트는 말한다. 따라서 이때 작가는 무엇에 '관해서' 기술하지 않는다. 그는 글을 통해 무언가를 증언하지 않으며, 독트린을 만들어내지도 않고, 어떤 목적에 구속됨 없이 단지 쓰는 행위를 실천할 뿐이다.

국을 너끈히 구축하고도 남을 만한 것이다. 물론 이 공화국의 법령
〔'언령(言領)'에 다름 아닌〕을 만들고 그것을 집행하는 자는 바로 시
인 자신이다.

6. 읽을거리로 귀결되는, 「Texture」의 세계

김언의 시에서 펼쳐진 것은, 실상 이 세계가 구체적으로 무엇을 손
에 쥐고 착수된 것인지를 묻지 않거니와, 그것을 묻는 것을 제 목적
으로 삼지 않는다는 것이며 바로 여기서 김언의 시는 고유한 성취를
이루어낸다. 그가 무언가를 높이 치켜들어 세상의 질서를 재편하려고
할 때 그의 손에는 언어와 글, 낱말과 문장, 펜이 굴려낸 자율적인 정
신만이 쥐어져 있을 뿐이다. 그리하여 세상은 커다란 하나의 읽을거
리로 귀결되고, 나는 '글의 결-texture'을 따라 세상을 명명하고 구
획하며, 당당히 그 세상 됨에 책임을 묻는 주체로 거듭나게 되는 것
이다. 신해욱의 글이다.

그의 글씨에는 매듭이 없었다.

나는 그의 글씨를 풀어
긴 옷을 만들어야만 했다.

우리는 서로를
모른 체하고 있지만

긴 옷에서는 나의 냄새가 나고

그는 너무 잘 맞는 옷을 입고
굳어가는 몸.

*

생각들이 전부 뼈로 만들어진 것처럼
그는 완전한 사람이 되어간다.
뼈가 보일 만큼
뼈를 넘어설 만큼
선명한 이야기가
손끝에서 만져진다.

매듭에 대한 것만이 유감으로 남겨지고 있다.
— 신해욱, 「Texture」 전문

　글씨를 풀어 옷을 만드는 행위에는 어딘가 빈곳이 숭숭 뚫려 있어,
그 구멍을 메우는 일 자체가 반드시 상상력이라고는 말할 수 없는,
행간을 읽어야 한다는 부담감을 결부시키고 만다는 점에서, 글 자체
가 머금고 있는 자율적인 해석의 가능성과 그 운위가 시에서 주된 관
건이자 사안으로 떠오른다. 속되게 빗대자면 이런 것이다.

① 나는 9시에 일어났다.

② 지나가는 개가 눈에 잘 들어오지 않는다.

③ 밥 생각이 통 나질 않았다.

④ 너무 차갑다.

⑤ 광장 주위는 온통 사람들 물결로 가득하다.

우리는 여기서 번호로 매겨진 각 문장 사이에 대략 이런 말들(괄호로 표기)이 생략되어 있을 것이라고 가정해볼 수 있다.

나는 9시에 일어났다. (하루를 그냥 보내고 어둑어둑해질 무렵 밖에 나와 보니) 지나가는 개가 눈에 잘 들어오지 않는다. (점심을 너무 배불리 먹은 탓에) 밥 생각이 통 나질 않았다. (집으로 돌아와 냉장고를 열고 맥주 한 병을 꺼내어 든다) 너무 차갑다. (TV를 켜고 월드컵 중계를 보니) 광장 주위는 온통 사람들 물결로 가득하다.

이제 신해욱의 시가 한결 가벼워졌는가? 그렇지는 않을 것이다. 씨줄과 날줄로 짜여진 「Texture」가 언어의 경계망에서 미처 걸러지지 못한 사유의 여분이나 찌꺼기를 반영한 것이 아니라, 이 경계망 자체가 짜이는 조직과 원리를 그대로 보여줄 것을 목적으로 삼은 탓이다. 그리하여 글과 그 여백이 머금고 있는 의미생산의 가능성과 그 조건 자체를 시의 전신으로 감별해낸 까닭이다. "늦게 온다"[12]는 느

---

12) 김소연은 해설 「헬륨 풍선처럼 떠오르는 시점과 시제」에서 "연과 연 사이가 아득하기 때문"에 "그 연과 연 사이는 웜홀과 비슷한 데가 있다"고 지적한다(in 신해욱, 『생물

낌은 비단 연과 연 사이뿐 아니라, 행과 행 사이에서 더 효과적으로 지연되어 나타난다. 어찌 되었건 간에 이렇게 되면 말라르메를 인용하지 않고서도 '여백'도 시의 일부이며, 여백을 창조해내는 일도 시의 고유성을 성취해내는 훌륭한 방식이 될 수 있다는 사실이 자명해진다. 시가 문학이론을 흡수하여 텍스트를 조직적으로 활용한다고 말할 수 있는 어떤 지점이 신해욱의 시 곳곳에 녹아 있는 것만은 확실하지 않겠는가? 다시 김언의 시로 돌아오자.

7. "소설을 쓰자"는 의사 슬로건

이 소설의 등장인물이 그들의 주요 서식지이다. 사건과 사건을 연결하는 등장인물은 광대하고 모호하고 그만큼 일처리가 늦다. 기다리는 것은 사건이다.
선불리 움직이는 사건을 본 적도 있다. 그들이 인물을 파고드는 순서는 사건이 일어나는 순서와 무관하다. 이 소설을 보면 시간도 결론을 내리지 못하고 공간도 누군가를 향해서 뛰어들지 않는다. 누군가를 중심으로 사건은 모이지도 않는다. 고유 번호처럼 인간의 본성은 여전히 암흑이다. 난장판에 가까운 그들의 서식지는 사람의 서열을 따지지 않는다.
〔……〕
종결된 사건은 더 이상 책을 만들지 못한다. 자신의 몸이 공간이라

성』, 문학과지성사, 2009, p. 110).

고 생각하는 사람은 이제 책을 덮고 한 권의 소설이 될 것이다. 그것은 밤하늘의 천체처럼 빛나는 궤도를 가지지 않는다. 스스로 암흑이 되어 갈 뿐이다. 소문처럼 텅 빈 공간을 이 소설이 말해 주고 있다. 등장인물은 거기서 넓게 발견될 것이다. ㅡ 김언, 「사건들」 부분

소설(이론)의 제반 문제들ㅡ 등장인물, 사건, 연대기적 서술, 소설의 공간 등의 상투성ㅡ 을 제기하고 있는 듯한 이 작품은 소설을 강고하게 둘러싸고 있던 전통이라는 껍질(몇 가지 전통적인 통념)을 본격적으로 부정하려던 시점에 선을 보였던 알랭 로브-그리예의 이론적 성찰과 서로 마주 보고 있다는 점에서, 텍스트 간 대화의 한 고리를 읽을 수 있을 가능성을 제시해준다.

이야기의 전문적인 모든 요소ㅡ 단순과거와 3인칭의 조직적인 사용, 연대순에 따른 전개의 무조건적 적용, 단선적인 줄거리, 여러 가지 열정의 규칙적인 곡선, 하나의 종말을 향한 에피소드, 하나하나의 지향 등등ㅡ 처럼 모든 것이 안정되고 일관성 있고 계속적이고 포괄적이며 완전히 해독할 수 있는 하나의 세계의 이미지를 부여하는 것을 노렸던 것이다. 세계의 이해 가능성조차도 문제가 되지 않았기 때문에 이야기를 한다는 것은 어떠한 문제도 제기하지 않았다.[13]

김언이 "소설을 쓰자"를 제 시집의 제목으로 제시했을 때, 그것을 소설을 직접 쓸 것을 권고하는 행위로 해석한 사람은 아마 없었을 것

13) A. Robbe-Grillet, *Pour un nouveau roman*, Les Éditions de Minuit, 1963, p. 31.

이다. "소설"을 빗대어 그가 몰두하고 있는 것은 그럼 무엇인가? 텍스트의 열린 가능성을 축소시키려는 움직임에 대항하는 힘을 그는 시에서 쉼 없이 만들어내고 있는 건 아닐까? 이때 소설은, 아니 소설의 구성요소들이나 심지어 소설가마저 시의 훌륭한 재료가 되어, 그의 글 전반, 이곳저곳에 용병처럼 흩어져 적절히 활용될 뿐이다.

> j와 k는 천박한 방정식을 푼다
> 그와 그는 동명이인이지만
> 하나의 근을 가진다
> 사이에 f가 들어간다 미스터리한 사건일수록
> 해도 없고 부작용도 없다 과학자의
> 책임이 크다
> 소설가는 이름 때문에 고민한다
> 하나의 근이 없다면 여러 개의 용의자가
> 수사 선상에 올라왔다 견해 때문에
> j와 k는 모였다 이견이 없는 한
> 우리는 흩어지고 있다
> 단 하나의 이름이 물망에 올랐다
> j는 그 영화를 두 번 봤다
> 그는 그를 반박한다
> 동시에,   ─ 김언, 「이중근 j」 전문

  알랭 로브-그리예가 『누보로망을 위하여』에서 주장한 몇 가지 혁신적 제안이 '의사번역'의 형태로 이 시에 녹아 있다고 감히 말한다면,

그것은 "이름 때문에 고민"하는 "소설가"의 형상이 로브-그리예의 그것과 맞닿아 있기 때문이기도 하겠지만, 김언이 짐짓 시비를 걸고 반박하려는 것이 소설에서 그간의 통념으로 여겨왔던 스토리 구조나 서사의 견고함, 그것을 이야기할 때 함께 딸려나오는 상투성을 겨냥하고 있기 때문일 것이다. 이런 통념을 벗어나 글의 무한한 가능성을 열려고 시도할 때 비로소 "해도 없고 부작용도 없"는 세계로 빠져들 수 있을 것이라는 그의 생각은 그러므로 낯설지 않게 다가온다. "미스터리한 사건"과도 같은 무한한 가능성, 말하는 주체가 지니고 있는 무한한 힘, 소설이 자기 스스로를 "반박"할 수 있는 자기지시적 특성 따위는 소설의 온갖 클리셰를 부수어버리고자 시도한 프랑스의 한 소설 이론가의 사유와 어울리는 짝을 이루고 공명하면서, 대화라는 것이 어떻게 서로가 서로의 사유를 주고받는 형식이 될 수 있는지, 그 실현 가능성의 단면을 잘 보여준다.

사실 현대의 위대한 작품들 가운데서 그 어떤 작품도 이러한 점에서 비평의 규범에는 상응하지 않는다. 얼마나 많은 독자가 『구토』나 『이방인』에서 화자의 이름을 기억하고 있을까? 이 작품들에도 인간의 전형이 있는가? 이러한 저서들을 캐릭터의 연구로 생각하는 것이 가장 못된 부조리는 아닐까? 『밤으로의 여행』은 하나의 작중인물을 묘사하고 있는가? 게다가 이 세 편의 소설이 일인칭으로 씌어진 것이 우연이라고 생각하는가? 사뮈엘 베케트는 동일한 이야기가 진행되는 가운데 주인공의 이름과 모습을 바꾸고 있다. 포크너는 같은 이름을 일부러 상이한 두 사람에게 부여하고 있다. 『성(城)』의 주인공 K로 말하자면 그는 이니셜 하나만으로 만족하고 있다. 그는 아무것도 소유하지 않고

있다. 그는 가족도 없고, 얼굴 표정도 없다.[14]

바르트나 로브-그리예에게 독자의 탄생이 저자의 죽음이라는 대가를 치러야 하는 것이라고 한다면, 김언에게 독자의 몫으로 제시되고 있는 것은 무엇일까? 저자의 죽음을 운운하지 않더라도, 그가 보여준 것은 온갖 클리셰와 통념에 저항하는 여러 갈래의 시들밖에는 없다. 그러나 그는 어쩌면, 이 여러 갈래의 글들로 새로운 형태의 독자, 즉 미래의 독자를 예견하고, 글과 언어, 말과 문자를 가지고 "혀가 닦아 놓은 길"을 걸어가면서 아직 존재하지 않는 독자들을 만나려고 하는지도 모른다.

> 우리는 어떤 것도 말해 줄 것 같지 않다.
> 우리는 어떤 보편적인 환상을 가지고 있는 듯하다. 혀에 대해서. 혀가 닦아 놓은 길에 대해서. 광택이 전부인 어떤 뱀에 대해서도 마찬가지 결론을 내려야 할 것 같다. 혀가 움직이는 순간
> 말은 지나간다.　　　　　　　　　　　　　── 김언, 「뱀에 대해서」 부분

그가 시집 전반에서 도달할 것처럼 자주 말하고 있는 그 "사건"이라는 것도, 때문에 오로지 말로써 그 정체성을 구속받는 사건일 뿐이며, 아니 오로지 그럴 때만 제대로 된 사건이 되며, 바로 여기에 한 시대를 풍미했던 지적 패러다임이 인용처럼 모자이크로 눌러앉는다. 김언의 시는 "에크리튀르가 개념화되고 사회화된 산물"[15]이 바로 문

---

14) A. Robbe-Grillet, *ibid.*, pp. 27~28.

학이라는 사실을 메타소설이라는 효과적인 방식으로 우리에게 보여주고 있는 것이다.

우린 지금 상호 텍스트 개념을 이야기한다기보다는, 타자를 향유하면서 자기도 향유하는 방식으로서의 번역적 효과를 김언의 시에서 말하고 있다. 비록 그가 의도하지 않았을지도 모르겠지만. 그의 시에는 무수한, 또 다른 해석의 지평들이 열려 있겠지만. 그러나 김언이 지금 전혀 새로운, 지금껏 이 땅에 존재하지 않았던, 독자를 만들어내고 있는 중이라는 사실만은 확실하다.

---

15) H. Meschonnic, *Pour la poétique II, Épistémologie de l'écriture, Poétique de la traduction*, Gallimard, 1973, p. 27.

사유의 힘, 시의 힘
— 시, 번역, 리듬

선생님 낮에는 왜 별이 안 보이지요 여기가 너무 밝
아서 그렇지요 선생님 낮에 별이 보인다면 어떻게
보일까요 어둡겠지요
— 김혜순, 「기다림에 관하여」 부분

0. 부끄러움이 피어오르는 길목에서

2009년 4월 8일 늦은 저녁, 나는 학교 근처의 카페에서 잡담을 나
누고 있었다. 좀 피곤한 상태였던 나는 그 자리에서 턱없이 변모해버
린 서울을 과하게 '탓'했던 것 같다. 그 어떤 감정의 전이도 단호히
거부한다는 듯 하늘을 향해 도도하게 뻗어 올라간 우리네 공간, 어릴
적 기억의 편린들을 제대로 건져 올리기가 힘들어진 이곳, 과거의 흔
적들을 깡그리 삼켜버린 재개발과 거대한 아파트 숲으로 점철되어 어
느덧 거대한 괴물처럼 변해버린 서울에서 어떻게 시를 읽을 수 있을
것이며, 또 시를 쓸 수 있는지, 잠시 의아해하지 않았나 싶다. 대도
시로 변모한 19세기 파리의 보들레르에게는 그래도 무언가 추억할 게
있었다는 둥, 동료 교수와 이런저런 이야기를 나누다가 왠지 모르게
앙리 메쇼닉과 그의 문학세계로 화제가 옮겨갔다. 아주 빠른 속도로
무언가가 내 머릿속을 스쳐 지나간 것은 아마 그때쯤이었을 것이다.

리듬에 관해서, 번역에 관해서, 예술과 주체에 관해서 그가 내비추었던 사유, 그가 알려준 소쉬르와 벤베니스트를 새롭게 읽을 독법(문학적 희망이라고 해도 좋을)과 보들레르와 말라르메의 도저한 시적 정신에 성큼 다가갈 독서의 가능성이 10년도 훨씬 전에 경청했던 그의 세미나와 좀처럼 식을 줄 모르던 문학을 향한 그의 열정, 쉼 없는 그의 비판정신과 방대한 시학 연구와 더불어 잔혹하게.

그때 내가 데리고 있던 헛된 믿음들과 그 뒤에서 부르던 작은 충격들을 지금도 나는 기억하고 있네. 나는 그때 왜 그것을 몰랐을까.

— 기형도, 「포도밭 묘지 I」 부분

그때는 잘 몰랐던, 그러나 세월과 함께 "작은 충격들"처럼 "기억" 속에 켜켜이 쌓인 메쇼닉 선생님의 문학세계를 깜빡거리는 전구마냥 겹쳐지는 선생님의 이미지와 더불어 잠시 머릿속에 떠올려본 그다음 날, 학교에서 메일함을 열어보니 마지막까지 병실을 지켰을 것이 분명한 제라르 데송 선생님의 메시지가 당도해 있었다.

친구들에게

우리들 중의 몇몇은 이미 알고 있겠지만, 완곡하게 표현한다면, 어제 앙리 메쇼닉 선생님께서 "우리 곁을 떠나가셨습니다." 나는 그저 '폴라르Poétique et politique de l'art'의 회원들 모두가 이 사실을 알아야 할 것 같아서 메일을 보내는 것입니다. 폴라르라는 지적 공동체는 메쇼닉 선생님께 상당히 많은 빛을 지고 있습니다. 사유하는 방법,

고유한 방식, 이런 것들이지요. 마찬가지로 우리 각자도 메쇼닉 선생님께 개인적으로 빚진 게 많다는 사실을 잘 알고 있을 겁니다. 부끄러움이 피어오르는 것도 바로 이 때문입니다……

하여, 이 글은 '빚진 것이 상당히 많다'는 말에 뼈저리게 공감하고, 또 조금이나마 답해보려는 의도를 갖고 있다. 그건 내 몫이니까. 선생님이 마지막 숨을 고르고 계셨을 바로 그 순간, 지구 반대편에서 선생님을 생각하고 있었다는 공교로움과 허탈함, 대개 예측이 가능함에도 죽음이 함께 데려오곤 하는 예측 불가능한 놀람은 잠시 뒤로하기로 하고. 내가 이해할 수 없는 건 '부끄러움'이라는 단어이다. 그런데 더 이해할 수 없는 건 이 말을 내가 이해하고 있기도 하다는 것이다. 죽음 앞에서 누구나 나름의 장례를 치러야 하는 것이고, 그 절차나 추모 기간은 그 사람에게 드리워진 정신적 채무에 따라 단출한 하루가 될 수도, 끈덕진 '여러해살이풀'이 될 수도 있다.

1. 사유되지 않는 지점을 새롭게 사유하기

앙리 메쇼닉(Henri Meschonnic: 1932~2009)은 살아 있는 동안 여간해서는 하기 힘든 일을 하였다. 좀처럼 쉴 줄 모르던 저 준엄하고도 엄정한 비평정신을 우리에게 들려줄 사람은 이제 우리가 현세라고 말하는 이곳에는 존재하지 않는다. 세상을 떠나면 모든 것이 끝이기 때문이다. 그런데,

벽은 뚫고 나가기엔 너무 두껍고
누군가 새어들 만큼 얇아   — 이성복, 「봄밤」 부분

이 '두꺼운' 세계에 누군가가 스며든다는 건 무얼까? 아니 어떻게
이 세계에 "새어들"게 될까? 오로지 정신이 그려 보인 치밀하고도 현
란한 궤적들, 역사 속에서 대다수 책의 형태로 덩그러니 남겨지곤 하
는 물질적인 재료들만이 우리 앞에 있을 뿐이다. 책이라는 재료 속에
서 무엇을 길어 올리건, 그건 각자의 몫이며, 보고자 하는 것들도 거
개가 개인의 의지에 따라 결정되게 마련이다.

그가 만든 책은 벽돌보다 더 무겁네 책의 내부는 어둡고 축축하다네
책의 표지에 끼워넣은 유리창은 그 책을 들여다보기 위해 만든 작은
창문이었던 것 언젠가 그 책 한번 기웃거렸네 벽에는 스스로 등불이었
던 자들이 휘갈겨 쓴, 누군가, 이 책은 유황 냄새가 난다, 고 씌어 있
었네 유리창은 노랗게 동상이 곪아 흘러내렸네 죄의 열차를 타기 위해
먼 길을 지친 행렬이 느릿느릿 걸어나왔네 아직 공장은 어렸네 공장의
그 가느다랗고 여윈 굴뚝이 검은 연기를 한 줌씩 집어올렸네 그 책은
좀처럼 열리지 않았네 빛으로부터 추방된 흰 종이와 안경뿐인 먼지의
방 매서운 겨울을 피하여 누군가 한철을 쉬어가곤 했다네 지하의, 인
쇄소에 내려가 무거운 납덩이가 되어 올라오곤 하였네 등 구부러진 의
자가 오직 그의 위안이 되었네 쉼 없이 발걸음 서성거렸네 이 세계는
변화할 것인가, 일생을 두고 감옥을 읽고 간 자의 기록 그 책 참으로
오래 살았네 도서관 가는 길이 긴 장례식이었네 惡貨가 평생 그의 뒤
를 쫓았네   — 송찬호, 「그가 만든 책은」 전문

앙리 메쇼닉은 수십여 권 분량의, 방대하다고도 말할 수 있을, 이러저러한 글을 우리에게 덩그러니 남기고 떠나갔다. 이론서, 번역서, 시집 등. 그러나 한번 보라. 대중이 뱉어낸 평가란 이런 경우, 늘 인색하게 마련이다. 그리하여 오독과 성급함의 지평선 너머로 모든 것을 넘겨버릴 무지하고도 무모한 용기를 우리에게 주기도 한다. 이것이 바로 시대의 지적 패러다임을 주도하고자 헤게모니 쟁탈전에 뛰어든 지식인들과 메쇼닉 사이에 "악화(惡化)" — 빗대자면 — 를 낳게 한 원인이다. 항간의 몰이해와 난해함이라는 더미에 묻혀버린, 그리하여 지금, 연구자의 손길을 묵묵히 기다리고 있는 메쇼닉의 사유는, 그러나 좀처럼 사유되지 않았던, 좀처럼 사유되기 어려운 지점에서 유토피아를 그려 보이고 있었기에 더욱 끔찍하다. 세상에서 아직까지 사유되지 않는 지점들을 포물선마냥 한껏 그리고 간 사람이 과연 몇이나 되겠는가?

앙리 메쇼닉이 우리에게 남긴 인문학의 색채는 쉽사리 눈에 띨 만큼 짙고도 푸르다. 오래전부터(출발부터가 그랬다) 망각과 질투의 공간으로 내몰리면서도, 또 10여 년 전부터 혈액암이라는 희귀한 병과 맞서 싸우는 와중에 갑작스레 찾아온 두 차례의 심장 수술을 견디어내면서도 희망의 끈을 놓지 않고서 이 소중한 학자가 삶과 언어활동, 문학과 예술에 대해 들추어낸 방대한 작업을 나는 지금 공허한 마음으로 바라본다. 이 공허함은 하이데거의 그림자를 부여잡고 문학에서 주체성의 주권적 지배를 참칭하는 오만한 철학자들과 기호의 이분법에 매몰되어 '디스쿠르'의 경험성과 역사성을 뒤로한 채 구조의 자명함만을 추출하려 덤비는 저 어리석은 데카르트 후예들의 과신과 욕

망, 진리의 성좌를 꿰차고 앉아 위태롭게 붙잡고 있던 번민과 비판의
자락마저 이미 놓아버린 문학 연구자들의 허세나 이들에게서 풍겨나
오는 음험한 여유, 혹은 이들의 기름진 풍요로움 때문만은 아니다.
어디나, 대학은, 대개 그런 곳이게 마련이기 때문이다.

—MENU—

샤를르 보들레르	800원
칼 샌드버그	800원
프란츠 카프카	800원
이브 본느프와	1,000원
에리카 종	1,000원
가스통 바쉴라르	1,200원
이하브 핫산	1,200원
제레미 리프킨	1,200원
위르겐 하버마스	1,200원

시를 공부하겠다는
미친 제자와 앉아
커피를 마신다
제일 값싼
프란츠 카프카 　　　　　　　　　　— 오규원, 「프란츠 카프카」 전문

'자, 문학의 '饗'이 차려졌으니 맘껏 골라보시죠.' 내가 지금 느끼는 허탈감은 나의 무지와 절박함, "미친 제자"를 기다리는 내 성마름에 기인할 것이다. 메쇼닉이 용트림하듯 토해댄 사유의 여정을 계속해서 쫓아갈 힘과 여유를 잃은 게 제 탓이 아니라고 나는 지금 몽니를 부리는 걸까? 적어도 몇 년 전부터 난 그가 평생을 바쳐가며 고통스럽게 하나하나씩 지워나간 인식의 공백 지점들을 제대로 읽어내지 못했던 것 같다. 지식의 마케팅 경연장에서 스포트라이트를 받으며 출연한 광대에게 필요한 것은 통념을 무너뜨리고자 노정된 외롭고 지난한 인식론적 도전이 아니라 오히려 통념을 지탱하고 견고하게 만들어버릴 간발적인, 그러나 자본의 품안에 고통도 없이 안겨서 "보이지 않는 감옥으로 자진해 가는" "봄이 아닌 倫理와 사이비 學說"(이성복, 「1959」)인 것이다.

2. 구조주의의 한복판에서 외로운 불꽃을 날리다

1970년이었다. 비교적 단출해 보이는 책 한 권이 갈리마르 출판사에서 출간되었는데, 당시 그 작품을 읽고서 진의를 파악한 사람은 별로 없어 보였다. 왜냐하면 당대의 지적인 현안들에서 이 책이 상당 부분 비켜나 있었기 때문이다. '쓰기-읽기' '의미-형태' '운문-산문' '육체-영혼' '삶-언어' '말-사물' 등을 하나로 묶어서 생각하자는 독창적인 그의 제안은 이분법을 지지하는 구조주의가 만개하던, 좀처럼 그 누구도 구조주의에 반대하는 사유를 전개하지 못했던 그런 시대에 세상에 나왔다. 문학과 예술작품을 일반적이고 추상적인 구조의 발현으로 간주하고자 하는 구조주의자들이 1960~1970년대에 기호학과의 연대와 결속을 통해서 포괄적이고 독립적인 문학 장(場)을 구성하는 데 성공했던 바로 그때에 메쇼닉은 "모든 비평은 비판되게 마련이다"라는 화두를 들고 나와 제 자명함에 눈멀어 문장들이 결합되는 섬세한 속성을 알려고 하지도, 시가 만들어내는 힘을 보지도 못했던 구조주의를 강하게 질타했다. 그들은 분류할 뿐이다. 이것은 '시'이고 저것은 '산문'이라고, 이것은 '문학어'이며 저것은 '일상어'라고 말할 뿐이다. 이것은 '형식'이며 저것은 '내용'이라며 따분한 구분을 수행하는 일에 전념할 뿐이다. 이 간단명료한 우유적(愚諭的) 풀이는 시의 힘을 포착하는 일보다 명료한 '구분'을 존중하며, 문학 주위를 한없이 배회하는 가운데 보편적이고 추상적인 문학의 플랜과 제 진리가 있다고 확신할 뿐이다. 위험은 늘 이와 같은 확신 속에 도사리고 있다.

첫 씬scene인지 마지막 씬인지 운문인지 산문인지, 네 멋대로 해라
— 황병승, 「첨에 관한 아홉소ihopeso 씨(氏)의 에세이」 부분

하지만 메쇼닉은 "네 멋대로 해라"는 조소로만으로는 성이 차지 않아, '단어'를 '진리'라고 믿고서 유독 기호만을 포착해내려는 자들에게 문장들의 조합으로 이루어진 '디스쿠르discours'의 오묘함을 펼쳐보이며 기호들의 관계, 그것이 만들어낸 풍성한 풍경을 보아야 한다고 경고하는 일을 마다하지 않았다. 이 풍경은 기호가 아니라, 기호들이 충돌하면서 빚어낸 '차이'이자 서로 뒤엉켜 있는 특수한 '조직'이며, 그 조직을 엮어내는 고유한 통사의 조직이자 리듬이기도 하다.

문학작품이 매 순간 고유하고도 특수한 문법을 고안해내는 것이지, 보편적인 규칙과 항구적인 구조(우리가 문법이나 랑그라고 이해하고 있는)가 따로 있다고 여기고서, 그걸 문학작품 속에서 성마르게 추출하려고 해봐야 우리가 이미 알고 있는 사실들, 즉 '통념'을 다시 들추어낼 뿐, 예술과 시는 어느새 미끄러져 다른 곳에 가 있다는 것이다.

1970: *Pour la poétique I*, Gallimard.

1973: *Pour la poétique II*, *Épistémologie de l'écriture*, *Poétique de la traduction*, Gallimard.

1975: *Le signe et le poème*, Gallimard.

1985: *Les états de la poétique*, P.U.F.

1997: *De la langue française: essai sur une clarté obscure*, Hachette.

2008: *Dans le bois de la langue*, Laurence Teper.

문법과 랑그의 집착을 버리고 기호의 이분법을 벗어나서 디스쿠르를 사유하고자 한 위의 책들이 "무거운 납덩이"가 되어 "좀처럼 열리지 않는" 이유는 소쉬르와 벤베니스트에 대한 오독과 몰이해가 문학이론의 역사 전반에 성긴 돗자리를 깔고 앉아 있기 때문이다. 사실 문학작품과 시를 떠나 별개로 존재하는 문법이나 랑그라고 하는 게 어디 있겠는가? 아니 그것이 과연 존재하기는 한단 말인가? 문법과 랑그를 활성화시키는 장본인인 디스쿠르에 **앞서서** 버젓이 행세하는 문법과 랑그란 기껏해야 '사전'을 제외하면 그 어디에도 존재하지 않는다. 추상적인 도식이나 언어학적 이상향을 그려보려는 심산이 아닌 바에야, 어찌 그 자명함만을 주장할 수 있겠는가? 랑그 개념의 창시자인 소쉬르조차 "파롤 없이 랑그도 없다"고 말한 바 있다. 그건 기호도 마찬가지이다.

살펴보면 나는	그렇다면 나는
나의 아버지의 아들이고	아들이고
나의 아들의 아버지고	아버지고
나의 형의 동생이고	동생이고
나의 동생의 형이고	형이고
나의 아내의 남편이고	남편이고
나의 누이의 오빠고	오빠고
나의 아저씨의 조카고	조카고
나의 조카의 아저씨고	아저씨고
나의 선생의 제자고	제자고
나의 제자의 선생이고	선생이고
나의 나라의 납세자고	납세자고
나의 마을의 예비군이고	예비군이고
나의 친구의 친구고	친구고
나의 적의 적이고	적이고
나의 의사의 환자고	환자고
나의 단골술집의 손님이고	손님이고
나의 개의 주인이고	주인이고
나의 집의 가장이다	가장이지
	오직 하나뿐인

나는 아니다

과연
아무도 모르고 있는
나는
무엇인가
그리고
지금 여기 있는
나는
누구인가
— 김광규, 「나」 전문

여기서 '나'의 가치는 어떻게 결정되는가? 기호는 시스템, 즉 시라고 하는 하나의 '체계' 속에서만 자신의 '가치'를 소급받게 될 운명이라고 메쇼닉은 생각했다. 아니, 구조주의의 아버지라고 여겨졌던 소쉬르의 사유를 그렇게 색다른 방식으로 읽어내었다. '동일성identité'의 도마 위에서 '나'의 '실체'와 '나'라는 기호가 선험적으로 *a priori* 담지하고 있을 '진리', 혹은 그 대체물의 뼈를 발라내기 위해 시의 살점을 한껏 도려낸 철학자들과 기호학자들의 칼질을 우려와 비판의 목소리로 질타하면서 메쇼닉은 떨어져나간 이 살점들을 붙잡고 이타성 altérité의 흔적을 처연히 바라보았다. 타자를 상정하지 않은 언어활동이 존재하지 않는 것과 마찬가지로 시와 문학에는 응당 타자의 자리가 마련되어 있다는 메쇼닉의 지적은 '대화'의 가장 기본적인 속성을 알고 있는 자라면 누구나 수긍할 만한 것이리라. 그가 **시라고 부르는 텍스트**에는 이 타자의 자리가, 기호들의 차이가 빚어낸 현란한 의미생성의 스펙트럼이 적극적이면서도 매우 극적으로 녹아 있다. 예컨 대 내가 자주 인용하곤 하는 어떤 '직관'에 따르자면,

> 시의 형식은 내용에 의지하지 않고 그 내용은 형식에 의지하지 않는 다. 〔……〕 형식은 내용이 되고, 내용이 형식이 된다. 시는 온몸으로, 바로 온몸으로 밀고 나가는 것이다.
>
> ── 김수영, 「詩여, 침을 뱉어라 ── 힘으로서의 詩의 存在」 부분

그렇다. 시가 증명해야 할 것은 아무것도 없다. 시는 진리나 법칙, 문법이나 존재 따위를 증명하지 않으며, 증명하는 일에 전념하지도 않는다. 언어로 구성된 인자들이 "온몸으로, 바로 온몸으로 밀고 나 가는" 변화의 요로 위에서 저만의 문법, 제 특수한 발화 상황을 펼쳐 보일 뿐이다. 바르트가 '자동사적 글쓰기'라고 했던 이것을 메쇼닉은 '주체화subjectivation'라는, 보다 선연한 개념으로 표현해내면서 시 의 진리를 몰아낸 자리에서 시의 역사성을 헤아려보고자 하였다. 한 개인이 타자와 언어를 매개로(**언어를 통해, 언어 속에서** ── 벤베니스트 의 표현에 따르자면) 관계를 맺는다고 한다면, 시는 가장 '주체적인' 상태를 이끌어내는 치열한 역사적 활동인 것이다. 이 주체성을 단적 으로 드러내는 것이 바로 리듬이라고 메쇼닉은 말한다.

3. 리듬 비평의 창시자

태고에 리듬이 있었다. "아무리 퍼내도 마르지 않는 우물"과도 같

은 무정형의 운동이 있었다.

> 욕심 같은 두레박으로 퍼내도
> 아무리 퍼내도 마르지 않는 우물을 들여다보면
> 물에 비친 내 얼굴
> 퍼낼수록 불안처럼 동요하는 내 얼굴
> 가벼운 빗방울에도 일그러진다
> 그냥, 들여다보면
> 절망 덩어리조차 서서히 가라앉히는 우물인데
> 고개를 돌리면
> 또 다른 한 삶의 세상인데
> 우리는 자꾸 무엇인가를 퍼내려 한다
> 퍼낼수록 깊어지는 것
> 우리는 그것을 운명이라고 부르며
> 부르면서도 자꾸 무엇인가를 퍼내려 한다.
>
> ── 김중식, 「우물 하나둘」 부분

구성요소들이 굳건히 결속되어 함께 출렁거리는 운동이자 그 자체로 '시스템'이기에 "가벼운 빗방울에도 일그러"지는 호수와도 같지만, 호수 같은 제 성격으로 인해 "아무리 퍼내도 마르지 않는" 리듬, 구조나 단어로는 좀처럼 헤아릴 수 없기에 "퍼낼수록 깊어지는" 리듬은, 그러나 애초에 그만 얼어붙고 말았다. 플라톤이나 피타고라스에 의해 계승된 도식, 숫자, 반복, 조화, 박자, 하모니라는 "또 다른 한 삶의 세상"에서 리듬이 그렇게 고정되어버렸을 때, 부지런히 역사와 언어권을 넘나들면서 메쇼닉은 시인들 저마다의 자기인식의 치열함을 그들이 남긴 글의 움직임 속에서 읽어내었고, 시인들이 일구어낸 세계와의 긴장감을 시인들의 삶과 "悲哀"의 움직임 속에서 발견하고자 부단히도 애썼다.

움직이는 悲哀를 알고 있느냐

命令하고 決意하고
「平凡하게 되려는 일」 가운데에
海草처럼 움직이는
바람에 나부껴서 밤을 모르고
언제나 새벽만을 향하고 있는
透明한 움직임의 悲哀를 알고 있느냐
여보
움직이는 悲哀를 알고 있느냐   —— 김수영, 「비」 부분

"언제나 새벽만을 향하고 있는" 리듬은 몰개성적인 암흑의 "밤"처럼 "平凡하게 되려는 일"을 도모하는 메시지의 전달이나 반복적 형상이 아닌 까닭에 독자적인 세계관을 드러내면서 세계와 공명하는 힘을 얻어낸다. 리듬은 삶의 위상, 삶과 언어가 맺는 관계, 시를 직조하고 운용하는 핵심이다. 그렇다면,

시학이 취급해야 할 시적 사실은 그러면 어떤 것인가. 모든 개개의 시평을 정리해서 구성이나 운율, 押韻 등 부분적 장식의 文法과 같은

것을 계획하는 것일까?　　　　　　　　— 김기림, 「文章」 부분

　　물론 '그렇지 않다.' "시학이 취급해야 할 시적 사실"은 "장식의 文
法"이 아니라 바로 리듬이기 때문이다. 음악(박자, 템포, 강약), 자연
현상(봄-여름-가을-겨울, 낮-밤, 밀물-썰물), 철학('같음' - '다름'
'동일성' - '이타성')에서 말하는 리듬과 혼동되어온 문학에서의 리듬
을 '텍스트의 운동을 조직하는 힘'이자, 텍스트를 구성하는 상이하고
도 다양한 언어요소가 저들끼리 관계를 맺는 과정에서 주관적으로
'다시'-제시되는 일종의 재현운동이라는 사실을 우리에게 알려준 것
도 바로 메쇼닉이었다. 수사학이나 시작법에서 말하곤 하는 "운율,
押韻" 따위와는 상관없이 메쇼닉에게 리듬은 소리와 내용, 말과 사
물, 언어와 사유의 불가분한 성질을 되짚어볼 핵심 고리, 이 양자의
연결 가능성을 위태롭게 부여잡고 있는 취약한 고리이자 비평의 수단
이기도 하였다.

　　　나는 해변의 모래밭에 지금 있다
　　　모래는 하나이고 관념은 너무 많다
　　　모래는 너무 작고
　　　모래는 너무 많다 아니다
　　　관념은 너무 작고
　　　모래는 너무 크다

　　　　역사적으로, 문화적으로, 존재적으로,
　　　　모래(사물)는 사랑, 절망……에

복무한다 우리는 이것을 인본주의라는
말로 표현한다 오, 빌어먹을 시인들이여
그래서 모래는 대체 관념이다 끝없이
모래가 아닌 다른 그 무엇을 반짝이고

　모래가 사랑이 아니라면 아니 절망이라면 꿈이라면
　모래는 또한 가가호호, 가당, 가혹, 간혹, 갈망, 걸귀, 경멸, 고의,
과실, 기서, 내연, 노스탤지어, 노카운트, 다다, 다신교, 독선, 마마,
망극, 모의, 모정, 무명, 무모, 무상, 백수, 불화, 빈궁, 빈약, 사디
즘, 사탄, 선교, 섭리, 속죄, 순례, 숭고, 숭고미, 숭고추, 시, 그리고
또 시, 신성, 안티, 앙가주망, 애흘, 양가, 양태, 언감생심, 여념, 우
울, 유예, 융합, 인종, 입신, 자생, 자멸, 적, 전락, 전생, 정실, 정조,
주종, 주화론, 천상, 천하, 추잡, 추대, 커닝, 컨디션, 코뮈니케, 쾌
락, 통한, 퇴락, 파멸, 평화, 풍요, 프로그램, 프로세스, 하세, 할거,
해방, 호모, 혼돈, 환멸, 홍청, 홍청망청……………

　　모래야 너는
　　모래야 너는
　　모래야 너는 어디에　　　　　— 오규원, 「모래와 나」 전문

　"시적 수사"의 화려한 장식물의 틈바구니에서 리듬을 솎아내는 대
신, 메쇼닉은 거꾸로 리듬이 빚어낸 공간 속에다 '시적인 것'을 담아
보려고 했다. 서로 동등한 "모래"들이 모여 있는 "해변의 모래밭"에
서 그러나 "모래"의 값은 저마다 동등하지 않다. 제 짝짓는 꼴에 따라

서로 전혀 다른 성질을 지니게 될 '가변적인' 인자가 바로 모래라는 사실, 모래가 뭉쳐져 구체적인 판이 '짜지기' 전에는 그 꼴을 그려보지도, 제 의미를 섣불리 추정해보지도 못한다는 사실을 시 전반에 확대하여 적용해보았던 선구자도 바로 메쇼닉이었다. "해변의 모래밭"과도 같은 디스쿠르의 덩어리가 우리에게 주어진 후에서야 비로소 그걸 구성하고 있는 모래가 제 각각의 풍모를 드러내는 것이지, 모래라는 항구적인 '실체'가 있어서 모래밭의 특성을 결정하고 대변하는 것은 결코 아니다. 때문에 리듬은 단일하거나 고정되어 있을 것이라고 믿어왔던 기호를 감히 "누설"할 수 있는 권리를 갖고 있다.

> 누설하는
> 모란모란꽃모란모란모란모란꽃!!!!꽃
> 모란모란!!!!!!!!!!!모란꽃모
> 란!!!!!!모란모란꽃!!!!!!란
>
> 모란이 피어 봄은
> 명치가 아픕니다.
> ── 장석남, 「모란의 누설」부분

시 언어의 변별 자질을 체스판에 비유했던 야콥슨에게 체스의 말 하나하나가 위계질서를 상정하는 것이었다고 한다면, 시를 구성하는 언어요소들이 오히려 바둑알이나 "모래알"에 가까울 것이라는 비유에 메쇼닉은 기꺼이 손을 들어줄 것이다. 여왕이 동사, 비숍이나 나이트가 형용사나 부사, 졸개가 관사쯤 된다면, 이에 비해 바둑돌이나 모래알 하나하나는 모두 바둑판이나 모래사장에서 등가의 가치를 갖는다.

바둑알과 모래알이 '판'이 되는 경로가 바로 리듬이며, 때문에 리듬은 '판'을 조직하는 힘에 다름 아닌 것이다. 그래서 리듬은,

가장 예민하게 반응하는
가장 변화무쌍한
가장 변별성 높은
일촉즉발의　　　　　　　　— 김영승, 「滿開한 性器」 부분

'신경', 아니 시의 '촉수'와도 같다. 역사성을 노정하기에 리듬을 말하는 메쇼닉의 "서정의 목은 늘 쉬어 있다"(진이정, 「거꾸로 선 꿈을 위하여」). 메쇼닉에게 시학은 바로 이 '신경'과 '촉수', "서정"의 운용을 감시하고, 살피고, 밝혀내는 일에 몰두하는 작업이었다. 리듬과 역사성, 역사성과 리듬, '기호에 저항하는 리듬의 속성을 사유할 수 있도록 해준 그의 저작을 몇 권 부기해본다.

1973: *Pour la poétique III, Une parole écriture*, Gallimard.

1977: *Pour la poétique IV, Écrire Hugo*(tome 1, 2), Gallimard.

1978: *Pour la poétique V, Poésie sans réponse*, Gallimard.

1982: *Critique du rythme, Anthropologie historique du langage*, Verdier.

1990: *La Rime et la Vie*, Verdier.

1998: *Traité du rythme, des vers et des proses*(avec G. Dessons), Dunod.

2006: *Vivre poème*, Dumerchez.

4. 포스트모던이라는 '사기'에서 벗어나 '모더니티'를 사유하기

1990년대 초엽으로 기억한다. 당시 우리는 문학에 관해 철학자들이 내뱉은 권고에 떠밀려 낯설기만 하던 푸코와 데리다, 리오타르라는 기차에 몸을 싣고 "경마장 가는 길" 위를 한창 달리고 있었다. 어둡고 캄캄하기만 했던 그 길의 끝에는 '포스트모던'이라는 조그마한 터널이 있었고, 그 입구 안을 기웃거리기 시작하면서 "문학이 작아지고 있다는 우려"(김상환)가 조금 덜해졌다고 믿는 사람들도 하나둘씩 늘어나기 시작했다. 문학을 규정하거나 해석하는 일에 헌정되곤 하였던 철학자들의 글 속에 문학을 '견본' 삼아 자신들의 철학적 신념을 펼쳐보려는 야심이 자리하고 있다는 사실을 깨닫게 된 것은 그 터널 안으로 발을 디딘 지 얼마 지나지 않아서였다. 이러한 시대적 맥락에 편승하여 '붐'을 일으킨 것이 바로 포스트모던 담론이었고, 그 캄캄한 터널 속에서는 아직도 포스트모던의 메아리가 간간이 울려 퍼지고 있다.

마치 자기가 어디로 가고 있는지 안다는 듯 완벽한
하나의 선으로 미끄러지는 새

그 새가 지나며 만든 부시게 푸른 하늘

그 하늘 아래 포스트모던하게 미치고픈 오후,

자리를 잡지 못한 사람들은 식당 입구에 줄 없이 서 있었다

― 최영미, 「살아남은 자의 배고픔」 전문

포스트모던이 "자기가 어디로 가고 있는지 안다는 듯 완벽한 하나
의 선"을 그려 보이는 '척'할 수 있는 것도 따지고 보면 그것이 자명
한 '시기 구분'을 전제하며 제 성립 가능성을 타진하고 있는 국지적인
현상이기 때문이다. 바로 여기에 함정이 도사리고 있다. 포스트모던
이 역사의 진보와 시대의 변화라는 범속한 상식을 지렛대로 삼아 "예
술·문학·사회를 한데 연결하는 가장 취약한 고리"인 모더니티('현
대성')와 모더니티의 개념적 속성을 사건과 유행의 소산으로 과감히
축소시킬 때, 내친김에 모더니티라는 개념 자체를 폐기처분해야 할
낡은 것으로 취급하고 서둘러 벗어나자고 종용할 때, '모더니티'는
두 가지 틀 속에 갇혀버린다고 메쇼닉은 일침을 가한다. 사회적 현상
이라는 일회성의 새장 속에서 '동시대성'을 반복하는 앵무새가 되어
'이즘isme'의 접두어쯤으로 전락한 '모더니티'가 손오공 마냥 변신
술을 부려가며 현란한 모습으로 거듭나게 되는 것도 바로 이때이다.

우리는 여지껏 희생하지 않는 오늘의 문학자들에 관해서 너무나 많
이 고민해왔다.
― 김수영, 「이 韓國文學史」 부분

이리하여 상징주의에서 초현실주의가 도래하던 1886년에서 1924
년 사이에 부단히 생성되고, 또 그만큼이나 재빠르게 지워져갔던 "러
시아 정점주의, 폴란드 재난주의, 두뇌주의, 구조주의, 창조주의, 입
체파, 입체-미래파, 다다이즘, 퇴폐주의, 극화주의, 역동주의, 자아-

미래주의, 표현주의, 야수파, 세기말주의, 러시아사상주의, 영국이미지주의, 충동주의, 인상주의, 전체주의, 교차주의, 기계주의, 브라질현대주의, 자연주의, 니체주의, 신조형주의, 절정주의, 복고주의, 체코사회주의, 순수주의, 감각주의, 동시주의, 절대주의, 초현실주의, 상징주의, 종합주의, 일체주의, 스페인 자유시주의, 영국소용돌이주의"라는 '이즘'들은 모더니티에서 제 자양분을 가뿐히 섭취해온다. 이즘과 결합하여 생산된 모더니티들은, 한편 모더니티만을 추구하는 것이 아니라 제 이데올로기에 대한 장밋빛 청사진, 즉 유토피아도 함께 제시한다. 그리하여 예술과 역사에 "여지껏 희생하지 않는" 사유는 그러나 자기는 "너무나 많이 고민해왔다"고 말한다. 더께 긴 박물관이나 낡은 갤러리의 구석 한 귀퉁이에 진열되어 있는 빈의 모더니티, 추상적 "진리의 도래"를 목마르게 기다리는 하이데거의 모더니티, 계몽주의에서 착수되어 헤겔을 통해서 정점에 이르게 된 절대이성의 모더니티, 이성이라는 최후 방어선을 고수하고자 온갖 불합리와 비이성적 행태에 결연히 맞서고자 애쓰는 하버마스의 모더니티, 세상을 향해 파괴의 불꽃을 던지고 장렬히 산화해간 다다이즘과 아방가르드의 모더니티는 바로 이렇게 만들어진 다양한 결과물들이다.

　　때때로 사람들은 작품을 '팔지 않는다'고 나를 비난하면서 '왜 팔지 않는지' 그 이유를 묻네. 나는 간단히 대답하지. '나중에 팔고 싶다'고. 그렇네. 〔……〕 게다가 내 길을 가기 위해 온 힘을 쏟아붓고 있는 나한테 작품을 파는 문제는 솔직히 관심 밖의 일이기도 하네.
　　　　　　　　　　　　　　　　　　— 빈센트 반 고흐, 「작품을 파는 일」

모더니티가 '특성'이자 '개념'이라면, 동시대성은 시대현상의 축적
물이다. '시기 구분'을 경칩 삼아 헛도는 회전문과도 같은 포스트모던
은 동시대성을 추구하며, 동시대성을 바탕으로 성립하며, 동시대성이
추구하는 현실적 가치 이상의 것을 알지 못한다. 디자이너나 축구선
수가 추구하는 것은 바로 동시대성이며, 이때 동시대성은 자본, 그
이상도 이하도 아니며, 사실 그것 이상도 이하도 추구하지 않는다.
이들은 고로 '포스트모던' 하다. 포스트모던은 화려한 사상누각이자
광고의 산물이며, 그리하여 오늘날 지상의 모든 화려함과 인기를 몸
에 주렁주렁 달고 끊임없이 앞을 보며 질주해야만 한다.

포스트모던 담론은 혁명을 통해 가꾸어온 인류의 합리적 패러다임
의 '위기'가 19세기 말에서 1950년대 사이에 팽배해 있었다고 거듭
강조하면서 이 위기를 제 접두어 '탈post'의 근거로 삼아 여기서 벗
어나자고 분연히 세상을 향해 외쳐댄다. 온전히 리오타르의 환상 속
에서 빚어진 이 '거대 담론의 위기'가 예술의 제 분야로 가지를 뻗으
며 차곡차곡 재료들을 끌어모아다가 쌓아 올린 이데올로기의 재단 위
에다 희생물로 바쳐진 '모더니티'는 예기치 않은 구원을 기다려야만
하는 비참한 운명을 맞이하게 된다. 그러나 포스트모던이 '이성'과
'합리'의 위기론(리오타르가 '거대 담론의 위기'라고 부른 것)을 내세우
면서 스스로 벗어났다고 주장하는 '현대적인 것(모던한 것)'이야말로,
따지고 보면 포스트와 클래식(고전), 양자 모두를 관통하고 있는, 역
사를 견인해온 핵심적인 인식론적 패러다임에 다름 아니다.

진흙 위에 희미하게나마
길들이 태어난다

몸과 하나 되어

꿈틀거리는 길들이

알몸의 문자가

행위의 시가

저렇게 태어난다.   ── 최승호, 「진흙 위의 예술」 부분

모더니티가 '이성/비이성' '성스러움/세속성' '시/산문'처럼 전통
의 비호 아래 그 진의를 의심받지 않아온 이분법에서 슬그머니 미끄
러져나와 '미지'를 향해 전진하면서 이분법의 도식 자체를 불안과 동
요로 감염시키는 전염병이자 "꿈틀거리는" 예술의 "길" 위에서 거듭
태어난 "행위의 시"이자 "알몸의 문자"라면, 동시대성은 이 양자의
한 축에만 유달리 집착하면서 시대의 패러다임에 귀속되어 자기동일
성과 그 정체성을 거듭 확인해온 역사적 결과물일 뿐이다. 메쇼닉은
'포스트모던'의 함정에서 벗어나 모더니티를 올곧이 성찰하기 위한
길을 서둘러 채비하는 일에 평생을 매달렸으며, 위기의식을 조장하여
예술과 시의 모더니티의 문제를 단박에 청산해보려고 위기론을 조장
하며 협박을 일삼는 포스트모던이라는 지적 '사기'에 맞서 결연히 투
쟁하였다. 다음은 그 투쟁의 궤적들이다.

1988: *Modernité modernité*, Verdier.

2000: *Le Rythme et la Lumière, avec Pierre Soulages*, Odile Jacob.

2002: *La modernité après le post-moderne(avec Shigehiko
Hasumi)*, Maisonneuve et Larose.

2006: *Le nom de notre ignorance, la dame d'Auxerre*, Laurence

Teper.

2009: *Pour sortir du postmoderne*, Klincksieck.

5. 주체를 사유하는 한 방식

> 시는 주체를 드러낸다.
> ── 앙리 메쇼닉, 『리듬 비평』

메쇼닉에게 주체에 관한 물음은 언어활동의 역사성을 살피며 꿈꿔본 원대한 시원이자, 리듬과 모더니티 연구의 합당한 알리바이, 이것들을 통해 추적해볼 이상적인 갈망이자 평생 시를 통해 꿈꾸어본 혁명적 도화선에 다름 아니었다.

革命이란
方法부터가 革命的이어야 할 터인데
이게 도대체 무슨 개수작이냐
〔……〕
불쌍한 그대들은 天國이 온다고 바라고 있다.
── 김수영, 「六法全書와 革命」 부분

철학자들에게 필요한 것이 저만의 주체, '단수(單數)'로서의 주체였다면, 메쇼닉은 이와 같은 통념을 부정하면서 "철학적 주체, 심리적 주체, 사물 인식의 주체, 사물 지배의 주체, 존재 인식의 주체, 존

재 지배의 주체, 법의 주체, 역사의 주체, 행복의 주체, 랑그의 화자
(話者)의 주체, 디스쿠르의 주체, 프로이트적 주체" 등, 적어도 열두
가지의 주체 '들'이 존재하거나 역사적으로 존재했다고 지적한다. 문
제는 이 다양한 주체 중에서 그 무엇도 **시를 만들어내는 힘**을 설명하
는 데에 가닿지 못한다는 데 놓여 있다. "시적 주체"를 상정한 필요성
도 바로 여기에 있다. 시적 주체를 생각하기 위해서는 시 수집에 몸
이 단 껴달진 하이데거 추종자들이 "天國이 온다고 바라고 있"는 이
분법의 패러다임, 저 근본주의를 무너뜨려야 한다고 메쇼닉은 생각하
였다.

> 언제 어디서나 단지 도덕과 비도덕이라는 두 가지의 상황, 두 가지
> 의 인간형, 두 가지의 의미, 두 가지의 가치가 대립한다고 믿는 매우
> 선동적인 의견이 이곳에서도 마찬가지로 지배적이기 때문이었다. 아
> 니, 믿을 수는 없지만 더욱더 지배적이기도 했다. 둘 이상의 숫자는
> (놀랍게도) 존재하지 않는다!
> ── 배수아, 『독학자』 중

서양의 인식론 전반에서 주체 개념을 중심으로 제 논리를 확장해왔
던 것은 바로 이 "두 가지의 가치가 대립한다고 믿는 매우 선동적인
의견"이며, 이리하여 역사 속에서 희생물이 필요해진 배제의 논리는
제 애증의 그림자를 선명하게 드리우기 위해 기호의 이분법을 소급하
기 시작한다. 이분법이 그 골을 깊이 파놓은 "두 가지의 상황, 두 가
지의 인간형, 두 가지의 의미"의 지적 패러다임은 언어학적으로 '시
니피앙/시니피에' '형태/의미' '시-형식어/산문-일상어', 인류학적
으로 '육체/정신' '삶/언어' '자연/규범', 철학적으로 '단어/사물'

'기원/협약', 신학적으로 '구약/신약', 사회학적으로 '개인/사회', 정치적으로 '다수/소수'라는 대립의 틀로 주조되고, 이 두 가지 항 사이에 끊임없이 대립의 각을 생산해낸다. 이 근본주의는 한 항이 다른 항을 지배하거나, 하나가 나머지 다른 하나에 종속되는 악순환을 반복하면서 자신의 '정체성'으로 타자의 정체성을 대치하거나 조종하려고 하며 결국 '이타성', 타자의 존재이유와 그 양태를 부정하는 파시스트적 논리를 만들어낼 뿐이다.

    나는 이 시에서 몽롱했습니까?
    [⋯⋯]
    나는 행복한 21세기 독일의 실루엣 속에서 암흑 같은,
    일인 파쇼의, 반민주적, 야경국가였던 나치 히틀러의 독일을 투시했습니까?
                                          ── 장정일, 「독일에서의 사랑」 부분

이분법의 패러다임은 매우 막강한 영향력을 행사하며 사회와 역사 전반뿐만 아니라 우리 의식의 깊은 곳까지 침윤되어 '보편화된 진리'로서의 위상을 떨치고 있다. 그래서 그것은 근본주의이자 쇼비니즘과 다름없다. 근본주의는 특정 종교의 섹터를 논할 때 잠시 고개를 내밀고서 슬그머니 사라지고 마는 한시적인 사회적 이슈가 아니라, 우리의 생활과 의식 전반에 고루 퍼져 있는 무의식적이면서도 적극적인 의식과 실천이자, 그 속에 녹아 있는 습속이다. 이 이분법적 근본주의를 바탕으로 하여 성립된 공화국은 당연히 시를 필요로 하지 않는다. "연민과 공포"만을 조장한다며, 플라톤이 시인을 추방하면서 뱉어낸 말을 우리는 기억하고 있지 않는가? 시인들이여! 자, 기회를 줄

110

테니 한번 변명해보시라! 그러나 그 변명은 "시인이 아닌 사람들에게 산문으로 시를 설명해보라"는 게 고작이었다. 소크라테스의 입을 빌려 오로지 이성과 합리로 된 언어를 통해 정치공동체에서 쫓겨날 운명에 처한 시인들을 변론해보라고 말하는 저 투철한 플라톤의 의지와 철인 정신은 서양의 인식론이 이분법이라는 자명한 세계를 바탕으로 역사 속에 깊이 뿌리 내리고 있다는 역설일 뿐이다. 이러한 이분법의 근간을 뒤흔드는 사유가 필요한 까닭을 메쇼닉은 시의 주체적인 언어활동과 주체를 향한 예술의 모험적 속성, 그 예방적 기능과 가치 지향적 특성에서 발견하고자 한다. 왜냐하면,

> 진실은 동시에 모든 요소들을 요구하기 때문이다. 〔……〕 그림 그리기가 어려운 까닭은 순간이 몹시 일시적이기 때문이다.
>
> —— 파울 클레, 『일기』 중

시와 예술은, 그래서 모더니티의 징후이자 역사성의 강력한 표식이다. 메쇼닉이 "연대기적인 역사 속의 날짜"가 아니라 "특수성의 사회적 측면"이자, "언어활동이 문제가 되는 주체의 위상들과 이론적 지식 전반의 관건들"을 역사성이라고 부르는 까닭도 여기에 있다. 역사와 언어활동, 시와 삶은 각각 분리된 것이 아니다. 역사가 해체되고 재구성되는 것이 바로 언어활동을 통해서이며, 언어활동 속에서 거듭난 시대의 특수성이 바로 역사성이자 미지를 향한 모험, 모더니티의 징후가 된다. 메쇼닉은 모든 인간의 활동을 시간과 날짜 속에서 헤아리고자 하는, 이성주의의 산물이자 합리주의적 공론의 결과인 '역사주의'를 넘어서 "주체와의 관계"를 반영하는 능동적인 역사성, 예술과

모더니티를 탐구하는 도도한 여정과 "경쾌하고 힘찬 행보"(김현, 「권력 언어 매혹」)를 우리에게 보여주었다. 철학의 진창 속에 파묻혀 있는 '시적 주체'를 건져 올리고자 시도한 메쇼닉의 저서들을 적어본다.

1985: *Critique de la théorie critique. Langage et histoire*, P.U.V.

1990: *Le langage Heidegger*, P.U.F.

1995: *Politique du rythme, politique du sujet*, Verdier.

2001: *L'Utopie du Juif*, Desclée de Brouwer.

2002: *Hugo, la poésie contre le maintien de l'ordre*, Maisonneuve et Larose.

2002: *Spinoza poème de la pensée*, Maisonneuve et Larose.

2007: *Heidegger ou le national-essentialisme*, Laurence Teper.

6. 번역이라는 창조적인 언어활동

말도 많고 탈도 많은 그것은
바벨탑의 형이상학
저는 흔듭니다.
무너져라 무너져라 하고
무너질 때까지.　　　— 김춘수, 「존경하는 스타브로긴 스승님께」 부분

소설 『악령』의 주인공에 빗대어 죄와 구원이라는 도스토예프스키적인 주제로 한껏 멋을 부려본 이 시적 변주는 메쇼닉이 번역에서 갈구

하는 지점과 맞닿아 있는 것으로 보인다. 번역은 상실된 아담의 언어를 단박에 복원해야 한다고 믿는 근본주의적이고 추상적인 행위도, 가지가지 갈라져나온 언어들을 덕지덕지 기워보려는 유별난 짜깁기도 아니다. 번역은 "바벨탑의 형이상학"을 복원하려고 시도된 단일한 행위가 아니라, 다양한 언어 사이에 실천적 관계를 부여하고, 또 그렇게 하여 이 관계가 적나라하게 드러나게 되는, 매우 일상적인 행위이자 '탈중심décentrement'의 섬세한 경로이다. 일전에 블로그에 적어본, 번역에 대한 내 단상도 메쇼닉의 제안들에 빚지고 있는 것들이 대부분이다.

「늘 확인되곤 하는 몇 가지 클리셰」
in 곤궁한 번역 잡념들(2008/10/30 16:32)

1. 대부분의 사람은 번역을 기계적인 어떤 대입을 통해 산출될 수 있는 산술적인 무엇이라고 생각한다.
2. 이런 생각을 바탕으로 사전이 되었건 문법이 되었건, 어떤 기준에 의지하여 번역에서 정답을 추출해내려고 시도한다.
3. 이런 시도는 보편적이라고 부를 정도로 널리 퍼져 있다. 속담을 우리 문화의 등가물로 바꾸어야 할지, 출발어가 담지하고 있는 문화적 특성을 그대로 살려야 하는지의 문제조차도 심지어는 번역 대상의 사회적 맥락이나 번역가가 매달리고 있는 텍스트의 '성질'에 따라 가변적임에도, 우리는 좀처럼 이런 생각을 하지 못한다.
4. 단어나 문장의 진정한 값을 정해주는 것이 바로 문맥, 즉 '디스쿠르' 자체라는 사실은 번역을 이해하는 데 가장 초보적인 사안이지만, 또한 가장 무

시되곤 하는 원칙이기도 하다.

5. 이때 문맥이라고 함은 번역가나 번역비평가의 문화적 · 사회적 · 정치적인 측면을 반영하며, 반영할 수밖에 없는 성질을 지닌다.

6. 왜냐하면 문맥의 성격을 제대로 도출시켜 번역의 가치를 결정하는 번역가의 능력이 바로 사회 · 문화 · 정치의 지평에 따라 결정되기 때문이다. 마찬가지로 이 가치를 읽어낼 번역가와 번역비평가의 능력 여부는 고스란히 번역비평가의 사회 · 문화적인 수준, 문학을 바라보는 관점을 드러내준다. (앙투안 베르만)

7. 번역은 100퍼센트 새로 쓰기에 다름 아니다. (앙리 메쇼닉)

8. 원문은 번역가의 의식을 한 바퀴 횡하고 돌아 나와 다시 씌어질 때만 진정한 가치를 지닌다. 번역이 원문 이상의 가치를 생산해낼 수 있는 가능성도 바로 여기서 발생한다.

9. 이때 번역은 완성된 도착점, 닫힌 체계가 아니라, 도착어 문화의 새로운 개척이 될 수 있으며, 새로운 지평을 여는 '열린 체계'(클로드 뒤셰)와 다름없다.

10. 번역은 따라서 재번역의 타당성을 전제할 수밖에 없다.

11. 시를 번역하는 것은 시를 쓰는 것이다. (앙리 메쇼닉)

12. 특수성을 살리는 문제는 전적으로 번역가의 능력에 달려 있으며, 여기서 바로 번역의 성패가 좌우된다.

13. 직역과 의역의 구분을 통해 번역을 바라보는 것은 번역의 힘을 축소시키는 첩경이자 이유가 된다.

14. 번역에서 가장 중요한 것은 친화력의 문제이다. (발터 벤야민)

15. '번역 주체'를 찾는 작업은 오역을 집어내는 것이 아니라, 번역가의 결정이 디스쿠르에서 어떻게 작동하고 있는지, 그 '왜le pourquoi'와 '어떻게

le comment'를 찾아가는 데 있다.

　모든 번역은 선택의 문제로 축소될 수 없는 어떤 '여지'와 제 권리를 갖고 있다. 번역에서 등가나 선택, 가독성이나 충실성이 중요하다고? 직역이나 의역은 번역가라면 응당 취하고 말 필연적인 선택(장-르네 라드미랄)이라고? 나는 아예 귀를 닫아버린다. 아니, 이처럼 우습고 객쩍은 말이 또 어디에 있을까? 번역을 둘러싸고 제시되곤 하는 화려한 대다수의 이론이 따분하고 지루하게 다가오는 것도 바로 이 때문이다.

　내 詩의 비밀은 내 번역을 보면 안다. 내 시가 번역 냄새가 나는 스타일이라고 말하지 말라. 비밀은 그런 천박한 것은 아니다.

　　　　　　　　　　　　　　　　　── 김수영, 「詩作 노우트」 부분

　번역은 직역과 의역, 형태와 의미, 등가와 운반 사이에서 고만고만한 선택을 감행해야 하는 "그런 천박한 것"이기에 앞서 무엇보다도 두 언어를 '디스쿠르'로 여기고 접근하여 사유해야만 하는 두 문화 사이의 '친화력affinité'의 문제이며, 친화력의 문제를 해결해나가는 일련의 과정이다. 텍스트 주위로 주어진 맥락과 정치 · 문화적 상황을 고려하는 작업이 바로 친화력이며, 이렇게 친화력을 헤아리며 도달할 지향점이자 그것의 지난한 실험 과정이 바로 번역인 것이다. 번역이 완성된 도착점이 아니라 항상 새로운 출발점을 지향하게 되는 것은 이때 언어의 경계선과 문자의 경계선, 정신의 경계선과 문화의 경계선이 비로소 번역을 통해 지워질 수 있기 때문이다. 내가 나임을 잃지 않고, 또 네가 너임을 상실하지 않고서, 뒤섞이는 기쁨이 바로 번역에서 탄생하는 것이다.

번역이 중요한 것은 한마디로 말해 그것이 '모든 종류의 관계', 아니 관계성을 다루는 일에 관여하기 때문이다. 어떤 형태건 타자와 우리가 관계를 맺게 되는 것은 오로지 '번역'이라는 행위를 통해서일 뿐이다. 소통이나 이해는 물론 나아가 타자의 수용이나 체험 역시 번역의 범주에서만 이해될 수 있으며, 번역이 포괄하는 영역 속에 있을 뿐이다. 우리는 모두 "자신만의 번역을 저장하고 있"(랭보)을 뿐만 아니라, 이 세상에 존재하는 한, 타자를 만나고 타자와 교류를 하는 한, 타자를 읽어내고자 하는 한, 타자를 내재화시키고자 하는 한, 누구나 '번역적인 (무)의식'과 번역의 '창(窓)'에서 자유로울 수 없다. 성긴 반목과 맹목적인 시기, 오해와 오독을 통한 부침과 유행의 변덕을 끈덕지게 견디어낸, 그리하여 번역에 대한 독창적 사유를 괄목할 만하게 제시한 바 있는 그의 저서 몇 권을 적어본다.

1973: *Pour la poétique II, Épistémologie de l'écriture, Poétique de la traduction*, Gallimard.

1978: *Pour la poétique V, Poésie sans réponse*, Gallimard.

1981: *Jona et le signifiant errant*, Gallimard.

1999: *Poétique du traduire*, Verdier.

2007: *Éthique et politique du traduire*, Verdier.

7. 기록하는 자의 몫과 권리

받침을 주렁주렁 단 모국어들이
쓰기도 전에 닳아빠져도
언어와 더불어 사는 사람은
두려워하지 않고 슬퍼하지 않고
아무런 축복도 기다리지 않고

다만 말하여질 수 없는
소리를 따라
바람의 자취를 좇아
헛된 절망을 되풀이한다.

— 김광규, 「시론」 부분

평생을 "언어와 더불어" 살았으면서도 메쇼닉은 "헛된 절망"만을
되풀이하지는 않았다. 메쇼닉의 저작과 번역, 창작과 비평 활동을 보
고 있노라면 역사는 온전히 기록하는 자의 몫이라는 생각이 든다. 아
니 시와 모더니티, 역사성과 리듬, 번역이야말로 기록하는 자의 몫이
자, 기록하는 자가 역사에다 대고 당당하게 주장할 수 있는 정신적
권리이다.

메쇼닉은 타자의 목소리와 사유에 지속적인 관심을 보였으며(이 관
심이 도저한 그의 비평을 이끌어준 원동력이었을 것이다), 읽고 쓰는 일
을 게을리하지 않았고, 세상에 선보인 다양한 저작 속에서 새로운 사
유를 발견하기 위해 외로운 투쟁을 전개하였다. 이렇게 독서를 통해

메쇼닉은 인문학 연구의 장 한복판에 덩그러니 드리워져 제 주인을 한없이 기다리고 있는 문학작품들의 "행간"과 그 "행간의 의미"(발터 벤야민)를 정치하게 읽어내었고, 역사 속에서 거장들이 남기고 간 이론적 족적들을 정치하게 파고들어 우리의 역사와 사회를 주도하는 사유의 흐름과 주된 관건들을 면밀히 포착해내었다.

> 다른 사람들은 분주히
> 몇몇 안 되는 내용을 가지고 서로의 기능을
> 넘겨보며 書標를 꽂기도 한다
> 또 어떤 이는 너무 쉽게 살았다고
> 말한다, 좀더 두꺼운 추억이 필요하다는
>
> 사실, 완전을 위해서라면 두께가
> 문제겠는가?　　　　　　　　　　— 기형도, 「오래된 書籍」 부분

　지나치게 앞서 갔기에 이해받지 못한 채 외로움과 고독의 감옥에 갇혀 있던 그의 독서의 궤적들이 세상에서 다시(제대로) 빛을 발한 것은 크게 보아 두 가지 계기를 통해서였다. 2002년에 출간된 소쉬르의 미발표 원고가 첫번째 계기라면, 현재 출간 준비 중인, 2006년 발견된, 보들레르의 시적 언어의 성찰에 할애된 벤베니스트의 수고본이 두번째 계기를 이룰 것이다. 기호학과 구조주의가 "몇몇 안 되는 내용을 가지고 서로의 기능을 넘겨보며" 소쉬르와 벤베니스트의 사유를 구조주의나 화용론이라는 편협한 틀 속에다 가두어두었다면, 반면 메쇼닉은 '소쉬르-벤베니스트'의 연속성을 그려보면서 그들의 사유 속

에 이미 삶과 언어, 디스쿠르와 주체의 불가분성이 상정되어 있노라
고 일찌감치 역설해왔다. 메쇼닉이 읽어낸 소쉬르와 벤베니스트는
"사실, 완전을 위해서라면 두께가 문제"가 되지 않는다는 사실을 자
명하게 드러내주었으며, 행간을 읽는 독서능력의 탁월함과 전체를 사
유하는 뛰어난 직관을 아낌없이 보여주었다. 비록 너무 늦은 감이 있
긴 해도 말이다.

1972: *Dédicaces proverbes*, Gallimard(prix Max Jacob).

1976: *Dans nos recommencements*, Gallimard.

1979: *Légendaire chaque jour*, Gallimard.

1985: *Voyageurs de la voix*, Verdier(prix Mallarmé).

1986: *Jamais et un jour*, Dominique Bedou.

1990: *Nous le passage*, Verdier.

1999: *Combien de noms*, L'improviste.

2000: *Je n'ai pas tout entendu*, Dumerchez.

2001: *Puisque je suis ce buisson*, Arfuyen.

2004: *Infiniment à venir*, Dumerchez.

2005: *Tout entier visage*, Arfuyen.

2006: *Et la terre coule*, Arfuyen(prix Nathan Katz).

2008: *Parole rencontre*, L'Atelier du Grand tétras.

2009: *De monde en monde*, Arfuyen.

이론적 성찰과 번역 작업 외에도 그가 남긴 시집들은 *너와 나, 그
리하여 우리의 것인 타자의 목소리, 너의 것이 내 것이 되고, 내 것이*

너의 것으로 이어지면서 끊임없이 재개(再改)하는 '목소리의 여행'을
보여준다. 그가 남긴 시작(詩作) 하나를 어눌하게 번역해본다.

　　우리가 겨우 알아들은 것은 샘솟는 무엇이다
　　글을
　　글을 쓸수록 나는 오로지 나의 문장에 의해서만 의미를 갖게 된다
　　나는 오로지
　　걸음에 의해서만 발밑의 땅을 갖게 된다 나는 오로지
　　내일에 의한 오늘만을 갖고 있다 나는 오로지
　　너에 의해 나일 뿐이다 나는 오로지
　　내가 망각한 나의 자리만을 취할 뿐이다
　　말하기는
　　나를 해체한다 내가 그것을 해체하지 않는다면야
　　　　　　　　　　　　　　　── 앙리 메쇼닉, *Légendaire chaque jour* 부분

　　목소리의 여행을 통해 메쇼닉은 리듬이 펼쳐놓은 '구술성oralité'의
황홀경을 만났다. 구술성이 '말'과 '글' 사이의 이분법을 벗어날 희
망으로 다가왔던 것은, 전통적으로 그것이 '말' 속에만 존재한다고
여겨져왔던 기존의 인식들을 벗어버리면서부터였다. 물론 메쇼닉이
'글' 속에서 구술성을 들추어낼 수 있었던 이면에는 번역의 역사에서
가장 독창적이고 실험적이라고 인정받고 있는 성서번역의 실천과 시
창작 작업이 함께 자리하고 있다. 실상 극히 적은 수의 시학 연구자
가 문학, 특히 시의 '인류학적' 성질과 구술성을 이해하려고 시도할
뿐이다. 『리듬 비평』의 부제가 「언어활동의 역사적 인류학」인 것은

결코 우연이 아니다. 메쇼닉에게 시학은 언어활동과 무의식, 이데올로기 사이의 관계를 정립해볼 계기였던 것이다. 결국 메쇼닉에게 글쓰기는 하나였다. 자신을 기록하는 일, 언어와 삶, 역사와 예술, 타자와 리듬에 대한 사유를 덜어내고, 또 덜어낸, 단 하나의 여행이었던 것이다.

　　대체 書己된 자로서의 책무란 얼마나 성가신 일인가 언젠가 나는 길을 잃고 헤매는 코끼리떼를 흰 종이 위로 건너오게 한 적이 있었다.

— 송찬호, 「記錄」 부분

바로 이 "書己된 자로서의 책무"를 게을리하지 않았기에, 메쇼닉의 죽음은 "코끼리떼"가 "흰 종이"를 건너는 것만큼이나 실감나지 않는 것이다. 메쇼닉은 자신의 글만을 우리에게 남겨놓은 것이 아니라, 끊임없이 "자기를 매질하여" 자신의 삶을 송두리째 우리에게 남기고 표표히 떠나갔다.

　　그 새는 자기 몸을 쳐서 건너간다, 자기를 매질하여 일생일대의 물 위를 날아가는 그 새는 이 바다와 닿은, 보이지 않는, 그러나 있는, 다만 머언, 또 다른 연안으로 가고 있다.

— 황지우, 「오늘날, 잠언의 바다 위를 나는」 부분

그리하여, 그는 항상, 살아 있을 것이다. 그가 남긴 사유와 함께 "우리는 모두 위대한 혼자"(기형도, 「비가 2」)일 것이다.

제2부 번역과 이데올로기

번역의 유령이 배회하고 있다

정체성은 오로지 이타성에 의해서만 가능할 뿐이며,
이타성이 바로 정체성의 고유한 역사성을 고안해낸다.
— 앙리 메쇼닉[1]

1. 유령의 가능성을 가능성으로 말하기

번역의 유령이, 번역이라는 유령이 배회하고 있다. 이전에도 지금
에도, 미래에 소급될 과거의 시간에서도, 우리를 끊임없이 포위하고
우리의 내부로 침투하여, 이질적이건 동질적이건, 우리들의 저 관계
들을 조정해나가면서 모국어의 잠재적 가능성을 일깨우는 유령이 바
로 번역이다. 그리하여 정확한 제 자리를 타국어에 돌려주는 유령도
바로 번역이다. 데리다가 『햄릿』에 등장하는 유령에 빗대어 "자기 내
부에 어떤 낯선 손님이 거주하도록, 곧 그 손님에게 신들리도록 내버
려두어야 한다"[2]고 말한 것처럼 번역은 타자의 가치라는, 실로 헤아
리기 어려운 것을 꼼꼼히 따져보라는 권고에 가깝기에 필연적으로 이

---

1) H. Meschonnic, *Éthique et politique du traduire*, Verdier, 2007, p. 9.
2) 자크 데리다, 『마르크스의 유령들』, 진태원 옮김, 이제이북스, 2007, p. 21.

타성의 문제를 제기한다. 이타성이라는, 이 모험적 성격의 개념이 우리의 사고 깊숙이 내려앉아 어느 틈엔가 의식에서 출몰하는 무의식적 형식이 되어가는 것도 바로 번역을 통해서이다. 비가시적인 것(의식이나 이데올로기)의 가시적 출현이자 끊임없이 되돌아온다는 의미에서 번역은 '망령revenant'이며, 덤으로 더해진 사고를 빌미로 인식의 영역을 열어젖힌다는 점에서 '정령génie'이자, 타자의 목소리에 제 것으로 이루어진 무언가가 보태져 발동하는 상상력을 동반한다는 면에서 '환영'이기도 하다. 아니, 강박적으로 무언가를 불러내어 일상과 질서, 이데올로기를 재편하고자 분주히 움직이는 '척후(斥候)'이며, 잊을 만하면 되돌아오는 부메랑이자 쉬는 법 없이 '추가적' 가치(즉, 덤)를 길어 올려 새로움을 노정하는 것이 번역이라고 보면, 오히려 번역은 '미지(未知)'를 향한 '복수'의, 그러니까 유령'들'이다. 더께 낀 자아에 유폐되어 있던 유령도 그러나 결국에는 밖으로 걸어 나온다. 이제껏 내가 완강하게 밀어내기만 했던 나와는 다른 것, 타자라는 이름의 낯선 것을 승인하고 내 안에 받아들이려는 심경의 변화가 바로 이때 생겨나기 시작한다. 다른 존재와의 만남을 통해 나르시시즘이라는 폐쇄적인 회로에서 벗어나 나를 부여잡고 있던 편견 때문에 겉돌아야만 했던 세계와의 화해를 이끌어내는 길은 번역밖에 없다. 아니 번역은 이런 것을 상정하는 유일한 가능성이다.

그러나 타자를 향한 '열림'일 이 가능성을 한시적이며 편협한 자기 확인에다 붙들어 매는 것도 바로 번역이다. 타자의 목소리를 충분히 감추어 그 '이질감'을 느끼지 못하게 될 때 번역은 종종 환대를 받기도 한다. 역설적으로 말이다. 이렇게 타자를 지운 자리에 번역이 제 비밀을 풀어놓으면 독자는 숙명적으로 이 비밀에 얽혀들어 어디론가

이동하고 만다. 원래 없었던 곳으로 독자를 데리고 가는 유령도 바로 번역이다. 번역에서 타 문화의 일방적인 병합이나 완강한 거부가 구축한 강고한 근육은 견고해 보이는 만큼 결국 독자에게는 가장 큰 적으로 남고 만다. 번역에서 '관례'가 생겨나기 시작하는 것도 알고 보면 번역이라는 유령'들'에게 우리가 단일한 유니폼을 입혀버렸기 때문이다. 물론 관례란 따라오라는 것이므로, 잘 따르는 것이 번역의 위상을 견고히 해줄 것이라는 믿음 없이는 실현이 불가능한 것이기도 하다. 그러나 믿어버린다고 끝나는 것은 아니다. 이 번역의 유령들은 제 순수함을 가정하려는 문화권에서 종종 '악'으로, 전통에 대한 콤플렉스가 강한 곳에서는 그 콤플렉스의 화신으로 둔갑하기 때문이다. 그리하여 '악'을 몰아내고자 기준을 세우는 일이 착수되기 시작하면 이 '악'과 결별의 수순을 밟고자 하는 온갖 종류의 조치도 함께 떠돌아다닌다.

유령이 악으로 둔갑하는 바로 그 순간, 그러나 진정한 악이란 순수 지상주의자와 근본주의자, 언어 순화자와 파시스트들이 유령 주위에 꾸려놓은 온갖 종류의 쇼비니즘과 공모의 이데올로기들이다. 번역(가)/창작(가), 직역/의역의 기계적 이분법이나 우리말다운(?) 번역에 대한 절대에 가까운 신봉, 우리 것에 대한 턱없는 집착이나 창작의 우월성에 목을 맨 자들이 내질러대는 신경질에 가까운 고함 소리들이 더 견고해질 수 있는 것은 '자민족중심주의'의 자장 안에다 모든 것을 재편해야 한다는 맹목적인 신화가 시대와 장소를 막론하고 각광받아왔기 때문이다. 그러나 견고함이란 또 그 말이 품은 의미에 비해 얼마나 쉽게 허물어지곤 하던가? 번역이 유령인 까닭이 바로 여기에 있다. 견고함에 저항하는 성기고 지난한 싸움을 우리는 일반적으로

(번역) '비평'이라고 부른다. 자명함만을 주장하는 논리와 강박증에 가까운 집착에 떠밀려 망각의 공간으로 내몰린 타자의 시선은 어떻게 번역의 망령이 되어 되살아남을 것인가? 과연 우리는 "현존과 비현존, 현실성과 비현실성, 생명과 비생명의 대립을 넘어, 유령의 가능성을, 가능성으로서의 유령"[3]을 말할 수 있을까?

2. 떠돌아다니며 유령들이 풀어놓은 변화의 자락들

모든 유령에게는 나름의 역사가 있다. 서양에서나 동양에서나 번역은 '근대'를 창출해내고자 출몰하곤 하던 유령이었다. 귀족과 성직자의 권력을 누르고 '국가'의 틀을 만들어갈 동인을 번역에서 찾았던 국왕 프랑수아 1세는 거개가 중인이었던 번역가들에게 보이지 않는 유령처럼 행해야 마땅할 임무를 부여한다. 라틴어로 적혀 있는 문서들을 구어이자 속어였던 프랑스어로 바꾸고자 한 왕의 저 심사야 봉건적 구조에 저항하는 엘리트들을 이용해 귀족과 성직자의 힘을 누르고 왕권을 확보하고자 한 정치적 의도에서 비롯된 것이었겠지만, 그 결과는 예기치 않을 정도의 엄청난 파장을 몰고 왔다. 번역이 자기의 치적을 찬양하고 문학의 아버지이자 예술가들의 찬양자라는 이미지를 덧입혀줄 것이라는 허투룬 믿음은 근대 프랑스어의 정립에 초석을 놓게 된 것이 바로 이 믿음 때문이었다는 사후적 판단에 근거할 때 명석한 직관으로 바뀐다.

---

3) 자크 데리다, 같은 책, p. 39.

흔히 예찬되곤 하는 16세기 유럽의 르네상스도, 하지만 좀더 들여다보면 온전하고 순수하게 제 손으로 빚어낸 문화운동이나 창조의 산물만은 아니다. 르네상스란 일찍이 십자군 전쟁에서 훔쳐온 문명의 '빛'을 저들이 **실제로 말하고 있는 언어로 바꾸어보려는** 호기심의 정령이 불러일으킨 기여이자 그것의 역사적 효과일 뿐이다. 그리스도교가 점령한 스페인의 아랍 도서관에서 밤낮으로 유대인이 아랍어로 된 문서들을 스페인어로 옮긴다. 그러고 나면 그리스도교도가 스페인어를 다시 라틴어로 옮긴다. 이후 노예와 노새가 힘겹게 실어 나른 이 번역본들은 학자와 필사가의 손을 거쳐 프랑스 땅에서 인문학적 지식으로 둔갑한다. 번역이 풀어놓은 지식 덕분에 가르칠 내용이 주어졌다. 그리하여 유럽에 학교(대학)가 우후죽순처럼 생겨난다. 아니 이보다 훨씬 전 바그다드에 이미 번역의 유령들이 떠돌고 있었다. 페르시아어, 그리스어, 힌두어, 라틴어로 된 고전서적들이 가득했지만 아랍어밖에 모르는 칼리프를 위하여 알 만수르는 도서관의 책이란 책을 모조리 아랍어로 번역하라는 지시를 내린다. 100여 년이나 소진된 그 지난하고 힘겨운 노력의 결과, 800년경 바그다드에는 뛰어난 수학자, 과학자, 의학자, 그리고 문학가들이 대거 등장한다. 이렇게 거슬러 올라가다 보면, **태초에 '번역'이 있었다.**

문화는 말할 것도 없거니와 우리 국어도 번역의 혼백(魂魄)이 풀어놓은 산물이다. 구한말 타자와의 외교적 '구어 상황'을 맞이하여 그때까지 양반의 전유물이자 사상적 젖줄이었던 '진문(眞文)'이 타자의 한문으로, 한문이 개별적인 한자로, 한자가 중국이라는 일국의 글자로 보이기 시작할 무렵 또 메이지 일본의 물질문명에서 받은 "충격의 경험" 속에서 중국과 유교라는 "유일무이한 현존성",[4] 즉 '아우라의 파괴'를 감내해야 했던 중인 출신의 지식인들이 당장에 실천되지 않으면 안 될 보편적 가치로 삼았던 **근대의 재현이란 번역이라는 언어·문화적 재배치를 통해 착수될 수 있었던, 당시로서는 희미한 가능성일 뿐이었다.**[5] 계몽의 의지를 다져나가는 가운데 이 가능성이 점차 제 몸뚱이를 불려나가게끔 한껏 마법을 부린 것도, 그리하여 근대 우리 말의 골격을 만들고, 그 골격에 혈류를 흐르게 하고 혼을 불어넣은 것도 바로 번역이라는 유령이었다. 번역은 비극적 세계관을 떨쳐버리고, 변증법적 세계관을 구현해볼 유일한 무기였던 것이다. 최남선의 『레 미제라블』 번역에서 몇 구절을 인용한다.

그들은 倏忽하게 그날ㅅ밤을 面하야 現出하얏다가 또 倏忽하게 그 날ㅅ밤을 등지고 隱沒하니라.

復位時代의 靜穩과 閒暇의 밋헤서 쉬지않코 發達生長한 社會問題研究者란것은 대개 웃더한 種類, 웃더한 階級에 붓치난 者이뇨?

一千七白八十九年에 싼톤·로쩨쓰피에루等이 企劃한 革命은 貴族의 橫暴를 憎怨하야 생긴 侵略的革命이라, 그런故로 그들은 取하야 代

---

4) W. Benjamin, "L'œuvre d'art à l'ère de sa reproductivité", in *Œuvre III*(traduit de l'allemand par Maurice de Gandillac, Rainer Rochlitz et Pierre Rusch), Gallimard, 2000, p. 71.

5) 최남선에 국한시키면 이 '놀라움'은 " '그 등물(等物)의 내용이나 외모에 대하여 조금도 비평할 만한 지견(知見) 없는' 상태, 요컨대 판단 불가능의 '다대(多大)·굉장(宏壯)·최찬(璀璨)·분복(岌馥)의 상태"라고 할 것이다. 문성환, 『최남선의 에크리튀르와 근대·언어·민족』, 한국학술정보, 2009, p. 99.

身하고, 代身하야 專恋히하얏더라.[6]

'구두점'의 체계적인 사용—— 띄어쓰기도 구두점이다—— 을 바탕으로 일본식 한자어, 그리고 일본식의 그것에서 왔다고는 말할 수는 없을 단어들을 조사와 종결어미 역할을 주로 담당하는 조선식 구어와 혼합해 최남선은 이렇게 '에크리튀르écriture', 즉 우리의 '서기체계(書記體系)'를 만들어간다. 흥미로운 점은 '革命'이나 '近代' '社會'나 '體系'와 같은 일본식 한자어에 '自誓' '倏忽' '隱沒' '靜穩' '閒暇' '憎怨' '專恋' '兼職' '牢確' '不振' '紛擾' '說諭' 등의 전통 한자들이 오늘날 우리가 사용하고 있는 통사법과 닮은꼴일 이 문장들의 구조 전반에 녹아 있다는 것이다.

이렇게 따져본다면, 번역의 유령은 1895년 유길준의 국한문혼용체의 실험에서 1908년 최남선까지, 이어 1919년 김안서의 조어(造語) 창출과 이를 통한 시적 변용에 이르기까지, 아니 그 사이사이와 전후에도 쉼 없이 불려나와 우리말의 토대를 만들고 살점을 불려나갈 근본적인 힘을 불어넣었던 것이다. 지식과 권력이 유교에 모여 있었으니 번역이라는 유령이 근대라는 이름으로 속속들이 유입해온 글들은 또 얼마나 수난을 겪어야 했을까? 그러나 번역은 예(禮)와 유(儒)가 근저를 형성했던 견고한 중심이 유효하지 않음을 척박한 제 땅에다가 선포하고, 말〔言〕과 글〔文〕의 일치를 궁리하면서 계몽과 합리를 정착시켰던 "원본의 재영토화 과정"[7]이자 이데올로기의 변형자 자격으로

---

6) 최남선, 『소년』(영인본) 제19호, 1910. pp. 7, 50, 53, 59.
7) A. Brisset, *A Sociocritique of Translation: Theater and Alterity in Quebec, 1968~*

우리 국어의 언어 · 정치적 상황을 주도해나갔던 주체였다. 그러니 근대 한국어는 번역이라는 유령의 발명품이라고 해도 좋을 법하다. 번역이라는 '도깨비들'이 모여 뚝딱거리며 심어놓은 미지의 체계는 아닌가?

3. 뒤섞고 뒤섞이는 유령들

유령들은 이것저것을 마구 뒤섞는다. 아니 뒤섞인 모습으로 등장한다. 시간을 뒤섞고, 공간을 뒤섞고, 혼을 뒤섞고, 몸을 뒤섞는다. 뒤섞으면서 "절대적으로 주어진 동질성, 절대적인 체계적 일관성, 〔⋯⋯〕 타자를, 확실히(개연적으로가 아니라 분명히 선험적으로) 불가능하게 만드는"[8] 일체의 행위를 부정하고, 새로운 것을 고구해낸다. 그리하여 기억할 수 없었던 것을 기억해내게 되면 단순히 선택의 문제였던 것이 번역에서는 미래의 완성형으로 주어진다. 물위에 떨어뜨린 한 방울의 먹물같이 잡으려고 할수록 더 흩어져버리는 무엇, 바로 이런 것들이 떠돌아다니기 시작한다. 번역의 유령이 섞어놓은 것들의 앞날은 이렇게 짐작할 수조차 없다. 서양문학사를 돌이켜보면 문학 장르가 탄생하는 매 시기, 번역의 유령들이 분탕질을 해댄, 바로 이 섞는다는 행위가 있었다. 아이디어로 따지면 산문시와 자유시가 그러했으며, 13세기 즈음 시칠리아의 노래에서 파생되었다던 소네트도

1988, Toronto: University of Toronto Press, 1996, p. 10.
8) 자크 데리다, 앞의 책, p. 84.

애당초의 소네트는 아니었다. '박자를 갖추고 있었던 것prose rythmée'이 카발칸티와 단테, 페트라르카에 의하여 차츰 변형되어 가장 즐겨 쓰는 시 형식 가운데 하나로 정착된 것, 예컨대 번역의 손을 거쳐 이것저것들이 뒤섞이면서 온전한 형태를 갖게 된 것뿐이다.[9]

서양의 그것을 바라볼 때 비교적 곱상하던 '장르 교환'에 드리워진 시선은 그러나 우리 문학으로 옮겨오면 치욕스런 흉물을 바라보는 힐난으로 변해버리고 만다. 그러한데 번역을 통해 문학에서 실험이 이루어지고, 문학 장르가 탄생한 것이 저간의 사정이자 또 부인하기 어려운 현실이라고 한다면? 우리 근대시의 효시로 평가를 받는 「海에게서 少年에게」도 번역의 유령이 타자를 뒤섞으면서 불러낸 영감과 혼용의 결과물이다. 역사는 가정을 필요로 하지 않겠지만, 그럼에도 만약 번역이 없었다면 새로운 장르도 없었을 것이다. 일찌감치 최남선에게서 착수되어 주요한에 이르러 정착된 산문시를 추동한 것도 창작의 영감보다는 번역이라는 유령의 손놀림이었다는 사실을 놓치지 말아야 한다.[10] 그렇게 해버리면 우리 근대문학은 들어가고 또 빠져나올 구멍이 모두 막혀 있는 미로 안으로 숨어버리기 때문이다. 다시 최남선이다.

---

9) A. Joubert, *Le sonnet*, Gallimard, 2005, pp. 171~74.
10) 최남선에게는 오히려 '시적 산문prose poétique', 즉 규칙적인 구절들을 산문의 외형 속에 가두어놓은 실험이었던 것이. 이후 산문시의 형성에 영향을 미친다. 물론 상징주의 문학의 근대성이 베를렌, 말라르메, 보들레르, 랭보 등에 의해 주도되었다는 사실을 알려준 것은 구리야가와 하쿠손(廚川白村)의 『近代文學十講』과 우에다 빙(上田 敏)의 작품이었다.

① 1862년 프랑스의 빅토르 위고가 『레 미제라블*Les Misérables*』
을 출간하다.

② 같은 해 뉴욕에서 찰스 윌보어Wilbour에 의해, 런던에서 라셀
레스 랙살Wraxall에 의해 최초의 유령들이 떠돌아다니기 시작
하다.

③ 같은 해 『레 미제라블』의 유령이 전 유럽을 배회하다. 벨기에,
프랑스, 포르투갈, 이탈리아, 영국, 독일, 스페인, 러시아 순으
로 각광받다.[11]

④ 1902년에서 1903년 사이에 구로이와 루이코(黑岩淚香)가『아
아, 噫無情』을 발간하다.

⑤ 1894년에서 1895년 사이에 하라 호이츠안(原抱一庵)이 「ABC
組合」을 『少年園』에 연재하다.

⑥ 1910년 최남선이 「ABC 契」를 『소년』에, 1914년 「너 참 불쌍
타」를 『청춘』에 싣다.

⑦ 1918년에서 1919년 사이에 민태원이 『哀史』를 『매일신보』에 연
재하다.

간략하게 추려본 『레 미제라블』이라는 유령의 발자취에서 더러 생
략된 부분이 있을 것이다. 그러나 단서는 이것만으로도 충분하다. 이
서지만으로도 우리 문학과 관련되어 더 복잡한 함수들이 떠돌아다니
기 때문이다. 문학판 전반을 맥연히 가늠해볼 또 다른 유령들이 몸을

---

11) O. Silva, "Traduire Hugo: *Les Misérables* au Portugal", in *Revue de littérature com-
parée* 2004/3, N° 311, pp. 293~300.

내밀기 시작한다. 일본어의 '무정(無情)'이라는 번역이 이광수라는 이름을 불러내면, 우리 근대문학의 근저에서 일본 사소설의 눅눅하고 칙칙한, '너 참 불쌍타' 하는 청승맞고 동정 어린 톤도 함께 울려나 온다. 계몽적 담론들과 그 격자를 덜어버리고 나면 『무정』'도' 영락없 이 일본의 사소설과 닮아 있기 때문이다. 아니, 다른 작가들이라고 해서 번역의 유령을 몰랐을까? "김동인의 「배따라기」, 춘원의 「소년 의 비애」, 전영택의 「천치? 천재?」가 일본 작가 구니키다(國木田獨 步)의 「여난(女難)」「소녀의 비애」「춘(春)의 조(鳥)」로부터 각각 깊 은 영향을 받았다고 분석되는 점"[12]은 그것이 '영향'이기 때문에 시선 을 끄는 것이 아니라, 텍스트 간의 상호 교류와 표절 사이의 경계를 분명히 긋지 않고서는 이 땅의 번역문학이 존재할 수 없으며, 또 그렇 게 되어버리면 우리 문학사에서 근대를 규명할 길이 영영 막혀버리기 때문이다. 번역의 유령은 이렇게 영화 「식스 센스」나 「샤이닝」에서 마 냥 제가 유령임을 까맣게 잊어버릴 때도 있다. 번역의 유령이 유령된 제 존재를 망각한 경우를 우리 문학에서 발견하는 일은 그러나 영화와는 달리 그다지 어렵지 않다. 이 한없이 감추고만 싶은(을) 유령이 오늘날 에도 여전히 활보하고 있기 때문이다. 이와는 반대로 유령이 아닌데도 버젓이 유령 행세를 하려고 드는, 소위 '의사번역pseudo-traduction'이 각광받고 부각되던 18세기 프랑스와 같은 시대도 있었다.

　유령이 아님을 주장하는 유령과 유령이고자 하는 유령이 아닌 존재가 시대와 문학에 관한 관점들의 변화와 독자들의 가변적인 욕구를 축으 로 삼아, 사라지고 또 등장하기를 수없이 반복해왔던 것이다. 이때

12) 김병익, 『한국 문단사』, 문학과지성사, 2001, p. 112.

번역은 유령이 아니라는 제 주장에 따라 그대로 묻어두는 대신에, 적극적으로 들추어내고 또 싸잡아 연구해야 할 대상으로 자리 잡는다. 아니, 이 유령들(유령이 아니고자 하는 유령들을 모두 포함하여)이야말로 유일하게 나를, 나와 타자와의 관계를 규명해줄 길이자, 한국 근대문학을 오롯이 길어 올릴 유일한 저장고인 것이다. 번역이 동서양을 막론하고 창작을 추동하는 근본적인 행위이자 장르가 분화되고 새로운 유형의 문학을 촉진하는 결정적인 매개였던 탓이다.

최남선을 전후로 대다수 문인이었던 번역가들의 번역물이나 창작물은 그들에게 영감을 준 저술들과 그들의 이름으로 완수된 정치·문학적 사건들에 비추어 다시 읽힐 가능성을 내포하고 있다. 이들이 착수한 번역작품들은 허구로부터 계몽적 사건들의 예고를 읽어내게 할 것이라는 점에서, 그리고 우리 언어의 잠재성을 일깨운 **'다시 쓰기'에 바탕을 둔 텍스트들**이라는 점에서만 오로지 의미심장하다. 계몽을 위해 무기를 든다. 그러나 목숨을 건 싸움은 세상에 영향력을 행사할 적합한 언어의 부재로 인해 에크리튀르의 충돌과 절충 속에서 다시 노정될 수밖에 없다. 꾸어오고, 흉내 내고, 깊이 들여다보고, 그리하여 다시 적어나간 작품들은 문학적·정치적 곡절과 변화에 깊이 관여한 담론과 행동의 변증법이 만들어낸 유령이라는 점에서만 제 가치를 담보하고 있으며, 오로지 이러한 관점에서만 저 험난한 굴곡의 눈총 속에서도 매 시기 자명한 것처럼 착시를 불러일으켰던 '한국어'라는 허상을 구체적으로 표상하게 된다. 한국어는 이렇게 발명되고, 사상도 이렇게 재편되며, 문학의 교류도 이렇게 길마루 위에 놓인다. 철학과 사상, 사유와 삶의 방식은 늘 섞인 채로, 그 상태에서 그렇게 세계에 존재할 뿐이다. 번역이라는 유령의 끈질긴 간섭과 참견 속에서 모든 베낀 것은 언어적 재편이기에 베낀 것으로만 남지 않는다.

4. 사라지는 유령들/소급되는 유령들

모든 유령은 사라지게 마련이다. 따라서 노후한 번역은 사라진다. 아니 몇몇이 되돌아온다. 살아남은 유령도 있기 때문이다. 원본은 사라지는 법이 없는데 그렇다면 번역은 왜 낡아만 가는가? 어떻게 잊혔는지 그 사연을 헤아리기 위해 기억해내는 일이 과연 번역에서 가능한가? 번역의 유령은 망각을 위한 기억을 달고 다니는 유령이다. 그렇다면 어떤 기억이 유령과 함께 스며드는가? 번역이 이렇게 유령이라면, 이 유령은 기억과 더불어 무엇을 불러내고, 우리 곁에 무엇을 풀어놓으며, 또 반대로 무엇을 물리치고자 애쓰는가? 유령은 항상 다시 출현할 때만 유령이다. 모든 번역이 재번역을 전제하는 까닭도 이 때문이다.

번역가가 시난고난 앓는 과정에서 무엇인가 끊임없이, 그리고 '다시' 만들어진다. 번역가는 배회하는 유령들을 집주(集註)하는 장본인이다. 우리가 '문학성'이라고 부르는 특수한 담론적 구성은 번역가에 의해 적나라한 모습을 드러낼 것이기 때문이다. 명민한 비평가와 마찬가지로 뛰어난 번역가란 **문학을 문학이게끔 체현하는 이 특수성을 옮겨올 줄 아는 자**이다. 그에게 필요한 것은 이론보다 경험이다. 아니 번역에서 이론이란 오로지 결과물을 통해서만 추론되는, 부차적인 무엇일 뿐이다. "네가 어떤 작가를 번역하고 있는지 내게 말해준다면, 난 네가 어떤 사람인지를 말해주겠다"[13]고 발레리 라르보가 빗대어 말한 것처럼 번역가가 난점을 호소하는 지점들을 살펴보면 번역가 자신이 어떤 상태에 놓여 있는지 여지없이 드러난다. 뛰어난 번역가는 따라서 **번역에서 문학작품을 '만들어낼 줄 아는 자'이다.** 매듭 짓기 전에 다시 지적하겠지만, '충실성'이라는 개념을 중심으로 번역가를 꽁꽁 얽매고 있는 편견 하나가 여기서 빗장을 풀어 헤친다. 창조자와 번역가라는 골에 박힌 이분법을 산산이 박살내면서.

셰익스피어나 보들레르, 아리스토텔레스나 플라톤, 노자나 장자와 같이 인류의 지적 자산들로 간주되어왔던 텍스트들은 시대의 패러다임이 바뀔 때면 매번 다시 번역되어야 할 필요성을 내재하고 있는 '문제적인', 즉 유령을 다시 소급할 힘을 머금고 있는 텍스트들이다. 앙리 메쇼닉은 "성서의 킹 제임스 버전, 앙투안 갈랑의 『천일야화』 번역, 제라르 드 네르발의 『파우스트』 번역"[14]처럼 몇몇 번역은 문학작품보다 더 노후하지 않다고 말한다. 아니 이 경우 낡은 것은 번역이 아니라 언어와 시, 문학과 번역을 바라보는 우리들의 사유일 뿐이다. 번역가는 원문 '이상의 것'을 만들어내는 창조자이기 때문이다. 원문보다 뛰어난 번역을 상정하는 일이 생리적으로 불가능한 반면에 **원문보다 중요한 번역은 그래서 존재한다.** "번역을 했던 그 텍스트가 노후하지 않는 곳에서 번역이 노후"한 까닭, "우리가 텍스트를 다시 번역해야만 하는"[15] 이유는 **번역에는 항상 원본 이상의 무엇, 즉 번역가의**

---

13) 발레리 라르보, 「사랑과 번역」, 정혜용 옮김, in 『번역비평』 제3호, 고려대학교출판부, 2009, p. 289.

14) H. Meschonnic, op.cit., p. 40.

15) H. Meschonnic, Pour la poétique II, Épistémologie de l'écriture, Poétique de la traduction, Gallimard, 1973, p. 353.

몫이 존재하기 때문이다. 번역가의 '다시 쓰기' 작업이 여기서 제 빛을 발한다. 번역의 유령이 부메랑처럼 되돌아오게 되는 것도 번역가의 창조성과 그 힘 덕분이다.

5. 유령을 향한 굿판

번역의 유령은 집단적인 퇴출의 의지에서 자유롭지 못하다. 굿판을 벌이거나 엑소시스트가 등장하기 시작하면, 번역의 유령은 푸념 섞인 힐난의 대상이 되어 불경스런 예측들과 두려움이나 우려의 시선이 교차하는 곳에서 포박되기 시작한다. 역사 속에서 이 엑소시스트의 역할을 맡은 자들은 누구였던가? 그러나 가장 큰 싸움은 유령의 내부에서 이미 벌어지고 있었다. 누가 퇴마사를 자처하는지 보아야 한다. 누가 유령에게 죄를 부여하고, 또 면죄부를 주려고 하는가?

전통적으로 성실한(훌륭한) 번역가란 원문을 '그대로 옮겨오는' 번역가였다. 이 성실하다는 말 주위로 편재되는 간단명료한 우유적(愚諭的) 풀이는 비약 속에서 제 살을 찌운다. ① 성실한 번역은 원문을 그대로 옮겨오는 번역이다 ② 출발어를 기계적으로 베끼는 일에 급급한 원문중심주의 번역가들이 있으며, 이들은 의미전달에 실패하고 만다 ③ 번역은 도착어(번역가의 모국어)를 불편하게 만든다. 그러나 소크라테스가 죽을 운명이라고 해서 개가 될 수는 없다. 그것이 번역인 이상 제 언어의 운용에서 묘미를 살려내는 일을 포기하는 번역가를 우리는 상정할 수 없기 때문이다. 원문을 그대로 옮겨오는 번역이 가능한가라는 물음 앞에 우리가 되레 묻게 되는 것은 오히려 번역가의 창조성과 그것이 뻗댈 언저리이다. 앙리 메쇼닉의 지적이다.

단지 번역가일 뿐인 번역가는 번역가가 아니며, 그는 소개자일 뿐이다. 작가만이 번역가이다. 번역행위가 전적으로 제 글쓰기이거나, 번역행위가 하나의 역작(작품)에 통합될 때, 번역가는 "창작"의 이상화가 목도할 수 없었던 "창작자"이다.[16]

번역가는 창조적인 힘을 죽인 창조자들이다. '번역가의 임무'는 그렇다고 제가 운용하는 말에다 덕지덕지 해석의 곁가지를 붙여 소위 '의미'라고 하는 것을 매끄럽게 전달하는 데 있지도 않다. 의미나 뜻을 번역의 중심에 두어야 한다는 논리 속에는 소위 직역이라고 하는 행위에 대한 노골적인 반감이 존재한다. 말라르메의 시 「인사」의 첫 행 "Rien, cette écume, vierge vers"를 "없음이라, 이 거품, 처녀시는"[17]으로 번역한 황현산은 번역문보다 몇 갑절 긴 결곡한 해설문에서 번역가로서 자기가 운용한 언어의 세세한 경로에 대해 이렇게 말한다.

시인은 첫머리에서 대뜸 "없음/Rien"이라고 말하고, "거품/écume"과 "처녀시"를 그 동격어로 덧붙인다. 이 "없음"은 우선 한 회식을 위해 부탁받은 담화에 겸양의 뜻을 앞세우는 허두일 것이다. "거품"은 물론 그가 들고 있는 술잔의 샴페인에서 끓어올라 그 유리면을 따라

---

16) H. Meschonnic, *ibid.*, p. 354.
17) 스테판 말라르메, 『시집』, 황현산 옮김, 문학과지성사, 2005, p. 131.

둥그렇게 맺혀 있는, 그와 같이 "술잔을 가리키는" 거품이며, "처녀시"
는 그가 이제 읽으려는, 그러나 아직 읽지 않은 시이다. 그가 할 말은
아무것도 없으며, 시인은 다만 아무것도 아닌 이 거품을 좌중에게 보
여줄 수 있을 뿐인데, 술잔의 모습으로 맺혀 있는 이 거품이 바로 그가
읽으려는 시이다. 그런데, 아직은 모든 것이 침묵하고 있는 '없음'의
자리에서, 있는 것도 아니고 없는 것도 아닌 "거품"의 모습으로 그 말
없는 사물의 외관을 흔들며 끓어오르는 어떤 영감에 따라, 마침내 한
편의 "처녀시"가 탄생하는 것이라고 본다면, 이 세 낱말은 그 자체로
써 모든 시가 창조되는 과정을 은유하는 셈이 된다. 어느 경우에나 거
품은 침묵과 창조 사이에 전환기와 같은 역할을 하고 있다.[18]

필경 '없음'으로, 또 주격조사를 생략한 '처녀시'로 옮겨놓은 번역
이 전통적인 의미에서 성실한 번역가라고 부르는 자에게 부여된 임무
일 것이며, 바로 이 때문에 힐난을 받기도 할 것이다. 그러나 '없음'
이 아니라 "없음이라"는 번역은 번역가가 운용하는 조사 하나하나까
지도 번역가의 문학에 대한 안목과 그 깊이로 결정되게 마련이라는
사실을 알려준다. 자칫 이율배반처럼 보일 '원문에 충실하면서도 창
조적인 번역가'라는 말이 오히려 번역가의 고유한 '권리'이자 번역의
승패를 좌우할 번역가의 덕목이 되는 것이다. 번역가가 운용하는 그
묘(妙)와 원문 파악의 힘을 모두 가늠해볼 가능성이 바로 여기서 살
아난다. 번역에서는 오로지 옮겨올 것들을 파악할 힘과 그것의 창조
적 변용이 문제가 될 뿐이기 때문이다. 직역과 의역의 경계가 허물어

---

18) 황현산, 「주석」, in 스테판 말라르메, 『시집』, p. 202.

지는 것도 바로 이때이다. 이 낡은 이분법은 자구(字句)와 의미를 따로 분리해내는 만큼 신기하게도 우리의 삶에서 사유를 걷어낸다. 이때 번역의 유령은 한 곳에 갇히며, 명민한 번역가는 추방당한다. 이것이 바로 이분법이 생존해온 비법이다.

곧이곧대로 텍스트를 번역하는 자가 올바른 번역을 수행하는 자라는 통념은 번역이 다시 쓰는 작업이라는, 매우 평범한 사실을 평범하지 않게 망각한 데서 생겨난 것이다. 다시 쓴다? '그대로 옮긴다'는 말이 함축하고 있는, 원전의 충실성이란 개념은 따라서 모순어법이라고 보아도 좋다. 뛰어난 번역가를 한번 보라. 이들은 모두 다시 쓴다. 그럼에도 불구하고 원문을 비켜나갔다고 말할 수 없는 그런 글들이 유령을 만들어내는 것이다. 개구리 한 마리가 죽어도 재미로 돌 던진 아이가 있는 법인데, 하물며 아무리 원문을 고집스레 베껴 번역한다손 치더라도 또 그렇게 해야 한다고 주장해보아도, 결국 번역자의 목소리는 담기지 않겠는가? 최초에 언어적 모험이었던 타자의 숨결을 번역에서 보장하는 길은 번역가가 제 목소리에 그것을 담아내는 방법뿐이다.

6. 번역의 유비쿼터스ubiquitous 시대

번역의 유령들은 또한 '언제 어디서나 동시에 존재'하기에 유령이다. 번역의 유령이 그러쿤 것들은 대개가 거부할 수 없는 것들인 동시에 판타즘의 재생산을 부추기는 욕망과도 맞닿아 있다. 고문을 당하고 있는 것처럼 보이는 사진 하나(오른쪽)와 실제의 고문 장면을

16세기 스페인 종교재판에서 사용하던 고문대   1930년대 미(美)의 표본을 측정하기 위한 장치

그린 삽화(왼쪽)는 **시대를 막론하고 몸이 감당해내는 이데올로기의 몫이 존재한다**는 사실을 잘 보여준다.

　그럼 이때 몸은 무엇을 하고 있는가? 부침을 겪던 기대감에 도취되어서건, 몸은 나름대로 시대의 사유와 편견, 이상적 가치와 자기충족의 메커니즘을 '번역하고 있는 중'이다. '몸'은 피를 흘리며 매 시대 이데올로기와 판타즘, 숭고한 이상과 헛된 야망을 번역하거나 번역해내야만 했던 것이다. 이렇게 보면 몸은 번역이라는 유령의 통제를 받으며, 고통과 쾌락의 이데올로기를 감당해야만 하는 번역기계의 일종이다.

　사물이라고 어찌 번역의 유령이 아니겠는가? 건물이, 거리가, 가로수가, 광고 간판에 적힌 문구와 그 이미지들이 '나'를 번역한다. 우후죽순처럼 들어선 도시의 건물, 무미건조한 그 건물들과 거기에 앞다투어 달려 있는 광고들, 아니 도시 전체가 나에게 무언가를 말한다. 말한다고 느끼는 바로 그 순간, 번역의 유령들이 분주히 움직이기 시작하고, 시야에 포착된 풍경들은 나 모르는 사이에 내 의식의 한쪽에 수북이 쌓여간다. 모든 형태의 사물이 우리에게 번역을 '행'

한다. 아니, 번역이란 이름으로 도처에서 자기 주권을 행사하고 있다. 사각형의 투박한, 그러나 복제된 듯 동일한 형태의 아파트와 현란한 네온사인들은 덩그러니 물리적 공간만을 차지하고 있는 것이 아니다. 그곳에서 어쩌다 고개 들어 하늘을 볼 때 낯설음이 뭉텅 묻어 나오는 것도, 번역의 유령이 편향된 틀로 나를 길들여왔기에 생긴 감정의 편린들 때문이다.

그리하여 크리스마스트리 하나를 앞에 두고 누군가는 누군가의 태어남을 축성할 수도 있으며, 누군가는 "정말로 너를 기쁘게 해주는 것은 네가 일찍이 목격했던 너의 부모가 성교할 때 부친에게서 성적 쾌락을 맛보고 있는 모친의 위치로 파고 들어가는 것이다"[19]라는 메시지를 도출시킬 기쁨과 욕망의 근원적 상징물을 발견하기도 할 것이며, 또 어떤 시인은 "크리스마스트리는 아름답다/ 그것뿐이다"[20]라고 말할 수 있는 것이다. 어찌 되었건 사소한 물건이나 평범해 보이는 건물 하나하나도 유령이 되어 우리의 의식 속으로 깊이 침투한다. 그리하여 나는, 내 의지이건 그렇지 않건 간에 매일 번역을 당하거나 번역하는 상태에 놓인다. 그렇지 않겠는가? 대도시로 변모한 파리의 보들레르나 경성대로를 쩔룩이며 걷던 소설가 구보가 산책하면서 제 작품에서 길어 올린 것도 도시에 존재하는 새 풍경과 낡은 것들이 번역이란 유령의 이름으로 이들의 마음속에 내려놓은 그 무엇 아니겠는가?

19) 프로이트의 임상실험 대상이었던 '이리 사나이'의 경우(고바야시 야스오 외,『知의 논리』, 유진우 · 오상현 옮김, 경당, 1996, p. 87).
20) 기형도,「聖誕木 — 겨울 版畵 3」,『입속의 검은 잎』, 문학과지성사, 1989, p. 97.

7. 유령들의 친화력

번역의 유령을 시 비평의 새로운 가능성으로 확장시킨 글에서 황현산은 이렇게 말한다.

> 낡은 나를 넘어뜨리고 다른 나, 타자로서의 나로 변화시키지 않는 만남은 체험이 아니다. 타자를 받아들인다는 것은, 그래서 타자가 말을 하게 한다는 것은 주체가 타자로 다시 일어선다는 것이다. 실은 타자로 다시 일어서지 않는 주체는 주체조차도 아니다. 그것은 주체라는 환상의 공허한 메아리이며 그 그림자일 뿐이다. 그러나 이 그림자 뒤에는 국가적 · 정치적 · 문화적 이데올로기가 있다.[21]

이 "국가적 · 정치적 · 문화적 이데올로기" 이전에, 말과 그것의 반경을 축소시키려는 이데올로기가 자리 잡고 있다. 한번 생각해보라. 말이 없는데 어떻게 개념이 있을 수 있겠는가? 말이 없으면 사물이 없는 것과도 같은 이치이다. 말을 극단까지 밀고 나간 후 개념이라고 하는, 즉 철학이 생성되는 것이지, 철학이 저 보란 듯 앞질러 존재한 후에 우리에게 말이 주어지는 게 아니기 때문이다. 그리하여 빛이 있기 이전에 언어가 있었다. 바로 이 말들로 타자를 만난다. 다시 말하면 **모국어의 감옥을 깨뜨리지 않고서 번역은 없다**. 바벨의 후예들에게 필요한 것은 아담의 언어를 복원하려는 야심이 아니라, 중심이 붕괴

---

21) 황현산, 「누가 말을 하는가」, in 『시와 반시』 2008년 봄호(제63호).

되어 산재하는 언어들 간의 친화력을 살펴보는 일이다. 빗대어 말하자면 '출발어'와 '도착어'라고 상정한 두 개의 원을 서로 어긋나게 포개어볼 때, 중첩되는 부분을 제외한 보름달 모양의 양쪽이 어떻게 서로를 간섭하는가의 문제를 제기하는 것이 바로 번역인 것이다. 도착어의 보름달 부분이 교집합 안으로 들어가게 되는 것은, 즉 깊이 잠들어 있던 도착어의 잠재력이 잠에서 깨어날 가능성은 오로지 출발어의 보름달에서 발견될 뿐이다. '랑그'를 벗어난 이 보름달은 교집합 안에 포괄적으로 위치될 제 권리를 갖고 있는 것이다. 그리하여 모국어가 성취할 수 없는 것을 번역이 성취한다. 우리가 모국어 속으로 들어오지 못한다고 생각했던 것을 들어오게 하는 것이 바로 번역의 유령이기 때문이다. 번역을 통해 낯선 것이 처음 고유한 것 속으로 들어왔을 때, 생체이식을 마친 환자처럼 거부반응이 일어나는 건 따라서 당연한 일이다. 숨기려고 하는 걸 애써 들추어내고, 피하려고 하는 걸 굳이 마주하게 하고, 얼추 넘어가려고 하는 걸 붙잡아 따져 묻는 일을 번역의 유령이 수행하기 때문이다. 바로 이때 정체성의 고유한 역사성이 타자를 통해 만들어지기 시작한다. 이렇게 번역은 세상과 거래를 튼다. 나를 보여주지 않으면 나도 남을 볼 수가 없다.

번역과 이데올로기

저는 저의 상상력의 키를 재봅니다.
말도 많고 탈도 많은 그것은
바벨탑의 형이상학,
저는 흔듭니다.
무너져라 무너져라 하고
무너질 때까지,
그러나 어느 한 시인에게 했듯이
늦봄의 퍼런 가시 하나가
저를 찌릅니다. 마침내 저를 죽입니다.
그게 현실입니다.
　　　— 김춘수, 「존경하는 스타브로긴 스승님께」 부분

1. 번역이라는 전쟁터

흔히 말하는 것과는 사뭇 다르게, 번역에서 '객관성'은 존재하지 않는다. 투명하게, 그리하여 충실하게 원문을 옮겨와야 한다는, 번역의 윤리와도 결부되어 있는 이 객관성이라는 '슬로건'은, 그러나 그것을 펼쳐드는 순간 반드시 자신을 거울에 의해, 즉 반사되고 굴절된 타자의 '상(像)'과 뒤엉킨 상태로만 우리에게 주어지기 때문이다. 상이한 문화들 간의 충돌을 적극적으로 '조장'하고, 조장한 것을 차후에 '조절'해나간다는 측면에서 볼 때, 번역은 오히려 이데올로기나 언어의 **투명한 전달에다 제 역할을 온전하게 위임하는 것은 아니다.** 아니, 어지간한 몇몇의 경우를 제외한다면,[1] 번역이라는 말에 그림자처럼 따라붙곤 하는 이 정보나 단어의 전달이라는 것에 번역이 국한되는 법도 없다. 문학 텍스트나 다양한 문화적 활동은 말할 것도 없거니와 구체적인 역사적 사건들이나 정치적인 담론들조차도, 그것이 번역과 결부된 이상, 필경 '만남-충돌-조절'이라는 세 단계를 밟아가며 진행될 수밖에 없는 운명을 지니기 때문이다. 아니, 잘라 말하면 이 세 가지 수순이야말로 번역이라는 행위가 성립하는 기본 조건이자 번역이 애써가며 풀어놓은 것, 즉 우리의 삶에 번역이 개입하는 양상을 고스란히 드러내 보여주는 '전부'인 것이다.

그러나 번역이 견인하는 이 '만남-충돌-조절'의 과정이 변화무쌍한 만큼 번역은 안도감이나 그 반대일지도 모를, 염려 가득한 눈을 하고 지켜보아야 할 무언가를 우리에게 부여한다는 의미에서만 오로지 제 중요성을 역설할 수 있을 뿐이기도 하다. 아니, 현명한 조절에 실패한 경우라면, 순전히 번역 탓에 야기된 불행과 이후 잦아들게 마련인 자괴감을 고스란히 감내해야만 하는 일도 종종 발생한다. 이태준의 『해방전후』에서 주인공 현(玄)은 "출판사의 주문이기보다 그곳 주간(主幹)을 통해 나온 경무국(警務局)의 지시라는, 그뿐만 아니라 문인 시국강연회 때 혼자 조선말로 했고 그나마 마지못해 춘향전 한 구절만 읽은 것이 군(軍)에서 말썽이 되니 이것으로라도 얼른 한 가지 성의를 보여야 좋으리라는 대동아전기(大東亞戰記)의 번역을 더 망설이지 못하고 맡은" 후, 자신의 선택이 불러온 예기치 못한 파장과 이로 인해 야기된 괴로운 심경을 이렇게 토로한다.

---

1) 포클레인 조작법 매뉴얼이나 요리책을 번역하는, 그와 같은 경우.

철 알기 시작하면서부터 굴욕만으로 살아온 인생 사십, 사랑의 열락도 청춘의 영광도 예술의 명예도 우리에겐 없었다. 일본의 패전기라면 몰라도 일본에 유리한 전기(戰記)를 내 손으로 주무르는 건 무엇 때문인가?[2]

이런 파장을 불러일으키는 데도 번역은 긍정적인 수식어들에 둘러싸여 그저 제 중함을 성찬하고 말 것인가? 예상을 비켜나가 터무니없는, 그리하여 때론 골치 아픈 문제들을 한꺼번에 풀어놓는다는 점에서, 번역은 오히려 도박에 가깝다고 볼 여지마저 있다. 특수한 경우가 아니냐고? 무언가를 **새로 쓰는 일과 관련된 주관적 선택이 번역**이라는 면에서는 결코 그렇지 않다. 가시적으로 드러나지 않았을 뿐, 어떤 번역도 사실은 매한가지이기 때문이다. 번역이라는 개념을 고정시켜놓은 후, 그 주위에 '가치 지향적이다' '기여하게 마련이다' '훌륭한 소통을 가능하게 하는 가교다' 등의 판박이인 말을 주억거리며 유토피아를 상정하곤 하는, 비교적 흔해진 통념들이 흔해진 만큼이나 공허한 메아리처럼 황망히 우리 곁을 빠져나가는 이유도 여기에 있다.

모든 문화적 활동과 마찬가지로 번역도 역사와 호흡하면서 가변적인 상황에 따라 덩달아 널을 뛰게 마련이다. 정치적인 압력이나 담론적 사취, 상상적 공동체가 한 아름 꾸려놓은 판타즘이나 문화적 억압의 기제들이 타자를 지배하고자 빼어내어 한없이 치켜든 이데올로기의 칼날 아래에서 자유로운 번역은 없기 때문이다. 그러니까 **번역적**

---

2) 이태준, 『해방전후』, 동아출판사, 1995, p. 270.

상황을 전제하지 않는 번역은 어디에도 존재하지 않는 것이다. 최소한 두 가지 이상의 문화권을 연결해준다고 알려진 번역이라는 이 '가교(架橋)' 위에서 반드시 평화를 위한 조약만이 체결되는 것은 아니다. 아니, 이 가교가 없었더라면 애당초 전쟁 따위도 발발하지 않을 것이다. 그리하여 애면글면 혀를 차고 나면, 그때는 이미 늦은 것이다. 이럴 줄 알았더라면, 아예 만나지나 말았을 것을.

위의 만화[3]에서 번역이 차지하고 있는 역할은 중함을 거론하기에 앞서 오히려 '치명적'이다. 번역이라는 활동에 드리워진 '중립적'이라는 통념과는 상반되게, 전달자가 급박하게 보고한 이 '가짜' 메시지는 중차대한 결과를 초래할 만큼 극단적인 위험성을 지니고 있다. 조작된 '오역' 때문에 한 나라의 경제구조가 완전히 바뀌었다고 말할 수도 있겠으나, 정작 눈여겨볼 사항은 (매수되었다고 볼 수 있는) 메

3) 이원복, 『먼나라 이웃나라 10: 미국』, 김영사, 2004, p. 234.

시지 전달자의 결정을 이끌어내는 데 성공한 '자본의 힘'이 기존의 정치 상황 전반을 아예 송두리째 자기중심적으로 재편하고자 하는 이데올로기의 여과과정을 그대로 보여주고 있다는 점이며, 번역행위와 연관된 모든 활동의 위험성이 여기에 노출되어 있다는 사실이다. 아마 "연합군이 나폴레옹에게 졌다!"는 메시지를 전달한 만화 속의 이 사람은 십중팔구 "하룻밤 새 재산의 90%를 날린" 사람들에게 얼마 안 가 맞아 죽었거나 그에 버금가는 보복을 받았을 것이다. 이 경우 번역이 윤리의 대척점에 놓인 만큼이나 또 전달자는 그만큼 이데올로기의 충실한 수행자가 되기도 한다. 결국 그 어떤 경우라도, **메시지 전달에 국한되는 번역, 즉 중립적이고 투명한 번역이란 세상에 존재하지 않는 것이다.** 아무리 원본에 충실하고자 한들, 또 그것을 강조해본들 바벨이 붕괴된 폐허 위에서, 소위 '시르죽은 말'이란 존재하지 않기 때문이다.

2. 바벨과 번역

초기 자본주의가 태동했던 16세기 중엽이었을 것이다. 유럽에 여전히 종교의 그림자가 짙게 드리워져 한편으로 절대주의에 사로잡힌 맹신적인 시대에 네덜란드의 화가 피에테르 브뢰헬은 「바벨탑」이라는 작품을 선보인다. 이 작품은 흔히 신의 권위에 도전장을 내민 무모한 인간, 혹은 인간의 교만을 경계하는 작품으로 해석되어왔다. 그러나 이 그림은 '번역과 이데올로기'라는, 좀처럼 쉽게 풀리지 않는 화두를 예견하고 있다는 점에서 움직일 줄 모르는 기존의 해석과 예술작

품 고유의 힘이라고 할, 어떤 예측 가능성 사이에서 자그마한 차이를 만들어낸다. 언어의 분열을 다루고 있는 성서의 우화를 모티프로 삼고 있음에도, 작품이 처한 역사적 맥락은 실로 다른 곳을 보라는 지시에 가깝기에 작품에 묻어 있는 바벨탑의 이야기는 번역의 가치와 위험성을 동시에 빗댄 알레고리이자, 이데올로기와 맞물려 전개되어나갈 16세기 향후의 언어 상황 전반에 드리워진 다소 불경스런 예측으로 여겨지기도 한다. '바벨 이후'(번역학자 조지 슈타이너의 책 이름이기도 한)의 돌이킬 수 없는 언어 상황, 언어의 정치성과 언어들 간 친화력의 문제를 예고하는 일종의 계시인 것이다. 그 이해의 맥락 이렇게, 그리고 이미 주어져 있다.

① 초기 자본주의가 발달함에 따라 무역활동이 전개된 상황에 힘입어, 당시의 자잘한 도시들이 본격적인 체계를 갖추면서 국가의 성립 단계에 접어든다.

② 그러나 이런 도시국가들보다 규모가 훨씬 큰 왕국들도 강력한 절대주의 국가를 표방하고 있던 시기이므로, 상호간의 관계 설정이 더 복잡한 양상을 띠기 시작한다.

③ 바로 이 무렵 세상에 선보인 작품이다.

④ 고로 인간의 교만함을 비판한다는 해석보다는 **거대한 중심이 탈구되었다는 맥락에서 인간과 세계의 가치를 다시 헤아려보라는 주문에**

가깝다.

대략 이 정도의 해석이 가능해진다. 그리하여 ①에서 ④까지를 종합해보면 ⑤ 다양성이라는 이슈를 제시하여 기독교라는, 당시 절대적인 가치를 주도해나갔던 서양 신화에 도전장을 내민 용기 있는 한 화가의 혁명적인 몸짓이라는 결론과 ⑥ 그림이 완성되던 시점이 소위 번역의 황금기로 일컬어지던 르네상스이므로, 번역이 본격적으로 문제가 되기 시작한 상황에 대한 날카롭고 예시적인 비유라는 또 다른 결론이 우리에게 주어지며, 관심은 ⑥으로 기운다. 어쨌든 번역과 이데올로기라는 주제를 풀어가려고 하니까! 굵은 덧칠까지 해둔 마당에야.

저간에 알려진 것처럼 번역은 두말할 것도 없이 '원문'(바벨)을 전제하는 작업이다. 그러나 번역이 원문의 정체성도 끊임없이 되묻게 한다는 데 바로 빠지기 쉬운 함정이 도사리고 있다. '존중해야 한다'는 윤리를 임무처럼 중얼거리고서는, 슬쩍 지나가버리기에는 **원문이라는 개념이 그 자체로 너무나도 복잡한 함수들로 구성**되어 있기 때문이다. 번역은 그리하여 그 행위('번역행위') 자체에 이미, 원문이 무엇인지를 물어보라는 주문이 함께 포함되어 있는 것이다. 그리하여 또 원문에 도달할 것을 목적으로 삼는다고 해도, 번역은 다양한 길 찾기를 통해서 원문을 구성하는 이 복잡다단한 원리를 캐물으며, 오로지 **저 나름의 원문을 상정해보는 작업**이기도 하다. 발터 벤야민의 지적처럼 부단한 시도를 통해 도달하고자 하는 원문의 "순수언어"란, 그것에 접근할 복수의 길이 번역으로 열린다는 의미에서만 원문에서 핵심적인 개념으로 자리 잡으며, 마찬가지로 번역에서도 고려해볼 주요 대상으로 남겨질 뿐이다. 번역이 불가능한 지점이 있기에 번역은 시도되는 것이며, 이때 번역은 **원문 이상의 것에 도달할 잠재력을 갖춘 포괄적인 활동**이 된다.

원문에 '충실해야 한다'는 윤리를 함부로 저버릴 수 없는 것이 번역이라는, 한편으로 평범해 보이는 지적은 번역가의 능동적인 역할을 간과하거나, 아예 그 역할을 제거해나가면서 번역 주위로 사소하다고만 할 수는 없을 크고 작은 착각들을 심어놓는다. 그리하여 실질적으로 번역의 목줄을 움켜쥐고 있는 번역가에게 능동적이고 창조적인 발상이란 애당초 위험한 것으로 치부되고 만다. 여기에 '원문을 충실히 옮겨와야 한다'든지, '원문의 의도를 명민하게 파악해야 한다'는 식의, 필경 그릇된 주장만은 아닐 수식어들이 덜커덕 붙어버리면 절대적인 기준이라도 마련된 것 같다는 안도감을 불러일으키면서 번역에서는 요지부동의 신화가 함께 생겨나기 시작한다. 그러나 **바벨이란, 결국 붕괴된다는, 아니 붕괴되었다는 의미에서만 바벨일 뿐이다.** 원문을 통해 도달할 수 있는 저 "순수언어"는 고로 환상에 다름 아니라는 말이다. 물론 이 환상은 시대를 막론하고 늘 재편되기에 또 환상이다. 이희재가 번역한 래리 고닉의 만화 중에서 한 컷을 예로 뽑아보았다.[4]

구불구불한 강을 사람이 뚝 끊어서 직선으로 운하를 만들면 운하로 이어지지 못한 물줄기에 살던 생물은 오갈 데 없는 신세가 된다.

멀쩡한 강을 두고 운하를 파다니, 정말 너무들 하네!

시대마다 이데올로기란 **번역되어야만 하는** 저간의 정치·문화적 사정에서 자유롭지 못하며, 저간의 정치·문화적 환경 역시 번역되면서 무언가를 고정시키거나 다시 풀어 헤쳐놓는다. 비교적 명료해 보이는 이 치환의 법칙에는 그러나 간극이 도사리고 있다. 왜? 번역은 '투명한 작업'이 아니기 때문이다. **베껴 적어나간 모든 것은 베낀 것 이상으로 우리에게 남겨진다**는 말이다. 이 만화 한 컷이 유독 눈길을 끄는 이유는 번역이 단순한 언어의 치환이 아니라는 사실을 단적으로 보여주기 때문이다. 효율적인(혹은 그 반대이건) 의사소통의 수단만은 아닌 까닭에, 번역은 어떤 상황에서도 덤으로 딸려오는 무언가를 만들어내게 마련이며(그것이 하필 '운하'에 대한 언급일지언정! 그것도 2008년도에 출간된 번역에서), 이로부터 우리는 번역이 한 사회의 정치적·문화적 사유의 재편 과정에 적극적으로 개입한다는 사실도 조심스레 유추해볼 수 있다. "외과 수술에 비할 수 있을 만큼 고통스러운 작업"을 행하는 번역가가 "문장을 가르고 의미를 잘라내고 언어유희를 이식하며, 큰 것을 잘게 부수고 끊어진 것을 동여매"[5]는 과정에서 그러쥐게 되는 것은 아이러니하게도 **번역가 자신의 몫인 것이다.**

번역가가 원문을 저버리고서 창조성을 추구하거나 해야 한다고 과장되게 말하고 싶은 마음은 없다. 그러나 "멀쩡한 강을 두고 운하를 파다니" 같은 문장을 마주한 순간, 번역가가 제 몫을 갖는 것은 어쩌면 당연한 권리처럼 보이기도 한다. 물론 '센스'라고 치부하고 지나

---

4) 래리 고닉·앨리스 아웃워터, 『세상에서 가장 재미있는 지구환경』, 이희재 옮김, 궁리, 2008, p. 49.
5) 에릭 오르세나, 『두 해 여름』, 이세욱 옮김, 열린책들, 2004, p. 26.

쳐버리면 그만일 수도 있다. 그리하여 상황은 종료. 그런데 바로 이 천연덕스런 문장("정말 너무들 하네!" 따위)이 번역가의 의식을 한 바퀴 돌고 나온 **능동적인 선택이나 주관적 개입**의 결과라고 한다면 이야기는 좀 달라진다. 원문이 지니고 있는 가치 그 이상의 가치가 번역문에 실려 있는 것이라고 말한다면? 작가와 마찬가지로 번역가 역시 각양각색의 상황과 마주하여, 그것들을 염두에 두고 글을 쓰는 자인 것이다. 작가의 그것과 번역가의 그것이 실로 같지 않기 때문에 이 둘을 둘러싼 이데올로기 역시 동일한 것은 아니며, 동일하게 주어지는 것도 아니다. 그러니 번역가와 작가가 서로 어긋나는 것은 어쩌면 필연적인 운명이라고 말해도 좋다.

찬란히 빛나는 특유의 아우라와 그 장엄한 권위에도 불구하고('기원'이라고들 하니까!) '탈중심 décentrement'의 과정에 고스란히 노출되어버리면 원문은 어쩔 도리 없이 번역가의 몫을 인정해야만 하는 담론적 상황에 빠져들고 만다. 번역가의 주관성이 적재되어 있다는 뜻인 이 번역가의 '몫'이라는 말에는, 벗어남이 크건 작건 간에 번역된 장소에서는 늘 번역가의 이데올로기도 함께 실린, 우리가 앞서 인용한 만화에서처럼 매우 기묘하고도 독창적인 결과를 가능하게 하는 힘을 번역가가 갖고 있다는 사실도 포함되어 있다. 원문에 대한 턱없는 숭배나 원본의 진실됨, 그것의 유일무이한 현존성을 거들먹거리며 번역가의 목소리를 애써 부정해온 와중에서도 그러나 번역은 번역가의 흔적을 지우는 방식으로만 진행되지는 않았던 것이다. 아니 번역가의 목소리는 원본이라는 리바이어던과 그것이 사방으로 뻗대며 고착시켜버린 '통념'(예컨대 번역은 수동적이다, 번역은 원본을 베끼는 것이다, 번역은 부차적인 활동일 뿐이다 등등)의 견고한 콘크리트 벽을 뚫고 어느 틈엔가 새어나오게 마련이다. 원문 이상의 것을 추구하는 번역의 생리와 바벨이 무너지며 갈라져나온 언어들에게 위임된 임무는 이렇게 톱니바퀴처럼 서로 잘 맞물려 있는 것이다.

3. 바벨 이전으로 회귀하는 번역

그러나 이 "말도 많고 탈도 많은" "바벨탑의 형이상학", 즉 '원문' 과 그것이 굳건히 수호하려는 이데올로기를 '흔들어대기'는커녕, 그것을 강조하며 더 신성하게 만들고자 하는 번역 역시 세상의 한쪽에 존재한다. 바벨을 더 공고히 하거나, 바벨 이전 세계로의 회귀를 꿈꾸는 번역이 늘 우리 곁에서 지금 이 순간에도 버젓이 활보하고 있는 것이다. 시대를 막론하고 출몰해온 악령들처럼 재생산의 메커니즘 속에서 잊을 만하면 어느새 우리 주위에 등장해, 선동을 일삼고, 음모를 꾸미며, 대중들의 폐부 깊숙이 내려앉고 마는, 호소와 열정에 가득 찬, 그러나 한없이 불손한 번역들. 어떤 것들이 이런 부류에 속한다고 말할 수 있을까?

1) 국가와 민족이라는 바벨

민족과 국가라는 것은, 이것은 영생하는 것입니다.
특히 하나의 민족이라는 것은 영원한 생명체입니다. 따라서, 민족의 안태와 번영을 위해서는 그 민족의 후견인으로서 국가가 반드시 있어야 하겠습니다. "국가는 민족의 후견인"입니다. "국가 없는 민족의 번

영과 발전이라는 것"은 있을 수 없는 것입니다. 〔……〕

나라가 잘 되어야만 우리 개인도 잘 될 수 있는 것입니다.

'나라'와 '나'는 별개의 것이 아니라 하나인 것입니다."6)

2) 당과 수령이라는 바벨

인민대중은 당의 령도 밑에 수령을 중심으로 하여 조직사상적으로 결속됨으로써 영생하는 자주적인 생명력을 지닌 하나의 사회정치적 생명체를 이루게 된다.7)

3) 가문이라는 바벨

조선 여인들의 식사, 조제프 드 라 네지에르8)

어차피 너는 육십 년 혹은 칠십 년의 제한된 시간만을 살고 가야 한다. 그러나 가문이란 것에 너를 던지고 동일시를 얻게 되면 그 안에서 앞서 살아간 조상들의 삶을 네가 이었듯이 대대로 이어질 네 자손에게까지 네 삶은 연장된다. 또 내 삶은 한정된 공간에 갇혀 있다. 높아야 여덟 자에 못 미치는 시각과 멀어야 십 리에 못 미치는

6) 박정희, 「1973년 1월 12일 연두기자회견」, 『박정희대통령연설문집』 제10집: 자1973년 1월~ 지1973년 12월, 대통령비서실, 1974, p. 32.

시력과 빨라야 한 시간에 백 리도 이동하지 못하는 몸 속에 갇혀 있다. 그러나 아직 태어나지 않은 미래의 구성원들까지 포함된 가문이란 존재의 틀 속에 들어가게 되면 너의 공간은 무한이라고 해도 좋을 정도로 넓혀진다. 그 확대된 시간과 공간의 성취가 모두 너의 것이 된다……[9]

4) 인종이라는 바벨

민족주의적 세계관은 인류의 의의를 인종적 근원 요소에서 인식한다. 그것은 원칙적으로 국가를 다만 목적을 위한 수단으로 보며, 국가의 목적은 인종으로서의 인간의 존재를 유지하는 것이라고 생각한다. 그러므로 민족주의적 세계관은 결코 인종의 평등을 믿지 않을 뿐 아니라 오히려 인종 자체에 우열의 차이가 있음을 인정하며, 그와 같은 인식에서 이 우주를 지배하는 영원의 의지에 따라 우자(優者)와 강자(强者)의 승리를 추진하고, 열자(劣者)와 약자(弱者)의 종속을 요구하는 것이 의무라고 생각한다.[10]

나에게 있어서는, 그리고 모든 참된 국가사회주의자에게 있어서는

---

7) 「주체사상교양에서 제기되는 몇 가지 문제에 대하여」, 1986년 7월 15일, 『김정일 선집 8』, 조선로동당출판사, 1998, pp. 447~48.

8) Jòseph de la Nezière, *Extrême Orient en Image*, Paris: Librairie Félix Juven, 1903.

9) 이문열, 『선택』, 민음사, 1997, p.105.

10) 아돌프 히틀러, 「민족적 감각에서 정치적 신조로」, 『나의 투쟁』, 이명성 옮김, 홍신문화사, 2006, pp. 232~33.

단 하나의 신조만 있다. 즉 민족과 조국이 그것이다. 우리의 투쟁 목적은 우리 인종, 우리 민족의 존립과 증식의 확보, 자손들의 부양, 혈통의 순결성 유지, 조국의 자유와 독립에 있으며, 그리하여 우리 민족이 만물의 창조주에게서 위탁받은 사명을 달성할 때까지 생육하는 데 있다.[11]

바벨이 붕괴된 폐허 위에서 다양하게 존재하게 된(하나가 붕괴되었기에) 언어들이 서로 맺는 관계에 개입하는 그 양상과 과정 자체가 바로 번역이라고 보면, 번역은 이 언어들이 서로의 장점을 참조해가며 만들어내는 '다시 쓰기'의 활동이기도 하다. 각각의 언어가 머금고 있는 개개의 특성을 서로 견주어보며, 자기 것과 남의 것을 함께 비교해보고, 서로가 서로를 참조해나가며 자기 자신과 타자에 대해, 세계에 대해 사유하는 행위가 바로 번역인 것이다. 문학도 철학도, 심지어 언어마저도 흉내 내기 어려운, 번역 고유의 가치가 여기에 있

11) 아돌프 히틀러, 「단 하나의 신조」, 같은 책, p. 129.

다. 바로 이 타자를 몸소 경험할 적나라한 실험, 즉 나와 다른 남을 내 속에다 집어넣어 나와 그의 관계를 구체적으로 겪어보게끔 체현하게끔 추동하는 강력한 힘을 번역이 '점유'하고 있는 것이다. 물론 이후의 나는, 이전의 나만은 아니며, 그런데도 불구하고 내가 아니라고 할 수는 없는, 타자의 무엇인가가 섞여 들어와 공존하는 상태에 놓인 나인 것이다.

이렇게 보자면 박정희, 김일성, 이문열, 히틀러의 입에서 나온 말들로 구성된 텍스트 각각은 하나의 이데올로기가 다른 이데올로기에 압력을 가할 수 있는 힘이 번역의 효과 속에서 감지된다는 점에서, 서로 공통점을 갖는다. 이들은 서로 상통하는가?(그렇다!) 그럼 어떤 메시지를 서로 주고받는가? 그 과정에서 무엇을 재현하려고 하며, 무엇을 관철시키고자 애쓰는가? 각자의 고유성을 창출해내는가? 이와 같은 번역적 상황을 대입시켜볼 때 비로소 하나의 정점에 가닿게 되는 이 네 개의 텍스트는 단일한 몸짓을 드러낸다. 이들이 차곡차곡 쌓아 올린 재단 위에 놓인 단일한 이데올로기는 번역이라는 '만남-충돌-조절'의 과정에서 적나라하게 그 모습, 즉 기원을 드러내는 것이다.

압력을 행사하며 타자와 나 사이의 불균형을 생산하고 있다는 점에서 이 텍스트들은 번역의 조절 과정이 어떻게 폭력의 관철 의지와 맞물려 세계를 향해 펼쳐질 수 있는지, 하나의 가정을 적극 실현해 보인다. 집단의 논리 속에서 서로가 '만나며', 설득과 강압으로 점철된 삼단논법을 통해 동일한 결론으로 치닫는다는 점에서 이 넷은 **서로가 서로를 번역하고 있는 중인 것이다.** 물론 타자와의 섞임이나 충돌을 최대한 피해가며 각자가 도달한, 이 동일한 논리는, 거꾸로 말해 이 네 가지 번역 넥스트가 동시에 겨냥하고 있는 단 하나의 '심장'이 존재한다는 사실을 말해준다.

　그리하여 그 입은 네 개이지만, 결국 하나만을 말하는 형국이 번역에서 감지되고 만다. 시대와 사회와 정치의 서로 다름을 무시하고 이데올로기의 완벽한 재구성이 번역을 통해, 완성되어가는 상황을 우리는 지금 목전에 두고 있는 것이다. 이때 **원문이 어떤 것인지 미리 경험해보지 못했던 사람들에게 직접 원본을 제시해주는 기적 같은 일이 번역**을 통해 일어난다. 그리하여 관계는 지워지고, 타자는 물러나며, 세계와 화해하는 일은 컴컴한 터널 속으로 빠져든다. 원본의 이미지를 창출해내는 과정은 제 이데올로기를 관철시킬 개연성에 부합한다는 조건하에서만 진행되기 때문이다. 번역의 열린 창은 닫히게 되고, 원본을 향해 맹목적으로 치닫는 단 하나의 이미지가 만들어지면, 번역한 주체(들)가 가한 힘의 남용이 본격적으로 제 모습을 드러내기 시작하며, 이와 동시에 남용을 통해 강화된 이미지들은 또다시 동일한 한 곳으로 수렴된다. 꼬리에 꼬리를 무는 악순환의 지루한 반복.

4. 번역의 남용과 통제의 한 형식

　그렇다면 남용을 통해 무엇이 재생산되고 있으며, 이 악순환 속에서 무엇이 고착되고 마는가? 상이하면서도 공통된 이 네 텍스트에서 재생산된 것, 반복된 것, 고착된 것은 채 붕괴되지 못하고 바벨이 남겨놓은 잔여분들을 다시 모아, 오로지 한 곳을 바라보며 바벨을 재건하기 위해 쌓아 올리며 채워나간 숭배와 우상의 이데올로기들이다. 여기서 숭배와 이상의 이데올로기가 한껏 뿜어낸 빛이 가닿고자 하는 언저리는, 역사학적으로 말하자면 국가상이 될 것이며, 문화적으로는 이상향이라고 부를 수도 있을 것이다. 아니 바로 이때 복원된 바벨탑의 꼭대기에서는 "주체적 민족사관의 정립"을 통한 '근대화', 당의 결속을 위한 '영도(領導)', 가문의 존속, "공동체의 생활을 위해서 자기의 생명을 바치는 것"을 "모든 희생정신 중 가장 값진 것"[12]으로 여기자고 주문하는 종족의 우월성이 **하나의 기원처럼** 반짝거린다. 복원된 바벨이 '구원'의 이데올로기를 추구하는 것은 우연이 아니다. 복지국가, 공산사회, 가문의 보존, 아리아족의 성취라는 구원의 이데올로기. 이 구원의 이데올로기 각각은 역사적 · 정치적 · 사회적으로 네 개의 서로 다른 지점에서 노출되는 것이 아니라, 파시즘이라는 하나의 환상에 종속되어 있을 뿐이다.

물론 이때 피지배계급은 공략의 대상이라는 점에서, 구원의 궁극적인 목적에 부합하는 잠재적 힘을 소유한 유일한 계급이기도 하다. 산업 근대화에서 밀려난 농민들, 당의 중심부와는 멀어질 대로 멀어진 노동자들, 가문의 중심에서 소외된, 그러나 실질적으로 가문의 프롤레타리아인 여성들, 패배감에 젖어 있던 전범들이 포섭의 대상이라고 한다면, 그 뒤에 도사리고 있는 것은 농촌에 대한 조작된 성취나 노동자계급의 밝고도 환한 미래와 역

---

12) 아돌프 히틀러, 「공동체에 대한 희생 능력」, 같은 책, p. 176.

사적 성취, 가문으로 온전히 편입된 여성의 자부심이나 전범들의 손에 쥐어진 살상에 대한 면죄부이다. 개인은 무언가를 적극적으로 판단하고 실행하는 주체로서 세계와 관계를 맺는 것이 아니라 고립된, 즉 설득과 강압, 협박과 회유, 최면과 세뇌라는 온갖 수단과 방법을 동원해서라도 이데올로기가 적극적으로 포섭에 나설 하나의 대상, 즉 영원한 객체, 피동의 창조물, 희생양이나 꼭두각시로 남겨진다.

이데올로기가 정립되는 과정에서 적절한 역할이 분배되고 나면, 개인은 그 틀에 그대로 갇혀버린 후, 국가나 사회에서 주체로서의 위상을 회복하거나 다시 행사할 수 없게 되어버리기 때문이다. 그리하여 파시즘이라는 이데올로기가 확산되어나가는 과정에서 이분법이 계승되고 반복되며 고착되기 시작한다. 지배자와 피지배자, 도시와 농촌, 후진과 선진, 여성과 남성, 사회와 개인, 문명과 미개, 다수와 소수, 우리와 타자, 정치와 삶이 각기 다른 피안으로 건너가버린다. 그렇다. 서로 이질적인 이분법의 품에 안겨 레테의 강을 건너버리면 개인은 좀처럼 다시 돌아오는 법이 없으며, 사회에서 주체로서의 제 기능을 다시 회복할 길도 사라져버린다.

통제의 훌륭한 형식으로 등장한 번역은 역사의 뒷걸음질을 재촉하는 이데올로기의 재편에 적극적으로 관여하는 과정에서 알리바이로서의 제 역할을 훌륭히 수행하게 된다. 재편과 통제에 사활을 건 저 도박 속에서 바벨은 붕괴되는 것이 아니라, 견고한 자신의 모습을 은폐할 뿐이며, 반대로 대상(개인)은 차츰 거세되어 아주 단순하며 기계적인 명령에 복속할 뿐인 하나의 부품으로 전락하고 만다. 집단이라는, 민족이라는, 종족이라는, 여성이라는 그룹 속에 개인과 개인의 잠재력을 모두 귀속시켜버릴 때, 또 한 시대의 이데올로기가 이렇게 세계의 곳곳에서 재현되며, 바야흐로 도래할 영광의 나날과 그 찬란한 비전, 발전의 꿈과 노동의 기쁨, 이상사회로의 편입에 대한 열망과 근대국가 건설의 희망이라는, 번역된 시점에서는 애당초 존재하지 않았던 미래의 무엇을 한껏 펼쳐 보일 수 있는 것이다. 이렇게 '나'의 가치가 말살되고 부정될 때, 번역이 애당초에 추가할 수 있었던 타자와의 관계는 그리하여 검열자가 선택한 단어들이나 그 문장의 전략적 배치의 덫에 걸려 허우적대거나 "의미와 권력에 대한 재현, 고정관념, 전략이라는 그물망"[13]에 갇혀 옴짝달싹하지 못하게 되어버린다. 이 그물망을 움켜쥐고 있는 것은, 카를 슈미트의 말처럼 '예외적 상황을 선포할 수 있는' 주권자이며, 개인을 집단의 틀 속에 재편하며 관철시키고자 하는 주권자의 숭고한 이데올로기이자, 파시즘의 열망이며 가부장적 질서를 보존하고자 하는 광기이다. "로고스의 재통일이 필연적으로 야기할 갖가지 끔찍한 사태"[14]가 바로 이렇게 번역이라는 과정을 통해서 효과적으로 서로가 서로를 보완하며 한층 더 큰 밑그림으로 완성될 때, 그 위험성은 '만남-충돌-조절'이라는 번역의 수순에서 그대로 폭로되어버린다.

5. 바벨탑의 형이상학이 무너진 자리

제 시대에 우세했던 규칙과 원리를 강요하는 일은 이렇게 번역이라

---

13) 오비디오 카르보넬, 「문화번역의 이국적 공간」, in 『번역, 권력, 전복』, 로만 알루아레즈·카르멘 아프리카 비달 엮음, 윤일환 옮김, 도서출판 동인, 2008, p. 130.
14) 에릭 오르세나, 앞의 책, p. 37.

는 형식 속에서 재현되면서 권력을 장악하고 보존하려는 자들의 의식 구조를 고스란히 드러낸다. 주권자의 기대심리가 번역의 형식을 빌려 시대와 국가를 초월한 차원에서 펼쳐지고 있는 것이다. 기대지평이 없이는 결코 실현 불가능할 언어들의 재편과 그 일관된 모습을 이 네 가지 텍스트가 보여주고 있기 때문이다. 이때 말하고 번역하는 주체 가 실로 무엇을 말하고 있는가는 그다지 중요하지 않다. 이들이 무엇 을 말하지 않으며, 이들의 말 속에 감추어진 것이 무엇을 겨냥하고 있으며, 그것이 무엇인지를 분명히 해야 하는, 바벨의 후예들에게 주 어진 임무가 고스란히 남아 있을 뿐이다. 논쟁의 여지가 없는 원본이 없다는 데리다의 지적과는 상반되게 **이 논쟁의 여지가 없는 원본이 어 떻게 상이한 문화권에서 재편되는지**를 면밀히 살펴보고 감시해야 하는 그와 같은 일이 남겨지는 것이다.

바벨이 붕괴된 후 갈라져나온 언어들이 번역의 문제를 제기한다면, 그것은 오로지 언어들 사이의 관계를 살피는 새로운 장을 바벨 이후 의 세계가 열어 보인다는 의미에서만 그러한 것이다. 바벨 이후의 언 어들은 서로 상충하고, 제 것에다 다른 타자의 것을 겹쳐 보이면서, 결국에는 제 속 안에서 곤히 잠자고 있는 자기 언어의 잠재력을 일깨 운다. **분화된 언어 사이의 관계는 분화된 그 몫을 산술적으로 합산한 것 보다 훨씬 큰 덩어리를 만들어낸다.** 번역은 산술적 계산으로는 좀처럼 맞아떨어지지 않는 무언가를 생성해내며, 여기에 바로 번역의 가치가 놓여 있다. 번역은 "바벨탑의 형이상학"을 복원해야 한다고 굳게 믿 는 근본주의적이고 단일한 행위가 아니라, 언어들 사이의 관계를 헤 아려보라는 주문이자 그것의 섬세한 경로이기 때문이다. 상실된 아담의 언어를 복원하는 일에서 자기 고유의 미덕을 찾으려고 하지 않을 때에만 번역은 번역으로 남겨지는 것이다. 원본을 번역한다고 해도, 결국 원본 이상의 것이 번역을 통해 만들어지기 때문이다. 하나의 원본만을 상정하는 번역은 오로지 그 하나만을 강화하는 일에 종속될 뿐이다.

"바벨탑이라는 무모한 야망이 있기까지 하나로 되어 있던 최초의 언어"[15]를 복원하려는 시도는 붕괴된 언어의 파편들과 관계를 맺으면서 그것들이 펼쳐놓은 풍경을 뒤로하고, 바벨의 저 공고함과 기원을 복원하려고 하기에, 무너진다는 전제, 즉 관계를 맺는다는 전제 자체를 아예 무위로 되돌려버린다. '민족'이나 '국가' 같은 이데올로기가 쇼비니즘의 탈을 쓰고 도처에 존재하는 이유는 우리의 사유를 가두고, 궁극적으로 개인의 존재를 부정하기 위한 강력한 통제수단이 우리의 안과 밖에 이미 주어져 있기 때문이다. 그렇다면 억압을 자행하려 드는 이 도덕률 앞에서 "달을 가리키는 그 손가락"을 헤아려보지 않은 채 우리는 그저 달이 존재한다고 무턱대고 확신할 수 있을 것인가? 아니, 바벨을 복원하려는, 원본이라는 기원을 둘러싼 논쟁 여부를 캐묻지 않는, 저 일관되고 신념 가득한 번역적 상황이 우리 주변에서 얼마나 또 자주 재현되고 있는가?

---

15) 에릭 오르세나, 앞의 책, p. 16.

제3부 문학 속의 번역, 번역 속의 문학

여백(餘白)의 시학
── 조세희와 번역

> 이 작품이 어렵다는 사람들에게 나는 이렇게 말해
> 주었어요. 우선 시제가 어떻게 표현되고 있는지, 그
> 것부터 봐라, 예를 들면, '말한다' '말했다' '말했
> 었다'의 차이도 살펴보라는 거였죠.
>
> ── 조세희[1]

1. 여백으로 창조된 블랙홀

조세희의 작품은 어렵지 않게 번역될 수 있을 것이라는 어떤 인상
을 풍긴다. 단순히 읽기만 할 때에는 더욱 그렇다. 김소진의 소설처
럼 '토속어'[2]로 뒤발된 낯설음이 목격되는 것도 아니고, 김승옥이나
최인훈, 혹은 이청준의 그것처럼 거개가 복문과 장문의 혼용으로 구
성되어 저 보란 듯 복합적인 공간을 펼쳐 보이는 관념적인 묘사가 그
리 자주 목격되는 것도 아니다. 오히려 조세희의 『난장이가 쏘아올린

---

1) 조세희, 「『난장이가 쏘아올린 작은 공』 150쇄 발간기념 작가 인터뷰」, in『작가세계』
2002년 가을호, p. 22.
2) 김소진의 특이한 어휘 사용, 예를 들어 등단작 「쥐잡기」(김소진, 『열린사회와 그 적들』,
문학동네, 2002)에 등장하는 '수꿀하다' '민주대다' '연득없다' 같은 표현에 관해서는
오히려 장정일이 지적한 '문학어'라는 말이 더 적절해 보이는데, 그 까닭은 사전의 도움
없이는 이해가 쉽지 않은, 일상에서 극히 드물게 들먹이는 어휘들이기 때문이다.

작은 공』이나『시간 여행』은 번역가에게 희망을 안겨줄 작품으로 비추어질 소지마저 농후하다. 노동자 계층이 구사하는 어법에 충실하려다 보니 그리되었다는 조세희 자신의 말처럼 그의 글은 간략한 단문, 지극히 평범하다고 할 어휘들의 선택, 비교적 명확한 상황 제시 등을 바탕으로 구성되어 있으며, 이러한 '특성'을 포착해낸 번역가는 제 번역을 기획하면서 한번쯤 번역의 '유토피아'를 마음속에 그려보았을지도 모른다. 하지만 이 유토피아는 조세희의 글을 읽은 후, 그 문장을 하나씩 옮겨보려고 착수하는 바로 그 순간, 눈앞에서 서서히 지워지면서 급기야 절망으로 뒤범벅된 이수라장으로 변하고 말았을 것이다. 만약 그가 끈기 있는 번역가라면, 매듭 풀린 풍선마냥 황급히 달아나기 시작하는 이 유토피아의 허상을 붙잡아볼 모양으로 새로운 독서를 재촉했을 수도 있을 것이다. 예상치 못했던 복병들을 차례로 맞닥뜨리면서 번역가가 짜릿한 번역의 향연에 초대되기 시작하는 것은 바로 이 순간이다.

조세희 작품의 번역을 둘러싼 거개의 문제는 이렇게 독서를 한 번 끝낸 후, 떨떠름한 느낌을 받게 되면서부터 두번째, 아니 어쩌면 세번째나 그 이상이라고 해도 좋을, 촘촘하고 세밀한 독서를 추동하는 무엇인가가 번역가의 뇌리를 맴돌기 시작하는 바로 그 순간에 발생한다. 단적으로 말해 이는 조세희의 문장과 문장 사이에 어떤 '여백'이 존재하기 때문이다. 그러나 이 여백은 '비어 있음'과 같은 말은 아니다. 이 '여백'은 오히려 벤야민이 지적해둔 것처럼 "행간마다 자신의 잠재적인 번역을 내포하고 있는" '블랙홀'과도 흡사하며, 번역행위와 그것의 비평을 통해 드러나기도, 더러는 은폐되기도 하는 날것들이 잔뜩 웅크리고 있는 게토에 가깝다. 모든 것이 빨려 들어가고 또 동시에 모든 것이 머물고 있으며, 그리하여 모든 것을 토해낼 가능성을 한껏 머금고 있는 블랙홀. 조세희의 문장과 문장 사이에는 이처럼 번역가를 겨냥한 어떤 함정이 도사리고 있다. 그렇다면 번역은 이 함정을 어떻게 모면해나가는 걸까? 아니, 블랙홀과 마주한 순간, 번역은 어디로 향하는가?

2. 단문의 기능과 번역에서의 특수성

조세희에게 단문은 그저 단문만은 아니다. 그것은 시제의 혼용이나 인과관계의 붕괴 전략에 따라 치밀하게 조작된 지뢰밭이자, 번역가를 왕왕 무덤으로 안내하기도 하는 잔혹한 이정표이기도 하다. 번역가가 혼란을 일으키게끔 결정적인 기여를 하면서도 접속사가 생략된 이 대부분의 단문은 그러나 번역행위를 진정한 '비평'이게끔 이끌어주는 마술적인 힘도 갖고 있다. 조세희 작품의 번역에서 난점과 관건들이 모두 이 단문의 특수성을 포착해내는 작업과 그 능력에 놓여 있다고 한다면, 그 까닭은 단문과 단문 사이에 존재하는 '여백'이 번역과 비평을 불가분의 관계로 치환하는 결정적인 역할을 수행하면서 번역의 가치와 번역의 힘을 다시 살펴보게 도와주기 때문이다.

김병익은 조세희의 작품에서 단문의 배치와 그것의 독특한 사용이 차지하고 있는 과한 비중이 '사실주의적 주제'를 '반사실주의적 수법'을 통해 형상화하는 데 있다고 지적하면서, 작품 읽기의 치밀함과 비평의 새로운 가능성을 보여준 바 있다. 예컨대 인물이나 사건들이 극히 단순하고도 명료하게 전개됨에도 불구하고 그 저변에는 매우 복

잡한 "순환적 세계인식"이 깔려 있으며, 또한 짧고 객관적인 문체에
도 불구하고 심리변동의 묘사에 거의 "시적인 기미"를 보이는 궁극적
인 원인 역시 바로 이와 같은 단문의 독특하면서도 낯선 사용에서 비
롯되었다는 것이다.[3] 한편 이 노장 평론가의 예리한 지적에서 우리가
목격하게 되는 것은 역설적이게도 조세희의 작품이 시대의 어느 한
기류에 휩쓸리지 않고 살아남을 수 있었던 저 근본적인 속성이다. 예
컨대 노동자와 빈민층의 치열한 저항의식을 오롯이 담아내었다고 세
간에 두루 알려진 이 '수상쩍은' 텍스트가 1980년대의 한복판을 저벅
거리며 지나오는 동안에도, 두 팔을 활짝 벌려 그를 반긴 '민중문학'
이나 '민족문학'의 품 안에 쉽사리 안기지 않았던 이유를 여기서 반추
해볼 수도 있을 것이다. 이 추측 아닌 추측을 좀더 우유적(愚諭的)으
로 풀어보자면, 마땅히 있어야 할 곳에 접속사가 생략된 채 배치된
거개의 단문이 '사실주의적 잣대'에는 썩 잘 부합하지 않는 '모호성'
(중의성)을 생산해내었고, 이것이 바로 리얼리즘과 모더니즘이라는
이분법적 구획에서 비켜날 어떤 '잠정적인' 함의를 만들어내었다고
말해두어도 좋을 법하다. 또한 이 이분법으로 포착되지 않는(미끄러
지는) 조세희 작품의 새로움이나 평가되지 않은 채 우리에게 고스란
히 남겨진 어떤 가치가 비평가들의 직관 속에나마 꿈틀거리며 살아
있었기 때문이기도 하리라. 텍스트의 특수성이라는 이름으로 지칭하
고자 하는 작품의 이 낯선 힘은 이렇듯 도식이라는, 과학이라는 이름
으로 비폭력을 주장하는 실질적인 폭력 앞에서 당당하게 거부권을 행

---

3) 김병익, 「대립적 세계관의 미학」, in 조세희, 『난장이가 쏘아올린 작은 공』, 문학과지성
   사, 1997, pp. 277~94.

사하며, 끊임없이 '미지'를 향한 걸음을 재촉할 뿐이다.

단문과 단문 사이의 여백, 이 여백의 번역 가능성과 그 특수성에 관해 살펴보기 전에 우선 조세희의 작품에서 단문이 수행하고 있는 그 기능들을 잠시 살펴보기로 하자.

조세희에게 전략이기도 한 이 단문들은 노동자들의 '의식'을 간접적으로 빗대는 동시에 날이 갈수록 교묘한 통제에 놓인 한국의 산업화와 획일화된 사회구조의 한복판에서 산업의 당당한 주체임에도 차츰 고립되어 원자를 닮아가는 노동자의 정체성에 대한 문체적인 비유라고 생각해볼 수 있다. 단문은 그 문장 사이사이에 가급적 접속사를 배제함으로써 '암시적인' 문체를 일궈내는 동시에 '서사의 주체'와 '서정의 주체' 양자를 텍스트의 차원 전반에 한층 더 긴밀히 결속시키는 특수한 고리를 만들어낸다. 대략 추려본 이 네 가지 단문의 기능 중 번역비평과 밀접히 연관되는 것은 물론 세번째이다. 단문의 이러한 기능을 염두에 두고, 김병익이 지적했던 문장과 그것의 번역을 우선 살펴보자.

나는 햇살 속에서 꿈을 꾸었다. 영희가 팬지꽃 두 송이를 공장 폐수 속에 던져 넣고 있었다.[4]

이 대목(장면)은 철거반원에 의해 집이 헐리자, 피곤에 지친 난쟁이의 아들 영호가 무참히 부서져버린 대문 옆에 기대어 피곤에 지쳐 잠에 빠져드는 대목이다. 여기서 문제는 꽃을 던지는 영희의 행동이

---

4) 조세희, 같은 책, p. 108. 이후 '『난쏘공』, 페이지 수'로 표기한다.

영호의 꿈속에서 벌어진 일인지 실제 현실에서 일어난 것인지의 여부가 명확하게 제시되어 있지 않은 가운데, 김병익이 정확히 지적한 것처럼 팬지꽃과 폐수 사이에 어떤 "대립적 이미지"가 형성되어, 우리가 꿈일 경우라고 가정했을 때와 실제라고 판단했을 때, 이 행동이 각각 상이한 의미를 지니게 된다는 데서 발생한다. 그렇다면 작품 전반에서 급박한 알레고리를 만들어내고 있는 이 까다로운 문장을 마주한 번역가들의 선택은 어떠했을까?

J'ai rêvé dans le soleil. Yŏnghui lançait deux pensées dans la mare de l'usine.[5]

As I lay in the sunshine I had a dream. Yŏng-hui was throwing the two pansies into wastewater from a factory.[6]

영역본에서 목격되는 것은 "나는 누워 있다"와 같은 불필요한 '첨언'이다. '친절'해 보이지만 이와 같은 '삽입'이 조세희 특유의 단문의 '맛'을 격하시키는 원인이 된다는 데 번역의 함정과 난점이 동시에 놓인다. 실상 영역본의 대표적인 특징이기도 한 이 불필요한 '첨언'은 단문의 특성을 해치는, 즉 원문의 간결성과 그 특수성을 파괴하는 주요 원인인 동시에 조세희의 단문이 지닌 특수한 가치와 그 힘을 번역

---

5) Cho Sehui, *Le Nain*(récits traduits du coréen par Ch'oe Yun et Patrick Maurus), Actes Sud, 1995, p. 110. 이후 '불', 페이지 수로 표기한다.

6) Cho Se-Hŭi, *the Dwarf*(Translated by Bruce and Ju-Chan Fulton), University of Hawaii Press, 2006, p. 47. 이후 '영', 페이지 수로 표기한다.

176

가가 포착하지 못했다는 사실도 알려준다.

한편 영역본에서 지속적으로 목격되는 군더더기의 첨언들은 가독성의 확보를 염두에 두고 영어권 독자들에게 베푼 번역가의 배려만을 의미하지는 않는다. 아니, 오히려 번역가가 의식하지 못하는 사이에 가독성의 범주를 훌쩍 뛰어넘어 또 다른 차원의 문제를 야기한다는 데 번역 전반의 복잡성이 도사리고 있다. 가독성이라는 이름으로 조세희 고유의 단문을 억압하거나 그 특수성을 지워버리면서, 이해에 무리가 없는 편안하고도 아늑한 '해석의 지평'으로 문학 텍스트와 독자들을 함께 이동시키고 마는 것이다. 이때 번역가는 매끄럽고도 자연스러운 영어의 구현이라는 명분하에 조세희 작품의 복잡성과 모호성, 중의성과 난해성을 한꺼번에 제거해버리는 탈신비화의 전도사가 된다. 영역본 전반을 지배하는 이와 같은 경향은 앙투안 베르만[7]이 지적한 것처럼 "명료화"의 일환으로 "길이를 늘이는 작업", 즉 원 텍스트에는 존재하지 않는 요소들을 첨가하여 결과적으로는 "텍스트 체계의 파괴"에까지 이르게 된다.

3. '가독성'에 대한 강박과 문학 · 문화적 병합

조세희 작품의 영어 번역에서 목격되는 이 같은 '병합annexion' 현상은 대개 수용독자들의 가독성 확보를 염두에 두고 행해진 것이

---

7) A. Berman, *La traduction et la lettre ou l'auberge du lointain*, Seuil, 1999, pp. 49~78을 참조할 것.

다. 외국 문학의 껄끄러운 부분들을 반듯하게 펴서 번역하라는 주문에 다름 아닌 '글로벌 스탠더드'식 문화수용의 획일화된 일면을 보여주면서 영미권 편집자들의 성긴 주문이 만들어낸 타 문화 수입의 기이한 경향이 여기서 드러난다.[8]

이 경우 번역은 병합이 행해지는 맥락이나 실제 행해진 병합의 다양한 방식을 집약적으로 보여준다는 점에서 문학과 언어 전반에 대한 번역가의 안목과 태도를 목격할 기회를 제공해준다. 번역가의 선택에 항상 이유가 있게 마련이라고 하더라도 병합은 그 다양한 표출의 양상에도 불구하고, 조세희 번역에서는 오로지 공통된 하나의 목적을 갖고 행해진다. 소설이나 에세이에서 유독 두드러지며, 종종 편집자가 행사하는 권위에 의해 번역가에게 강제되기도 하는, '가독성의 신화'는 바로 이렇게 만들어진다. 그것이 신화인 까닭은 병합에서 '보이지 않는 손'(좀처럼 확인하기 어렵다는 점에서)인 출판사 측의 번역 검열과 풀어내라는 강압뿐만 아니라, 한 사회의 상상적-언어적-문화적 공동체가 결정하곤 하는 독자의 해석지평도 직·간접적으로 번역에 개입하기 때문이다. 앙리 메쇼닉이 "출발언어로 이루어진 텍스트가 도착언어로 씌어졌다는 듯, 자연스러움이라는 환상, 문화, 시대, 언

---

8) 한국어 번역에서 확인되는 극명한 예로 발터 벤야민의 「번역가의 과제」를 꼽을 수 있을 것이다. 이 텍스트의 영어본을 저본으로 삼아 한국어로 번역된 「번역가의 과업」(『번역이론: 드라이든에서 데리다까지의 논선』, 이재성 옮김, 도서출판 동인, 2009)과 독일어를 저본 삼아 프랑스어 번역을 참조한 「번역가의 과제」(황현산·김영옥 옮김, 『번역비평』 창간호, 고려대학교출판부, 2007)를 비교 검토해보면, 그 차이를 말하는 것 자체가 이미 벤야민의 관점적 차이와 다름없다는 사실을 알게 된다. 이 두 번역본은 따라서 수용 독자를 각기 상이한 독서지평으로 인도할 뿐만 아니라, 벤야민의 이론 자체에 대한 해석에서도 심한 차이를 보인다.

어구조의 차이들에서 행해진 추상화이자 관계를 지우는 행위"[9]라고 정의한 '병합'이 조세희 작품의 외국어 번역(적어도 영역본에서)의 기저에 깔려 있는 무엇이라고 한다면, 일반적으로 이 같은 가독성의 신화는 오히려 조르주 무냉이 언급한 "불충실한 미녀 번역"의 전제이기도 한, 다음과 같은 언어 · 정치적 의도에서 비롯된다.

말 그대로, 언어적으로 낯설지 않도록 순수한 우리말로 바꾸어서, 직접 프랑스어로 사고한 후 프랑스어로 작성되었다는 인상을 풍기도록 번역하기.[10]

'불충실한 미녀 번역'이 조세희 작품의 번역에 대한 총체적 평가와 그것을 둘러싼 문화적 결과물이라고 한다면, 병합은 이 과정 하나하나에 합당한 이유를 부여해주는 전반적인 절차, 다시 말해 불충실해지기 위해 필요한 구체적인 증거를 호출하는 고리처럼 기능한다. 불역본과 영역본이 극명하게 갈라지는 지점도 바로 여기이다. 병합이라는 공통된 과정을 밟아가는 절차에서 상이한 태도가 목격되기 때문이다. 불역본이, 번역자의 문학관이 강하게 개입되어 텍스트 전반을 조절해나가는, 그야말로 문학적인 차원에서 의도되고 기획된 '병합'을 선보인다면, 영역본은 주로 첨가나 덧붙이기라는 수단에 힘입어 원문을 더욱더 '매끄럽게 읽게 하려는 신화'에 봉사하거나 영어권 문화로

9) H. Meschonnic, *Pour la poéique II*, *Épistémologie de l'écriture*, *Poétique de la traduction*, Gallimard, 1973, p. 308.

10) G. Mounin, *Les Belles Infidèles*, Presse universitaire de Lille, 1994, p. 74.

의 일방적인 편입, 나아가 문학성 전반을 해치는 방향으로 병합의 전
반적인 절차가 진행된다.

"울지 마 영희야"

큰오빠가 말했었다.

"제발 울지 마. 누가 듣겠어."

나는 울음을 그칠 수 없었다.

"큰오빠는 화도 안 나?"

"그치라니까."

"아버지를 난장이라고 부르는 악당을 죽여 버려!"

"그래 죽여 버릴게."

"꼭 죽여 버릴게."

"꼭 죽여."

"그래. 꼭."

"꼭."　　(『난쏘공』, p. 123)

— Ne pleure pas, Yŏnghui.

1) A dit Grand Frère

— Je t'en prie, ne pleure pas. On pourrait nous entendre.

Je n'ai pas pu m'empêcher de pleurer.

— Grand Frère, ça ne te met pas en colère?

— 2) Tais-toi, j'ai dit.

— Il faut que tu tues le premier salaud qui dira que Père était
　un nain.

— D'accord, Je le tuerai.

— Tue-le, sans faute.

— D'accord, sans faute.

— Sans faute!   (불, p. 125)

(?   )

"Yŏng-hui, don't cry," Eldest Brother 3)had said. 4)"For God's
sake don't cry. Someone will hear you."

I couldn't stop crying.

"Doesn't it make you mad, Eldest Brother?"

"Stop it," I said.

"I want you to kill those devils who call Father a dwarf."

"Yes, I'm going to kill them."

"You promise?"

"Yes, I promise."

"Promise."   (영, p. 91)

(?   )

　불역본과 영역본이 극명하게 갈라서는 지점은 원문에 대한 번역가
의 해석 차이에서 생겨나는 것이 아니라, 오히려 시제의 선택에 따라
결정되는 경우가 다반사이다. 원문의 독해에서조차 자칫 간과하기 쉬
운 '대과거' —— 조세희의 작품 전반에서 몇 차례 등장하지 않는 대과
거가 목격되는 지점—— 가 각각 과거(불)와 대과거(영)로 수용된 사
실이 눈에 들어오는 것도 이 때문이다. 이 두 번역본의 공통점은 마

지막 대목인 "꼭"을 생략했다는 점이다. 한편 영역본에서는 행을 나란히 붙여 '이접(異接, disjonction)'[11]해놓았기 때문에 원문의 간결함이 사라져버렸으며, 이렇게 해서 단절감을 뿜어내며 빠르게 교차된 대화의 자리에는 나열식 서술이 불필요한 '기독교 문화'(4의 경우)와 함께 침투한다.

문제는 대과거를 과거로 고친 불역본에서 목격되는 1)이 어떤 식의 병합을 가져오는지를 살펴보는 데 놓여 있다. 조세희 작품의 번역에서 가장 민감한 문제가 번역의 난해함과 포개어지는 곳도 바로 여기이다. 앞에서 예로 든 원문의 대과거는 단문들 사이에 과감히 시도된 접속사의 생략과 더불어 조세희의 글쓰기에서 가장 독창적인 쟁점을 형성해낸다. 결과적으로 이와 같은 시제의 혼용은 읽는 이로 하여금 현실성을 완전히 벗어나게 만들거나——심지어 '판타지 소설'에 가깝다고 할 수 있을 정도로——, 둘 이상의 시제를 교대로 넘나들어 서로 엇갈리게 만들면서, 바흐친이 지적했던 "화자와 인물의 목소리가 심지어 한 문장에서도 다양한 방식으로 혼합되는 다성적인poly-phonie"[12] 담론의 공간을 소설에서 열어 보이는 핵심적인 열쇠라는 점을 염두에 둔다면, 시제 하나하나마다 번역은 시제 그 자체의 번역이라기보다는 오히려 조세희 문학의 '특수성' 전반의 번역에서의 실현 여부와도 밀접하게 관련된 난해한 장소를 창조해낸다. 조세희의

---

11) 여기서 '이접'이라는 용어는 '서로 떨어져 있는 것을 붙였다'는 의미에서 사용했다. 따라서 이 단어는 조세희의 단문들은 서로 붙여놓아서는 곤란하다는 관점을 반영한다.
12) 바흐친은 대화적이고 다성적인 담론의 형태는 "내적인 대화와 다중적인 언어의 조직"으로 구성된다고 언급한다(M. Bakhtine, *Esthétique et théorie du roman*, Gallimard, 1978, p. 117).

문장 그것의 배치가 무엇인가 유실된 블랙홀을 만들어내고, 또한 이 블랙홀의 언저리에서 뿜어나오는 힘이 독자들의 상상력을 끊임없이 자극한다고 한다면, 그것은 기존의 서사를 부수어버리고 새롭고 독특한, 즉 조세희 고유의 '여백의 서사'가 바로 이 블랙홀의 출구에서 새어나오기 때문이다.

4. 과거? 대과거?

조세희의 작품에서 목격되는 이 다성적 글쓰기는 '매끄러움'이나 '한국어다움'과 이별을 고하는, '낯섦'l'étranger'이 발생하는 진원지이다. 물론 번역가가 이곳으로 향하면 향할수록 번역은 상당히 번거로워지기 시작하며, 반대로 비평가가 이곳을 들여다보면 볼수록 번역가의 태도와 문학과 번역을 바라보는 그의 윤리가 극명하게 드러나게 된다. 달리 말해, 조세희의 글이 번역에서 수난을 겪기 시작하는 지점이 바로 여기인 것이다.

나는 그의 금고에서 우리의 것을 꺼냈다. 그의 금고 속에는 돈과 권총과 칼이 함께 들어 있었다. 나는 돈과 칼도 꺼냈다. 나는 달 천문대 밑에 쪼그리고 앉아 있는 아버지의 모습을 상상했다. 아버지는 이미 오십억 광년 저쪽에 있는 머리카락좌의 성운을 보았는지 모른다. 오십억 광년이라면 나에게는 영원이다. 영원에 대해서 나는 별로 할 말이 없다. 한밤이 나에게는 너무 길었다. 1)나는 그의 얼굴에서 수건을 떼고 약병의 뚜껑을 닫았다. 2)나에게 더없이 고마운 약이었다. 3)첫날 그 약이 괴로워하는 나의 몸을 마취시켜 잠속으로 몰아넣었다. 4)그래서 나는 그의 처음 표정을 볼 수 없었다. 5)나는 손가방을 열어 그 안의 것들을 확인했다. 모두 가지런히 넣어져 있었다. 나는 옷을 입었다. 머리가 어지러웠다. (『난쏘공』, p. 114)

불역본과 영역본이 나란히 어떤 난관에 봉착하게 되는 것은 바로 2)와 같은 문장과 마주하는 순간이다. 번역가의 의식 속에는 자연스레 이런 생각이 떠오를 것이다. '왜 고마운 약일까?' '주인집을 강탈할 수 있게 도와주는 약이라서?' 아니면 '이전에 겪어야 했던 고통을 덜어주었던 마취제였기 때문에?' 그럼에도 불구하고 번역에서 어느 하나를 선뜻 선택하는 것은 그리 쉬워 보이지 않는다. 이는 '디스쿠르 discours'에서 중의성이란 그 중의적이란 이유만으로 두 가지 이상의 의미 중에서 하나를 꼬집어 '선택'하여 임의로 해결을 꾀할 개념이 아니기 때문이다. 이렇게 되면 중의적이란 말이 그 자체로 무색하지 않겠는가? 예컨대 서술 시점이 분명치 않은 가운데 끊임없이 '결정 불가능성indécidabilité'을 생산하는 대다수의 문장은 소설에서 구체적인 행위를 설명하는 지시적 기능에 국한되기보다는, 항상 제 앞뒤에 배치된 또 다른 문장과 더불어 파악되어야 할 운명을 지닌, 독특하고 새로움을 창조하는 문학적 특성을 실천 중에 있는 하나의 장소일 뿐인 것이다. 따라서 이 문장을 회상과 관련된 것이라고 여겨 번역가들이 '대과거'를 선택하여 번역하건, 아니면 원문 그대로 '과거'시제로 번역하였건 간에 중요한 사실은 번역가의 선택에는 나름의 이유가 존재한다는 것이며, 바로 그 이유를 파악할 임무가 비평가에게는 늘 문제가 된다는 것이다. 때문에 번역가의 선택은 번역가의 텍스트를 바라보는 태도, 나아가 텍스트의 가치와 특수성을 결정하게 되는 그의 번역행위를 가늠하는 일과 직결되기도 한다.

1) J'ai retiré le mouchoir de son visage et refermé la bouteille. (과거)

2) J'étais reconnaissante envers ce médicament. (과거)

3) La première nuit, il m'avait anesthésiée et permis de dormir. (대과거)

4) J'avais ainsi évité de voir son visage. (대과거)

5) J'ai ouvert mon sac à main pour en examiner le contenu. (과거) (불, pp. 116~17)

1) I removed the handkerchief from his face and recapped the bottle. (과거)

2) Thank heaven for that drug! (?)

3) It had anesthetized my suffering body that first night and put me to sleep. (대과거)

4) And so I hadn't been able to see his expression that first time. (대과거)

5) I opend my handbag and looked inside. (과거) (영, p.83)

원문이 일관되게 '과거'시제로 서술하고 있음에도 번역가들은 '1) 과거 2) 모호함 3) 대과거 4) 대과거 5) 과거'라는 의미망을 머릿속에 그릴 줄 안다. 이쯤 되면 번역가들의 텍스트 해석능력은 이미 검증된 셈이다. 문제는 조세희가 어떤 특수한 목적이 있는 경우를 제외하고는 대과거를 사용해야 할 지점——특히 문법적인 차원에서——에서 결코 그렇게 하지 않았다는 데 놓여 있다. 조세희에게는 명확하지 않았던 시제의 배치가 불역본이나 영역본에서는 비교적 '명료한' 선택으로 전이되고 만다. 영역본처럼 원문에서 이중적인 의미를 창출하는 문장 2)를 감탄문을 통해 완전히 지워버림으로써 그 특수성과 이것을 옮겨오는 행위 전반의 가치를 논할 여지를 애당초 제거하고 병합시킨 기발한 예에 견주어볼 때, 과거시제를 채택한 불역본은 이후 3)과 4)를 대과거로 번역함으로써 원문이 담지한 중의성이라는 '고민거리'를 과감히 벗어버린다. 물론 이때 번역가의 선택에 힘입어 단일성과 명료성을 동시에 획득한 번역은 원문이 지니고 있던 앞뒤 문장과의 '동시 결속 가능성' 대신 오로지 문장 1)과 결속되어 원문이 갖고 있던 의미의 폭을 축소시키는 결과를 낳는다.

이 같은 번역을 통해서 한국의 독자들이나 심지어 평론가들을 부단히 괴롭히던 '난해한' 조세희는 어디론가 실종되고, 그 자리에는 번듯하고 매끄러운 영어와 프랑스어식의 조세희가 들어선다. 이와 같은 사실은 '여러 번에 걸쳐 일어난 사건을 한꺼번에 말하는' "유추반복 서술itératif" [13]에 토대를 두어 이 지점들이 기술되었다는 점을 상기해볼 때, 사실상 번역(문학번역)에서 우선적으로 고려되어야 할 부분은 바로 이와 같은 지점은 아닌가 하고 되묻게 한다.

그렇다면 우리는 이와 같은 번역을 어떻게 바라보아야 할까? 아니 여기서 우리가 엿보게 되는 것은 번역가들이 행했을 고만고만한 고민

---

13) G. Genette, *Figure III*, Seuil, 1972, p. 68.

일 것이다. 예컨대 만약 용기 있고 고지식한 어떤 번역가가 원문을 철저히 존중한다는 제 신념에 충실하여, 혹은 원문의 특수성이 바로 여기에 놓여 있다고 파악하고서, 이런 제 신념이나 독해를 최대한 밀고 나가 모조리 '과거시제'로 번역해버렸다고 한번 가정해보자. 결과는 불 보듯 뻔할 것이다. 번역본을 손에 쥔 외국 독자들(특히 영미권 독자들)은 '매우 낯설고도 어색한 감정'에 사로잡히게 될 것이며, 어쩌면 번역작품 전체는 오로지 *읽히지 않는다*는 *이유*만으로 오역 시비에 휘말리게 될지도 모를 일이다. 아니, 조세희의 작품을 처음 접했을 때 이 기괴한 연작이 지닌 "과거와 현재의 중첩, 환상적 분위기의 조성, 시점의 빈번한 이동 등의 난해한 테크닉" 때문에 비사실주의적이라는, 성급하게 결론에 이르렀다가 얼마 후 "환상에 의해 사회비판을 함축적으로 제시"했기 때문에 조세희에게는 이 같은 애매한 문장도 사실주의의 형상화에 기여할 것이라며 급회전한 논평을 내놓았던 평론가 염무웅의 반응과 비슷한 반향들도 기대해볼 만할 것이다.[14]

날이 밝으려면 아직 멀었다. 나는 아파트 앞에서 택시를 기다려 탔다. 택시는 불을 켜고 빈 영동 거리를 달렸다. 어지러워 눈을 감았다.

---

14) 『난장이가 쏘아올린 작은 공』이 출간되자 염무웅은 난해성과 중의적인 표현 때문에 이 작품이 노동자 계급을 다루고 있지만 엄밀한 의미의 리얼리즘 문학은 아니라고 지적한 이후 "조세희의 작품에는 이처럼 환상적이며 거의 동화적이라고 할 만한 장면들이 자주 나온다. 현세에 실재하지 않는 세계에 대한 간절한 그리움이 사실적인 묘사로 나타나기 어렵다는 것은 명백하다. 그러나 조세희 작품의 환상은 이 시대의 사회원리에 대한 강렬한 비판적인 함축으로 씌어지고 있다는 점에서 리얼리즘의 범주에 든다"며 번복한 바 있다(염무웅, 「최근 소설의 경향과 전망」, in 『문학과사회』 1978년 봄호). 조세희 글의 중의성과 환상성은 바로 이런 것이다.

제3한강교를 건널 때 나는 차를 세웠다. 문을 열고 나가자 시원한 공기가 정신을 일깨워주었다. 나는 난간을 짚고 이제 희뿌연 빛을 반사하며 흘러가는 강물을 내려다보았다. 운전기사가 따라나와 난간에 기대어 섰다. 그 자세로 담배를 피우며 나를 보았다. 날이 밝기 시작했다. 1) <u>아버지가 누워 난 한겨울 동안 어머니는 취로장에 나가 일했다.</u> 2) <u>어머니가 집을 나설 때마다 맞았던 그 새벽의 빛깔을 이제 알았다.</u> 자갈 채취선에서 날카로운 금속성이 들려왔다. 내가 탄 택시는 남산 터널을 빠져 시내를 가로질러 달렸다. 죄인들은 아직 잠자고 있었다. 이 거리에서 구할 자비는 없었다. 나는 낙원구에서 내렸다. (『난쏘공』, p. 115)

1)과 2)를 '회상'과 관련된 서술이라고 본다면, 물론 '대과거'로 처리되었어야 자연스런 맥락이 유지된다고 할 만한 부분이다. 문법의 차원, 즉 '랑그langue'의 차원에서 보면 말이다. 그러나 중요한 사실은 조세희가 **그렇게 하지 않았다**는 데 있다. 1)과 2)를 둘러싼 나머지 문장들 역시 거개가 단문들로 구성되어 있으며, 그 사이 응당 있을 법한 자리에 접속사가 결여되어 있다. 그 결과, 객관적 묘사와 내면의 의식 흐름이 특별한 구분 없이 나열식으로 병치되고 있다는 점에 잠시 주목하면, 이 장면은 영희가 아파트 투기 브로커로부터 자기네 입주권을 훔쳐 달아나오는 과정 전반을 '다성적으로' 묘사한, 즉 실제로 사건 중심으로 서술한다고 가정했을 때는 훨씬 더 늘려 전개되었어야만 문법적 명확성이 보장될 부분이라는 사실을 알게 된다. 어떻게 번역되었을까?

Le jour commençait à se lever. L'hiver que Père avait passé en convalescence, Mère avait travaillé sur un chantier. 1) J'apercevais maintenant les lueurs qu'elle voyait tous les matins en partant. (불, p. 117)

The sky began to brighten. All during the winter, when Father had lain in bed, Mother had gone to work. I realized now that these were the dawn colors that had greeted Mother when she left the house. (영, p. 84)

불역본과 영역본 공히, 앞의 경우와 마찬가지로, 과거와 대과거를 명확히 구분하여 번역을 감행했다는 사실이 눈에 들어온다. 원문에서는 모호하게 처리되었던 부분을 한층 더 명료하게 확정 지은 바로 이 지점에서 번역가의 윤리가 바로 이 번역가의 선택을 통해 줄줄이 딸려나온다. 그것이 '윤리'인 까닭은 텍스트의 특수성을 번역가가 어떻게 파악하고 있었는지 그 여부가 바로 여기서 확연하게 드러나기 때문이며, 이와 동시에 번역에 개입하는 외적 충격과 압력이 주로 공략의 대상으로 삼는 지점도 바로 이러한 지점이기 때문이다. 즉 텍스트의 특수성을 보장하는 지점들, 논쟁의 대상을 이루는 민감한 부분들, 번역에서 억압을 받거나 조작되기 쉬운 지점들, 난해함이라는 더미속에서 묻혀 있는 지점들, 번역에서 명료한 선택을 감행하기 십상인 대목들이 바로 번역에서는 늘 문제가 되는 지점인 것이다. 한국문학 작품이 외국어로 번역되어 '수출'될 때 주로 겪게 되는 "낯선 것의 시련"(베르만Berman의 표현을 빌리자면)은 이처럼 번역가의 능동적인

'해석'과 적극적인 선택에 의존하여 '시련'에서 훌쩍 벗어나게 되는 것이다. 물론 번역가의 이러한 판단은 도착어의 '독자'라는 든든한 후원자와 이 이중의 통제(번역을 지원해준 재단이나 해당 국가의 출판사)라는 알리바이를 갖고 있다.

5. '스타카토 문체'라는 함정

한편 이 시제의 혼용기법이나 접속사의 부재 사이에 배치된 단문들이 텍스트 전반에서 만들어낸 특수한 효과를 "스타카토 문체"의 전용에 비유하면서 조세희 텍스트의 가치와 그 특수성에 한 걸음 다가설 가능성을 활짝 열어주었던 김병익의 뛰어난 지적은 적어도 두 가지 문제를 우리에게 남겨놓은 것으로 보인다. 조세희 소설 전반에서 스타카토 문체가 지니는 실질적인 작동기능을 충실히 조명하는 비평작업이 아직 모습을 드러내지 않고 있다는 게 남겨진 첫번째 과제이자 문제라고 한다면, '스타카토'라는 말 자체가 머금고 있는 함축적인 해석의 가능성은 이와는 좀 다른 문제를 제기한다.

이 "스타카토"라는 탁월한 비유를 특히 '말 그대로' 받아들이게 될 때 조세희의 작품 전반에서 접속사의 부재와 단문이 수행하는 역할을 한낱 '단절'(끊어진다는 의미)이라는 단일한 의미로 축소시킬 위험도 생겨난다. 물론 사이와 사이에 접속사를 배제한 채 단문을 연속으로 배치해놓은 글쓰기가 개개의 묘사 대상에 속도감과 연속성을 부여하면서도 이 대상들 사이에 끊임없이 단절감을 조장하는 것도 사실이다. 그러나 표면적으로는 단절감을 환기시키지만 시제의 혼용으로 인한 '혼란'은 의식상으로는 여전히 지속되고 연속된, 즉 작품에서 펼쳐진 등장인물의 심리가 과거에서 현재로 그대로 이어지고 있다는 사실도 간과할 수 없다. 여기서 유추해보면, 조세희의 문장들은 단절과 연속의 현란한 교차를 토대로 구성된, 오히려 '입체적 퍼즐'에 가깝다고 할 수 있다. 이 경우, '단절'이란 난쟁이가 처한 현실이며(그리하여 절망감을 자아내는), 또 '연속'이란 마치 "뫼비우스의 띠"처럼 난쟁이와 난쟁이 주위에 있는 사람들을 심리적·공간적·시간적으로 강하게 연결해준다는 의미를 지니고 있는 것이다.

따라서 현재, 지금 이 순간에 위치하면서도 서술 주체가 현실에서 과거를 동시에 포착해내는 매우 낯선 기법을 선보인다는 점에서, 조세희가 열어놓은 압축적인 소설 공간은 스타카토식의 '끊어진다'는 일방적인 단절 속에서 구축된다기보다는 오히려 다성적인 담론 안에서 이야기를 '연속적'으로 펼쳐내는, 특수하게 구조화된 치밀한 장치에 가깝다고 할 수 있다. 예컨대 과거에 일어났던 행위나 사건은 '도둑질'을 하고 있는 현재 이 시간까지, '택시를 타고 이동하고 있는' 현재의 시점까지 여전히 등장인물의 의식 전반을 지배하고 있다는 점에서 연속성에 다름 아니며, 바로 이 연속성이 겉으로는 보이지 않는 단단한 내적 알레고리로 소설 전반을 묶어주는 역할을 수행하는 것이다. '선적 전개'에서 천연덕스레 벗어난 작품 고유의 서사가 이처럼 끊어짐을 조장하는 '여백'으로 인해 서로 굳건히 이어진 연속성으로 구축된다고 한다면, 이것을 포착하는 일이야말로 번역가에게는 텍스트의 특수한 지점들을 제 번역에서 살려내고, 반영해볼 기회가 아닐까? 번역비평이 '언어의 오류'나 '번역의 오류'를 들추어내는 소모적인 작업이 아니며, 작품의 고유성이 가장 '신랄하게' 드러나는 지점들을 구체적으로 찾아나가는 작업, 오히려 '비평적 오류'라고 할, 텍스트의 특수성이 옹색한 상태에 머물고 있는 지점을 캐내는 작업이라고 한다면, 번역비평은 결국 이와 같은 지점을 들여다보면서 번역가의 문학적 안목과 그것을 옮겨올 능력을 가늠해볼 수 있을 것이다.

아들은 아무 말도 하지 않았다.
아들은 고민하는 표정이었다.
신애는 말을 하고 가슴이 아팠다.
그녀는 아들의 방문을 닫아주었다.
딸애는 마당으로 내려가 서 있었다.
신애는 딸애가 마당가 수도꼭지를 트는 것을 보았다. (『난쏘공』,
p. 36)

Le fils n'a rien dit.
Le fils a eu l'air de réfléchir.
Sinae avait parlé et elle le regrettait.
Elle a fermé la porte de la chambre de son fils.
La fille est descendue dans la cour et s'est approchée.
(?   ) (불, p. 43)

Her son said nothing. He wore a pained expression.
Shin-ae had spoken and now her heart ached. She closed the door to her son's room. Her daughter had stepped down to the yard. Shin-ae saw her turn on the faucet at the front of the yard.

192

(영, p. 22)

프랑스어 번역자와 영어 번역자의 작품을 대하는 근본적인 태도는 바로 이 '스타카토 문체'의 번역에서 가장 극명하게 갈라선다. 신애와 아들, 나아가 '난쟁이'와 이 둘을 중재하는 상징적 매개일 '수도꼭지'가 등장하는 문장을 번역에서 반영하지 않았다는 아쉬움을 남기지만, 전자는 조세희의 글 전반에서 특수성이 탄생하는 지점을 제 번역에서 캐물으면서 적극 반영하려고 했다면, 반면 후자는 조세희 특유의 단문이 지니는 기능과 가치를 포착하지 못한 채, 서로 듬성듬성 이어서 배치했고 더구나 소유격 '그녀의'를 '아들'과 '딸'에다 첨언하여 시점 자체를 완전히 바꿔버리는 번역을 감행했다. 시제도 마찬가지이다. 영역본은 대과거와 과거를 적절히 섞어가면서 오로지 가독성의 신화를 공고히 하는 데 집중할 뿐이다. 때문에 영문판 번역본이 '언어의 오류'와 '번역의 오류'는 불역본에 비해 비교적 적다고 할 수 있을지언정 '비평의 오류' 관점에서 볼 때는 훨씬 심각한 상태를 드러낸다. 결국 특수성에서 특수성으로의 전환보다는 소개의 차원, 즉 영미권 독자들에게 조세희의 작품이 안전하게 '상륙할' 수용과 이해에 번역이 집중하고 있는 것이다.

반면 프랑스어 번역은 역자의 주관이 명확히 표출된다는 점에서, 번역가 개인의 이데올로기와 문학관이 함축적으로 녹아 번역 전반을 주도해나가는 원동력이 된다. 예를 들어 원문에는 존재하지 않지만, 텍스트의 특수성과 연관된다고 판단된 지점에서는 과감히 변형된 형태의 조작이 들어선다. 번역가의 '주관'이 보다 극명하게 표출되는 지점 중 하나로 서사구조의 변형과 맞물려 있기도 한, 임의적인 단락 구분을 꼽을 수 있다.

6. 서사구조의 변형과 번역가의 주관성

번역가의 임의적인 단락 구분은 불역본의 가장 큰 특징이자 번역
전반에 만연되어 있는 대표적인 경향이기도 하다. 몇 부분만을 추려
보자.

〔……〕 둘만 남은 것 같았다. 동생과 동생의 친구는 어떤 희망에 대
해서도 이야기할 수 없었다.
주간의 관찰은 정확했다. 그러나 그 정확이 옳은 것은 아니었다. 동
생과 동생의 친구는 그날 아침 그의 위선적인 말을 들은 뒤 〔……〕
(『난쏘공』, pp. 130~31)

〔…〕 Ils ne restaient plus qu'eux deux. Ils ne pouvaient même
plus discuter de leurs rêves et de leurs espoirs. La remarque du
rédacteur en chef était juste. Mais qu'elle soit juste ne voulait pas
dire qu'il avait raison.
Après avoir écouté ce matin-là la voix de l'hypocrisie〔…〕
(불, p. 135)

위의 번역에 맞추어 원문을 재구성해보면 다음과 같다.

〔······〕둘만 남은 것 같았다. 동생과 동생의 친구는 어떤 희망에 대해서도 이야기할 수 없었다. 주간의 관찰은 정확했다. 그러나 그 정확이 옳은 것은 아니었다.

동생과 동생의 친구는 그날 아침 그의 위선적인 말을 들은 뒤 〔······〕

여기서 우리는 번역가가 나름의 이유를 갖고 개입했다는 사실, 그 묘사에서 좀더 자연스럽게 여겨진 순차적 전환을 제 번역에서 고려하여, 원문을 재구성해낸다는 사실을 알게 된다. 한편, 단락의 구분을 좀더 명확히 제시할 목적으로 한 줄을 아예 띄어가며 번역을 감행한 경우도 있다.

모두 한치 앞도 못 보고 끌려가는 이 마비 속에서 뻗어버려라!
신애가 보기에 동생과 동생의 친구는 너무나 닮은 선천적인 기질을 갖고 있었다. (『난쏘공』, p. 135)

—Laissez-vous donc tous aller à la paralysie dans laquelle vous vous obstinez déjà!

Sinae savait que son petit frère et l'ami de celui-ci avaient un tempérament très semblable. (불, p. 139)

번역가가 행한 이 단락의 임의적인 변형은 서사구조 전반의 '프랑스 소설화'와 밀접하게 관련된 것으로 해석할 여지를 남기고 있어 번역가의 의도에서는 비켜서 있을지도 모를 또 다른 문제를 야기하는 원인이 되어버린다. 서사구조의 변형이 단락 구분의 차원을 넘어, 원문의 삭제나 첨가를 동반하기 때문이며, 한편 이러한 첨삭은 번역가가 프랑스식 서사, 다시 말해서 프랑스 독자들의 입장을 고려해서 프랑스식 문학 서사를 번역에서 적용해나갔다는 사실을 알려준다. 다음에 제시된 예는 번역에서 서사구조의 변형을 통해 번역가의 주관적 개입이 가장 독창적인 결과물을 낳은 경우이다.

〔……〕 동생과 동생의 친구는 말없이 앉아 있었다. 언뜻 보기에 서로 모르는 사람이었다.
이순신 장군의 동상이 보이는 거리의 나무의자에 앉아서도 마찬가지였다. (『난쏘공』, p. 132)

〔…〕 Tous deux restaient là, assis, silencieux. À première vue, on aurait pu croire qu'ils ne se connaissaient pas.

Et maintenant, c'était à peu près la même chose. Ils étaient assis sur un des bancs en bois d'où on peut voir la statue de l'amiral Yi Sunsin. (불, p. 136)

번역가가 삽입한 단락 사이의 빈 줄과 새로 시작한 단락의 서두를 여는 데 적절할 것이라는 판단에서 기인한 것으로 보이는 문장의 재배치는 물론 단락과 단락 사이를 더 명확하게 구분하기 위해 행해진 것이다. '삽입'과 '재배치'라는 두 가지 수단은 한편으로 의미의 삽입이자 의미의 재배치라는 점에서 번역가가 번역문에 하달한 주관성이

196

어떤 식으로 진행되었는지를 알려준다. 그렇다면 이와 같이 재배치된 번역문은 무엇을 말하는가? 발화 상황을 생생하게 강조하기 위해 번역가가 원문을 두 문장으로 나누었으며, 번역가의 이 같은 개입은 조세희의 문체적 특성을 번역에서 강화하려는 번역가의 의지를 반영하는 동시에 작품 전반에서 보자면 글쓰기의 변형(즉, 의미의 굴절)도 야기한다고 말해둘 수 있을 것이다. 동시다발적으로 곳곳에서 일어난 문장의 절분과 창조는 작품 전반의 서사를 뒤트는 데 일조할 뿐만 아니라, 번역에 덧씌워진 번역가의 '감정l'affectif'이 어떤 형태로 표출될 수 있는지를 잘 보여준다. 물론 원문에 덧씌워진 번역가의 이 '감정적인 무엇'은 번역가의 문학을 바라보는 관점을 적나라하게 드러내어주는 주요 팩트이자 번역가가 번역을 통해 열고자 하는 독서지평을 가늠해주는 이정표이기도 한 것이다. 아래 제시된 구절은 번역가의 적극적인 개입을 통해 '감정적' 차원, 즉 번역가의 주관성이 한층 강화되어 드러난 대표적인 경우라고 할 수 있다.

〔……〕 윤호는 주머니 속에 든 권총을 만졌다.
"꼭 오 분만 앉아 있다가 가."
윤호는 말했다. (『난쏘공』, p. 65)

〔…〕 Yunho a touché le revolver dans sa poche.
—Je ne te retiendrai que cinq minutes.
—Tu t'assieds cinq minutes et tu t'en vas
A dit Yunho (불, p. 70)

이처럼 문장 하나를 두 차례로 나누어 번역함으로써 생겨나는 강조의 효과를 번역가는 잘 알고 있다. 번역가의 주문과 바람, 기대치와 변형은 텍스트보다 오히려 텍스트의 지향점을 한결 강조한 번역을 탄생시킨다. 물론 번역가의 이 같은 개입은 조세희의 작품이 복잡한 만 · 큼 다양한 양상을 띤다. 첨언이나 반복, 단락의 재배치와는 달리 원문의 과감한 삭제, 즉 정반대의 경우가 다수 목격되는 것도 이 때문이다. 예를 들어 불역본(각각 pp. 92, 102)에는 "좀더 싼 것으로 바꾸면서 영희가 든 기타를 가리켰다. 그 라디오가 고장이 나고 기타는 줄이 하나 끊어졌다. 줄 끊어진 기타를 영희는 쳤다"(『난쏘공』, p. 87)와 "나는 형이 조판한 노비 매매 문서를 본 적이 있다. 확실히 아버지만 고생을 한 것이 아니다"(『난쏘공』, p. 99)가 사라져버렸는데, 번역의 누락은 번역가의 사소한 실수라기보다 오히려 번역가의 주관적인 판단을 엿볼 계기, 즉 독자에 끼칠 영향을 고려해서 번역가가 원문을 더 효율적으로 제시하고자 한 시도, 즉 번역가의 의도적인 조작에 가깝다고 볼 여지를 남긴다. 이렇게 보면 이청준의 『당신들의 천국』의 프랑스어 번역가들이 작가와의 합의를 거친 후, 원문의 상당 부분을 덜어내었다고 공공연히 밝힌 것도 우연은 아닌 셈이다.

　불역본 전반에서 꾸준히 목격되는 번역자들의 판단('문학적' 판단이라고 해도 좋을)하에 감행되었다고 해도 좋을, 단락의 임의적인 구분이나 문장의 삭제나 첨가, 반복을 통한 강조 등은 서사적인 차원에서 원문을 새롭게 구성하려는 번역가의 의지로 번역의 특성이 결정되고 조절되어나간다는 사실을 말해준다. 이렇게 되면 조세희의 서사와 번역가의 서사가 혼재되어 번역의 이곳저곳을 떠돌아다니기 시작한다. 그렇다면 어디까지가 번역가의 혼령인가?

영역본 전반에서도 단락의 임의적인 구분은 여러 곳에서 목격된다. 그러나 이 경우, 불역본처럼 그 조작은 번역가가 '문학성'을 강조하기 위해 창조해낸 결과와는 거리가 멀다. 번역가의 '감정적 차원'이 덧씌워져 창출해낸 번역가 고유의 서사적 흔적이라기보다는 오히려 이와는 상이한 목적, 즉 원문의 난해성을 조금이라도 덜어보기 위한 번역가의 단순한 장치일 뿐이다.

'폭력이란 무엇인가? 총탄이나 경찰 곤봉이나 주먹만이 폭력이 아니다. 우리의 도시 한 귀퉁이에서 젖먹이 아이들이 굶주리는 것을 내버려두는 것도 폭력이다./ 반대 의견을 가진 사람이 없는 나라는 재난의 나라이다. 누가 감히 폭력에 의해 질서를 세우려 하는가?/ 십칠 세기 스웨덴의 수상이었던 악셀 옥센스티에르나는 자기 아들에게 말했다. "애야, 세계가 얼마나 지혜롭지 않게 통치되고 있는지 아느냐?" 사태는 옥센스티에르나의 시대 이래 별로 개선되지 않았다./ 지도자가 넉넉한 생활을 하게 되면 인간의 고통을 잊어버리게 된다. 따라서 그들의 희생이라는 말은 전혀 위선으로 변한다. 나는 과거의 착취와 야만이 오히려 정직하였다고 생각한다./ 햄릿을 읽고 모차르트의 음악을 들으면서 눈물을 흘리는(교육받은) 사람들이 이웃집에서 받고 있는 인간적 절망에 대해 눈물짓는 능력은 마비당하고, 또 상실당한 것은 아닐까?/ 세대와 세기가 우리에게 쓸모도 없이 지나갔다. 세계로부터 고립되었기 때문에 우리는 세계에 무엇 하나 주지 못했고, 가르치지도 못했다. 우리는 인류의 사상에 아무것도 첨가하지 못했고…… 남의 사상으로부터는 오직 기만적인 겉껍질과 쓸모없는 가장자리 장식만을 취했을 뿐이다./ 지배한다는 것은 사람들에게 무엇인가 할 일을 준다는 것, 그들로 하여금 그들의 문명을 받아들이게 할 수 있는 일, 그들이 목적 없이 공허하고 황량한 삶의 주위를 방황하지 않게 할 어떤 일을 준다는 것이다.'

나는 형을 알 수 없었다. 내가 공책을 읽는 동안 형은 고민하는 사나이의 표정을 지었다. 〔……〕 (『난쏘공』, pp. 94~95)

"What is violence?" Violence is not just bullets, nightsticks, and fists. It is a also neglect of the nursing babies who are starving in the nooks and crannies of our city."

"A nation without dissenters is a disaster. Who is bold enough to try to establish order based on violence?"

"The seventeenth-century Swedish prime minister Axel Oxenstierna said to his son, 'Do you realize how unwisely the world is ruled?' Our situation has not improved all that much since Oxenstierna's time."

"If leaders are well off, then human suffering is forgotten. Accordingly, their use of the word sacrifice is utterly hypocritical. I think the exploitation and savagery of the past were forthright in comparison."

"Isn't the capacity to cry in response to the despair of one's neighbors paralyzed or forfeited in the so-called educated people who cry while reading Hamlet or listening to Mozart?"

"We have witnessed the passing of generation upon generation, century after century, but to what end? Because we were isolated from the world, we gave it nothing, taught it nothing. We have contributed nothing to human thought.... From the thought of others we have adopted only the deceptive exterior and useless trappings."

"To govern is to give people something to do in order that they may accept their society's traditions and remain occupied, and to prevent them from wandering the periphery of an empty, dreary life."

For me, my brother was unknowable. While I read the notebook, he wore the expression of a suffering man.〔...〕 (영, pp. 67~68)

직접화법과 간접화법이 서로 뒤엉키는 등, 읽는 시점과 해석의 가능성을 복합적으로 제시한 이 부분을 명료하게 단락을 구분해놓은 후 '직접화법'으로 일관되게 처리해나간 영역본에서 우리가 마주하게 되는 것은 '쉬워지고' '간략해지고' '단순해진' 조세희이다. 오로지 도착어 문화(영미)를 존중하고 그 독자에게 이상적인 번역을 제시해야 한다는 소임을 바탕으로 번역이 진행된 것이라는 구체적인 정황이 여기서 드러난다. 어쩌면 영어 번역가나 편집자에게 주어진 최상의 과제는 '단순한 조세희 만들기'였을지도 모른다.

Qu'est-ce que la violence? Les balles, les matraques et les poings ne sont pas les seuls vecteurs de violence. Il y a violence aussi quand les gens ignorent que des enfants crèvent de faim quelque part dans notre ville. Une nation sans expression d'une opposition est une nation de désastre. Qui oserait préserver l'ordre grâce à la violence? Au XVIF^eme siècle, Axel Oxenstierna, un premier ministre suédois, disait déjà à son fils: "Mon fils, réalises-tu à quel point ce monde est dirigé sans sagesse?" Depuis cette époque, la situation ne s'est pas vraiment améliorée. Quand les gouvernements vivent dans le luxe, ils tendent à oublier les souffrances humaines. Aussi, quand ils utilisent le mot "sacrifice", cela sent l'hypocrisie. Je pense que l'exploitation et la barbarie passées étaient plutôt honnêtes. Ces gens "éduqués" qui lisent Hamlet et font couler les larmes en écoutant du Mozart n'ont-ils pas perdu leur capacité de pleurer sur les souffrances et le désespoir de leurs voisins? Les siècles et les générations sont passés sans rien servir à nous. En raison de notre isolement, il n'y a rien que nous puissions faire ou enseigner au monde. Aux connaissances humaines, nous n'avons rien ajouté ... et nous n'avons reçu que superficialités décevantes et accessoires inutiles. Diriger, c'est donner du travail aux gens, leur fournir les moyens d'accepter leur civilisation, et faire en sorte que leur vie ait un sens, de peur qu'ils n'errent dans but dans un monde vide et désert.

Je ne pouvais comprendre mon frère. Tandis que je lisais son carnet, il avait le visage d'un homme qui souffrait. [...]
(불, pp. 97~98)

한편 동일한 대목의 불역본은 '단순화'라는 영역본의 특징과는 완전히 대치되는 양상을 보이며 하나의 텍스트를 상이한 언어로 번역할 때, 번역이 근본적으로 '다른 곳'에 정박할 수 있다는 사실이 집약적으로 나타난다. 원문의 '메타디에게시스métadiegesis'[15]적인 특징을 효과적으로 녹여낸 불역본에서 우리는 잠시 번역가의 문학적 '초상'을 그려볼 수도 있겠다. 여기서 이탤릭체의 사용은 '이야기 속의 이야기'를 강조하려고 번역가가 마련해놓은 장치, 혹은 문학성에 대한 번역가의 배려로 읽힌다. 줄 바꿈과 여백의 사용 역시, 이렇게 보자면 원문이 지닌 액자구조의 특징, 정확하게 말해서 '인용문'으로서의 기능과 그 특징을 좀더 명료하게 부각시키기 위해 번역가가 감행한 번역가 고유의 문학적 장치라고 봐야 할 것이다. 이때 번역가는 비평가의 역할뿐만 아니라 작가와 같은 창조적 역할을 대행하기도 하며, 자신의 문학적 소양을 감추지 않은 체, 나아가 이를 적용해봄으로써 저만의 초상, 즉 고유한 문체를 획득해간다.

7. '번역의 오류'를 넘어선 '비평의 오류'

문화적 자부심이 강한 국가일수록, 번역가의 주관적인 판단이 강하면 강할수록, 번역의 독창적인 특성이 살아나는 반면, 병합이 다양한

---

15) 이는 마치 소설 속의 어떤 등장인물이 자기 이야기를 다시 전개했을 때 그 사람이 메타디에게시스적 서술자가 되며 그 사람의 이야기 속 내용 역시 메타디에게시스적 세계가 되는 것과도 같은 이치이다. 흔히 말하는 이런 식의 '액자서술구조'의 경우에 비추어, 인용된 부분에서 '형'은 메타디에게시스적 서술자로 볼 수 있다. 이에 관해서는 G. Genette, "V. La Voix", *Discours du récit*, Seuil, 1972를 참조할 것.

절차를 통해 전개될 위험도 동시에 존재한다. 문제는 이 경우 '매끄러움', 즉 해당 언어의 '자국어다움'에 대한 강박적인 집착도 번역에서 제 그림자를 드리우기 시작한다는 사실에 놓여 있다. 물론 번역가는 늘 나름의 이유를 갖고 있으며, 번역가가 궁리 끝에 고안해낸 장치들에는 합당한 근거가 있다고 할 때, 힘겹게 번역가가 고안한 이 장치를 보란 듯 적용해나갈 권리를 갖는 것은 오히려 독자라는 '보이지 않는 손'이다. 바로 여기에 번역가 자신의 문학적 신념이 포개지고, 난해한 문학작품의 수용을 근심 어린 눈길로 염려하는 처연한 표정의 편집자가 이데올로기를 덧붙인다. 때론 강제성을 띠기도 하는, 그래서 당연한 문화적 권리처럼 참칭해오는 이 병합의 기세등등한 권력 앞에서 제3세계의 문학은 아무런 저항 없이 특수성의 소멸을 감당해내야 하며 수용의 험난한 앞날을 제거해내는 안전한 길이라고 쉴 새 없이 설득해오는 강압을 묵묵히 받아들인다. 다양한 루트를 통해 또 복합적인 차원에서 행해지는 검열의 시스템은 오로지 '자국어다움'만을 최상의 목적으로 삼는다. 자민족중심주의와 문화제국주의의 의지가 이렇게 번역에서 힘없는 타자를 짓누르면 번역문을 읽는 독자는 차츰 바보가 되어가고, 번역에서 특수성이 소멸되면, 실상 번역에서 지킬 것은 아무것도 없어진다. 이때 번역과 문학의 윤리와, 더불어 번역가의 초상도, 작가의 초상도 함께 지워지고 만다.

신애가 스무 살이나 젊어지고(불, p. 33), 난쟁이가 훨씬 적은 수의 공구들을 가지고 일을 하며(불, pp. 61, 163), 70평에서 살던 한국의 부자들이 졸지에 17평에 사는 사람들로 탈바꿈하고(불, p. 64), 영원과 무관할 리 없는 죽음이 영원과 무관하게 되어버렸으며(불,

p. 111), "17세기 말"이 현재로 둔갑해버리거나(영, p. 37), 작품의 주제와 밀접히 연관되어 있는 "최후의 시장"이 "벼룩시장"(불, p. 91) 혹은 "마지막 기회의 시장"(영, p. 37)으로 변해버렸으며, 원문의 문장들이 뭉떵 사라져버리거나 원문에 없는 문장들이 불쑥 삽입된 경우가 적지 않다고 해도, 영역본과 불역본은 비평의 관점에서 볼 때 근본적으로 상이한 결과를 보여준다.

　서문, 후기, 노트 등 "번역된 텍스트를 지탱하는 파생 텍스트적 장치들"[16]은 이 경우 영역본과 불역본의 차이를 설명하는 데 적절한 알리바이를 제공해준다. 불역본이 "조세희가 묘사한 끔찍한 상황뿐만 아니라, 사용된 문학적 방법들"(불역본, 「역자 서문」, p. 10)을 상당 부분 염두에 두고 번역을 진행했다고 밝힌 것과는 대조적으로 영역본 번역가들이 "박정희의 개발독재로 인해 가속화된 산업화의 폐해"(영역본, 「역자 후기」, pp. 221~24)를 다룬, 이 소설의 사회적·정치적 배경에 관심을 두고 '리얼리즘'으로서의 가능성만을 반복하여 설명하고 있는 것도 바로 이러한 이치이다.

　조세희 "문장의 역동성"(불역본, p. 10)을 윌리엄 포크너의 글쓰기에 비유하는 등 원문이 지닌 문학적 가치를 담아내고 있다는 차원에서 볼 때, 불역본은 번역가의 주관성과 문학에 대한 안목이 번역을 주도해나간 반면, 영역본은 특수성 자체를 포착할 비평적 관점을 결여한 번역이 어떤 결과를 양산하는지 잘 보여준다. 이처럼 영역본은 번역가들이 가독성을 염두에 두고 행한 '불충실한 미녀 번역'이 어떻

---

16) A. Berman, *Pour une critique des traductions: John Donne*, Gallimard, 1995, p. 68.

게 원문의 특수성과 문학적 가치를 소멸시키는지를 드러내면서 문학 번역의 관건이 어디에 놓여 있는지도 헤아리게 해준다. 앙리 메쇼닉이 지적하듯, 이와 같은 번역은 결국 "제한된 번역"이자 '작가의 의도'를 읽어내는 데 지나치게 몰두한, 그러나 매우 "일반화된 번역"[17]과 다를 바 없다는 사실에 바로 우리 문학의 외국어 번역이 해결되지 않은 과제처럼 운명의 기로 위에 놓여 있다.

가독성의 강박이 낳은 번역은 조세희 소설이 머금고 있는 '미지의 영역'(예술작품 고유의 무엇)을 독자들의 몫으로 남겨놓지 않는다. 이와 같은 번역본을 접한 독자들 중, 그 누가 조세희 소설에서 환상성과 다성성, 단문의 절묘한 매력과 스타카토 문체의 특성을 헤아려보려고 시도할 것인가? 과연 번역은 비평의 열린 가능성을 폐쇄된 독서의 가능성으로 축소시킨 책임을 가독성을 확대하는 독자들의 탓으로 돌릴 권리를 갖고 있는 것인가? 번역가가 투명해질 정도로 공들여 닦아낸 거울을 마주하여, 독자들은 제 모국어의 문법들을 확인하며 지적 모험 대신에 편안한 교양을 살찌울 뿐이다. 번역가의 손길에 따라 깨끗하게 닦여나간 '투명유리'와 같은 번역작품에는 실상 그 어떤 낯섦도, 문화적 이질성도 남아 있지 않기 때문이다. "비평운동으로서의 번역"[18]이 절실하게 필요한 까닭도 바로 여기에 있다.

비교적 최근의 인터뷰에서 조세희는 "말한다" "말했다" "말했었다"의 의미를 독자들이 작품에서 읽어줄 것을 주문한 바 있다. 이 주장

---

17) H. Meschonnic, *Pour la poétique V, Poésie sans réponse*, Gallimard, 1978, p. 189.

18) A. Berman, *L'épreuve de l'étranger. Culture et traduction dans l'Allemagne romantique*, Gallimard, 1984, p. 193.

은 그간 조세희 작품을 둘러싸고 벌어졌던 논쟁의 본질을 잘 드러내준다. 문학작품의 번역을 논하기 위해서는 작가의 고유한 언어활동을 분석하고, 그것이 개척해낸 독특한 효과와 특수한 가치를 밝히는 일이 무엇보다도 우선시되어야 한다는 지극히 평범한 사실이 여기서 다시 확인되는 것이다. 이렇듯 한국 문학작품을 외국어로 번역하는 경우 "번역가의 사고와 행동 전반을 결정하는 언어적 · 문학적 · 문화적 · 역사적 요인들의 총체"를 의미하는 "번역가의 지평"[19]이 제대로 마련되어 있는지는 늘 회의적이다. 사실 그 어떤 번역가가 가독성이라는 달콤한 유혹과 거대한 리바이어던을 거스르면서까지 조세희의 문장을 고집스레 '과거'로만 옮겨보겠는가? 황현산이 지적한 것처럼 "자연스러움을 빙자하여 원문을 왜곡"하지 않고 "원문의 전치사 하나, 구두점 하나에까지 주의를 기울여 옮기는 것이 우리말의 보편적 역량을 이끌어내는 길"[20]이라고 굳게 믿고서 번역에 임하는 번역가가 사실 얼마나 되겠는가? 번역비평의 관점에서 볼 때 조세희의 텍스트가 아직, 그리고 늘 새롭기만 한 이유도, 문학번역의 난점과 그 비평의 중요성이 새삼 확인되는 까닭도 바로 여기에 있다.

---

19) A. Berman, *Pour une critique des traductions: John Donne*, p. 79.
20) 황현산, 「역자 후기 및 감사의 말」, in 디드로, 『라모의 조카』, 고려대학교출판부, 2006. p. 222.

문학 속의 번역, 번역 속의 문학
─번역가를 찾아서 (1)

> 누구나 하루에 한번씩 너의 이름을 부른다. 널 부르는지도
> 모르고 널 부르지도 않으면서 너를 부른다. 수천년 전에 죽
> 은 미라 아기의 뺨보다 차가운 이름을 부르듯, 너를 부른다.
> 너의 이름을 부르고 있노라면, 이렇게 무의미조차 무의미해진다.
> 하루. 세상 곳곳 틈틈이 스며 있는 그림자 같은 이름. 나는 오늘
> 나의 그림자를 하루라고 이름 붙인다.
>
> ─ 김중일, 「하루라는 이름」 부분

1. 번역가와 그리 친하지 않은 한국소설

어느 신문과의 인터뷰 끝자락에서 소설가 배수아는 "앞으로 궁극적
으로 소설가보다는 번역가로 살고 싶다"는 희망을 내비치면서, "소설
가는 번잡스럽고, 번역가는 훨씬 더 고요하게 살 수 있기 때문"이라
고, 그 이유를 말한 바 있다. "100권을 번역하더라도, (사람들이) 번
역가에게는 관심을 가지지 않을 것이기 때문"[1]이라며, 마지막으로 덧
붙인 이 말에는 그녀 특유의 당돌함보다는 오히려 번역가에게 드리워
진 사회적 무관심을 꼬집어 빗대는 무언가가 숨어 있다는 생각을 하
게 된다. 번역이라는 일의 '고요함'을 칭송한 듯해도, 번역가인 그녀

---

1) 배수아, 「이성을 잃을 만큼 즐겁게 쓴 작품 ─ 잠시 귀국 새 소설 『독학자』 마무리 작업」,
   『문화일보』, 2004년 8월 9일.

가 번역일의 고됨을 몰랐을 리 없기 때문이다.

직업적인 관심에서건 사회적 지위나 그 역할을 헤아려서건, '번역가'를 중심으로 이야기를 전개해나간 한국소설을 나는 잘 알지 못한다(내 게으름 탓이길!). 배수아나 김연수의 소설에서라면 등장할 법도 한데, 그게 그렇지 않은 것이다. '번역가' 배수아의 소설작품에는 책에 푹 빠져 있는 외골수 대학생(『독학자』)이나 음악에 홀린 사람(『에세이스트의 책상』)이 등장할 뿐, 정작 번역가는 모습을 드러내지 않는다. 이렇게 따져보면, 김경욱이 「위험한 독서」에서 선보인, 유별난 직업의 소유자도 독서 치료사이지 번역가는 아니며, 한시를 풀어내어 이야기 전개의 추임새로 적절히 활용한 김연수의 「뿌녕쉬(不能說)」도 번역을 모티프로 삼았다기보다는, 번역의 효과를 통해 중국 병사의 속내를 잠시 드러낸 것뿐이다. 최근작 「케이케이를 불러봤어」에 등장하는 "해피"("혜미")도 "실제로 통역일을 한 것이 이번이 처음"[2]인 풋내기 통역사이지, 번역가의 면모를 제대로 갖춘 등장인물은 또 아니다.

그리하여 이 소설 저 시집을 뒤져보아도, 번역가는 좀처럼 눈에 띄지 않는다. 아니, 이 책 저 책 뒤적거리다 예전에 읽었던 소설의 몇몇 구절이 퍼뜩 떠올라 서둘러 확인해보니, 여기서 나를 기다리는 사람은, 오! 오! 이런. 부정적인 이미지로 뒤발된, 번역가 '희찬'이 아닌가.

업종을 따서 문필업이라고 애써 우길 수도 있을 일거리였으나, 사실

---

2) 김연수, 『세계의 끝 여자친구』, 문학동네, 2009, p. 28.

우리말 큰사전에도 오르지 않은 명칭의 직업이었다. 억지로 이름하면 세계명작개칠사(世界名作改漆師)——일찍이 한국 문학의 중흥과 세계 무대 진출에 이바지할 작가가 되려 했던 애초의 꿈과는 많이 어긋난 거였으나 우선은 그렇게 머물 수밖에 궁리를 달리해 볼 형편도 아니었다. 그는 매일 아침 7시에 나가 자정이 되어 들어왔다. 무등록 출판사와 덤핑 서점이 포갬포갬 몰려 있는 종로 5가 뒷골목 한구석의 오죽잖은 한옥, 그 통일 여인숙의 침침한 방구석이 일테면 직장이었다. 앉은 뱅이책상 서넛에 붉은 볼펜 몇 자루, 찌그러진 주전자와 다방에서 집어온 찻종 두어 개가 사무 집기의 전부였다. 그곳이 간기(刊記)에 등록번호나 주소와 전화번호도 없이 새로운 책을 찍어낼 때마다 이름이 바뀌던 유령 출판사의 사무실이었다. 그곳으로 출근한 희찬은 이미 이름있는 출판사에서 번역되어나온 소설책을 펼쳐놓고, 게다 띄엄띄엄 건성으로 읽어가며 마음내키는 대로 변조하는 것이 일이었다. 작품 전편을 손질하는 것이 아니라 문장마다 앞머리 몇자 또는 공지를 다른 글자로 바꾸어 번역자가 전혀 다른 것처럼 위조하는 작업이었다.

이문구의 『관촌수필』[3]에 등장하는 이 묘사는 가히 충격적이다. 번역가가 제 일에 종사하는 이 변변치 않은 사무실(?)이나 "띄엄띄엄 건성으로 읽어가며 마음내키는 대로 변조"하는 데 몰두하는 번역가에 대한 적나라한 묘사보다 정작 혀를 내두르게 하는 것은 이 '가짜' 번역가가 매진하고 있는 일이란 게 실제로 이런 것이기 때문이다.

---

3) 이문구, 「월곡후야(月谷後夜) — 관촌수필 8」, 『관촌수필』, 문학과지성사, 1996. 이후 인용된 대목은 pp. 348~50.

가령 "그날 밤으로부터 2주일이 지났다. 낸시는 나에게 자기가 지금 치근덕거림을 받고 있다는 것을 밝혔다. 한 사람은 주둔지 오키나와에 서 돌아온 공군 대위였고 또 하나는 보험업자 테드였다. 그러나 그것 은 그녀가 나를 더 좋아한다는 것을 방해하지 않았다"는 문장이 희찬 의 손에 걸리면 "그로부터 두 주일이 지났다. 낸시는 나에게 자기가 지금 치근덕거림을 받고 있다고 밝혔다. 한 사람은 주둔지 오키나와에 서 돌아온 공군 대위였고 또 하나는 보험업자 테드였다. 하지만 그것 은 그녀가 나를 더 좋아하는 것을 방해하지는 않았던 것이다"로 바뀌 는 거였다.

번역가가 열심히 수행한 이 문장 바꿔치기 작업에는 그저 한숨을 내몰아쉬는 것만으로는 턱없이 부족한 무언가도 함께 스며 있다. "온 종일 오금 한번 못 펴고 쭈그려 앉은 값 하느라고 관절염을 얻"을 정 도의 고된 노동의 대가로 걸머쥐게 될 번역료가 "하루에 백 장 이상 하지 않으면 담뱃값도 못 댈", 달랑 "원고지 1장에 고작 30원"(당시 의 물가를 헤아려봐도 터무니없다고 해야 할)이라는 대목에서 짙은 처 연함마저 묻어나오기 때문이다.

그러나 그것도 잠시일 뿐. "붉은 글씨투성이의 그 책을 원고로 조 판하고 널리 알려진 외국 문학 교수와 발음이나 글자가 비슷하게 작 명된 가공인물 이름으로 아무렇게나 찍어내어 뚜껑만 번지르르하게 씌워 내놓"는 출판사의 횡포를 주억거리는 대목에 이르게 되면, 번역 의 가치를 되묻는 일이 불가능했던 1970년대 당시의 상황이 외려 생 생하게 전해져, 아예 할 말을 잃게 된다. 이문구는 이렇게 만들어진 가짜 번역본이 버젓이 유통되고 있는 1970년대 우리 사회의 풍토에 대해서도 다음과 같이 상세히 풀어놓아, 우리 번역문화의 고질적인 병폐를 이 작가가 이미 짚어내고 있다는 확신마저 불러일으킨다.

흔히 노벨문학상 수상작이 그리 되었고 그것들은 대개 10권 20권씩 한 질로 묶이어 세계문학전집이란 간판을 달고 나갔으며, 단행본으로 독립되기도 했다. 특히 『데미안』『25시』『슬픔이여 안녕』『어린 왕자』 『러브 스토리』 등은 희찬의 손으로만도 서너너덧 번 이상이나 개조되어 나갔다. 외국 문학 작품만 그렇게 번역되어나간 것도 아니었다. 토정비결 · 가정보감 · 가정의학대전 · 웅변백과 · 최신양계전서 · 최신양돈전서 · 신고등소채법 따위도 그렇게 엮어졌다. 〔……〕 일본의 통속 소설들을 비롯 축산, 화훼, 특용작물 재배법, 식이 요법, 지압술 그리고 중기 정비, 냉동기 수리, 선반 공작 등의 각종 기술 서적들도 그들의 손을 거쳐 국산화되던 것이다.

이런! 이문구 선생은 '확신범'이었던 것이다. 아니 교정이 주업인 편집자의 시각에서 보더라도 당시의 "번역 원고라는 게 거개가 다 그렇듯이 〔……〕 엉망"은 물론 "오역(誤譯)된 건 그만두고라도 어떻게 된 것인지 용어네 외래어 표기마저도 앞뒤가 통일되어 있지 않"[4]은 것이 부지기수였으며, 심지어 번역 원고의 실제 주인이 번역가 자신

---

4) 최창학, 『창(槍)』, 책세상, 2008. p. 9. 『창작과비평』(1968)에 처음 소개되고 『물을 수 없었던 물음들』(문학과지성사, 1977)에 재수록되었다. 번역, 언어, 사유, 글쓰기 등의 관념적인 주제를 매우 능숙한 솜씨로 주무르고 있는 이 빼어난 작품에 관해서는 다시 이야기하도록 한다.

이 아닌 경우가 허다한 것으로 소설 속에서 묘사된다.

아마 Q목사 혼자 번역을 한 게 아닌 모양이다. 그런 일은 허다하다. 바쁘게 되면 출판사 측에서 원서를 찢어발기어 여러 사람에게 번역 위촉을 하는 경우도 있지만, 이번처럼 이름 있는 사람을 골라 위촉하는 경우에도, 그걸 실제로 번역한 사람은 그 이름 있는 사람과는 엉뚱한 사람일 경우가 많다. (최창학, 『창』, p. 10)

이것 참. 번역가 얘기를 꺼내자마자 벌써 난감해지기 시작한다. 그리하여 나는 부지런을 떨기로 작정한다. 시집은 잠시 내려놓고, 번역가가 등장하는 우리 소설을 찾아서. 우리 소설에서 반영된 번역가들이 반드시 이렇게 일그러진 모습만은 아니었을 것이라는 기대감을 잔뜩 품고서.

2. 번역가를 식별하는 법

흔히들 사람마다 제 직업을 짐작하게 해주는 특징이 있다고 말한다. 예컨대 대형매장에서도 유독 상품들의 배치를 눈여겨보는 사람이 있는가 하면, 하자를 캐려고 물건을 뒤적거리거나 포도주 시음대 주위를 끊임없이 어슬렁거리는 사람도 있는 것이다. 아니, 어떤 문학모임을 한번 가정해보자. 그 모임에는 타자의 말, 그 액면보다는 이면에 웅크리고 있을 생각을 보다 궁금해하는 비평가나 펼쳐놓은 말의 흐름과 구조를 종합해 넌지시 이야기의 틀을 그려보는 소설가도 있을

것이며, 남의 말에 귀를 기울이고 있는 듯하지만 "소설을 쓰자"며 예상하지 못했던 제안으로 제게 돌아온 흔치 않은 순서를 적당히 때우고 마는, 말수 적은 시인이, 모임이 마무리되려는 순간, 교훈적인 투로 만남의 의의를 되짚으려고 들어, 가뜩이나 늦어진 귀가시간을 늘려놓아 김을 새게 하는 교수도 있을 수 있다. 내 어릴 적 경험으로 설교나 명령조의 문장을 과도하게 사용하는 사람은 십중팔구 선생님이었다(어머니, 죄송합니다).

그렇다면 제 자신이 직접 밝히기 전에, 그가 번역가임을 우리는 어떻게 알아볼 수 있을까? 명함을 갖고 다니는 번역가가 흔하지 않다는 점에서 번역가를 알아볼 방법을 우리는 다른 곳에서 찾아야만 한다. 위 그림은 용케도 번역가임을 알아챈 소년 탐정이 그 특징을 묘사하고 있는 만화의 한 장면이다.[5]

---

5) 세이마로 아마기 · 푸미야 사토, 『탐정학원Q 10』, 서현아 옮김, 학산문화사, 2003, p. 130.

이렇게 번역가를 식별하는 기준이 외국에서 살다 온 경험을 근거로 해서 상정되는 경우, 만화에서조차 그 등장이 그다지 흔하다고는 말할 수 없는 않은 번역가를 식별할 단서란 우선 그의 특이한 '발음'에 놓인다. 주인공 Q의 어머니는 어쩌면 아소 미코토의 순정만화『천연소재로 가자』[6]에 등장하는 소녀 후타미였을지도 모른다. 영화를 좋아해서 번역가를 꿈꾸고, 결국 영어를 '마스터'하기 위해 미국으로 떠난 후타미가 십몇 년 후 되돌아와 Q의 어머니가 된 건 아닐까?

소설가들보다는 시인들이나 오히려 번역가나 출판일에 종사하는 사람들과 평소에 더 가깝게 지내는 편인 나는 그런데 왜 이런 경험을 쉽게 떠올리지 못하는 걸까? 주위를 둘러보아도 매번 '어륀지'라고 힘주어 발음하는 영어권 번역가나 '딸스또이'나 '다스또옙~스끼'를 좋아하고 '이꼽손(야콥슨)'의 이론을 공부했노라고 낱말을 벼려가며 음절 한 마디씩 또박또박 발음해대는 러시아어 번역가를 만나는 일은 좀처럼 벌어지지 않는다.

이게 다가 아니다. 이 만화에는 번역가의 생활 정도와 가족의 구성, 그의 행동반경과 일하는 방식마저 제시되어 있어, 번역가에 대한 이미지를 총체적으로 묘사해 보이고 있다고 해도 과장은 아니다. 매사 사소한 일들을 무심코 지나치지 못하는 일본의 소년 탐정들은 또 이렇게 섬세하고도 집요하며, 논리적인 것이다!

그리하여 만화를 몹시 좋아하며, 그것이 제공하는 정보를 가끔은 그냥 믿어버리곤 하는 내게 번역가란 대개 "오후 4시경에 집에" 머무르지만, 그렇다고 "며칠씩 틀어박혀" 있지는 않은(소설가나 만화가와

---

6) 아소 미코토, 『천연소재로 가자』, 박선영 옮김, 학산문화사, 2001.

는 다르게!) "중산층 정도의 생활"을 영위하는 사람이다. 재미있는 것
은, 눈썰미가 매우 뛰어난 이 미소년 탐정이 "외출용 하이힐"과 "업무
용 정장"을 보고서 번역가의 활동반경을 추측해낸 일이다. 그렇다면
"외출용 하이힐"을 신지 않고 "업무용 정장"도 입지 않은 채, 집에서
일하는 번역가들의 실제 모습은 어떻게 상상해볼 수 있을까? 오른쪽
그림은 번역가 아버지와 딸이 겪는 에피소드
를 중심으로 일상을 담담하게 엮어나간 만화
『요츠바랑!』의 한 컷[7]이다.

　이 정도면 번역가의 그 차림은 매우 자유로
워 보이며, 실로 가난을 연상하게 한다고 해
도 과언은 아닐 듯하다. 이 번역가 '아빠'는
그러나 만화 속에서 정작 경제적인 어려움을
호소하지는 않는다. 하이힐 대신 정장 구두를
신고 말쑥한 업무용 양복을 한 벌쯤 걸치고서

7) 아즈마 기요히코, 『요츠바랑!』제1권, 금정 옮김, 대원씨아이, 2004, p. 126.

외출한다고 가정해보면, 삐죽한 머리도 가끔씩 다듬지 않을까? 심지어 넥타이를 맬 수도 있을 것이다. 만화가 이렇다면 우리 소설에서는 번역가의 모습을 어떻게 그려내고 있는 것일까?

3. 어둡고 침침한 시대의 그늘 밑에서, 그러나 편히 쉬게 하소서

박상우의 단편소설 「사하라」에 등장하는 정훈은 애인 은애와 더불어 사회의 밑바닥에서 은신 모드에 들어간 인물이다. 제 자신을 "기생충 같은 부류"라고 생각한다는 점에서 문민정부 전후 지식인의 어두운 패배감을 담으려고 했다고 봐도 좋을 이 소설에서 주인공은 7년간 소식을 모르고 지내던 은애를 만나게 되는데, 은애는 과거 "화류시"(거, 이름도 참!)에서 언니가 경영하는 카페 일을 거들어준 경험이 있으며, 현재 절망의 늪으로 빠져든 상태이다. 누나 집에서 더부살이를 하는 정훈은 하루하루를 힘겹게 살아가야 한다는 면에 보자면 은애를 처음 알게 되었던 7년 전이나 지금이나 마찬가지의 고통스런 나날을 보내고 있다. 내가 여기서 하고 싶은 말은 이런 정훈이 종사하는 일이 바로 번역이라는 것이다. 정훈은 번역일에 대해 저주에 가까운 감정마저 품고 있다. 아래 대목을 보면 번역에 드리운 정훈의 이런 악감정이 괜히 생겨난 것이 아니라는 사실을 알 수 있다.

젠장, 그런 걸 한번 써보란 말야. 이제 문민정부가 시작되고, 초장 분위기가 쇄신 국면이니 「소설 사육신」 같은 걸 쓰면 정말 불티나게 팔릴 거라구. 아직 팔뚝에 힘 있을 때 한탕 해야지, 언제까지 그렇게 번역이나 하면서 낑낑거릴 거야. 소설가도 아닌데 어떻게 그런 일을 하냐구? 그런 역사물은 차라리 등단을 하지 않은 사람에게 더 유리해. 자네 같은 사람이 제격이라구. 원하면 몇 백 땡겨 줄 테니까 돌아가서 잘 생각해 봐. 기분도 그렇잖은데 우리 '장밋빛 인생'에 가서 술 한잔 할까? 기똥찬 영계 왔다고 오늘 마담이 전화했었어. 가서 재미 좀 보고 들어가라구. 젠장, 언제나 똑같은 말이지만, 돈 있으면 장밋빛 인생이고 돈 없으면 개밥에 도토리 되는 게 세상이야. 제발 정신 좀 차리고 잘 생각해 보라구. 밀리언 셀러, 「소설 사육신!」 알았지? 한탕 하는 거야, 응?

  괜찮다, 괜찮다, 그래도 괜찮다는 말을 곱씹으며 유월의 저녁거리를 힘없이 걸어가는 기생충이 보였다. 쓰레기보다 못한 명상 서적을 번역해서 독자들의 어리석음을 파먹는 기생충. 그리고 역사 소설을 써서 좀더 많은 사람들에게 기생해 보라는 권유를 받는 기생충. 그것을 거부할 만한 마음의 경계를 이미 오래 전에 잃어버린 기생충……. 그가 종로를 걸어가고 있었다. 어디선가 자신의 이름을 부르는 소리가 들리는 것 같았지만, 자신이 기생충이라는 생각 한 가지에 골몰한 탓에 그는 그것을 전혀 알아듣지 못하고 있었다.[8]

  번역가 정훈이 자신을 "기생충"이라고 여기는 데 '일조'한 게 분명한 낙원출판사 사장의 모습은 오늘날 출판사를 경영하는 '냉철한' 사람들과는 사뭇 거리가 있는 것도 사실이리라! 내 주위의 출판사 사장

---

8) 박상우, 「사하라」, 『'93 현장비평가가 뽑은 올해의 좋은 소설』, 현대문학, 1993, pp. 121~22.

이나 편집 주간들은 모두 산전수전에다 심지어 '공중전'까지 겪은 베테랑들이어서 허무맹랑한 소설을 팔아 음흉하게 대박을 기대하기보다는, 오히려 갖가지 경로를 통해 수집한 정보를 바탕으로 정교하게 산출된 계산상의 숫자를 더 신봉하는, 지독한 현실주의자들에 가깝다. 그래야만 번역서건 저서건, 책을 출간하여 회사 전반을 운영해나갈 수 있기 때문이다. 하긴 1990년대 중반 저작권 협약이 이루어지기 이전의 출판사들 중에는 주먹구구식으로 일하는 곳도 적지만은 않았으니, 이런 과장된 묘사가 반드시 과장만은 아닐 것이다(반드시 주먹구구식으로 일했다고 말하기는 어렵지만, 이론 서적을 주로 출간했던 백의 출판사나 판권이 만료되어도 재계약을 하지 않고 계속해서 몇몇 책을 팔고 있는 동문선 출판사가 떠오른다).

더불어 이 글이 운동권 후일담으로 읽힐 수 있는 그 맥락마저 고려해보면, 패배감에 젖어 있는 번역가 정훈의 모습 역시 반드시 과장만은 아닐지도 모른다. 일본어 판본을 저본으로 삼아 조악하게 글자를 베껴 등사기로 밀어낸 마르크스─레닌의 책 중 몇몇 부분을 1980년대에 접해본 사람이라면 이게 무슨 말인지 단박에 알아차렸을 것이다. 그나마 어렵사리 구해서, 또 떨리는 마음으로 그걸 읽어간 당시에는 까닭 모를 비장함이 묻어 있기도 했다. 어쨌든 지식에 목말라하던 대학원생들이 용돈을 구해볼, 뭐 그런 일감이 번역이었던 것도 한때는 사실 아니었던가! 서양 사상에 관심이 있다고 해도 국가에서 금지하니 당연히 번역도 금지되고, 사정이 이러하니 이론을 갈구하는 자들이 자괴감에 시달릴 수도 있지 않았겠는가? 이런 사회적 맥락에서 '가난한 상황에 처한 번역가'라는 설정은 어쩌면 당연해 보이기까지 한다.

어둡고 칙칙하기로는, 최윤의 「회색 눈사람」에 등장하는 "강양"(마치 교수가 학생을 부르듯, 엇비슷한 세대임에도 '안'이나 그의 동료 '김'도 그녀를 이렇게 부른다!)도 뒤지지 않는다. "검열과 조사가 극에 달했고 신문에서는 거의 매일 사람들의 검거 기사와 이적 출판 행위의 처단에 대한 기사"[9]가 실리던 무렵, 가난과 어둠과 도피와 우울과 자살의 충동이 마구 뒤엉켜 붙은 그런 심정으로 은밀한 '언더'의 인쇄소에서 일하게 된 주인공의 고독을 달래주거나, 제 생존의 증거의 한 방편으로 번역이 등장한다.

이런 순간 가끔 안의 얼굴이 떠올랐다. 그 사실에 나 자신이 먼저 놀랄 수밖에 없었다. 안을 알게 된 지 벌써 여러 주가 지났지만 그가 인쇄소에 나타나는 경우는 드물었고 그와 개인적으로 말을 나눌 기회는 그 후 한 번도 주어지지 않은 상황에서 어처구니없는 연상이었기 때문이었다. 딱한 애야, 안은 서울에서 네게 친절을 베풀어 준 단 하나의 사람이기 때문이야, 나는 자신에게 중얼거리곤 했다. 이럴 때면 유독 앉은뱅이책상 위에 놓여 있는 단 한 권의 두꺼운 외국어 책자가 눈에 들어왔다. 이탈리아 역사가의 독일어본 저서였는데 나는 유서를 쓰듯이 그 책의 번역에 매달렸다. 이탈리아어도 독일어도 제대로 배운 적이 없는 내가 할 수 있는 구차한 도전이었다. (p. 39)

운동권 학생들의 아르바이트 소재로 등장하건, 도피한 학생이 숨을 고르면서 잠시 집중할 일회용 '거리'로 동원되건, 번역에 대한 소설

---

9) 최윤, 「회색 눈사람」, 『저기 소리없이 한 점 꽃잎이 지고』, 문학과지성사, 1992, p. 53.

속의 설정은 저 시대마다 고유할 것이 분명한 번역에 대한 작가들의 인식과 번역을 '대접하는' 사회적 태도와 맞닿아 있다. 때문에 불리한 상황에서 빠져나와 뭔가를 도모하고자 잠시 도피한 개개인의 상황이 번역이라는 주제와 고스란히 포개지는 건, 자연스럽다 못해 외려 작위적인 느낌마저 불러일으킨다. 물론 시대를 거슬러 올라갈수록 아르바이트 거리나 숨 고르기 소품처럼 일회성 몰입 대상보다 훨씬 더 열악한 상황에 처한 번역도 등장하며, 번역과 결부된 사람들의 정체성 또한 태반은 이러한 상황 속에서 결정되기도 한다.

4. 가난한 사람, 패배한 사람

윤흥길의 연작소설 『아홉 켤레의 구두로 남은 사내』에서 오 선생의 집에 세 들어 사는 "골치 아픈 인간" 권씨(권기용)는 철거민 딱지 건으로 전과자가 된 사람이다. 경찰이 예의 주시하는 인물이기도 한 그는 "프로이트에게 커다란 위로를 받으면서"[10] 여의치 않는 제 경제적·사회적 상황과 거친 성정을 정당화하며, 술주정을 일삼는 자이자, 계급-계층적으로 말하자면, 소시민이자 도시빈민(노동자)이다. 일정치 않은 직업을 전전하며 궁핍한 처지에서 아내의 출산을 초조하게 기다리던 중, 엎친 데 덮친 격으로 탯줄을 목에 감은 탓에 정상 분만비보다 열 배나 가까운 "10만원"이 필요해진 권씨. 그런 권씨의 간곡한 부탁에 아내의 눈치를 보며 망설이던 집주인 오 선생의 머릿속

---

10) 윤흥길, 『아홉 켤레의 구두로 남은 사내』, 문학과지성사, 1997, p. 173.

에는 퍼뜩 이런 생각이 번져나간다.

그렇다. 끼니조차 감당 못하는 주제에 막벌이 아니면 어쩌다 간간이 얻어 걸리는 출판사 싸구려 번역일 가지고 어느 해가에 빚을 갚을 것인가. 책임이 따르는 동정은 피하는 게 상책이었다. 그리고 기왕 피할 바엔 저쪽에서 감히 두말을 못하도록 야멸치게 굴 필요가 있었다. (p. 188)

가난에 내몰려 일정한 직업 없이 쫓기듯 하루하루를 살아가는 1970년대 중 · 후반의 소시민이 기댈 수 있는 일도 이처럼 번역이었다. 아니, 번역은 십중팔구 이같이 열약한 상황에 처한 사람이 궁리해볼 일시방편의 일거리로 묘사될 뿐이라고 말하는 게 오히려 옳을지도 모른다. 여기서 "어쩌다 간간이 얻어 걸리는 출판사 싸구려 번역일"이란 이문구의 소설에 등장하는 사이비 출판사에서 한창 열을 내며 진행하는 그 작업과 진배없는, 바로 그와 같은 일이다.

출판살 때려치웠어요. 전번하곤 사정이 좀 달라요. 책을 만드는 데 저자들 요구대로 고분고분 따르는 게 아니라 틀린 걸 지적하고 저잘 자꾸만 가르치려 드니깐 사장이 불러다가 만좌중에 주의를 주었대요. 네가 저자냐고. 네가 뭔데 감히 고명하신 저자님 앞에서 대거리질이냐고 말이죠. 그랬더니 그 담날부터 출근을 않더라나요. (p. 164)

바로 이런 이유로 권씨는 그나마 얼마 안 되는 돈을 손에 쥘 수 있었던 출판사에서 '잘리게' 되었다. 자신의 주관 때문에. 아니 작가

흉내를 내려고 했기에. 이쯤 되면, 이 사람의 정체가 도대체 무엇인지 몹시 궁금해진다. 1970년대를 저벅거리며 지나오는 가운데도 번역가를 괴롭히는 이 도저한 가난과 번역가라는 이름을 대동하고 등장하는 '베껴 쓰기'나 '가필'은 번역에 대한 '의식'이 전무했던 당시의 사회상에 대한 반증으로서, 좀처럼 우리 곁을 떠나갈 줄 모른다. 가난이 번역의 동기이기도 한 것이며, 번역이 사람들을 가난으로 내몰기도 하는 것이다.

따지고 보면 1990년대라고 해서 번역에 대한 이 같은 인식이 그 사정을 달리하여 펼쳐진 것은 아니었다. 전경린의 「평범한 물방울 무늬 원피스에 관한 이야기」[11]에 등장하는 번역가의 궁핍한 처지는 실상 번역에 대한 의식이 전무하다는 점에서 동일한 상황이 전개되고 있는 것으로 보아야 할 것이다.

가엾고 사랑스러운 남자, 그는 내가 그즈음 만난 이들 중 가장 독특한 사람이었다. 그는 서른네 살이었는데, 결혼한 남동생의 집에 얹혀 지내고 있었다. 처음에는 명문 대학을 마치고 돌아온 그를 위해 시골의 부모님이 얻어준 아파트였다. 몇 년 뒤 동생이 함께 살게 되었다. 그리고 세월이 흘러 동생은 여자를 데리고 와서 살게 되었고 그러자 그가 얹혀버린 꼴이었다. 남동생네는 아들도 낳았지만, 시골 부모에게는 별로 위안이 되지 않았다. 큰아들을 포기하지 못하는 부모님은 지금도, 그가 여자만 데리고 오기만 하면 새살림을 내어주기 위해 기회

11) 전경린, 「평범한 물방울 무늬 원피스에 관한 이야기」, 『바닷가 마지막 집』, 생각의 나무, 1998.

를 엿보고 있었다. (p. 25)

가족에게 얹혀살 수밖에 없는 사람, 서른네 살의 이 "가엾고 사랑스러운 남자"는 대학을 졸업하고 뭘 하게 될까? 이자에게 적합한 직업이 있으니, 그게 바로 '번역'이라는, 일 같지 않은 일인 것이다.

학교를 졸업한 뒤에도 그는 직업을 갖지 못했다. 대신 그는 온갖 자격증 취득 시험을 보았다. 덕분에 그는 일곱 가지 이상한 자격증을 가지고 있었다. 가장 최근에 딴 자격증은 엉뚱하게도 일본어 번역사 자격증이었다. 그는 오래 전부터 일본어를 알고 있었는데 포르노 잡지와 여관방에서 틀어준 비디오를 통해 일찍이 배웠다고 말했다.

이렇게 본다면, 우리 소설에 등장하는 번역가들에게는 어떤 '전형'이 이미 갖추어져 있는 것이리라. 접근과 선택의 용이성. 여기에 예상치 못한 능력이나 예측을 빗나가는 결과가 번역가를 애타게 기다리고 있다. 때문에 이들은 모두 '자발적인 번역가', 바꾸어 말하면 '의식 있는 번역가', 한 번 더 바꾸어서 말하자면 '프로', 아니 요즘의 프로필에 자주 등장하곤 하는 소위 '전문 번역가'는 아닌 셈이다. 할 일이 딱히 없어 번역을 택하거나, 누구나 할 수 있는 베껴 쓰기에 좀 더 특출한 능력이 있어, 그 길을 잘 닦아 궁핍을 면해보려고 하는 사람들. 호기심 덕에 일찌감치 살찌워놓은 문화적 소양에 힘입어 외국어에 '통달'하게 되어서 번역에 접근한 그들에게 번역이란 임시방편으로 잠시 머물다가 훌쩍 떠나가면 그만인 정류장이다.

그리하여 번역이 처참한 현실과 희망찬 미래를 힘겹게 잇고 있는 징검다리 위로 가지런히 놓인다. 일곱 개의 자격증 중의 하나인 번역사 자격증을 "포르노 잡지"에 대한 과도한 천착과 "비디오"의 반복시청(청취를 포함하여——당시의 우리는 비디오를 '듣기'도 했다) 덕에 취득했던 "나와 함께 그날 바다에 갔던"(p. 26) 이 남자는, 따라서(그러나) 계속해서 번역가의 모습으로 소설에서 남겨지는 것은 아니다. 그 자격증이 어렵게 획득한 것도 아닌 만큼, 또 번역가의 모습이 치밀한 작가의 계산 속에서 배치된 것이 아닌 만큼, 소설은 번역가인 '그'보다는 애인인 '그'에게 더 관심을 보인다. 가난을 비롯해 번역가를 둘러싼 열악한 제반 환경으로 따진다면 은희경의 「멍」[12]에 등장하는 '나'도 만만치 않다.

우리는 가난했다. 그리 형편이 좋지 않은 출판사에서 촉탁으로 일하던 나는 아이를 가진 뒤 이러저러한 눈총을 견디지 못해 그 일마저 그만두었다. 그때부터는 짜디짠 수고비를 받으며 삯바느질 하듯이 교정을 보고 번역을 했다. (p. 84)

물론 이 번역가는 "불문과를 졸업하던 해에 〔……〕 아버지 회사에 부도가 나서 오랫동안 준비했던 유학을 포기"[13]해야 했던, 단편집에 등장하는 또 다른 주인공이 처한 상황과 한껏 조응하면서, 한 시대의 상상적 공동체가 낳은 인물을 그려내는 데 일조한다. 내가 번역에 관심을 갖고 눈을 돌리게 된 것은 번역을 좋아하고 번역에 대한 비전을

---

12) 은희경, 「멍」, 『행복한 사람은 시계를 보지 않는다』, 창작과비평사, 1999.
13) 은희경, 「명백히 부도덕한 사랑」, 같은 책, p. 15.

갖추고 있어서가 아니라, 아이를 가진 뒤 직장에서 받게 된 "눈총"을 잠시 피하기 위해서이다. 번역을 선택한 나는 그리하여 출근에서 자유롭고, 상사의 눈치에서 해방된다. 내가 주로 일하는 장소는 그래서 집이다. 그러나 이 번역가가 일할 유일한 터전인 집이라고 해서 그에게 편안한 곳은 아니다.

여성잡지에 '내 순결을 앗아간 남자'라는 제목의 '가라' 수기를 써서 원고료를 받기도 했다. 내가 그런 수기를 쓰고 있으면 그는 밤늦게 비틀거리며 들어와서, 너 그따위 개칠 계속할 거냐? 내 앞에서 한 번만 더 그따위 글 쓰면 다 찢어버린다, 알겠지, 응? 해놓고 다음날 변변찮은 아침상을 대하면, 원고료 언제 나와? 반찬 좀 만들어서 밥 좀 잘 먹자. 너 병 걸리거나 일찍 늙으면 난 인정사정없이 이혼해버릴 거야, 알았어? 라고 협박 아닌 협박을 했다. (p. 85)

상황이 이 정도라고 한다면, 이 번역가가 제 일을 도모할 곳은 세상 그 어디에도 없다. 소설에서 번역가에게 공간을 마련해주는 게 그다지 중요한 일이 아닌 것은 번역이라는 직업이 갖는 특수성과 그것의 자잘한 특징들(예컨대, 소설가처럼 번역가도 글을 쓰는 자이기 때문에 글 쓰는 자의 고통과 번민 따위)에 소설의 관심사 전반이 포개진 게 아니기 때문이다. 번역가의 생애와 고통을 주제로 소설이 전개된 게 아닌 바에야 하긴 또 뭘 바라겠는가! 번역가에게 드리운 관심과 시선을 거두어들여도, 여주인공이 비극적인 상황에서 빠져나오지 못하는 건 마찬가지지만(읽어보면 안다) 말이다. 전쟁이 끝났는데도 "맥아더 사령부에서 번역일을 맡게 되어 한국에 머물게" 된, 그리하여 나와 무척이나 아름다운 인연을 맺게 된 우리의 주인공 "아사코"(피천득, 「인연」) 같은 귀여운 소녀 따위와는 거리가 멀어도 한참 먼, 그러한 번역가들이 우리 소설 속에 단골 메뉴로 등장해 이곳저곳을 정처 없이 떠돌아다닌다. 그나마 몇 차례 등장하지 않는 가운데에서.

고로 번역가는 룸펜이며, 룸펜임으로 해서 번역의 어원에 충실할 조건을 두루 갖추게 되는, 묘한 상황에 놓여 있는 자이다. 그는 번역을 뜻하는 영어 translation의 접두어 'trans'처럼 수시로 '이동 중'이거나, '~을 거쳐서à travers de'라는 뜻을 담고 있는, 역시 번역을 의미하는 프랑스어의 'traduction'을 직접 실천하거나, 적어도 그러한 상황에 처한 인물, 간혹 그 상황을 주도해내고 적극적으로 조장하는 인물이기도 하다.

— 저는 유한영이라고 합니다. 교민잡지사에서 일을 하고 있습니다.
아직 내뻗어진 손에 명우의 손이 닿아오지도 않았음에도 한영은 또 한 손을 서둘러 움직여 명함을 찾아냈다. 그 명함에는 그의 직함이 기자라고 되어 있었으나, 사실 그야말로 이름뿐인 명함이었다. 교민잡지사는 그의 선배가 운영하고 있는 잡지사로, 그는 번역 따위를 해주며 잠시 편집일을 보조해주고 있을 뿐이었다. 그러나 그곳은, 5년간이나 다니던 현지 건축회사에 사표를 던지고 근 1년간이나 빈둥거리던 룸펜 생활을 하던 끝에 그가 찾아낼 수 있었던 유일한 직장이기도 했다.[14]

뚜렷한 의지를 갖고 이민을 택한 소설 속의 "한영"이 영어에 능할

---

14) 김인숙, 『먼길』, 문학동네, 1995, pp. 31~32.

것이라고 본다면〔한영(韓英)사전?〕, 잠시 숨을 고르는 동안 그가 번역에 종사한다는 설정은 그리하여 낯설지만은 않게 되는 것이다. 이렇게 번역은 소설에서 주변부에 머무는 동시에 제 이름이 머금고 있는 뜻풀이에도 걸맞은 인물상을 구축해낸다. 물론 이 주변부의 이데올로기가 바로 한 시대의 번역과 번역가의 '상(像)'을 만들어내며, 또 그런 만큼이나 번역과 번역가를 가두어두기도 한다. 예컨대 잠시 머무는 직업, 임시방편의 직업, 일정한 틀 안에 갇히지 않는 작업, 언젠가는 그만두어야 할 일, 빈둥거리면서도 할 수 있는 일, 거쳐가는 일, 이동 중인 일, 통과하는 일, 그래서 또 자유롭다면 자유롭다고 할 수 있는 그런 일이 바로 번역이며, 그리하여 룸펜일 수 있는 자가 바로 번역가인 것이다.

5. 번역의 묘미, 번역가의 보람, 번역가의 고뇌

그런가 하면 번역의 과정과 번역의 묘미, 번역가의 시련을 온전히 그려내고 있다는 점에서 방현석의 단편소설 「존재의 방식」[15]은 범상치 않은 예를 제공해주며 (나의) 주목을 끌었다. 한국영화에 베트남어 자막을 달아주는 아르바이트 직종에 종사하는 한국인 번역가 두 명이 베트남 현지를 배경으로 이야기를 이끌어가고 있는 이 소설에서 공동번역으로 참여한 레지투이의 모습은 번역가의 뚜렷한 주관과 작가 못지않은 의식, 제 일에 대한 자각과 출중한 식견을 보여주는 동

---

15) 방현석, 「존재의 방식」, 『랍스터를 먹는 시간』, 창작과비평사, 2003.

시에 공동번역의 문제점들을 흥미롭게 짚어나가고 있어 가난, 불안, 룸펜, 사기, 베끼기, 날림, 변조 등등의 단어들 속에 어설프게 파묻혀 있던 번역가들을 너끈히 구출해내고도 남음이 있다.

번역초기에는 주로 희은이 제동을 걸었는데 이제는 상황이 반대였다. 번역될 수 있는 몇 가지 표현을 나열해놓고 희은의 선택에 맡긴 다음, 희은이 선택을 하면 다음으로 넘어가던 것이 레지투이의 초기 모습이었다. 사뭇 사무적이고 수동적이던 레지투이가 태도를 바꾸기 시작한 것은 일주일쯤 지난 다음이었다. 지쳐가던 희은이 대충 비슷하면 넘어가기 시작할 무렵이었다. 어느 때인가부터 희은이 '통과'를 외쳐도 레지투이는 멈춰서 있었다. 그는 자기 성에 차는 표현을 찾아낼 때까지 진도를 나가지 않는 것은 물론이고 이미 한참 전에 지나온 문장으로 되돌아가기까지 했다.

레지투이의 태도가 시간이 지나면서 바뀌어가는 이유를 재우는 쉽게 종잡을 수 없었다. 누구나 처음에는 집요하고 의욕적으로 달려들지만 시간이 지나면 대충대충 넘어간다는 걸 일찌감치 터득하고 초반전에는 의도적으로 마찰을 피한 것이 아닐까. 하지만 그렇게 약삭빠른 처세술을 지닌 사람으로 보기엔 그의 눈이 너무 깊었다.

어쨌든 분명한 사실은 레지투이가 다시 한 번 만진 문장이 애초의 문장보다 훨씬 좋아진다는 것이었다. 어떤 문장은 한국어로 된 원문보다 베트남어로 번역된 것이 훨씬 매력적이었다. (p. 28)

공동번역은 특히 한국문학을 외국어로 번역하는 과정에서 '지원'(그놈의 재단들!)을 신청할 때, 흔히 요구하는 필수조건이기도 하다.

지금까지 한국시나 한국소설이 외국어로 번역될 때, 얼추 이 같은 방식으로 번역이 진행되었다면 그것은 과연 다행일까, 아니면 불행일까? 흑백의 돌 중 하나를 버리거나 택하기에는 앞 대목에 얽혀 있는 복잡한 문제들이 다른 곳을 보라는 주문을 함께 머금고 있는 듯하다. 한국어를 모르는 외국인이 한국인이 어눌하게 번역한 영어 문장에 가필을 한다. 다듬고, 숨을 고르고, 살을 붙이고, 줄이고, 늘리고, 난해한 부분을 덜어내거나 풀어 쓰는 과정을 동반하는, 외국인에게 일임된 일에는 '가독성'이 중요하다는 시장의 논리만을 무턱대고 따를 수는 없는, 그렇게 하는 것이 능사가 아니라는, 어떤 함정이 함께 도사리고 있다. 하지만 에서 등장하는 '원문보다 유려하고 훌륭한 번역'을 질타 어린 논조로 비판하기에는, 우리 문학작품의 외국어 번역이 처한 현실은 이런 경우를 오히려 다행으로 여겨야 할 만큼 비효율적이기도 하다. 물론 몇몇을 제외하고. 그런데 방현석은 마음을 단단히 먹고서 이것들 외에도 또 다른 번역의 제반 문제를 제 소설에서 대번에 풀어놓는다.

그가 부르는 대로 두드린 다음, 모니터 위에 뜬 베트남어에 성조를 넣어서 읽던 재우는 탄성을 지르지 않을 수 없었다. 베트남어의 신비는 성조였다. 6성의 언어구조는 성조에 따라 노래만큼이나 변화무쌍한 느낌을 만들어냈다. 그가 찾아낸 대사의 성조는 한국어로는 도저히 표현할 수 없는 매혹적인 어감을 부여했다. 단어들 위에 얹힌 성조는 짠돌이의 대사를 뫼비우스의 띠처럼 슬픔과 익살이 일렬선상에서 뒤집어지며 이어지도록 만들어놓았다. 그 상황을 드러낼 수 있는 더 이상의 언어는 지구상 어디에도 없을 것 같았다. 베트남어를 처음 배울 때 수

시로 재우를 절망에 빠뜨리던 까다로운 성조가 만들어내는 최고의 마법을 레지투이는 요술주머니에서 꺼내놓았다. (pp. 29~30)

　시 번역의 조건과 더불어 그것의 난점을 이야기할 때 흔히 거론하곤 하는 시의 리듬이나 호흡, 시 고유의 통사운용의 번역 문제가 여기서 딸려나온다. 이런 것들이 번역에서 차지하는 중요성과 그것을 번역하는 문제는 물론 동일한 상황에서 논의될 수 없는 성질을 지닌다. 여기서 훌륭한 번역가는 "까다로운 성조가 만들어내는 최고의 마법"을 "요술주머니"에서 꺼내어놓을 수 있는 자임에 분명하다. 다시 말해 번역가는 창조적인 제 능력을 원문의 존중이라는 명분에 못 이겨 쉽사리 죽여버린 자가 아닌 것이다. 그것이 번역인 이상, 옮겨올 것은 결국 옮겨오는 자의 모국어 운용의 능력에 따라 지극히 가변적이기 때문이다. 고정된 원문을 상정하는 일은 따라서 불가능하며, 번역은 이렇게 번역이 불가능하다고 여겨진 지점들을 포착해내어 그 가능성을 제 언어로 구현해보는 일이다. 때문에 번역이 창조가 될 수 있다고 말할 때, 창조가 반드시 배반을 의미하는 것은 아니다.

　"호치민 루트를 통과한 전사"(p. 46)인 레지투이의 베트남어에 대한 사랑은 그가 반드시 시인이었기 때문에 그러하다거나 그의 마술 같은 번역능력도 모국어에 대한 이 같은 사랑에서 비롯되는 것이라는 작위적인 상황 제시에만 머무는 것은 아니다. 그것은 오히려 아무리 독촉을 해대고, 돈벌이를 강조한다고 해도, 날림 번역을 허용하지 않는 번역가의 자존심 때문에 지켜나갈 수 있는, 번역에서 어떤 덤처럼 번역가에게 주어지곤 하는 '윤리'가 번역가 자신에게 부여하는(할) 특수하고 소중한 '몫'이기도 한 것이다. 한편, 그 몫을 취하건 버리건, 그 어떤 경우라도 이 소설에 등장하는 번역가를 쉬이 탓하기는 어려워 보인다. 번역가도 피곤 앞에는 무기력해지게 마련(방현석이 자본의 교묘함과 허황됨을 빗대고자 한 부분이기도 한)이기 때문이다.

막 나가자고 해서 막 나갈 레지투이가 아니었다. 하지만 자정까지 강행군을 한 끝에 하루 작업분량으로는 신기록을 세웠다. 낮잠 잔 것을 생각하면 다른 날보다 작업시간이 그렇게 많지는 않았다. 그럼에도 진도를 많이 나갈 수 있었던 것은 그동안 해온 작업에 탄력이 붙기 시작한 때문이었다. 지뢰가 줄어든 대신에 앞에서 나왔던 동일한 단어와 유사한 문장들이 갈수록 늘어났다. (p. 47)

번역의 조건이라고 할 제반 환경이 특수할 때, 그리하여 "직역이라도 해놓자구요. 안 해놓은 것보다는 나을 거 아녜요"(p. 51)라는 제안을 물리치지 못하고서 번역이 무리하게 '강행'될 때 상투적인 번역이, 동어반복의 악순환이 제 몸을 내밀기 시작한다. 피곤이 번역에서 "지뢰"를 걷어내고 마는 것이다. 이 지뢰를 감지해낼 탄탄한 의식이 고로 번역가에게는 생명인 것이며, 이것이 바로 우리가 번역이 어렵다고 말하는 근본적인 이유 중 하나가 된다. 번역에 필요한 시간이라고 하는 것은 텍스트의 종류에 따라 늘어나고 줄어들기를 거듭하지만.

잘 덥혀지지 않은 방에서 두꺼운 옷가지를 있는 대로 걸쳐 입고 나는 오랫동안 한구석에 버려두었던 독일어로 씌어진 이탈리아 역사가의 저서를 우리말로 번역하는 데 하루 종일 매달렸다. 그날은 물론 인쇄소에도 가지 않았다. 통행금지 시간이 될 때까지 몇 번이나 일어서서 밖으로 나갈 채비를 차리기도 했다. 자정 시보가 라디오에서 울렸을 때야 나는 포기하는 심정이 되었다. 하루 종일 채 석 장도 못 되는 양의 번역을 했을 뿐이었다.[16]

인문학 역사서를 붙잡은 번역가 대학원생은 "하루 종일 석 장도 못되는 양"을 번역해낸다. 그렇다고 반드시 적은 양이 아니다. 하루 꼬박 번역에만 매달렸지만 고작 네다섯 줄밖(말라르메의 시였다!)에 얻어내지 못했다고 고백하는 뛰어난 번역가도 지금까지 절망하지 않고 하루하루를 살아간다. 그것도 난해하기로 소문난 초현실주의 선언문, 뭐 이런 텍스트나 번역하면서. 그러니 "강양"은 말라르메와 브르통의 저 예에서 위안을 찾을지어다.

이 소설 저 소설을 얼쩡거리다 보니, 우리 소설 중에서도 번역을 모티프로 삼아, 또 번역가를 당당한 주인공으로 설정하여 전개해나간 장편 하나가 눈에 들어온다. 최순희의 『불온한 날씨』[17]에서 번역에 종사하는 가정주부 '미건'은 당당하게 소설의 주인공이기도 하다. "번역소설에서 원제를 유추하는 일이란 마치 추리 문제를 푸는 일 못지 않다"(p. 17)고 이야기하는 번역가 주인공은 자신의 예술적 취향에 부합하고 또 제 일의 가치를 알아주는 그림 그리는 남자와 사랑을 나눈다. 불륜…… 위험하다. 그런데 번역 때문에, 번역과 예술이 동기가 되어 새로운 관계가 생겨난다는 설정(바람, 바람, 바람!)이 재미있게 다가온다. 번역가인 주인공이 망막증에 걸렸다는 설정도 번역가라

---

16) 최윤, 「회색 눈사람」, 앞의 책, pp. 47~48.
17) 최순희, 『불온한 날씨』, 동아일보사, 2001.

는 작업이 그만큼 고되다는 것을 작가가 잘 알고 있기 때문에 가능했을 것이다. 미건의 선배로 등장하는 유명 번역가 오혜식(여자 이름이다. 여성 번역가의 이름은 왜 이럴까? 용경식이나 임희근처럼)이 후배인 우리의 주인공과 갈등을 빚게 되는 장면에서는 번역에 대한 저자의 사유가 날것으로 흘러나온다. 가령 이런 구절이다.

토니 모리슨과 레이먼드 카버와 에이미 탄이 하나같이 간결하고 매끄러운 문장으로 속도감 있게 읽히다니 어딘가 이상하게 여겨지기 시작했다. 있는 그대로의 원작을 존중하고 그 숨결을 살리는 데에 최대한 중점을 두었다면 있을 수 없는 일이었다. 무심한 한글 독자에게는 쉽고 매끄럽게 읽힌다는 점만 좋을는지 몰라도, 원작의 분위기를 살리려는 노력보다는 번역자 자신의 문체와 체취를 과도하게 고집한 결과가 아닌지, 〔……〕. 번역의 범주를 넘어선 훼손 행위가 분명 있었을 것만 같은 의혹이 짙게 이는 것이었다. (p. 54)

그런가 하면 1970년대 "회찬"이나 "권씨"에게 노출되어 있던, 한편으로 1980년대 "정훈"의 그것이기도 한, 한국사회에 만연했던 열악한 번역 환경이 2000년대에 이르러 어떤 변모를 겪게 되었는지를 단적으로 보여주는 구절이 소설에 등장하여 재미를 더해준다.

개정된 저작권법의 마지막 유예기간이 끝나 정식 계약을 한 출판사만이 번역 출간할 수 있었다. 과거 번역물을 무단 출간했던 출판사들은 연말 안에 서점에 깔린 재고를 거두어들여야 했다. 스테디셀러가 될 만한 고전들은 앞다투어 새로 독점 번역 계약을 하고 상품이 될 만한 신간들을 찾아 아마존을 구석구석 뒤지는 등, 구제금융 이후 납작 엎드려 있던 번역 시작은 소리 없는 기지개를 켜며 제가끔 분주한 나날이었다. (pp. 52~53)

저작권 협정은 번역의 경로와 번역의 질, 번역가의 위상을 바꾸어놓은 결정적인 사건이었다. 국내 출판사에서 저작권 없이 출간되었던 문학작품이나 이론서적들이 야기한, 그러나 경시할 수만은 없는 문제들은 저작권을 체결하지 않은 바로 그 순간, 번역가가 없는 번역물을 생산하게 된다는 데 있었기 때문이다. 그리하여 번역은 날림과 야매로 진행되기 일쑤이며, 이렇게 진행된 번역이 그 양과 범위를 한껏 늘려간 만큼, 번역가에게는 치명적인 독화살이 되어 다시 되돌아올 뿐이다. 저작권 이후의 문제도 물론 존재한다. 우선 사재기의 피해에서 자유롭지 못한데, 어쩌나! 우리 출판사 사람들의 욕심은 아무리 좋게 봐주어도 늘 지나친걸. 그리하여 롤랑 바르트가 굳어버리고, 데리다가 포박된다. 또 다른 문제는 열심히 해놓은 번역물, 나 아니면 아무도 하지 않을 거라고 속으로 생각하며, 공들여 번역해놓은 매우 중요한, 그리하여 번역 자체가 몹시 까다롭기도 한, 그러나 번역을 하기로 마음먹은 번역가가 번역을 맡는 것이 가장 적격인 그런 번역 작품이 결국 사소한 실수로 인해 출간되지 못하게 된다는 데 있다. 이렇게 되면 당사자뿐 아니라, 주위에서 그를 지켜보던 사람들도 함께 속이 타들어간다. 그러니 현명한 번역가여! 일에 착수하기에 앞서서 판권부터 우선 확보할지어다.

어쩌면 번역가나 번역은 우리 문학 전반에서 별로 중요하지 않은 소재일지도 모른다. 번역가가 등장하는 한국소설이나 시를 알려주면 당장에 '보상'이라도 해주고 싶은 심정이다. 그러면 시간을 조금 절약할 수 있지 않을까? 물론 번역에 관한 단상을 남긴 시인이자 번역가인 김수영이나 특유의 관념적인 사유를 번역의 예를 들어가며 어지럽게 늘어놓아 소설의 주제와 연결시키고 있는, 늘 교묘한 최인훈, 아니 원응서처럼 번역을 주제로 수필을 써나간 번역 작가, 번역가이자 소설가인 안정효나 이윤기의 번역에 대한 사유는 내가 보상하려는 대상에 해당되지는 않는다.

문학 속의 번역, 번역 속의 문학
── 번역가를 찾아서 (2)

두 세계를 갈라놓은 중앙아시아의 눈 덮인 지붕들을
불만과 환상으로 얼룩진 양쪽 남자들의 꿈자리가
가뿐히 넘어섰다 그때마다 남자들은 저편 세상을 바라보며
멍청한 표정으로 몽정을 했다
비계로 이루어진 남자들과 새털 같은 그들의 꿈
사이로 떠도는
이중 언어의 이중 침묵   ── 서동욱, 「프랑스」 부분

1. 천차만별의 번역가

가난 속에서 불안에 시달리고, 베끼기와 날림, 변조와 가필에 열중하면서 고작 몇 평도 되지 않는 조악한 공간에 어설프게 갇혀 있던, 앞서 띄엄띄엄 살펴본 우리 소설 속의 번역가들과는 사뭇 다르다면 다른 게 오늘날 번역가들의 실제 모습일 것이다. 그 수만큼이나 물론 천차만별이겠지만, 번역가들이 제 일을 수주하고, 자신들의 번역계획을 하나씩 실현해나가면서 하루하루를 보내는, 오늘날의 생생한 그 모습은 실로 비루함을 감추지 못하고 주변을 헛헛하게 떠돌아야 했던 우리 소설 속 번역가들의 빈궁한 처지에서 어느 정도 벗어난 것으로 보인다. 번역 환경에 드리운 그 우려의 시선을 좀처럼 거두어들일 줄 모르는 비관적인 입장에서 보더라도, 그러나 번역가를 에워싸고 있던 상황 전반의 변화를 부인하기는 어렵다고 보아야 하기 때문이다. '번

역비평'이라는 말이 그리 낯설지 않고, 또 어느 시점인가를 계기로 번역가의 노동조건과 직업적 가치를 묻는 논의들이 불거져나온 만큼, 이에 상응하는 비판과 자숙의 시간이 뒤따랐을 것이라고 짐작해서 던지는, 그런 말은 아니다. 오히려 출판시장 전반의 분위기를 맥연히 가늠하면서 느닷없이 찾아온 개인적인 직감에 따를 때 그렇다는 것이다. 번역의 기획방법과 번역에 드리워진 전반적인 인식이 바뀌었거나, 그런 시점을 우리는 목전에 두고 있는 것이리라. 과거, 우리 소설 속에 비친 그 남루한 모습과는 상당히 다른 오늘날의 우리 번역가들.

그것이 외국 문학작품이라면 '천차만별'이라는 수식어에 어울리는 번역가들의 다채로운 향연을 찾아내는 데 반드시 어려움이 따르는 것도 아니다. 물론 그렇다 해도 그리 흔하지는 않겠지만, 번역가라는 직업에 대한 이해(다소간의 편차를 동반한)를 바탕으로 번역의 사회적 가치와 그것이 처한 맥락을 함께 고려해나간, 작가의 비교적 정교한 계산에 의존한 번역가의 배치와 역할의 배분을 보여주는 문학작품을 마주하는 일은 항상 나를 흥분시킨다. 장정일의 『독서일기』에서 '로쟈' 이현우나 '파란여우' 윤미화의 글까지, 앤 패디먼의 『서재 결혼시키기』에서 고종석의, 일전보다 담백해진 일련의 에세이에 이르기까지, '책을 다룬 책'을 좋아하고, 또 그것이 어떤 형태이건, 글을 쓰는 일에 종사하는, 그래서인지 사변적이기도 한 인물이 등장하는 이야기에 광분하는 내 취향(편향) 탓이다. 이제, 애초 던지려고 했던 물음을 끄집어내도록 하자. 소설에 비친 번역가는 어떤 자질을 갖추고 있는 자이며, 그들이 종사하는 번역일은 소설 속에서 대체 어떤 모습으로 투영되고 있는 것일까? 외국 문학이라고 문제가 될 건 없다. 문학은 결국 하나이므로.

2. 번역가의 자질과 고집

스위스 작가 우르스 비트머의 3부작 자서전 중 하나인 『아버지의 책』[1]에는 번역가의 번민과 고독을 드러내는 수준을 훌쩍 뛰어넘어, 비장함과 특유의 고집스러움, 글과 하나 되려는 혼신의 모습이 실제의 제 아버지에 대한 기억에 의존해 매우 비장한 모습으로 묘사되어 있어 주목을 끈다. 글 쓰는 자와 번역가의 고뇌를 천연히 그려나가는 과정에서 삐걱거리며 양차대전을 겪어내야 했던 스위스의 역사를 그로테스크한 풍경들과 불안한 자의식의 틈새에다 고스란히 포개놓은 이 작품은 '고백'이라는 형식을 지탱해주는 결곡한 그 문체에서 이미 번역이라는 주제를 훌륭히 녹여내고 있다고 봐도 무방하다. 그런데 번역가라고 해도 고뇌는 아무나 하나? 그것도 자질이 있어야 한다. 젠장.

그는 대성당 뒤의 김나지움을 다니면서 고대 희랍어와 라틴어를 배웠고, 목표로 하지 않았는데 언제나 반에서 수석을 차지했다. (p. 9)

이 범상한 아버지/번역가는 노력만으로는 성취할 수 없는 재능의 소유자이며, 한편 여기서 말하는 그의 재능이란, 외국어보다 오히려 제 언어를 탁월하게 구사하는 능력에 다름 아니다. 번역가의 자질이란 따라서 빼어난 문장을 운용하는 힘, 결국 작가와 마찬가지로 좋은

---

1) 우르스 비트머, 『아버지의 책』, 이노은 옮김, 문학과지성사, 2009.

글을 만들어낸다고 할 때 우리가 흔히들 말하곤 하는, 바로 그런 자질과 다름없는 것이다.

　그의 언어는 별처럼 빛을 발했고, 그의 문장은 눈이 있는 사람이라면 누구나 냇물 바닥의 조약돌까지도 볼 수 있는 산속의 물처럼 흘러갔다. (p. 132)

그런데 이게 대체 무슨 말인가? 훌륭한 번역을 성취하기 위해 번역가가 갖추어야 할 덕목을 언급하면서 번역가의 외국어 능력이나 전공 일치 여부를 되묻곤 하는, 그 흔하디흔해 빠진 잣대에 비해, 우리가 곧잘 알면서도 또 곧잘 잊곤 하는 게 바로 번역가의 자기 언어운용 능력이 아니었던가? 철학 텍스트 번역의 문제점을 논할 때 흔히 그러하듯, 전공의 일치를 따져 되도 않게 그 자격에 시비를 거는 비생산적인 시비보다 실로 몇 갑절이나 중요한 것은 외려 번역가가 제 말의 유유자적한 흐름을 그려낼 줄 아는가 하는 바를 되묻는 일인 것이다. 철학 번역서의 주위를 한번 둘러보고, 거기서 흘러나오는 말에 귀 기울여볼 것("푸코는 반드시 푸코 전공자가 번역해야 합니다!" "철학서는 철학 공부를 한 사람들이 반드시 번역해야 한다" 따위의 발언들). 그러면 이 말을 절감할 것이다.

"거의 매일 그는 고통이 밀려와 그날의 작업을 더 이상 할 수 없을 때까지 일"하는, "별처럼 빛을 발"하는 문장을 구사하는 이 번역가는 그리하여 위대하다고 말해도 좋을 그런 작업, 아니 엄청나며, 심지어 끔찍하다고 여길 만한 일을 너끈히 해내고도 남음이 있다.

얼마 지나지 않아 저녁이 되면 매일매일의 전투에서 고통이 승리를 거두곤 했지만, 그럼에도 불구하고 그는 하루 열 시간에서 열네 시간씩 일했다. 〔……〕 이 모든 상황에도 불구하고 그는 자신이 디드로 다음으로 가장 열렬하게 좋아하는 작가 스탕달이 쓴 것들을 거의 다 번역했다. 〔……〕 『적과 흑』 『파르므의 수도원』 『연애론』 『아르망스』 『라미엘』 『알리 브륄라르의 생애』 『루시엥 뢰방』. 물론 그 사이사이 그는 다른 작가들의 다른 책들도 번역했다. ─곧 그가 번역한 책들은 서가 하나를 가득 채웠다. (p. 234)

물론 번역에 '들린' ─번역가 이세욱의 표현을 빌리면 '빙의된' ─ 이 번역가의 일, 디드로Diderot를 번역하면서 "디드로로 산다는 일!" (p.135)은 매우 고통스런 매 순간순간으로 채워진다. 수없이 많은 작품을 번역하는 일에 제 삶을 온전히 소진한 이 아버지는 "두세 페이지마다 약을 한 알씩", 산술적으로 따져보면 아!, "책 한 권당 1백 개에서 3백 개의 약을 삼키는"(p. 236) 강행군 속에서 "날마다 자신의 문장을 완성"(p. 236)해나갔다. 그러나 번역에 매진한 그 삶이 헛되지만은 않은 까닭은 "우연히 『심장의 교육 시대』가 뽑혀서 서가 앞에 선 채로 그 책의 마지막 페이지를 읽"은 아들, 제 아버지를 한번 제대로 알고자 작심한 이후로 아버지의 이 위대한 작업을 차분히 헤아리게 된 그런 아들이 느끼는 감회가 눈물겨운 수준을 벗어나 "그 부분에 나오는 단어들의 뜻은 플로베르가 지정했지만, 그 단어를 직접 쓴 것은 나의 아버지"(p. 252)였다는, 실로 걸출한 자평의 수준에까지 도달하기 때문이다. 제 아비의 일을 이 정도까지 이해한 아들을 둔 번역가 아버지, 고통으로 점철된 아버지의 일이 찬란한 빛을 발하는 그런 순간이다.

3. 번역가가 하는 일

소설 속이라고 해도, 그러나 번역가의 이 눈물겨운 번민과 그 가치를 알아주는 사람은 별로 없어 보인다. 그것이 소설작품이라면 문체가 까다로워서 그러겠거니 하고 무심히 넘겨버릴 대목들도 '번역'일 경우에는 흔히들 잰 눈을 하고 바라보기 때문이다. 가상의 소설 공간을 자잘한 실화 몇 개를 채근하여 재구성한 에릭 오르세나의 『두 해 여름』[2]은 번역 과정이나 원저자가 개입하는 정도를 유머러스하게 그리고 있어, 항간(프랑스에서)에 화제를 불러오기도 했다. 소설 속에서 불러낸, 그리고 현실에 비추어보아도, 그 문체는 말할 것도 없거니와 성격조차 까다롭기로 소문이 난 작가, 블라디미르 나보코프가 미덥지 못한 제 작품의 번역을 비난하면서 출판사에 건네는 말이다.

진작부터 나는 원문에 충실한 완전하고 정확한 번역을 받아 내려고 노력해 왔습니다. (……) 그 번역은 어림치기에다 날림으로 된 조잡한 작품이었고, 잘못된 것과 빠진 것으로 가득한 실수투성이로, 생동감이라곤 조금도 찾아볼 수 없는 데다가 (……) 나로서는 도저히 끝까지 읽을 수가 없었습니다. 절대적인 정확성에 도달하려고 애쓰는 작가에게는 그 모든 것이 참으로 견디기 어려운 일이 아닐 수 없었습니다. 작

---

2) 에릭 오르세나, 『두 해 여름』, 이세욱 옮김, 열린책들, 2004.

가가 하나하나 심혈을 기울여 만든 문장을 번역가라는 사람이 아주 태연하게 손상시키고 있다는 사실을 깨달았으니 말입니다.

(pp. 41~42)

충실하고, 완전하고, 정확한 번역이라? 그렇다면 이런 번역을 수행하기 위해 주인공 '질'은 3년하고도 5개월 동안이나 원고에 손을 대지 않고 있었던가? 물론 그렇지 않다고 볼 수도 있다. 그런데 이렇게 미루기를 반복하던 번역가 '질'이 번역에 매진하고자 마음을 단단히 고쳐먹고 '섬'[3]으로 숨어 들어간 후에도, 그러나 질은 출판사의 '쪼임'에서 그리 자유롭지 못하다. 인내심 하나로 세월을 묵묵히 견뎌오던 출판사도 몇 번의 전보만으로는 우리의 이 느긋하신 번역가 질이 한껏 피워온 그 늑장에는 안심할 수 없었던 모양이다. 이런 질을 돕고자 나선 '원군'(비교적 '가방끈'이 긴 몇몇 사람이 등장한다)은 질과 함께 "원작의 투명성과 날갯짓 소리와도 같은 미묘한 음향과 덧없이 스러지는 음악을 옮겨 보겠다고 안간힘"(p. 42)을 쓰면서, 이 '나보코프'라는 원문의 견고한 벽을 뚫고 나가고자 애쓴다. 바로 이 '안간힘' 주위로 소설의 혈맥이 뻗어 있기에 작품은 말 그대로 번역에 대한 헌사이자 번역가의 노고에 대한 치하이며, 번역의 중요성에 대한 각성을 불러일으키는 계기로 삼기에도 크게 부족함이 없다. 가령 다음과 같은 비유적 표현은, "의사는 병을 고치는 사람입니다" "선생님은 학생을 가르치지요"라는 평범한 말처럼, 번역가에게도 그 희미

---

3) 옮긴이의 후기에 따르면 이 섬은 책의 출간과 더불어 프랑스의 관광명소로 탈바꿈했다고 한다.

하기만 한 사회적 인식을 붙들어 매줄 어떤 '클리셰'가 필요하다는 사실을 역설하고 있다는 점에서 주목을 끌 만하다.

사나포선의 뱃사람들이 무슨 일을 했지요? 마음에 드는 어떤 외국 배가 있으면, 그들은 그 배를 세워 이것저것 조사한 다음, 그 선원들을 바다에 던져 버리고 친구들을 대신 태웁니다. 그러고 나서는 가장 높은 돛대의 꼭대기에 자기들의 국기를 게양하지요. 번역가도 그런 식으로 일합니다. 외국 책을 나포한 다음, 그 언어를 완전히 갈아 치우고 우리나라 것으로 만들어 버리지요. 책이 배라면 말은 그 배의 선원입니다. (p. 25)

아니, 오히려 번역가가 해나가는 일은 이렇게 추상적이거나 원론적이지만은 않을지도 모른다. 오르세나가 묘사하고 있는 "언어를 완전히 갈아 치우고 우리나라 것으로 만들어 버리"는 번역가의 이 일을 아주 구체적으로 말하자면, 거개가 이런 것들이기 때문이다.

(1) 찰스 랜킨 지음
- 『과학 질문 상자』, 동물편
- p. 68 「고양이는 왜 세수를 하는가」에서 p. 89 「곰이 물고기를 잡는 방법」까지
- 10월 12일까지 완료할 것

(2) 미국 간호 협회 편
- 『치사 환자와의 대화』

- 전 16페이지
- 10월 19일까지 완료할 것

(3) 크랭크 데시트 주니어 지음
- 『작가의 병력』 제3장 「꽃가루 알레르기를 둘러싼 작가들」
- 전 23페이지
- 10월 23일까지 완료할 것

(4) 르네 클레르 지음
- 『이탈리아의 밀짚모자』(영어판, 시나리오)
- 전 39페이지
- 10월 26일까지 완료할 것[4]

　예약 현황에 맞추어 의사가 채 몇 분 되지 않는 시간에 황급히 환자를 진료하고, 선생이 시간표에 맞추어 제 수업을 진행하는 것과 마찬가지로, 규칙적이건 그렇지 않건 번역가는 번역을 하는 것이다. 건강을 담보하는 의사나 교육을 수행하는 선생의 그것과 마찬가지로 글을 만들어내고 문화를 풍부하게 살찌우는 번역가에게 고것만 한 사명감이 없을 리 없다. 그리하여 번역가에게도 빡빡한 스케줄 정도는 있다. 아니 늘 촘촘한 스케줄에 시달린다고 해야 옳을 것이다. 모든 일이 그렇듯, 본업을 위한 워밍업이나 본업을 얻기 위해 던지는 낚싯밥에 해당하는 일이 번역과 함께 딸려오게 마련이기 때문이다.

---

4) 무라카미 하루키, 『1973년의 핀볼』, 윤성원 옮김, 문학사상사, 2004, pp. 92~93.

예컨대 10만 원에서 15만 원가량의 대가로 떠맡게 되는 '책 검토서' 작성이 이런 종류의 일에 속한다. PDF로 된, 500면을 육박해오는 추리소설이건, 150면에 채 미치지 못하는 에세이건, 그 엇비슷한

번호	검토서의 항목	출판사의 실제 요구를 헤아려본(나름대로 번역해본) 결과
1	원제	외국어로 적혀 있는 것을 그대로 옮겨 적어주겠니?
2	가제	출간 시 독자들에게 어필하기에 적절할 것으로 예상되는 제목을 두세 가지 추천해 봐라.
3	출판연도	그대로 베껴 적어라.
4	출판사	발음 표기를 확인해서, 그대로 베껴 적어라. 국립국어원 외래어표기법을 준수해야 한다. 모르면 사이트에 한번 가봐라.
5	저자	4와 동일한 주문
6	범주	해당 작품이 속하는 장르에 대해서 설명해봐라. 그러면 네 수준을 한번 짐작해볼게.
7	저자 소개	우리 출판사에서는 아는 바 없으니, 가능하면, 그리고 비교적 상세히 적어주라. 인터넷, 인터넷, 인터넷이 있잖나!
8	책의 집필 의도 및 구성	출간되면, 언론사 홍보용으로 사용할 모양이니! 좋은 작문 부탁한다.
9	책의 장점 및 단점	8과 동일한 내용. 도표를 그려도 좋으니 여기에다 출판시장에서의 예상 호응도를 반드시 추가해주라.
10	차례	그대로 번역해주라.
11	내용 요약	잘 읽히게 해주렴. 일목요연하게, 그리고 단박에 눈에 들어와야 한다. 애매한 말은 가급적이면 빼고 써주라.
12	발췌 번역	선택한 부분에 대한 짤막한 설명을 곁들여 작품에서 가장 중요한 주요 부분을 번역해주라. 많으면 많을수록 좋지만 그렇게 말하기 뭣하니, 최소 3~5페이지 정도를 여기저기서 뽑아내 번역해서 보내주라.
13	검토자	약력을 한번 읊어봐라. 번역 경험은 필수이지만, 박사학위 있는 거 선호하고, 강의 나가는 것도 적어주라.

금전적 보상에도 불구하고, 이 일을 부탁받은 번역가들이 시원스레 대놓고서 거절하지 못하는 것은 검토한 책일수록 자신이 번역을 담당하게 될 확률이 높기 때문이다. 그러나 검토서 작성은, 생각처럼 그리 만만한 작업은 아니다. 검토서의 구성과 출판사의 주문이 대개 246페이지에 제시된 것처럼 진행되기 때문이다.

이런 식이니, 결국 A4 용지로 따져 물으면 적어도 12매에서 심지어 15매, 아니 20매에 육박할 수도 있다. 여기서 다시 계산을 해보자. 일반적으로 번역료가 200자 원고지 1매에 4,000원 정도(영어나 일본어의 경우 대개 3,500원, 아니 대개는 그 미만)라고 한다면, 15(A4)×8(A4 용지를 200자 원고지로 환산한 결과)×4,000(원고지 장당의 고료) = 480,000원이라는 셈이 산출된다. 이 비교적 후한 산술적 결과와 한참 동떨어진 '10만 원'이나 '15만 원'이라는 대가가 그러나 번역가에게 가해지는 부당함의 끝은 아니다. 이때 출판사가 요구하는 기간은 길어봐야 한 달이며, 경우에 따라 일주일 내에 가능한지를 물어오는 출판사도 의외로 적지 않기 때문이다. 내가 불신하는 출판사들 중에는 메이저급도 적지 않다. 옆길로 더 새기 전에 다소간의 '흥분'을 가라앉히고, 다시 번역 이야기로 돌아오자.

4. 번역가의 자의식과 사변

오르세나의 작품에서 매우 독특한 점은, 소설을 십분 활용하여 번역가 고유의 사변과 언어에 대한 성찰을 깔끔하게 늘어놓는다는 데 있다. 섬으로 들어가는 '게으른 번역가' 질은 제 향할 곳이 하필 '섬'

이라는, 어쩌면 단순하고 사소하다고 할 사실에서 번역과 번역가에 대한 고유하고도 기묘한 비유를 이끌어낸다.

내가 하는 일이란 나룻배를 부리는 뱃사공의 일이나 마찬가지야. 이 군도의 어느 한 곳에서 다른 곳으로 배들이 끊임없이 오가고 있어. 그 어떤 풍광이 이보다 더 많은 영감을 줄 수 있을까? (p. 14)

게으른 번역가의 자기 합리화려니 하거나, 내몰린 상황에서 주변을 자기중심으로 재편하곤 하는 저 흔한 우리의 심성이라고 보면 그만일 수도 있을 대목들을 통해 오르세나는 번역의 특성을 한껏 풀어놓고 번역가의 의식을 하나씩 투사해나간다. 제 앞에 놓인 사물들을 스쳐 지나며 유독 그것들의 엇갈린 '각'을 가늠해본다는 당구 입문자나 지나가는 여성의 얼굴을 힐끔거리며 나름의 견적을 낸다던 성형외과 전문의처럼, 번역가의 눈에는 모든 게 '번역적'으로 보일 뿐이다.

어휘가 지극히 풍요로운 고장이군. 번역가에게 이보다 더 든든한 게 뭐가 있겠어? 바벨이라는 무모한 야망이 있기까지 하나로 되어 있던 최초의 언어, 그 언어의 파편이 이 섬에는 지상의 그 어느 곳보다 많이 흩어져 있지 않은가. (p. 16)

끊임없이 오가는 작업, 문화가 서로 오가고, 사유가 서로 섞이고, 네 것과 내 것이 서로의 틈입을 허용하는 일이 번역가의 입을 통해 소설 전반에 넌지시 녹아난다. 내 것을 내어준 다음 찾아오는 네 것이, 공들여 언어를 매만지는 과정에서 세상 밖으로 문을 열면, 번역가도 제 몸을 드러내는 것이다. 때로는 "정확성을 기하려다가 오히려 본뜻을 해치고 왜곡하기도"(p. 26) 하는 이 번역가는 그러나 "독자로서 경탄하고 번역자로서 낙담하여 그 소설을 읽고 난 순간부터" "병이 더 심해지기 시작"(p. 52)하는, 즉 의식 있는 번역가로서 소설 속에서 당당히 제 내러티브를 이끌어갈 줄 안다. 따라서 "금세기의 문학 언어 중에서 바람기가 가장 많고, 떠돌이 기질이 가장 강한 언어를 충실하게 옮기는 일이 어찌 쉬울 수 있겠는가"(p. 42)라며 원고 완성의 기일이 한참 지난 제가 떠맡은 번역 대상의 난해함을 되묻는 이 번역가의 상념은 번역이라는 흔하지 않은 주제로 인해 생겨날 수도 있는 '어색함'에 파묻혀버리는 대신, 풍성한 사유를 펼쳐 보이는 과정에서 오히려 화려한 날갯짓으로 부활한다. 이렇게 보면 번역가의 시선과 입을 빌려 여기저기를 관찰하고 이것저것을 주절거리며 쏟아놓은 번역에 대한 단상들이 자연스럽게 '언어'를 향하는 지점에서 정박하고 마는 것도 우연이라고 할 수만은 없다. 번역에 대한 고민을 주고받는 과정에서 질과 그 '원군들'이 프랑스어에 대해 사유하게 되는 장면은 따라서 『문법은 아름다운 노래』[5]의 저자다운 발상이자, 소설에서 드러내고자 하는 번역의 문제가 애당초 언어에 대한 성찰에 맞추어 설정되었기에 가능한 것이다.

「영어가 결국엔 다른 모든 언어를 죽이게 되리라고 보십니까?」
「그러기 전에 영어가 먼저 자멸할 겁니다. 자꾸 퍼져 나가다 보면 점점 빈약해지지 않을 수 없을 테니까요.」

---

5) 에릭 오르세나, 『문법은 아름다운 노래』, 정혜용 옮김, Media2.0, 2006.

「중국어는 어떻습니까? 표의 문자 체계가 정보 공학의 이진법 원리와 양립할 수 있겠습니까?」[6)]

과연 그런가? 프랑스어뿐만 아니라, 영어를 제외한 '외국어'의 생존을 묻는 시점에 봉착해 있다고 '강요해대는' 오늘날의 범박한 풍토를 고려하면, 우리에게조차 그리 낯선 물음은 아닐 것이다. 그럼 무엇을 할 것인가? 레닌의 말투로! 번역가는 번역가가 할 수 있는 일을 하면 그만이다.

우리는 프랑스어를 화제의 중심에 놓고 늦게까지 이야기를 나눈다. 프랑스어의 갖가지 특성, 즉 그 율동과 울림, 그 한결같은 절도, 추상(抽象)에 대한 그 고질적인 사랑, 여간해서 헝클어지지 않는 그 문법에 대해서. (같은 책, pp. 132~33)

우리말이 감추고 있는 것, 머금고 있는 것, 그 운용의 특성을 묻는 일이 그리하여 소설에서 자연스레 똬리를 틀기 시작한다. 왜냐고? 대답해야 하는 사람이 만약 오르세나라면 그는 번역이나 창작은 공히, 그리고 생리적으로 이와 같은 문제들을 캐내는 작업이기 때문은 아니겠냐고 천연덕스레 대답하여 질문한 우리를 무색하게 만들 것이다. 언어를 통해 언어 속에서 우리가 사유한다는 사실이 명백해 보이는 만큼, 문학은 가장 주관적인 양태의 언어운용을 보여주기 때문에. 그리하여 우리 번역가들의 입을 빌려(오늘은 자주 '입'을 빌린다), 이 두

6) 에릭 오르세나, 『두 해 여름』, p. 34.

번째 구절을 짐짓 이렇게 바꾸어볼 수도 있는 것이다.

우리는 한국어를 화제의 중심에 놓고 늦게까지 이야기를 나눈다. 한국어의 갖가지 난점, 즉 그 한결같은 애매함, 명사(名詞)를 만드는 데 따르는 고질적인 어려움과 곧바로 부사구가 되어 버리는 ~에. "나에 살던 고향은"에 대하여. '여리다 → 여림' '설레다 → 설렘' '우리다 → 우림' '어질다 → 어짊' '분명하다 → 분명함'처럼, 갈피를 잡기 어려운 추상(抽象)에 대한 그 고질적인 약점, 어지간해서 견고해지지 않는 그 문법에 대해서.

5. 번역가의 반역

내가 찾아낸 소설 속의 번역가들 가운데 가장 파격적인 경우를 꼽으라면, 미우라 시온의 『로맨스 소설의 7일』[7]에 등장하는, 자의식이 매우 강한, 소설 번역가 아카리가 아닌가 한다. 번역가에게 주어진 임무라고 할, '원문 존중'이라는 덕목을 과감히 깨뜨리는 인물로 그려지고 있기 때문이기도 하거니와, 매사에 질질 끌려다니며 낭만적 환상에 흠뻑 취해 있는 나약한 여주인공을 번역가 자신의 여성적 자존심과 자의식에다 투영해놓아 결국 주관이 강한 여성 캐릭터로 차츰 바꾸어나간다는, 소설 속의 그 설정 자체가 이미 충격적이기 때문이다.

---

7) 미우라 시온, 『로맨스 소설의 7일』, 안윤선 옮김, 폴라북스, 2008.

이 소설에서 번역가는 결국 '원문에 충실한 번역'이라는, 번역가의 제1조건을 제 창작의 숨결로 한껏 밀어내버린다. 자신이 처한 난감한 상황에 대한 충격과 반발심(남자 친구의 까닭 없는 사표 제출), 무엇보다 '여성됨'에 의존해 개작에 몰입하다가 로맨스의 남자 주인공을 당당히 죽여버리는 지경에 이른 번역가랴? 아카리가 번역을 진행하고 있는 이 '소설 속의 소설'(번역)과 아카리와 남자 친구 칸나의 이야기로 구성된 소설의 몸뚱이가 챕터마다 번갈아 교차됨으로써 현실과 가상(번역서)의 연관성을 넌지시 알려주고, 또 이러한 설정을 지렛대 삼아 시종일관 긴장감을 저버리지 않고 번역가의 번민을 조명해나가는 이 작품에서 가장 파격적인 대목은 로맨스의 여주인공이 이미 죽어버린(즉, 번역가가 죽여버린) 남주인공의 둘도 없는 친구와 동침하게 되는 대목일 것이다. 파격, 과감함, 클라이맥스가 번역가 아카리의 손으로 완성된 것이다. 이 흥분된 순간이 성실한 번역의 결과라기보다는 번역가의 입김에 의해 완전히 조작된 것이라는 사실을 그렇다면 어떻게 받아들여야 할까?

이 초유의 사태에 보태진 편집자의 압력 아닌 압력이 등장하는 대목도 로맨스 소설 번역이 덤으로 간직하게 마련인 어떤 주문을 함께 엿볼 기회를 제공해준다는 점에서 주목을 끈다. 로맨스 소설 편집자가 아카리에게 보낸 이메일이다.

어떻게 진행은 잘 되고 계신지요? 스케줄이 매우 촉박하나 저희 쪽에서도 데드라인까지 기다릴 작정입니다만……. 자료가 필요하시거나, 애로사항이 있으면 연락 주십시오. 성심껏 지원하겠습니다.

정통파 중세 기사 로맨스의 완성을 학수고대하겠습니다.

아무쪼록 체모에 대한 묘사는 자제해주시고요. 일본 독자의 취향에 맞도록 신경 써주십시오. (p. 117)

중학교 때였다. 남녀공학(그것도 당시로는 드물게 합반— '시범'학교의 위력)을 다녔던 나는 학급 여학생들의 '권유'로 한때 '하이틴 로맨스'에 열중했던 적이 있었다. 하이틴 로맨스에는 늘 엇비슷한(아니 거의 같다고 해도 좋을) 남녀 주인공이 등장한다. 서글서글한 눈매에 휜칠한 키, 말수가 적고 머리카락은 낭만적인 각도로 길게 늘어져, 날카롭게 솟아난 콧잔등에 가닿는다. 테리우스와 바비 인형의 화려한 결합. 오! 아름다운 나날들이여! 남자라는 설정만 빼면 여자의 몸매 그대로인 그 가냘픈 곡선의 아름다움에 한껏 조응하며 한없이 떨리는 톤으로 주고받는 달콤한 대사들도 알고 보면 비슷한 패턴의 반복으로 이루어진 것이었다. 붕어빵의 앙꼬만 파먹듯, 친구가 형광펜으로 칠해놓은 부분만을 골라 읽어도 내용 파악은 물론이거니와 그 평을 떠벌리고 다니기에도 별 지장이 없던 그런 소설들, 내 소싯적의 하이틴 로맨스. 어쨌든 당시에 접했던 김민숙의 『목요일의 아이』나 『내 이름은 마야』, 박계형의 『머물고 싶은 나날들』은 이런 하이틴 로맨스 소설과는 비교가 되지 않을 정도로 개성도 넘치고 문체도 뛰어난 소설 측에 속했다.

하이틴 로맨스의 전형적인 패턴도 일본 로맨스 소설의 그것이 우리에게 당도한 것이라는 증거가 이 책에서 발견된다. 더불어 몇 가지 원칙을 알려주면서. 그러나 사실 번역가 아카리도 편집자의 이 같은 요구에 그다지 큰 불만은 없으며, 심지어 그 필요성마저 납득하고 있는 것으로 보인다.

원서에서는 듬직한 남성의 상징으로 묘사되는 가슴 털인데, 일본 여성들은 어딘지 모르게 기피하는 경향이 있다. 지저분한 것보다 매끈한 것이 취향에 맞는 듯하다. (pp. 117~18)

그런데 어라! 아카리는, 번역의 이 사회적 지식을 뒤로하고, 이미 '반역자'의 길을 걷기로 작정한 듯하다. 그리하여 "체모에 대한 묘사"는 제 생각과는 달리 원문의 부면을 겉돌며 자제를 모르고 튀어나오며, 이와 동시에 "일본 독자의 취향"도 천천히 자취를 감추기 시작한다.

그런 묘사는 번역시 적당히 삭제해야 하지만, 드문 일이라 나도 모르게 '그녀는 그의 가슴에 뺨을 대고 거칠게 돋아난 가슴 털을 살며시 쓰다듬었다. 땀에 촉촉이 젖은 털을 그녀는 손가락으로 휘감았다'라고 적나라하게 번역해버렸다. (p. 118)

"적나라하게 번역"한다는 것은, 이 경우라면 기실 성실하게 번역했다는 것을 의미한다. 그러나 아카리에게 죄책감이란, "독자에게 환멸감을 준다면 로맨스 소설 번역자로서 실격"이라고 생각했기에 찾아온 것인 만큼, 또 다른 한편에서 보면 번역에 관한 사회적 통념(앞서 말한 '번역의 사회적 지식')을 반영하는 것이기도 하리라! 그러나 우리의 용감한 번역가 주인공은 이 따위 자책감에 시달릴 그런 쫀쫀한 위인으로 머물지는 않는다.

다음 두 컷의 만화[8]에서처럼, 기발한 응용을 바탕으로 한 독창적인

번역에 차츰 눈을 떠가는 우리의 번역가는 등장인물의 유약함과 우유
부단함에서 한껏 얻어다 놓은 동정과 연민을 원문의 과감한 수술을
감행할 지극히 사적인 근거로 삼는다. 번역가로서 갖게 된, 필경 흔
한 경우라고는 말할 수 없을 그런 자책감을 '대담한 창조적 활동'으로
전환해내는, 한편으로 기막힌 방법을 주인공은 택한 것이다.

"그렇다……. 해서는 안 될 짓을 끝내 저지르고 말았다.
어쩌지. 그도 그럴 것이, 아리에노르가 지나치게 행동이 굼뜬 여주
인공이어서 답답한 마음에 자신도 모르게 '산적 토벌 현장으로 아리에
노르가 달려가 위릭이 살인을 하는 현장을 목격'한다는 장면을 날조해
버린 것이다! 위릭 무사함, 산적 전원 소탕. 좋아, 순조로운 초야의
정사 장면보다 이쪽이 나을 거라고 판단했던 것이다. (p. 118)

이 창조적이라고 말할 만한 번역가 아카리의 야망은 그러나 이 정
도 수준에서 멈추지 않는다. 제 취향과 생각에 이끌려 작품 전체를

---

8) 정훈이, 『정훈이의 뒹굴뒹굴 안방극장』, 이끼북스, 2005, pp. 138, 140.

재구성한 아카리는 내친김에 소설을 아예 '새롭게 쓰는' 경지에 이르러 우리를 한 번 더 놀라게 한다. 그 시작이 어려워서 그렇지, 몇 번을 반복하다 보면, "그리 큰 지장이 없을 것"이라는 생각에 아예 젖어버리게 되고 마는 것이다.

더욱이 산도스에게도 작은 영광을 돌리고 싶었기에 후반부에 나오는 탑 꼭대기에서의 에피소드를 이 부분으로 가져와버렸다. 산도스의 됨됨이가 굳어지도록 조금, 아니 상당 부분 아리에노르와 산도스의 대화를 새롭게 창작했다. 에피소드의 줄거리를 교체해도 그리 큰 지장이 없을 것이라고 판단했기 때문인데, 때마침 사토 씨로부터 메일이 도착하고 보니, 역시 기가 죽을 수밖에……. 번역하는 동안 점점 전개 부분에서 자신의 창작이 섞여가는 것을 투시당하기라도 한 것 같았다. (p. 119)

그렇다. 번역가의 뒤통수에는 늘 편집자의 끈적한 시선이 들러붙어 있다. 원문에 해당되는 외국어에 정통한 요즘의 '전문' 편집자들은 번역자가 넘긴 원고에 붉은 줄을 죽죽 그어가며 시시때때로 교정을 요구하는 걸 즐기는, 즉 번역에 '시비'를 거는 최초의 사람이라고 보아도 무방하다. 꼼꼼하고 까다로우며, 지기 싫어하고, 주관이 강하다고 생각되는 번역가와 편집자는 함께 일을 기획하고 진행하기에 앞서 미리 서로의 '궁합'을 볼 것을 권고한다. 번역가의 '반역'이라고 해도 좋을 이 에피소드에서 출판사의 행보(이 경우, 행태?)와 연관되어 또다른 생각거리가 주어지는 것은 이런 대목을 마주하면서이다.

콜롬바인에서 매월 발행되는 로맨스 소설은 페이지의 글자 수, 권당 페이지의 분량 등, 전부 규격이 통일되어 있다. 그래서 번역자는 인수한 페이퍼백의 원서에서 지엽적인 에피소드를 삭제하고 규정의 페이지 분량에 맞도록 번역해야 한다. (p. 119)

아항! 바로 이거였구나. 정확히 4년 전의 기억이다. 감히 『무기여 잘 있거라』의 저자 이름을 단 '모' 출판사로부터 세계문학전집을 기획하니, 몇 작품을 맡아 번역해달라는 요청이 들어온 적이 있었다. 출판사에서 보내온 책을 받아 들고서 몇 페이지 번역해본 후, 물론 검토서도 작성해서 넘긴 그즈음, 출판사 부장과 전화로 서로 주고받은 대화이다.

아무개 부장: 모파상의 『여자의 일생』을 번역해주신다니, 감사합니다.

나: 제게 좋은 일인걸요.

아무개 부장: 그런데 번역 원고의 양을 최대 A4 120매에 맞추어주실 수는 없나요?

나: 샘플링을 해보니 많게는 150매, 아무리 적어도 140매 이상은 나올 것 같은데요.

아무개 부장: 필요 없는 부분은 빼버리고 중요하지 않은 내용도 삭제하면 되지 않나요?

나: (공포가 슬슬 엄습해온다) 어디가 중요하지 않은 부분인지 제게 알려주실 수 있겠어요?

아무개 부장: 아니, 뭐, 그런 건 선생님께서 더 잘 아시지 않나요? 자잘한 묘사나 군더더기 설명이 지나친 대목들 같은 데……

나: (욕이라도 퍼붓고 싶은 충동을 억제하며) 조건을 맞출 수 있는 번역자를 한번 구해보시는 건 어때요? 저는 좀 힘들 것 같네요. 일도 많이 밀려 있고……

아무개 부장: 소개시켜주실 선생님 없으세요? 대학원생도 괜찮은데……

나: (서서히 질리기 시작한다) 선뜻 생각나는 분이 없는데…… 일단 계약을 취소하는 게 좋을 것 같네요. 계약금을 다시 보내드리겠습니다.

아무개 부장: 이게 원래 똑같은 분량의 시리즈로 구성되어야 하거든요.

나: (속이 울렁거린다) 그렇군요. 어쨌든 저는 어려울 것 같네요.

이 같은 악습은 일본에서도 관행이나 마찬가지였던 모양이다. 나쁜 것은 죄다 답습하니, 이것 참 난감하다 하지 않을 수 없다. 아니, 소설에서 아카리가 맡은 번역물이 로맨스 소설이라 그랬던 것은 아닐까? 페렉이나 발자크, 플로베르나 모파상의 소설에 어디 필요하지 않은 부분이 별도로 존재하겠는가? 예술작품은 요약할 수도, 예술작품이 요약될 수도 없는 것과도 같은 이치이다. 방금 언급한 작가의 작품들에서 몇 부분을 따로 골라내어 그것이 '필요 없는 이유'를 내게 차근히 설명해줄 수 있는 사람에게는 다시 '보상'을 약속한다(번역과 보상? 나는 매번 보상을 약속한다!). 그래서인지 번역가 아카리도 "이야기가 술술 진행되도록 에피소드의 줄거리를 교체하는 것 정도는 편집방침이 허용하는 범위 내지만, 원서에 없는 에피소드를 번역자가 마음대로 창작하는 것은 용납되지 않는다"(p. 119)고 실토한다. 관행이 관행인 만큼 별 의식 없이 줄거리의 '교체'는 허용되지만, 이와 반

대로 새로운 부분을 덧붙이거나 아예 있는 부분을 삭제해버리는 창작
은 용납되지는 않는데, 왜냐하면 아카리에게도 어쨌든 "번역자로서의
자각과 명예가 있기"(p. 120) 때문이다.

그러나 번역가로서 갖게 되는 이 자각과 명예도 여주인공의 나약하
고 무기력한 모습 앞에서는 그만 꼬리를 감추기 시작한다. "원서에서
는 해피엔드인 워릭과 아리에노르"의 이야기를 번역 과정에서 "남자
주인공을 죽여" "더 이상 번역이 아니"게끔 만들어버린 아카리는 "창
작한 부분을 삭제하고 지금 당장 올바르게 번역을 다시 하는 거다"
(p. 165)라고 다짐해보지만, 시간이 지날수록 응용과 창작의 쾌감에
빠져들 뿐이다.

밤새도록 궤도 수정을 해보려고 노력했지만 왠지 이야기는 점점 다
른 방향으로 흘러가고 있다. 나룻배라고 생각했는데 찌그러진 돛대가
치솟더니 돛에 바람을 맞고 바다로 흘러갔고 태평양 한가운데에서 불
현듯 우주를 향해 여행을 떠났으며 그대로 중력을 무시한 채 목적지도
없이 정처 없는 항해, 더 이상 돌아갈 길이 보이지 않네요. 잘 있어요,
지구. 나는 우주의 방랑자. 대충 그런 느낌이랄까.
원서에 충실하게 번역할 때 이상으로 키보드 위의 손끝에 탄력이 붙
었다. (p. 205)

제 손으로 "창작한 날조 로맨스 소설을 다시 읽"으면서(p. 298),
자기가 손수 적어나간 작품이라도 되는 양, 창작의 분위기에 한껏 취
해버린 아카리는 분명, 파격적인 번역가이자 '반역'을 도모한 대표적
인 번역가로 손꼽을 만하다.

6. 기상천외의 번역가

번역가가 특히 추리소설의 주인공이나 등장인물로 설정될 때, 희박해지는 직업적 개연성(왜 번역가일까? 곱씹어보아도, 이해는 대개 오리무중)만큼이나 치솟아오르는 예외성(오호라! 완벽한 주변부 인물!)을 걸머쥐게 된다. 역할의 적절한 설정과 직업으로서의 번역에 대한 성찰이 진지하게 이루어지고 있는지 힘주어 말하기는 어려울지라도, 추리소설에 비친 번역가의 모습은 실로 천차만별이라고 해도 좋을 정도의 스펙트럼 속에서 또 그만큼의 기상천외한 인물로 그려지고 있기에, 재미가 더한 것도 사실이다. 그중 하나만 이야기해보자.

『도착의 사각』[9]에 등장하는 번역가 요시오. 큰어머니의 유산을 물려받을 기대를 잔뜩 품고서 집에 빌붙어 사는 멍청한 남자. 그는 시간을 비교적 자유롭게 사용하는 번역가이다.

> 원고 마감을 일주일 앞두고 요 이틀간 꼬박 밤을 샜다. 어젯밤에는 마지막 박차를 가하기 위해 커피를 블랙으로 마시며 일을 하고 있었는데, 결국 수마를 이기지 못한 모양이다. (p. 10)

눈치 빠른 사람은 짐작했겠지만, '서술 트릭'의 명수인 작가 오리하라 이치가 그 많고많은 직업 가운데 주인공의 그것으로 하필 번역

---

9) 오리하라 이치, 『도착의 사각』, 권영일 옮김, 한스미디어, 2009. 〔도착(倒錯)— 뒤바뀌어 거꾸로 됨. 사각(死角)— 눈길이 미치지 못하는 범위〕.

가를 설정한 것은 '자유롭게 시간을 운용할' 사람이 필요했기 때문이다. 훔쳐보기의 취미를 갖고 있는 주인공 요시오의 이 번역가라는 직업은 소설에 필요한, 아니 없어서는 안 될, 시계 속의 조그마한 톱니와도 같은 것이다. 맞은편 맨션의 201호에 사는 여자를 훔쳐보는 인물이 되기 위해서는 시간의 운용에서 좀 '프리'해야 하지 않았을까? 이 못된 취미의 소유자는 어느 날인가 평소에 훔쳐보던 여자가 시체가 된 것을 또 '훔쳐'보고서는, 그 충격으로 알코올 중독증이 재발하여 '다시' 병원에 입원하게 된다. 아니 대체 뭘 보았기에? 이해하기 어려운 분들을 위해 잠깐 언급하면, 심약하고 "사교성이 부족한" 이 알코올 중독증 번역가가 목격한 것은 "살색 스타킹에 목이 조여 흰자위를 드러내고 나〔그〕를 한스럽게 보고 있던 여자"(p. 25)의, 혀를 빼문 모습이다. 즉, 죄의식에 시달리면서도 계속 '훔쳐'보는 걸 그치지 않았던(그래서인지 요시오는 훔쳐보기에 부합한다고 할 원색적인 장면들을 '지속적으로' 목격하는 데 성공한다) 그 여자가 돌연 한스런 시체가 되어 저를 빤히 바라보는 혀를 빼문 형국이니, 가뜩이나 유약한 우리의 새가슴 주인공이 충격을 받게 된 것도 일견 당연해 보인다.

이후 벌어지는 사건을 염두에 둔다면, 요시오는 가장 짜릿한 모험에 참여하게 되는 번역가로 꼽아보아도 손색이 없을지 모른다. 시체를 목격함으로써 받은 충격에, 훔쳐보았다는 자책감, 이 불안정한 상황을 틈타 스멀거리며 삐져나온 스트레스가 겹쳐 퇴원한 지 얼마 안되어 또다시 알코올 중독이라는 트라우마에 시달리는 번역가. 소설의 서두에 펼쳐진 이야기만 해도 여기까지이다. 어라? 벌써? 무라카미 하루키와 요시모토 바나나, 보르헤스의 이야기가 아직 남아 있는데……

'문(文)'-'언(言)'-'록(錄)'-'명(諡)'
—— 번역이 타자를 불러내고 헤아리고 다독거리는 방식

> 체계적인 글쓰기는 나로 하여금 인류의 현 상황이 아닌 다른
> 곳에 눈을 돌리게 만든다. 모든 것이 이미 씌어졌다는 명백
> 한 사실 앞에서 우리는 폐기처분되어 버리거나 환영으로 돌
> 변해 버린다.
>
> —— 호르헤 루이스 보르헤스, 「바벨의 도서관」[1]

1. 번역이 내려앉은 곳에서 무엇이 떠돌아다니는가?

문학작품 속에다 풀어놓은 소재가 번역이나 번역가라면 응당 그 작
품을 지탱하는 이야기의 근간도 다른 곳을 향하게 마련이다. 사소하
다고만 할 이런 사실은 번역과 함께 녹아들기 시작하여 작품의 구석
구석을 떠돌아다니는 그 소담스런 풍경들이 이전까지 소설을 꽁꽁 묶
어두었던 통념들을 깨뜨리고 부정한다는 측면에서는 결코 소소하다
고만 할 수는 없을 파장을 만들어낸다. 일상이라는 이름의 다양한 주
제를 개인의 자의식에 담아내어, 평범하지만은 않은 주관적 성찰로
그 일상을 넌지시 되감아내는 길목에는 번역이라는, 낯선 만큼이나

---

1) 호르헤 루이스 보르헤스, 「바벨의 도서관」, 『픽션들』(보르헤스 전집 2), 황병하 옮김, 민
   음사, 1994, p. 142.

자잘한 소재들이 반짝이고 있다. 무심코 글 속에 등장한 것으로 보일지도 모를 '번역가'라는 낯선 존재나 '번역'이라는, 작품의 문지방을 자주 넘나들었노라고 힘주어 말하기 어려운 소재가 불려나올 때, 오히려 글 전반이 섬세한 '결'로 빚어지고, 텍스트라는 막막한 바다 위에 다양한 색깔의 항적들이 오밀조밀 제 자취를 수놓게 되는 것이다.

번역에 대한 '배려'는 글과 언어에 헌정된 사유의 문학작품 속에서의 배분과도 밀접히 길항하기에, 어지간해서 그 자체로 주목받은 적이 없었던 글과 말, 그리하여 온전히 '기록'의 힘으로 사물과 타자를 재구성한 세계를 파편적이고도 관념적인 시선을 좇아 들여다볼 수 있게끔 읽는 우리를 유도한다는 점에서, 우연이라기보다는 작가의 치밀한 전략에 가깝다고 보아야 한다. 이런 이질적이고도 낯선 주제를 천연덕스레 작가가 풀어놓은 까닭은 물론 작품의 **자기목적적인 성취를 실험하고 검증해볼 독특한 장치들**(그래, 바로 '누보로망'이다)이 이 안에 똬리를 틀고 있을 것이라고 생각했기 때문이다. 번역의 파장, 그리고 그 효과를 한껏 머금고 있는 이 화약고와 글 속에 뭉텅뭉텅 심어놓은 그것의 뇌관은, 정교하게 뿌리를 내린 것이라면, 비평가의 예상을 벗어난 지점, 즉 이론이라는 선험적 지식들의 격자로는 그것을 가두어두는 데 실패한, 예기치 않은 그런 장소에 도달하여 폭발해버리기 때문에 결국 작품의 얼개를 헐어내고 다시 짓는 눈으로 작품을 바라보아야 하는 문제를 제기하고 만다.

소급해서 말하면, 한 시대가 내려놓은 문학의 그물망을 훌러덩 걷어버리고서 글이 미지의 세계를 향해 날개를 퍼덕이게끔 일조하는 굉음도 바로 이런 데서 울려나온다. 아니, 정작 정체를 드러내지 않고 독서의 사각지대를 겨냥하여 그것을 배치해놓은 경우라면, 다소 산만하게 글의 여기저기에, 그러나 은밀하게 파묻어놓았다는 사실 자체가 이미 담론의 합목적적 전개나 역사적 증언에 토대한 보고서와 같은 서술(롤랑 바르트가 자동사적 글쓰기라고 말한 것이다)을 제 작품에서 덜어내겠다는 사뭇 결연한 의지의 소산일 소지마저 농후하다고 해야 겠다.

아마 나는 이제부터 두세 명의 작가를 거론하면서 이런 것과 관련 된 이야기를 풀어나가려고 할 텐데, 한편으로 저어되는 까닭은 그중 한 명이 하필 무라카미 하루키이기 때문이며, 그러한데도 내심 다행 이라고 여기고 있는 까닭은 공교롭게도 머릿속에 최창학의 글, 개중 「창(槍)」[2]을 떠올리고 있는 중이기 때문이다.

2. 촉발되는 '문(文)'

소설의 '모두(冒頭)'를 번역이라는 모티프로 장식하는 것만으로도 글 전반을 '문(文)'이라는, 사변적이자 관념적인 주제로 재편하겠다 는 의지를 읽어내기에 충만한 작품이 더러는 존재한다.

나는 미국 매사추세츠 주의 케임브리지 시에 2년쯤 살았던 적이 있 다. 그때 한 건축가와 가까이 알고 지냈다. 막 쉰 고개를 넘긴 미남형 의 그는, 반백의 머리에 키는 별로 큰 편이 아니었다. 수영을 좋아해 서 매일 수영장에 다니며 단련한 덕분에, 몸은 매우 튼튼하고 건강해

---

2) 최창학, 『창(槍)』(최창학 소설집), 책세상, 2008.

보였다. 그는 때때로 테니스도 쳤다. 이름은 편의상 케이시라고 해두자. 독신인 그는 보스턴 교외에 자리 잡은 렉싱턴의 오래된 저택에서 지극히 말수가 적고 안색이 그다지 좋지 않은 피아노 조율사와 함께 살고 있다. 그 조율사의 이름은 제레미라고 했는데, 30대 중반쯤 된 나이에 키는 큰 편이고, 버드나무 가지처럼 몸이 홀쭉하며, 머리숱이 약간 줄어들고 있는 것 같았다. 그는 솜씨 좋은 피아노 조율사일 뿐만 아니라, 피아노도 제법 잘 치는 편이었다.

당시 내 단편소설이 몇 편인가 영어로 번역되어 미국 잡지에 실렸는데, 케이시는 그 작품을 읽고 편집부를 통해 내게 편지를 보내왔다.[3]

도입에 해당되는 부분이지만, 하루키의 것이라는 움직일 수 없는 사실을 잠시 덜어내고 나면, 동양적인 향취를 감지해내기에 다소 어려운 이 부분에, 그의 글이 지닌 기묘한 특성과 야릇한 파장을 불러일으킨 수많은 원인 중 하나쯤 거뜬히 길어 올리고도 남을 만한 단서가 놓여 있다. 두어 문단을 인용해놓고서, 대뜸 하루키의 글이 일본을 벗어나 서양(특히 유럽)에서 자기 고유의 문화적 공간을 여는 데 성공했다면 그랬다고 할 열쇠를 찾으려거나, 그곳의 낯선 대중과 호흡하기에 적당한 공기를 수급해낸 비밀이 바로 이 번역적 모티프 때문이며, 따라서 그것이 풀어놓은 효과를 세세히 들여다볼 필요가 있다고 말하는 것은 터무니없어 보일지도 모른다.

그런데 또 가만 따져보면, 하루키의 작품 전반에서 '번역'(주제나 그 성질)이 차지하고 있는 비중과 그것이 넌지시 누르고 있는 하중이

---

3) 무라카미 하루키, 『렉싱턴의 유령』, 임홍빈 옮김, 문학사상사, 2006, p. 9.

적지 않다고 할 때, 더구나 그의 에세이에 스며들어 있는 번역과 언어에 대한 성찰(단상이 더 적당할 것이다)이 굳이 그것을 꼬집어 들추어내려는 나 같은 사람에게는 두 눈이 휘둥그레질 정도로 빈번하게 목도된다고 한다면, 문제는 좀 달라진다. 하루키뿐만 아니라 그 '모두'에 번역의 '날'을 치켜든 경우, '글을 다룬 글'을 다루어, 말의 저 깊이와 그 속살을 드러내고 말겠다는 은밀한 주문이 그날에 벼려 있다고 말하는 편이 나을 것이다. 최창학의 작품 「창」의, 역시나 '모두' 이다.

지금 상〔李常〕이 교정 보고 있는 것은 예수의 전기(傳記) 원고다. Fulton Oursler의 *The Greatest Story Ever Told*를 Q목사의 번역으로 내게 되었는데, 그 번역 원고를 인쇄소로 넘기기 전에 한번 검토를 해보고 있는 것이다. (p. 9)

그런데 소설에서 '모두'는 또 무엇인가? 단편의 성패를 좌우한다고 문예창작과 학생들에게 별 생각 없이, 그런데도 반복해서 강조하곤 하는, 그토록 중요하다고 말해왔던 바로 그런 부분이 아니던가? 글의 이치상 차지하고 있는 중함을 차치하더라도, 모두에 번역이라는 선택은, 어찌 보면 도박이 아닐 수 없다. 만약 당신이 1960년대의 소설가라면, 번역이나 번역가라는 낯설고 '시큰둥해 보이는' 주변부의 주제(한국소설에 등장하는 번역가의 꼬락서니를 환기하자)로 글의 서두를 열어가고자 감히 시도하겠는가? 물음을 한번 바꾸어보자. 소설가인 당신이 모두에 툭 던져놓은 이 심드렁해 보이는 문장은 작품의 플롯 전반을 구성하는 데 대관절 어떤 효율성을 담보하는가? 어쩌자고 글을 이렇게 시작해버린단 말인가? 이야기를 끌어갈 화두로 번역을 내세운 글들은 사뭇 다른 차원에서 주목할 만한 가치가 있다는 말이다. 예를 하나 더 꼽아보자.

요시모토 바나나의 『N.P』[4]도 이야기의 시작과 더불어 유별난 번역가가 등장하여 눈길을 사로잡는다. "끈기가 없는 사람이었던 듯, 마치 산문같이 아주 짧은 스토리가 차례로 이어지는 책"이자 "공개되지 않은 아흔여덟 번째 단편"을 "내 과거의 애인이었던 쇼지(庄司)"가 발견하여 "번역하고 있었"(p. 5)다는 사실을 슬그머니 끄집어낸 소설에서, 다른 곳을 바라보라는 주문을 읽어내지 못하면, 이런 설정은 그 자체로 아무런 의미를 찾지 못하게 되어버린다.

얼핏 보기에 사소할 것이라는 선입견 때문에 단박에 주목을 끌기에는 한참 모자라게 비쳐지기 십상인 번역이나 번역가는, 정작 글쓰기의 고통과 번민을 드러내기에 용이하다는 점을 잊지 말아야 한다. 사건을 이끌어내고, 고비마다 갈등에 휘말려들거나 그것을 적극 조장하며, 어떤 방향이 되었건 갈등을 해소하는 식의, 소위 전통적인 방식으로 이야기를 주도해온 전형적인 작중인물보다 훨씬 변화무쌍한 품으로 주변의 환경을 빗대거나 조밀하게 엮어내기에 적절한 인물이 바로 번역가라는 역설적인 말이 반드시 누보로망이라는 흐름을 염두에 두지 않더라도 성립하는 것이다. 모두에서 시작하여, 그 뇌관이 점화되어 차츰 타들어간 각각의 지점에 이르기까지, 소설의 구석구석에다 자잘한 소재를 뻗어대고 그것을 한껏 부리며 운용의 묘미를 살려낸다는 점에서, 작품에 등장한 번역가는 **주변의 풍경을 언어와 사유를 중심**

---

4) 요시모토 바나나, 『N.P』, 김난주 옮김, 북스토리, 2003.

으로 다시 펼쳐 보일 훌륭한 제공자인 것이다.

이렇게 소설의 도입부에 등장한, "소설을 번역하는 도중에"[5] "4년 전에 수면제를 먹고 자살"(p. 15)한 번역가 "쇼지", 출판사에서 번역 원고 교정일을 보고 있는 「창」의 "이상", 번역사무소를 운영하고 있는 『1973년의 핀볼』의 "나" 등은 공히 번역가라는 직업에서 파생된 여러 갈래의 자잘한 일들에 소설이 제 가지를 뻗어낼 것이라는 점을 예고하고 있기에, 문학과 문화, 출판과 활자로 소설 공간의 울타리를 구획하고 그 안의 세계를 정비해나갈 실질적인 주체이다. 결국 번역이라는 모티프를 생각해내고 그것을 활용해보고자 심어놓은 '모두'의 장치들은 '문(文)'을 소설 속에 촉발시키는 계기를 이루며, 이렇게 열린 '문'의 문틈 사이로 잦아드는 것은 언어와 활자, 문장과 글, 사유와 문화를 채근하며 쌓아올린 주관적이고 독창적인 세계인 것이다.

3. 일상을 읽어내는 '언(言)'

번역이나 번역가는 모험을 주도하거나 역사적 사명감을 두 어깨 위에 걸머쥔, 전형적인 등장인물이 아닌 만큼 "사람들에게 익숙한, 미리 제작된 도식, 다시 말해 사람들이 현실에 대해 갖고 있는 기존의 관념과 흡사하게 만들어버린 것들"[6]을 기계적으로 반복하기보다는

---

5) 요시모토 바나나, 같은 책, p. 30.

6) A. Robbe-Grillet, *Pour un nouveau roman*, Les Éditions de Minuit, 1963, p. 30.

좀더 섬세한 시선으로 주변의 환경을 빗대기에 적절한 소재인 동시에 그것을 부리며 낯선 세계로 한 걸음 전진할 여지를 작가에게 남겨놓는다는 점에서, 말의 질서를 통해 세계를 바라볼 훌륭한 빌미로 자리잡는다. 이때 번역가의 그것을 빌린, 작가의 시선이란 바로 이런 것이다.

> 이제 글의 내용은 머리에 들어오지 않는다. 맞춤법 틀린 것과 띄어쓰기 틀린 것만이 들어온다. '집형인'을 '집행인'으로 고친다. '밀어제치고'를 '밀어젖히고'로 고친다. '자고있는'을 '자고 있는'으로 띈다. '무릅'을 '무릎'으로 고친다. '푸주깐'을 '푸주'로 고칠까 하다가 '푸줏간'으로 고친다. '흐터러진'을 '흐트러진'으로 고친다. '흘르는'을 '흐르는'으로 고친다. '담어'를 '담아'로 고친다. '돌아 서자'를 '돌아서자'로 붙인다. '몰르게'를 '모르게'로 고친다. '높이들고'를 '높이 들고'로 띈다.[7]

번역 원고를 매만지면서 하루하루를 살아가는 주인공에게는 세상 그 이전에, 아니 그것이 실현되기에 앞서서 이미 말과 글이 있었다. 세상의 모든 것은 그 "내용"으로 다가오기 이전에 글이라는 형태로 거리의 구석구석을 배회하며, 더구나 주인공 "이상"의 시선을 사로잡는 것도 오로지 이런 것들뿐이다. 그리하여 거리를 싸돌아다니다 지친 몸으로 되돌아온 하숙집 방에 드러누워 덩그러니 올려다본 천장에서조차 "하늘색 체크무늬의 연속"과 그 속에 퍼즐처럼 널려 있는 "무

---

7) 최창학, 앞의 책, pp. 10~11.

수한 글자들", 즉 "한자, 알파벳, 아라비아 숫자, 한글"을 읽어내게 되고, "한글들의 기본어 중에서 ㅋ ㅌ ㅍ ㅎ"과 "ㅑ ㅕ ㅠ ㅛ"를 선택하여 "그들로 장난"(p. 72)하면, 바야흐로 언어로 이루어진 상상의 날개가 작품의 이곳저곳에서 펄럭거리기 시작한다.

세상 그 어디를 가보아도 그의 눈에는 언어와 그것이 포섭해놓은 고즈넉한 풍경만이 보일 뿐이다. 심지어 문상에 가서도 "저것(머리에 쓴 것)의 명칭은 굴건(屈巾), 저것(굴건에 두른 띠)의 명칭은 수질(首絰), 저것(허리에 두른 띠)의 명칭은 요질(腰絰)이라는 생각"(pp. 107~08)에만 몰두하는 그에게 세상에 존재하는 모든 것은 오로지 언어 질서 속에서 재편되거나 재편된 무엇이라는 전제하에만 그 존재의 가치를 찾을 수 있으며, 번역이라는 저 의식을 통과하여 주조된, 바로 그런 상태에서 세상에 다시 놓일 뿐이다.

손님들이 직접 자기 손으로 하는(조발이나 면도를) 게 아니라, 이발사들이 해주고 있고, 이 손님들은 그저 이발사들에게 내맡기고만 있기 때문이다. '하다'라는 말과 '당하다'라는 말의 능동과 피동 관계를 생각하며 상은 웃는다. (p. 77)

제법 문제가 되면서도 번역에서 명쾌한 결론에 좀처럼 이르지 못하곤 하는 "능동"과 "피동"의 관계는 이발소에서 실제로 일어날 법한 행동들을 모조리 한 귀퉁이로 밀어내버리고, 그 자리에다 언어로 지어올린 독특한 세계를 펼쳐내는 데 일조한다. 능동형 'Cogito'가 수동형 'Cogitur'로 바뀌면, '생각하는 나'에서 '생각되는 나'로, 나와 세상의 근본적인 관계가 완전히 바뀌어버린다는 사실을 "이상"은 잘 알고 있는 것이라고밖에 볼 도리가 없다. 그렇게 온 세상은 바야흐로 언어와 언어의 파장으로 넘실거리며, 번역으로 물들어간다. 하루키의 작품이다.

나는 회사 경비로 사들인 두 개의 서류함을 책상 양옆에 놓고 왼쪽에는 아직 번역하지 않은 서류를, 오른쪽에는 번역이 끝난 서류를 쌓아놓았다.

서류의 종류도, 의뢰인도 정말 다양했다. 볼 베어링의 내압성에 관한 『어메리칸 사이언스』지의 기사, 1972년도의 전미(全美) 칵테일 북, 윌리엄 스타이런의 에세이에서부터 안전면도기의 설명서에 이르는 다양한 문서가 "몇월 며칠까지"라는 꼬리표를 달고 왼쪽 서류함에 쌓여 있다가 어느 정도 시간이 지나면 오른쪽으로 옮겨졌다. 그리고 한 건이 끝날 때마다 엄지손가락 한 마디만큼씩 위스키를 마셨다.

우리 같은 수준의 번역 작업의 매력적인 점은, 덧붙여 생각할 것이 아무것도 없다는 것이다. 왼손에 동전을 들고 오른손에 포갠 다음 왼손을 치우면 오른손에 동전이 남는다. 그것뿐이다.[8]

"나"에게 세상은 아직 "번역하지 않은" 부류와 "번역이 끝난" 부류, 이렇게 둘로 나뉜다. 이러한 구분은 편리한 이분법에 편승한 단순성에서 비롯된 것만은 아니며, 이 두 서류가 담고 있는 세계가 "종류도, 의뢰인도 정말 다양"하기 때문에만 이분법에서 비켜서 있는 것도 아니다. "덧붙여 생각할 것이 아무것도 없다"는 말처럼, 그것은

---

8) 무라카미 하루키, 『1973년의 핀볼』, 윤성원 옮김, 문학사상사, 2004, pp. 43~44.

오히려 이 번역가가 **온갖 종류의 환상과 역사, 사건과 이데올로기를 이 세상에서 하나씩 지워내는 중**이기 때문이다. 이렇게 소략해놓은 그 길을 소설이 선택하고, 그렇게 한 후 소설이 담담하게 비워낸 무정형의 세계를 향해 앞을 보며 걸어갈 수 있는 까닭은 번역가의 의식에 달라붙은 '무관심' '관심을 철회한 척하기' '거리 두기' '삐딱한 시선으로 보기' '무의미해 보이는 일들을 나열하기' '세상사를 심드렁하게 지나치기' 따위가 서로가 서로를 참조할 동의어가 되어 일상의 편린들과 말로 열어놓은 소소한 주제들을 소설 속으로 어색함 없이 걸어 들어오게 도와주는 '거점'을 형성해내기 때문이다.

시간이 얼마나 흘렀을까, 하고 나는 생각했다. 끝없이 계속되는 침묵 속을 나는 걸었다. 일이 끝나면 아파트로 돌아가 쌍둥이가 끓여 준 맛있는 커피를 마시면서 『순수이성비판』을 몇 번씩이나 되풀이해서 읽었다.

이따금 어제의 일이 작년의 일처럼 여겨지고, 작년의 일이 어제의 일처럼 여겨졌다. 심할 때는 내년의 일이 어제의 일처럼 생각되기도 했다. 『에스콰이어』지 1971년 9월호에 실린 케네스 타이넌의 「폴란스키론」을 번역하면서, 내내 볼 베어링에 대해서 생각하기도 했다. 몇 달이고 몇 년이고, 나는 그저 홀로 깊은 풀의 밑바닥에 계속 앉아 있었다. 따뜻한 물과 부드러운 빛 그리고 침묵. 그리고 침묵……. (p. 46)

읽기와 번역을 반복하면서 하루하루를 보내는 '나'에게 따라서 세상에 존재하는 사물이나 시간은 그 자체로는 아무런 의미도 갖지 못하며, 오로지 "침묵 속"에 잠겨 있을 뿐이다. 이런 저간의 사정은 "이상"도 매한가지이다. 그를 "기다리는 것은 한결같이 피로에 지쳐 있는 사물들"[9]이며 "그들이 되뇌는 침묵 저 건너편의 사어(死語)들뿐"이다. 이 경직된 세계는 그러나 "사물과 말"의 관계를 헤아리고자 하는 바로 그 순간, 언어의 저 질서 안으로 고스란히 편입되어 새로운 지평에서 되살아난다. 아이 업은 아주머니가 길가에서 무심히 나누어 준 한 장의 종이 위에 적혀 있는 "임질(淋疾), 요도염(尿道炎), 매독(梅毒)은 비방(秘方)으로 완치(完治)된다"는 제목과 그 아래에 상세히 풀어놓은 저속한 내용을 펼쳐든 "이상"이 유독 인쇄된 형태, 즉 "5호 활자"와 "9포인트 활자"(p. 26)에 주목하는 것은 그러므로 우연은 아니다. 그 "내용보다는 맞춤법, 띄어쓰기 틀린 것들"(pp. 10, 26)이나 "호응되지 않는 문장이나 어색한 낱말들"(p. 26)에 집착하는 그에게, 매일 발생하는 "살인, 절도, 강간, 사기, 자살, 유괴, 교통사고"(p. 32) 같은 굵직굵직한 사건과 사고는, 하루키에게서와 마찬가지로 "어제의 일이 작년의 일처럼 여겨지고, 작년의 일이 어제의 일처럼 여겨"질 뿐, 이야기의 중심에서 걷잡을 수 없이 밀려나버린다. 그리하여 중심이 탈구된 곳에서 "소위 읽을거리 하나"(p. 33)가 역사적 사건보다 더 현실적이고, 생생하게 살아 있는 무엇으로 남겨질 뿐이다.

일상은 쉼 없이 찾아오고, 밀려난 오늘은 오늘이었을 이전의 나날들과 함께 번역의 기억 위에 살며시 내려앉는다. 범속하다고 해야 할 일상이 도처에서 토해낸, 이 말들에 헌정되고 환원된 사유와 한 꺼풀 까뒤집어 속내를 드러낸 말의 질서를 헤아리는 것만으로도 이들에게는, 자기 마음껏 서둘러 예전의 하루로 돌아가려고 애쓰거나 또 누구

---

9) 최창학, 앞의 책, p. 84.

도 그것을 거부하지 않는 이 세상을 빚어내기에 충분한 조건이 주어
지는 것이다.

　　만나는 사물, 그중에서도 특히 연이어서 볼 수 있는 집집마다에 붙
은 간판들의 문자에 신경을 쓰고, 저것들이 활자화될 때, 저것은 7P,
저것은 8P, 저것은 5호, 저것은 12P, 그리고 2 段祖, 橫祖, 明祖, 고
딕, 이탤릭, 全角, 2分, 1行間, 3行間, 譯註, 6P2行, 갸라고……. 등
등에 대한 낱말을 떠올린다. (p. 113)

　　사물의 접점들, 즉 그 관계를 오로지 "문자"의 상관성을 축으로 삼
아 헤아리는 이 시도를 그렇다면 우리는 대체 무어라 부를 수 있을
까? 술을 잔뜩 먹고서 '토'를 했다는 친구의 말에서 "사전에 나오는
대로 '뱃속의 것들을 게워냄'이라는 뜻을 가진 낱말보다 우선하여 사
르트르의 소설『구토 La Nausée』"(p. 97)를 떠올리는 주인공이 소설
속에서 견인해내는 것은 바로 **번역의 활동성**에 다름 아니다. **사물에서
낱말로, 낱말에서 언어에 대한 구체적인 성찰로, 언어에 대한 성찰에서
문학작품을 경유하는 그 의식이 바로 번역의 활동성인 것이다.**
　　한없이 거룩한 세상이지만, 그러나 그것이 말에 담긴 세상이라면,
이렇게 번역을 파먹고 사는 사람들에게는 "종이, 천, 판지, 풀, 실,
잉크의 단순한 그릇"일 뿐이며, 그럼에도 불구하고 "그것을 원하는
대로 무람없이 다루는 것은 결코 신성모독이 아니었"[10]다는 사실을
무릇 번역가라면 잘 알고 있는 것이다. 침묵과 겸손으로 일관될망정

---

10) 앤 패디먼, 『서재 결혼시키기』, 정영목 옮김, 지호, 2001, p. 64.

번역가는 **언어를 무람없이 다루어 세상을 가름하고자 하는, 은밀하고도 개인적인 투쟁을 전개하는 중**인 것이다. 번역가 어머니의 뒤를 이어 번역을 해보려는 딸이, 번역가 애인의 죽음을 곰곰이 생각해보는 요시모토 바나나 글의 한 대목이다.

　일본어는 말이지, 참 불가사의한 언어야. 정말. 아까 한 말과는 상반되지만, 일본에 온 후로는 꽤나 오래 산 듯한 기분이 들거든. 언어가 마음속까지 깊이 파고 들어오는 거야. 일본에 오고 나서야 새삼스레, 아버지는 일본 사람이고, 일본말을 베이스로 하여 글을 썼다는 것을 인식하게 된 듯한 기분이야. 아마 그래서 일본말을 번역할 때만, 안 좋은 일이 생기는 걸 거야. 일본에 대한 강렬한 향수가 그 작품에 배어 있어서, 애당초 일본말로 쓰여졌더라면 좋았을 텐데.[11]

이렇게 세상의 모든 번역가는 번역 대상이 되는 언어보다는 그것을 운용하고 엮어낼 모국어에 대해 더 사고하고, 더 깊은 갈증을 느낀다. 언어를 들여다보고자 하는 성찰이 바로 제 문화를 비판하고, 한 걸음 나아가 타자라는 거울에 비추어 자기의 얼굴을 자세히 들여다볼 결정적인 계기를 만들어내는 것이다. 다시 최창학이다.

　이 생각에 이어서 떠오른 건 우리나라의 글자에 관한 것이다. 책 표지의 장정이 논의될 때마다 상은 '외국 서적의 경우엔 명화보다 그 책의 타이틀 글자를 가지고 명화 효과를 노리는 것이 유행이더라. 그러

---

11) 요시모토 바나나, 앞의 책, p. 33.

니 우리도 그런 식으로 한번 해보자'는 말을 한 적이 있었는데, 표지 장정의 전문가라는 사람에 의해 '그건 모르는 소리다. 외국의 알파벳과 우리의 한글은 다르다는 것을 알아라. 알파벳으로는 그런 효과를 충분히 낼 수 있지만, 우리 한글로는 그게 되어지지 않는다'고 묵살을 당해온 것이다. 그러고 보니 그게 옳은 말일 것 같기도 했다. '세계에서 제일가는 글자'라고 흔히들 떠들어대지만 교정원(校定員) 노릇을 해가다 보니, 우리의 한글처럼 의혹을 많이 품게 하는 글자도 그리 많지 않을 것 같았다. (『창』, pp. 60~62)

번역 원고를 매만지며 한글의 모순을 발견하고 "의혹을 많이 품게" 된 "이상"에게 중요한 것은 "傳統이니 韓國的인 것이니 우리가 세계를 향해 우리의 것으로 외칠 수 있는"(p. 33), "역시나 늘 보아온 이름들"과 "들어온 소리들"이 아니다. 오히려 "묵은 잡지들(文學藝術, 思想界, 自由文學, 新東亞, 世代, 創作과批評, 文學, *Life*, *Time*, *News Week*, *N. R. F.*, *Tel Quel*, *La Revue de Paris*, *La Nouvelles Littéraires* 등등)이 들어차 있는 책상"(p. 37) 위에서 "습작한 번역 원고. 습작한 시의 원고. 습작한 소설의 원고. 습작한 평론의 원고"(p. 38)를 하염없이 들여다보는 그에게 언어와 번역, 글과 문학은 "모든 기억이 다 그렇듯이, 그것도 부끄러워할 수밖에 없는 기억"(p. 38)이라는 점에서 **자신을 치유하는 유일한 방편**인 것이다.

마찬가지로 " '일본의 하이쿠(俳句)나 단가, 시 따위를 영어로 번역하는 일도 하고 있습니다' "[12]라고 말하는 번역가도 " '어려운 작업이

---

12) 무라카미 하루키, 『댄스 댄스 댄스』, 유유정 옮김, 문학사상사, 2009, p. 259.

에요, 아주'"라고 거듭 강조하면서도 제 번역 일에 대해서는 "수입이 대단치는 않지만, 보람이 있는 직업"이라고 말하는 긍지를 갖고 있다. 아니 "전쟁 중에 한쪽 팔을 잃었지만, 그래도 이를 보완하고도 남을 만한 인생"(pp. 71~72)이라고 고백하면서 번역 덕분에 되찾게 된 삶의 희망을 말하고 있는 번역가에게서 우리는 언어로 세상을 읽는 자의 깊은 시름을 들여다보고, 번민을 읽게 되며, 결국 번역을 통해 치유되는 영혼을 만나게 된다.

4. 세계를 재배치하는 '록(錄)'

번역에 종사하는 자는 기계적으로 글을 옮겨오는 자가 아니라, 적극적으로 글을 창조하는, 즉 '만듦 *poiesis*'을 수행하는 자 *poien*이다. 그래서 번역가는 의심한다. 자기가 번역한 원고의 원문을 의심하고, 자기가 운용한 언어를 의심하고, 결국에는 자기 자신을 의심한다. 자기가 번역한 원고가 마음에 들지 않아 다시 검토하고 있다고 말하는 번역가의 평범한 고백은 번역이 기계적인 작업일 것이라는 편견을 부수어버리는 근거가 되기에 평범함을 넘어서 고통으로 점철된 은밀한 토로에 가깝다.

워드 프로세서가 놓여 있는 책상 위에, 번역한 아흔여덟 번째 단편을 인쇄한 종이가 있었다. 잠시 손에 들어 살펴보니, 아직 반도 채 진행되어 있지 않았다. 그럴 리가 없었다. 얼마 전, 이제 거의 완성되었다고 말했었다. 그런데 어제는 침울한 얼굴로, 아무리 번역을 잘하려

해도 뭔가 다른 듯한 기분이 든다고 말했었다. 역시 처음부터 다시 번역하고 있나 보다고 나는 생각했다.[13]

마음에 들지 않을 때면 "침울한 얼굴로" "처음부터 다시 번역"하는 그는 따라서 기록하는 자라면 응당 갖게 마련인 그런 권리를 갖는다. 기록하는 자의 권리는 아주 작은 것이지만, 기록하는 자가 결코 작은 일을 수행하는 것은 아니다. 기억을 담아내고, 사물을 묘사하고, 한 시대에 그것이 자아낸 느낌과 주관적인 흔적들을 추적해내어 이에 합당한 가치를 부여하기에 세상을 자기중심으로 돌려놓는 일이 바로 기록이며, 이것이 바로 기록이 지닌 힘이기도 하다.

"네 권으로 되어진 『洛書錄』들"일망정 이 하찮아 보이는 노트가 "이제까지의 상이 살아온 인생의 실록이라고 할 만한 것들"[14]이라고 여기는 까닭은 기록이 지니고 있는 힘과 그것의 가치를 "이상"이 잘 알고 있기 때문이다. 번역 역시 기록의 한 방편이라고 할 때, 대체로 모든 경우와 마찬가지로 그 기록에는 기록하는 자의 감정이 내려앉게 마련이다. 물론 세상을 기록하는 일이 그리 쉽게 진행될 리 없다. 아무리 객관적인 기록이라고 해도 힘겨운 싸움과 끈덕진 의구심이 곳곳에 물들어 있게 마련이며, 그런 까닭에 기록은 세상과 언어에 대한 새로운 물음을 제기하면서 우리 의식의 속곳을 열어 보인다. 이렇게 기록을 통해 끝없이 펼쳐진 저 세계의 피안에는 **언어가 열어놓은 주관성의 성취**가 기다리고 있으며, 때문에 다음과 같은 물음에 직면하게

---

13) 최창학, 앞의 책, p. 40.
14) 최창학, 같은 책, p. 44.

되는 번역가가 한편으로는 어색하지 않게 다가오는 것이다.

　어떠한 낱말이 뜻 그대로의 감동을 주지 못하고 유치하게 느껴진다
거나 우습게 느껴진다거나 어색하게 느껴지는 것은 무엇 때문인가. 그
당시에는 그 낱말이 아닌 다른 말로써는 도저히 표현할 수 없을 것처
럼 절실하게 느껴졌던 그 낱말들이 이제 와서는 사어(死語)처럼 느껴
지는 것은 무엇 때문인가. 그 책임은, 혹은 그 원인은 어디에(또는 누
구에게) 있는가. (p. 45)

　단정치 못한 1960년대의 한복판에서 계몽되지 못한 사람들과 자신
의 통찰을 나누어 가질 가능성은 오로지 언어를 통해 세상을 바라보
고 해석하는 작업을 통해서만 실현될 뿐이며, 이렇게 세계를 해석하
는 일이 바로, 그리고 이미 번역인 셈이다. 따라서 번역은 수동적인
일이라기보다는, 세계에 투사된 낱말들의 행방과 그 쓰임을 고민하면
서 새로운 표현을 고안해내고, 사라져가는 언어의 끝자락을 부여잡고
서 시대가 겪고 있는 난점을 진단해보는 일에 가깝다.

5. 타자에게 이름을 붙여주는 '명(詺)'

　이때 타자를 읽어내고, 세상 깊숙이 파고들어 타자와 나를 뒤섞는,
즉 관계를 재편하는 일이란 새로운 것을 성취해낸 것과도 같다.

　타인의 문장을 마치 자신의 생각인 양 더듬어 가는 셈이잖아. 하루

에 몇 시간이나, 자기 자신이 집필하듯이. 그러면 어느 틈엔가 타인의 사고 회로에 동조하게 되거든. 참 묘한 일이지. 위화감이 없는 데까지 파고들어 가기도 하고. 어디까지가 진짜 자기의 생각인지 알 수 없게 되기도 하고, 평소 생활에까지 타인의 사고가 뒤섞여 들어오고. 영향력이 강한 사람의 책을 번역하다 보면, 그냥 독서를 하는 것보다 몇 배나 영향을 받게 돼.[15]

이렇게 "번역 같은 일은, 아무리 냉정하게 하려고 해도 감정이 이입되는 일"(p. 141)이며, "10년을 계속하고 있는데도, 지칠 때"가 있을 정도로 "번역이 특유의 피로감을 유발"(p. 142)하는 까닭은 단순한 노동으로 환원되지 않는 독창적인 가치가 번역 속에 자리하기 때문이다. 창작에 비해 단순할 것이라는 편견에 저항하는 일, "그러니까 우리는 기계적으로 되어 있는 것은 아니다"고 주장하면서, "기계적으로 되어 있지 않은 우리를 기계적으로 되도록 요구하는 건 무엇인가"[16]라고 끊임없이 되묻는 번역가의 의구심은 타자에게 마땅한 자리를 돌려주려는 시도이며, 번역가의 비판적 특성도 바로 이러한 저항감에서 비롯되는 것이다.

이 비판적 특성은 타자를 향해 무작정 질주하기 이전에 잠시 멈추어 선 자리에서 자기가 갖고 있는 것이 무언지 되묻는 일을 수행하는 일과 결부되어 있기에, 반성적 성찰을 이끌어낸다. 다시 말해 제가 운용하는 모국어의 뼈대를 펼쳐 들어 다시 짜맞추어보고, 무른 속살

---

15) 요시모토 바나나, 앞의 책, p. 143.
16) 최창학, 앞의 책, p. 49.

을 들추어낸다는 점에서, 번역은 **타자-나, 나-타자의 관계에 대한 언어적 통찰**을 불러낼 수밖에 없다. "이상"은 제가 쓴 글, 제가 교정 본 번역작품, 자기의 그 면면한 기록을 펼쳐 들고서 이렇게 자조적으로 말한다.

지금 다시 생각해보니 이것들도 시 못지않게 우스꽝스럽기 짝이 없는 것들이다. 그 나름대로 무언가(다룰 만한 가치가 있는 것인지조차 의문이지만. 자유의 아픔? 맹목적인 의지? 메마른 의식의 젊음? 한국적인 가족의 계보? 죽음의 차원? 평등 문제? 메커니즘과 위기? 소시민들의 변모? 모국에 대한 곤혹? 자의식 과잉과 파탄? 性문제? 좌절과 극복? 도구화? 전쟁과 오늘? 불안? 소외의식? 휴머니즘 문제? 현대의 우리와 행동? 한국적인 神?……)를 다뤄보겠다고 한 것만은 틀림없는데, 다뤄보겠다고 한 그 무언가가, 그리고 그것을 다룬 그 수법, 그 형식이 이미 다른 사람들이 다뤄먹고 쓰고, 다뤄먹고 써온(하기야 構造主義者들의 說을 빌려 합리화시킬 순 있겠지만) 것들이어서 하나도 내 것 같지가 않은 것이다. 작가의 '책임'이니 '치열성'이니 하는 복잡한 말들을 끌어다 붙일 것도 없이, 우선 '내 것 같지 않는 내 것'을 어떻게 하랴. (pp. 42~43)

'번역-말-언어'로 꼬리를 무는 순환적 고리의 언저리에서 형성되는 성찰은, 결국 글쓰기의 윤리를 이야기하는 지점으로 향한다. 타자를 헤아리는 몸짓이란 이렇게 글을 통해, 아니 번역을 수단으로 타자를 불러내고, 불러낸 그 타자에게 걸맞는 이름을 붙여주며, 바로 이때 그 이름을 불러낸 자기의 이름도 새롭게 피어나는 것이다.

'언어'와 활자를 매개로 일상을 되감아내면서 세계를 '재편'한 최창

'문(文)' - '언(言)' - '록(錄)' - '명(詺)' 281

학의 「창(槍)」은 번역의 관점에서 보자면 글이 출간되었던 1960년대 당시에는 좀처럼 목격되지 않는 소설의 새로운 주어를 찾아주는 일에 온전히 상재되고 있기에, 언어능력을 사회의 성립조건으로 삼았던 에밀 벤베니스트나 쓰는 행위 자체에 글의 목적이 이미 담겨 있다고 말한 롤랑 바르트의 지적을 떠올리게 만든다. 어쨌든 글의 가치가, 글이 끝까지 밀고 나간 지점에 서서 한 걸음을 더 내뻗는, 즉 시대의 통념이나 사회적 지식이라고 부르는 기존의 관념을 깨뜨린다는 데 있다고 한다면, 최창학의 글은 고결한 성취를 이루었다고 보아도 좋다. 하루키의 에세이에서 목격되는 번역에 관한 단상으로 돌아와 글을 마무리한다.

6. 문화를 풀어놓는 능청스러움과 번역의 효과

"외래어가 많이 뒤섞여 있고 문장 자체도 영어 번역문 같은 이른바 '일본어로 둔갑한 영어'라고도 일컬어지는 일본어 원작에는 군데군데 깍둑깍둑한 번역 문투가 거슬리지만, 오히려 '재번역'되었다고도 볼 수 있는 영어나 독일어로 읽으면, 너무도 자연스럽고 막힘없이 가슴에 와 닿는다"[17]고 했던 독일의 평론가 율겐 슈탈프의 지적은 하루키 소설의 특성 중 하나를 번역에서 찾아내볼 결정적인 단서를 제공해준다. 번역적 효과라고 해야 할 " '재번역' 되었다고도 볼 수 있는" 무엇은, 틀을 짜볼 틈도 범주를 설정해볼 여유도 주지 않고 작품마다 다

---

17) 자료조사연구실 편저, 『하루키 문학수첩』, 문학사상사, 1996.

양하게 제기됨에도, 상징적 장치물을 고안하지 않고서 그냥 빠져나가는 법도 없는 것으로 보인다.

예컨대 『바람의 노래를 들어라』 『1973년의 핀볼』 『양을 쫓는 모험』에서 일관되게 등장하는 "제이"가 바로 그것이라고 할 수 있는바, 타자를 헤아리는 글 속의 바로미터라고 해도 좋을, 복수로 이루어진 무엇인가가 겹쳐지는 지점을 암시하고 있기에 이 상징적 장치는 만남의 교차로로 보아도 될 것이다. 이렇게 "재팬Japan" "제이스 바" "중국인 제이" "재즈의 이니셜 J" 등으로 '번역될' "제이"는 단일한 의미를 거부하려는 트릭으로 읽히는 동시에, 낯설고 이국적인 문화 공간이 서로 교차하는 지점을 붙잡고 있기 때문에 끊임없이 크고 작은 파장을 일으킨다. "제이"뿐만 아니라 하루키가 고안해낸, 그의 작품 이곳저곳을 무람없이 휘젓고 다니는 거개의 상징물, 예컨대 '양' '쥐' '소' '코끼리' 따위는 그것이 무언가를 대신해서 존재하는 무엇이라고 볼 때, 역시 타자와의 소통 가능성을 묻거나 타 문화의 침투 가능성을 재보고, 나아가 그 좌절을 그리면서 타자에 대한 관심을 풀어놓고 이내 닫아버리는 '클리셰'와 다름없다. 또 그렇기에 번역적 상징물의 또 다른 이름이라고 해도 무난할 것이다.

이 클리셰는 헤아릴 수 없이 다양한, 그러나 거의 예외 없이 서양 작가들의 이름들로 채워진 두툼한 '리스트'를 작성해내는 동시에, 이 리스트 각각의 항목에 문화적 소견들을 덧붙임으로써 탁월한 미적 감각과 증폭 효과를 만들어낸다. "트루먼 카포티, 레이먼드 챈들러 등 23명의 서양 작가"가 불려나오는 『노르웨이의 숲(상실의 시대)』에서 "피츠제럴드, 토마스 만, 네르발"의 흔적이 발견되고, 나아가 "어쩌면 그 셋을 그렇게 잘 용해시키고 활용해서, 말하자면 새로운 '인터

페이스'를 잘 만들어냈을까 싶은"[18] 경이로운 느낌마저 들게 하는 데에는, 바로 번역과 그의 작품과의 불가분성이 존재하는 것이다.

　의뢰한 사람의 이름이 없는 것이 유감이었다. 누가 어떤 이유로 이런 문서의 번역을 (그것도 서둘러서) 원하고 있는지 짐작도 할 수가 없었다. 어쩌면 곰이 강 앞에 서서 내 번역을 학수고대하고 있을지도 모른다. 어쩌면 치사 병자를 돌보던 간호사가 한마디도 하지 못한 채 기다리고 있는 건지도 모른다.

　나는 한 손으로 얼굴을 씻고 있는 고양이의 사진을 책상 위에 집어던진 채 커피를 마시고, 종이 찰흙 비슷한 맛이 나는 롤빵을 딱 한 개만 먹었다. 머리는 어느 정도 맑아졌는데 손발 끝은 아직도 저렸다. 나는 책상 서랍에서 등산 나이프를 꺼내서 오랫동안 F심 연필 여섯 자루를 정성 들여 깎고 나서 천천히 일을 시작했다.

　카세트테이프로 스탄 겟츠의 옛날 곡을 들으면서 점심때까지 일을 했다. 스탄 겟츠 · 알 헤이그 · 지미 레이니 · 테디 코틱 · 타이니 칸, 최고의 밴드다. 「점핑 위드 더 심포니 시드」에서 겟츠의 솔로로 부분을 테이프에 맞추어 전부 휘파람으로 불고 나자 기분이 한결 좋아졌다.[19]

　이 대목은 번역을 통해 세상을 바라보고, 언어에 대해 사유하는 과정에서 단편적인 문화 소재들을 자연스레 (따라서 능청맞게) 풀어놓는

---

18) 황현산, 「번역의 문화, 문화의 번역」, in『문화예술』2007년 봄호, 한국문화예술위원회, p. 27.
19) 무라카미 하루키, 『1973년의 핀볼』, pp. 93~94.

하루키 고유의 방식을 단적으로 드러내는 부분이다. 외국 작가들이나 외국 문학뿐만 아니라, 비틀스와 스탄 게츠, "전미(全美) 칵테일 북, 윌리엄 스타이런의 에세이에서부터 안전면도기의 설명서에 이르는 다양한"(p. 43) 글들, 혹은 "타락한 천사나 파계승, 악마 추방, 흡혈 귀에 관한 책들"(p. 27)이 그의 글에서는 그래서 한편으로는 풍요롭고, 또 한편으로는 심드렁한 듯 저 여유로운 자태(예를 들어 무심한 말투)를 뽐내며 등장할 수 있는 것이다. 시간과 공간, 문화나 연령의 차이를 초월하여 제 고유한 사변을 주억거리고, 더러는 담백한 어투로 풀어헤쳐놓을 근본적인 이유가 바로 번역을 접점으로 마련된다. 번역을 빌미로 소소한 문화적 소재들(음악, 영화, 그림, 철학, 여기에 물론 문학. 그러나 거개가 서양의 것들)에 천착한다고 보면, 그의 소설을 하루키에게 고유한 소설로 만들어주는 중심부에는 번역을 '핵'으로 하여 설정된 어떤 범주와 그 안에서 고삐가 풀려나와 사방으로 흩어져버리는 문화적 소재들로 설계된, 한편으로 탄탄하고 또 다른 한편으로는 조직적인 도식이 자리 잡고 있는 것이다.

7. '번역–글–언어–타자'라는 뫼비우스의 띠

번역을 통한 소설 담론의 특수한 구성은 하루키의 에세이에 등장하는, 번역과 언어에 헌정되었던 사유를 살펴볼 때 보다 설득력을 얻는다. 무심코 나열하자면, 이런 대목들이다.

그 시기에 나는 지치고 혼란스러웠고, 아내는 건강이 안 좋았다. 글을 쓸 마음이 생기지 않았다. 하와이에서 돌아와 여름 내내 번역을 했다. 자신의 글을 쓸 수 없을 때라도 번역은 할 수 있다. 다른 사람의 소설을 꾸준히 번역하는 일은 내게는 일종의 치유행위하고 할 수 있다. 이것도 내가 번역을 하는 이유 중의 하나이다.[20]

여기서 "그 시기"란 『상실의 시대』의 판매부수가 백만 단위를 넘기게 된 시점을 말하며, "혼란"은 그렇게 되면서 작가에게 잦아든, 기이한 고독감 때문이다. "소설이 10만 부 팔리고 있을 때는 나는 많은 사람들에게 사랑받고 호감을 받으며 지지를 얻고 있는 것 같은 느낌"이 든 것과는 대조적으로 "백 몇 십만 부나 팔리고 나자" 찾아온 "굉장한 고독"은 '시장(市場)'의 논리 속으로 온전히 내몰릴 때, 제 정체성을 되묻게 되는 글 쓰는 자의 고독감이다. 그러나 일종의 저항감에서 비롯된 이 고독과는 사뭇 다르게 번역은 타자를 만나고, 또 편안하게 타자가 이끄는 데로 자신을 내맡기게끔 인도해주기에 그는 번역을 통해 스스로가 '치유'된다고 말한다.

내가 회복된 것은, 즉 소설을 쓴 사람으로서 제대로 회복할 수 있었던 것은 팀 오브라이언의 *NUCLEAR AGE*라는 소설의 번역을 마친 후였다. 내게 번역이란 일종의 치유행위라고 앞에서 말했는데, 조금 덧붙이자면 이 *NUCLEAR AGE*의 번역 작업은 내게는 그야말로 정신적 치료행위 그 자체였다. 번역을 하면서 나는 몇 번씩 감동했고 용기를 얻기도 했다. 그 소설에 담긴 열기는 내 몸 저 깊숙한 곳까지 따뜻하게

---

20) 무라카미 하루키, 『먼 북소리』, 윤성원 옮김, 문학사상사, 2004, p. 357.

해주었다. 그 덕분에 내 뼛속까지 스며들어 있던 냉기도 사라진 것 같다. 만약 이 작품을 번역하지 않았다면 어쩌면 나는 다른 방향으로 점점 흘러가 버렸을지도 모른다.

이 작품을 번역한 뒤에 나는 다시 한 번 소설을 쓰고 싶은 생각이 들었다. 내 존재를 증명하려면 살아가면서 계속 글을 쓰는 수밖에 없다고 생각했다. 글을 쓰는 것이 무엇인가를 계속 잃고, 세상에서 끊임없이 미움받는 것을 의미한다 해도 나는 역시 그렇게 살아가는 수밖에 없는 것이다. 그것이 나라는 인간이고 그곳이 내가 있을 곳이다. (p. 358)

치유의 과정에서 빠지는 법 없이 등장하는 것은 바로 다음과 같은 번역에 대한 성찰이다. 여기저기서 모아다가 관련된 대목들을 제시하면, 그 자체로 번역에 관한 한 편의 에세이가 될 것이다.

문장상의 실수로 가장 문제가 되는 것은 번역이다. 〔……〕 하나의 문장, 하나의 단어를 정확하게 옮기기 위해서 하루 종일 끙끙대는 경우도 있다는 걸 알아줬으면 한다.[21]

그러나 번역이라는 것은 원래 하나의 언어로 씌어진 것을 '어쩔 수 없이 편의상' 다른 언어로 바꾸는 작업이라, 아무리 꼼꼼하게 잘해도 완전히 똑같아질 수는 없다. 번역에서는, 뭔가를 택하고 뭔가를 지키기 위해서는, 뭔가를 버리지 않으면 안 된다. '취사선택(取捨選擇)'이

---

21) 무라카미 하루키, 「앗! 미안, 실수였어!」, 『그러나 즐겁게 살고 싶다』, 김진욱 옮김, 문학사상사, 1996, pp. 77~78.

라는 것은 번역 작업의 근간에 있는 개념이다.[22]

번역에 대한 이 성찰은 바로 문장과 글의 논리를 되묻게 한다는 점에서 결국 언어 전반에 대한 사유를 이끌어내는 커다란 동력인 셈이며, 그의 사변적인 문체가 많은 빚을 지고 있는 것은 바로 여기라고 말해야 한다.

언어나 문체의 변화 같은 것도 그와 마찬가지다. 언어란 항상 여러 가지 요인에 의해 변화해 가는 것이다. 그것은 공기에 따라 변하고, 사고방식이나 행동 양식에 대응해서 변한다. 교제하는 상대와 연령에 따라 변하고, 자기 입장의 변화에 따라 달라진다. 그리고 외국에 산다는 것도 그런 변화 요인 중의 하나에 불과하다. 〔……〕
외국에서 살았던 적이 있고 서양에 물들었던 사람이 일본 문화 지상주의자처럼 되어 돌아오는 일은 흔히 있지만, 내가 말하려는 건 그것과는 또 다른 얘기다. 왜냐하면 나는 특별히 일본어가 다른 언어보다 언어적으로 우수하다는 것 같은 그런 이야기를 하는 것이 아니기 때문이다.
일본어가 외국어에 비해서 얼마나 아름답고 우수한 자질을 가진 언어인가를 내세우는 사람들도 세상에는 많지만, 나는 그것이 옳지 않다고 생각한다.
일본어가 굉장한 언어로 보이는 이유는 그것이 우리 생활에서 배어

---

22) 무라카미 하루키, 「이윽고 슬픈 외국어」, 『슬픈 외국어』, 김진욱 옮김, 문학사상사, 1996, pp. 164~65.

나온 언어이기 때문이고, 그것은 우리에게 없어서는 안 되는 것이기 때문이다. 일본어라는 언어의 특질 그 자체가 우수해서 그런 건 아니다.

모든 언어의 가치는 기본적으로 똑같다는 게 언제나 변함없는 나의 신념이다. 그리고 모든 언어의 가치는 기본적으로 똑같다는 인식이 없으면, 정당한 문화 교류도 이루어질 수 없다.[23]

언어에 대한 사유는 또다시 타자에 대한 성찰과 연관을 맺는다. 타자의 환경, 글이 위치한 맥락, 타자의 언어 조건 등, 흔히 언어의 역사성이라고 부를 만한 지점을 향해 물음을 되던지고 있기에, 번역-글-언어-타자에 대한 연차적인 사고는 꼬리에 꼬리를 무는 뫼비우스의 띠 같은 순환의 고리를 만들어내며, 하루키 고유의 사상이 되기에 부족함이 없어 보인다.

나는 언어라는 건 공기와 같은 것이라고 생각한다. 그곳의 고장에 가면 그곳의 공기가 있고, 그 공기에 맞는 말이라는 것이 있기 때문에, 좀처럼 거역할 수가 없다.

우선 악센트가 달라지고, 어휘가 달라진다. 이 순서가 거꾸로 되면, 좀처럼 언어는 익힐 수가 없는 것이다. 어휘라는 건 이성적(理性的)인 것이고, 악센트는 감성적인 것이기 때문이다.[24]

---

23) 무라카미 하루키, 「내가 외국에 자주 나가 산 까닭은」, 같은 책, pp. 270~72.
24) 무라카미 하루키, 「언어란 공기와 같은 것」, 『작지만 확실한 행복』, 김진욱 옮김, 문학사상사, 1997, p. 238.

그리하여 번역가 하루키는 문장을 가지고 '놀이'를 하며, 결국 이 단순해 보이는 '장난'을 통해 제 인생관마저 슬그머니 넘보는 것이다.

　사전이라고 하는 것은 그 자체가 상당히 재미있고 인정미 있는 것이다. 공부나 작업을 하기 위해 사용할 때에는 '나는 사전이다' 하고 턱 버티고 있는 것 같아 가까이하기가 퍽 어렵지만, 일단 책상을 떠나 복도에서 고양이와 함께 뒹굴면서 유유히 책장 페이지를 넘기거나 하고 있노라면 상대방(사전)도 릴랙스해져서, '그럼 우리끼리 이야긴데 말야⋯⋯' 하는 측면을 나타내 보이기 시작한다.
　가령 예문 한두 개만 놓고 보더라도 매우 함축성이 많은 것이 있어 저절로 고개를 끄덕이게 만드는 수가 있다. 나의 인생관(인생관이라곤 하지만 너무 빈약해 내세울 것까진 없지만)의 꽤 많은 부분은 영일사전의 예문으로 성립되어 있는 것이 아닌가 싶을 정도다.[25]

　어디 하루키뿐이랴? 우리 작가들이라고, 아니 세상의 작가들이라고 어찌 이런 재미있는 사유의 '놀이'를 몰랐을까?

---

25) 무라카미 하루키, 「책 한 권 갖고 무인도에 간다면 무슨 책을?」, 같은 책, pp. 293~94.

제4부 번역, 그 무의식의 세계

번역의 '메타디에게시스'와 그 무의식
── 번역의 '곁텍스트'에 관하여

> 내 시의 비밀은 내 번역을 보면 안다. 내 시가 번역
> 냄새가 나는 스타일이라고 말하지 말라. 비밀은 그
> 런 천박한 것은 아니다. 그대는 웃을 것이다. 괜찮
> 다. 나는 어떤 비밀이라도 모두 털어내 보겠다. 그
> 대는 그것을 비밀이라고 생각할 것이다. 그것이 그
> 대의 약점이다. 나는 진정한 비밀은 나의 생명밖에
> 없다. 그리고 내가 참말로 꾀하고 있는 것은 침묵이
> 다. 이 침묵을 지키기 위해서라면 어떤 희생을 치러
> 도 좋다.
>
> ── 김수영, 「시작노트」, 1960년 2월 20일

1. 번역가는 어디서, 어떻게 노출되는가?

작가에 대한 연구와 그것의 정당성을 의심하는 사람은 별로 없을
것이다. 1960년대 출현하여 국내에서도 유행의 바람을 몰고 왔던 저
구조주의나 기호학의 논리에도 불구하고 말이다. 제아무리 작품의 자
율성을 강조한다고 해도, 텍스트 이론이라고 하는 것이 완결성을 갖
추기 위해서는 작가를 별수 없이 작품을 이해하는 주요 열쇠 중 하나
로 삼아야 하기 때문이다. 이러한 사실은 변함없이 존중되어온 편이
라고 말해야겠지만, 그러나 통념 중 하나라는 사실도 여기서 덧붙여
야만 한다.

난해한 대목을 두고 '작가의 문체 탓'이라고 흔히들 말하고 나서는,

한편으로 그 이해의 끈을 놓치지 않는 데에는 작가가 어떤 의도를 갖고 이 대목을 집필했을 거라는 절대적인 믿음이 있기 때문이다. 난해한 이 부분은 작가의 소산이며, 그래서 사소해 보이는 방점이나 매우 낯선 통사나 시제의 운용이 오히려 글의 특수성을 포착해낼 주요 순간처럼 여겨지기도 한다. 조세희의 과거와 대과거를 한번 헤아려보라. 다소간의 논쟁이 있은 후, 심지어 이런 증거도 확보되지 않는가?

이 작품이 어렵다는 사람들에게 나는 이렇게 말해주었어요. 우선 시제가 어떻게 표현되고 있는지, 그것부터 봐라. 예를 들면, '말한다' '말했다' '말했었다'의 차이도 살펴보라는 거였죠.[1]

작가의 말을 절대 기준처럼 신봉하는 문학작품에 비해, 그럼 번역가의 글은? 번역가, 아니 번역가의 번역작품은 작가의 그것에서 작가의 개별성을 추려내는 만큼의 동일한 위상을 갖는가? 아니, 이처럼 어리석은 질문이 또 있을까? 번역가는 원저자의 글을 그저 '옮겨오는' 사람에 불과하지 않은가! 입을 모아 또박또박 "옮긴이!", 이렇게 말해오지 않았던가! 창조의 영역에서 이렇게 추방당한 번역가는 '만듦 poiesis'의 수행자가 아니다. 때문에 좀처럼 연구 대상으로 부각되지 않았으며, 앞으로도 그럴 태세임에 분명해 보인다. 더러 예외도 있다. 그러나 몇몇의 특이한 경우, 예를 들어 블라디미르 나보코프나 움베르토 에코, 보들레르나 호르헤 루이스 보르헤스 정도를 꼽고 나

---

1) 조세희, 「『난장이가 쏘아올린 작은 공』 150쇄 발간기념 작가 인터뷰」, in 『작가세계』 2002년 가을호, p. 22.

면, 그나마 손가락이 궁해진다. 심지어 이런 경우에도 번역가의 위상이 아무리 높다고 한들, 작가의 위엄과 그 권위에 견주어보기에는 턱없이 모자랄 것이라는 통념이 자리하고 있다. 시인 김수영과 번역가 김수영이 엇비슷한 비중을 갖지는 않을 거라는 말이다. 이 당연한 사실을 대체 말이라고 주절거리냐는 질책이 이쯤에서 나오지 말란 법도 없겠다. 이 둘의 관계를 상정해보려는 시도가 '좀처럼' 이루어지지 않을 때, 그러나 시인 김수영과 번역가 김수영을 잇고 있는 무의식적 통로는 지워진 길, 갈 수도 있었지만, 결국에는 가지 않은 길이 되어 버린다.

2. 투명인간이 제 모습을 드러내는, 역자 후기

반복하자. 작가에게 접근할 경로는 다양하게 열려 있는 반면, 번역가의 흔적, 번역가의 문학을 바라보는 관점을 살펴볼 그것은 막다른 골목에서 매우 빈곤한 제 처지를 탓하기에 바쁘다. 이런 데에는 여러 가지 이유가 있을 것이다. 우선 현실적으로, 작가는 독자에게 노출되어 있다. 전기 연구에서 작품 분석에 이르기까지, 작가에게 접근할 다양한 경로는 바로 독자들로부터 확보된다. 프로필(생애), 인터뷰, 에세이, 특집, 집중 조명 등이 작가에게 그림자처럼 따라다니며, 이것이 문학시장을 형성하는 작지만은 않은 고리를 만들어내기도 한다. 이에 비해 번역가나 번역가의 번역작품은 좀처럼 연구 대상으로 부각되지 않을 뿐더러, 예외가 될 몇몇의 경우도 따지고 보면, 실상은 단일한 곳, 즉 원문으로 수렴되며, 어지간해서는 이러한 경향을 피해가지도 못한다. 어쩌다 읽게 되는 번역가의 인터뷰나 리뷰조차 번역가를 캐묻는 일에 전적으로 할애되지 않는 것은 원문이라는 기준, 원저자라는 오이디푸스의 핵이 똬리를 틀고 있기 때문이다.

그리하여 소설이라면 난해함을 탓하고 그냥 지나칠 대목에서 번역은 시련을 겪기 시작한다. 번역가의 문체를 발견하고자 하는 시도가 좀처럼 목격되지 않는 까닭은 번역을 기계적인 일, 단순한 언어 코드의 전환으로 여기는 관점이 지배적이기 때문이다. 작가에게는 모든 게 제 말이나, 번역가의 말은 따로 존재하지 않는 것이다. 아니, 오히려 우리 번역문화에서 매우 관대하다고 해야 할,[2] '번역 후기'나 '각주'('역주'), '번역가 소개'(대개 원저자 소개의 하단에 실리는 번역가의 프로필)를 제외한다면, 번역가는 투명인간에 가깝다. 투명인간이 인간으로 잠시 돌아오게 되는 것이 바로 '역자 후기'나 '옮긴이의 말' '역자의 주석'이나 '해제'이다. 번역가의 사고와 언어관, 번역에 대한 태도와 번역가의 문학에 대한 인식이 드러나는 거의 유일한 공간이기 바로 여기이기 때문이다. 번역가의 후기? 하나의 글로도 읽힐 수 있을(그러기를 희망하는) 다음의 글은 번역가가 번역을 마치고, 그 후기로 작성해본 글이다.

---

2) 언어권별로 다소간의 편차가 있겠지만, 외국 문학의 경우, 대개 번역가의 프로필은 번역 작품에 실리지 않는다. 번역가의 번역 후기도, 기획 의도나 작품에 대한 해설에 온전히 헌정된 경우를 제외하면 비교적 드문 편이다.

사랑, 소소한 경험에서 탄생하는
순간들의 그 시련에 관하여
─ 알랭 바디우의 『사랑 예찬』의 번역에 부쳐

사랑은 가버린다 흐르는 이 물처럼
사랑은 가버린다
이처럼 삶은 느린 것이며
이처럼 희망은 난폭한 것인가

밤이 와도 종이 울려도
세월은 가고 나는 남는다

나날이 지나가고 주일이 지나가고
지나간 시간도
사랑도 돌아오지 않는다
미라보 다리 아래 센 강이 흐른다
──── 기욤 아폴리네르, 「미라보 다리」 부분[1]

0. 책의 운명

역자 후기로 딱히 쓸 말이 없다고, 번역을 내게 권해왔던 두 친구 (길 출판사 편집장과 알랭 바디우 전공자)에게 했던 말은 결코 만용이나 핑계에서 나온 게 아니었다. 번역이 늘 이해의 과정을 동반하는

---

[1] 기욤 아폴리네르, 『알코올』, 황현산 옮김, 열린책들, 2010, pp. 52~53.

작업이지만, 아니 응당 그래야 하지만, 문학을 공부하는 내 입장에서 바디우의 복잡하기 이를 데 없는 사랑론을 말한다는 게 마뜩치 않았기 때문이었기도 하고, 번역의 동기나 그 과정에서 겪게 된 내 개인적인 경험을 '후기'라는 형식으로 늘어놓기에는, 나를 기다리고 있는 문학비평 글들이 한편으로 마음에 걸려왔기 때문이기도 하다. 내 전공을 배반하는 것 같아 편안한 마음으로 후기를 쓸 수 없을 거라는 느낌이 간헐적으로 엄습해왔다고만 해두자. 그래서 고민해보다가 이렇게 하기로 했다. 바디우의 책에서 펼쳐 보인 사랑의 지점들과 그 가치에 대한 해제는 애당초 번역을 내게 권했던 바디우 전공자에게 맡기기로 하고, 나는 그저 사랑에 관한 사변적인 이야기, 사랑에 대한 내 생각을 바디우의 관점을 참조하고, 책 전반의 맥락에 맞추어 횡설수설 풀어놓기로 말이다. 모든 책에는 제 운명이 있다는 말에 잠시 기대어.

1. 기다림이 병이 될 때 부르는 그 이름, 사랑

'사랑이 무엇일까'라고 한 번도 묻지 않을 '젊은 시절'도 있을까? 나도 그랬다. 그런데, 그걸 묻곤 하던 젊은 날, 나는 사랑이 온갖 사회적 · 정치적 · 이데올로기적 후유증의 저 주름진 고난이나 먼지 뽀얀 피곤을 말끔하게 펴주거나 닦아내고, 저 억압의 사슬과 절연할 힘이나 가능성이라고 믿지 않았다. 그러니까 나에게 '사랑'과 '동지'는 동의어가 아니었던 셈이다. 동지는 전적으로 계급의 문제였고, 사랑은 모호한 관념이었다. 오히려 회의주의적 낭만주의자들의 관념, 회의주의적 모럴리스트들의 몸짓, 바디우가 이 책에서 비판하고 있는 그런 것들에 좀더 가깝다고 해야 할 무엇을 사랑이라 여겼다고 말하는 게 좀더 솔직해 보인다.

사랑이라는 것이 만약 존재한다면, 사분한 욕망의 덩어리, 감정의 소산, 그것의 변형과 그것에 대한 생각, 이 모든 것의 타자를 향한 턱 없는(주로 일방적인) 적재일 수 있다고 여겼던 것 같다. 특히 한눈에 반했다고 말하며 사랑이 여기저기서 불려나올 때, 그건 폭력의 다른 말이고, 개인의 정신적 착란에 불과하다고 생각했다. 왜냐하면 그것은 어찌되었건 있지도 않은 것을 타자에게 덧띄워, 오로지 그것만을 보고 즐기려고 하는 이기적인 행위이자 환상처럼 보였기 때문이다. 그러니까 한마디로 사랑은, 적어도 내게는, 헛것과 헛것의 표상이었던 셈이다. 헛것을 걸머쥐고서 '유레카'를 외치는 고질적인 병, 매우 이기적이고 집착적인 내 감정의 무덤 안으로 타자를 완전히 구겨 넣어 침몰시키고 마는 것, 우리가 사랑이라는 단어로 불러내곤 했던 것도 바로 이런 것이라고 여기던 때가 있다.

아니, 내 젊은 날의, 지금에서 생각해보면 그 원인조차 희미한, 그러나 한편, 턱없는 분노에 더께 낀 녹처럼 들러붙어 있는 감정의 먼지와 그 찌꺼기를 나는 이런 생각 속에서 힘껏 닦아내려고 했던 것 같다. 몇몇 친구는 좋은 말로 그걸 열정이라고 불러주었지만, 오히려 분노에 가까운 무언가가 당시의 나를 지배하고 있었고, 그 분노는 결과적으로 나를 쉼 없이 움직이게 만들었으며, 사유와 관념, 문자와 문장 사이로 벌어진, 그러나 한없이 좁아 보이기만 했던 틈새로 나를 몰아넣었던 것 같다.

그러나 이제 와서 다시 생각해봐도(사랑을 다룬 철학책도 번역한 마당에), 그때 품고 있었던 사랑에 관한 이 사념들이 그리 잘못되었던 것은 아니었다고 말하고 싶은데, 무신론자인 내게 삶이란 태어나는 바로 그 순간부터 주어진, 일정량의 힘이 충전되어 있는 배터리와도 같은 것이어서, 사랑도 그 충전의 분출 경로에 대한 설명의 범주에서 벗어나지 말아야 하며, 아니 그것에 온전히 헌정되어야 마땅한 것이고, 또한 문학도 삶의 이 끈덕지지만 언젠가는 사그라지고 말 힘을 사유의 형식, 글의 형식으로 발산하는 행위이자, 그 순간순간에 소소한 가치를 부여하는, 정치적이고 윤리적 행위에 다름 아니라고 여겼던 것이 분명하다.

그것이 순결해서가 아니라 명확하게 다가오지 않으므로, 사랑이라는 용어를 함부로 빌려오지 말아야 한다고 생각했던 순간들이 그럼에도 불구하고 '사랑'이라는 가면을 쓰고 자주 나를 찾아왔기 때문일지도 모른다. 나는 절름발이였고, 바보였는데, 왜냐하면 이때 나는 나를 찾아왔던 것이 뭔지 잘 모르면서 이것을 향유하려고 했기 때문이다. 이렇게 보면 나는 아직도 사랑을 잘 모르는 것 같다. 아니 내가 가끔 타인들에게서 느끼고, 간혹 삶에서 반사적으로 그러쥐게 되는, 보람된 시간이나 감정의 '운용〔情動, affect〕', 기다림이 병이 되는 그런 순간들을 나는 지금도 여전히 사랑이라는 단어로 부르고 싶어하지 않는지도 모른다.

네가 오기로 한 그 자리에
내가 미리 가 너를 기다리는 동안
다가오는 모든 발자국은
내 가슴에 쿵쿵거린다

바스락거리는 나뭇잎 하나도 다 내게 온다

기다려본 적이 있는 사람은 안다

세상에서 기다리는 일처럼 가슴 애리는 일 있을까

네가 오기로 한 그 자리, 내가 미리 와 있는 이곳에서

문을 열고 들어오는 모든 사람이

너였다가

너였다가, 너일 것이었다가

다시 문이 닫힌다

사랑하는 이여

오지 않는 너를 기다리며

마침내 나는 너에게 간다

아주 먼 데서 나는 너에게 가고

아주 오랜 세월을 다하여 너는 지금 오고 있다

아주 먼 데서 지금도 천천히 오고 있는 너를

너를 기다리는 동안 나도 가고 있다

남들이 열고 들어오는 문을 통해

내 가슴이 쿵쿵거리는 모든 발자국 따라

너를 기다리는 동안 나는 너에게 가고 있다

— 황지우, 「너를 기다리는 동안」 전문

　황지우는 여기 전문을 적어놓은 이 시의 부기에 "기다림이 없는 사랑이 있으랴"고 써놓았지만, 사랑하는 마음을 그리움과 결부시켜 결곡하게 그려낸 이 작품도 당시에는, 그러나 사랑에, 즉 사랑의 작동체계와 본질에 온전히 헌정된 것은 아닌 것처럼 보였다. 그랬다. 그

것이 만약 존재한다고 가정할 때, 사랑은 무엇보다도, 희미한 수식어가 될 수 없다는 생각이 강하게 들곤 했는데, 아마 그건 모호한 수사의 희생물이 되어, 귀에 코에 마구 걸어, 결과적으로 타자를 구속하거나 옥죄고 마는, 젊은 날의 초상들이 내 곁에 너무나 자주 얼씬거렸기 때문이었을 것이다.

2. 비루한 욕망, 남루한 욕망, 헛헛한 욕망

이러저러한 사변들이 꼬리에 꼬리를 물고 이어지다가 "성관계는 없다"던 라캉과는 반대로, 부재하는 것이야말로 사랑이며, 고로 오로지 성관계만 있다, 아니 사랑이라는 그토록 정의가 불가능한 용어보다는 욕망이 오히려 항구적이고 체계적일 수 있다고 생각했던 것 같다. 그래도 이건 구체적이고, 물질적이며, 확실한 효과를 불러일으키니까! 이때 잦아드는 감정은 사랑이 아니라, 남루한 욕망, 그러나 결코 무시하지는 못할 욕망이다. 여기서 이렇게 빗대어놓으면 권혁웅 시인에게 미안한 일이 되는 걸까?

안녕, 선우일란
그대를 따라간 청춘은 어느 골목 끝 여인숙에서
새우잠을 잘는지 아니, 손만 잡고 잘는지
시월의 밤은 그대의 벗은 등처럼 소름이 돋는데
그곳의 양은 주전자와 플라스틱 잔에는
몇 모금의 물이 남았는지

안녕, 선우일란

저 네온은 지지직거리며, 뼈와 살을 태우며,

저물어가는데

버즘나무에 핀 버짐처럼

한기 번져가는데

비닐을 덮은 이불이 너무 얇지는 않은지

안녕, 선우일란

토하던 그대 등을 두들길 때

나를 올려다보던 눈길처럼

또 한번의 시월이 흐릿하게 지나가

차가운 담에 기대

벌어진 입술처럼 스산하게 지나가

안녕, 선우일란 어느 골목 끝 여인숙으로

걸어 들어간 발자국 소리여

그때 그 숨죽인 소리여　　　　　— 권혁웅, 「밤으로의 긴 여로」 전문

　욕망은 일시적이며, 한시적이고, 분출적이며, 즉자적이다. 그래서
솔직하고, 잘 속이지도 않는다. 프로이트의 '그것', 즉 '이드'가 그렇
듯이 말이다. 그것은 우리 존재의 조건이자 전제이며, 살아 있음이
확인되는 최후의 물질적 심급이다. 우리는 모두 '욕망하는 기계'에 불
과하다고, 그러나 이를 통해 개인의 심적 구조에서 잘만 하면 공동체
를 끄집어낼 수도 있을 것이라 생각했던 것도 이 때문이다.

　그것은 ça 도처에서 기능한다. 어떤 때는 쉴 새 없이, 또 어떤 때는

간헐적으로 기능한다. 그것은 숨을 쉬고, 흥분하고, 먹는다. 그것은 싸고, 성교한다. 이러한 것을 '그것le ça'이라고 그냥 부른 것은 얼마나 큰 오류인가. 도처에서 그것들은 기계로 존재하는데, 이는 결코 은유적인 것이 아니다. 기계들은 서로의 교미와 접속을 통해 기계를 만들어내기도 한다. 기관-기계는 전원-기계에 접속되어 있다. 어떤 기계는 (전류의) 흐름을 방출하고, 다른 기계는 흐름을 끊는다.[2]

그런데 이 욕망이 현실 속에서 실현될 때, 방금 열거한 것처럼, 불꽃이 되어버리지만, 그 불꽃이 트임, 즉 감정을 동반하지 말란 법도 없다. 그 감정은 대개 허무하다고 말하는 것보다, 상대방과 결부된 탓에 헛헛하고, 남루하고, 비루한 무엇을 내려놓는다. 정념의 탈을 쓰고 말이다. 빠져나가는 속성, 잦아드는 속성, 그러나 반복되므로, 그리하여 떨쳐버릴 수 없으므로, 이 욕망하는 나는 결국 절망하는 나를 불러내는 데 한몫을 했다. 절망이란 단어의 화려함이, 저 반복되는 욕망의, 빠져나갈 수 없는 욕망의 속성 때문에 내게 그렇게도 자주 잦아들었던가? 욕망하는 주체는 나일 뿐이므로, 욕망하는 나는, 욕망의 대상으로 불려나온 사람을 보며, 결국 나의 부속물, 나의 투영물, 나의 아바타만을 확인할 뿐이다.

피에르 우닉: 한 여자를 사랑할 때 당신의 사랑을 바로 보여주려고 합니까, 겐버그?

---

2) G. Deleuze et F. Guattari *L'anti-Œdipe. capitalisme et schizophrénie*, Les Éditions de Minuit, 1972, p. 7.

진 겐버그: 예. 바로요. 할 수만 있다면 그녀의 가슴을 움켜쥐고라도.

피에르 나빌: 우닉, 단지 육체적인 표현을 말하는 것이었습니까?

진 겐버그: 다른 종류가 있다고 생각하지 않습니다.

피에르 나빌: 나는 내가 언제 여자를 사랑하게 되는지를 잘 모릅니다. 그 후에 그녀에게 이를 드러내는 어떤 순간이 있어요. 어떻게, 왜 그런지는 모르겠습니다.[3]

계속해서 반복되는 것, 간헐적이라고 말하기에는 늘 편재하는 것, 이 욕망이라는 이름의 전차를 그러니 어찌할까? 배터리의 수명이 아직 다하지 않았으므로 찾아오는 무엇일 뿐일까? 전차의 속도는 어지간해서는 줄어들지 않는다. 단지 나이가 들수록 그 빠름이 조금 진정될 기미를 보일 뿐이며, 그럴 무렵에 전차에 올라탄 바로 그 상태에서 우리는 관계를 보이기 시작할 것이다.

3. 타자와의 관계에서 그 가능성을 엿보는 사랑

나는 섹스하는 주체이지만, 그게 타자와 관계를 맺는다는 걸 의미하지는 않는다는 라캉의 말은 욕망에서 욕망 외의 무언가를 호출해낸다. 그렇다면 욕망으로 다가간 타자와 지속성을 만들어내지 못하게 되는 대부분의 경우, 어쩌면 나를 구속하는 이 욕망이 계속해서 나를

---

3) 앙드레 브르통 · 만 레이 · 이브 탕기 외, 『섹스 토킹(초현실주의 그룹의 킨제이 보고서)』, 정혜영 옮김, 싸이북스, 2007, p. 69.

몰고 갈 수도 있었을 그 가정의 길 위에는, 그렇다면 무엇이 스며드는가? 타자와의 관계가 이 세상에, 느슨해진 욕망을 틈타 내려앉을 것이다. 그러기 위해서는 우선 만남이 있어야 한다. 어디서? 호텔 커피숍에서? 대체 누구를 만나야 하나? 모르겠으면 인터넷을 뒤지자. 네이버 형님에게 물어보니.

이렇게 많은 기회가 내게 주어졌다. 가입하고(내 정보를 주고) 돈을 지불하면, 언제고 어디서고, 만남의 기회를 가질 수 있게 되었다. 더구나 운명, 우연, 모험, 위험, 불확실성을 모두 덜어내는 조건으로 말이다. 언제까지 하숙집 주인의 막내딸과 숨바꼭질을 할 텐가? 그가 시크하고 모던하고 쿨한 사람이라면, 인터넷을 통해 현명한 자가 되지 말하는 법도 없다. 바디우가 비판하는 '안전한' 사랑, 보험과도 같은 사랑이 그리하여 매일, 어느 곳에서나 무람없이 떠돌아다닌다. 절차를 생략해야 하고, 고난을 피해야 하는 이 세상에서 가장 귀찮고 성가시고 위험한 것은 우연에 기대는 일이다. 위험은 고로 제거되어야 할 적이다. 이렇게 만남에서 우연성이 사라지게 되면, 우리가 사는 지금의 세상에서 어쩌면 모든 헛된 짓을 하지 않아도 될 거라는 튼튼한 알리바이도 생겨난다. 그러니까, 자본주의 하나로 글로벌화된 세상에서 우연에 내기를 거는 사람은 이미 구닥다리가 되어버렸다는 것이다. 이 모든 헛된 짓의 범주에는 아래에서 묘사하고 있는 지극히 우연적인 자그마한 사건도 포함된다.

그 시간은 사람들이 사무실이나 작업실에서 퇴근하기 시작하고, 건물들의 문은 위에서부터 아래까지 완전히 닫혀 있으며, 보도 위에서 마주친 사람들이 서로 악수를 나누는 시간, 어쨌든 거리에 사람들이 더 많아지기 시작하는 때였다. 나는 별 생각 없이, 사람들의 얼굴과 옷차림, 태도를 관찰하게 되었다. 정말이지, 저 사람들은 아직 혁명을 할 준비가 되어 있는 사람들이 아니야. 나는 그 이름을 몰랐거나 잊어버린 교차로를 막 건너갔는데, 그곳은 바로 성당 앞이었다. 그때 나는 옷차림이 매우 초라한 한 젊은 여자가 내 쪽으로 한 열 걸음쯤 떨어진 지점에서 오고 있는 것을 보았고, 그녀 또한 나를 보고 있거나 이미 본 듯했다. 그녀는 지나가는 다른 모든 사람들과는 달리 머리를 높이 쳐들고 걷는 모습이었다. 너무나 가냘픈 몸매라서 마치 휘청거리며 걷는 듯했다. 얼굴에는 알아차릴 수 없는 미소가 맴돌고 있었던 것 같다. 눈 화장부터 시작은 했지만 화장을 끝마칠 시간이 없었던 사람처럼,

금발머리에는 어울리지 않게 특이하게도 눈가를 아주 검게 칠한 화장을 하고 있었다. 눈가에 눈꺼풀은 조금도 보이지 않았다. 나는 한 번도 그런 눈을 본 적이 없었다. 나는 주저하지 않고 모르는 여자에게 말을 걸었다.[4]

길가에서 우연히 여인을 보게 되어 한눈에 반한다고 해도, 아니 그래서 졸졸 그 뒤를 밟아 몇 마디 말을 붙이는 데 성공하고, 심지어 전화번호까지 따내게 된, 엄청나게 운이 좋다 할 사람이 있다면, 이 사람은 위험에 노출되어 있으며, 위험천만한 상태에 놓일 확률이 농후한 셈인데, 그나저나 그는 이런 상태에 제 자신이 놓여 있다는 사실을 알고나 있는 것일까? 바디우가 애써 비판하고자 한 것도 바로 우연을 금지하고, 모험을 제거하는 '안전한 사랑'의 기만적인 측면이다.
사랑은 어쩔 수 없이 위험을 동반하며, 그것이 바로 사랑의 속성이기도 하다. 우연과 위험을 시간 속에 펼쳐놓는 것을 우리는 '경험'이라고 부른다. 사랑은 전적으로 우연의 산물이다. 아니, 우연의 산물이 되어야 하는 이유는 통념, 이데올로기, 판단, 조작, 통제, 타협, 공모 등을 사랑에서 제거해낼 가능성은 우연에서 말고는 찾을 수 없기 때문이다. 너와 나의 관계는, 미리 만들어진 기준과 통념, 타자에 대한 판단 따위를 적재하지 않은 상태에서 이루어져야만, 비로소 각각의 차이를 행사하는 동등한 개인들 간의 만남을 드러낼 수 있을 뿐이다. 아니, 우리가 '인간적'이라고 부를 어떤 관계가 성립하는 최소한의 조건은 오로지 우연을 통해서만 형성된다. 그래야 차이를 인정

---

4) 앙드레 브르통, 『나자』, 오생근 옮김, 민음사, 2008, p. 65.

한 상태에서 타자와 공통된 경험을 만들어갈 수 있을 것이니까.

아까부터 눈송이 하나가 나를 본다
눈보라가 몰아치는 창밖
눈송이가 유리창에 붙어 녹지 않는다
네 눈동자처럼 차갑고 따뜻한 손을 잡고
눈보라 속으로 걸어간다
호숫가를 지나 나무 사이를 지나
네 손의 온기가 손바닥에 전해지고
마른 나뭇잎이 바스라지는 소리
구름이 머리 위에서 수많은 눈송이를 뿌린다
우리가 지나간 발자국을 지우며
잠시 하늘을 올려다보는 사이
나뭇가지는 사방을 가리키며 흔들리고
손을 놓쳐 우리 사이를 눈보라가 채운다
바람이 나를 몰고 너를 밀어내고
눈송이가 날리는 산속을 헛디디며 헤매다
마른 나뭇잎처럼 입술이 터질 때
창밖 사람들은 종종거리며 걸어가고
바람에 떨며 너의 눈동자가 나를 본다
다 녹아 모든 통증이 사라지면
너는 돌아올 것이다 고여 있는 어둠 사이로
수많은 나뭇가지 사이로
내가 걸어간 적 없는 허공을 떠돌아다니며

아무것도 해줄 수 없는 눈송이가 나를 본다
유리창에 온몸을 맡긴 눈송이
네 눈동자가 유리창에 흘러내린다　　　　— 김성규, 「눈동자」 전문

　우연한 만남에서 촉발되어 관계의 영역으로 진입한다고 전제할 때, 분명한 것은 사랑이 추상적이거나 형이상학적인 감정은 아니라는 점이다. 그 대상도 이성(경우에 따라서는 동성)에 국한된다는 말을 여기다 덧붙여야겠다. 신을 향한, 신이 내게 베풀어주시는 사랑을 포함하여, 여러 가지 차원의 사랑을 들먹여보아도, 결국 사랑을 확인하게 되는 것은, 의지를 동반하게 되고 욕망으로 표출되는 근본적인 대상을 통해서이며, 거개의 사람처럼 내게도 그 대상은 여자들이었다. 바디우가 "둘이 등장하는 무대"라고 말했던 것, 여기서 무대는 남녀가 관계를 맺는 시간과 공간에 다름 아니다.

　그런데 여기서 의문이 하나 생긴다. 타자라는 이름의 대상, 개인이라는 나, 이 둘 사이의 관계가 세상에서 전개되는 순간, 깊이는 차치하고라도, 시간의 문제와 사랑이 필연적으로 결부될 수밖에 없기 때문이다. 관계가 시간의 차원에서 논의될 때, 지속성의 문제가 사랑에 풀리지 않는 숙제처럼 남겨진다고 바디우는 말한다. 사랑을 지속시키기 위해서 그럼 무얼 제일 먼저 해야 하나?

　말해야 한다.

　성공한 인생이란 무엇일까? 적어도 변기에 앉아서 보낸 시간보다는, 사랑한 시간이 더 많은 인생이다. 적어도 인간이라면

변기에 앉은 자신의 엉덩이가 낸 소리보다는, 더 크게…… 더 많이 '사랑해'를 외쳐야 한다고 나는 생각한다. 몇 줌의 부스러기처럼 떨어져 있는 자판들을 어루만지며, 나는 다시 그녀를 생각한다.[5]

바디우가 말한, 타자에게 "선언된 사랑"이 지속성을 갖추게 될 가능성은 우선 말을 반복하는 데 있다. 즉, 한 번 선언된 사랑을 다시 선언하고, 또 선언하고, 충분하다고 생각 말고 선언하고, 지겨워할 거라 염려 말고 선언하고, "천만 번 더 들어도 기분 좋은 말, 사랑해"라고 다짐하면서 선언하고, 사랑의 'ㅅ'자만 들어도 상대방이 심하게 경기를 일으킬 만큼 선언해야 한다. 언어의 틀 안에서 말을 연장하면서 '지속'이나 '충실성'도 겸비되어야 한다고 바디우는 말한다. 끈기도 있어야 하고, 충실해야 하고, 말도 계속되어야만, 사랑은 이루어진다? 그래서 바디우에게 사랑은 필연적으로 윤리의 문제와 결부된다.

그러나 관계를 시간 속에서 연속성 안에 고정시키는 일과 사랑이 당위성, 즉 제 옳고 그름을 성취하는 것은 별개의 문제라는 것이 내 생각이다. 그 관계가 불꽃처럼 산화한들 또 무엇이 그리 문제가 되겠는가? 사랑의 관계에 놓인 두 사람은 미칠 권리가 있으며, 때문에 강렬한 순간에 봉착해서 무엇이든 할 수 있다는 가능성을 닫아버리지 않을 수도 있는 것은 아닐까? 불꽃이 수놓은 화려한 풍경이 매우 순간적이며 곧 사라져버린다고 해도 그걸 보면서, 그 순간을 만끽하면서, 시간 따위는 잠시 잊어도 되지 않을까? '개인됨'(철학이나 시학에

---

5) 박민규, 『죽은 왕녀를 위한 파반느』, 예담, 2009, pp. 192~93.

서 개별화individuation라고 부르기도 하는)이 먼저 있어야 하며, 그 후 성취되는 각각의 차이로 자기동일성을 부정하게 되는 바로 그 순간을 창안해내는 게 사랑에서 중요할 것이다. 이 치열한 퍼포먼스에 우월성을 부여할 경우 그 관계란, 비록 아주 짧은 시간의 틀 안에서 빚어진 것이라고 해도, 사랑을 놓쳐버린다고 말하기는 힘든 무언가가 너와 나의 공통된 경험으로 각인된다. 그것이 비록 불연속적이라 해도, 이후에 시련이 잦아든다고 해도 말이다. 사랑에서 진리를 구축해내는 길은 물론 이러한 경험을 연장하려는 노력을 통해서 가능할 것이며, 바로 이때 순간과 순간이 봉합되어 크고 작은 '사건'이 만들어진다고 바디우는 말한다.

4. 장애물을 전제하는 사랑

사랑이 지속되기 위해서는 "둘이 등장하는 무대"에 반드시 장애물도 함께 설치되어 있어야 한다는 것이 내 생각이다. 모든 것을 다 갖추지 못한 그런 무대에 둘이 놓여야 사랑은 지속될 수 있는 것 아닐까? 뭔가가 모자란 상태, 집도 절도 없는 상태, 앞으로 하나씩 극복해나가야 할 시련이 둘 앞에 기다리고 있어야 사랑은 관계의 변화 속에서 지속을 추구할 힘도 확보하게 되는 게 아닐까? 사랑이 빚어내는 강렬함과 밀도의 그 순간은 오로지 이런 경우에만 미래라는 시간 위로 한껏 포개어지는 건 아닐까? 결함이 있는 사랑이었기에 그 무엇에도 견줄 바 없이 찬란하고 순결한 사랑을 끌어낼 수 있었던 아벨라르와 엘로이즈처럼 말이다.

나는 내 인생이 마음에 들어

한 계절에 한 번씩 두통이 오고 두 계절에 한 번씩 이를 뽑는 것

텅 빈 미소와 다정한 주름이 상관하는 내 인생!

나는 내 인생이 마음에 들어

나를 사랑한 개가 있고 나를 몰라보는 개가 있어

하얗게 비듬을 떨어뜨리며 먼저 죽어가는 개를 위해

뜨거운 스프를 끓이기 위해, 안녕 겨울

푸른 별들이 꼬리를 흔들며 내게로 달려오고

그 별이 머리 위에 빛날 때 가방을 잃어버렸지

가방아 내 가방아 낡은 침대 옆에 책상 밑에

쭈글쭈글한 신생아처럼 다시 태어날 가방들

어깨가 기울어지도록 나는 내 인생이 마음에 들어

아직 건너보지 못한 교각들 아직 던져보지 못한 돌멩이들

아직도 취해보지 못한 무수한 많은 자세로 새롭게 웃고 싶어

　　　　　　　　　— 이근화, 「나는 내 인생이 마음에 들어」 부분

　그것이 무엇이 되었건 지금 완벽하지 않다는 사실, 결함이 있다는
사실, 완성되어야 할 미래형의 무언가를 갖고 현재를 살아가야만 한
다는 사실, 바로 이러한 사실로부터 나는 내 인생과 내 연인과의 사
랑과 내 주위의 모든 것에게 운동과 운동의 의미를 부여하게 되는 건
아닐까? 운동은 힘이고, 힘이 있으면 지속되는 것이므로, 사랑을 계
속해서 움직이게 허용하는 일은 현재의 사랑에 결핍된 무언가가 주어
져 있다는 조건에서만 가능한 것이다. 사랑하는 일, 그건 결핍을 끌

어안은 그 상태 그대로 삶을 살아나가는 자그마한 경험들, 시련과 위험을 삶의 조건으로 삼아 매일 내 경험과 타자의 경험을 그 길 위에 포개놓으려는 자그마한 노력은 아닐까?

5. 부기

우리는 모두 제 언어의 시원에 있는 그 누군가를 애써 닮으려 하고, 매 순간 그리워한다. 욕망이 사랑의 구체적인 모습이라는 내 생각에는 변함이 없지만, 한편 이 그리움을 사랑이라고 불러도 좋을 것 같다.

2010년 7월, 무더운 여름날,

안암동 연구실에서 번역자 조재룡

이 역자 후기의 마지막 부분에 생략되어 있는 것이 있다면, 어지간하면 빠지는 법이 없는 편집자와 그 외의 사람들에게 빚지고 있는 감사의 말, 혹은 번역 과정에서 역자가 겪은 어려움을 호소하거나 에피소드를 이야기하는 대목 정도일 것이다.

3. 번역가의 목소리는 비평과 같다

비록 제한적이라고 하더라도 번역가가 독자에게 직접 다가가 제 자신을 노출할 '역자 후기'는 번역가의 주관과 언어관, 그의 지적 배경과 문학적 소양을 가늠해볼 흔치 않은 통로이기도 하다. 역자 서문, 역자 후기, 역주, 해제 등이 "번역된 텍스트를 지탱하는 곁텍스트적 장치들"[3]은 번역가의 목소리를 담고 있는 유일한 단서이며, 한 시대를 가로지르는 번역가의 사고, 느낌, 행동을 '결정'하는 언어적·문학적·문화적·역사적 요인들의 총체를 의미하는 "번역지평"을 가늠해볼 첫번째 조건이기도 하다. 이세욱의 글이다.

그런데 우리가 단순히 증보하는 것으로 만족하지 않고 번역을 완전히 다시 하기로 결정한 것은 1994년에 나온 우리말 판의 번역에 문제가 있어서라기보다 그것의 번역 대본으로 삼았던 영어판 자체에 많은 결함이 있다고 보았기 때문입니다. 우선 영어판 번역자의 지나치게 편의주의적이고 실용주의적인 작업 태도 때문에(우리말을 몰라서 이 글을 읽지 못할 외국의 동료를 이런 식으로 비판하는 것이 페어플레이가 아니라는 느낌은 들지만) 작가의 의도가 훼손되고 글의 미묘한 맛이 사라진 대목이 자주 눈에 띄었고, '대중성'의 이름으로 너무 쉽게 뭉개지거나 잘려 나간 부분들이 많은 아쉬움을 느끼게 했습니다. 또한 번역가의

---

3) A. Berman, *Pour une critique des traductions: John Donne*, Gallimard, 1995, p. 36.

모국어 중심주의가 원어에 노예적으로 집착하는 변경 콤플렉스보다 낫다는 점은 기꺼이 인정한다 할지라도, 작가의 의도를 해치면서까지 이탈리아 것을 미국 것으로 선뜻선뜻 갈아치운 영어판 번역자의 태도는 '팍스 아메리카나'에 대한 지나친 믿음에서 나온 게 아닌가 하는 의심을 갖게 했습니다(프랑스어판의 번역자도 바꿔치기를 자주 한 건 사실이지만, 그래도 그녀의 선택에는 에코의 뜻을 더 잘 살리려 했던 고민의 흔적이 많이 보입니다). 이러한 사정에서 우리는 이탈리아어판과 프랑스어판을 가지고 처음부터 다시 번역하자는 결정을 하게 되었습니다.

— 이세욱, 「번역 후기」[4] 중

이미 출간된 작품의 재번역에 대한 평이한 변명으로 읽히기에는 문화 전반을 바라보는 번역가의 주관이 너무나도 또렷이 드러나 있어, 위의 지적은 오히려 독자들에게서 '독서지평'을 궁굴리며 번역의 윤리를 되묻게 하는 힘을 만들어낸다. 번역가의 이 말에는 번역에서 어떻게 "'대중성'의 이름으로 너무 쉽게 뭉개지거나 잘려 나간 부분들"을 사유해낼 것이며, "'팍스 아메리카나'에 대한 지나친 믿음"에 저항하는 몸짓을 번역에서 어떻게 읽어낼 것인가를 캐묻는 비판적인 안목이 담겨 있다. 제 선택에 대한 정당성──윤리의 문제일──을 확보하면서 번역의 가치를 되묻는 게 번역가의 임무 가운데 하나라는 사실이 여기서 명료해진다. 원문을 존중하고, 저자의 의도를 충실히 읽어내려고 할수록, 실상 번역에서는 번역가 자신의 판단과 번역 의도가

---

4) 움베르토 에코, 『세상의 바보들에게 웃으면서 화내는 방법』, 이세욱 옮김, 열린책들, 1999, p. 404.

개입되게 마련이며, 이를 위해 번역가의 주관적인 선택이 필연적으로 동반되는 것이다.

번역은 이렇게 해서 기계적이고 단순한 작업에서 벗어날 궁리를 한다. 이때 번역은 오히려 '창조적인 힘을 죽인 창조적인 작업'에 가깝다. 번역이 이렇게 아이러니의 공간이라면, 후기는 번역가가 작가의 창조적 작업에 비견할 만한 무언가를 제 번역에서 길어 올렸다는 사실을 유추해보게끔 우리를 안내하는 비평의 장소인 것이다.

4. 난해한 지점에서 비평의 가능성을 열어놓는 번역가의 선택

번역의 난점과 그 난점에 대한 대응방식을 이야기하는 대목이 번역 후기에 등장할 때, 번역가가 가장 난해한 텍스트를 선정한 그 이유나 번역가 자신이 밝혀놓은 이 난해한 대목의 번역 가능성에 대한 지적은, 번역서가 애당초 문학작품이었다는 평범한 사실을 우리에게 환기해준다. 그러나 그것으로 끝나는 것은 아니다. 이 평범한 지적은 최소한 세 가지 물음을 번역가에게서 길어 올려 번역가의 작품에다 남겨놓기 때문이다. 원본의 문학작품으로서의 가치를 온전히 파악할 힘을 번역가가 지니고 있는가? 문학적 특수성의 가능성을 번역에서 가능성 그 자체로 끌어안을 능력을 번역가가 갖추고 있는가? 이것을 자기의 언어로 옮겨오는 데 성공하고 있는가? 시시한 말이 되겠지만, 번역가는 번역작품을 문학작품이게끔 해주고, 번역이 비판적 독서의 길잡이가 되게 해주는 안내자이다. 정혜용의 글이다.

번역자들 사이에서 악명 높은 『지하철 소녀 쟈지』는 번역 불가능성을 주장하고 싶어 하는 사람이라면 그 산증거로 들먹이기에 꼭 좋을 작품이다. 『지하철 소녀 쟈지』를 열면 풍성한 언어의 교향곡이 화려하게 울려 퍼진다. 기상천외한 말장난과 변화무쌍한 잡종과 언어가 종횡으로 달리고, 크노가 여기서 꾸어오고 저기서 빌려와 원주인의 의도와는 상관없이 분탕질해놓은 언어들이 곳곳에서 장난기 가득한 표정으로 웃고 있고, 그런가 하면 저질의 언어와 그 옆에서 있는 대로 고상을 떨어대는 언어가 희한하게 녹아들며, 무한대로 다채로운 말투와 무한대로 변주되는 리듬이 서로 신나서 주거니 받거니 한다.[5]

— 정혜용, 「옮긴이의 글」 중

번역서가 연구의 대상으로 부각될 가능성이 바로 여기에 엿보인다. 번역가의 선택이 원 텍스트를 읽을 가능성 가운데 하나라는 진부한 사실에서 우리는 이러한 선택이 사실 번역가의 비평적 행위였으며, 이 지점에서 번역의 성패가 좌우될 것이라는 사실을 짐작하게 되는 것이다. 번역가의 작품을 바라보는 관점과 안목이 번역가의 번역행위에 고스란히 녹아 있다고 한다면, 역자 후기는 번역서가 비평의 공간에서 활보하게 힘껏 그 길을 터주는 공간인 것이다.

---

5) 정혜용, 「옮긴이의 글」, in 레몽 크노, 『지하철 소녀 쟈지』, 정혜용 옮김, 도마뱀 출판사, 2008, p. 305.

5. 원본보다 중요한 번역서라는 터무니없는
논리의 논리적 정당성에 관하여

'역자 후기'나 '역주'(각주)를 집필하면서 번역가가 자기 나라의 번역지평과 비평의 공간을 일구어내고, 차츰 그 공간을 바꾸어나갈 수밖에 없는 운명을 예고할 때 비로소 번역서에서 비평의 길을 바라볼 유일한 가능성이 열린다. 이 두 개의 '메타디에게시스'적 장치를 통해 번역가는 자신이 어디까지 과연 밀고 나아갈 수 있으며, 번역한 텍스트에 지고 있는 책임과 그 한계를 시대의 독서지평을 반추해 되물으며 가늠해보기도 한다. 원본보다 뛰어난 번역서를 상정하는 대신, 원본보다 중요한 번역서가 우리 문화 안에 존재하는지 살펴보고 골라낼 가능성도 바로 여기서 주어진다. 이게 대체 무슨 말인가? 아니 원문보다 중요한 번역이라는 게 과연 가능하기나 할까? 아폴리네르의 『알코올』을 번역하면서 황현산은 다음과 같은 말로 운을 떼면서, 그 길고도 상세한 제 주석의 긴 여행에 서두를 펼쳐놓는다.

이 주석은 시편 하나하나의 집필 상황, 참고 사항 등을 제시하고, 그 주제와 구성, 낯선 낱말들과 난해한 시구들을 설명하여 작품에 대한 전반적인 이해를 돕는 데 목적이 있다. 이를 위해 각 시편에 대한 주석은 그 첫 발표 연대와 발표지, 작품에 대한 전반적 설명, 개별 시구에 대한 설명의 순으로 작성되었다. 시구에 대한 설명은 필요에 따라, 예를 들어 '5-10행' 또는 '3연' 또는 '2부' 등의 구간 표시를 사용하여 일정 대목을 묶어 설명하고, 이어서 그 각각의 시구들을 설명하였다.

이 주석을 작성하는 과정에는 뒤의 참고 문헌에 나오는 많은 문헌들이 사용되었으나, 특별히 독창적인 내용이 아니면 주석의 내용과 관련된 출처를 밝히지 않았다. 이와 같은 조치는 서술의 편의를 위한 것이기도 하지만, 특수한 방법론에 따른 기이한 의견들이 끼어 들어와 시의 일반적 이해에 혼란을 주게 될 위험을 미리 방지하려는 뜻도 있다.[6]

도대체 번역가의 주석이 어떻기에? 도대체 주석에 무엇을 담고 있기에 번역가는 이렇게 말할 수 있을까? 황현산의 번역에서는 번역한 작품의 분량을 육박하는 주석의 출현을 목전에 두고 있다는 사실 자체도 놀랍거니와 그것보다는 주석이 파고드는 각각의 지점이 번역의 새로운 가치를 바라보게 만든다는 데서 범접할 수 없는 성취를 이루어낸다. 시 하나하나마다, 거개의 주석에는 시를 이해하는 데 없어서는 안 될 최소한 예닐곱 개의 지점이 다루어지고 있다. 이 지점들을 거칠게 요약해보면 다음과 같다.

① 개별 작품이 출간된 정황(연도가 상이하므로)을 기존의 주요 연구를 참조하여 집대성한 내용이 들어 있다. 고로 제한된 의미에서의 번역이라기보다는, 시 연구의 총체적인 정리 및 그 해제라고 보아야 할 내용이 담겨 있다.

② 개별 작품이 문학사에서 차지하고 있는 위상과 그 가치, 고로 해당 시의 역사적 가치를 헤아려 프랑스 시의 역사 전반에서 제 자

---

6) 황현산, 「주석」, in 기욤 아폴리네르, 『알코올』, 황현산 옮김, 열린책들, 2010, p. 195.

리를 되묻는 지점을 다룬다.

③ 제목을 비롯해 각 어휘의 시에서의 운용과 그 특수한 쓰임, 고로 낱말의 가치를 캐물어 작품 전체에서 그것을 읽어낸 방법과 그 구체적인 내용이 담겨 있다.

④ 각 행의 설명과 번역의 경로, 고로 번역가가 이해한 내용(여기서 '나는 왜 이렇게 옮겨왔는가'는 '나는 어떻게 작품을 이해했나'와 맞닿아 있다)과 우리말로 그것을 옮겨온 이유에 대한 세세한 설명(시에서 사용된 특수한 표현과 그것의 가치에 대한 해석과 설명)이 제시된다.

⑤ 시집의 다른 시들과의 관계 속에서 해당 시가 차지하고 있는 가치와 맥락, 고로 시 한 줄 한 줄이, 각각의 연이, 연구의 단위를 이루는 시 구성에 대한 총체적인 해제를 가늠한다.

⑥ 해당 시행의 음조와 리듬에 대한 설명, 고로 그것을 번역에서 반영하는 고유의 방법과 한국어의 운용에 대한 전반적인 해설이 제시되어 있다.

⑦ 시행과 맞물려 있는 아폴리네르의 전기(아니, 그의 정치·사회·문화적 행보)를 다루고 있는데, 예를 들어 시 「변두리」의 113행 "너는 파리에서 예심판사의 손에 들어 있다"라는 시구에 대해 "아폴리네르는 1911년 9월 7일, 루브르 박물관에서 사라진 「모나리자」 절도 혐의로 상테 감옥에 구속되었다가, 9월 12일 기소각하로 일주일 만에 석방된다. 이 사건은 마리 로랑생과 결별하는 결정적 동기가 되며, 이 사건 후 시인은 국외 추방의 위협에 시달리게 된다"[7]라는 주석을 붙여놓아, 시의 가장 적절한 해석이 될, 시인의 정황에 대한 설명이 따라붙는다.

이렇게 촘촘한 각주와 폭넓은 이해를 전반에 저 보란 듯이 내세운 번역 시집을 앞에 둔 우리는 대체 여기서 무슨 말을 끄집어낼 수 있을까? 번역이 한 시대의 독서지평을 가늠해내고 있다는 막연한 말보다, 오히려 우리 문학에서 시의 역사를 새롭게 쓰고 있다고 해야 옳지 않을까? 왜냐하면 이때 번역가 황현산은 시인 아폴리네르를 넘어선 지점에 당도해 있기 때문이다. 프랑스어로 출간된 아폴리네르가 프랑스 독자들에게 가져다준 것 그 이상의 것에 해당되는 무엇, 그것을 훨씬 뛰어넘는 무언가가 황현산의 번역을 통해 우리에게 주어지고 우리의 문화지평 위로 힘겹게 내려앉는다는 말이다.

원문에 충실하면서도 원문과 거리를 유지하면서 역자가 자기 목소리를 낸다는 지적만으로는 성에 차지 않는 그 이상의 무언가가 황현산의 번역에 내재되어 있다. 오히려 제 번역을 통해 번역가가 원저자를 넘어선다는, 더러는 터무니없어 보일지도 모르는 논리가 여기서 설득력을 얻으며, 이와 동시에 번역을 바라보는 새로운 관점이 여기에 추가된다고 말하는 게 옳을 것이다. 프랑스의 서점들을 뒤진다고 한들, 이렇게 풍부한 주석과 해제를 겸비한 아폴리네르의 시집은 존재하지 않을 것이기 때문이다. 여기서 바로 번역가의 작업과 그것이 지니는 가치가 작가의 그것 이상을 확보하게 될 가능성이, 번역가의 위상이 작가의 위상에 비견될 가능성과 더불어 생겨난다. 번역가 황현산에게 다음과 같은 겸손은 겸손이라기보다는 그래서 자신감의 표현이자 다른 한편으로 번역의 '원리'처럼 읽힌다.

---

7) 황현산, 같은 책, p. 206. 첫 시 「변두리」의 한 시행에 대한 주석이다.

이 주석은 옮긴이가 번역한 텍스트의 문학적 · 논리적 의미를 설명하기 위한 것이지만, 한편으로는 번역문을 원문과의 관계에서 해명하기 위한 목적도 있다. 말라르메는 시에서 비일상적인 낱말들을 사용했을 뿐만 아니라 그 문맥 의미를 특수하게 굴절시키고, 철저한 계산을 통해 통사법을 극한으로 밀고 나가, 시의 내용을 고의적으로 모호하게 만든 것이 사실이나, 언어의 일반적 용법을 무시하거나 파괴한 것은 아니다. 통사법을 해체 상태로 몰고 가는 시쓰기는 통사법에 대한 극히 날카로운 의식에 의해서만 가능하다. 실제로 말라르메의 난해어법은 매우 논리적인 구조를 지니고 있으며, 바로 이 때문에 통사 구조가 전혀 다른 언어로 일단 번역하게 되면 그 통사법이 오히려 분명하게 정리되고, 의미 내용이 원문에서보다 더 명확하게 드러나는 측면이 있다. 이 점에서 번역과 주석은 보충 관계를 지닐 수밖에 없다.[8]

이 말이 번역에 대한 설명인 동시에 번역과 문학, 시와 언어의 윤리를 약속하는 번역가의 진지한 몸짓인 까닭은 "비일상적인 낱말"의 사용, "문맥 의미를 특수하게 굴절시키"는 통사의 운용과 그것의 "철저한 계산", "난해어법"의 "논리적인 구조"를 번역에서 담아내려고 노력한 번역가의 번역 실천의 원리와도 직접 결부되어 있다는 사실이 그의 번역시를 읽으면서 확인하게 되기 때문이다. 앙리 메쇼닉이 말라르메의 시 연구 전반을 비판하며 그토록 통탄해 마지않던 "난해함과 모호함이라는 두 가지 이데올로기"[9]는 황현산의 번역에서는 찾아

---

8) 황현산, 「주석」, in 스테판 말라르메, 『시집』, 문학과지성사, 2005, p. 196.

보려야 찾아볼 도리가 없다. 아무리 말라르메의 시가 모호하고 난해한 것으로 항간에 알려졌다고 해도, 번역가 황현산은 그것을 보는 우리의 시선을 의심해야 한다며, 모호하고 난해하게 인식되는 바로 그 지점들을 짚어낼 제 고유의 논리를 번역에서 찾아내고, 한 발 나아가 그것을 우리말로 고스란히 살려내는 데 성공하고 있기 때문이다.

6. 번역가의 탄생

이제 번역가를 연구해야 할 때가 왔다. 아무리 눈을 감고 입을 다문 채, 무관심과 침묵으로 일관하려고 해도, '저자'를 훌쩍 뛰어넘는 번역서가 우리 앞에서 매일 시위를 하고 있다는 사실이 자명해졌기 때문이다. 저자의 언어권 문화와 그 문학 영역에서 원문이 지니고 있는 가치 그 이상의 것을 우리 문화에서 궁리하는 번역이 지금 버젓이 활보하고 있는 것이다. 그토록 불가능해 보일 것 같았던 원본보다 뛰어난 번역, 이와 동시에 원본보다 중요한 번역은 바로 이렇게 세상에서 실현 가능성을 타진한다. 우리말 번역서가 아니었다면, 그 주석과 해제, 옮긴이의 말이 아니었다면, 논문은 꿈도 꾸지 못했을 거라는, 프랑스에서 말라르메 연구를 진행 중인 후배의 말이 새삼 떠오르는 건 왜일까? '독서'에서 '번역'으로, 이 경험들이 '창작'으로 전이되는 일련의 연쇄와 그 고리를 김수영에게서 읽어내야 하는 것처럼, 황현

---

9) H. Meschonnic, "Mallarmé au-delà du silence", in Introduction *à Stéphane Mallarmé, Écrits sur le livre(choix de textes)*, L'Éclat, 1986.

산의 번역을, 아니 '그'의 말라르메와 아폴리네르를 우리는 그의 번역에서 찾아내고 읽어내야만 한다. 김수영의 시를 지탱해주는 삐걱거리는 리듬이나 관념을 배제한 묘사가 김수영의 번역 경험에 힘입은 바 크다고 한다면, 황현산의 번역과 주석, 그 해제는 번역의 윤리를 간직한 채 우리 시인들에게 말라르메와 아폴리네르의 경험과 그 말을 선사해줄 것이다.

이렇게 번역은 번역을 임하는 사람에게는, 일본이라는 제국(김수영)이나, 원문이라는 제국(황현산)의 문화질서 안으로 편승하는 걸 극복해낼 구체적인 실천의 방책이 된다. 김수영의 시가 놓인 자리를 번역에서 되물을 때, 우리는 황현산의 말라르메와 아폴리네르 시 번역이 외국 문학이 아니라, 우리의 것, 우리 고유의 문학이라는 말도 빼놓지 말아야만 한다. 이 경우 번역에 대한 사유를 덜어낸 후기, 번역가가 붙여놓은 주석, 아니 번역에 대한 단서를 담고 있는 것이라면 무엇이든, 번역비평이 시작되는 지점을 바라보고 있는 것이라 하겠다.

프락시스와 테오리아의 변증법
── 김현과 번역 (1)

> 문학은 항상 열려 있지 않으면 안 된다. 그래서 세
> 계와 자기 사회의 모순을 항상 주시하고 그것을 문
> 자로 표현하지 않으면 안 된다. 문자로! 그렇다. 문
> 자로 표현한다. ── 김현, 「민족문학의 의미」[1]

1. 번역의 세 가지 얼굴

'김현과 번역'은 얼추 세 가지 정도의 얼굴을 떠올리게 한다. 뛰어
난 프랑스 문학 연구자였던 만큼, 프랑스의 이론서 및 문학작품 번역
가 김현이라는 첫 얼굴이 먼저 아른거리는 것은 어쩔 수 없다. 나누
어보자면 이 첫 얼굴은, 반드시 분리되었다고 할 수 없음에도, 두 가
지 모습을 띤다. 구조주의, 수사학, 장르 이론, 문학사회학, 상상력
비평 등, 프랑스 문학이론을 국내에 정착시키는 데 그 누구보다도 기
민하고도 열정적이었던 편역자 김현과 시집을 중심으로 프랑스 문학
작품을 국내에 소개하는 데 주력했던 번역가 김현은 상보관계 속에서

---

1) 김현, 『사회와 윤리』, 일지사, 1974; 『김현문학 전집 2』, 문학과지성사, 1992, p. 226.
   이 글의 모든 인용은 전집과 페이지 수로 표기하며, 필요에 따라 글의 출처와 연도를 병
   기한다.

김현으로부터 번역가의 얼굴을 만들어낸다. 이 첫 얼굴에는 랭보와 발레리, 바슐라르와 바르트, 지라르와 블랑쇼에서 마지막까지 붙잡고 있었을 푸코로 이어지는, 김현의 왕성한 비평활동과 그 사이사이를 큰 폭으로 성큼거리며 지나온 순간들과 그 시기의 접점을 맞아 짬짬이 드리워놓은 김현 고유의 사상적 궤적들이 나란히 포개어져 있다.

두번째 얼굴은 한국문학의 속내를 헤아려 그 '사(史)'를 고민하고, 여기서 번역의 역할을 되짚어내며 그 위치를 캐물었을 때의 김현과 연관되어 있다. 한국문학사 전반을 정리하는 작업에 평생 매달렸던 김현에게 번역은 인식의 주요 대상이자 제 입장을 가져야만 하는 사회·문화적 현상이었을 것이다. 여기서 김현은 무언가를 골몰히 고민하는 듯 머뭇거리거나 탄식을 내뱉기도, 간혹 성토하는 모습을, 때론 상기되고 굳은 표정을 숨기지 않지만, 그러나 정작 드러나는 그 얼굴은, 애써 그것을 주시하고 헤아리려고 하지 않는다면, 오히려 보이지 않는 투명인간의 그것에 더 가깝다.

마지막으로 온전히 번역에 대해, 그 특성적 기반과 사회적 효과에 대해 고민한 김현이 있다. 그의 에세이에서 이따금 제 모습을 드러내는 얼굴이지만, 그가 출간했던 번역서와 편역서의 역자 서문이나 후기처럼, 그 '곁-텍스트'에 녹아 있다고 해서 그 형상이 비추어지지 않는 것도 아니기에, 이 얼굴은 김현 개인의 단상과 진단, 예방과 실천 의지와 포개어진다.

애당초 이 글은 김현의 두-세번째 얼굴을 번갈아가며 힐끔거리는 과정에서 구상되었다. 화사하건 음울하건, 온화하건 경직되어 있건, 이 두 얼굴의 표정을 읽어가며 애면글면 무언가를 끄집어내고자 했으므로, 한국문학사에 대해 김현이 품고 있던 생각의 저변을 훑어보며 번역과의 상관성을 노정해보려는 개인적인 의지와 맞닿아 있다고 보아도 좋다. "전체에 대한 통찰"과는 더러 동떨어져 있는 관계로, 글의 한계가 노출될 수도 있겠다. 또한 김현이 선보인 수많은 번역작품을 대상으로 삼아, 번역의 옳고 그름을 헤아리는 일에 할애된 것도 아니기에, 더구나 한국 근대문학과 관련되어 번역을 다루어본 글에서 두번째 얼굴을 잠시 마주한 적도 있어,[2] 되도록 글은 미처 다하지 못한 두번째 얼굴에 대한 내 생각과 아직 시도해보지 않은 세번째 그것에 대한 단상의 범주에서 크게 벗어나지 않으려고 애쓸 것이다. 초점은 따라서 김현이 한국문학에서 번역과 번역의 역할, 혹은 그 한계를 사유한(사유하지 않은) 흔적들을 살펴보고, 번역에 드리워진 그의 시선이 개별 주제로 묶여나올 만큼의 '론'을 형성하는지 그 여부를 추인해보는 언저리에서 맞추어질 것이며, 따라서 전자는 한국문학사 연구에 집중했던 김현의 초기 비평에, 후자는 그의 비평 말기에 간헐적으로 드러나는 사유를 중심으로, 혹은 전자에서 후자로 이어지는 사유의 변화에 기대어, 두 꼭지로 구성될 예정이다. 딱딱한 글, 밋밋하고 건조한 글이 될까 벌써 우려가 앞선다.

그러나 이 사실만은 기억해두어야 하겠다. 매 시기, 문학의 그 마디마디와 고비고비에 번역이 개입해왔다는 것, 위기의 순간을 맞이하여 이행의 경로를 개척하고 그 가능성을 타진해온 번역은 정치·사회적 상황이 빚어낸 충격을 수용하고 그 완급을 조절해나가며 새로운 것(타자)과 고유한 것(나)을 서로 대면시켜주었다는 바로 그 사실 말

---

2) 조재룡, 「번역문학과 '간고쿠진'의 정치성」, in 『비평』 2009년 여름호, 생각의 나무, pp. 246~65.

이다. 이러한 번역의 특성적 활동과 정치성은 보편성을 지닐 만큼의 힘과 무게로 세계문학의 역사 속에서 두루 읽혀온 것이기도 하다.

2. 한국문학사를 온전히 구성해낼 번역이라는 가능성

번역의 발생을 묻자면, 오히려 문학의 기원을 말해야 하겠지만, 그럼에도 불구하고 이런 말이 저절로 번역의 존재나 그 가치를 보증해주는 것도 아니다. 예나 지금이나, 여기서나 저기서나, 번역은 항상 괴롭힘과 추문에 시달려왔다. 번역은 여전히 의심스런 존재이고, 제아무리 환대받던 때라고 하더라도, 매 시기 심문의 대상이 될 수밖에 없었으며, 자신을 둘러싼 추문이나 괴롭힘으로부터 자유롭지도 못했다. 애당초 번역은 원문과 이길 수 없는 게임을 하고 있었다. 이는 전통에 비추어, 번역이 천덕꾸러기에 다름 아닌, 즉 서자(庶子)의 신세를 면할 길이 궁했던 탓이다.

우리 문학만을 떼어놓고 볼 때, 번역은 '불순성'과 '후차성' '모방성'과 '비창조성'을 베어 먹고 자라난 자식이었거나, 그것이 번역의 본성인 양 여겨왔다는 사실이 더욱더 도드라진다고 미리 말해두기로 한다. 원문(창작)이 밑져야 본전이었다면, 번역은 잘해야 본전인, 그와 같은 하나 마나 한 장사, 아니 월등히 잘해본들 그 본전을 밑돌기 일쑤였다. 부담스러운 일이기는 하나, 김현과 번역을 살펴보기 위해 개화기 우리 문학에서 이 글을 시작하는 것은, 함께 살펴볼, 이인직과 이광수, 혹 최남선에 대한 김현의 언급 때문이기도 하지만, 다음의 대목이 한국 근대문학의 저 시작을 예고하고 있기 때문이다.

문학에 한해서만 말한다면, 근대 문학의 기점은 자체 내의 모순을 언어로 표현하겠다는 언어 의식의 대두에서 찾지 않으면 안 된다. 그 언어 의식은 구라파적 쟝르만을 문학이라고 이해하는 편협된 생각에서 벗어나게 만든다. 언어 의식은 즉 쟝르의 개방성을 곧 유발한다. 현대시 · 현대소설 · 희곡 · 평론 등의 현대 문학의 쟝르만이 문학인 것은 아니다. 한국 내에서 생활하고 사고하면서, 그가 살고 있는 것의 모순을 언어로 표시한 모든 유의 글이 한국 문학의 내용을 이룬다. 일기 · 서간 · 담론 · 기행문 등을 한국 문학 속으로 흡수하지 않으면, 한국 문학의 맥락은 찾아질 수 없다. 그것은 광범위한 자료의 개발을 요구한다. 그러나 그 개발을 통해 한국 문학이 얻을 수 있는 것은 동적 측면이다. 그것만이 이식 문화론, 정적(靜的) 역사주의를 극복할 수 있게 해준다. 그런 의미에서 우리는 이조 사회의 구조적 모순을 문자로 표현하고 그것을 극복하려 한 체계적인 노력이 싹을 보인 영 · 정조 시대를 근대 문학의 시작으로 잡으려 한다.[3]

여기서 마지막 결구인 "잡으려 한다"는 번역의 '불순성'을 떠올리게 하지만, 의지를 피력한 일종의 모험이라는 해석을 유도하기에, 개화기 번역의 활동성에 대한 사유가 김현에게 존재하지 않을 것이라고 단정 짓는 걸 방해하는 것도 사실이다. 그러한데도 "이식 문화론, 정적(靜的) 역사주의"의 반대편에 서서 그것을 부정해가며 근대문학의 출발점을 역사에서 한참 끌어내릴 때, 그리하여 "이식"에서 오로지

---

3) 김현 · 김윤식, 『한국 문학사』, 민음사, 1973; 『전집 1』, p. 32.

외국 것의 남용과 무분별한 수입만을 염두에 두자고 김현이 주문해올 때 반사적으로 번역이 간과되어버리고 만다는 사실은, 김현에게 한국 근대문학사의 저 구성이란 객관적인 체계라기보다는, 오히려 전통과의 연속성을 확보하고 그 길을 터나가기 위한 노력의 일환으로 보인다. 결국 근대문학의 기원을 말하기 위해서 근대문학의 종언을 함께 고해야만 하는 운명이 여기서 번역과 함께 예고되는 것이다. 번역과 번역이 이루어낸 성취를 부정하고 문학사에서 그 꼬리를 잘라내야만 우리 근대문학이 전통과의 연장선상에서 제 성립의 가능성을 모색하게 되는 걸까?

그러므로 한국 근대문학사의 구성에 필연적인 번역과 그 활동에 대한 사유는, 적어도 초기의 김현에게는 존재하지 않거나, 보이지 않는 실체를 가질 뿐이라고 말해야 한다. 김현이 "일기 · 서간 · 담론 · 기행문 등을 한국 문학 속으로 흡수하지 않으면, 한국 문학의 맥락은 찾아질 수 없다"고 말할 때, "외국 문학은 배척되어야 할 것이 아니라 비판적으로 수용되어야" 한다고 주장하거나, "이탈리아 문학의 영향 없는 영국이나 프랑스의 중세 문학, 영국 문학이나 독일 문학의 영향 없는 프랑스 낭만주의 문학을 어떻게 상상이나 할 수 있겠는가"[4]라고 목소리를 돋우어 자문할 때, 그럼에도 그가 할 말을 충분히 한 것은 아니라고 느껴지는 것도 바로 이 때문이다. "쟝르의 개방성"을 언급함에도, 이러한 주장에 적절한 근거를 제공해줄 증거로 김현은 왜 번역과 번역문학이 한바탕 풀어놓은 그 파장을 염두에 두지 않았던 것일까? 김현의 말처럼 우리 문학을 살찌운 자양분이 "일기 · 서간 · 담

---

4) 김현, 『한국 문학의 위상』, 문학과지성사, 1977; 『전집 1』, p. 97.

론·기행문"이라면, 여기에 번역이 추가되지 말라는 법도 없다. "쟝르의 개방성"이라는 것도 대부분 번역을 통해 추동되었을 뿐이기 때문이다.

한국 근대문학을 앞에 놓고서 시기 구분을 고민하던 김현에게, 번역은 감추어진 사유의 한 형태, 즉 할 수 있었거나, 후기의 비평에 와서 겪게 된 변모를 염두에 둔다면, 가슴에 한껏 재워놓은 잠재적인 긴장처럼 드러난다. 가령, 이런 대목은 번역의 관점에서도 충분히 읽을 만하다.

외국 문학 역시 외국의 사회적 정황의 소산이지, 그것과 무관한 독립체가 아니다. 외국 문학을 그 사회와의 관련 밑에서 고찰하면, 그것이 올바른 것인가 올바르지 않은 것인가를 판단하는 대신 그것이 유효한 것인가 유효하지 않은 것인가를 따질 수 있게 되며, 그것은 한국 문학 자체의 반성에 유용한 힘으로 작용할 수가 있다. 외국 문학은 부인되어야 할 것이 아니라 한국 문학을 살찌우는 요소로 받아들여야 한다. 그것은 한국에서의 외국어 교육의 필요성에 밀접하게 대응한다. 문화적 역량은 자국 문화와 타국 문화의 대립을 기피시키는 데서 길러지는 것이 아니라, 그것을 강화시키는 데서 오히려 길러진다. 외국 문학의 이해는 세계 문화의 중심은 어디이며, 그 중심의 지배적 이데올로기는 무엇이며, 그것은 인간을 어떻게 파악하고 있으며, 한국 문학은 그 중심에서 얼마나 거리를 유지하고 있으며, 그것은 바람직한 것인가 아닌가 하는 것들을 다시 생각하게 만든다. 그리고 그것이야말로 한국 문학을 살찌우는 영양소이다. 주체성이라는 말을 배타성·고립성이라는 것과 동일시해서는 안 된다. 그것은 역동적인 의미, 이질적인 것과의 싸움 속에서 찾아질 수 있는 의미를 갖고 있어야 한다. 한국에서 문학 활동을 하는 것은, 그러므로 외국 문학을 모방하기 위해서가 아니고, 외국 문학과 어떻게 싸울 수 있는가를 보여주고, 그 싸움의 과정에서 주체성이 드러날 수 있도록 하기 위해서인 것이다. (『전집 1』, p. 186)

번역과 그 행위에 대한 성찰이 여기에 무른 속살처럼 감추어져 있다고 보아도 좋을 이유는 이 대목에서 거개의 문장이 무언가를 감싸고 있는 단단한 껍질처럼 보이기 때문이다. 예컨대 "외국 문학은 부인되어야 할 것이 아니라 한국 문학을 살찌우는 요소로 받아들여야 한다"는 지적은 그 방법과 구체적인 절차로 번역을 염두에 두고 있었을 것이라는 점을 암시하고 있으며, 외국 문학이 "한국에서의 외국어 교육의 필요성에 밀접하게 대응한다"는 주장 역시, 우리말과 우리 문학의 '자생성'을 염려하기 이전, 번역에 대하여, 해야만 했지만 그럼에도 채 못다 한 말을 김현이 가슴속에 머금고 있는 것은 아닌가 하는 의문을 낳게 한다.

이렇게 보자면 "주체성이라는 말을 배타성·고립성이라는 것과 동일시해서는 안 된다"고 촉성하면서 "그것은 역동적인 의미, 이질적인 것과의 싸움 속에서 찾아질 수 있는 의미를 갖고 있어야 한다"라고 김현이 힘주어 말할 때, 이러한 주장을 실현할 유일한 방법은 기실 번역밖에 없으며, 따라서 김현이 언급한 "이질적인 것과의 싸움"이란 바로 번역과 그 행위, 번역으로 맞닥뜨린 문학적 이행의 상황에 대한 지적이자, 그것이 지닌 가치와 투쟁의 과정을 말하고자 한 것에 다름 아닐 것이다. 그 행과 행 사이에 생략되어 있거나 김현이 생략해놓은 것은 바로 번역과 번역문학의 파장, 외국 문학과의 대면 속에서 번역이 한국문학에 몰고 온 근대적인 것의 정착과 이 투쟁의 과정인 셈이다.

따라서 한 국가의 문화적 역량이 "자국 문화와 타국 문화의 대립을 기피시키는 데서 길러지는 것이 아니라, 그것을 강화시키는 데서 오히려 길러진다"는 김현의 지적은 사실 번역이라는 최후의 저항선에서, 그리고 번역이라는, 낯선 것과의 저 대면의 장소에 정박해서만 우리 고유의 것도 함께 살찌워나갈 수 있다는 말을 그 안에 감추고 있다고 볼 수 있다. 우리 문학이 타자의 그것과 함께 맞물려 있다고 가정할 때, 완성된 '상'을 구현하게 될 것이라는 김현의 직관을 드러내고 있다는 면에서, 특히 아래와 같은 대목은, 우리 근대문학을 그 바탕에 깔고 있는 김현 번역론의 밑그림, 그럼에도 겉으로 드러나지 않은 그 청사진을 고스란히 투시하는 글로 읽히기에도 부족함이 없다.

문학의 생산성과 자율성에 새로운 의미를 부여해준 것은 서유럽적인 문화 체험이었다. 18세기 이후에 뚜렷하게 진행되어온 서유럽의 문학적 변모, 문학의 생산성과 자율성 획득은 한국에서도 서서히 행해지고 있었고, 그래서 그 의미 역시 서유럽식으로 이해되었다. 그것에 정확한 의미를 부여하기 위해 19세기 이후에 한국에서는 문학에 대한 논의가 점증하였다. 문학 자체에 대한 반성이 행해졌고, 그 결과 문학이란 무엇이며, 문학이 할 수 있는 것은 무엇인가라는 것이 논의의 중심을 이루었다. (『전집 1』, pp. 160~61)

번역을 서구의 근대지식과 근대문학의 국내로의 진입과 그 섞임을 주도해나갔던 주체적인 행위이자, 한국 근대문학의 출발점으로 표정하고자 하는 관점에서는 김현의 앞 지적이 일면 아슬아슬한 곡예와도 같아 보일 것이다. 사이사이에 유령처럼 떠돌고 있는 대목을 임의로 불러내 이 청사진에 빛을 쬐어 읽어가다 보면, 투명인간의 실루엣이 잡힐지도 모를 일이다. 무람없이 동일한 대목에 덧칠을 해본다.

문학의 생산성과 자율성에 새로운 의미를 부여해준 것은 (**번역과 번안, 중역을 통한**) 서유럽적인 문화 체험이었다. 18세기 이후에 뚜렷하게 진행되어온 서유럽의 문학적 변모, 문학의 생산성과 자율성 획득은 한국에서도 (**개화기 전후, 외국과 대면한 번역적 · 구어적 상황에서**) 서서히 행해지고 있었고, 그래서 그 의미 역시 서유럽식으로 (**그러나 한편 일본을 통해 수용되었지만, 그럼에도 한국어로 표기해나가며 차츰 정착되고 재현된 상태에서**) 이해되었다. 그것에 정확한 의미를 부여하기 위해 19세기 이후에 한국에서는 (**번역을 통한 문학적 실험과 장르의 교환이 이루어졌으며, 근대 한국어의 에크리튀르의 실험을 동반한 그 지난한 과정 속에서**) 문학에 대한 논의가 점증하였다. (**번역-번안-중역을 통해 국내에 선보인 문학작품들과 그것의 한국어로의 재현과 지속적인 소개를 통해**) 문학 자체에 대한 반성이 행해졌고, 그 결과 문학이란 무엇이며, 문학이 할 수 있는 것은 무엇인가라는 것이 (**개중 특히 수많은 잡지에 소개되고 신문에 연재된 번안소설이나 번역시를 기점으로**) 논의의 중심을 이루었다.

타자와의 대면 과정을 짚어가며 우리 근대문학의 활동을 말하고, 그 시기를 설정하기 위한 김현의 노력과 마주하여 '번역에 대한 감추어진 사유'를 그 안에서 불러내는 일은 녹슨 시계 부속처럼 삐걱거리는 전통과 근대의 이분법을 와해시키는 동시에, 그 사이의 공백 지점을 파고드는 일과 일면 무관하지 않다. 번역, 번역행위의 가치, 번역이라는 실험, 그 실험을 통한 우리말 '서기체계(에크리튀르)'의 정착이나 근대적 사유의 착종과 혼종은 '전통/근대'의 이분법에서 빠져나와 한국문학을 오롯이 사유하게끔 그 톱니와 톱니 사이에 기름칠을 해줄 것이기 때문이다. 그리고 비로소 이때 김현의 한국문학사는 아귀가 잘 맞아떨어지는 하나의 완성된 퍼즐이 된다. 문학사에서 시기 구분의 딜레마를 보여주는 아래의 글은 김현의 시대의식을 드러내는 것이기도 하지만, 전통을 잇는 연결 고리를 염려하여, 제 독서에서 한 편만을 짚어낸 순수한 열망에서 기인한 것이기도 하다.

임화는 한국의 근대 문학을 서구 문학의 이식사라고 못 박고 있으며, 백철은 임화의 관점을 조금 수정하여 이식 논쟁사의 관점에서, 조연현은 문단사의 관점에서 각각 문학사에 접근하고 있다. 임화의 견해를 따르면, 한국 근대 문학은 일본을 통한 서구 문학의 이식이라는 것인데, 그렇게 되면 고전 문학과 근대 문학의 단절이 메워질 도리가 없게 된다. 서구 문학 이론에 대한 병적인 경사와 합리적인 방법으로 제기된 전통 단절론은 그의 문학사가 끼친 큰 해독이다. 그 결과 한국 문학인들의 모든 노력은 모방이나 추종에 불과하게 된다. 50년대말의 비평계를 휩쓴 작가들의 이론적 오류 찾아내기 시합은 임화 문학사와 같은 의식의 연장선 위에서 가능했던 작업이다. 그러나, 문학은 어떤 의미에서건 그가 속한 사회와의 격투의 흔적이며, 좋은 작품은 그것이 모방하려고 했던 작품을 뛰어넘어선다. 그런 넘어섬(초월)이 가능한

작품들의 목록은 근대문학의 목차 자체를 바꿔버린다.[5]

"서구 문학 이론에 대한 병적인 경사"를 우려하며 "고전 문학과 근대 문학의 단절"의 주역으로 임화가 타매되어 읽힐 때, 한국 근대문학의 시작은, 옳고 그름을 떠나 그 묘연한 행방을 꼬리째 감추어버리고 만다는 데 문제가 놓여 있다. 김현이 옳게 지적한 것처럼, 문학이 "그가 속한 사회와의 격투의 흔적"이며, "좋은 작품은 그것이 모방하려고 했던 작품을 뛰어넘"는 것이라고 한다면, 이 "격투"를 주도한 주체와 "좋은 작품"의 범주에 번역문학이 등재되지 않는 것은 아니다. 이 격투와, 모방을 뛰어넘는 행위가 20세기의 벽두에 우리에게 잦아든 저간의 사정에는 번역과 번안, 재번역-중역, 차용이나 베껴적기가, 빠질 수 없는 무게로 제 자리를 말하고 있어, 결국 "메워질 도리가 없"다는 고전과 근대의 단절이라는 설정을 밀어내고, 그 자리에 혼종과 섞임을 들여놓기 때문이다. 개중 상당수는 빅토르 위고의 『레 미제라블』을 발췌한 최남선의 「A·B·C 契」나 「너 참 불쌍타!」처럼, 프랑스어-영어(축약본)-일본어-한국어를 경유한 '삼중역'이기도 했다.

중요한 사실은 남의 것의 틈입과 그것의 혼용, 즉 번역을 통해서 우리말의 에크리튀르를 만들어가고자 하는 일련의 실험과 그 실험을 움직이게 한 계몽의 의지가 척박한 조선 땅에 당도했으며, 그럼에도 여기서 근대적인 것을 한껏 궁리해 나아갔다는 점을 재차 강조하는 데 있다. 심지어 그것이 베껴 적어놓은 것, 꾸어다 놓은 것, 일본어

---

5) 김현, 『사회와 윤리』, 일지사, 1974; 『전집 2』, p. 186.

나 일본문학을 경유한 것이라고 하더라도, 베낀 것은 우리말로 재현되는 바로 그 순간, 베낀 것 이상의 무언가를 창출해내기 때문이다. 이 무언가는 물론 근대사상(주로 개념어)과 '근대 한국어'(통사구조, 어휘, 고유한 문체)——언어와 사상, 말과 사유는 항상 불가분의 관계를 맺는다——에 다름 아니다. 매듭짓기 전에 다시 언급하겠지만, '국어'(근현대 한국어같이)란, 순결한 것도 순수한 것도 아니다. 프랑스어나 이탈리아어, 영어라고 해서, 아니 그 영향을 지나치게 우려해왔고, 이와 비례해 터부시해온 일본어라고 해서 예외는 아니다. 세상의 모든 '국어', 모든 언어는 결국 혼종의 산물일 뿐이기 때문이다.

김현이 과거로부터 이어지는 유산을 고유성이라는 말로 붙잡고서 전통과의 연속성을 염려하며 구분해낸 '이식과 전통'이라는 이분법이 반드시 유용하지만은 않은 것은 김현이 비판한 임화에게조차, 외국문학의 이식 과정이 외부의 것에 대한 일방적인 선고나 통고, 전통과의 단절을 전제한 새것의 수입만을 의미하는 것은 아니었기 때문이다. "자기의 과거유산"이 "대립물로서 취급할 때도 외래문화에 대하여 주관적으로" 작용한다고 생각했던 임화에게 "새로운 문화의 창조"란 일방적인 이식이 아니라, "양자의 교섭의 결과로서의 제삼(三)의 자(者)를 산출하는 방향"[6]을 바라보는 운동의 일환처럼 설정되어 있다는 사실을 잠시 지적해두는 게 필요하겠다. 이렇게 보면 오히려 그 교섭을 염려하고 새것의 도출과 그 가능성을 변증법적으로 사유했던 임화에게 드리워놓은 김현의 저 우려 깊은 시선에는 1960~1970년대의 부박한 현실과 황량한 문학적 상황에서, 또한 "일본의 역할이

---

6) 임화, 『임화 신문학사』, 임규찬·한진일 편, 한길사, 1993, p. 380.

갑자기 전무해진 이상한 상태"[7]를 맞이하여, 그러나 우리 문학의 고유성을 진지한 어조로 고민해보며 그 소실점을 전통에서 찾아보고자 노력했던, 민족주의자의 순정한 열망이 한가득 어려 있다. 번역과 그 행위의 가치에 대한 사유를 통해 재고될 수 있었던 것으로 보이는 만큼, 4·19 한글세대에 자긍심을 갖고 있던 비평가 김현이 단절에 대한 우려를 조금 덜어내고, 전통에 기저한 우리 것에 대한 집착에서 더 자유롭고 유연했기를 바라는 마음은 당대에 내려놓은 그의 깊은 시름과 고민을 채 읽어내지 못한 나의 우둔함에서 기인하는 것일까?

3. "무국적어의 문학"의 알리바이

한국문학사를 구성할 실질적 대상들을 "시대의 양식"이라는 이름으로 헤아리고자 "무엇이 조선의 근대 문학이냐"라고 묻던 임화의 물음은 결국 '무엇이 조선의 번역문학이냐'라는 점을 캐묻게 한다는 점에서 의미심장하다. "성서번역과 언문운동"이라는 주제를 포괄적으로 살펴 "교과서 및 공문서, 신문과 잡지와 더불어 기독교 문헌은 조선어의 정리와 언문의 부활에 특이한 역할을 演한 것으로 그 영향은 문체에까지 미쳐 이른바 기독교식 조선글체라는 것을 형성"[8]했다는 결론을 신문학사에서 끄집어낸 임화의 사유는 그러나 김현의 다음 지적

---

7) 김현, 『분석과 해석: 주(鷦)와 비(翟)의 세계에서』, 문학과지성사, 1988; 『전집 7』, p. 241.
8) 임화, 같은 책, p. 112.

과 비교하면 오히려 부정되어야 할 무엇으로 읽힌다.

이런 기독교와 발을 맞추어 서구 문학이 수입된다. 소설과 시·희곡 등의 전연 새로운 장르들이 수입된다. 이 새로운 장르의 수입은 1896년의 찬송가의 번역에 큰 힘을 얻고 있다. 〔……〕 그 찬송가에 의해 근대화·서구화 경향, 혹은 애국 애족을 주제로 하는 창가의 급속한 발달을 보았고, 1919년 주요한의 「불놀이」 발표 이후, 서구시와 서구 소설이라는 새로운 장르는 완전히 판소리 같은 재래 장르를 제압하고 문학사의 전면에 나타난다. 이러한 사정을 가장 비극적으로 표출해 보여준 것이 이인직(李人稙)의 『혈의 누』이다.[9]

"찬송가의 번역에 큰 힘을 얻고" 있다는 "서구 문학"의 번역과 수입은 "외국 문물, 기독교를 선전하기 위해 한글이 사용"(『전집 2』, p. 112)되기 시작했다는 사실을 알려줌에도, 결국 우리 문학을 보존하는 데 크게 해가 되었다는 말이다. 임화와 김현은 여기서 각기 다른 길을 걷기 시작한다. 한국문학사 구성에서 김현의 인식론적 기반이기도 했던 내재적 발전론과 발생론적 구조주의에 비추어, 번역은 이렇게 잘라내 버려야 하는 무엇, 껄끄러운 무엇, 부정적인 무엇을 유포할 혐의가 가장 짙은 행위로 자리 잡는다. 그렇기에 신소설은 물론 구리야가와 하쿠손(廚川白村)이나 우에다 빙(上田 敏)의 영향을 받은 주요한의 산문시처럼 번역을 통한 시 창작 역시, 문학사 전반에서는 우리 것과의 단절을 조장하고 억압하는 기재로 인식된다.

---

9) 김현, 『한국 현대 문학의 이론』, 민음사, 1972; 『전집 2』, p. 46.

전통과의 연장선에서 우리 것을 찾고자 고민하는 김현이 이 '전통/이식'의 대결구도에서 비극의 지평선을 바라보는 것은 우연이 아니며, 이때 전통은 근대를 담보하지 못하는 우리 문학의 주체, 따라서 '지금-여기서' 아직 구현되지 못한 주체가 되어, 건너올 수 없는 심연 속으로 가라앉고 만다. 그렇다면 구체적으로 김현은 무엇을 비극적이라고 말했던 것일까? 이인직의 신소설 『혈의 누』에 대한 김현의 보충 설명이다.

여하튼 놀라운 것은 최초의 신소설로 알려져 있는 첫 『혈의 누』가 무국적어로 씌어지고 있다는 사실이다. 그것은 '일부인(一婦人)'이 '한부인'으로 '연(年)희 29세(二十九歲)'가 '나희 스물아홉 살'로 훈독(訓讀)되어 있다는 데 근거를 두고 있는 것이 아니라 보다 더 악질적인 사실, 가령 가내(家內)를 '아내', '오양(奧樣)'을 '아씨', 어양양(御孃樣)'을 '아가씨', '사(私)가'를 '내가', '구방(具邦)'을 '영감', '지거(芝居)'를 '혈율사'로 병기한 데에 근거를 두고 있다. 이 사실은 무엇을 의미하는 것일까? 이것은 우리의 최초의 신소설이 일본 문장의 영향 아래 씌어졌다는 자명한 사실만을 보여주는 것이 아니라, 실로 중국 문장도 일본 문장도 아닌 무국적의 문장으로써 씌어진 것을 의미한다. 이 무국적어의 사용은 소위 소설이라는 장르가 내부의 필연성에 의하지 않고 황당무계하게 접목된 것을 나타내준다고 볼 수 있을 것이다. 서구식 발상의 소설과 시는 전연 새롭게 그리고 황당무계하게 이식된 것이다. 정상적인 정신의 양식화 작용에 의하지 않고 서구 문학의 제 패턴들은 그대로 수입된다. 한국 문학사만의 독특한 개념들, 낭만주의 · 자연주의 · 사실주의식의 발전, 혹은 아무런 역사 의식 없는

문학 사조의 이식 같은 것이 형성된 것은 이런 무조건 수입의 덕택이다. (『전집 2』, pp. 46~47)

김현이 여기서 "내부의 필연성"이나 "역사 의식"의 알리바이로 생각해낸 "정상적인 정신의 양식화 작용"은 임화의 "시대의 양식"과도 일면 상통하는 것으로 보인다. 그러나 이보다 더 중요한 사실은 번역과 혼용의 범주 밖으로 "이식"을 밀쳐낸 김현의 인식에 놓여 있다. 1906년『만세보』연재에서 선보였던 국한문 혼용체가 김현의 지적처럼 "무국적어의 사용"이라고 하더라도, 그러나 그 판본의 변화는 텍스트의 발전에 밀접히 관여하는 것이기에, 전통이라는 거울에 비추어 본 김현의 지적을 온당한 것이라고 여긴들, '발전'과 '변화'를 담보한 운동과 그 운동이 만들어낸 힘이 오그라들거나 가치를 상실하는 것은 아니다. 두 가지 판본이 있다던 조연현을 인용하며, 김현이 "무국적어의 사용"을 질타한『혈의 누』의 초판과 이듬해에 출간된 판본의 첫 대목이다.

　일청전쟁　　　　평양일경
　日靑戰爭의총쇼리는, 平壤一境이쩌ㄴ가ㄴ듯하더니, 그총소리가긋
　　　청인　패　군사　츄풍　낙엽　　　　일본
치민, 淸人의敗한 軍士ㄴ秋風에 落葉갓치훗터지고, 日本군사ㄴ물미
　서북　　향　　　　　　　산
듯西北으로向ㅎ야가니그뒤ㄴ山과들에, 사람죽은송장샏이라 (1906년
『만세보』의 연재본)

　일청전장의 총쇼리는 평양일경이 쩌ㄴ가ㄴ듯ㅎ더니 그 총쇼리가 긋
치민 사롬의ㅈ취는 쯔 너지고 산과들에비린쎅쓸샏이라 (1907년 광학서
포의 단행본)

"오히려 한문체에 토를 단 것"(『전집』, p. 306)에 가깝다고 할, 1895년 유길준이 『서유견문』에서 선보였던 국한문 혼용체와 비교해 보아도 매우 상이한 글쓰기의 한 형태를 보여주는 『만세보』의 판본이 일본어의 '후리가나'(흔히 '루비'라고 말하는)와 유사한 첨자를 한자 위에 표기해두어, 한자의 음독을 살려내면서 한글 읽기에다 한자의 체계를 포괄적으로 담아내었다고 한다면, 이에 비해 불과 1년 후에 출간된 광학서포의 단행본은 이것마저 떼어버리고 한글식 표기로 문장 전체를 구현했다. 한편 1940년에 『문장』에서 연재된 1912년의 동양서원 판본과 해방 이후, 정음사와 을유문화사에서 출간된 판본은 앞 구절을 이렇게 다시 적고 있다.

일청전쟁 총소리에 평양(平壤)성이 떠나가는듯 하더니 그 총소리가 뚝 끝이매 인적(人跡)은 끊어지고 모란봉만 높았는데 적적한 비인 산중에 날아들고 날아가는 가마귀 소리뿐이라. (1912년 동양서원 단행본)

일청전쟁(日淸戰爭) 총소리에 평양성(平壤城)이 떠나가는듯 하더니 그 총소리가 뚝 끝이매 인적(人跡)은 끊어지고 모란봉만 높았는대 적적한 비인 산중에 날아가는 가마귀 소리뿐이라. (1955년 정음사 단행본)

일청전쟁(日淸戰爭)의 총소리는 평양 일경이 떠나가는 듯하더니, 그 총소리가 그치매 사람의 자취는 끊어지고 산과 들에 비린 티끌뿐이라.

(1969년 을유문화사 단행본)

　1906년(『만세보』) → 1907년(광학서포) → 1912년(동양서원) → 1940년(『문장』) → 1955년(정음사) → 1969년(을유문화사)의 판본을 거치는 과정에서 일어난 일련의 변화는 한 나라의 국어의 형성, 즉 근현대 한국어가 제 꼴을 갖추어나간 일련의 절차를 보여주는 한 예는 아닐까? 그것은 다름 아닌, 근대 한국어 통사체계의 확립 과정(단박에 성취되는 법이 없다는 점에서 방점을 찍어놓아도 좋다)이며, 여기에는 조사의 활용, 어간과 어미의 정착화, 일본식이건 그렇지 않건, 한자어를 통한 개념어(근대 개념어)의 적극적인 포섭이 포함되어 있다. 근대 한국어 서기체계의 이러한 면모를 더 잘 드러내는 것은 기실, 신소설보다는 오히려 일본어 '중역'을 바탕으로 진행된 번역작품들이다. 최남선과 이광수에 대한 김현의 지적이다.

　최남선의 문장은 한글로 씌어져 있을 뿐 정확한 산문 문장이라고 하기보다는 고대 소설투의 문장이다. 그러나 이광수의 문장은 고투를 완전히 벗고 '~다'나 현재 진행형, 과거형 등을 정확하게 사용하고 있다. 그 차이는 어디에서 오는 것일까? 그것은 이광수가 언주문종체를 사용했기 때문에 얻어진 것은 아니다. 그것은 오히려 서구 문장의 번역에서 얻어진 것이라고 하는 것이 더욱 타당하다.[10]

　비교적 드물게 최남선을 언급했다는 점을 염두에 둔다면, 김현의

---

10) 『이광수』, 김현 편, 문학과지성사, 1977: 『전집 4』, pp. 363~64.

이와 같은 지적이 최남선의 '산문'(문장) 전반으로 일반화될 수는 없을 것으로 보인다. 특히 그것이 최남선의 번역서에 등장하는 '산문'(나는 이걸 한국 근현대 산문의 시발점이라고 생각한다)이라고 한다면, "고대 소설투" 외에 또 다른 실험들이 거기에 존재할 것이기 때문이다. 다음은 위고의 『레 미제라블』의, 아직 그 정체를 파악하지 못한 영어 축약본의 일본어 번역본[11]에서 비교적 충실하게 중역해온 것으로 알려진 최남선의 번역본 중 마지막 부분을 발췌한 것이다.

野蠻(쌔베이지)! 우리는 이말의 쯧을 解釋할지로다. 독긔를 들고 槍을 둘으면서 咆哮하고 叫煥하고서 파리의 市街로 닷고 지치난 이 머리털을 곤두세운 過激한 사람들은 그 目的으로 웃더한것을 가졌나뇨. 그네들은 壓制의 滅亡을 바랏도다. 虐政의 滅亡을, 槍劍의 滅亡을. 어른에게는 職業, 어린이에게는 敎育, 婦人의 自由에 對하야는 社會의 憫愛, 平等, 友愛, 아모에던지 衣食, 아모에든지 思想, 世界의 極樂化, 곧 『進步』를. 그런데 이 神聖하고 善良하고 溫和한 '進步'가 그의 門에 기다리고 있거늘 그들은 미치광이 모양으로 손에 몽둥이를 들고 닙으로 부르지짐을 썻도다. 그들은 野蠻이라, 올타 果然 野蠻이라, 그러나 '文明Civilization의 野蠻Savage'이라.

그들은 猛烈하게 '權利'를 차지려하도다, 過激하게 人類를 極樂으로 몰아느라고 하도다. 그들은 野蠻갓히 보인다 그러나 實은 救世主니라. '夜'의 탈을 쓰고 그들은 '光'을 구하도다.[12]

---

11) 1894년에서 1895년 사이에 『少年園』에서 연재되었던 하라 호이츠안(原抱一庵)의 「ABC 組合」.

프랑스어 원본에 비추어보면, 이 대목은 마지막 장에 등장하는 내용은 아니다. 그럼에도 불구하고 최남선은 의도적으로 제 번역의 마지막에 이 대목을 배치함으로써 서구를 바라보는 자신의 시선, 걱정에 가득한 저 계몽적 어투와 고뇌를 노출시킨다. 서구의 것에 두려움을 갖고 있지만, 우리에게도 필요한 개혁이라는 최남선의 염려와 희구를 동시에 읽어내는 것보다, 오히려 지금 우리가 사용하고 있는 통사구조와 상당히 유사한 구문으로 되어 있다는 사실을 이 구절에서 말해야, 번역의 가치를 되물을 수 있을 것으로 보인다. 최남선의 번역문 전반이 띄어쓰기의 정착, 구두점의 체계적 사용, 전통 한자와 일본식 한자(주로 개념어로, 최남선이 일부러 강조한 듯한 '權利' '文明' '進步'나 職業, 敎育, 自由, 社會 같은 낱말들)의 혼종적 배치, 우리말 조사와 접속어의 사용 등이 목격되는, 비교적 완성된 구문의 형태를 취하고 있기 때문이다. 일본어 번역본을 그대로 베꼈다고 해도(사실 두 판본을 비교·분석한 후에야 할 수 있는 말이기도 하다), 우리말로 다시 베껴 적어나간 그 과정은 기존의 한문맥(漢文脈)과 서구어의 문맥〔歐文脈〕을 착종하는 결과를 도출했다고 보아야 한다.

　　이 시기, 번역이 일본어-중국어-한문-서양어라는 커다란 부채를 펼쳐 들고서, 그 폭 안에서 저항의 담론을 만들어내고, 계몽과 근대화 담론의 초석을 다져나가면서, 우리말에 다양한 정치성을 분배하고 또 (재)배치했다는 사실은, 번역에 대한 '포괄적인 평가'가 한국 근

---

12) 「歷史小說 Ａ Ｂ Ｃ 契」, 쎅토르, 유우고 原作(『미쎠리쌀』에서 摘譯), 『소년』(영인본),
　　1910. pp. 103~04.

대문학사의 차원에서 이루어져야 한다는 점을 시사한다. 동일한 구절이다.

野蠻(새비지)! 우리는 이 말의 뜻을 해석할지로다. 도끼를 들고 창을 두르면서 포효하고 呌煥하고서 파리의 시가로 닫고 지치는 이 머리털을 곤두세운 과격한 사람들은 그 목적으로 어떠한 것을 가졌느뇨. 그네들은 압제의 멸망을 바랐도다. 虐政의 멸망을, 창검의 멸망을, 어른에게는 직업, 어린이에게는 교육, 부인의 자유에 대하여는 사회의 憫愛, 平等, 友愛, 아무에든지 衣食, 아무에든지 사상, 세계의 극락화, 곧 '進步'를, 그런데 이 신성하고 선량하고 온화한 '進步'가 그의 문에 기다리고 있거늘, 그들은 미치광이 모양으로 손에 몽둥이를 들고 입으로 부르짖음을 썼도다. 그들은 野蠻이라. 옳다. 과연 野蠻이라. 그러나 '文明Civilization'의 野蠻Savage이라.

그들은 맹렬하게 '권리'를 찾으려 하도다. 과격하게 인류를 극락으로 몰아넣으려고 하도다. 그들은 야만같이 보인다. 그러나 실은 救世主니라. '夜'의 탈을 쓰고 그들은 '光'을 구하도다.[13]

영인본을 복간한 위의 1973년 판본과 비교해보아도, 앞에 인용했던 최남선의 초판본과 그다지 큰 차이를 보이지 않는다고 한다면, 김현이 말한 "고대 소설투"는 최남선의 또 다른 산문들(예를 들어 신화나 지리에 관한 최남선의 번역문이나 글들)에 부합하는 것이거나, 혹

---

13) 최남선, 『육당 최남선 전집 13권(역문)』, 고려대학교 아세아 문제 연구소 편, 1973, pp. 250~51.

여기서 목격되는 종결어미(~로다, ~도다, ~이라, ~니라)의 사용에 국한될 수 있을 뿐, 이외의 다른 해석을 제기할 가능성을 굳게 닫아버리는 것은 아니다. 다음은 『무정』에서 이야기가 시작되는 도입 부분의 한 구절이다.

"요-오메데또오 이ㄆ 나즈세(약혼 사람)가 잇나보에그려 움나루호도(그러려니) 그러구도 닉게는 아모 말도 업단말이야에 여보게" 하고 손을 후려친다

형식이 하도 심란하야 구도로 쌍을 파면셔

"안이야 져 자네는 모르겟네 김장로라고 잇느니⋯⋯"

"올치 김장로의 쌀일셰 그려 응 져 올치 작년이지 정신녀학교를 우등으로 졸업하고 명년 미국 간다는 그 쳐녀로구면 베리 씃"

"ㅈ네 엇더케 아는가"

"그것 모르겟나 이야싯구모 신문긔쟈가 그런데 언졔 엥게지멘트를 하얏는가"

"안이오 쥰비를 혼다고 날더러 미일 한시간식 와 달나기에 오늘 쳐음 가는 길셰"

"압다 나를 속이면 엇졀터인가"

"엑"

"히ㄆ 그가 유명혼 미인이라데 ㅈ네 힘에 왼걸 되겟나마는 잘일너보게 그러면 쏘 보셰" 하고 대푀밥 벙거리를 버셔 활ㄆ 부치을 하며 교동 골목으로 나려간다 형식은 이ㅼ것 그의 넘어 방탕홈을 어물하더니 오늘은 도로혀 그 파탈하고 쾌활홈이 부러운듯하다[14]

이 대목은 『무정』에 등장하는 한량 신우선의 경박한 면모를 무엇보다도 우선, 그 말투에서 짚어볼 수 있게 해준다. 눈에 띄는 것은 일본어와의 혼용[15]을 통해 당대의 언어 사용을 이광수가 적나라하게 보여주고 있다는 점이다. 김현이 지적하듯, 비단 "고투를 완전히 벗고 '~다'나 현재 진행형, 과거형 등을 정확하게 사용하고 있"기 때문일 뿐만 아니라, 오늘날 영어 단어나 간단한 표현을 간간이 섞어가며 제 말로 삼는 우리들의 그 말투, 바로 그와 같은 저잣거리의 생생한 말투와 그것의 활동성을 드러내는 일을 게을리하지 않았기에, 이광수의 이 대목은 시대의 증거가 된다. 모든 문학작품은 그것이 씌어진 최초의 방식으로 존중받을 권리를 갖고 있는 것이다. 김현이 "오히려 서구 문장의 번역에서 얻어진 것이라고 하는 것이 더욱 타당하다"고 한 것은, 이런 관점에서 보면 매우 의미심장한 지적임에 분명하다. 김현은 이렇게 "각 판본 사이의 비교와 어떤 판본을 정본으로 선택했는가에 대한 자세한 설명이 없다는 것과 신문 논설문, 일문(日文)으로 씌어진 그의 글들을 다 찾아내 원문과 번역문을 같이 싣지 않은 것이 그 판본의 흠"이라며, 자신이 참조한 1963년의 삼중당 판본에 대한 평가를 아끼지 않았으며, 결국 "반드시 보완되어야 할 성질의 것"(『전집 4』, p. 348)이라고 판본의 문제를 제기하면서 '최초의 텍스트

---

14) 이광수, 『바로잡은 『무정』』, 김철 해제, 문학동네, 2003, pp. 39~40.
15) 이 대목에 대한 설명으로 김철은 1956년 광영사의 판본에서 우리말로 바꾼 부분("요-오메데또오" → "참 좋은 일일세", "이이나즈께"와 "옴나루호도"의 삭제, "이야시우모" → "적어도"로 번역하여 삽입한 사실)을 지적하여, 판본과 그것의 수용에 대한 문제를 제기한 바 있다(앞의 책, pp. 726~27을 참조할 것). 이후, 문학과지성사 판본(2009년)과 민음사 판본(2010년)은 일본어 표기를 그대로 살린 이 문학동네 판본을 수용한다.

로 읽힐 문학작품의 권리'를 차후의 과제로 남겨놓는다. 다시 김현의
지적이다.

그의 새 생각은 새 표현을 요구한다. 그 표현은 구투로 행해질 수 없
다. 그러므로 그의 문장은 단순한 언주문종(言主文從)이 아니라, 서양
언어의 직역투의 문장이다. 그 직역투의 생경한 문장은 그의 개화 의
식의 생경함에 적절하게 대응한다. 그의 직역투의 문장과 반주지주의
적 이념은 표리의 관계를 이루는 것이다. 그의 직역투의 문장에서 얻
어진 문장상의 효과는 무엇일까. 제일 두드러진 것은 사고하는 주체의
객관화이다. 주체가 객관화된다는 것은 반성적 사고가 행해진다는 것
과 다른 것이 아니다. 그것은 의문을 가능케 하며 추론을 가능케 한다.
『무정』중에서 독자들에게 가장 박진력 있게 제시되는 대목은 물론 이
러한 반성이 행해지는 대목들이다. 그 외에 사건만을 제시하거나, 작
가가 개입하거나, 공상을 할 때에는 예의 구투 문장이 그대로 드러난
다. (『전집 4』, pp. 363~64)

이렇게 번역은 이광수를 사로잡고 있던 "개화 의식"이 표출되는 상
징이자, 생경함을 풀어놓아 낯선 것과 대면할 상황을 생산해내는 근
원적인 방식이 된다. 『무정』에서 "서양 언어의 직역투의 문장"이 "반
성적 사고가 행해"지는 원천으로 이해된 참신한 발상은 근대 한국문
학의 시작을 알린다는 『무정』의 성격을 더욱더 분명히 드러내준다.
당시 대부분의 글이 '혼종적 글쓰기'를 수행했다는 증거가 김현의 이
지적에서 목격되고 있기 때문이다. 옛것/새것, 전통/서구의 대결구도
가 다시 한 번 여기서 "직역투의 문장"과 "구투 문장" 사이의 긴장으

로 되살아나고 있긴 하지만, 김현의 인식 전반에서 번역을 통한 혼종과 섞임이 배제되어 있는 것도 아니기에, 이광수에게서 번역의 효과를 진단한(예를 들어 "김동인 · 염상섭은 그의 것을 더욱 발전시킨 것이다."〔『전집 4』, p. 307〕와 같은 언급) 거의 최초라고 할 이 지적은, 번역은 억압하지 않지만, 억압에 대해 생각하게 만드는 힘이자, "반성적 사고가 행해"지는 경로이며 그 원천이라는 사실을 우리에게 말해준다.

4. 표기 방식을 둘러싼 몇 가지 오해:
한글체-한글문체-순수 한국어-한글 전용

한국 근대문학에 결부되어 있는 김현의 번역에 대한 인식은 '자생적 근대'라는 좌표 위를 떠도는 행성과도 같다. 이인직이 되었건 이광수가 되었건 혹은 최남선이 되었건, 김현에게 그 행성 하나하나마다 거리의 멀고 가까움을 결정해주는 것은, 결국 언어를 기술하는 방식, 즉 '~체'에 달려 있다. 한글세대임을 자부해온 김현은 그렇다면, 우리 문학을 기술하는 방식을 어떻게 파악하고 있었던 것일까?

한국 문학의 표기 방법은 i) 이두체; ii) 순한문체; iii) 국한문 혼용체; iv) 한글체로 나눌 수가 있다. 〔……〕 국한문 혼용체는 조선 후기에서부터 지금까지 계속해서 사용되고 있는 표기 방법이다. 초기에는 한글 문체로 이행해가는 과정으로서 그 존재 가치를 인정받은 그것은 해방 후에는 개인적 문체에 특성을 주려는 의도로, 그것이 관습적으로

거부된 분야에 의도적으로 차용되기도 한다.[16]

이 네 가지 표기 방법의 구분은 단순히 표기의 방법만을 말하고 있는 것은 아니다. 김현의 지적에서 혼동하지 말아야 하는 것은 "국한문 혼용체"와 "한글체" 사이의 구분과 "국한문 혼용체"와 "한글체"의 전혀 다른 성질이다. 어쨌든 한자를 그 안에 머금고 있지 않은 표기 체계를 "한글체"로 상정해보는 일이 거의 불가능하기 때문이다. 따라서 이 구분은 개화기라는 한시적 시기에 유용할 수는 있겠지만, 단순한 표기 방법이라는 차이를 제외하고는, 그 이후로 꾸준히, 서로 간섭하고 그 영역을 헐어버리며, 한국어의 형성 과정이나 그 변화와 궤를 나란히 하는 변화의 요로에 놓여 있다는 게 내 생각이다. 이렇게 반문할 수도 있겠다. 한자를 많이 섞어 쓴 글과 그렇지 않은 글은 어쨌든 구분이 용이하며, 따라서 한자를 배제한, 순도 100퍼센트 한글로 된 글쓰기 역시 가능할 것이라고 말이다. 그러나 한글로 표기된다고 해서 한자가 사라지는 것이 아닌 것처럼, 한글체와 한글 전용 사이의 구분은, 가장 기본적인 것임에도, 일견에서는 무시되고 있는, 시급히 바로잡아야 할 사항 중 하나이다. 한글체가 그저 한글로 표기하는 그 방식만을 말하는 것이라면, 한편 한글 전용이라는 말은 더 복잡한 의미를 함축하고 있다. 이 복합적인 의미의 함수는 김현의 글에서도 떠돌아다닌다.

고문이 점차 파괴되면서, 서민층의 언어와 지식층의 언어가 그전보

---

16) 김현, 『문학과 유토피아: 공감의 비평』, 문학과지성사, 1980; 『전집 4』, p. 305.

다 더 밀접하게 교류하게 되는데, 그 과정에서 급격하게 일본 문법과 영어의 충격이 주어진다. 일본 문법의 충격은 국한문체로, 영어의 충격은 순한글 문체로 치닫게 하여, 지식층과 서민층의 문체 결합을 어느 정도 방해한다. (『전집 4』, p. 306)

여기서 "영어의 충격"으로 탄력을 받게 되었다는 "순한글 문체"는 정확히 무엇을 말하는 것일까? 한글체, 즉 한자건 외국어건, 그것을 한글로 표기하는 방식만을 말하기 위함인가? 아니면 순도 100퍼센트(그러나 아무리 생각해봐도 불가능한)의 한글 문장의 실현을 상정하고 있는 걸까? 더구나 김현은 "순한글 문체"라고 적어놓았다. 즉, '체'(표기 방법)만이 아니라 "문체"(문장의 스타일, 즉 통사의 운용)라는데, 그 해석의 난해함이 놓여 있다. 이렇게 생각해볼 수 있을 것 같다. 첫째, 이 구절이 번역을 통해 우리 문화와 문장 속으로 침투해온 영어 단어나 구문에 관한 언급이라면, 그것이 한글로 표기된다고 하더라도 한자의 사용이 배제될 이유가 없다는 사실('civilization'을 '문명'으로 표기하는 것처럼), 둘째, 이 구절이 영어 단어나 문장을 번역하지 않은 상태에서 한글로 음독하여 사용하는 경우를 빗대고 있는 것이라고 가정하면, 그럼에도 몇몇 단어("헤이, 잘 있었어?"나 "그 녀석 정말 쿨한데")나, 긴 것이 불가능하다고 할 때 짧은 문장("갓 뎀!"이나 "게라우러 히어!"처럼)의 우리말로의 침투는 결국 "문체"의 문제와 결부되는 것은 아니라는 점이다. 더욱이 한문의 통사구조를 아무리 뒤틀거나 버린다고 해도, 우리 문장에서 한자의 사용은 필연적이며, 그렇다고 반드시 그것이 문어식 말투를 조장하는 것도 아니며, 마찬가지로 영어 단어를 대거 차용해 번역한다고 해서 한글이 "순한

글 문체로 치"달으며 한층 유려해지는 것도 아니다.

우리는 모두 한자를 사용하며, 그 표기에서 한자를 한글로 감추어 놓거나 필요에 따라 병기할 수 있을 뿐이다. 심지어 한자로 그대로 표기한다고 해도, 따져보면 이것 역시 순 한국말이다. 한자가(서구 근대) 개념어의 번역에 주로 소용되어왔으며, 그 거개의 작업은 두루 알려진 바와 같이, 일본에서(간혹 중국에서——양계초나 루쉰, 엄복의 경우를 떠올리자) 주로 이루어졌다. 일본-중국-한국에 '신조어'와도 다름없던, 그러나 한자 문명권에 속했기 때문에 비교적 거리낌없이 이 세 국가에서 공유될 수 있었던 근대 개념어들이 번역을 통해 우리 말로 전환되어가는 과정에서 근대적 사유가 열렸다고 할 때, 이러한 이입과 이입을 통한 새로운 문학의 창출을 읽지 못하게 방해하는 것은 바로 '순수 한글'이 존재할 것이라는 가설, 나아가 그것이 전통을 계 승한 무엇일 것이라는 환상이다. 도식은 대체로 이렇다. 순수한 것 = 전통적인 것 = 온전히 우리의 고유한 것 = 한글(체)/한글 전용. 그러나 이것이 도대체 가능하기라도 한 것인가? 물론 김현이 이렇게 생각했다고 말하는 것은 아니다. 오히려 그 반대의 경우가 목격되기 도 한다.

'한글로 표기했다'와 "한글체"를 확립했다, "한글 문체"로 기술한다 는 말은, 따라서 당연한 지적이 되겠지만, 그 안에 한자를 감추고 있 다는 의미를 함축하고 있다. 일본식 한자나 전통 한자를 배제한다는 것과는 아무런 상관이 없는 이 "한글체"는 김현에게는 번역과 결부된 지점을 생각하게 하는 일종의 클리셰로 자리 잡는다. 한글로 표기했 다는 것이 한글 전용이라는 말과 동의어가 아닌 만큼, 한글체의 확립 과정을 묻는 일은 김현에게는 필연적으로 번역과 연관되어 나타난다.

점차로 한글이 한문보다 더욱 중요한 표기 수단으로 채택되면서 한글 문체는 서양 문체의 섬세한 영향을 받았다. 삼인칭대명사와 과거형의 사용은 그 대표적인 예였다. 언어 급진주의자들에 의해 강력히 뒷받침되어온 한글 사용이 점점 그 세력을 넓혀갈 때에, 그 한글 사용이 사실은 피지배 계층의 성장에 관련되어 있다는 것을 깨달은 지배 계층에 의해, 그리고 일본 문화의 압력에 의해 완전한 한글 사용은 교묘하게 억제되고 국한문 혼용 문체가 널리 권장되기에 이르렀다. 국한문 혼용은 한글 사용의 급진성을 많이 누그러뜨리는 것이었으며, 그것은 동시에 유교적 이데올로기의 뿌리가 그만큼 깊다는 것을 입증해주는 것이었다. 한글이 완전한 승리를 거둔다는 것은 유교적 이데올로기나 불교적 이데올로기를 객관화시킬 수 있는 힘을 갖게 된다는 것을 의미하는 것이었는데, 한글은 한문적 체험에서 자유로울 수 있기 때문이었다. 19세기말이나 20세기초에 한글로 씌어진 글들의 거의 대부분이 서양에의 경사를 보여준 것은 한국인의 심성 깊숙이 가라앉아 있는 불교적 노장적 이데올로기와 공식 문화를 지배하고 있는 유교적 이데올로기를 비판할 수 있는 논리적 근거가 서유럽적 이데올로기를 비판할 수 있는 자유·평등·박애에 기초한 것이었고, 그것은 유교적 체제에 심각한 위협이 되었다. (『전집 1』, p. 156)

이 대목은 청정무구한 한글 전용이 가능하지 않지만, 그 주위로 담론을 만들어내는 일이 어떻게 가능한지를 잘 보여준다. 김현은 "자유·평등·박애에 기초한 것"이 결국 번역을 통해 "19세기말이나 20세기초에 한글로 씌어진 글들의 거의 대부분"을 차지할 만큼의 무게로 우리 문학에 접목되었다는 점을 말하고 있다. 물론 여기서 "한글로 쓰어진 글들"이란 한자의 사용을 완전히 저버린 그런 글을 의미하는 것이 아니라, 한자를 감추어놓은 글, 그것을 단순히 한글로 표기해놓은 그런 작품들이다. 예를 들어 조중환이나 민태원, 이광수나 이상협의 작품처럼 거개가 번역이거나 번안소설인 그런 작품들, 거개가 1910년대 독자적이라고 할 만한 한글 표기 방식을 고수했던 『매일신보』의 지면을 통해 선보였던 작품들이 한 예가 될 수 있겠다. 번안소설 대부분이 한자의 표기를 포기한 이유는, 김현의 지적처럼 "한글"이 "한문적 체험에서 자유로울 수 있기 때문"이라고 생각했기 때문이라기보다는, 한자를 직접 노출하지 않아도 독자들이 소설을 이해하는 데 별 불편함을 느끼지 않을 것이라고 생각했기 때문이다. 그렇기에 작가(번역가)별로 편차를 보임에도, 괄호 안에 한자로 병기해놓은 몇몇 단어는 대개 일반인들의 이해가 어려울 것으로 판단된 근대적 개념이나 정치사상과 관련된 낱말들이었다.

결과적으로 이러한 글쓰기는 "관습과의 오랜 싸움 끝에 비로소 얻어지는 어떤 것"(『전집 4』, p. 307)인 만큼, 한문 문장의 통사적 구심력을 흔들어놓고 또 변형시키면서, 근대 한국어의 기본적인 틀을 만들어나가는 데 일조했다고 보아야 한다. 여기에 한글/한자의 이분법적 잣대는 무용하다. 한글로 표기했다고 해도 한자는 결국 한자이기 때문이다. 즉, 한자가 투사하는 그 개념(작용)이 한글로 표기된다고 어디로 사라져버리는 것은 아니다. 또한 한글로 표기하고 괄호 속에다 한자를 병기했다고 한들, 한글 표기가 어떻게 되어버리는 것도 아니기 때문이다. 시니피앙이 그냥 증발해버리는 법은 없다. 나는 이 두 가지 모두, 아니 외국어의 음차도 역시 우리 한국어라고 생각하는 편이다.

번안소설의 상당수가 한글 표기에 의지했다는 사실은 (주로 일본 소설의) 번안을 통해 한글 표기체 문장들이 활성화되는 동시에, 한문의 통사구조에서 우리말의 통사로 향하는 '탈중심화' 작업을 수행했다는 점을 말해준다. 물론 일본어의 통사구조가 여기에 영향을 미치지 않은 것은 아니다. 김현이 지적한 것처럼 이 작업은 "불교적 노장적 이데올로기와 공식 문화를 지배하고 있는 유교적 이데올로기를 비판할 수 있는 논리적 근거"를 찾는 작업과 긴밀히 맞물려 있기 때문에, 근대어와 근대 사상의 유입이라는 활로를 생각하지 않으면 결코 가능하지 않았던 지난한 작업이기도 했다. 여기서 그 활로는, 알려진 것처럼 대체로 일본어로 번역된 서구 텍스트의 우리말 번역이었다. 김현의 다음과 같은 지적은 한글/한자의 이분법이 어떻게 발전할 수 있는지 보여준다.

한자어를 순수한 한국어로 바꿔야 한다는 주장은 이론적으로는 가능한 것일지 모르지만, 실제적으로는 거의 불가능한 것이다. 노인과 늙은이의 울림이 다르듯이, 한자어와 한글말의 울림은 대부분의 경우 다르며, 그 주장을 더 밀고 나가면 외래어를 써서는 안 된다는 주장에 이르게 될 터인데, 그렇게 되면 문화의 발전이란 생각할 수도 없게 될 것이다. 또 사람 이름을 한자로 써야 된다고 해서, 나처럼 언제나 한자로 이름을 표기하는 사람의 이름은 한자로 써주어야 한다는 생각이다. 내 생각으로, 한글 전용은 한글 전용이 좋은가, 국한문 혼용문이 좋은가라는 원칙적인 문제에 대한 현학적인 토론으로 이루어지는 것이 아니라, 한자를 쓰지 않는 아름다운 문장이 많이 씌어져야 이룩될 수 있다. 〔……〕 좋은 한글 문장이 겉치레가 많은 문장을 뜻하는 것은 물론 아니다. 아름다운 문장은 사고를 정확하게 전달하는 문장이다.[17]

만약 아름다운 문장이 "사고를 정확하게 전달하는 문장"이라고 한다면, 나는 이 "사고를 정확하게 전달하는 문장"을 구성하는 데 한자의 사용은 필수적이라고 생각한다. 물론 그것이 "한자를 쓰지 않는 아름다운 문장"이라는 단서가 붙어 있는 경우라면, 범주가 매우 국한되어버리겠지만 말이다. 이러한 지적은 김현의 세번째 얼굴, 즉 '단상과 진단, 예방과 실천의 의지'를 머금고 있어, 그의 사변이 얼마만큼 사명감을 바탕으로 이루어져 있는지를 짐작하게 해준다. "외래어를 써서는 안 된다"는 일견의 "주장"을 쫓다 보면 결론적으로 "문화의 발전"을 "생각할 수도 없게" 하는 그릇된 사고에 이르게 된다고 진단하는 김현과 "한글 전용"과 "국한문 혼용문" 사이의 "원칙적인 문제"에 대해 "한자를 쓰지 않는 아름다운 문장이 많이 쐬어져야 이룩될 수 있다"는 말로 그 대답을 대신하고 있는 김현은, 한글/한자의 이분법 사이에서 갈등하는 바로 그 모습을 표출한다. 물론 김현이 갈등의 상태에서 그대로 매몰되는 것은 아니다.

그러나 한국 문화를 깊게 알면 알수록, 한국 문화의 뿌리를 이루고 있으리라고 생각된 한국적인 것이, 여러 문화적 요소들의 얽힘이지, 단독적인 어떤 것이 아니라는 것을 지식인들은 알게 되었고, 한국적인 것은 외래 문화와의 싸움에서 생겨난다는 것을 확인하기에 이른다. 70

---

17) 김현, 『두꺼운 삶과 얇은 삶』, 문학과지성사, 1986; 『전집 14』, p. 401.

년대 후반에 다시 개화한 번역 문화는 피상적으로 보자면, 생계를 꾸려나가기 힘든 젊은 지식인들의 호구지책으로 보일지 모르지만, 사실은 50년대부터 움직여온 문화적 힘의 변증법적 결과이다. 그 번역 문화가 끼친 가장 중요한 결과는 문체의 변모이다. 주어와 서술어가 불분명한 한문 번역투의 문장은 그것이 분명한 유럽투의 문장으로 바뀌고, 전에는 거의 쓰여지지 않던 콜론이나 세미콜론이 한국어 문장에 이제는 빈번히 사용되고 있다. 그 변화는 물론 좋은 것도 나쁜 것도 아니며, 20세기 후반의 한국 문화의 의미 있는 한 현상이다. (『전집 14』, pp. 303~04)

그가 "번역 문화가 끼친 가장 중요한 결과"를 "문체의 변모"라고 말할 때, 특히 "주어와 서술어가 불분명한 한문 번역투의 문장"이 "그것이 분명한 유럽투의 문장으로 바뀌"어나간다는 사실을 말할 때, 그러나 "20세기 후반의 한국 문화의 의미 있는 한 현상"이라고 그 시기를 엇잡아 추정해낼 때, 이 시기를 조금 더 끌어올렸으면 좋았을 것이라는 생각을 하게 된다. 이런 가정을 해본다. 우리 근대문학사를 말하던 김현의 저 젊은 시절에, 만약 오늘날만큼이라도 번역에 대한 담론들이 활성화되어 있었더라면(그렇다고 그것이 충분하다는 의미는 아니다), 김현은 분명, 문학의 자율성을 포기하지 않으면서도, 지금도 여전히 연구자의 손길을 기다리고 있는 우리 근대문학의 주체를, 비평과 번역에서 자신이 보여준 그 뛰어난 역량에 맞추어 한껏 규명해보았을 것이라고 말이다.

5. 테오리아와 프락시스의 변증법을 꿈꾸는 길

모든 문학사가 무릇 당대의 문학사, 당대의 문학지평에서 바라본 문학사라면, 김현의 문학사는 번역에 대한 사유를 기점으로 정녕 또 다른 지평을 바라볼 수도 있었을 것이다. 김현(김윤식)의 한국문학사가 자기 시대의 소산이라고 하더라도, 4·19 문학론과 한글세대라는 자부심이 낳은 문학사이며 자립적인 근대국가를 시원하며 꿈꾸었던 민족주의적 담론이 만들어낸 문학사이자 시대적 요청에 부응하는(하려는) 문학사였다고 해도, 김현의 문학사는 번역에 대한 사유를 포괄적으로 그려내었더라면 수정되었을 수도 있었을 그런 문학사이다. 창작을 추동하는 근본적인 행위인 번역이 타자와의 관계에서 제 것을 궁리하고 표현해낸 그 치열한 항적을 김현이 문학사라는 이름으로 감싸 안을 수도 있었을 것이라고 가정해보면, 김현의 문학사가 항간에서 말하는 '미완성의 문학사'라고 한들, 그 가치를 상실하는 것은 아니기 때문이다.

보편성을 희구하는 가난한 나라의 한 사람으로서 갖게 되는 지적 책무는 김현이 개별성이나 특수성을 사유하는 지점으로 나가는 길을 방해한다. 한국 근현대문학사에 내려놓은 김현의 견해는 소망과 바람도 함께 포개어진 결과라고 보아야 한다. 물론 김현에게 번역은 "새것 콤플렉스"의 교두보이기도 했지만, 그렇다고 함부로 저버릴 수 있는 것도 아니었다. 그럼에도 문학사와 결부될 때, 김현이 번역을 환대하지 못한 이유는 한국문학의 척박한 현실, 자생성을 찾고자 하는 그의 몸부림, 전통을 이어가야 한다는 의무감에서 거개가 연원한다.

그러나 번역문학과 한국 근대문학의 저 떨어질 수 없는 불가분의 관계는 전통/서구라는 이분법 속에서 소멸될 것도 아니었다. 젊은 날의 "테오리아"와 "프락시스" 사이의 분열(김현 자신이 오랫동안 갖고 있었던 "콤플렉스"라고 표현한 바 있는)이 양자의 봉합으로의 힘찬 여정, 양자의 불가분한 성질을 바라보는 지점을 갈망하는 것도 바로 이 때문이다.

> 프락시스와 결부되지 않은 테오리아에 대해서 나는 오랫동안 콤플렉스를 가져왔다. 그러나 요즈음 나는 프락시스와 결부되지 않은 테오리아란 이론의 제스처에 지나지 않는다는 것을 발견했다. 프락시스가 따로 테오리아와 떨어져 존재한다고 믿으면서, 테오리아에 매달리거나, 프락시스에 매달린다는 것은 허위에 지나지 않는다. 글쓰기 자체가 테오리아이며 프락시스라는 것을 왜 몰랐던가. 자신을 완전히 던지는 행위야말로 프락시스이며 동시에 테오리아이다.[18]

봉쇄된 현실에서 시대를 초월한 보편성의 시원을 한껏 그려보았던 김현에게 번역은 그 책무를 담당했음에도, 감당하기 벅찬 무엇처럼 뒤로 가서 웅크린 채 숨어버리고 만다. 주체됨의 자리를 번역이 포기해야만 하는 그 처지에서 김현은 우리 고유의 문학적 역량을 처연히 바라보았으나, 그렇다고 해서 근대문학의 현대성을 번역에서 놓쳐버린 것도 아니었다. 어쩌면 김현에게 번역은 근대문학의 버팀목이자 온상, 아지트이자 게토인, 형체가 희미하기만 한 그런 길을 뚜벅거리

---

18) 김현, 『책읽기의 괴로움』, 민음사, 1984; 『전집 5』, p. 216.

며 걸어가게 해주는 힘이었을지도 모른다. 때론 전통과의 연속성이라는, 가지런히 구획된 골목의 어귀에서 자유롭지 못했고, 또 그 길의 모퉁이를 우리가 휘저어 돌아 나오기를 마음속 깊이 소원하기도 했을 것이다. 번역이, 아니 번역에 주어지는 표상의 형식이, 비유하자면 마치 19세기의 프랑스 문학과도 같아, 산만하고 뒤섞고 불투명한 것이라면, 김현은 진보와 전통이라는 이름의 교차로에 서서 그 모습을 간혹 놓치기도 했다. 문학사라는, 분명하다고 말해온 장소에서 그러나 분명하지 않은 것을 말할 수 있다는 것은 무엇을 의미하는 걸까? 보충 설명에 관계의 비약이 생기고, 불필요한 설명에 책망이 잦아들며, 여기에 오해가 덤으로 얹히기도 했다. 그러나 분명하지 않은 것을 말하려는 시도도 때론 거부할 수 없을 만큼의 의미를 생성해내며, 오히려 역사적인 지점들을 꼼꼼히 들여다보라는 주문을 생산하는 만큼, 그 영향과 파장을 마음에 담아두고서 비평 작업을 게을리하지 않을, 작지만은 않은 동기가 된다.

6. 보론

나는 김현 세대이다. 고등학교와 대학 시절, 아니 그 이후에도, 김현의 글을 잘라먹고 성장했으며, 따라서 김현에게 지고 있는 그 빚이 자못 크다. 김현이 우리 곁을 떠난 지 지난해로 벌써 20년을 넘겼다. 쏜살같이 지나온 세월 앞에서도, 한국문학에 드리우고 있는 그의 짙고 푸르른 그림자는 여전하며, 외국 문학이라고 해서 그 빛이 옅어지거나 바래지도 않는다. 당대의 뛰어난 문학비평가이기 이전에, 외국의 이론과 문학작품을 욕심껏 들여다보며 우리 것을 사유하려고 했던 탁월한 비교문학 연구자이자 번역가가 바로 김현이었기 때문이다. 문학이 합리적으로 제기해온, 그러나 한없이 난해하기도 한 문제들을 붙잡고 천착했던 김현이기에, 때론 격정에 차오르고, 때론 감각에 젖어들어 왕성하게 그 고민들을 표출했던 김현이기에, 그의 글 주위로 수많은 문학담론이 형성되어왔으며, 이 사실 하나만으로도 김현은 이미 하나의 현상이 되고도 남음이 있다. 실제로 김현은 "뜨거운 상징"이기도 했다. 때문에 그의 비평은 그의 비평이 갖는 사회적 효과를 말할 때, 더 증폭되는 운명과 현재한다.

김현은 분명 제 역할을 제대로 갖추고 있었던, 몇 안 되는 비평가였다. 1967년 「한 외국 문학도의 고백」에서 "새로운 것, 외국의 것을 우리 문학의 속성"으로 여기고자 했던 김현은 그러나 외국 문학에 대한 경도와 여기에 반사적으로 딸려온 전통에 대한 희구도 감추지도 않았다. 그럼에도 외국 문학과 한국문학이 실제로 차이가 나지 않는다고 그 극복의 지점을 희망했던 1980년대 중·후반에 이르기까지, 그의 비평을 바라보고 있노라면, 우리는 김현에게서 빌려오고 또 도움을 요청해야 할 것이 여전히 많다는 사실을 고백해야 하는 지점에 이르고 만다. 계속해서 살펴볼, 김현에게 고유했던 번역과 비평의 상관성이나 김현이 개별적으로 성취해낸 '번역론'이라고 해도 좋을, '오역론'도 분명 이 지점들 가운데 하나일 것이다.

'오역'의 번역론을 위하여

─ 김현과 번역 (2)

> 일부러 거친 말을 쓰는 작가의 작품이 깔끔한 표준
> 어로 번역되었을 때의 그 난처함!
>
> ── 김현, 「뛰어난 오역을 만나고 싶다」[1]

1. 작품의 난해한 부분이 번역에서 포기되어야 하는 이유

김현은 '번역'을 어떻게 바라보았을까? 그에게 번역은 무엇이었으
며, 번역의 특성적 기반과 사회적 효과에 대해, 번역의 방법에 대해
김현은 어떤 생각을 품고 있었던 것일까? 이런저런 물음을 쫓다 보
면, 번역을 바라보는 김현의 사유는 차라리 번역을 마주한 당대의 관
점 전반을 대변하고 있는 것 같다는 느낌마저 들게 한다. 필경 번역
이라는 행위의 독자적인 가치를 염두에 두고 있었을 김현이지만, 보
들레르나 말라르메를 중심으로 프랑스 상징주의 시를 다룬 제 평문에
서 김억이나 『태서문예신보』의 활동을 일부러 찾아내는 것도 아니며,

---

1) 김현, 「뛰어난 오역을 만나고 싶다」, in 『뿌리깊은 나무』 1979년 10월호; 『전집 14』,
p. 274. 이 글의 모든 인용은 전집과 페이지 수로 표기하며, 필요에 따라 글의 출처와
연도를 병기한다.

1930년대 번역에 대한 논쟁적 담론을 한 보따리 풀어놓았던 이하윤, 김진섭, 함대훈, 이헌구, 정인섭 등의 '해외 문학파' 역시, 김현에게는 각인될 만한 문학사의 특별한 사건은 아니었던 것으로 보인다. 선보인 글의 그 양에 비해 번역에 대한 견해나 우리 고유의 번역 담론에 대한 언급이 노출되는 빈도수는 상당히 적은 편이어서 김현에게 번역은, 어쩌면 별반의 입장이나 관점을 필요로 하지 않는, 상식적인 범주에 머물고 있는 것은 아닌가 하는 생각을 갖게 된다. 가령 다음과 같은 구절은, 글이 발표되던 당시, 시대의 '정서'를 감안한다면 그리 놀라운 지적은 아니다.

> 솔레르스의 『천국*Paradis*』(1981)은 쉼표·마침표가 하나도 없는 끔찍한 작품이다. 읽는 사람의 호흡에 맞춰 끊어 읽어야 되는, 곤란한 그리고 끔찍한 책! 그 지옥 같은 책에 천국이라는 제목이 붙어 있다. 〔……〕 그러나 『천국』은 번역될 수 없는 작품이다. 번역된다고 하더라도 별 흥미가 없을 것이, 프랑스말의 천국은 한국말의 지옥일 수도 있기 때문이다. 그런 의미에서 내 기억으로는 그의 소설 중에서 거의 유일하게 번역된 블랑쇼의 「자라나는 죽음L'arrêt de mort」(『한국문학』, 80년 11월)이 겪은 무관심을 나는 잊을 수가 없다. 그러나 그 무관심이 반드시 비난받아야 할 것만은 아니다.[2]

난해하기로 정평이 나 있는 작품들에 일임된 번역가의 역할은 김현이 보기에는 비교적 단순하기조차 하다. 원문의 난해함을 번역에서는

---

2) 김현, 「프랑스 현대 소설의 수용」, in 『현대문학』 1982년 4월호; 『전집 12』, p. 470.

난해함 자체로 수용해낼 수는 없다는 김현의 생각은 오늘날 일부의 번역이론가들이 주장하는 두 가지 극단적인 입장 가운데 하나인 '도착어·문화 중심 번역론cibliste'을 대번 떠올리게 한다. 아무리 원문이 어렵다고 한들, 번역가의 임무는 번역된 언어권 독자들의 지적 수준에 맞추어, 그 난이도의 수위를 조절해나가야 한다는 것이다. 원문의 난해함 따위는 독자의 편의를 고려하고, 이를 저버림으로써 증대되는 작품의 수용 가능성을 생각해본다면 뭐가 그리 대수겠는가라는 말이다. 문제는 원문에서 맞닥뜨리게 되는 난해한 부분이라고 흔히 말하곤 하는 대목들이 원문의 가치, 바꾸어 말해 '문학성'을 꽁꽁 묶어두고 있는 경우가 의외로 적지 않다는 데 놓여 있다. 이러한 사실에 주목하게 되면 아무리 복잡해 보이는 번역의 논리라고 해도, 비교적 명확하고 간단한 길로 접어든다. 그 어떤 이유에서건 **번역에서 원문의 난해함을 덜어내버리고 나면, 그 작품을 번역할 가치도 함께 사라져버린다**는 논리가 여기에 문학성과 아귀가 잘 맞는 짝패처럼 들어서기 때문이다. 독자의 "무관심"과 작품의 '문학성' 사이에 깊게 팬 갈등도 바로 여기서 빚어진다. 김현 역시 솔레르스나 바르트, 블랑쇼나 로브-그리예를 다룬 평문에서 이와 같은 사실을 감추지 않는다.

프랑스의 경우에도 그런 것들은 아주 높은 감수성을 가진 독자들에 의해 겨우 이해되고 감상될 정도이다. 그렇다고 내가 이해하지 못하니까 나쁜 소설들이다라고 마음 편하게 내던져버릴 수가 없는 것이, 그 감식력을 믿을 수밖에 없는 비평가들이 그것들을 극찬하고 있기 때문이다. 가령 사르트르의 사로트 평가, 풀레Poulet의 블랑쇼 이해, 바르트Barthes의 솔레르스 칭찬 등은, 그 작가들의 작품에 무엇인가가 분명히 있음을 보여주는 것이다. 외국 문학 연구가로서 절망적인 느낌을 느낄 때는 바로 그러한 것을 느낄 때이다. 그것을 나쁘다고도 좋다고도 할 수 없게 교묘하게 찢긴 상태에 있게 될 때의 곤혹감! 그런 작품들의 비밀은 자기가 직접 그것들을 번역해볼 때 어느 정도 드러난다. 그러나 번역의 경우, 작가가 애써 비틀어놓은 문장이 표준어로 된다는 함정을 갖고 있다. 로브-그리예가 한국을 방문했을 때 그에게서 직접 들은 것이지만, 그가 자기 작품의 번역을 읽을 때 느끼는 제일 큰 난처함은 일부러 비틀어놓은 표현이 올바로 펴져 있을 때 느끼는 난처함이다. (『전집 12』, p. 467)

위 대목에서 확연히 눈에 들어오는 두 문장은 아래와 같은데, 김현 고유의 번역론을 도출해보기 전에 우선 이 문장의 함의를 살펴, 그 사이에 번역에 관한 이야기를 들여다 놓을 틈이 좀 있는지 살펴보아야겠다.

   1) : 작품들의 비밀은 자기가 직접 그것들을 번역해볼 때 어느 정도 드러난다.
   2) : 그러나 번역의 경우, 작가가 애써 비틀어놓은 문장이 표준어로 된다는 함정을 갖고 있다.

수식어 "어느 정도"를 감안하더라도 1)은 번역의 가치를 또렷이 말하고 있는 매우 중요한 지적이다. 그렇다고 생각하기 어려울지 몰라도, 사실 번역은 창작에는 없는, 즉 생리적으로 창작이 결여할 수밖에 없는 구석마저 갖추고 있는 독창적인 활동이다. 타 언어·문화적 상황 속으로 휘말려들 때, 작품의 "비밀"이 구체적인 실험의 무대 위로 올라선다는 김현의 지적은, 그것이 심지어 원문이라고 하더라도, 감히 흉내 내기 어려운 개별 공간을 창출해낼 독창적인 특성이 번역에 따로 존재한다는 사실을 말하고 있기 때문이다. 번역은, 이를테면 작품이 작품임을 통고할, 일종의 흔치 않은 '기회'인 셈이다. 시 번역을 한번 가정해보자. '시를 시이게끔 해주는 가치'를 제 번역에서 살려내는 일이 번역의 주된 임무이자 사안이라고 한다면, 번역가가 시의 저 구성과 운용을 파악할 수 있는 힘을 갖추고 있는지의 여부는 번역 과정에서 고스란히 노출될 수밖에 없으며, 자연스레 번역을 '빌미'로 번역가는 비평적 활동을 제 번역 대상 작품에다 소급해놓아야만 하는 처지에 놓인다. 번역의 활동성이자 독창성이란 바로 이것이며, 그것은 또한 김현이 외국 문학 연구자로서 겪게 된 절망감을 감추지 않으면서 "작품에 무엇인가가 분명히 있음을 보여주는 것"이라고 말한 것에 다름 아니다. 번역이라는, 매우 의식적인 '스크린' 위로 문학작품이 투사되는 순간, 자유로운 작품(원문)은 없다는 것, 이렇게 그것의 번역을 머릿속에 염두에 두고서 문학작품을 바라볼 때, 텍스트의 섬세한 결들과 그 결들이 서로 결속되는 특수한 원리가 비평적 관점에서 헤아려지게 될 것이라는 김현의 지적은, 문학작품을 문학성이라는 저 활동의 공간 속으로 밀어 넣는 계기이자, 그 특성을 확인해볼 기회이기 때문에 문학작품의 생명력을 가늠하는 데 일조하는 게 바로 번역이라는 사실을 알려준다. 김현이 여기서 번역을 통해 "작품들의 비밀"이 드러난다고 말한 것은 문학성을 실험할 기회를 만들어내는 바로 이와 같은 번역의 활동성이다.

이에 비해 문장 2)는 1980년대 전후 번역이 거의 "표준어"로 감행되어왔다(되어야 한다)는 김현의 생각을 드러내기 때문에, 일반적인 사안에 대한 담담한 기술처럼 보이는 것도 사실이지만, 여기에다 "번역의 경우"라고 단호한 어조로 말해둠으로써, 김현은 당시 번역의 풍토를 꼬집고자 한 개인적인 심정을 숨기지도 않는다. '번역이 표준어로 진행되어왔다'는 사실을 전제하는 김현의 지적과, 이러한 풍토가 "함정"을 갖는다는 그의 자숙 어린 평가는, 후자에서 전자를 비판할 고리를 읽어낼 경우에만 유용하다. 이 "표준어"의 다른 말로 우리는 '랑그langue'라는 개념을 잠시 떠올릴 수 있다. 한 사회의 언어활동에서 공통적인 하나의 체계임을 주장하는 '랑그'가 실상 사전이나 문법서를 제외하고는 존재하지 않는 개념(결국 각자는 각자에게 고유한 랑그의 소유자일 뿐이다!)이라고 할 때, 그러나 이러한 사실을 모를리 없는 김현에게 "표준어"란, 오히려 랑그를 의미한다기보다는 독자들의 이해 수준에서 맞추어 난해함을 한껏 덜어낸 언어와 그 사용에 가깝다고 볼 수 있다.

번역에 관한 김현의 생각이 시대를 향한 자신의 모럴리스트적 진단과 간간이 내려앉은 자평을 축으로 삼아, 일목요연하게 한 방향으로 기울어져 있다는 사실이 바로 여기에서 드러난다. 예컨대 작품의 난해한 부분을 번역에서 곧이곧대로 쫓다 보면 독자의 "무관심"을 불러일으키게 마련이지만, 그러나 그렇다고 한들 "그 무관심이 반드시 비난받아야 할 것만은 아"니라고 김현이 덧붙일 수 있었던 이유는 어찌되었건 '독자'라는 고정점을 기준으로 그 가치도 정해질 수밖에 없는 활동을 번역이라고 여겼기 때문이다. 비단 문학작품이 아니더라도, 우리말과 우리 문화의 보존에 드리워놓은 김현의 시름과 저 우려의 시선은 번역을 바라보는 그의 관점과 단단히 얽혀 있다.

신문의 외신란을 볼 때마다 불쾌한 마음을 일으키게 한다. 대부분의 경우 우리말로는 '부(部)'라고 옮겨야 될 것을 '성(省)'이라고 옮기고, '장관(長官)'이라고 옮겨야 될 것을 '상(相)'이라고 옮기고 '차관(次官)'이라고 해야 될 것을 '부상(副相)'이라고 옮기고 있는 그 외신란의 번역자들은 너무나 원문에 충실한 번역을 하여(?) 독자들을 오히려 어리둥절하게 만든다.

그런 기사들만을 보고 자란 세대들이 우리의 '부(部)'와 외국어 '부(部)'를 별개의 것으로 착각하여 유추하는 가장 기본적인 사고 방법을 잊어버리면 그 책임을 누가 질 것인가. '성(省)'이라고 쓰는 외국이 있다 해서 그것을 그대로 '성(省)'이라고 옮긴다면 '미니스터'니, '미니스트르' 등을 왜 그대로 로마자로 표기하지 않고 '성(省)'이나 '상(相)'으로 옮기는 것일까. 간단한 일인데도 쉽게 실행되지 않는 일이 그런 일들이다. 문화의 식민지주의니 뭐니 거창하게 떠들면 뭐 같아 보이지만, 사실 그러한 번역이 식민지주의의 한 첨예한 표현인 것이다.[3]

'낯선 것'과 마주하여 그것을 우리말로 소화해내지 못한다면, 번역이, 경우에 따라(특히 일본어) "식민주의의 한 첨예한 표현"이 될 수도 있다는 김현의 이 같은 염려는 문학이 되었건 시삿거리가 되었건, 분야를 망라하여 번역의 구석구석에다가 들여다 놓은 그의 시선이 어떠했는가를 짐작하게 해준다. 예컨대 다음에 인용해놓은 대목은 1980년대 한복판에서 김현이 번역을 그 중심에다 놓고, 당시의 문화

---

3) 김현, 『시인을 찾아서』, 민음사, 1975: 『전집 13』, p. 485.

적 상황 전반을 가늠하고 있다는 증거로도 읽힐 수 있겠다.

새 세대의 세계는 미국과 유럽이었다. 새로운 새것 콤플렉스가, 원산지 직수입이라는 형태로 구체화된 것이, 60년대의 문화적 분위기였다. 새 세대는 일본에 대한 콤플렉스가 없는 세대였다. 일본어로 세계 문화-문학에 접한 그 이전 세대들은 중역의 세계에 살았지만, 어느 정도 획일화된 이데올로기에서 자유로울 수 있었고, 일본어를 모르는 새 세대는 미국과 유럽의 문화에 직접 부딪칠 수는 있었지만, 획일화된 이데올로기에서 자유로울 수가 없었다. 그들은 직역 세대였으나, 번역될 수 있는 책들은 한계가 있었다.[4]

김현의 진단은 이렇게 '일본어'가 빠져나가버린 상황, 예컨대 "중역의 세계"에서 그간 담보되어왔던 사유의 '핵'이 쓸려 나가버려 갑자기 텅 비어버린 공간에, 번역으로 물밀 듯 차올라오는 서양 텍스트들의 물결을 감당해내야 했던 "직역 세대"의 고충과 그 현장을 몸소 겪어내면서 맛보게 된 착잡한 심경에서 연원한다. 김현은 자신의 비평 활동과 동시대에 포개어진 번역·출판 전반의 흐름, 그리고 그것만으로 한계가 역력한 우리의 지적 역량 전반에 염려를 드리우는 일을 게을리하지 않았으며, 이러한 사실은 김현이 난해한 텍스트를 번역하려는 자들의 어깨 위로, 이해가 용이한 언어로 그것을 풀어내야만 한다는 사명감을 올려놓게 되는 근본적인 이유가 된다. 어느 고집스런

---

4) 김현, 『분석과 해석: 주(鑄)와 비(蜚)의 세계에서』, 문학과지성사, 1988; 『전집 7』, pp. 241~42.

번역가가 원문의 난해성을 제 번역에서 반영하고자, 난해한 부분을 곧이곧대로 번역해버린다면, 이런 번역은 결국 독자로부터 외면을 받게 되며, 우리 문화의 '공백'을 고려해보더라도 일련의 성과를 기대하기 힘들다는 것이다.

이와 같은 자승자박의 논리는 번역을 바라보는 김현의 관점이 실상 번역이 처한 현실에 대한 모럴리스트적 진단과 예방의 의지로 상당수 조절되어 나타난다는 사실을 말해준다. 독자에 대한 배려를 생각하지 않았더라면, 또 우리의 척박한 번역문화의 저 지평에 견주어 걱정스런 눈빛으로 외국 작품의 건강한 수용을 염원한 것이 아니라면, 결코 생각해낼 수 없는 사유가 이렇게 김현의 글에서는 번역 담론 주위로 점철되어 있다. 번역의 불가능한 성질을 설파하는 김현과 뜻(의미)의 전달이나 독자의 이해에 맞추어 가지런히 정렬된 번역 방식을 고수하려는 김현, 이렇게 양립이 불가능할 것 같은 이 두 얼굴은 그럼에도 서로 포개어지며 번역에서 또 다른 지점을 캐묻는 원인으로 자리 잡는다.

2. 당위성과 난처함 사이에서의 망설임

김현에게 번역의 방법론을 제시하는 중요한 기준은 따라서 독자와 (의) 이해와 소통 중심의 표준어 번역을 기반으로 한, 번역의 저 수용 가능성의 지평 위에서 결정된다. 야우스가 수용미학의 규준으로 삼았던 독자의 '경험지평Erfahrung horizont'이 수용자 중심의 번역을 중시하는 김현의 태도에서 고스란히 되살아나고 있다고 보아도 좋을 것 같다. 김현에게 중요한 것이기도 했던, 독자를 향한 전달의 용이성과 번역자가 구사하는 제 언어의 명확성, 이렇게 두 항목은, 야우스의 지적을 빌려 표현하면, "소통적kommunikativ 특성과 마찬가지로 작품 · 독자 그리고 작품의 대화적인dialogisch 동시에 과정적인prozeßhaft 관계"[5]를 고려하면서 제 일관성을 추구해나갈 것이기 때문이다. 문학과 역사에 대한 형식주의와 마르크스주의 사이의 간극, 즉 "역사적 인식과 심미적 인식 사이의 간극에 다리를 놓아보고자 하는 시도"[6]의 일환으로 '도전으로서의 문학사'를 노정했던 야우스가 '독자'를 통해서 이 간극을 메워보려고 했다면, 김현은 '역사적 인식'(우리의 번역문화와 그 풍토)과 '심미적 인식'(정확한 언어의 사용), '독자의 인식'(용이한 이해를 위한 번역) 사이에 벌어진 틈에 어떤 다리를 놓아 이 세 지점의 변증법적 접합을 모색하는가? 김현의 지적이다.

번역은 전달 위주로 해야 하기 때문에 의역을 해서라도 가능한 한 정확하게 그 뜻을 전달해야 한다. 작가가 가능한 한 정확하지 않게 사물을 묘사하고 있을 때라도 번역자는 가능한 한 명확하게 그것을 번역해야 한다. 거꾸로 예를 들자면 이문구의 소설을 표준 프랑스어로 번역해놓았을 때의 그 밋밋함을 번역자는 감수해야 한다. 사로트, 솔레르스, 베케트Beckett의 소설들은 그런 식으로 번역될 수밖에 없는 소설들이다. (『전집 12』, p. 467)

---

5) H. R. 야우스, 『挑戰으로서의 文學史』, 장영태 옮김, 문학과지성사, 1983, pp. 177~78.
6) H. R. 야우스, 같은 책, p. 176.

'역사적 인식-심미적 인식-독자의 인식'이라는 세 꼭지를 하나로 이어볼 가교처럼 등장한 것이 바로 "의역"이다. 여기서 "의역"은 항간에서 이야기하는 '뜻(의미)'을(를) 위주로 번역 전반을 진행해야 한다는 주장을 내포하고 있는 것이 한편으로 사실이지만, 김현이 그 당위성을 수차례에 걸쳐 강조한, '표준어'에 충실한 번역이나 '독자의 용이한 이해'에 부응하는 번역에 반드시 부합하는 것은 아니다.

중요한 사실은 김현이 의역과 결부시켜놓은, "정확하게 그 뜻을 전달해야" 한다는, 이 가지런한 피아노 건반과 같은 번역과, 문학작품의 고유성을 존중하는, 엉킨 실타래 같은 번역이 나란히 같은 지평을 바라보는 것은 아니며(오히려 김현에게는 상충되는 무엇처럼 상정되어 있다), 독자와 마주해서도 동일한 무게를 지니지 않는다는 사실을 여기서 한 번 더 환기해야만 하는 데 있다. 문학번역의 고유성, 즉 문학성을 중심으로 번역이 진행되어야 작품성이 살아날 것이라는 일견의 견해와는 그것이 또한 양립할 수 없는 주장인지라, "의역"은 우리의 번역문화 전반의 척박한 현실을 목전에 둔 비평가 김현의 고뇌가 어떠했는가 짐작하게 해주지만, 그럼에도 그것만으로 시름이 사그라질 것이라고 생각하는 건 몹시 난망한 일이다.

제사(題詞)에 적어두었던 "일부러 거친 말을 쓰는 작가의 작품이 깔끔한 표준어로 번역되었을 때"라는 말처럼 '번역=표준어'라는 공식을 일견 당연한 것처럼 여기는 김현이지만, 그것으로는 충분하지 않다는 듯, 감정의 여분처럼 남겨진 "그 난처함!"(『전집 14』, p. 274)이 번역에 대한 또 다른 사유를 김현에게 열어주기 때문이다. 그렇다면 나탈리 사로트의 작품을 읽으면서, 사뮈엘 베케트의 저 어렵다던 문장들과 마주하여, 좀처럼 '이해'나 '소통'으로 수렴되지도 않을, 김현이 "그런 식으로 번역될 수밖에 없는 소설들"이라고 체념 투로 말하고 있음에도, 이런 사실 때문에 오히려 "난처함"을 느낀다던 저 작품들과 마주하여, 김현은 어떻게 제 사유의 잔여분을 쥐고서 새로운 돌파구를 찾아나가는 것일까?

3. 번역 불가능성, 혹은 번역 무용론

문학성이 모이고 또 흩어지는 대목들(김현에게 "난처함"을 유발하는)이 실제로 작품에서 점하고 있는 그 가치를 번역에서 묻고자 독촉하는 대신, 독자와 문화적 수준을 고려하여 김현이 타협점으로 찾아낸 것은 문학작품의 이해 불가능한 특성과 그것의 번역 불가능한 성질이다. 그러나 김현이 말한 "작가가 가능한 한 정확하지 않게 사물을 묘사하고 있을" 작품이 반드시 애매모호한 작품을 의미하는 것은 아니다. 김현의 직관은 그것을 해석하는 문제가 번역을 통해 제기될 수 있다는 사실을 암시하는 곳으로 오히려 촉수를 내뻗는다. "명확하게 그것을 번역해야 한다"는 의무감에 눌려 텍스트의 복잡성을 단박에 해소해버리는 것보다 훨씬 중요한 모험이 번역을 통해 열릴 수 있다는 사유가 흐릿하나마 여기서 예견되는 것이다.

이처럼 "이문구의 소설을 표준 프랑스어로 번역해놓았을 때의 그 밋밋함"을 감수해야 한다고 김현이 말할 때, 그것으로는 뭔가 부족하다는 뉘앙스 섞인 저 표현에 힘입어, 번역이 이렇게 진행될 수밖에 없다던 일전의 당위성을 물려낼 또 다른 가능성이 김현에게서 촉발된다. 김현이 번역의 불가능한 한계를 마지노선으로 삼아 번역에서 돌이킬 수 없는 어떤 성질을 노정하고, 나아가 자기만의 견해를 만들어낼 수 있었던 것은, 번역 위로 올려놓은 하중 섞인 전언들만으로는 뭔가 부족할 것이라는 인상, 그 찜찜함이 김현의 머릿속에서 항용 맴돌고 있기 때문이다. 따라서 김현이 망설임을 표출하고 있는 대목들, 저 뉘앙스 가득한 갈등의 표현들을 한번 살펴보는 일이 필요하다.

세 번 되풀이되는 애석해하리라는 간투사 역시 아름다운 것이 그렇게 빨리 덧없이 사라져버리는 것에 대한 우울한 느낌을 진하게 전해준다. 그러나 무엇보다도 이 시는 원어(原語)로 읽을 시이다. (『전집 13』, p. 399)

한국어 번역문을 읽을 때와 프랑스어 원문을 직접 읽을 때, 여기서 그 대상이 된 롱사르의 시는 김현에게 동일한 느낌으로 부여하지는 않는다. 이 당연한 사실은, 그러나 번역문이 원문만 못하다거나, 번역이 태생적으로 어떤 한계를 지니고 있기 때문만은 아니다. 당연한 말이 되겠지만, **번역은 결국 원문의 언어를 모르는 독자들을 위한 것이다.** 따라서 번역문이 세상을 찾아 나서기 전에 독자에게 원문이 주어진다거나, 미리 읽히는 경우는 좀처럼 존재하지 않는다. 번역이 윤리의 문제— 왜? 번역가에게는, 따라서 힘이 주어지니까— 에서 자유롭지 못한 까닭은 오로지 이 이유밖에는 없다. 번역하는 것만으

로 시가 충만하지 못하다는 김현의 생각을 잘 드러내고 있는 다음 지적은, 시 번역의 난해함을 넘어서, 시 번역이 애당초 불가능한 것이라는 그의 생각을 가늠해볼 단서가 된다.

발레리의 상당수의 시는 정형시의 형태를 갖고 있어 번역하기가 극히 어렵다. 의미를 좇다 보면 리듬이 죽고, 리듬을 좇다 보면 의미가 죽는다. 번역은 배반이라는 말은, 발레리의 시의 번역에도 잘 맞는 말이다. 그러나……[7]

이 "그러나" 이후에 김현이 덧붙이고자 했던, 여기의 말줄임표가 머금고 있는 것은 무엇이었을까? 번역의 불가능한 성질과 그 난점을 말해놓으면 번역의 동기도 더불어 사라져버릴 것이라고 염려했지만, 그럼에도 그의 의식에는 오로지 그것만 맴돌고 있었던 것이 아니라는 사실을 이 말줄임표는 우리에게 말해주고 있다. 왜냐하면 문학작품과 맞물려 번역은 김현에게 '불가능성'을 그 안에 이미 머금고 있는, 그럼에도 또 다른 사유를 촉발시킬 잠재적인 공간이기 때문이다. 번역 불가능성과 문학성 사이에서 망설이고 있는 김현의 모습을 잘 보여주는 또 다른 예이다.

난해한 작품에는 그 나름대로의 의미가 있는 법이지만, 그런 작품은 번역이 거의 불가능한 것이기 쉽다. 그런 것들을 번역하다보면, 이상(李箱)이나 이문구의 소설을 국민학교 학생의 문체로 옮기는 일들이

---

7) 김현, 「머리말」, in 폴 발레리, 『발레리』, 김현 옮김, 혜원출판사, 1987; 『전집 16』, p. 97.

일어난다. 끔찍한 일이다. 두번째로, 그것은 소위 문화적 분위기가 서로 다른 나라의 독자들에게 같은 사실이 어떻게 다르게 읽힐까 하는 것을 알아볼 수 있는 하나의 전형적 예같이 우리에게 보였다.[8]

그의 글에서 반복적으로 목격되는 이와 같은 망설임의 표현들은 김현이 번역에서 가장 우려를 표했으며, 번역작품을 읽어나가며 가장 곤혹스러워했던 것이 바로 문학번역, 아니 문학작품 고유의 특성이었다는 사실을 역설적으로 말해준다. 김현에게 중요한 것은, 이렇게 보자면 당연한 지적이기도 하겠지만, 결국에는 문학작품의 특수한 성질과 그것을 옮겨오는 문제였던 것이다. '망설임'이, 그리하여 김현에게는 '표준어 번역'과 '독자의 이해'라는, 그의 의식을 사로잡고 있던 두 가지 강박관점에서 벗어나, 또 다른 지평에서 번역을 사유하게 해주는 힘이 되어가기 때문이다. 김현의 이 같은 갈등은 독자를 놓칠 수 없다는 시대의 요청과 표준어로 된 번역으로 그 요청을 환원해내면 그만이라고 해놓으면 될 정체된 지점에 김현이 그대로 머물러 있는 걸 방해하며 무언가 새로운 논의를 끄집어내고 만다. 그것은 번역에서 문학적 특성이 반영되어야 한다는 그의 직관이 '표준어 번역-독자 수용'에서 빚어진 그의 의무감과 동전의 앞뒷면처럼 맞물려 있

---

8) 김현, 「역자 해설」, in 로베르, 『이해할 수 없는 일들』, 김현 · 김현태 공동 옮김, 1980; 『전집 16』, p. 97.

으며, 이러한 맞물림이 오히려 번역에 대한 새로운 사유를 이끌어내는 원인이 되기 때문이라고 해야겠는데, 바로 여기서 '오역'에 관한 그의 독특한 사유가 이 양자 간의 변증법적 화해의 가능성처럼 몸을 내민다.

4. 오역의 번역론

그런데 왜 하필 오역(誤譯)이었을까? '오역'은 분명 번역에서 가장 기피되어야 할 무엇, 번역이, 역사적으로나 이론적으로나 좀처럼 알레르기 반응을 감추지 못해왔던 가장 민감한 부스럼이자 실패를 통고하고 마는 죽음의 늪이 아니었던가? 아니, 오역은 대체 무엇을 뜻하는 걸까? 번역 문제의 대명사가 되어버린 듯하지만, 그럼에도 오역에 관한 항간의 정의는 몹시 실망스럽다. "오역(誤譯)〔명사〕〔하다형 타동사〕〔되다형 자동사〕: 잘못 번역함. 또는 잘못된 번역"이라는 국어사전의 정의에서만 그 의미가 간략하게 추려지는 것도 아니다. 잘못된 번역이라? 잘못된 번역이라는 말 주위로 얼마나 자주, 온갖 종류의 함정과 주관적 해석들이 유령처럼 떠돌아다녔던가? 번역을 둘러싼 거개의 싸움도, 시기 가득한 번역 시비도 바로 여기서 시작되었지 않았는가? 그다지 잘못했다고 생각하지 않는 사람을 잘못한 사람으로 판단하고 공표하기가 사실 얼마나 어렵겠는가? 실수와 잘못은 결코 같은 말이 아니다. 실수를 들추어낸다는 사실은 객관성을 전제하지만, 잘못을 고하는 일은 감정의 섞임을 배제할 길을 막아버리기 때문이다. 오역에 관한 이 간단명료한 정의, '잘못된 번역'이라는, 저

단단한 칼자루를 움켜쥐고 단죄의 날을 휘두르는 일은, 그러나 문제
도 아니었다.

"문맥과 독자층을 고려하지 않고 판에 박은 듯한 용어를 사용해 조
건반사적으로 번역"해온, 일본어에서 비롯되었다는 용어들을 우리말
의 속내를 헤집어 들추어내며, 번역학자라면 누구나 한번쯤 들이미는
말임에도 실상 그 정의조차 불가능한 개념인 "가독성"을 떨어뜨리는
무엇으로 오역을 이해한 경우[9]나 "문화 사이의 커뮤니케이션에는 자
연히 번역이 개입하게 되고, 번역을 하려면 번역 대상인 문화에 대한
깊은 이해 없이는 오역(誤譯, mistranslation)을 낳게 마련"[10]이라며,
얼마 전 우리 곁을 떠난 번역가를 과도하게 '단죄'한 경우만을 보아
도, 대개 고발하고자 하는 번역 대상에 대한 가치 판단을 오역이라는
개념이 한껏 아우르거나 하는 것처럼 입을 모아 말하고 있지만, 그러
나 자신들이 한바탕 벌여놓은 번역 문제의 그토록 큰 함의와 의욕에
부합하기에는 너무나도 짤막한 사견을 오역이라는 개념 주위에 내려
놓고 있을 뿐이다. 이들에게 오역은 번역가를 향해 주관적인 제 독서
에서 걸러낸 온갖 결함을 목청껏 외쳐댈 거대한 출구이자 총구였을
것이다. 「뛰어난 오역을 만나고 싶다」에서 김현이 말하는 오역에 대
한 정의도 얼핏 보면 이와 별반 다르지 않다.

번역에서 가장 피해야 될 것은 오역이다. 오역이란 잘못된 번역을
말한다. 그때의 오역이란 문법적으로 잘못 이해한 번역을 뜻한다. 넓

---

9) 오경순, 『번역투의 유혹』, 이학사, 2010.
10) 이재호, 『문화의 오역』, 동인, 2005, p. 13.

은 의미의 번역은 그러나 전부가 오역이라고 할 수 있다. '번역은 배반'이라는 말은 그것을 찌른 말이다. (『전집 14』, p. 275)

김현이 "잘못된 번역"을 "문법적으로 잘못 이해한" 범주로 구체화시켜놓은 것은, 그렇게 하지 않을 경우 오역에서 확산되어나갈 저 파장과 오해를 염두에 두었기 때문일 것이다. 김현에게 오역은 결과를 통고하는 잣대가 아니라, 현상을 설명하는 용어라는 데에 그 중요성이 있다. 수용자의 입장에서 "의역"을 중시한 김현에게는 때문에 김용옥의 '버터 = 된장'의 번역 논리가 그릇된 것으로 비추어지지 않음에도, 그것은 일종의 오역의 범주에 속한다. "빵이 주식이 아닌 나라에서" 빵을 빵으로 번역하는 것이 결국 "자연스럽지 못하다"고 생각하는 김현은 그 이유를 이렇게 말한다.

번역이란 결국 번역하는 쪽의 사정에 맞추어서 하는 수밖에 없는 근본적으로는 오역이라고 할 수밖에 없는 행동이다. (『전집 13』, p. 485)

'오역'을 번역에 대한 가능성, 정확히 말하자면, (잘된 것이건 잘못된 것이건)·번역에 대한 탐구의 한 방편으로 생각하는 사람은 그리 많지 않다. 원문이 단 하나의 의미에 국한되지 않는다는, 비교적 자명한 사실을 앞에 두고, 해석의 다양함을 고민하기보다, 제아무리 일관성을 갖춘 번역론이라고 하더라도, 결국 그중 하나를 선택할 것을 권고하게 마련이며, 이러한 주관적인 선택에 오히려 번역의 가치가 놓여 있다는 논리를 무릇 번역 연구가라면 전개해나갈 것이기 때문이다. '오역'이라는 말이 불러일으킬 수 있는 오해의 소지에 대해 김현이 설명을 덧붙인 이유도 여기에 있다.

모든 번역이 오역이라는 것은 번역자가 그 작품에 부여한 의미가 절
대적인 것이 아니라는 뜻이다. 가장 낮은 차원의 번역은 문법적인 오
역이다. 그것은 곧 교정될 수 있는 오역이다. 그것보다 더 높은 차원
의 오역은 저자가 말하려고 하는 것을 쉽게 옮겨놓겠다는 의도에서 생
겨난다. 그 의도가 쉽사리 이루어지지는 않는다. 그것은 번역은 두 개
의 서로 다른 말이 작용하는 문화적인 행위이기 때문이다. 두 개의 서
로 다른 세계관이 작용한다는 뜻이다. (『전집 14』, p. 275)

문제는 "높은 차원의 오역"이라고 김현이 말하고 있는, "저자가 말
하려고 하는 것을 쉽게 옮겨놓겠다는 의도에서 생겨"나는 "오역"이
무엇을 의미하는지 알아보는 데 놓여 있다. 논리를 따라가다 보면,
"오역"이란 김현이 옹호하기도 했던 "의역"에서 빚어진 결과물과 동
의어처럼 보이기 때문이다. 그런데 김현은 여기서 "두 개의 서로 다
른 말이 작용하는 문화적인 행위"라는 말을 덧붙여놓음으로써, 또한
"저자가 말하려고 하는 것을 쉽게 옮겨놓겠다는 의도"가 결국 쉽게
이루어지지 않는다고 고백함으로써, 주로 우리말인 '도착어'에도 독
자적인 역할이 따로 존재한다는 사실을 넌지시 암시한다. 논리로 따
지자면 난감한 형국인 것도 사실이다. 그러나 표준어 번역과 독자를
위한 번역, 자신이 내세웠던 이 두 가지 주장만으로 번역이 야기하는
전반적인 문제가 쉬이 풀리지 않을 것이라는 김현의 생각이 갈등의
형태로 드러난 것이라고 보면, 번역과 관련되어 김현이 여기저기 풀
어놓은 대목과 구절 하나하나는, 그 역설 투와 예의 그 망설임에도

불구하고, 결국 하나의 단정한 논리를 지향하고 있다는 사실을 알게 된다.

세계관이 다르면 풍속이 달라진다. 다른 풍속이 정확하게 옮겨질 수는 없다. 보기를 들어 빵이 주식인 나라에서는, 너희는 빵만으로 살 수 없다는 성서의 번역은 자연스럽다. 그러나 빵이 주식이 아닌 나라에서는 그런 번역은 자연스럽지 못하다. 다시 말해서 그것은 오역이다. 그런 차원에서가 아니라고 하더라도, 쉽고 정확하게 번역하기 위해서는, 이를테면 저자가 의도적으로 비틀어놓은 문장까지를 교정해서 번역하지 않으면 안 된다. 그때 작가의 의도적인 비틂은 정상으로 번역자에 의해 의도적으로 환원된다. 일부러 거친 말을 쓰는 작가의 작품이 깔끔한 표준어로 번역되었을 때의 그 난처함! 그 번역이 오역인 것은 그것이 작품의 뉘앙스를 죽여버렸기 때문이다. 작가의 이데올로기가 가장 첨예하게 작용하는 곳이 그 뉘앙스이다. 노동자 계급이라는 말과 근로자 계층이라는 말의 의미는 같으나 그 뉘앙스는 같지 않다. 그것은 결국 그 말의 의미가 같지 않다는 것을 뜻한다. 뉘앙스를 죽이는 것은 작품에서 작가의 이데올로기를 제거하는 것과 다르지 않다. (『전집 14』, p. 275)

위 대목을 지탱하는 논리의 꼭지를 추려본다.

1) 번역은 쉽고 정확하게 해야 하며, 그런 번역이 우리 문화권에 비추어 더 자연스럽다.
2) 이를 위해서는 의도적으로 비틀어놓은 문장까지도 교정해서 번

역하지 않으면 안 된다.

3) 그러나 이런 번역은 한편으로 난처하다.

4) 이런 번역은 작품의 뉘앙스를 죽여버렸으므로 오역에 해당된다.

5) 뉘앙스를 죽이는 것은 작품에서 작가의 이데올로기를 제거하는
   것이다.

1)에서 5)를 지나오는 동안, 3)과 같은 대목에 이르러 표출되는 김현의 '갈등'은 '독자의 문화지평'과 '원문의 고유성'을 양손에 쥐고서 그 무게를 달아보는 저울질과도 같기에, 김현의 모호한 수사에 대한 증거처럼 읽힐 수도 있다. 그러나 김현이 양손에 쥐고 있는 두 축의 무게중심은 사실 어느 한쪽을 선택해야 하는 저울질로 기울어질 성질의 것은 아니다. "작품의 뉘앙스를 죽여버"려 "난처"함을 자아내는 "오역"은 따라서 매번 패배가 예정되어 있는 전투에 임하는 병사처럼, 번역가가 제 작업에서 '문학성'을 살려내는 일이 얼마나 어려운 일인지를 말하고자 이미 전개해놓은 자신의 굳건한 전제 자체를 어떻게든 비틀어보고자 김현이 노력하고 있는 것으로 보아야 오히려 이해가 가능할 것이다.

따라서 이렇게 배배 꼬아놓으며 김현이 번역에서 물고 늘어지는 것은 바로 이 '오역의 해석 가능성', 즉 '번역 불가능한 지점의 번역 가능성'이라고 볼 수 있는데, 이러한 사실은 김현에게 '번역 불가능성'과 '번역의 근본적인 불가능한 성질'이 결국에는 서로 같은 게 아니었다는 것을 말해준다. 김현에게 번역의 '론'이라고 할 만한 무엇은 이렇게 이 둘의 차이를 구분해낼 때, 성립 가능성을 모색하게 된다. '번역 불가능성의 그 가능성'에 주목한 그의 직관은 해석 불가능성, 즉

문학작품을 단일한 해석의 격자 속으로 축소하는 것이 불가능하다는 사실에 착안하여, 김현이 번역의 제반 문제를 '문학성'을 중심축으로 삼아 해결해나가고자 한다는 사실을 말해준다. 원본의 의미가 무한하다는 가정, 이 무한한 원본의 의미를 번역에서 하나의 가능성으로 축소하는 행위가 불가능하다고 말하는 김현에게 모든 번역은 결국 "오역"이지만, 그럼에도 '오역'은 번역의 성립 가능성을 성취하고자 할 때 반드시 비추어보아야만 하는 '거울'이기도 한 것이다. 예컨대, 아래 대목은 번역 주위로 표출된 김현의 온갖 수사, 그의 망설임이나 갈등이, 그 속내에 감추고 있는 무언가를 드러내 보이는 대목이라는 점에서 의미심장하다.

번역에서는 번역된 책의 저자가 노린 사소한 세목까지가 남김없이 포착되어 해석되어야 한다. 번역이 문제점을 일으키는 것은 거기에서이다. 도대체 하나의 텍스트를 완전히 그 세목까지 해석할 수 있을까? 만일에 작품에 하나의 의미만 있다면 그것은 가능할 것이다. 그러나 작품에 하나의 의미만 있는 것이 아니라 여러 개의 의미가 있다면 그것을 다 찾아내기란 여간 어려운 일이 아니다. 찾아내고 뒤져낸다는 따위의 표현 자체가 그때는 무의미해질 것이다. 의미투성이의 작품에서 의미를 찾아낸다? 차라리 그때는 의미투성이의 작품에 하나의 의미를 부여하는 것이 더 올바를 것이다. 작품은 읽는 사람이 그것에 의미를 부여할 수 있게 하는 움직임의 원리로 작용할 따름이다. 비평이 한 작품의 의미를 완전히 드러낸다는 표현이 무리 있는 표현이라면, 번역이 번역된 책의 모든 세목까지를 완전하게 해석할 수 있다는 표현은 어떠한가? 〔……〕 그러나 작품에는 하나의 의미만 있는 것이 아니라 여러 개의, 아니 수많은 의미가 있다. 번역자는 비평가와 마찬가지로 작품에 자기 나름의 의미를 부여하는 사람일 따름이다. 그런 의미에서 완벽한 번역이란 있을 수가 없다. 다만 가치 있는 번역이 있을 따름이다. 가치 있는 번역은 가치 있는 비평이 그러하듯 저자가 작품에 준 의미와 번역자가 작품에 준 의미가 큰 갈등을 일으키지 않는 번역이다. (『전집 14』, pp. 274~75)

번역이 근본적으로 오역이라고 전제하는 김현은 자기 고유의 논리를 만들어내기 위해 번역학에서 흔히 말하는 등가나 충실성 개념을 동원하는 것도 아니며, 난해함을 난해함으로 번역해야 한다고 애써 소리를 높여가며 문학성의 중함만을 논리의 전면에 내세우지도 않는다. 대신 그는 문학작품 고유의 해석적 다양성을 존중할 안목을 번역자가 갖추고 있어야 한다고 넌지시 강조하며, **오로지 '문학'번역만이 번역이론의 관건들을 집결시키고 또 해산하는 장소**라고 낮은 목소리로, 그것도 에둘러 말할 뿐이다. 작품의 다양한 해석 가능성을 존중하는 "가치 있는 번역"이 "완벽한 번역"이 되기 위해서는, 그럼 어떻게 해야 하는가? 김현은 결국 번역이 비평이 되어야 하며, 오로지 이럴 때 번역에서, 아니 비평에서 시루죽은 말이 존재하지 않는다고 말한다. 김현의 독창적인 사유는, 시대의 의무를 등에 걸머진 염려나 진단에서 나오는 것이 아니라, 번역과 비평을 하나로 연결해내는 그의 안목에서 비롯되는 것이다.

5. 번역, 비평의 눈으로

번역가에게 응당 주어진 선택이 있다고 말하면서, 번역가의 운명을 독자의 곁에다 묶어두는 것으로 시대적 한계를 고백하고 또 곧잘 수용의 용이함에다 번역가의 임무를 붙들어 매놓았던 김현이지만, 원문이 머금고 있는 해석이 난해한 지점과 거기에서 파생될 "수많은 의미"에 "자기 나름의 의미를 부여하는" 주체로 번역가를 인식하면서, 김현은 번역에서 문학성을 지켜내야 한다는, 예의 그 직관을 저버리지 않는다. 어쨌거나 번역은 김현에게는 필연적으로 비평과의 연관성, 아니 근본적으로 비평적인 행위인 것이다.

번역은 창작에 못지않는 중요한 문학적인 행위이다. 번역은 번역된 책에 대해 만족할 만한 이해와 비판력이 없이는 이루어질 수가 없다. 그런 뜻에서 번역 행위는 텍스트를 가장 정확하게 해석하고 비평하는 작업이다. 어떤 책을 누가 어떻게 번역했느냐 하는 것을 따지자는 것은 그가 어떻게 그것을 해석하고 비판했는지를 따지는 것과 다르지 않다. 일반적으로 비평은 시를 빼고는 비평된 책보다 분량이 적은 게 특징이다. 그러나 번역은 번역된 책과 거의 같은 분량으로 그것을 해석하고 비판하고 있다. 그것이 텍스트를 가장 정확하게 해석하고 비평한다는 것은 그런 의미이다. (『전집 14』, pp. 273~74)

김현이 번역과 비평을 별개의 것으로 여기지 않는 데는 그의 '오역론'이 한편으로 자리하고 있지만, 원문을 해석해낼 힘을 번역가가 갖추고 있지 못할 경우, 해석의 무한한 가능성을 번역에서 단일한 곳으로 치환하게 될 것이라는 저 우려에서도 기인한 것이다. "번역에서는 번역된 책의 저자가 노린 사소한 세목까지가 남김없이 포착되어 해석되어야 한다"며 '오역'이라는 뜨거운 감자를 **해석 불가능성의 가능성**으로 전환할 수 있었던 것은 "가장 정확하게 해석하고 비평"해야 하는, 번뜩거리는 감시의 눈을 김현이 번역가에게 일임하고 있기 때문이다.

번역과 비평은 한 나라의 문화를 지탱하고 있는 두 개의 지주이다. 비평은 자기의 문화를 분석하고 설명하는 역할을 맡고 있으며, 번역은 다른 문화와의 접촉을 통해 자기의 문화를 변형시키는 역할을 맡고 있다. 번역이 없고 비평만이 있을 때 문화는 국수주의적 함정에 빠져들기 쉬우며, 비평이 없고 번역만이 있을 때 문화는 새것 콤플렉스에서 헤어나지 못한다.[11]

김현에게 결국 번역은 창작과 견줄 만한 하나의 걸출한 활동, 예컨대 비평적 활동이 되어간다. 김현이 강조한 '번역과 비평의 불가분한 관계'는 번역을 비평적으로 수행해야 한다는 사실, 번역 자체가 이미 비평이라는 사실, 번역에서 비평에 필요한 지식을 확인하고 갖추어나갈 수 있다는 사실, 번역이 타자를 통해 나를 변화시키는 동력이기도 하다는 사실, 번역과 비평은 오로지 서로의 존재를 서로가 인정할 때 서로 삼투된다는 사실을 전제할 때만, 제 각각의 가치를 부여받을 뿐

---

11) 김현, 「문학 이론 분야의 번역에 대하여」, 『한국일보』, 1984년 3월 7일; 『전집 14』, p. 303.

인, 그러니까 그 자체로는 갖추어지지 못한 미완의 마디들일 뿐이다.

6. 보론: 중역과 오역이라는 필요악

내 이야기는 모두 끝났다. 김현이 어른거린 것은 아주 오래전부터지만, 정작 김현에 관한 글을 써야겠다는 생각이 든 것은, 과거의 몇몇 경우를 제외하면, 지난해가 서거 20주년이라는 사실을 우연히 헤아리게 되었던, 지지난해부터였다. 수없이 다양한 주제가 있을 터인데, 하필 번역을 택했느냐는 말이 나올 수 있겠다. 지극히 개인적인 사연 때문이다. 대학 시절 김현의 번역문과 비평문, 한국문학사를 읽었고, 김현이 소개하고 번역해낸 이론서와 다른 이들과 함께 여러 글을 번역해 모아 낸 그의 편역서를 부지런히 떠다가 비평의 밑그림을 그려나가던 어느 날 문득, 거개가 프랑스어 글인, 원문에 대한 궁금증이 생겼다. 호기심은 결국에는 내가 열고 마는 판도라의 상자 앞에서 좋은 변명거리를 마련해주었다. 이렇게 프랑스어 공부를 시작해놓으니(사실 불문과에 적을 두고 있으면서도 프랑스어 공부에 게을렀다!), 그걸 인연으로 애당초 계획에 없던 프랑스 유학이 내 삶에 찾아들기도 했다. 물론 그걸로 끝이 아니었다. 문학비평가에서 불문학 연구자로, 내 이름 뒤에 붙을지도 모를, 당시에는 존재하지 않던 미래의 칭호도 바뀌었다. 이런 내 처지를 나는 지금도 그리 달가워하지 않는 편이다.

나는 그가 아직 갖추고 있지 않은 어떤 이름을 그에게 부여해주고 싶었다. 김현에게서 사람들이 아직 꺼내오지 않은 무엇, 비평가 김현

현대의 문학이론 16
시칠리아의 암소
—미셸 푸코 연구
김 현 著

文學과知性社

의 이름에 가려, 웅크리고 있을 무언가
를 찾아내고자 했던 근본적인 이유도
따지고 보면 대학 시절이나 심지어 지
금의 내 독서와 크게 무관하지 않다.
예를 들어 『수사학』이나 『쟝르의 이론』
같은 작품에서 구조주의에 이르기까지,
그의 번역문에 따라붙는 공역자이나
편역자라는 이름은 그러나 한국문학의
연구 조건을 하나둘씩 마련해나가고자
했던 그의 의지 앞에서, 또 그것이 우리 문단에 풀어놓은 영향력이나
그 지식의 크기를 고려하면, 빛을 바래는 것은 아니라고 나는 생각했
으며, 지금도 그렇게 여기고 있다. 심지어 『문학 사회학』이나 『시칠
리아의 암소』처럼 감추어진 번역을 안에다 한껏 머금고 있는, 그리하
여 번안의 일종이라 흠잡을 빌미가 제공될 수도 있을 그의 저서도,
그 경계를 캐물어 과(過)를 들추어내는 일에 착수하기에는 김현의 지
적 모험과 그 용기가 오히려 '착종과 혼종의 시대적 가치'를 되묻게
하기에, 문단과 인문학 전반에서 결코 작다고 말할 수는 없을 성과를
거두어들이는 데 성공했다고 나는 생각한다. 편역에 열중했던 김현은
사실 편역이나 중역을 일방적으로 매도되어야만 할 허물로 여기지는
않았다. 그는, 비록 중역되었다고 하더라도, 책이 소개된다는 그 행
위의 가치, 즉 독자들에게 찾아들 문화적 창출의 기회를 더욱더 소중
한 것으로 여기고 있었다. 이렇게 말이다.

한국 문화계의 잠재적 역량은 50년대에 수치스럽다고 인식된 중

역 · 오역 시비를 지엽적인 것으로 만들고 있다. 나는 중역이나 오역에 대한 시비는 이제 지엽적인 것이 되었다고 생각하는데, 물론 그렇다고 그것이 중역이나 오역을 합리화시킬 수 있는 것이라고는 생각하지 않는다. 나는 다만 중역이나 오역에 대한 시비는 그 책이 번역될 만한 가치가 있느냐 없느냐에 대한 토론과는 차원이 다른 문제라는 것을 지적하고 있다. 번역은 정확해야 한다. 그러나 번역이 정확성을 요구한다고 해서 중역이나 오역이 섞인 모든 책을 거부할 수는 없다. 비록 중역 · 오역된 책이라고 하더라도, 읽어야 할 책은, 중역 · 오역되지 않은 읽을 필요가 없는 책보다 낫다. 내가 중역 · 오역 시비와 책 선택 문제가 차원이 다르다고 말한 것은 그런 의미에서이다. 중역 · 오역은 학문적 미숙이나 이해 부족으로 설명될 수 있다. 그러나 읽지 않아도 될 책을 번역하는 것은 출판사나 번역자의 삶에 약간의 금전적 혜택을 줄 수 있다는 것을 제외하면 거의 유해한 일이다. 지나는 길에 덧붙여 말하자면, 70년대의 중역은 50년대의 중역과 같은 의미를 갖고 있지 않다. 50년대의 중역은 일본어에서 번역한 것이라는 뜻을 띠고 있다. 50년대에 원서라는 말이 갖고 있는 문화적 무게! 70년대의 중역은 그런 의미를 띠고 있지 않다. 70년대의 그것은 어떤 나라 말로 씌어진 것을 다른 나라 말로 읽고 옮긴 것이라는 뜻을 갖고 있다. 50년대의 중역은 모멸적인 어휘이다. 그것은 식민지 시대의 문화적 체험을 무의식중에 반영하고 있기 때문이다. 70년대의 중역은 오히려 성실성의 표지이다. 읽을 수 없었던 것을 읽었다고 하는 뽐냄을 그것은 보여주지 않기 때문이다.[12]

---

12) 김현, 「성찰과 반성」, in 『문학과지성』 1979년 여름호; 『전집 4』, pp. 319~20.

성찬과는 거리가 멀어 글을 쓰면서 더러 불편하기도 했지만, 그럼에도 불편을 느낀 바로 그 지점들을 내 글 안에서 드러내는 일이, 그의 이름에 누가 될 거라고는 생각하지는 않았으며, 그럴 거라 지금도 믿어 의심치 않는다. 아직도 나는 그가 이인직 『혈의 누』의 두 판본을 인용하며 "무국적 문장"이라고 말할 때, 주요한의 「불놀이」 전후로 활성화된, 장르 교환의 힘과 문학의 그 활동성 전반을 우리 것의 소멸을 우려하여 질타해 마지않을 때, '자유간접화법'을 우리말에서 찾는 일을 "지나친 의욕 과잉"이라고 말할 때, 『서유견문』에서 한글의 쓰임에 우월성을 부여하려고 할 때, 게일의 『천로역정』과 찬송가 번역을 두고서 "자각적인 새로운 문학 형태"가 아니라 "새로운 외국 문물 비슷한 것으로 직수입"되었다며 한글의 저 순수함을 지켜내고자 할 때, 이식문화론을 "고전문학과 근대문학의 단절"로 여길 때, 번역을 인정하면 한국 문학인들의 노력이 "모방이나 추종"에 불과한 것이 되어버려 "근대문학의 목차 자체"가 바뀔 것이라며 비관적인 시선을 드리워놓을 때, 그리하여 근대문학의 시발점을 문학사에서 무리하게 끌어 올리려고 할 때, 크고 작은 불편함을 느낀다.

그러나 이문열의 『황제를 위하여』에서 서로 대비되는 "복잡한 현대식 조립체"와 "실록 번역 문체"를 구분해내며, "번역 문체가 얼마나 웅장 유려한가"라고 감탄해 마지않을 때, 이광수의 『무정』에서 번역의 흔적을 가려내며 "번역투의 산문 문장"이 "주체를 객관화할 힘을 잃"는다는 송욱의 지적을 인용하면서도, 번역이 결국 반성적 사유를 이끌어낸 원인이라고 힘주어 말할 때, 매 시기의 판본의 중요성을 환기할 때, 김동인과 염상섭에서 그 흐름의 연장을 보아야 한다고 넌지시 권고해올 때, 해석의 다양성을 번역가의 임무로 내려놓을 때, 그리하여 숱한 망설임과 갈등 속에서도, 문학번역의 우월성을 우회적이나마 암시해놓을 때, 번역이 비판적 사유를 촉구하는 실험이라고 에둘러 말할 때, 번역 없는 비평, 비평 없는 번역이 불가능하다고 생각할 때, 바로 이때 번역에 드리운 김현의 독창적인 사유가 이러저러한 모습으로 제 몸을 드러낸다고 나는 생각한다. 어쨌든 문학을 고민했다는, 문학을 두고서, 문학 고유의 복잡성을 번역에서 단박에 해소하려고 들지 않았다는 사실 하나면 충분한 것이다. 그 중심에는 난감해 보이는 글인 것도 사실이지만, 그럼에도 '번역 불가능성의 가능성'을 캐물으며, 번역과 비평이 서로 얽힌 하나의 덩어리라고 고백하고 있는, 그의 '오역론'이 자리한다. 모럴리스트 김현과 비평가 김현 사이에 벌어진 틈새가 메워지는 곳도 바로 여기이다.

제5부 **시, 정치성, 번역의 눈으로**

보들레르와 이상(李箱), 그리고 번역자 발터 벤야민
── 파리와 경성, 그리고 번역시

여기는 어느 나라의 데드마스크다.

── 이상, 「自傷」

19세기 중반, 예술생산의 조건들이 바뀌었다. 이러
한 변화는 최초로 상품 형태가 예술작품에, 대중의
형태가 예술의 감상자들에게 결정적으로 부과된 데
서 찾을 수 있었다. ── 발터 벤야민[1]

0. 대도시와 시, 시와 대도시

근대화의 물결에 휩싸인 경성(京城)이나 대도시의 꼴을 본격적으로 갖추
어나가던 19세기 중·후반 파리에서는 청아하고 해맑은 미소를 띤 젊은 시
인을 찾아볼 도리가 없다. 그러려야 그럴 수가 없기 때문이다. '대도시가 등
장하면서 인간의 문화 자체가 변화를 겪게 된다'는 벤야민의 몹시 평범해 보
이는 가설이 문학작품을 통해 제 증거를 하나씩 호출하게 되는 것도 바로
이 공간에서이다. 그런데 문제는 대도시로의 변모와 더불어 '새로운' 삶의 양
식이 동반되었으며, 이것이 사유의 작동 방식의 급격한 변화로 이어진다는

---

1) W. Benjamin, *Paris, Capitale du XIXème siècle*, Cerf, 1997, p. 351.

이 벤야민의 가설이 대로(大路)가 등장하고 고층건물들이 들어서는 등 앞을 다투어 근대화의 청사진을 투영해가던 파리나 경성에서 하루하루를 살아야 했던 시인들에게는 그다지 유쾌한 방식으로 검증되어나가지는 않았다는 데 놓여 있다. 대도시라는 일반명사가 정치적 반동들로 각인된 파리나 경성에 고스란히 중첩될 때, 일상 공간의 실질적 주체인 개인들의 자의식이 심하게 뒤틀리면서 어떤 굴절을 겪게 되는 걸 시인들이 모를 리 없기 때문이다.

이때 도시의 물질적인 측면과 정신적인 체현은 톱니바퀴처럼 잘 맞물려 있는 것이 아니라, 급격히 기이한 모습으로 '전도'되어버린다. 그중 예술가, 특히 시인이라 불리는 자들에게 이러한 전도는 예언적이거나 예방적인 형태, 즉 암시와 비유, 탈구축과 재구성을 통해 문학 내부의 변화를 추동하는 동력으로 자리 잡는다. '상상적 공동체'에서 한참 비켜나 있는 이런 변화가 아이러니하게도 오늘날 예술가와 디자이너를 구분하게 해주는 범박한 척도를 만들어낸다는 데 바로 그 중요성이 있다. 동시대가 추구하는 가치에 시인의 정체성을 온전히 일임하지 않았던 두 사람, 그리하여 현대성modernité을 향해 일보를 내디딘 보들레르와 이상이 특히 그러했다.

이 두 시인이 공유했을지도 모를 어떤 정신의 궤적을 여기에 가상 인터뷰 형식으로 적어보았다. 두 사람이 서로 만났다는 가정, 아니 이 두 사람이 서로 절친한 문우(文友)라고 설정해놓아야 전개될 법한, 시와 문학, 정치성에 대한 이야기를 벤야민W. Benjamin이 번역의 주체로 개입하는 형식으로 상상해본다. 두 시인의 실험적인 글쓰기에 대한 해석은 그들 시의 난해함만큼이나 다양하며 분분하지만, 접점이 아예 없는 것은 아니다. 특히 벤야민은 이 두 시인이 공유하고 있었을 것으로 추정되는 새로운 사유가 빛을 보게끔 생명을 불어넣으며 빛나는 언어로 그것을 담아내고자 했다. 여기서 그는 이미 훌륭한 번역가의 자질을 보인다. 물질적인 조건(도시나 문물)이 오히려 변화를 주도하는 시적 체현을 이루어낼 수 있다고 생각했던 발터 벤야민은 그리하여 이 가상 인터뷰의 중심, 이 두 시인의 사유를 가교처럼 연결하며 번역해내는 역할을 맡는다.

1. 19세기 중반의 파리와 20세기 초반의 경성

보들레르: 당시의 파리는 프랑스 혁명의 정신적 지주나 다름없던 계몽주의같이 구체적이고 확고한 하나의 신념을 고스란히 누릴 수 없는 시기를 맞이했다고 할까요?

이상: 유교적 전통이나 후쿠자와 유키치의 문명론 같은 신학문 가운데 어느 하나를 고스란히 끌어안을 수 없는 시기가 경성을 찾아온 것은 20세기 초반이었습니다.

보들레르: 노동자들과 반혁명 세력들이 끊임없이 갈등을 빚어내는 가운데 절망과 희망의 극단을 오고가곤 했었지요. 이게 계속 반복되다 보니 뭐가 옳은지 쉽사리 분간하기 어려운 시기가 계속되었던 것 같아요. 당시에 유행하기 시작한 절망이나 멜랑콜리는 무엇 하나 딱히 꼬집어 확신을 할 수 없다는 데서 비롯되었다고 보아도 옳을 것입니다. 만물의 조화를 "보편적으로 유추analogie universelle"해보는 게 더 이상 가능하지 않게 되었다는 표현이 적절하다고 할까?

이상: 개화(開化)라는 혼란 속에서 식민지 세력과 민족운동 세력 간의 간헐적인 무력 충돌이 있기도 했지만, 전반적으로는 유교와 근대 지식이 서로 각을 달리해 한꺼번에 혼재되는 바람에 혼란으로 뒤발된 시간들의 연속이었답니다. 좀 지나자 개화파와 위정척사파도 그랬고,

나중엔 또······

보들레르: 그 와중에도 기술과 과학, 의학과 산업이 발달하기 시작했는데, 특히 산업혁명이 가속화되자 대량으로 쏟아져 나온 상품의 물결은 파리의 일상 전반에 자본주의가 정착되는 데 기여했지요. 근데 이게 황제로 분한 나폴레옹의 손자가 마셜 플랜 비슷한 걸 실행한 결과였다는 데 제 비극이 놓여 있는 게 아닐까 해요. 부당한 권력을 얼버무리기 위한 대공사는 시대를 막론하고 유행인 듯하네요. 덕분에 파리가 정비되고 대도시로 완전히 탈바꿈하게 되었거든요. 일자리도 제법 늘어나고······

이상: 경성에도 미국과 러시아, 특히 일본에 의해 전기가 들어오고, 전화선이 연결되고, 철도가 깔리고, 대로가 닦이고, 철교가 생기는 등 도시 근대화로 인해 물질화가 촉구되고 초기의 자본주의 형식이 매우 기형적이나마 정착되기 시작했는데, 전차, 대로, 서울역, 광교나 수표교 같은 다리들, 시청과 같은 모던한 건물들("소설가 구보씨"

1919년 경성방직 출범과 수입대체
공업화 착수

가 즐기던 산책 코스이기도 했지요)은 처음 보는 것들이라 조선인들에게 당혹감을 주기에 충분했어요. 그런데 대부분이 조선 말 최한기 같은 과학자의 사상을 바탕으로 피어난 게 아니었다는 데서 외압을 동반한 낯선 세력에게 틈입이 허용되었고, 이렇게 해서 혼란은 더욱 가중되었지요.

보들레르: 기술문명이 수공업에서 복제로 전이되는 과정에서 파리에서도 뭔가 복잡한 변화가 일어나기 시작했지요. 재화를 생산해내는 사람들이 정작 그것의 '주인 될 자격'을 상실하게 되었다고 할까요? 물건을 생산한 주체가 물건으로부터는 본격적으로 소외되기 시작한 겁니다. 마르크스 선생이나 벤야민 선생이 꼬집어 말하고 있는……

이상: 일제에 의해 안착된 경성의 공장지대에서 '복제된' 제품들이 생산되어 제한적이나마 시중에 나돌기 시작해 우리 산업이 발전할 싹이 서서히 잘려나갔고, 또 그걸 누릴 수가 없을 만큼 비싸거나 귀해서 대중에게는 이중의 고충을 안겨주었어요. 인도에서 영국산 제품을

19세기 후반 프랑스 파리의 백화점 내부의 모습

거부하는 운동이 일어난 것처럼 당시 조선에서도 물산장려운동 전후로 어떤 강박관념이 생겨났거든요. 새것(일제)의 세련됨을 인정해야 했지만, 우리 것을 구입해야 한다는 도덕적 강박은 '충격'과 '욕망'이라는 두 가지 모순된 화두를 제공해주지는 않았나 합니다.

보들레르: 철골로 치장한 근대식 아케이드가 우후죽순처럼 생겨나면서 파리는 그야말로 상품교환의 화려한 중심지가 되어갔습니다. 파리는 소비를 촉진하는 대도시의 면모와 위용을 갖추기 시작했으며, 유럽에서도 백화점 하면 일단 파리를 떠올리게 되었지요.

이상: 제가 동경에서 보았던 미쓰코시 백화점이 경성에도 등장하면서 식민지 치하에 근대도시가 갖추어야 할 소비시장이 형성되었답니다. 경성 한복판에 근대식 감옥이 들어선 것도 바로 이즈음이고요.

보들레르: 문학예술 이야기 조금만 할게요. 당시 파리에서는 낭만주의 문학의 붕괴 이후 '산문문학'이 각광받으면서 장르가 서로 뒤섞이기 시작했는데, 저도 한몫 거들었다고 합니다. 물론 사진술과 영화라는 복제기술의 등장으로 문화예술 전반이 근본적인 변화를 겪기 시작한 것도 이즈음이고요. 현실을 그대로 찍어대는 사진의 정교함은 화가들에게 엄청난 충격을 안겨주었을 거예요. 그래선지 제 친구 마네 Manet도 좀 색다른 걸 시도하다 보니 '인상파' 같은, 당시로는 그다지 영예롭다고 말하지 못할 칭호를 얻게 되었죠.

이상: 경성에서도 일어본 중역을 통해 보급된 책들 덕분에 서구의 문학 사상이 하나씩 알려지기 시작했어요. 이 과정에서 문학 장르가 섞이거나 새롭게 분화될 조짐이 보였고요. 육당(六堂)이나 안서(岸曙) 같은 지식인들의 노력이 컸다고 봐요. 제 기하학적 상상력도 바로 이걸 거들었다고 하대요. 한자를 조합해서 일본 사람들이 만든 근

대 개념어들과 조선식 구어를 뒤섞은 혼종적인 글쓰기가 '국어'라는 신개념을 창출하기 시작했다고 보는 편이 옳겠지요.

조선의 풍경화가 부침을 겪은 것도 사진기가 경성에 등장하면서부터 같아요. 그런데 사진뿐만 아니라 일제가 들여온 서구의 의복을 경성에서 맞이한 건 호기심이었다기보다는 온갖 종류의 미신이었어요. 서재필 같은 분이 미국'제(製)' 부인이랑 팔짱을 끼고 경성의 대로에 산책을 나설 땐 워낙 그 '아우라'가 강해서 감히 쳐다볼 엄두도 내지 못했다고들 합니다. 식민지의 망령들이 문화예술 주변을 배회하다가 그 내부로 깊숙이 침투해서 죽음의 굿판을 벌이기 시작한 건 아닌가 해요. 제 시가 천착해온……

보들레르: 파리는 식민지 쟁탈전을 본격적으로 전개하면서 자본가와 정치세력 간의 결탁과 공모가 완숙한 단계에 접어들기 시작했답니다. 아마 제1차 세계대전이 10년만 늦게 발발했어도 세상 천지에 땅 쪼가리 하나 온전히 남아 있지 않았을 거예요. 이성복 시인의 말처럼 "모두 병에 걸렸는데 아무도 아프지 않은" 정신질환을 앓고 있었다고나 할까요.

이상: 경성에도 식민지 수탈이 본격적으로 가속되면서 유교와 민족주의가 맥을 같이하고 개화가 이것의 '대항 이데올로기'로 작용하기 시작했는데, 대부분 일제와 결탁한 정치세력들을 중심으로 퍼져나갔어요. 나중에 대동아 공영으로 치닫는 시점에는 대부분의 작가와 지식인이 제국주의와 파시즘에 공감할 수밖에 없는 지경에 이르지 않았는지……

2. "대도시가 버린 것, 잃어버린 것, 낭비한 것, 소홀히한 것, 망가뜨린 것"

이상: 개화기를 막 벗어나자 식민지 치하에서 진행된 근대화는 문학과 시, 소설과 글쓰기의 형성 과정 전반에 감당하기 어려운 충격을 주었던 게 분명해요. 문학적 발현이나 세계관에 따라 상이하게 나타날 수밖에 없겠지만, 타의에 의해 진행된 정치·사회적 변화와 더불어 동시대를 살아가야 했던 우리 작가들의 인식 속에서 굴절된 무엇을 표현하고자 한 새로운 글쓰기의 출현이 선생님네 파리와 어떤 공통점을 보이는 게 아닐까 짐작하게 되는 것도 바로 이 때문입니다.

보들레르: 당시 반동적 정치성을 등에 업고 진행된 산업자본주의식의 급조된 개발은 타자에 의해서 뭔가가 진행되었다는 느낌을 주기에 충분했다고 봐요. '내가 그 주체가 아니다' '나는 배제되었다', 뭐 이런 감정에서 비롯된 긴장감이 당시를 지배하고 있었다고 봐도 무난할

보들레르(사진: 나다르Nadar)

겁니다. 때문에 근대화와 도시화가 인공적인 질서를 통해 새로운 문명을 이식하고 사회의 변화를 촉구했지만 우리같이 민감한 시인들에게는 벤야민 선생의 표현처럼 '경험의 충격'을 동반하게 되었던 것 같아요. 결국 문제는 기억의 굴절을 가장 적나라하게 드러내는 것이 바로 문학작품이라는 데 있는 것이지요.

이상: 철도와 신작로가 등장하고 전기와 근대식 건물들이 기존 삶의 양식들을 하나씩 잠식해나가기 시작했을 때, 문제는 이에 앞서 웅장함과 세련됨을 앞세운 근대라는 '인식'이 당당하게 무언가를 표상하고 있다는 데서 발생한 건 아닐까요? 때문에 문학과 시의 양식도 변모하는 거고요. 변화와 충격을 담아내기에는 당시 계몽 담론의 주된 역할을 담당해왔던 번안소설보다는 선생님이나 제가 천착해온 시적 모험이 더 효과적이지 않았나 합니다. 어쨌든 쓰는 사람에게도 무엇인가 정확히 알 수 없다는 막연한 감정이 뒤섞여 있었던 것 같은데, 그래서 비유는 또 한편으로 필연적이었다고 봅니다. 사실 이런 예술가들의 직관이 물질적 변화에 앞서 세상에 나타나기도 하거든요.

근대화와 도시화, 나아가 활자 매체 자체에 대한 경외감이 어떤 자괴감과 연관될 수밖에 없는 것은 동서양을 막론하고 찾아온 '갑작스런' 변화가 정치적 '온전성'을 확보하지 못한 힘에 의해 주도되었기 때문일 것이다.

이때 시는 첨병에 서서 긴장감을 드러내고 제 역할을 수행해온 것으로 보인다. 경이로운 눈으로 바라보던 신작로나 긴 무지개가 하늘에 걸린 것 같은 착각을 불러일으키는 튼튼하고 강건한 철교가 실상은 무언가를 실어 나르기 위한 수단이라는 사실을 깨닫게 되었을 때 교차되는 희비는 시에서 가장 깊숙이, 가장 변형된 형태로

남대문 전차 대기소 1919년

각인되어 나타나는 것이다. 그렇다면 보들레르나 이상이 변화의 한복판에 놓여 있던 이곳에서 목격한 것은 무엇이었을까?

보들레르: 당시 파리가 근대적인 모습을 갖추어가자 등장하기 시작한 풍경들은 제게는 낯설고도 새로운 것이었어요. 이걸 몸소 겪으면서, 말하기는 좀 뭣하지만 "기이한 흥분"[2] 같은 걸 느꼈던 것 같아요. 왜 흥분이냐고 물어보면 할 말이 궁해지네요.

이상: 저도 비슷했던 것 같아요. 동경을 방문했을 때 "내가 생각하던 '마루노우찌삘딩 —— 속칭 마루비루—— 은 적어도 이 '마루비루'의 네 갑절은 되는 웅장한 것"이었는데, 어쨌든 "이 도시는 몹시 '깨솔링' 내가 나는구나! 가 동경의 첫 인상"이었고, 그럼에도 "우리같이 칠칠치 못한 인간은 우선 이 도시에 살 자격이 없다"(「東京」)는 식의 양가적 감정을 느꼈던 것 같아요. 경성으로 돌아와서는 이러한 자괴감이 보다 구체화되기 시작했죠.

보들레르: 제가 '기이한 흥분'을 느낀 건 대도시 자체는 아니었던 것 같아요. 새로 들어선 건물이나 대로나 신식 물품 같은 것이었다기보다 오히려 근대화 과정 전반에서 소외되고 있는, 정확히 말하자면 마치 찌꺼기나 쓰다 버린 폐품처럼 대도시와 '더불어' 등장하게 된 어떤 불편한 풍경들이었다고나 할까요?

이 풍경들에 그냥 호기심이 일고 이상한 느낌을 받곤 했어요. 막연하게 느껴질 테니 거칠게나마 한번 꼽아보지요. 길거리를 배회하는 유리 장수(당시 유리는 근대화가 낳은 산물이자 부르주아의 계급성을

---

2) Ch. Baudelaire, *Correspondance*, Gallimard, 1973, p. 493.

상징하는 표식이었거든요), 자본의 행렬에서 이탈되어 도시의 구석진 곳에서 구걸하는 거지의 무리, 대로를 지나면서 아무 때나 마주치게 되는 무표정한 얼굴의 행인, 군중으로 둘러싸인 서커스의 광대, 공원에 버려진 쭈그렁뱅이 노파, 버려진 음식물을 핥고 있는 개, 골목에서 서성이며 사람들을 감시하고 있는 경찰관, 아케이드에 진열된 상품 주위로 몰려든 군중의 아우성 같은 것들이 정작 제 관심을 끄는 무엇이었지요. 쥘 라포르그라고 하는 프랑스 시인은 이렇게 말했다고 벤야민 선생이 지적하더군요.

보들레르는 수도 파리를 일상적인 저주들(매춘의 바람에 흔들리며 거리에서 반짝거리고 있는 가스등, 레스토랑과 그곳의 환기구, 병원, 도박, 톱으로 켠 나무가 장식이 되어 정원의 포석 위에 떨어지며 내는 소리, 화롯가, 고양이들, 침대, 스타킹, 주정뱅이, 근대 제조법으로 만든 향수)을 통해 언급한 최초의 사람이다. [……] 그는 추한 것에 항상 예의를 갖추었다.[3]

뭐 고마운 일이지요. 벤야민 선생도 파리가 배출해낸 온갖 잡동사니에 제가 사로잡혀 있다고 생각한 것 같아요. "여기 수도에서 하루 종일 쏟아낸 쓰레기를 줍는 일을 하는 사람이 있다. *대도시가 버린 것, 잃어버린 것, 낭비한 것, 소홀히 한 것, 망가뜨린 것 모두를 그는 분류하고 수집한다*"[4]고 했는데, 사실 이런 것들이 당시의 제 관심사

---

3) J. Laforgue, *Mélanges posthumes*, Paris, 1903, pp. 111~14.
4) W. Benjamin, *op. cit.*, pp. 364~65.

충무로 입구에 자리 잡은 미쓰코시 백화점(현 신세계백화점). 1934년에 준공되었으며, 지하 1층, 지상 4층, 연건평 3,000여 평의 건물로서 근대주의로 넘어가는 과도기적인 양식이다.

를 정확히 대변해주는 것이기도 합니다.

이상: 저에게 경성은 정말이지 '이상'했는데, 제 필명 가지고 장난하자는 건 아니고, 이상했다는 표현 그 이상 떠오르는 게 없어 이렇게 이상하게 말하는 겁니다. 한 가지 말씀드릴 수 있는 건 당시 막연하나마 무언가를 무너뜨려야 한다고 생각했던 것 같습니다.

보들레르: 선생님 시에서 목격되는 해체(더 정확히는 탈구축에 가깝겠지만)가 그런 긴장감의 발로는 아닐까요? 선생님의 해체를 놓고 항간에서는 "조선의 근대정신이 처음으로 붕괴되었다는 것을 의미하는 것"이라고 했는데, 제가 보기에는 그다지 적절한 지적 같지는 않아요. 오히려 기존의 문학적 답습을 붕괴시켜야 한다는 그런 절박함이 막연하나마 선생님의 의식 기저에 자리하고 있었던 건 아닐까 해요. 그러니 섞은 거지요. 혼종을 실험할 수밖에 없는, 이걸 계기로 근대정신을 활짝 열어 보이고 있는 건 아닐까 하네요. 메쇼닉 선생이 현

대성을 "끊임없이 재개(再開)되는 일종의 투쟁"[5]이라고 한 것도 결국 이 섞는 것의 변증법적 운동을 염두에 둔 건 아니었나 합니다.

구체적으로는 정(正)과 반(反) 사이의 혼합과 붕괴일 테고, 또 문학적으로는 장르의 혼용(混用)일 겁니다. 이런 의미에서 선생님의 작품에서 도시가 차지하고 있는 진정한 가치는 현대성에 대한 알리바이로 볼 수밖에 없다고나 할까요? 혼종과 혼합, 장르 간 영역의 붕괴가 그 증거가 될 수 있지 않을까 해요. 선생님께서 감행하신 대다수의 시적 실험은 경성과 연관지어볼 때, 서로 비등한 비중을 지닌 몇몇 양상이 교차하면서 마주 엉겨 붙은 꼴을 하고 있어요. 구체적으로 한번 살펴볼까요?

3. 복제, 아케이드, 예술작품

이상: 잠시만요. 그 전에 짚고 넘어가고 싶은 게 하나 있어요. 방금 말씀하신 장르의 붕괴와 혼합과도 간접적으로 연관되는 건데, 벤야민 선생, 이 양반이 정말 특이한 거 같아요. 왜냐하면 파리나 경성에서 문화예술 전반에 찾아든 근본적인 변화의 '이면'을 보려고 했거든요. 『파리의 우울』의 서문에서 선생님께서 강조하신 '대도시'와 글쓰기 문제, 그리고 대도시의 위상을 반영하는 아케이드의 등장, 또 이 아케이드를 가득 메우던 대도시의 실질적인 구성원 '군중'을 한번 살펴볼 필요가 있다고 봐요.

---

5) H. Meschonnic, *Modernité, Modernité*, Verdier, 1988, p. 9.

그 유명한 「기술복제시대의 예술작품」에서 벤야민 선생이 위 세 가지를 당시의 문화예술이 '재편'되는 키워드로 여겼다는 게 제겐 중요해 보이거든요. 심지어 아케이드는 기술복제시대 파리의 면모를 집약적으로 드러내는 일종의 상징 같다고도 여겨지는데, 저도 경성에서 "왜 나는 미끈하게 솟아 있는 근대 건축의 위용을 보면서 먼저 철근 철골, 시멘트와 세사 이것부터 선득하니 감응하느냐"(「종생기」) 할 정도로 어떤 의구심이 든 적이 있었거든요. 철골이 등장했다는 게 뭐 그리 대단한 일인지 모르겠지만, 이게 아케이드라는 주제와 맞물리게 되면서 예술의 변화에 밀접히 관여하기 시작한다는 게 벤야민 선생의 요지였거든요.

건축이 철골 건축의 등장과 함께 예술에서 분리되어 홀로 길을 걷기 시작했다면, 회화에서도 파노라마의 등장과 함께 똑같은 현상이 나타난다. 파노라마의 보급이 정점에 달한 시기는 아케이드가 등장한 때와 일치한다.[6]

한마디로 '풍경', 즉 사물과 그것을 보는 근본적인 방식이 변화했다고 지적하고 있는 건데, 물질적인 조건을 앞서 고려해야 했다는 면에서 마르크스 선생의 영향력이 느껴지기도 하네요. 암튼 철골이 등장했다, 건축이 예술이기를 포기했다, 아니 다른 방향으로 나가기 시작했다, 대강 이런 지적인 거 같아요. 그다음의 파노라마에 대한 이야기는, 회화가 풍경화를 포기하기 시작했다는 거겠지요. 더 이상 자

---

6) W. Benjamin, *op. cit.*, p. 37.

연을 곁들인 야외의 풍경을 그리지 않게 되었다는 지적인데, 이게 언제부터냐가 벤야민 선생에게는 중요했어요. 암튼 파리에 아케이드가 우후죽순처럼 늘어가기 시작하면서 풍경화를 대거 양산하던 시대는 이제 바이바이라는 말이지요. 그럼 뭘 그리게 되었을까요?

보들레르: 대략 두 가지 정도로 압축될 것 같아요. 첫째, 풍경을 야외에서 그리되, 단순히 모방하지 않는다는 거고, 둘째, 아케이드, 대로, 군중 따위를 그리기 시작한다는 거겠지요. 여기까지 해두고, 아케이드에 관해 남긴 다른 지적을 잠시 보기로 해요.

산업에 의한 사치가 만들어낸 새로운 발명품인 아케이드는 유리 천장과 대리석으로 되어 있으며, 건물의 소유주들이 투기를 위해 힘을 합쳤던 몇 개의 건물을 이어 만들어진 통로이다. 천장에서 빛을 받아들이는 이러한 통로 양측에는 극히 우아한 상점들이 늘어서 있는데, 이리하여 이러한 아케이드는 하나의 도시, 아니 축소된 하나의 세계이다.[7]

이상: 아케이드는 그냥 만들어진 게 아니라는 말인데, 그렇다면 당시 파리에서 아케이드는 무슨 기능을 담당했던 걸까요?

보들레르: 벤야민 선생의 위 지적에 대강 나와 있는 것 같은데요? 당시 파리에서는 물건을 팔 수 있는 백화점 비슷한 것들이 아케이드 안에 대거 진열되어 있었는데, 거기서 무슨 물건을 파는지, 여기서 파는 물건이 수공업시대 시장에서 내다 파는 물건들과 뭐가 다른지, 뭐 이런 물음을 이제부터 던져야 할 것 같네요. 재래 시장에 내다 팔던

---

7) W. Benjamin, *ibid.*, p. 66.

19세기 중·후반 무렵 프랑스 파리에 우후죽순처럼 등장하기 시작한 아케이드

물건은 물론 아니죠.

왜냐하면 아케이드는 당시 파리에서는 최첨단 과학이 집약적으로 펼쳐진 공간이었고, 최첨단 기술이란 항시 자신의 위용을 마음껏 과신할 수 있도록 제 메커니즘을 담은 상품들을 전시하거나 파는 행위를 전제로 등장하게 마련이죠. 할머니들에게 영상 폰이나 MP3 혹은 아이패드를 선전하지 않는 것처럼요. 당시에 최첨단이란 바로 복제할 수 있는 기술을 의미했다는 겁니다.

따라서 이곳에서 파는 상품들은 복제품이었던 거예요. 그럼 복제품을 누구에게 팔았는지가 또 궁금해지는데, 여기가 바로 예술과 연관을 맺게 되는 대목은 아닌가 합니다.

이상: 대강 짐작할 수 있을 것 같아요. 앞서 선생님이 말씀하신 무명의 대중이나 길 가는 행인들이 구매의 주체였다는 거지요? 정체를 알

수 없는 익명의 구매자들에게 물건을 팔았다는 얘긴데, 암튼 스쳐 지나가면서 물건을 아무렇지 않게 '낚는' 사람들도 등장했겠군요.

보들레르: 아케이드의 등장과 이곳에서의 구매행위는 재화(생산물)와 인간이 맺는 관계 전반이 바뀌었음을 나타내주는 징후라고 벤야민 선생은 또 이렇게 말했답니다.

복제기술은 복제된 것을 전통의 영역에서 떼어낸다. 복제기술은 복제품을 대량화함으로써 복제 대상이 일회적으로 나타나는 대신 대량으로 나타나게 한다. 또한 복제기술은 수용자로 하여금 그때그때의 개별적 상황 속에서 복제품을 쉽게 접하게 함으로써 그 복제품을 현재화한다.[8]

이 말을 한번 설명해볼게요. 수공업시대에 '의자를 만드는 사람'이 있다고 한번 가정해보죠. 그의 일이란 나무를 자르고 깎는 등 대부분이 수작업으로 진행될 거예요. 일단 용도에 맞추어 자르고 다듬어놓은 나뭇조각들, 등받이를 댈 푹신한 천조각 따위를 만든 후, 공들여 그걸 조립하겠지요. 장인정신이 강한 사람이라면 등받이 틀 같은 데다 궁서체나 HY목각파임B체로 제 이름을 새겨 넣거나, 제 존재를 표시하는 앙증맞게 문양 따위를 그려 넣고선 지워지지 않게 니스 칠을 하기도 하겠지요. 그리하여 어여쁜, 그리고 세상에 단 하나뿐인 의자 하나가 완성되었다고 칩시다. 그런 다음 이것을 재래식 시장에서 내다 팔아야 하겠지요. 의식적이건 무의식적이건, 이 의자는 노동자인 그의 손품을 들여 직접 만든 것이며, 그리하여 세상에서 단 하

---

8) 발터 벤야민, 『기술복제시대의 예술작품』(제3판), 최성만 옮김, 길, 2007, p. 106.

파리의 국립도서관에서 집
필 중인 발터 벤야민

나밖에 없는 물건이라는 자부심을 가지고 말이죠. 이때 이 의자는
'진품성authenticité'과 '유일무이한 현존성*hic et nunc*'을 지니게 된
다, 바로 이 말입니다. 벤야민 선생의 표현에 따르자면 이 의자에는
"옹기그릇에 새겨진 도공의 손 흔적"과도 같은 것이 남겨 있는 셈이
지요.

이상: 지금 이 글을 쓰고 있는 분의 고충을 생각해서 벤야민 선생이
남긴 말 하나를 이쯤에서 불러내는 게 어떨까요?

어떤 사물의 진품성이란, 그 사물의 물질적 지속성과 함께 그 사물
의 역사적인 증언 가치까지를 포함하여 그 사물의 원천으로부터 전승
될 수 있는 모든 것의 총괄 개념이다. 사물의 역사적인 증언 가치는 사
물의 물질적 지속성에 그 바탕을 두고 있기 때문에, 복제의 경우 물질
적 지속성에 그 바탕을 두었기 때문에, 복제의 경우 물질적 지속성이
사람의 손을 떠나게 되면 사물의 역사적 증언 가치 또한 흔들리게 된
다. 물론 이때 이 증언 가치만 흔들릴 뿐이다. 그러나 이로써 흔들리
게 되는 것은 사물의 권위이다.[9]

"사물의 권위"라니? 이게 대체 웬 생뚱맞은 소릴까요? 사물이 복제되기 시작하면서 사물의 권위가 위험에 처하는 상황에 놓이게 된다니! 나 원 참.

보들레르: 다시 '의자'로 돌아와서 한번 생각해보죠. 수공업 시대의 의자는 그것을 만드는 자의 영혼을 담고 있다는 거 아닐까요? 마르크스 선생처럼 말해보면, 재화와 노동자 사이에 소외가 발생하지 않았다는 거, 즉 의자를 만든 사람은 의자에 애착을 갖게 되며, 비록 그것이 팔려나간다고 해도 자신이 공들여 만든 의자라는 의식을 갖게 된다는 거겠지요. 이때 노동자는 자기가 만든 재화와 완전히 분리되지 않는다고 합다. 이렇게 재화가 온전히 노동자의 노고와 정신을 담고 있는 데 비해 복제되기 시작하면서 이런 관계가 더 이상 성립하지 않게 되었다는 말이지요. 똑같은 제품을 공장에서 찍어내어 판다고 할 때, 이 재화에는 더 이상 노동자의 "손 흔적"은 남겨지지 않게 된다는 거겠지요.

이상: 아케이드 안의 상점에 진열되어 있던 제품들은 바로 기술복제를 통해 똑같은 형태로 만들어진 물건들이었다는 얘기가 되네요. 또 노동자는 재화를 생산한 주체이면서도 이 재화를 온전히 소유하지 못하게 되겠네요.

보들레르: 재화와 노동자 사이의 소외가 발생하게 되어 "도공의 손 흔적" 따위는 더 이상 찾지 못하게 된다는 게 요지인 것 같은데, 벤야민 선생이 말한 "사물의 권위"가 흔들린다는 의미도 바로 여기서 찾

---

9) 발터 벤야민, 같은 책, p. 105.

을 수 있을 것 같아요. 아무도 누가 만들었는지를 묻지 않고, 또 누구나 동일한 것을 소유할 수 있게 되는 거죠. 인류 최초로 노동자는 자신이 만든 재화로부터 소외당하는 일이 벌어지고, 노동자는 더 이상 자신의 생산물을 점유하지 못하는 처지에 놓이는 거죠. 19세기 중반은 이런 식으로 인간과 물질이 맺고 있던 질서 자체를 완전히 바꾸어 놓았고, 복제될 수 있음으로 해서 진품성이나 유일무이한 현존성도 사라지게 된다는 게 벤야민 선생이 말하고자 한 요지인 것 같아요.

이상: 게다가 이런 상품들은 아케이드 안을 어슬렁거리는 군중의 몫이며, 누가 구입했는지를 묻지 않을 뿐 아니라, 굳이 누가 만들었는지도 묻지 않는다는 거죠. 상표만 찍혀 있고, 또 상표가 도공의 권위를 대신하기 시작했을 겁니다. 인간과 물질 사이의 관계를 변화시키는 과정에서 노동자와 재화의 소외를 필수조건으로 삼으며 작동하는 시스템이 자본주의의 생리인 셈인데, 그렇다면 이때 예술은 어떤 식의 변화를 겪게 될까요? 벤야민 선생이 궁금해한 것도 바로 이거 아니었나요?

4. 장르의 탈구축과 산문적(散文的)인 시의 등장

보들레르: 이쯤해서 선생님의 시로 다시 돌아와볼까요? 아까 말하려다 못한 거 계속해볼게요. 저는 벤야민 선생이 말한 근대적인 변화의 공간에서 선생님의 시를 살펴봐야 할 필요가 있다고 봅니다. 선생님이 감행하신 대다수 시적 실험은 경성의 변화와 연관지어 생각할 때 비로소 현대성을 드러내 보일 거라는 게 제 생각입니다.

발간이 중단되는 등 세간에 스캔들을 불러일으켰던 13인의 "아해
(兒孩)"가 질주하는 거, 저는 이걸 도시화를 근간으로 하나씩 뻗어나
가 당시 격을 갖추기 시작한 경성의 대로 위를 질주하는 행위라고 보
았거든요. 물론 근대식 '전차'에 대한 비유일 수도 있을 것입니다. 여
기서 핵심은 이 아이들이 도달한 곳이 경성의 '막다른 골목'이며, 또
여기서 '막다르다' 함은 선생님의 절망과 막막함을 표현해주는 어떤
'수사'라는 데 놓여 있습니다. 중요한 사실은 이 모든 게 여전히 도시
에서 벌어지고 있다 이겁니다. 어떤 시인은 훗날 이렇게 "블랙 홀"로
패러디를 해놓았더군요.

> 어느 날 한 사람이 블랙 홀로 빨려 들어간다.
> 어느 날 두 사람이 블랙 홀로 빨려 들어간다.
> 어느 날 네 사람이 블랙 홀로 빨려 들어간다.
> 어느 날 사만 명이 블랙 홀로 빨려 들어간다.
> 어느 날…… 어느 날……
> 어느 날 지구는 잠잠 무사하고   ── 최승자, 「문명(文明)」 부분

이상: 당시 모든 게 죽음을 가장한, 그러나 끝없이 이어지는 어떤
행렬과도 같다는 생각을 했는데, 그래서인지 "네온사인은 색소폰과
같이 수척하여 있는"(「가구(街衢)의 추위」) 것처럼 보였고, 저도 선생
님처럼 여인들을 등장시켜 도시 구석구석의 모습들을 발견해나가기
도 했지요.

> 북을 향하여 남으로 걷는 바람 속에 멈춰 선 부인

영원의 젊은 처녀

지구는 그와 서로 스칠 듯 자전한다

— 이상, 「習作 쇼오윈도우 수점(數點)」 부분

  자유연애와 더불어 유행이 된 당시의 패션. 오늘날 스타벅스의 커피 값처럼 당시에도 밥값을 상회하는 것이 커피 값이었고, 그럼에도 이 새로운 문물을 마시거나 마시려는 사람들이 다방에 북적였다. 유교의 흔적이 역력하던 당시의 조선이 보수적인 사회였다고 한다면, 물질적인 변화에서 촉구된 근대화의 물결은 경성에 새로운 풍경을 양산하는 동시에 사람들의 의식과 가치관의 형성에서 지금의 자본주의식 개혁보다 훨씬 더 산만하고도 혼란스러운 감정을 부여했을 것이다.

  보들레르: 방금 말씀하신 작품도 경성에 그대로 녹아 있는 어떤 풍경을 그리고 있는 것 같아요. 게다가 도시에서 '걷는 행위'를 주요 모티프로 삼았잖아요. 모든 주제가 경성의 현대성과 떼어놓고 볼 수 없다는 것이죠. 그런데 선생님 작품에서 등장하는 여인들은 유곽 같은 데 어울리는, 즉 순수함이나 전통이 보장된 장소보다는 상처로 점철된 후미진 곳에 더 잘 어울리는 것 같아요. 외람된 말이지만, 사실 선생

님한테 경성은 커피 한 잔이나마 편하게 마실 수 없는 곳이 아니었던가요?

여러번 자동차에 치일 뻔하면서 나는 그래도 경성역을 찾아갔다. 빈 자리와 마주 앉아서 이 쓰디쓴 입맛을 거두기 위하여 무엇으로나 입가심을 하고 싶었다. 코오피. 좋다. 그러나 경성역 호올에 한 걸음 들여놓았을 때 나는 내 주머니에는 돈이 한 푼도 없는 것을 그것을 깜빡 잊었던 것을 깨달았다. 또 아득하였다. 나는 어디선가 그저 맥없이 머뭇머뭇하면서 어쩔 줄을 모를 뿐이었다. ─ 이상, 『날개』

여기서 제가 목격하게 되는 것은 '새것'("코오피" "자동차")에 대한 호기심과 욕망, 근데 이 '새것'이 타자에 의해 대도시로 탈바꿈한 경성의 부인할 수 없는 특징이라는 데서 오는 어떤 갈등 같은 거예요. 선생님에게 경성은 의식을 온전히 가늠할 수 없는 기계적이고 수동적이며 단지 물질로만 이루어진 공간으로 여겨지기도 했어요. 좌불안석인 것처럼 말이죠. "개아미집에 모여서 콩크리―트를 먹고"(「대낮」) 사는 공간처럼 보였다고 할 정도로 경성이 삭막해진 건, 이 공간에 대한 의도적인 거부의 몸짓이 있었을 거라고 생각해요.

이상: 그랬다고 볼 수도 있겠지요. 근데 선생님의 시에서 주로 목격되는 것도 대도시의 군중이나 여인들 아니었나요? 더구나 선생님께서 묘사하신 여인들이 '늙은 노파'같이 아름다움이랑 멀어도 한참 먼 걸 보면, 선생님에게나 저에게나 변화의 요로에서 차츰 비대해져가던 두 도시의 흔적이 강하게 남겨졌다고 느껴지네요.

유명한 『파리의 우울』 서문에서 "강박적인 이상은 특히 비대한 도

시들과의 빈번한 접촉, 그리고 이들 도시들의 헤아릴 수 없는 관계들의 엇갈림에서 비롯되었다"고 고백하신 걸 설마 잊으신 건 아니겠지요?· 이왕 군중이라는 말이 나왔으니 꺼내는 것인데, 이런 의미에서 선생님의 산문시는 "도시만을 의미하는 것은 아니며" 오히려 도시를 배경으로 새롭게 등장하기 시작한 "대중"과 "대중의 시대"[10]에서 표출되는 가치를 담아내었다고 평가받을 만하다고 생각합니다. 왜냐하면 선생님의 시도 이후에야 우리가 '일상'이라고 부르는, 당시로는 새로운 영역이자 그저 세속적이라고 여겨져 시에서 전통적으로 괄시받고 천대받아왔던, 그러나 정작 우리의 삶을 구성하는 실질적인 주체, 바로 그 안으로 시가 침투할 수 있는 발판이 마련되었다고 할 수 있으니까요.

참 얄궂게도 벤야민 선생은 "시인들이 일상적인 것에 대해 가지고 있던 주제들을 보들레르 자신이 제 창작의 대상으로 여겼더라면, 그는 결코 시를 쓰지 않았을 것"[11]이라고, 기존과는 또 다른 일상성의 시도를 꼬집어 지적하셨더군요.

보들레르: 칭찬도 아니고 뭐 그렇네요. 오히려 "따스한 봄을 마구 뿌린 걸인과 같은 천사"로 비유하신 "거리의 음악사"(「흥행물천사」)나 "빌딩이 토해내는 신문배달부의 무리"(「대낮」) 같은 표현에서 목격되는 것처럼 선생님이야말로 대도시를 메우고 있는 일상과 군중을 구체적인 시적 모티프로 삼은 것 아닌가 해요. 중요한 사실은 선생님에게나 저에게

---

10) H. Meschonnic, *op. cit.*, p. 41.
11) W. Benjamin, *Charles Baudelaire, Un poète lyrique à l'époque du capitalisme*, Payot, 2002, p. 230.

나 이 대도시는 어느 정도 '탈신비화'되어버린 장소였다는 거죠.

5. '아우라를 과시하는 것'에서 벗어나기

이상: 방금 탈신비화 말씀을 하셨는데, 이와 관련되어 선생님의 시 「후광의 상실La Perte d'auréole」에 관해 말하지 않을 수 없네요. 제게는 경성이 되겠지만, 선생님에게는 파리 한복판에서 일어난 "다양한 사건"[12]의 '일상성'이 그 대상이 되겠지요. 흥미로운 건 선생님께서 이걸 "시장의 척후(斥候)"이자 "군중의 탐사자"[13]인 산책자의 시선을 통해 포괄적으로 다루었다는 데 놓여 있다고 생각해요. 날카로운 직관을 통해서 벤야민 선생은 '아우라의 상실'이라는 주제를 대도시 파리의 주제로 이끌어내면서 선생님 작품에 관해 이런 의미심장한 말을 남겼더군요.

산문시 「후광의 상실」의 중요성은 아무리 높이 평가해도 지나치지 않다. 특히 이와 관련해 충격의 경험에 의해 아우라가 위협받는다는 점을 부각시키는 점에서 참으로 적절하다고 할 수 있다 [······] 더 나아가 특히 결정적인 것은 이 작품의 결말인데, 아우라를 과시하는 것은 이제부터는 엉터리 시인의 일이라는 것이다.[14]

---

12) W. Benjamin, *Paris, Capitale du XIXème siècle*, Cerf, 1997, p. 361.

13) W. Benjamin, *ibid.*, p. 55.

14) W. Benjamin, *ibid.*, p. 392.

문제는 여기서 "아우라를 과시하는 것"이라고 한 게 무엇이냐는 거죠. 이걸 알아야 선생님이나 제 작품에서 목격되는 '혼용'이나 '탈신비화'의 본질에 접근할 수 있다고 생각되거든요. 그러기 위해서는 아우라를 먼저 짚어봐야 할 것 같네요. 아우라!

보들레르: 벤야민 선생의 테제 중에서 널리 알려져 있으면서도 문학과 연관되어 언급된 적이 거의 없다시피 한 게 정작 '아우라' 개념 아닌가 합니다. 제가 보기에 어떤 '권위'에 대해서 말하려고 한 것 같아요. 절대적으로 고수되어왔고, 우리를 꼼짝 못하게 해왔던 그런 거 말이죠. 이렇게 한번 생각해보는 게 어떨까 해요. 이걸 고수하거나 준수하지 않으면 문학이나 예술작품의 테두리에서 벗어나게 되는 거, 아니 사회적으로 그렇게 여겨왔던 것들, 그런 게 뭐가 있을까, 뭐, 이렇게 한번 생각해보자는 겁니다.

예를 들어 프랑스에서는 지금도 여전히 초등학생들이 시를 암송하고 있습니다. 율격이 에워싸고 있고 규칙적이면서 각운도 척척 맞아떨어지는 그런 시를 아이들에게 달달 외우게 시키는 거죠. 저는 이게 바로 '아우라' 아닐까 합니다. 전통이라는 틀 속에 갇혀 변화를 추구하지 않는, 아니 변화될 수 없는 성질을 고집함으로써 제 권위를 얻어가고 확인하는 어떤 규칙 같은 거 말이에요. 물론 이것을 고집하게 만드는 사회적 환경까지 모두 포함해서요.

이상: 이걸 브뤼노 타클레크 같은 학자는 "보편적으로 재생산되는 어떤 테크닉"[15]이라고 했는데, 이 표현에 주목할 만한 가치가 있다고

---

15) B. Tacleks, *Le Chant du savoir, Europe(spécial pour W. Benjamin)*, 1996, p. 13.

봅니다. 말인즉 '누구나 인식하고 있으며 역사 속에서 끊임없이 반복되어온, 예술작품을 지배해온 법칙'이라는 건데, 이 생각을 시에 한번 대입해보면, 수사학적 기법 전반을 모두 포함한 정형률이나 시작법 같은 거다, 뭐 이런 결론이 나오겠네요. 사실 이런 형식적 요소들이 시의 본질이라고 한다면 심지어 컴퓨터로도 시를 쓸 수 있다는 건데, 셰익스피어의 소네트가 그저 소네트이기 때문에 반드시 시라는 가치를 획득하고 있는 건 아니잖아요. 재미있는 사실은 선생님이 산문적인 글쓰기를 실천한 어떤 동기마저 바로 여기서 설명되고 있다는 거지요. "나는 단지 시에 할당되었던 한계들을 넘어서는 데 성공"[16]하고자 했다고 친구분께 고백한 게 그 유력한 증거라고 봅니다. 더구나 '시'를 'Poésie', 이렇게 대문자로 큼지막하게 적어놓으셨네요. 그러니까 모두가 인정하는 시, 고로 전통시를 의미하며, 결국 여기서 벗어나고자 산문시를 썼다는 결론이 자연스럽게 나오게 되죠.

보들레르: 그렇게 말씀하시니…… 달리 덧붙일 말이 궁해집니다.

보들레르나 이상에게 파리나 경성은 자기들의 상처를 시 속에서 물질화해가는 구체적인 장소이며, 이 비대해진 대도시는 압축적이고 전통적인 율격의 틀 안에서 더 이상 가두어둘 수 없는 새로운 이미지들을 이들이 상상하게 만들었을 것이다. 이 두 사람은 대도시를 빽빽이 메우고 있는 이미지들을 끊임없이 투영하고 평가할 '시적 정신'을 탈신비화라는 이름으로, 남루한 일상의 반영이라는 주제로 함께 창출해나갔다.

우리는 이것을 '산문정신', 혹은 '산문성'이라고 부를 수 있을 것이다. 중

---

16) Ch. Baudelaire, *op. cit.*, p. 583.

요한 것은 바로 대도시에서, 아니 대도시로 변모해가는 과정에서 두 시인의
시적 '정치성'이 탄생했다는 사실이다. 보들레르가 보았던 무엇, 보들레르가
겪었던 경험이 체현되는 것도 바로 파리에서 경성으로 힘차게 펄럭이는 현
대성의 날갯짓인 것이다. 벤야민은 여기서 개인됨(철학이나 시학 용어로 개별화
individuation)의 정당성과 그 특수성을 목격했고, 산재되고 파편적인 과정을
통해 개인을 체험하면서 자기 안의 특성으로 만들어내는 이것을 대도시에서
나타난 물질의 소외와 연관지으면서 탈신비화의 정치적 맥락을 부지런히 읽
어내려고 했다. 벤야민의 지적이다.

> 서정시의 양식이나 유파들의 해체는 보들레르 앞에 '대중'이라는 형태로 나
> 타난 시장의 보완물이다. 보들레르는 어떠한 양식에도 의존하지 않았으며 어
> 떠한 유파도 갖지 않았다. 그에게는 양식이나 유파가 아니라 개인들과 경쟁하
> 고 있다는 것이야말로 진정한 발견이었다.[17]

6. 흩어지기, 무작정 걷기

보들레르나 이상에서 목격되는 탈신비화나 율격의 파괴는 대략 두 가지
의미를 지니고 있는 것처럼 보인다. 첫째는 장르의 혼합이 '현대성'의 속성
으로서, 대도시라는 편재된 공간을 주요 무대로 전개되고 있다는 것이고, 두
번째는 그것이 '충격의 경험'을 반영한 결과라는 것이다. 물론 그 장소는 파
리이며, 파리는 벤야민에게 이 모든 것을 사유하게 해준 장소이다.

---

17) W. Benjamin, *Paris, Capitale du XIXème siècle*, Cerf, 1997, p. 349.

보들레르 시에서 독특한 점은 여자와 죽음의 이미지들이 제3의 형상, 즉 파리의 형상과 뒤섞여 있다는 데 있다.[18]

이상: 선생님께 찾아온 탈신비화라는 변화는 형식과 주제의 차원에서 동시에 행해진 어떤 시적 침투로 구현될 수밖에 없는 운명을 지니고 있는 건 아닌가 합니다. 기술복제시대 이후에 비로소 시의 영역 안에 포착되기 시작한 군중, 광대, 늙은 여인, 경찰, 유리장수, 행인, 몰락한 왕 등등 선생님께서 앞서 언급하신 주제들이 '성스러움'과는 대척점에 있는 주제들, 즉 대도시의 출현과 함께 생산되고 확산되었던, 일상적이며 세속적인 무엇에 해당되었을 텐데요.

벤야민 선생이 선생님의 작품 「군중La Foule」에서 기술복제시대 예술작품의 '개별화 과정'을 목격한 것은 우연이 아니라고 생각합니다. 모든 게 파편화된 채 도처에 산재하고, 하나로 모여지지 않는 성질, 얼추 '산문성'이라고 이걸 부를 수도 있을 것도 같은데, 암튼 한국어로 산문(散文)의 '산'은 '흩어지다'는 뜻이기도 하거든요. 산책이나 배회, 어슬렁거림 같은 주제가 대도시의 특징인 만큼 시의 변화에도 민감하게 관여했던 것 같아요. "서정시의 양식이나 유파들의 해체" = '산문적 글쓰기'라는 가설이 성립할 것 같은 생각이 드는데요?

보들레르: 사실 선생님의 작품에서 목격되는 일련의 '탈구축dé-construction'의 경향이야말로 서정시의 양식을 파괴하고 시의 유파를 부정한 것은 아닌가 합니다. "해골과 흡사"한 "사기컵"같이 단단

---

18) W. Benjamin, *ibid.*, pp. 42~43.

한 걸 깨부수는 행위, 그럼에도 "산산이 깨어진 것"이 "그 사기컵과 흡사한 내 해(骸)"(「詩第十一號」)라는 데서 오는 일종의 아이러니 같은 거 말입니다. 이시우와 그 외의 몇몇 시인이 시도해보았고, 또 나중에 조향이나 김경린이 초현실주의 시로 반영하고자 했지만, 그럼에도 이들의 시가 근대적 도시의 공간, 즉 당시 경성의 탈신비화와 정치성을 담아내었다고 보는 데에는 많은 어려움이 따르거든요. 그런데 선생님의 시는 이들과 비교해보아도 상당히 달라요. 예컨대 이런 거예요.

一層위에있는二層우에있는地上庭園에올라서南쪽을보아도아무것도없고北쪽을보아도아무것도없고해서地上庭園밑에있는三層밑에있는二層밑에있는一層으로내려간즉東쪽에서솟아오른太陽이西쪽에떨어지고東쪽에솟아올라西쪽에떨어지고東쪽에솟아올라하늘복판에있기때문에時計를꺼내본즉서기는했으나時間은맞는것이지만時計는나보담도젊지않으냐하는것보담은時計보다는늙지아니하였다고아무리해도믿어지는것은필시그럴것임에틀림없는고로나는時計를내동댕이쳐버리고말았다.

— 이상, 「운동」 부분

이걸 어떻게 봐야 하나요. 일본어로 씌었건 한국어로 썼건, 이건 산문도 시도 아닌, 새로운 형태의 글쓰기라고 볼 수 있지요. 전적으로 도시적인 주제라고 할 "시간(時間)"을 모티프로 삼아 그것을 전달해주는 "시계(時計)"가 낯설고 또 나를 힘들게 한다는 것, 아니 당시로서는 새로운 문물 중 하나였던 그것을 덥석 믿지 못하겠다는 내면적 저항, 이런 내면적 저항의 물질화와 그 소외에 대한 알레고리가 이 글에서처럼 절묘하게 표현되기눈 쉽지 않죠.

이상: 당시 제게 경성은 현기증을 느끼게 하는 공간이기도 했어요. 사람이나 사물 모두 자연스러운 환경에서 분리되어 파편화되고 소외되는 가운데, 제 자신이 억지로나마 새로운 의미를 찾으려고 했던 것 같고, 그 과정에서 뭔가를 뒤섞거나 어떤 틀을 아예 부정하고자 했던 건 분명해요. 사실 제가 수학과 기하학에 아주 능하거든요. 수학 공식이나 기하학적 도상도 여인과 나누었던 질퍽한 정사를 표현할 수 있다, 뭐 이런 당돌한 가능성을 염두에 두고 되도록 쇼킹한 방식으로 경성에서 느낀 낯설음을 표현해내려고 했던 것 같아요.

고석규 같은 평론가가 "산문적 요소가 보다 두드러져 있음"을 지적하면서 제 시의 핵심적 가치를 운문과의 관계에서 벗어나 새로운 형태의 "폴리그로티즘"을 시도한 데서 포착했던 것도 이 때문인 것 같아요. 그분은 수식이나 숫자를 도입한 걸 "형태상의 일대 모험"이라고 봤거든요.

보들레르: 벤야민 선생이 기술복제시대의 특성을 단적으로 드러내주는 것으로 아케이드를 빼곡히 메우고 있는 대중과 대중이 북적거리는, 새것들이 전시되는 도시의 공간magasin de nouveautés, 즉 백화점을 꼽았다면, 이러한 현상은 백화점이 하나씩 들어서던 1930년대 경성의 풍경을 그려본 선생님의 작품 속에서 다시 한 번 확인된다고 생각합니다. 부분을 한번 적어볼까요?

AU MAGASIN DE NOUVEAUTES

四角形의內部의四角形의內部의四角形의內部의四角形의內部의四角形.

四角이난圓運動의四角이난圓運動의四角이난圓.

비누가通過하는血管의비눗내를透視하는사람.

地球를模型으로만들어진地球儀를模型으로만들어진地球.

去勢된洋襪. (그女人의이름은워어즈였다)

貧血緬袍, 당신의 얼굴빛깔도참새다리같습네다.

平行四邊形對角線方向을推進하는莫大한重量.

마르세이유의봄을解纜한코티의香水의마지한東洋의가을

快晴의空中에鵬遊하는Z伯號.蛔蟲良藥이라고씌여져있다.

屋上庭園. 猿猴를흉내내이고있는마드무아젤.

彎曲된直線을直線으로疾走하는落體公式

時計文字盤에XII에내리워진一個의侵水된黃昏.

도아―의內部의도아―의內部의鳥籠의內部의카나리야의內部의嵌殺門
戶의內部의인사.

食堂의門깐에方今到達한雌雄과같은朋友가헤어진다.

파랑잉크가엎질러진角雪糖이三輪車에積荷된다.

名啣을짓밟는軍用長靴, 街衢를疾驅하는造花分蓮.

위에서내려오고밑에서올라가고위에서내려오고밑에서올라간사람은
밑에서올라가지아니한위에서내려오지아니한밑에서올라가지아니한위
에서내려오지아니한사람.

저여자의下半은저남자의上半에恰似하다. (나는哀憐한邂逅에哀憐하
는나)

四角이난케―스가걷기시작이다(소름끼치는 일이다)

라지에―타의近傍에서昇天하는굳빠이

바같은雨中. 發光魚類의群集移動   ―― 이상

근데 이 공간을 메우고 있는 사람들이 정말 "기이한 흥분"을 느끼게 하네요. 제 시의 주된 대상이었던 *"대도시가 버린 것, 잃어버린 것, 낭비한 것, 소홀히한 것, 망가뜨린 것"*과도 동일하다고 할 일련의 주제들이 여기서 고스란히 살아나고 있어요. 와우! 좀 복잡하긴 하지만 해독해보면 대개 이런 것들이지요. '더러운 일을 하는 사람들'("비누가통과하는혈관의비눗내를투시하는사람"), '여장을 한 남자'("거세된양말"), '병들어 창백한 환자'("빈혈면포"), '제 무게조차 지탱하지 못하는 절름발이'("평행사변형대각선방향을추진하는막대한중량"), '가진 척하는 위선을 떠는 여자'("원후를흉내내이고있는마드무아젤"), '출세주의자'("직선으로질주하는낙체공식"), '만취한 사람'("침수된황혼"), '감금된 사람'("감살문호의내부의인사") 같은 것들……[19]

재미있는 건 아케이드(백화점의 내부라고 하는 게 나을 것 같네요)를 메우고 있는 이런 무리들을 휘 둘러본 후, 엘리베이터를 타고 "옥상정원"을 올라가 '창밖 빗속의 거리에서 이어지는 자동차 행렬'("바깥은우중. 발광어류의군집이동")을 굽어보면서 느끼게 된 절망적인 운명을 선생님이 주사위("사각이난케-스")에 비유하고 있다는 것입니다. 주사위와 같은 운명이라!

경성에서 '내 자신임을 내가 온전히 점유하지 못한다'는 테제, 이 소름 끼치는 비극이 바로 이 주사위 같은 운명에서 탄생하는 거죠. 벤야민 선생이 제 작품을 두고 장르로서의 "독특한 점은 여자와 죽음의 이미지들이 제3의 형상, 즉 파리의 형상과 뒤섞여 있는 데 있다"[20]

---

19) 괄호 안 인용은 해석의 의미가 있어 한글로 표시했다.

왼쪽부터 이상, 박태원, 김소운

고 말한 것과 어쩌면 일맥상통하는 것 같은데요. 여기서 "제3의 형상"은 물론 대도시 파리의 형상이겠고요. 갑자기 "비에 젖은 서울의 쌍판은 마스카라 번진 창부 얼굴 같구나"라던 장정일의 시 구절이 떠오릅니다.

이상: 선생님의 작품에서 장르의 탈구축은 오히려 '행위의 해체'에 가깝다고 보입니다. 선생님의 작품이야말로 벤야민 선생이 언급한 것처럼 "결코 고향 찬가 같은 것"이 아닐 뿐만 아니라, 오히려 대도시를 응시하는 "알레고리 시인의 시선, 소외된 자의 시선" 그 자체이자, 또한 "산책자의 시선", 즉 "어슴푸레한 빛 뒤로 대도시 주민에게 다가오고 있는 비참함"을 감추고 있는 "베일에 싸인 군중"[21]을 통해 바라본 시선이 투영되어 있잖아요. 아마 파리의 한복판에서 익명의 존재인 행인들이 빠르게 스쳐 지나가는 순간들이 무언가 '불안함'을 느끼게 하기에 충분했기 때문이었던 것 같아요.

더욱이 대도시의 군중은 처음 목격하는 자들에게 당시 파리의 정치적 상황을 대변한다고 할 '불안' '역겨움', 그리고 '전율' 같은 감정을 불러일으켰다고 생각됩니다. 아니 이렇게 말하는 게 더 정확할 거

---

20) W. Benjamin, *Paris, Capitale du XIXème siècle*, Cerf, 1997, pp. 42~43.
21) W. Benjamin, *ibid.*, p. 54.

예요. 벤야민 선생이 복제예술의 특성으로 꼽았던 '촉각성' 때문은 아니었을까? 뭐 이런 생각을 해보자는 거죠. 복제된 이미지들을 지각하는 방식이 시각적이 아니라 '촉각적'이라는 건데, 사실 제가 경성에서 느꼈던 것도 이와 엇비슷한 감정, 즉 이성적 판단과 합리적 추론에 기대는 게 아니라, 본능과 직관에 의지해 그것을 받아들여 저도 모르는 사이에 내면 깊숙이 각인하게 되는 어떤 추상적인 체험은 아니었나라고 생각해봅니다. 사회의 체계 속으로 편입시키기가 매우 힘든, 어딘가 "야성적인 면"(벤야민 선생의 표현)을 대도시의 군중이 지니고 있었다는 것도 이 복제 이미지들의 '촉각성'으로 설명될 수 있을 거라고 봅니다.

보들레르: 저는 이 '촉각성'이라는 주제가 오히려 산책과 연관되는 것 같아요. 제가 파리를 걸으면서 유달리 행인들과 그들의 시선을 의식했다고 한다면, 선생님은 경성의 대로를 걸으면서 전통, 즉 아우라가 붕괴되는 것을 훔쳐보려고 했다고나 할까요. 그런데 좀 절룩거리면서 걸었던 것 같아요. 식민지 치하의 한국문학에 '근대'라는 의식을 가져온 선생님이나 박태원 선생 같은 분들이 집착했던 '산책'을 한번 눈여겨볼 필요가 있다고 봅니다.

연작시 「오감도」나 「건축무한육면각체」, 단편 「날개」나 「종생기」 같은 작품들은 대도시의 면모를 갖추어나가던 경성에서 일어난 일대 변화를 고스란히 반영한 "충격의 경험"을 집대성한 것이라고 할 만한데요. 당시 현대적인 문화의 공간처럼 인식되기 시작한 카페에 대한 턱없는 집착(「티룸」)이나 백화점에서 경성의 33번지에 이르는 산책로를 한번 상상해볼 수 있겠습니다. 저와 동일한 충격이나 동일한 주제, 아니 동일한 문제의식에 사로잡혀 있었던 건 아닌가 하고 가정해본다면, 가령 이런 구절 때문이기도 합니다.

　　밤이면 나는 유령과 같이 흥분하여 거리를 뚫었다. 나는 목표를 갖
지 않았다. 공복만이 나를 지휘할 수 있었다.　　　— 이상, 「날개」 부분

　　나의 보조(步調)는 단절된다
　　언제까지도 나의 시체이고자하면서 시체이지 아니할것인가.
　　　　　　　　　　　　　　　— 이상, 「BOITEUX BOITEUSE」 부분

　　프랑스어로 '절뚝이는 남자와 여자'를 뜻하는 제목이 말해주듯, 선
생님은 경성에서 힘차게 걷지 못했습니다. 오히려 절면서, 시체가 되
어 걸었다고 해야겠는데, 그럼에도 계속 걸었잖아요. 여기서 잠시 대
도시의 한복판을 배회하는 행위와 관련되어 "소설가 구보"와의 유사
성을 좀 짚고 넘어가고 싶습니다. 구보에게도 선생님처럼 단절된 무
엇, "두통을 느끼며, 이제 한 걸음도 더 옮길 수 없을 것 같은 피로"[22]
로 인한, 글에서는 주로 쉼표를 동반해서 읽는 사람도 그만 쉬게 되는
그런 지점들이 자주 나타나요. 그도 힘차게 걷지 못한다는 거죠. 아마
당시 경성의 화려함 이면에 드리워진 음울한 정치적 상황을 반영한 것
이라고 보는 게 옳겠지요.

---

22) 박태원, 『소설가 구보씨의 일일』, 문학과지성사, 1998, p. 37.

7. 욕망의 폐허 위에서: 개인됨을 찬양함

이상: 걷는 주체는 '개인'입니다. 아무도 동반하지 않고 홀로 걷는다는 것은 철저히 개인이 되겠다는 의지의 표명이자 일종의 "sCANDAL"(「詩第六號」)인 셈인데, 선생님과 저의 접점은 대도시를 걷는 이 개인이라는 존재를 탈신비화의 맥락에서 형상화했다는 데 놓여 있는 것 같습니다. 걸으면서 저는 "풍설(風說)보다 빠"른 "도시의 붕락(崩落)"(「파첩」)을 느꼈고, 그럼에도 제 "신경(神經)은 창녀보다도 더욱 정숙한 처녀를 원하고"(「수염」) 있었던 것 같은데, 사실 그 자체로 보면 모순된 표현이지요. 아마 벤야민 선생이 이 구절을 보았다면 경험의 충격에서 비롯된 알레고리의 한 방편이라고 말할지도 모르겠네요. 또 이런 감정도 느꼈던 것 같아요.

> 시청은 법전을 감추고 산란한 처분을 거절하였다
> 「콩크리ー트」전원에는 초근목피도없다 물체의 음영에 생리가없다.
>
> ── 이상, 「파첩(破帖)」 부분

대체 의식의 기저에 뭐가 자리 잡고 있었기에 제가 이렇게 썼을까요? 근데 이것만은 말할 수 있을 거 같아요. 당시 조선에서 벌어진 대다수 논쟁은 바로 '희망'의 멀고 가까움에서 비롯되었던 것 같다는 거죠. 이렇게 한번 말해보지요. 식민지가 지속되었다는 게 문제였다고 보아도 될 듯합니다. 따라서 계몽의 의지도, 혁명에의 희구도, 시간적·공간적으로 제약받게 되었고, 이 틈새를 비집고 들어선 게 바로 근대문물의 상징인 대도시 경성이었어요.

1920년 후반에는 축음기로 음악을 듣거나 피아노를 연주하는 가정이 하나둘씩 늘어갈 정도로 근대라는 문물이 차츰 경성 전반을 잠식해나가고 있었거든요. 당시 조센징보다 더 경멸적인 뉘앙스로 조선인을 칭했던 '요보'에서 벗어나기 위해서는 문화적으로 편승하는 것 외에 달리 길이 없다고 여겨질 정도로 문화적 침투는 '촉각적'이고도 물질적으로 이루어졌다고 봐요.

사실 희망이 가까이 있다고 확신할 수 있으면 누군들 고통을 참아내지 못하겠어요. 그런데 이게 눈에 보이지 않는 거예요. 그래서 멀리 있을 거라고 판단하게 되면 인내할 수 없어지고, 또 인내의 가치도 사라지게 되어버리는 거죠. 그런데도 물질화는 계속 진행되어갑니다. 누구도 살 속 깊이 파고드는 이걸 이성적이고 논리적으로 재단할 수 없었죠. 이런 가운데 경성이라는 공간의 근대적 변화는 희망과 경멸이라는 극단적인 두 가지 축을 단순히 왕복하면서 환대와 경멸을 반복할 수밖에 없는 고정된 대상이 되어갔어요. 몹시 야누스적이라고나 할까요? 공간의 물질적 신비함을 좇아 욕망을 표출할 한 축, 정신적 폐허였던 경성에서 여인의 이미지와 결부되어 켜켜이 쌓아 올렸던 죽음의 제단이 나머지 한 축을 구성한 것 같아요. 제 시가 배회했던 공간은 바로 이 사이가 아니었나 합니다.

보들레르: 당시 파리를 지배하던 것이 성직자나 계몽의 윤리가 아니었듯이, 선생님에게도 경성에서 '예외적인 상황'을 선포할 수 있는 자는 '병'(각혈)과 '돈'이나 '깡패'("알카포네"), 혹은 현해탄을 건너 맞이하기 전에 이미 느끼고 있었던 죽음이었던 것 같습니다.

기독(基督)은 남루한 행색(行色)으로 설교를 시작했다.
아아르 · 카아보네는 감람산(橄欖山)을 산채로 처리
— 이상, 「烏瞰圖」 부분

이거 우리가 지면을 너무 차지한 것 같아요. 서둘러 마무리해야겠네요. 그 전에 잠시 선생님께서 한국 시단에 끼친 자장을 언급해야할 것 같습니다. 선생님의 영향력은 한마디로 놀라울 정도예요. 사실 황지우, 박남철, 최승자 같은 시인들은 신동엽이나 김수영으로부터 물려받은 자질로 시인이 되었다기보다는, 대도시에서 선생님이 남긴 탈신비화의 그림자를 훔쳐 그것을 1980년대 '예외적 상황'이 선포된 서울에다 걸쭉하게 토해내면서 전적으로 촉각에 의지해서 감지해냈던 '공포'를 통해 삶의 방식을 표현하는 법을 환기시켰고, 또 그것에서 자유로울 수 없는 시적 의식을 나름대로 검증했던 건 아닌가 합니다. 물질화에 몰두했던 이하석 같은 시인도 조금은 닮아 있고요. 뿐만 아니라 아버지라는 상징을 부정하거나 자유로운 연상을 바탕으로 한 기발한 상상력도 바로 선생님의 시가 남긴 흔적들이겠지요.

앵도를 먹고 무서운 애를 낳았으면 좋겠어
걸어가는 詩가 되었으면 물구나무 서는
오리가 되었으면 嘔吐하는 발가락이 되었으면
발톱 있는 감자가 되었으면 상냥한 工場이
되었으면……
— 이성복, 「口話」 부분

〔……〕 타인의 그림자는 위선넓다. 미미한 그림자들이 얼떨김에 모

조리 앉아버린다. 앵도가진다. 종자도 연멸한다. 정조도흐지부지—있
어야 옳을박수가 어째서없느냐. 아마 아버지를 반역한가싶다.

— 이상, 「가외가전(街外街傳)」 부분

　시에 정치성과 일상을 도입한 김수영에게서 자양분을 얻어 제 살을
찌웠던 김광규나 오규원도 실상 이상이라는 출발선을 갖고 있다고 한
다면 제 억지일까요?

　이상: 사실 제가 맑은 눈으로 경성을 바라보지 못했던 만큼이나 해
방 이후 서울도 그랬던 것 같아요. 최승호나 황지우 같은 시인들은
공간에 엄청 민감하게 반응했는데, 김현 선생의 지적처럼 그 과정에
서 특히 황지우는 "파괴를 양식화하고, 양식을 파괴하는" 그런 글쓰
기를 우리에게 보여주었죠. 저는 이걸 산문(散文)적인 글쓰기라고 부
르고 싶어요. 이런 산문적 글쓰기의 정치성은 역설적으로 말해 오히
려 새로운 시적 글쓰기를 견인할 어떤 분노나 운동을 추동하는 힘이
기도 했다고 여겨져요. 황지우의 몇몇 작품을 보면 저보다 더 전투적
이고 구체적이고 독설적인 것 같아요. 선(禪)이나 도에서 무언가를
찾으려고 하기 전 그에게 서울은 이데올로기가 남긴 상흔이 욕망 그
자체와 결합된 모순의 탈신비화 공간처럼 각인되어 나타납니다.

　거리는 女色이 가득하다. 썩기 전에.
　잔뜩 달아오른 화농처럼. 부강한 근육이.
　타워 크레인이. 철근 하나를 공중 100M 높이로
　끌어올리고 있다.
　아아아아아아 나는 무모성을 본다. 근면과 광기.

성실과 맹목. 나는 보고 또 보고.

굴착기는 맹렬하게 아스팔트를 뚫고. 자갈을 뚫

고. 암반을 뚫고.

정신없이 퇴적층을 퍼올리는 포크레인이 그러나.

의외로 곱고 새하얀 그 순결한 흙을 퍼올리는 포

크레인이

지하 20M에 있다는 것은.

열정도 신념도 아닌. 연민이라는 것을.

아는 사람으로서 나는.

하지만 세상을 연민으로 바라보는 것을 자제해야 한다는 것을.

아는 사람으로서 나는. 그러나 〔……〕

— 황지우, 「활로(活路)를 찾아서」 부분

보들레르: 마무리로 부족하지 않을 듯한데요?

젊은 시인들의 '새로운' 상상세계

젊은 시인들의 시가 흥미로운 것은 거기에는 굳어
있는 관념이 없기 때문이다.
— 김현, 『젊은 시인들의 상상세계』

1. 문제인가?, 문제로 내몰리는가? 그것이 문제로다

어쩌다 간혹 중견시인들이나 평론가들을 만나게 되는 자리에서, 요
즘 들어 부쩍 자주 듣게 되는 말이 있다. 젊은 평론가라고 생각해서
내게 건네는, 일면 '시평'(詩評이자 時評인)과도 닮아 있을 그 말들에
는 불편한 심기를 감추지 못하겠다는 당혹감이, 오늘날의 시단에 대
한 저 염려 가득한 진단과 함께 적재되어 있는 듯하다. 새삼스럽게
이걸 말해야겠다고 생각한 건, 내게 주문한 주제에 부합할 거라는 개
인적인 판단도 있었거니와, 짐짓 의아해하는, 그리하여 어색한 표정
몇 개를 그 자리의 대답을 대신해 내려놓고 돌아선 후 내게 잦아든
찜찜한 감정 때문이다. 더구나 아주 새로운 무엇을 우리의 젊은 시가
생성해내고 있는 중이라고 여기던 처지였기에, 우연이 계기가 되지
말라는 법도 없다.

이들의 요지는, 요즘의 시, 특히 황병승의 '시코쿠'를 기점으로, 소

위 '미래파'라 칭해왔던, 그러나 그 범주는 '미래파'보다 확장된 시인들의 시에 대한 총체적인 비판에 놓여 있다. 새로울 것도 없는 지적이다. 논쟁은 이미 타올랐고, 논의는 낡은 감이 있으며, 자기동일성이 말하는 차이는 차이가 아니라 이데올로기의 관철과 그 의지의 반영에 불과하다는 사실이 자못 명백해졌다. 그런데 전통 서정시와의 대립 틀 안에 젊은 시인들을 가두려는 몸짓이, 주관적인 판단에 기대어 여전히 곳곳에서 메아리로 울려나오는 게 현실이라면? 전쟁의 상흔처럼 의식의 저 깊은 곳에 들러붙은 무엇이 그리하여 일관성을 갖출 채비를 서두른다. 어디선가에서 지속되고 있을 이러한 반목은 수그러들지 않을 태세이다. 일관성을 굳이 들먹인 까닭은, 내가 섬겨들은 말들에 공통된 주장이 내포되어 있기 때문이다.

소통이 불가능한 시, 고로 난해하다. 우리말 운용에 서툰 시, 고로 시인에게 기본이라고 할 문법조차 옳게 구사하지 못한다. 헤게모니를 쟁취하려는 시, 올챙이였던 이들이 제법 주인 노릇을 한다. 건강하지 못하고 주변부를 맴도는 시, 고로 퇴폐적이고 엽기적인 세계의 언저리를 겉돌 뿐 중심으로 들어오지 않는다(못한다). 전통적 서정을 계승하지 못하는 시, 고로 파괴하고 오열하며, 여물지 못한 감정을 나열하는 데 급급하다. 정치에 무관심한 시, 고로 역사는 이들의 관심이 아니며 허무주의를 그러쥐고 있다. 개인적이고 이기적이며, 편협한 세계관에 사로잡힌 시, 고로 이들은 분열하고 해체한다. 하위문화(달리 말하면 저질문화)에 천착하는 시, 고로 가치가 없는 단편적인 현상에 천착한다는 지적이 이 일관성을 구성하는 대략의 항목들이다.

2. '소통하지 않는 시'라는 말의 소통 불가능성

시에 '소통'이라는 말을 가져다 붙일 때, 염두에 두어야 할 것은 적어도 둘 이상이다. 첫째, 모든 것이 소통이라고 할 때의 바로 그 소통을 의미한다면, 논쟁은 무위로 돌아간다는 것, 둘째, 난해함과 그 불편을 토로하고자 '소통'의 논리를 동원할 때, 소통이라는 단어 위에다가 포개놓고자 하는 것들은 거개가 글을 읽어낼 제 능력에 대한 자문을 거쳐 당도한 것인지의 여부를 되묻게 만드는 자기-비평적 지점을 함께 생산해낸다는 점이다. 그러한데 말라르메의 시도 소통하는가? 말라르메의 시가 소통에 헌정되는가? 말라르메의 시에서 소통의 경로를 짚어내고자 시도하는 자가 있는가? 말라르메를 떼어내고 그냥 물어도 마찬가지이다. 시에서 '소통'이 일반명사가 될 수 없는 근본적인 이유는 자명함이나 진부함과는 공존할 수 없는, 고유성이자 특수성이 소통이라는 말과 밀접히 결부되어 있기 때문이다. 이렇게 본다면 '소통'은 마냥 독자를 붙잡고 호소한다고 해서 확보될 알리바이도 아니다. 요즘의 시가 소통하지 않는다는 말은 이들의 고유한 소통체계와 대화의 방식을 읽어낼 힘이 없다는 고백과 동의어일 뿐이다.

당신이 말하지 않는 것을 내가 말해야 한다.
그 둘은 서로 다른 집에서 사건을 저질렀다.
그리고 사이좋게 여행 가방을 교환하였다.
안에는 뭐가 들었는가 이름을 물어보았자
돌아오는 대답은 헛수고였다.

이름 안에 무슨 생각이 들었는지 무슨 사고가

무슨 사건을 간섭하는지 당신이 알 게 뭐야?

— 김언, 「연루된 사람들」 부분

소통이 주제인 듯해도 소통되지 않는, 오로지 언어의 모험에 제 무게를 두고서, 관념이나 내용이 소통을 만들어내지 못한다는 사실을 완곡하게 빗대고 있기에, 이 글은 소통에 기대어 제 고유의 소통 방식을 역설적으로 드러내 보여준다. 사람이나 문장도 여기에 연루되어 있지만, 중요한 것은 무언가를 무턱대고 확신할 수 없다는 사실, 말과 그것의 발화행위("여행 가방")에 앞서 버젓이 활보하는 사건이란 세상에 존재하지 않는다는 사실을 나와 당신의 말로 이루어진 소통의 속성과 그 교환의 가치를 되짚어보면서 확인해간다는 데 있다.

여기서 김언이 펼쳐 보인 것은 일종의 '대화론'이며, 너와 나의 다름("다른 집"), 즉 차이가 너와 나의 교체("교환")를 통해 끊임없이 미끄러진다는 사실이 이 대화의 핵을 이룬다. 그러니까 '의미의 위기'를 완곡하게 말하고 있는 이 시에서 너와 나의 관계와 그 소통의 방식은 소쉬르의 지적처럼 '자의적'이다.

그런데 "이름"을 시니피앙으로, "생각"을 시니피에로 대치시켜놓고 보면, 여기서 대화의 당사자인 너와 나는 구체적인 사건을 버팀목으로 삼아 소통을 도모하는 일반적인 경우보다 훨씬 근원적인 차원에서 행해지는, 그런 소통을 구축해내는 주체가 된다. '언어행위 속에서, 언어행위에 의해서' 내가 타자가 되고, 타자가 내가 되는, 상호 주체성inter-subjectivité의 물음을 제기하는 이 작품에서 소통은 알맹이나 내용, 사건의 부속물이 아니라, 오로지 나의 주관적인 언어활동이

너의 그것에 결부되는 바로 그 순간의 특수한 소통 양식으로 존재할 뿐이다. 세계와 전혀 무관한 개인인 내가 세계(타자)와 관계를 맺게 되는 가능성으로서의 소통이 이렇게 김언의 시에 눌러앉는다.

3. '역사적인 시'라는 말의 허구

시가 역사적이라고 할 때 정확히 무얼 의미하는가? '참여시'라고 말할 때 함께 딸려오게 마련인 역사는 구체적으로 무엇이며, 무엇을 말하기 위해 동원되는가? 굵직한 사건들을 훌륭히 재현하기에 참여시가 역사를 단박에 끌어안게 되는가? 시는 과거의 사건들을 불러내어 다독거리면서 애정 어린 어휘들로 그 의미를 확정 짓고, 힘찬 각오를 다져나가야 하는가? 시가 역사를 말해야 한다고, 역사 속에 위치해야 한다고 힘주어 말할 때, 호출되는 것은 (역사적) 소명의식을 점검하고, 역사와 시대에 대한 채무의식을 확인하고자 하는 어떤 의지이다. 이렇게 해서 시에 안착된 역사는 검증된 무엇이기에, 이데올로기의 여과물이며, 결국 역사의 미지를 향한 모험을 시에서 노정하지는 않는다. 따라서 위험에 노출되는 법도 없다. 역사를 자명한 무엇이라고 확신하며, 그것을 끌어안았다는 안도감에 취할 뿐이다. '역사적 가치를 담보한 주제를 다루었다, 고로 면죄부를 얻었다'는 진부한 패턴은 바로 이렇게 생산된다. 그런데 우리가 사건이라고 부르는 무엇은 어떻게 우리를 찾아오는가? 나는 지금 사건이 아니라, 그것이 어떻게 찾아오는지를 묻고 있다.

나에게는 신비로운 과거가 없으며,

나에게는 늙으신 아버지가 있으며,

나는 오로지 지금 이곳에 있다.

갑자기 무서운 생각이 시작된다.

단 하나의 생각이

나를 결박한다.

나는 얼어붙는다.

오 분 전과 머나먼 미래가 한꺼번에 다가온다.

나는 천천히, 몸을 일으킨다.　　　　　　　— 이장욱, 「결정」 부분

　사건은 불확정적인, 예측 불가능한, 미끄러지는, 도식에 갇히는 법이 없는 무엇인가가 '전미래futur antérieur'처럼, 즉 '미래에 삼투되는 현재(미래의 시점에서는 과거가 되는)의 시간'으로 시에 주어질 뿐이다. 운동으로서의, 미지의 무엇을 향한 일보로서의 역사적 모험이 과거와 미래의 시간적 차이를 넘나들며 현재를 구성하는 힘처럼 시에 주어질 뿐이다. 이럴 때 타자로부터 비롯되는 시련과 내가 타자에게 드리운 시련은 서로 뒤엉킨 채 시 안에 들어오게 되며, 또 이때 자명함을 주장하는 모든 사회적 규범과 이미 누군가에 의해 조장된 통념을 거부하면서 훌륭한 제도와 막강한 군대, 뛰어난 경찰력을 보유한, 조금의 위험성도 지니지 않은 세상의 모든 안전한 것에 대항하여 시는 지금을, 그 위치를 역사 속에서 되묻고, 또 묻는 일을 포기하지도 않는다.

　그리하여 '지금-여기'에서 '나'는 온갖 위험에 노출된 주체로서의 역사를 시에서 끌어안을 뿐이다. 방법은 하나밖에 없다. 차이에 대한

근본적인 경험을 시에서 만들어내는 것, 그리고 이때 역사는, 아니
이런 시들에게 역사란 '지금-여기-나'를 되물을 때, 비로소 변화의
요로 위에 놓이는 시간과 그것의 깊이이다. 진은영의 글이다.

> 이 시에는 아무것도 없다
> 네가 좋아하는
> 예쁜 여자, 통일성, 넓은 길이나 거짓말과 같은 것들이
> [……]
> 쉽게 말할 수 있는 미래와
> 뭐라 규정할 수 없는 "지금 여기"
> 더듬거리는 혀들이 있고
> [……]
>
>
> 그것이 만들어낸
> 이전 시들과
> 이번 시들 사이의 고요한 거리
> —— 진은영, 「이전 詩들과 이번 詩 사이의 고요한 거리」 부분

미적 고정관념("예쁜 여자"), 톱니바퀴처럼 맞물린 조화와 일치를
전제하는 체계("통일성"), 앞날에 대한 턱없는 긍정과 이데올로기적
변용("넓은 길이나 거짓말") 따위를 무위로 돌리면서, 시 쓰는 자의
주체됨을 역설 투로("쉽게 말할 수 있는 미래") 되묻고 있는 이 시는,
한 시대에 우월한 지적 패러다임('역사주의'의 소산)을 물리치고, 매
번 제 자리를 자문해볼 그 가능성('역사성'이라고 부를 무엇)을 시에서

진단해내는 게 어떻게 가능한지를 잘 보여준다.

젊은 시인들의 시에 역사의식이나 공동체에 대한 염려가 결여되어 있다는 말은 이들을 전통과의 단절 속에 위치시키거나, 전통 서정시와의 대척점에 매달아놓겠다는 의지를 반영한다. 그러나 이들은 전통과 단절하지 않는다. 시의 전통이란, 결국 없는 것이거나 오로지 부정적인 의미에서만 제 스펙트럼을 뿜어낼 뿐이기 때문이다. 전통은 결국 권위를 말하는 가면과 다른 것이 아니다. 아니 역사의 논리를 가장해서 침투해오는 '전통적 서정'은, 그 맥락이 아무리 온건하고 순수하다고 하더라도, 결국 자기동일성으로 타자의 존재를 부정하거나 밀어내려는 관성을 바탕으로 작동하기 때문이다. 시는 매번 다시 창안되는 어떤 지점에 도달할 때만, 오로지 시가 될 뿐이다.

이렇게 보면 모든 시가 전통이다. 왜냐고? 모든 시가 자기 고유의 무언가를 만들어내면서 시임을 보장받고, 바로 이때 전통이라고 부를 어떤 '힘'도 고안해내기 때문이다. 따라서 이때의 전통은 개별적이자 주관적이며, '내가-지금-여기서' 창안해내는 하나의 역사이자 현대성의 징후이기도 하다. 젊은 시인들이 서 있는 자리로 흔히 말하는 '근대에서 탈근대로 넘어가는 길목'도 따라서 없다. 시가 시기 구분에 갇혀 버둥거리라는 법도 없기 때문이다. 해설에 편리를 제공하는 의사 개념을 우리 시에서 만들어내지 말아야 한다. 젊은 시인들을 향해 겨누고 있는 포신'들'이 다양한 까닭도 여기에 있다. 이 포신은 주로 역사와 서정, 전통과 공동체와 동의어를 이룬다.

4. '해체'와 '분열'이라는 가짜 개념

주체가 분열되고 해체된다고? 무엇을 해체한다는 말인가? 무엇이 분열되어 저 구천을 떠돈다는 말인가? 아니, 해체한다고 해보자. 그런데 이때 '해체'는 '헐고 다시 짓는 행위'에 가까운 데리다의 'dé-construction'이라는 점에서만 오로지 의미심장하다. '헐짓기'(혹은 탈구축), 즉 완전히 부수어버리고 다시 짓는다고 할 때, 당장에는 헐어내는 것이 문제이겠지만, 방점은 오히려 '짓는다'에 놓인다.

> 나는 내 인생이 정말로 마음에 든다
> 아들도 딸도 가짜지만 내 말은 거짓이 아니야
> 튼튼한 꼬리를 가지고 도끼처럼 나무를 오르는 물고기들
> 주렁주렁 물고기가 열리는 나무 아래서
> 내 인생의 1부와 2부를 깨닫고
> 3부의 문이 열리지 않도록 기도하는 내 인생!
> 마음에 드는 부분들이 싹둑 잘려나가고
> 훨씬 밝아진 인생의 3부를 보고 있어
> 나는 드디어 꼬리 치며 웃기 시작했다
>
> ― 이근화, 「나는 내 인생이 마음에 들어」 부분

완전히 부숴버렸다면, 아니 흔히 하는 말처럼 '해체'했다면, 시에 그 자취가 선명하게 남겨질 리 없다. 그러므로 '헐기'와 '짓기'는 서로 맞물려 있다고 말하는 게 옳다. 여기서 '헐기'의 순간은 시인이 개별

화를 획득해내는 과정이고, 그 위에서 다시 짓는 행위는 시의 특수성이 확보되는 경로이다. '젊은 시인들은 해체한다'는 그들은 '헐고 다시 짓는다'로 바뀌어야 한다.

분열된 주체? 주체는 오로지 주체화의 과정일 뿐이다. 개념이 개념이 아닌 것처럼 주체도 주체는 아니다. 시간과 공간을 초월한, 개념이나 주체는 존재하지 않는다. 인식의 변화에 구속받기에, 개념은 결국 '개념화conceptualisation'에 다름 아니며, 주체 역시 주체화subjectivation, 즉 우리가 주체라고 부르는 것이 되어가는 그 과정, 그 이상 이하도 아니기 때문이다. 이렇게 개념은 타자의 개념이라는 '거울'에 비추어 오로지 제 '개념다움'을 끌어안게 될 뿐이며, 주체 역시 자기동일성을 부정하는 차이라는 거울에 비추어 제 특성을 확보하게 되는 일련의 과정일 뿐이다. 구체적인 실체substance를 갖는 게 아니라, 인식론적 투쟁의 자장 속에서 잠시 고정되었다 이내 미끄러지는 '현재적 운동'이 바로 개념이자 주체인 것이다.

고로 분열된 주체는 없다. 분열된 주체는 '이미' 주체화를 말할 수밖에 없기 때문이다. 시에서 주체를 말할 때, 차이를 빚어내는 특수성을 염두에 둘 뿐 대상(오브제)이나 실체를 구체적으로 지칭하거나 불러내는 것은 아니기 때문이다. 따라서 해체된 주체, 분열된 주체라는 말은, 어떤 텍스트가 주체화되는 과정, 혹은 그 결과를 지칭하는 것과 다름없다고 봐야 한다.

이렇게 주체(화)는 예측 불가능한 역사 속의 돌발적 사건들을 어떻게 시가 차이의 경험처럼 연동시키는지, 지탱할 수 없을 정도의 강렬함을 어떻게 시가 담아내고 있는지, 그 과정을 지켜보아야 할 임무를 남겨놓을 뿐이다. 젊은 시인들이 정박하고 있는 거점은, 분열과 해체에 기저를 둔 즐김이나 쾌락, 재미의 나라 앨리스가 아니라, 바로 이 주체화의 과정 속에서 내가 나를 지켜내는 방식으로서의 시적 어드벤처의 세계이다. 내가 그간 세계와 접속해왔던 방식을 부수고서 다시 짓는 행위가 바로 시와 시의 활동 공간을 주체성이 최대한 적재된 특수한 지점으로 탈바꿈시킨다. 독자가 침투하는 공간도 바로 이곳이다. 왜냐하면 젊은 시인들이 고려하지 않는다고 입버릇처럼 말하는 '독자의 보편적 상상력'도 따지고 보면 실제로는 존재하지 않는 개념이기 때문이다. 고정된 독자는 없다. 단지 독자가 되는 방식, 독자가 되어가는 과정과 여기에 필요한 노력이 있을 뿐이다.

5. 새로운 독서와 새로운 독자를 요구하는 시들

1984년 김현이 『젊은 시인들의 상상세계』를 출간했을 때, 그 뛰어난 감각이 시단을 풍성하게 해주기도 했지만 젊은 시인들, 당시의 시적 운용이나 상투적인 정서에서 한껏 벗어나 그야말로 또 다른 시원을 거친 언어로 바라보았던, 그러나 한편 그랬기에 불편하게 비쳐질 수밖에 없었던 시인들의 작품을 호기심과 인내로 읽어내고 격려했다는 사실을 우리는 잊지 말아야 한다. 비난을 퍼붓는 대신 누가 이들의 작품을 읽어내고, 그 안으로 침투하는지 지켜보아야 한다. 아니 누가 끝까지 그들의 글을 붙잡고 있는지 보아야 한다. 쉬움이나 어려움, 소통의 불가능이나 원활함이 문제의 중심을 차지하는 건 결코 아니다. 전통과의 연속성 문제, 주체의 분열과 해체의 문제도 아니다. 오로지 읽어내어야 하는 과제, 그 임무, 인식의 지평이 어떻게 열리고 닫히는지, 어떻게 타자가 내 안의 정체성과 함께 제 모습을 빚어내고, 그 과정에서 자기동일성의 견고한 성곽을 허물어버리는지, 예술을 둘러싸고 어떻게 권위적인 담론들이 형성되며 또 어떻게 그걸 제거해나가는지, 예술작품이 왜 요약될 수 없으며, 보려고 하지 않고, 들으려고 하지 않는, 소소하다고 여기는 것들에서 작은 사건들을 만들어내는지를 따져 물어야 한다.

 "외국 문학 전공자가 본 한국시의 문제"는, 잘라 말하면, 없다. 읽을거리가 많아진다는 문제가, 난해하고도 다양한 방식의 독서행위가 여기에 포개진다는 문제가 주어질 뿐이다. 논쟁에 기대어 권위를 행사하려는 주장들이 오히려 문제의 진원지인 것이다. 이들 시의 운용과 그 자리 됨, 그 가치를, 속속들이 출간되고 있는 시집, 새파란 시집, 젊은 시인들의 손에서 빠져나와 독자로 향하는 그 작품들에서 찾아내야만 한다. 그 주체 됨, 그 개별화의 과정 전반에 귀 기울여야만 한다. 새로운 독자를 상정해온 젊은 시인들은, 지금, 새로운 독자를 요청해야만 하는 지점에 와 있다.

정치적 사유와 그 행위로서의 시
— 왜, 시, 그리고 비평은 필연적으로 정치적인가?

> 문학에서 역사성과 가치를 사유하는 것은 특히 시
> 학에 의거해 '주체-형식'을 사유하는 것이다. 이
> '주체-형식'을 사유하는 것은 언어활동을 삶의 형식
> 으로 사유하는 것이며, 사회적 · 정치적 주체를 사
> 유하는 것이다.   — 앙리 메쇼닉[1]

1. 시의 위험성

제 말을 비틂으로써 시의 위험성을 경고와 패러디, 통보와 유머의
형식으로 덩달아 비틀어댄 황지우는 시에서 정치성을 고민하는 게 어
떻게 가능한지, 시인이라면 무릇 무언가를 걸고 제 작품을 써나간다
는, 일견 평범해 보이는 사실을, 그러나 엉뚱하게도 사이비 교재에서
나 등장할 법한 질문들로 천연덕스레 제시하여, 정치적 대항마를 애
써 고민하던 1980년대의 시단에 새로운 흐름을 불어넣은 바 있다. 작
품의 부분이다.

나는, 시를, 당대에 대한, 당대를 위한, 당대의 유언으로 쓴다.
上記 진술은 너무 오만하다( )

---

1) H. Meschonnic, *Politique du rythme, politique du sujet,* Verdier, 1995, p. 21.

위풍당당하다( )

위험천만하다( )

천진난만하다( )

독자들은 ( )에 ○표를 쳐주십시오.

그러나 나는 위험스러운가( )

얼마나 위험스러운가( )

과연 위험스러운가( )에 ?표 !표를 분간 못 하겠습니다.

— 황지우, 「도대체 시란 무엇인가」 부분

"말할 수 없음으로 양식을 파괴하는, 아니 파괴를 양식화"(김현)한다는 저 유명한 말마따나 이 시는 유머를 잔뜩 실은 형식적 파괴를 통해 특유의 풍자와 역설을 조장하는 것 같아 보여도, 그러나 무게는 정작 쉼표에 맞추어 부분과 부분을 멈춰 읽을 것을 주문한 첫 줄과 어법의 반전을 빌미로 오히려 절박하다는 느낌마저 자아내는 마지막 세 줄의 "위험스러운가"에 놓여 있다. 그런데 황지우의 물음이 기실 가짜인 것은 시에서 답의 항목으로 제시되어 있는 모든 문장이 그 답일 수 있기 때문이기도 하겠지만, "위험"이 제 앞의 접속사나 부사에 맞추어 변주되면서 오히려 절박한 어투로 시와 시인의 '위험성'을 경고하는 데 시가 온전히 헌정되고 있다는 사실이 금세 드러나버리기 때문이다. 그 어떤 시인이라도 "당대의 유언"을 기록하는, 바로 그런 마음으로 제 글을 써나간다는 사실, 이때 시인의 이 결연한 마음이 바로 시에 위험성을 결부시키고 만다는 역설적인 주문은 시가 왜 근본적으로 정치적 행위이자 정치적 사유인지를, 주제의 그 무거움을 덜어내려는 어투로 짚어보려는 의도에서 비롯된 것과 다름없는 것이다.

시가 위험하며, 위험을 조장하는 사람이 바로 시인인 까닭은, 시가 단단한 현실의 그 틈입을 파고들거나, 매 순간 그럴 여지를, 사뭇 평범해 보이는 삶에서 만들어낼 준비에 착수하고 있기 때문이라고 미리 말해두어야겠다. 그러고 보면 시는 '사이〔間〕'를 논할 때 오로지 정치적이다. 애당초에 시와 시인은 이 갑옷처럼 견고해 보이는 현실의 벌어진 틈을 주시할 '위험성' 때문에 공화국에서 추방될 위기에 봉착하지 않았던가? 시인은 왜 쫓겨날 운명에 처하는가? 시의 정치성이 불꽃처럼 번져간, 그 출발을 말해야 한다.

2. 오로지 언어를 구사한다는 이유에서만
인간은 정치적인 동물이다

시인은 가장 위험한 사람이었기 때문에 자기가 살던 곳에서 쫓겨났다. 정치 공동체에서 가장 위험한 사람이었다는 것은 역설적으로 그가 가장 정치적인 사람이었다는 말과 동의어를 이룬다. 합리와 이성으로 무장한 철학자, 도달해야 할 이상향으로 법률의 인간을 제시한 저 철인정치의 수호자의 눈에 비친 가장 위험한 존재, 그들이 바로 시인이었다. 그렇다면 왜 시인은 이렇게 위험한가? 그들이 읊조리는 말이 "연민과 공포"를 조장하기 때문이라는 플라톤의 설명이 에둘러 끌어댄 핑계이자 궁핍한 변명이었던 것은 플라톤의 속내에 철인정치, 합리와 법률을 근간으로 성립하는 현실정치를 반박하고, 그 허점이나 약점을 들추어내어 현실정치만으로는 성취해낼 수 없는 무언가를 공화국의 시민들에게 제시하는 일을 수행할 잠재력을 시인이 지니고 있을 것이라는 생각이 자리하기 때문이다. 범박하게 가정하여, 빗대자면, 이런 거다.

내가 만약 정치인이라면— 이왕에 최고 권력자라도 된다면— 초빙을 빙자하여 당장에 시인들을 사저로 불러들여 이들을 매수하는 일에 상당한 시간과 돈을 투자할 것이다. 어쨌든 그들은 직관에 의존해서나마 내 허점을 파악하고, 내가 결여하고 있는 무언가를 꿰뚫어볼 혜안을 갖고 있으며, 내가 예상하지 못한 사유와 그 특유의 말로 내 정책과 그 근간을 근본적으로 뒤흔들거나 부정하고, 내 논리와 사상의 약한 고리를 파고들어 해코지 해댈 가능성이 가장 농후한, 몹시 위험한 자들이니까!

그렇다면 대체 이들이 구사하는 말이 어떻기에? 여기서 아리스토텔레스가 인간을 '정치적 동물'이라고, 인간의 정치적 성격을 말하는 예의 그 대목을 좀더 들어보아야 할 필요성이 생겨난다. 아리스토텔레스의 지적이다.

인간은 벌이나 기타 군생동물보다도 더 정치적 동물이라는 것이 분명하다. 왜냐하면 자연은 우리가 자주 말하듯이, 무엇이 되었건 쓸데없이 창조하지는 않으며, 인간만이 동물들 중에서 유일하게 언어를 갖고 있기 때문이다.[2]

'정치적인 동물'이라는 흔하디흔해 빠진 구절 바로 다음에 따라붙

---

2) Aristotelis, *Politica*, Oxford Classical Texts, 1988, 1253 a 7-10.

은, 언어능력에 대한 지적은 동물과의 차이를 담보해주는 유일한 기준이 인간의 언어활동이며, 비로소 이때 인간은 정치적일 수 있다는 뜻을 담고 있기에 진부하다고 할 수만은 없을 어떤 해석을 아리스토텔레스의 사유에서 짚어낼 여지를 낳는다. 서양의 문학 전통에 비추어 오랫동안 자명한 구분의 틀 속에서 유지되어온, 예를 들어 윤리학, 정치학, 수사학, 시학 사이를 가로막는 장벽은 그러나 그것을 최초로 고안해낸 아리스토텔레스의 사유에서는 서로가 맞물려 있는 것이었으며, 오로지 서로 맞물린 그 상태에서, 상호간의 의존 속에서 작동할 수밖에 없는 성격을 지니고 있었다는 사실을 우리는 이 인용문에서 끌어내어야 한다. 이렇게 아리스토텔레스가 '언어활동에 의한 행동'을 '수사학 *Rhêtoriké*'으로, '문학(특히 비극)의 특성과 그 구성에 관한 연구'를 '시학'(*Perì poiêtikês autês*, '시학 그 자체에 관하여') 으로 제시했을 때, 이 둘은 필연적으로 정치적이며 윤리적인 행위일 수밖에 없는데, 그건 바로 이 두 학문이 전적으로 언어행위와 결부되어 있는 인간의 포괄적인 활동을 말하고 있기 때문이다. 그리고 이때 플라톤이 공화국에서 시인을 추방하려고 했던 저 이유도, 오로지 합리와 이성, 법률과 철학이 다스리는 철인 공화국의 정치적 입장에 비추어 가장 위험한 존재로 시인을 분류한다는 가정하에 성립할 뿐이며, 또한 여기서 말하는 위험성이란 다름 아닌, **시인이 구사하는 그 말의 위험성, 그 말의 재현의 위험성, 즉 그 말에 적재되어 있는 '최대치의 주관성'의 바로 그 위험성을 의미한다**는 해석이 들어서는 것이다.

"매번 최고로 여겨지는 이성과 법률 대신 쾌락과 슬픔"[3]만을 정치 공동체 안에 정착시킬 혐의가 있는 "재현의 성격을 지닌 모든 종류의 시"[4]의 추방은 오로지 '시인의 재현할 수 있는 능력'[5]을 공동체에서 추방해야만 하는 정치적 필요성에 따라 행해진 극단적인 조치였다. "말에 의해 생산되었음에 틀림없는 모든 것"[6]에 가장 주관적인 힘과 무한한 해석의 여지를 부여할 자들이 바로 시인이었기에, 공화국에서 시는 금지되어야 마땅한 무엇, 시인은 따라서 위험한 무언가를 내재한 사람으로 인식된 것이다. 시인의 바로 이 언어를 통해 삶과 사유를 '재현할 수 있는', 자칫 사소해 보이는 그 능력이 이데아의 철학을 근본적으로 부정하거나 아예 회복될 수 없을 만큼의 균열을 빚어내고, 결국에는 그 근간을 부정하는 기폭제가 될 치명적인 힘을 머금고 있다는 판단이 추방의 길 위로 시인이 쫓겨나는 근본적인 이유였던 것이다. 여기서 '재현'은 단순히 반복한다는 뜻이 아니라 주관적이고 이차적이며, 부가적으로 '다시-제시한다'는, 즉 '만듦poiesis'의 의미를 담고 있음은 물론이다.

이처럼 플라톤의 '이데아' 개념이 시인의 위상 폄하와 맞물린 현실 정치의 '이데올로기'라고 한다면, 이 이데올로기의 뒷면에는 필연적으로 시인의 위험성이 들러붙어 있을 수밖에 없다. 이 둘은 하나를 말하는 다른 두 면이자 마주 묶여 있는 한 덩어리인 것이다. 플라톤이 소크라테스의 입을 빌려 산문을 "이성의 언어"이자 지배의지를 관철시킬 의사소통의 근본적인 수단으로 인식할 때, 그 불온함 때문에

---

3) Platon, *La République(Du régime politique)*(traduit par P. Pacher), Gallimard, 1993, p. 513.
4) Platon, *ibid.*, p. 491.
5) 번역가에 따라서는 '모방'으로 번역될 수 있는 '재현'은 여기서 물론 '미메시스'를 지칭한다.
6) Aristote, *Poétique*(texte, traduction, notes par Roselyne Dupont-Roc et Jean Lallot), Seuil, 1980, p. 101.

공화국에서 쫓겨날 처지에 놓인 시인들을 위해 "시인이 아닌 사람들에게 산문으로 시를 변호"[7]할 기회를 주는 척, 짐짓 합리적인 절차를 가장해낼 때, 플라톤의 머릿속에는 분명 시의 위험성과 그 위험성의 정치적 성격에 대한 근본적인 인식이 자리하고 있었을 것이다.

시는(시인은), 익숙해져 있는 것이 익숙지 않은 것일 수도 있다는 환상을 우리에게 심어주고, 우리가 현재 옳다고 여기고 있는 것에 다른 판단이 존재할 수도 있다는 가능성을 제시하며, 우리의 머릿속에 굳은살처럼 들러붙어 있는 이데올로기의 자리는 시에서는 버림받은 미지의 자리가 될 수 있다는 사유를 촉발시킨다(키는 자이다). 예컨대 시는 사회에서 가장 첨예한 비판적 기능을 수행하는 정치적 사유이자 치명적인 행위인 것이다.

3. 누가 어떤 목소리로 말하는가?

시의 온전한 탈이념적 순수성을 가정하는 입장은 따라서 관념에 불과하다. 이념과 순수를 절분하여 이야기하던 시절에나, 그중 하나의 우위를 사뭇 진지한 어조로 다투었을 때조차, 아니 그 이후 '분석-전망주의'와 '역사-실천주의'의 이분법을 그 대안으로 내세웠을 때조차 그 초점은 대개 문학의 효과와 행동에 대한 촉성과 발향에 집중되었을 뿐, 문학과 시의 특성적 기반을 규명하려는 데 온전히 상재된 것은 아니었다. 아무리 비정치를 표방해도 시는 필연적으로, 근본적으로

---

7) Platon, *op. cit.*, p. 514.

정치적이다. 그러나 이 말에 오해는 말자. 함정은 오히려 시가 현실의 사건을 반영해야 한다는 정치적 앙가주망의 윤리로 환원될 수 없다고 말하는 데 놓여 있기조차 하다. 아니 적어도 이렇게 말해오면서 시의 한 경향과 그 당파성에 기꺼이 손을 들어주기도 했다는 데 논의의 아이러니가 자리한다.

순수한 서정이나 순수한 미학적 형식만을 지향하고 견지해내는 문학들은, 없다. 모든 것은 입장을 갖게 마련이며, 시와 예술 주위로 포진된 이러저러한 모토 자체가 이미 정치성을 지향하기 때문이다. 심지어 문학의 정치와는 전혀 상관이 없다고 할, 야콥슨의 저 유명한 예 "I like Ike"조차 유음중첩paranomase을 말하기에 앞서 아이젠하워의 정치적 슬로건이었지 않는가? 순수성과 서정성을 하나의 실체, 즉 추상적 진실이라고 여기고서, 아니 이것을 적극적으로 부르짖으며 두 눈을 질끈 감은 채 정치나 현실을 등지겠노라고 말해온 고상한 문인들의 글 역시 정치적이다. 인간의 역사와 현실, 계급, 이 모두를 초월하고자 하는 형이상학이나 종교적 계시, 순수 고갱이를 부르짖는 문학관이나 비평 역시도 그것이 처한 역사적 상황과 지적 패러다임의 순전한 결과물일 뿐이기 때문이다. 그것은 어떤 관계, 사회적 관계에 다름 아닌, 한 시대의 지적 관계를 헤아린 거기서 빚어진 결과물, 즉 그 소산에 불과하다는 말이다. 바꾸어 말하면 '비판적 노동자의 눈'을 말하는 문학도, 리얼리즘을 서둘러 촉구해온 문학에도 심지어 정치성과 정치비판의 능력이 결여되어 있을 수 있다. 목청껏 구호를 외칠 때 문학성의 자리가 좁아진다고 말해온 것은 따라서 일견 타당한 말이지만, 그럼에도 완결된 말은 아닌 것은, 이 틀 안으로 문학과 정치의 논의가 수렴되다 보면, 관계를 헤아려야 하는 작업이 이분법 안에 고정되어, 결국 매개가 아니라 통보와 경고가 들어선다는 말을 여기에 덧붙여야겠다.

역사에서, 자명한 진리의 명제는 있을지라도,[8] **문학과 예술에서 불변의 진리는 없다.** 역사에서 사회적 계급은 있을지라도 문학과 예술에서 항구적인 당파성은 없다. 당파성의 효과와 당파성의 본질은 동의어가 아니다. 민족이나 계급은 고수해야 할 최후의 보루도 아니다. 현실정치라고 둘러대며 흔히들 거들먹거리는 '사건'은 말하기 전에는 사건이 **아니며, 사건이 될 수도 없다. 사건은 실재하는 것이 아니라 말하는 방식 안에서 구성되고 해체되는 무엇일 뿐이기 때문이다.** 따라서 정치가들이 말하는 방식이 있으며, 학자가 말하는, 공학도가 말하는 방식이, 어린아이가 말하는 방식이 있다고 할 때, 진리도 사건도 바로 이 말의 방식과 그 절차에 따라 다양하게 현실에서 재현될 뿐이다. 각각이 상이한 이 수많은 목소리에 시인이 말하는 그것도 반드시 추가되어야만 한다. 현실정치와 무관하니 운운하며, 그것을 핑계로 시인의 목소리를 저버리지 말아야 한다는 말이다. 사실 시인이 말하는 방식이 가장 정치적이다. 당신은 어떻게 말하고, 어떻게 사건을 인식하며, 어떻게 현실정치에 접근하는가? 누가 말하는지, 말하는 주체에 대해 당신은 지금-여기에서 주시하고 있는가? 사건과 현실정치를 시인이 말하지 않는다고 여길 근거는 대체 무엇인가?

---

8) 예를 들면 수학이나 자연과학이 말하는 진리.

4. 사건은 발화되기 전에 사건이 아니다

　역사적으로 시인이 말하는 방식은 항상 체제에 대한 도전이자 의심이었고, 안전하다고 여겨진 모든 것을 다른 각도에서 재보는 행위와 결부되어 있으며, 하나의 논리로 일관되게 통합되어 주어와 동사, 목적어만을 바라볼 것을 주문하는 선동이나 생략을 방해하는 흐름을 만들어내면서, 예방적 기능을 수행하는 그 첨단에 서 있었다. 이원의 시다.

> 내 몸의 사방에 플러그가
> 빠져 나와 있다
> 탯줄 같은 그 플러그들을 매단 채
> 문을 열고 밖으로 나온다
> 비린 공기가
> 플러그 끝에 주렁주렁 매달려 있다
> 곳곳에서 사람들이
> 몸 밖에 플러그를 덜렁거리며 걸어간다
> 세계와의 불화가 에너지인 사람들
> 사이로 공기를 덧입은 돌들이
> 둥둥 떠 다닌다.　　　　　　　　　— 이원, 「거리에서」 전문

　이원이 "나는 클릭한다, 고로 존재한다"라고 데카르트를 빗대며 센스 있는 행보를 보여주었을 때, 또 그렇게 하면서 무시할 수 없을 속

도로 우리 주변에 하나씩 찾아들기 시작한, 인간이 고안해낸 디지털 시스템과 그것의 파장을 제 시의 주제로 삼았을 때, 그 행위와 그가 풀어놓은 말 자체가 이미 정치성을 담보한다는 것이다. 신문기사에서 말하는 컴퓨터에 관한 정보, 공학 전문가의 보고서와 이원의 시가 다루고 있는 그 세계는, 한편으로 당연한 말이 되겠지만, 근본적으로 상이하다. 역시나 당연한 말이 되겠지만, 신문기사는 정보를 전달하며, 전문가의 보고서는 그 특성을 설파하거나, 혹은 분석을 통해 그 기능과 사회적 효과에 우려를 표할 수 있겠다. 그렇다면 이원의 시는 대체 무엇을 하는가?

신문기사나 보고서에 담긴 것을 말하면서도, 그 내용이 내려놓은 세계에 대한 예측 불가능한 풍경을 고유한 말로 다시 주워섬기고, 정보나 보고서, 연구서가 미처 포착해내지 못하는 세계의 정치적 파장, 디지털의 미래를 시원하는 통찰력에 제 날카로운 직관을 뻗대고 있기에, **도래하지 못한 사건을 경험할 주관적인 시선을 현재의 지평에 끌어대 우리에게 제시하고 있다고 봐야 한다.**

그렇기에 시인은 이 작품이 발표된 1996년에 이미 대략 10년 후에 흔해질 거리의 풍경에 제 감정을 앞당겨 드리울 수 있는 힘을 보여줄 수 있었다. 길거리를 한번 나가보라! "곳곳에서 사람들이/ 몸 밖에 플러그를 덜렁거리며 걸어" 다니는 모습을 당신은 어디서나 보게 될 것이다. 아이폰도 등장한 마당에. 즉, 시에서는 선택이었던 것이 시를 쓰는 현실에서는 미래의 완성형으로 제시된다는 사실이 시가 위험하다고 말하는 근거가 되는 것이며, 여기서 이 위험은 시의 정치성과 다른 것이 아니다.

그리하여 미래를 불러낸 시간이 작품에서 이미 알레고리로 충전되고, 여기서 바로 "세계와의 불화가 에너지인" 시의 혁명적 정치성이, 아직 도래하지 않았지만 도래할 현실사회의 잔상을 우려의 시선으로 가동시키는 일에 착수한다. 작품이 삶 속으로 침투하는 그 과정에 물론 매개는 필수적이다. 이때 매개가, 말로 현실을 그려내는 그 순간의 변화와 변형, 그 뒤틀림과 스밈을 전제한다고 할 때, 이원의 시는 단순한 묘사나 정보를 잔뜩 담은 보고가 아니라 물질(플러그)을 직접 우리의 몸에다 꽂고, 이것으로도 성이 차지 않아 아직 열리지 않은 거리에서 언젠가 열릴 그 틈을 발견하고서 제 시선을 거기에 고정시켜, '나-지금-여기'의 연동작용으로서의 주관적인 관계를 세상에서 예견해내는 직관과 힘을 펼쳐 보인다. 그리하여 시인이 창출한 이 주관적인 관계는 추상의 제시도 아니고, 진리의 발현도 아니며, 무엇의 현현도 아닌, 고유한 언어활동을 통해 궁굴려지는 세계와의 특이한 관계를 생산해내는 사유의 한 지표를, 그 시간의 깊이와 파장을 궁리해보는 일에 가닿는 것이다.

5. 역사도 발화되기 전에 역사가 아니다

역사는 요약되지 않을 권리를 갖고 있다. 사실 우리가 역사라고 부르는 것은, 발터 벤야민이 언급한 것처럼 "동질적이고 비어 있는 시간 속에서 구성되는 대상이 아니라, 지금이라는 시간에 의해 메워지는 구조물"[9]일 뿐이기 때문이다. 그 순간과 지금이라는 시간에 가장 민

---

9) W. Benjamin, "Sur le concept d'histoire", in *Œuvres II*, Gallimard, 1990, p. 164.

감하게 반응하며, 그것을 통해 세계를 바라보고, 역사의 일원이 되어 갈 숨 가쁜 과정을 만들어내는 사람들이 바로 시인이다. 연대기적 시간과 출몰연도에 근거한 사건을 전제하는 '역사주의'로 환원되기에는 지나치게 시인이 불안정한 것, 예측 불가능한 것, 미지의 무엇을 향하는, 매 순간 새롭게 만들어지는 특수성의 연속적인 발현, 즉 '역사성'에 편승하기 때문이다.

이성중심주의, 합리주의, 현실정치, 사회학, 철학이 다가갈 수 없거나 다가가지 않는 영역을 시인은 주시하고, 이 영역에 보란 듯 도달할 때, 시는 여기서 제 고유의 정치성을 발현한다. 시는, 의심이 면제된 영역에 안착하여 이즘ism을 만들어내는 모든 주장과 바로 그 순간을 견디지 못하는 것이며, 모두 옳다고 하거나, 이것만이 진리라고 주장하는 단 하나의 잣대에 저항하고, 벗어나고자 끊임없이 시도한다. 시는 그렇게 함으로써 위험성을 직감하여 시인을 추방하려고 했던 서양 합리주의와 과학적 실증주의의 인식론적 기저, 즉 이성적 주체의 관철과 자기정체성의 항구적인 행사를 통해 일상과 감정, 비이성적으로 불렸던 모든 것을 인간의 내면에서 제거해나가려는 그 폭력적인 의지에 결연히 맞서고 과감히 대결한다.

자기동일성에서 미끄러지는 차이, 이 차이에서 빚어지는 새로운 관계, 이 관계의 새로운 가치를 역사의 실질적 구성물인 매 순간과 그 순간의 틈입 속에서 포착해낼 때, 이것은 이분법이라는 통념으로는 도저히 흉내 낼 수도, 담아낼 수도 없는 무엇이 된다. 오로지 시학과 시, 비평이 접근할 세계라고 한다면, 그 역시 시학-시-비평이 정치적인 까닭이다. 역시나 이원의 작품이다.

냉장고 앞에 섰다
속을 알 수 없는

1. 배후에서 어딘가로 줄이 이어지고 있다 과거와
   미래가 존재한다
2. 침묵을 비집고 가끔씩 윙윙 소리가 난다 현재가
   여기 있다
3. 완강한 몸 위에 늘 은밀한 불을 켜들고 있다 실
   존이 사실이다

역사 앞에 섰다
속을 알 수 없는
스스로 열지 않으면 열리지 않는

안으로부터 시간의 반죽이
썩어가고 있을 역사 앞에 섰다   —— 이원, 「냉장고 앞에서」 전문

이 시는 역사가 아니라 개별화된 어떤 순간의 역사, 즉 일상에 내
려앉은 사건과 역사가 시에서 어떻게 제 역할을 부여받는지, 어떻게
"지금이라는 시간에 의해" 고유한 사유의 창을 여는 구조물이 될 수
있는지, 환유를 통해 어떻게 역사의 알레고리를 시인이 만들어내는지
를 정치하게 보여준다. 사회적 · 현실적 사건을 말하지 않는 것처럼
보이지만, 시는 그것이 화사하게 내려앉아 편재하는, "윙윙 소리"를
내고 있는 그 공간으로 파고들어 거기에 녹아든 편린들을 뒤적거리고

매만지며, 비유의 고리를 만들어낸다. 이 고리들을 서로 연결하여 일상에서 그 세계를 그려낸 다음, 오히려 사물-현실-사건-사회-역사-정치를 잡아다 "시간의 반죽"처럼 그 안에 구겨 넣는 일에, 바로 이와 같은 역설적인 작업에 시는 몰두하는 것이다. 공화국에서 시인들이 그랬던 것처럼, 시인은 오히려 개별화된 방식으로 사회적 사건이나 현실정치 자체를 다시 궁리해낼 온갖 가능성에 시시각각 도전장을 내밀고 있는 것이다. 더욱이 그 역할이나 방식도 소소한 가치 안으로 매몰되고 마는 건 아니다. 다시 벤야민의 지적이다.

역사의 무대일 뿐 아니라 그 자신의 역사를 가진 모든 것에다 삶을 인정할 때, 오히려 삶의 개념은 온전히 평가될 수 있다.[10]

시 없는 정치는, 공동체 없는 공동체주의, 역사성 없는 역사주의, 현대성 없는 모더니즘일 뿐이다. 시가 뭘 하는데? 시가 위반하기 때문이라고? 충분한 대답은 아니다. 오히려 "그 자신의 역사를 가진 모든 것"을 시가 주시하기 때문이라고 말하는 것이 옳겠다. 그러니 여기에 그저 평범해 보이는 "냉장고"가 빠지란 법도 없다. 시는 "과거와 미래가 존재"하고 "현재가 여기 있"으며 "실존이 사실"인 "냉장고"를 (가) 이렇게 운동하게 하고/움직이게 하고(운동하고/움직이고), 그리하여 이분법, 일상과 역사 사이에 깊이 파인 이분법 자체에 금을 가게 한다. 이런 시도만으로도 이미 시는 정치적이며, 정치와 도식과 통념에 치명적인 적이 되고 만다. 이원의 시를 하나 더 불러낸다.

---

10) W. Benjamin, *ibid.*, p. 188.

태극기가 바람에 펄럭입니다

곧고 강한 수직의 깃대에 매어져 펄럭입니다

깃대의 자유가 태극기의 자유입니다

태극기 위로 시퍼런 하늘이 이어집니다

여전히 태극기가 바람에 펄럭입니다

이념은 시들어도 태극기는 펄럭입니다

태극기를 태극기이게 하는 것은

이념이 아니라 바람입니다

바람이 태극기의 현실입니다   —— 이원, 「태극기의 바람」 전문

 "태극기"를 인간(현실)의 가치로, "깃대"를 그것을 붙들어 매는 틀, 혹은 현실의 이데올로기라고 비틀어볼 때, 정치비판의 비유처럼 읽힐 수도 있겠지만,[11] 그러나 이 작품은 시가 성취해낸 현실정치에 대한 비판의 알레고리를 '역사가 요약되지 않을 권리'를 지니고 있다는 벤 야민의 가설만큼이나 훌륭히 지금-여기(왜냐하면 구체적인 사건에 귀속되지 않기에)에 서서 활용하고 있다고 보아야 한다. 결국 무언가에 붙들려 매어 있을지언정, 그 가치를 결정하고, 그 가치를 현실이라는 공간에 가뿐히 내려앉게 해주는 것, 그것의 가치를 사유해볼 가능성은, 여기저기에서 방향 없이 불어오는 "바람"인 것이며, 때문에 이 "바람"은 "하늘"을 희구하는 자유의 상징이자, 이 가치가 실현된 "현

---

11) 나는 왜, 태극기와 깃대에서 하필 박정희와 그 초상화가 걸려 있던 1970년대의 그 '국민'학교 교실을 생각하게 되는 걸까?

실"로 자리 잡는다. 이러한 두세 겹의 장치, 그 이면에 면면히 흐르는 것은 바로 정치성, 즉 정치와 정치적인 것에 대한 근본적인 사유이자 비판인 것이다.

6. 시는 어디서 적을 발견하고, 정치투쟁을 벌이는가?

시가 가닿고 있는 언어의 지평이 너무 난해하고도 드넓어, 판단의 근거를 상실하거나 그 꼭지를 튼 지점을 차분히 읽어낼 수 없는 그런 세계에서, 정치적 사건이나 그 갈등이 사건이나 갈등으로 읽히지 않는 것은 어찌 보면 너무나도 당연해 보인다. 그러나 그렇다고 사건이나 갈등이 없어져버리는 것도 아니다. 사건이나 갈등을 읽어내는 방식과 그 전략이 바뀌어야 하거나, 다른 방도를 고구해야 하는 임무가 시인이나 시를 마주한 비평가에게 주어질 뿐이라고 한다면, 이때 공히 비평이나 시는 추상화의 밑그림을 그리는 일을 포기하고 사건과 갈등의 내부로 침투해야만 하기 때문에, 필연적으로 정치적일 수밖에 없다. 시가 드넓은 세계, 세상의 구석구석에 언어의 촉수를 드리워 제 적(敵)을 캐묻는 일을 게을리하지 않는 것은, 시가 근본적으로 정치적인 사유와 행동이기 때문이다. 시가 저항하고 성토하고, 되물으려는 그 지점과 대상은 대개 다음과 같이 "이합(離合)하고 집산(集散)한다." [12]

---

12) 어쩐지 권혁웅의 시 「수상기(手相記) 2」에서 가져온 표현이더라니.

우리들의 적은 늠름하지 않다

우리들의 적은 커크 더글러스나 리처드 위드마크 모양으로 사나웁지
도 않다

그들은 조금도 사나운 악한이 아니다

그들은 선량하기까지도 하다

그들은 민주주의자를 가장하고

자기들이 양민이라고도 하고

자기들이 선량이라고도 하고

자기들이 회사원이라고도 하고

전차를 타고 자동차를 타고

요릿집엘 들어가고

술을 마시고 웃고 잡담하고

동정하고 진지한 얼굴을 하고

바쁘다고 서두르면서 일도 하고

원고도 쓰고 치부도 하고

시골에도 있고 해변가에도 있고

서울에도 있고 산보도 하고

영화관에도 가고

애교도 있다

그들은 말하자면 우리들의 곁에 있다

우리들의 전선은 눈에 보이지 않는다

그것이 우리들의 싸움을 이다지도 어려운 것으로 만든다

우리들의 전선은 당케르크도 노르망디도 연희고지도 아니다

정치적 사유와 그 행위로서의 시 467

우리들의 전선은 지도책 속에는 없다
그것은 우리들의 집안인 경우도 있고
우리들의 직장인 경우도 있고
우리들의 동리인 경우도 있지만……
보이지는 않는다

우리들의 싸움의 모습은 초토작전이나
「건 힐의 혈투」 모양으로 활발하지도 않고 보기 좋은 것도 아니다
그러나 우리들은 언제나 싸우고 있다
아침에도 낮에도 밤에도 밥을 먹을 때에도
거리를 걸을 때도 환담할 때도
장사를 할 때도 토목공사를 할 때도
여행을 할 때도 울 때도 웃을 때도
풋나물을 먹을 때도
시장에 가서 비린 생선냄새를 맡을 때도
배가 부를 때도 목이 마를 때도
연애를 할 때도 졸음이 올 때도 꿈속에서도
깨어나서도 또 깨어나서도 또 깨어나서도……
수업을 할 때도 퇴근시에도
사이렌소리에 시계를 맞출 때도 구두를 닦을 때도……
우리들의 싸움은 쉬지 않는다
                              — 김수영, 「하…… 그림자가 없다」 부분

정치가 모든 곳과 모든 것에 편재한다고 할 때, 시만큼 편재하는

이 세계의 그 마디마디와 구석구석에 촉수를 뻗치는 언어활동도 없
다. 시가 가장 첨예한 방식의 정치성을 보여준다고 말할 수 있는 이유
도 바로 여기서 주어진다. 아니 시인이 정치가보다 더 정치적인 까닭
은 세계의 구석과 틈을 훑으면서, 민주주의의 대의라고 할, 분배의 공
정성보다 오히려 그 크고 작음, 즉 그 특질과 가치를 염려하기 때문이
다. 정치가가 민주주의에 할당한 몫이 균일하다고 말할 때 세계는 균
일하게 할당된 몫으로만 개인에게 주어질 뿐이며, 평등의 이데올로기
를 상정할 때는 더구나 이 균등한 몫은 사회에서는 필연이 된다.

바로 여기서 균열이 생긴다. 실제 평등의 유토피아가 현실에서 존
재하지 않기 때문에 정치는 위선의 산물임을 부정할 수 없는 제 처지
를 탓해야 하겠지만, 그럼에도 균등을 포기하는 정치는 세상에서는
좀처럼 목격되지 않는다. 위기가 찾아올 때 반복된 클리셰처럼 민주
주의를 한 번 더 강조하면 그만이며, 그럼으로써 **정치는 실제로 정치
적인 것을 돌보지 않는다.** 그러나 시인은, 아예 균등한 분배를 상정하
지 않는다. 시인이 정치적인 것의 배분에서 불균형과 불평등과 부조
화를 목도하고, 그 지점을 파고들어 되레 배분의 가치가 중함을 역설
적으로 드러내고자 하는 까닭은 시인이 바로 이렇게 생각하고 있기
때문이다.

위로받아야 할 사람은 오히려 문밖에 있는 당신들이다. 당신들을 붙
들고 있는 고리를 나는 탐색해왔다. 그 고리의 끝에 달려 있는 대답 없
는 날들을 위하여 나는 이 지상의 가장 靜寂한 땅으로 입성한다.

— 황지우, 「입성한 날」 부분

거대 담론의 그늘에 가려진 것들을 거대 담론 밖으로 끄집어내어, 정치가 비켜나가는 것을 사회와 정치에, 정치적 방식으로 대면시키기 때문에 시인은 정치가보다 오히려 더 정치적이다. 이성적인 것, 법률적인 것의 정치적 민주주의가 시들어가는 저 자리에서 시인은 고통과 억울함을 호소하는 것들, 약자와 가려진 것들, 쓰레기가 되는 것들, 예컨대 현대성의 모든 징후를 거머쥐고서 저만의 민주주의를 펼쳐 보이는 것이다. 보들레르의 글이다.

현대성, 그것은 변하는 무엇, 달아나는 무엇, 우연적인 무엇으로서, 예술의 절반이며, 그 나머지 절반은 영원한 무엇, 불변의 무엇이다. 고대 화가들에게는 저마다의 현대성이 있었다. 이전의 시대로부터 우리에게 남아 있는 대부분의 훌륭한 초상화는 그들 시대의 의상을 입고 있다. 그들은 완벽한 조화를 이룬다. 왜냐하면 의상, 머리 모양, 심지어 동작이나 시선, 미소(각 시기는 각각의 용모, 시선, 미소를 지닌다)가 완벽한 생명력의 총체를 이루기 때문이다. 당신은 그 변모가 매우 빈번히 변해가고 달아나는 것을 경멸하거나 그것 없이 지낼 권리를 갖고 있지 않다. 그것을 없애버리는 순간 당신은 필시 원죄 앞에 선 유일한 여성의 아름다움 같은, 추상적이고 정의할 수 없는 아름다움의 공허함에 빠져들 것이다.[13]

여기서 방점은 분명 "그것 없이 지낼 권리를 갖고 있지 않다"고 말

---

13) Ch. Baudelaire, "Le peintre de la vie moderne", in *Œuvres complètes*, Gallimard, 1975, p. 691.

한 부분에 놓여 있다. "변하는 무엇"-"달아나는 무엇"-"우연적인 무엇"과 "영원한 무엇"-"불변의 무엇", 이 두 가지 측면의 상관성을 적극적으로 고려하고 검토할 때, 아니 전자가 오히려 후자의 도전이 될 때, 시는 정치적이다. 예컨대 진주가 묻혀 있을 것이라 짐작하여 꺼내고자 모래를 주먹에 한 줌 가득 그러쥔 정치가의 손가락 틈 사이로 빠져나오는 모래의 자락을 양손으로 되받으면서, 이 빠져나가는 것들의 굴곡과 주름, 그 흐름과 운동을 살펴 저 나름의 민주주의를, 애당초에 발견하고자 했던 진주의 주변부에서 개척해나가는 일을 시가 해내는 것이다. 황병승의 작품이다.

　　나는 비밀 같은 건 없다고 생각한다. 적어도 이 세상엔 말이다
　　그런데도 어른들은 저희들끼리 귓속말을 나누고 입을 다문다

　　난쟁이는 작은 녀석을 뜻하지만 그것은 몇 개의 숨은 의미를 가지고 있고
　　다락방, 낚시, 목이 긴 장화, 배지badge, 맞잡은 손, 외투, 구름, 가루 란 말들 역시
　　몇 개의 비밀을 가지고 있다
　　　　　　　　　　　　　　　── 황병승, 「눈보라 속을 날아서」(상) 부분

　　지워진 관계를 복원하고, "몇 개의 숨은 의미"와 잊혀진 모습을 되살려내는 시인의 노력은 정치가 포기했던 것을 '정치의 이름'으로 불러낸다는 것이 무엇을 의미하는지 잘 보여준다. 시가 노정한 길이란 결국 모든 것의 제자리를 모색하는 일을 마다하지 않는 그런 길이다.

"변하는 무엇"-"달아나는 무엇"-"우연적인 무엇"은 차라리 그 요약이 쉽지 않다고 해야 할 저 "다락방, 낚시, 목이 긴 장화, 배지badge, 맞잡은 손, 외투, 구름, 가루"처럼, 매우 현실적이고 구체적인 무엇이며, "영원한 무엇"-"불변의 무엇"이 "여섯시에 병들고 아홉시에 죽고 열두시에 다시 태어나는 굴레"(황병승, 「원볼낫싱」)처럼, 일견 당연하고 또 타당해 보이나, 제 주장으로 세상의 나머지 것들(이것이 중요하다!)을 모조리 취소해버릴 위험성을 지닌 무엇이라고 할 때, 황병승은 이 경계를 넘나들며 '잡종성'의 민주주의를 꿈꾼다. 이를 위해 아예 다른 편에 서서 세상을 보고, 한 걸음 나아가 세상을 저 있는 편으로 건너오게 하려고 황병승은 필시 기존의 세상과 치열한 싸움을 벌일 수밖에 없다.

나의 진짜는 뒤통순가 봐요
당신은 나의 뒤에서 보다 진실해지죠
당신을 더 많이 알고 싶은 나는
얼굴을 맨바닥에 갈아버리고
뒤로 걸을까 봐요

나의 또 다른 진짜는 항문이에요
그러나 당신은 나의 항문이 도무지 혐오스럽고
당신을 더 많이 알고 싶은 나는
입술을 뜯어버리고
아껴줘요, 하며 뻐끔뻐끔 항문으로 말할까 봐요

부끄러워요 저처럼 부끄러운 동물을

호주머니 속에 서랍 깊숙이

당신도 잔뜩 가지고 있지요   ── 황병승, 「커밍아웃」 부분

심지어 이 "뒤통수"와 "항문", "혐오스럽고" "부끄러워"하는 것은, 그럼에도 당신이나 나나 우리 모두의 기억과 경험의 어떤 층위에 보관되어 있는 것, 즉 열리면 또 열릴 "서랍" 안에서 우리의 호출을 기다리고 있는 무엇과도 같은 것이다. "서랍"을 열고서── "나는 지금부터 서랍에 관한 이야기를 꺼낼 것이다"(「이파리의 저녁식사」)──, 이것을 끄집어내고자 할 때, 그리하여 세상에 이것을 제시하고, 이것을 통해 세상을 읽으려고 할 때, 그 행위는 정치적이다. 비록 "당신은 이미 다 알고 있는 이야기여서 관심이 없거나 혹은 까맣게 잊고 있"는 것일지라도, 서랍을 여는 행위는 시의 민주주의가 최소한의 공정성을 확보하려는 노력을 포기하지 않는다는 사실에 역설적으로 맞닿아 있다. 이때 공정성이란 결국 정치의 공정성에서 기대할 수 없었던 것을 시가 (제 고유의) 세계 속에서 확립한다고 말할 때의 공정성을 의미하기 때문이다. 우리가 보지 않으려고 한 것들, 간과하고 거부하고 저주를 퍼붓고 불편해하는, 그러나 우리의 내면-사회-정치에서 비롯된 것과 다름없는, 그 풍경과 그 관계의 편에 서서, 억압의 위험성을 무위로 돌리고자 이에 맞서 투쟁하기 위해 시인은 세계와 나, 타자를 완전히 거꾸로 읽으려는 시도를 마다하지 않는 것이다.

열어라! 그리고 말하라! 지금 여기에다 그것을 호출하라! "타인의 이야기처럼 들릴"(「이파리의 저녁식사」), 좀처럼 말하지 않는 모든 것을 세상에서 말하고 말하게 하라! 상징을 고안하고 패러디를 동원하

며, "그것 없이 지낼 권리를 갖고 있지 않다"고 황병승이 이렇게 당당하게 우리에게 말할 때, 아니 이만큼 더 정치적인 행위가 또 어디 있을까? 시에서 정치성을 읽어낼 가능성은 세계의 구획이나 통보도, 이데올로기의 관철도 아닌, 바로 타자와 세상의 저 근본적인 관계, 즉 지금의 세계가 잊고 있거나 그저 낡은 서랍 속에 보존되어 있을지도 모를 관계 그 자체를 세상에다 특수한 방식으로 열어 보여 '재현'해내는 행위 안에서 실현되는 것이다.

7. 정치적인 것으로 시를 사유하기

현실정치에 시인들이 참여하는지의 여부, 시가 직접 그것을 다루고 있는지의 여부를 캐묻는 곳으로 문학과 정치의 논의가 수렴될 때, 문제는 사건과 역사가 어떻게 만들어지는지 그 과정을 묻지 않은 채, 사건이 만들어지는 절차에 기여하거나 그 과정에 참여하는, 한편으로 다양할 수도 있을 방식이 오로지 하나로 수렴되어버린다는 데 있다. 앙가주망을 말하지만 앙가주망의 방식과 그것의 표상, 그것에 접근할 다양한 경로가 현장과 곧바로 결부될 수 없다고 말할 수밖에 없는 것도 이 때문이다. 진부한 말이지만 정치투쟁은 누구나 하고 있는 것이며, 정치투쟁의 전선에 나섰다고 말하는 사람들이, 바로 그 말을 입에 담고 그것을 전면적인 사건으로 가장하여 내세울 때, 본의든 타의든, 이들이 경계와 확정, 도식과 통념 안으로 진입해버린다는 데 문제가 있다. 경계 안에서 바깥을 바라볼 권리가 그리하여 자신들에게 특권처럼 주어진다고 생각하는 바로 그 지점에서 시의 비정치성과 문학의 탈정치화가 제반의 고루한 논의들에 결부되어버리고 만다.

문학(시)은(는) 정치적이다, 는 따라서 지금 두 가지 지평을 바라본다. 첫째, 모든 문학(시)이(가) 정치적이라고 할 때, 여기서 문학(시)은(는) 현실정치를 말하는 것이 아니라는 논리, 둘째, 문학의 정치적 사건으로의 참여가 문학의 정치성을 지시하지는 않으며, 문학의 정치성 여부를 좌우할 수는 없다는 입장, 이 둘이 서로를 수긍하거나 부정해가며 어정쩡한 모습으로 포진해 있다. 이 난감한 두 가지 입장을 방어하거나 더러 반박하기 위해 정치성을 문학성에다 결부시키기 위해 동원되는 알리바이는 랑시에르와 바디우, 한 걸음 뒤에 레비나스와 들뢰즈, 한 걸음 더 물러나면 하이데거와 헤겔이며, 아니 그 기원을 묻자면 오히려 플라톤이 자리한다.

'시는 진리의 산출적 공정을 가동시키는가?' '사건에 대한 충실성이 새로운 진리를 도래하게 하는가?'(바디우), '문학은 세계의 감각적 분배를 파괴하고 다른 종류의 분배로 변환시킴으로써 삶의 새로운 형태를 발명하는가?'(랑시에르, 진은영), '시는 정치의식의 표층적인 발화를 넘어서서 시로써 갈 수 있는 심층의 정치에 닿는가?'(이장욱), '오늘날 시의 사회적·정치적 기능은 과연 존재하기는 하는가?'(신형철), '시가 본성상 실재하는 사물과 상관없는 이미지를 통해 탄생한다고 할 때, 시는 진리와 무슨 상관이 있단 말인가?'(서동욱). 반드시 두 가지 난감한 지평을 바라보며 빚어진 결과라고는 할 수는 없겠지만, 주관성의 최대 적재 장소로서의 시와 예술의 역사성과 정치성을 묻는 대신, 이런 물음들이 포진되었던 것은, 역시나 이 두 지평과 그다지 무관하지도 않다.[14) 거개가 합당한 고민이며, 제 사유의 기반에 충실한 문제의식을 보여주지만, **시의 위험성을 시인이 구사하는 말의**

주관성에서 궁리해내고자 던져진 물음들은 아니며, 시의 위험성과 시의 정치성을 사유하는 과정에서 시인의 말이 결부되는 순간의 역사와 그 시간을 헤아려 궁리된 것도 아니다.

　마디들을 다시 정리한다.

　시는 역사적이며 참여적이며 이데올로기적이며 정치적이다. 모든 시가 그렇다. 역사, 참여, 이데올로기, 정치에 어떤 색의 옷을 입히는지는 각자의 세계인식과 그 인식론적 전략, 그 언어적 접근에 놓여 있으며, 각각의 시가 주체화의 한 방편으로, 개별화의 한 접점으로, 특수성의 한 전략으로 새로운 사유를 고안해 선보일 때, 역사주의 대신에 역사성이, 모더니즘 대신에 현대성이, 리얼리즘 대신에 리얼리티가 얼굴을 내민다는 사실이 중요한 것이다. 언어, 주관이 적재된 언어를 고안해내는 일은 현실에 내재되어 있는 현실성을 포괄하며, 현대성과 역사성을 고안하는 장소로서 시를 상정하는 유일한 방식이기조차 하다.

　이러한 사실은 앙가주망과 시의 정치적 특성 사이의 이분법을 취하해내는 지점에 도달해서만 오로지 시가 승리를 거둔다는 사실도 알려준다. 세계를 바라보는, 재현하는 고유한 예술 방식의 하나로서 시가 특수성을 획득해낸다는 사실이 이미 시가 정치적이라는 점을 말해주는 것이다. 세계를 바라보는 관점의 고안, 개인에서 주체를 불러내는 장소, 가장 주관적인 언어가 적재된 곳이라는 시의 그 특성은 시가

---

14) 나는 이들의 논지가 대부분 타당하다고 생각하는 만큼이나 시의 특수한 언어활동을 오로지 기계적이거나 도구적인 무엇이라고 여기지 않았으면 하는 바람도 갖고 있다.

왜 개인과 사회, 말과 사물, 다수와 소수 등의 이분법을 붕괴하거나 이분법에 드리워진 통념을 무너뜨리고자 시도되는 감염의 경로, 즉 현대성의 징후가 되는지를 짐작하게 해주는 것이다.

역사성과 주체성, 정치성은 시의 세 가지 측면이지만, 따라서 하나의 작업에 토대를 둔다. 새로운 언어행위 이론을 고안하는 일은 사회와 정치에 대해 사유하는 근간이므로, 여기서 필연적이다. 주체를 고안하기, 이것이 바로 문제이자 관건인 것이다. 시가 비평인 것은 언어이론이 바로 비평이기 때문이며, 비평은 여기서 동일성에 기초한 절대성에 대항하거나 타자성의 절대성마저 의심하기에, 시와 필연적으로 한 짝을 이룬다. 오로지 이타성의 지평에서 내 동일성을 가늠해낼 때, 나는 개인에서 주체로 전이될 희망을 보게 되는 것이다.

문학이 언어의 알레고리라면, 현대성은 위대한 동시대의 사유들이 서로 만나고 헤어지고, 그 과정에서 투쟁하고 제 주장을 전개해나가는 접점이자 장소를 의미한다. 역사적으로 시는 여기서 늘 우위를 점하며, 점해왔다. 언어예술 중, 가장 과격한 방식으로 시는 사회와 정치의 개념이나 실천의 기재를, 그것의 작동 메커니즘을 근본적으로 인식하기 위해 일체의 이분법이나 기호의 논리, 진리의 철학이 적절치 않다고 이의를 제기해온 게토인 것이다.

8. 부기: 시가 정치적 사유와 행위인 스물일곱 가지 이유[15]

1. 세계에서 두 가지 이상의 관계를 상정하거나 그 가능성을 읽어낼

---

15) 일종의 선언처럼 읽히기를 희망하기에, 구체적인 텍스트를 저버린다. 피상적이라는 비

때, 거기서 '나-지금-여기'를 궁리할 때, 시는 에티카의 문제를 결부시키며, 언어의 특수성에서 출발하여 윤리를 되묻게 하는 지점에 도달할 때, 시는 정치적이다.

2. 합리성이나 이성중심주의가 포착하지 못하는 모든 것을 사유의 대상으로 승격시켜놓을 때, 시는 정치적이다. 문학과 예술에서 이성중심주의와 과학적 실증주의는 계몽의 시대가 만들어낸 가장 어두운, 최후의 발명품이다.

3. 사회가 간과하거나 사회적으로 간과되어온(예컨대 미디어에서 보도하지 않으며, 정치 담론에서 연구되지 않는 것들), 찌꺼기, 남루한 것, 비루한 것, 헛헛한 것으로 이루어진 세계를 돌보고, 거기서 일상으로 불리는 것의 고유하고 특수한 작동 체계를 발견해내어, 이것들에 제 고유의 논리를 만들어줄 때, 시는 정치적이다.

4. 역사적 사건으로 매듭지어지는 시기 구분과 거대 담론(요약하는 모든 것, 사건에 구속시킨 모든 것은 거대 담론이다)의 틈에서 빠져나와 있는 것, 이 둘이 포착하지 못하는 것을 포착해내어 역사의 순간에서 그 가치와 작동 기능을 살필 때, 역사가 오로지 순간의 역사라고 할 때, 또한 그것의 구조물이라고 여겨질 때, 시는 정치적이다.

5. 도식과 통념, 이데올로기에 대한 도전일 때, 시와 비평은 정치적이다. 도식과 통념, 이데올로기에 대한 도전이라는 말은, 그것들을

판을 듣게 되더라도, 정치성과 관련된 논의에서 빠져서는 안 될 것이라고 생각되는 지점들을 짚어보고, 그리하여 할 말은 또 해야 하는 것이므로.

일방적으로 거부하거나 위반한다는 의미가 아니라, 이것들이 비켜가거나 비켜서 있는 또 다른 논리를 궁리해낸다는 사실, 거부와 위반의 형식을 고안해내는 행위를 의미한다. 그 결과, 시는 오로지 *후차적으로* 도전이나 위반일 수도 있겠지만, 그 역의 논리는 가능하지 않다. 현실정치라고 부르는 것도 여기서 예외는 아니다. 현실정치나 사회적 사건의 직접적/간접적 반영이라는 기준이 그렇다고 시와 예술에서 통용되는 것은 아니다. 시와 예술은 현실정치를 오로지 간접적으로 비판할 뿐이라는 논리는 따라서 성립하지 않는다. 직접/간접 역시 편리한 이분법의 화신일 뿐이기 때문이다. 시에서 하나의 역사적인 사건을 직접 거론하고 비판했다고 해서, 그 사건이 역사 속에 담고 있는 제 가치나 혹 그 반대일 지배가 확정되는 것은 아니다.

6. 데카르트의 합리적 코기토에서 비롯된 '이원성'을 비판하고, 아름다움과 추함에 대한 시대의 고정관념과 헤겔식 사유의 카테고리에 이의를 제기하며, 내면성의 새로운 영역을 개척해나가기 때문에 시가 윤리의 고안이라고 할 때, 시는 정치적이다. 카테고리나 도식으로 환원되지 않는 무엇을 끄집어내기 때문에 시는 정치적이며, 결국 어떤 방식으로든 사회를 비판할 수밖에 없는 운명에 처한다. 여기서 사회를 비판한다고 하는 것은 사회의 질서를 유지하는 패러다임에 대한 근본적인 비판을 시가 이끌어낸다는 것을 의미하며, 우리가 자명한 것으로 받아들이고, 그 안에서 살고 있다는 생각을 갖게 하는 모든 현실에 대한 포괄적인 비판, 우월성을 획득한, 그리하여 자명한 무엇으로 인정받고 있는 모든 상태와 이데올로기에 비

판의 고리를 만들어낼 때, 시는 정치적이다.

7. 두 가지 패러다임 안에 정착되어 있는 온전한 모든 것, 예컨대 ① 언어학적으로 '시니피앙/시니피에' '형식/의미' '시-형식어/산문-일상어' ②인류학적으로 '육체/정신' '삶/언어활동' '자연/규범' ③철학적으로 '말/사물' '기원/협약' ④사회적으로 '개인/사회' ⑤정치적으로 '다수/소수' 등의, 자명하다고 주장하는(해온) 구분을 의심의 시선 속으로 '되'던져놓을 때, 시는 정치적이다. 이분법은 하나가 하나를 지배하거나, 하나가 하나에 종속되는 속성을 바탕으로 구동하면서, 자기동일성으로 타자의 정체성을 부정하거나 조종하려고 들며, 심지어 이것이 바로 이분법의 속성이기조차 하다. 타자의 존재를 부정하거나 아예 소멸시키려는 논리. 시는 이타성의 문제를 제기할 때, 이타성이야말로 자기정체성의 경로라는 사실을 납득하고 인식하고, 윤리로 인정할 때만 오로지 정치적이다.

8. 국가, 정체, 민족, 가족, 사회, 학교, 교회 등 대다수 추상적인 단위로 묶여 있는 구분과 이 단위들을 확정하는 경계선을 짓고, 이 단위들에서 교집합적인 무엇을 구축해나갈 때, 그리하여 교집합이라는 새로운 단위의 정당성을 고안하게끔 추동하는 제 고유의 논리를 만들어낼 때, 시는 정치적이다.

9. 정보의 매뉴얼이나 사상을 요약한 보고서가 담아내지 못한 것들, 그리하여 그것 이상의 무엇, 같은 재료에서 출발했으나 그것을 벗어나는 무엇, 그것에서 출발했으나 그것 이상의 무엇에 사유의 피안을 드리우며, 그것을 재료 삼아 그것 이상의 무엇을 추출해내고,

이렇게 추출해낸 무엇에서 그것의 맹점을 겨냥할 힘을 고안해낼
때, 그리하여 그것을 되짚어보고 거두어들이고, 그것만으로는 그
재료를 온전히 담을 수 없다는 사실을 드러내며, 그것이 불충분한
무엇이라고 상정하고(하게 조장하고) 또 직접 요구할 때, 시는 정
치적이다.

10. 성별, 국적, 출신 성분, 재산, 나이, 학력, 이외의 무엇으로, 개인
    이 사회에 서 있는 자리를 고안해내고 그 정당성을 부여하는 데
    성공할 때, 그리하여 개인이 타자와의 관계 속에 개별화된 주체로
    거듭나게 되는 길을 열고 또 닫아놓을 때, 시는 정치적이다.

11. 신성(神聖)의 이름으로, 고정불변의 진리의 이름으로, 이데올로
    기의 이름으로 우리를 구획하는 모든 행위에 훼방을 놓고 이의를
    제기할 때, 이 훼방의 논리를 언어의 특수성으로 빚어낼 때, 시는
    정치적이다.

12. 개인과 주체가, 역사와 역사성이, 도덕과 윤리가, 수사(修辭)와
    시학이, 원형prototype과 무정형amorphe이, 언어중심주의와 언
    어활동의 특수성이 서로 혼동되지 않을 때, 후자를 지향할 때, 시
    는 정치적이다.

13. 단순히 기호들이 모여 있는 장소(기호의 산술적인 총합)가 아니라,
    '언어요소들'을 조직하는 실질적인 힘과 조직의 특수한 논리를 전
    제하는 장소이자, 가장 주관적인 논리이며 주관성이 최대한 적재
    된 조직이라고 시를 전제할 때, 시는 정치적이다.

14. 시에서 알레고리는 필연적으로 정치적이다.

15. '선험적 *a priori*'이지 않으며, '후차적 *a posteriori*'인 경험과 실천으로 간주될 때, '카테고리화'나 '추상화'를 거부할 때, 미리 결정된 무엇을 확인하려고 들지 않을 때, 진리가 도래하는 장소가 아니라 역사성의 체험일 때, 그리하여 전통적 기법과 수사학에서 시적인 것의 추구(시학)로 전이될 힘을 고안해낼 때, 시는 정치적이다. 역사성은 역사주의와 동의어가 아니다. 역사성은 '연대기적 구분'이나 '구체적인 사건'을 의미하는 것이 아니라, '특수성의 사회적 측면'이자 "언어활동이 결부된 주체의 위상들과 이론적 지식 전반의 관건"16)을 의미한다. 따라서 역사와 언어활동은 각각 분리된 것은 아니다. 역사가 해체되고 다시 구성되는 것이야말로 오히려 언어활동 속에서이며, 이렇게 언어활동을 통해서 드러나게 되는 시대의 특수성이 바로 역사성을 의미한다. 시는 역사성을 담보할 때, 정치적이다.

16. 개인이라는 사회학적 개념과 주체의 시학적-정치적-윤리적 개념을 서로 혼동하지 말아야 한다. 이 둘을 혼동하게 될 때, 개인을 사회나 국가에 대립시키게 되는 원형과 기원이 탄생한다. 시가 언어활동과 연루된 무엇이라고 말할 때, 망각하지 말아야 하는 것은 언어학적이나 문법적인 카테고리로 환원된 시와 이것이 같은 말이 전혀 아니라는 점이다. 흔히 언어중심주의라고 말할 때, 시의 모

---

16) H. Meschonnic, *Critique du rythme, Anthropologie historique du langage*, Verdier, 1982, p. 307.

든 것을 문법과 언어의 문제로 환원하려는 태도를 가리키곤 한다. 그러나 언어활동이나 '디스쿠르'의 특수한 주체와 그것의 형성 경로의 연구에 시학이 전념한다는 사실은 이와는 완전히 다른 차원의 문제를 사회, 역사, 문학에 제기한다는 것을 뜻한다.

17. 옛것과 새것에서 이 양자가 빠져나갈, 미끄러질 통로를 발견할 때, 이 양자의 공백을 겨냥할 막다르고도 새로운 길을 고안해낼 때, 현대성modernité이 정치적인 바로 그만큼, 시는 정치적이다.

18. 움직일 때, 운동할 때, 운동하는 주관적인 힘을 세계에서 고안해 내고, 거듭 고안해내고자 할 때, 그것의 현재적 가치를 노정할 때, 시는 정치적이다. 뿌리나 기원보다는, 시는 현재적 가치를 얻어내는 것을 주 임무로 삼아 제 살을 찌우고, 하루하루를 살아간다. 시는 따라서 처음으로 끝나지 않는다. 그 최초의 장소에서, 저 시원에서, 바로 새로운 발치를 노정하기에 시는 과거를 담보하고 미래를 바라본다. 시에서 기원을 소급하면, 시의 현재가 소멸되고 붕괴된다. 시의 정치성은 시의 현재적 가치에 대한 물음에 다름 아니다.

19. 세계에 당도한 모든 것을 세계에 당도할 모든 것에 포개어 사유할 때, 근접과거에서 근접미래로, 현재에서 이 미끄러지는 힘을 만들어내는 '미끄러짐의 수행자'(오퍼레이터)의 자격으로 유동성과 불안정성을 간직할 때, 미래의 시점을 바라보며 그곳에다 과거와 현재를 중첩시켜놓아 징후와 진단, 예방을 암시해놓는 데 성공할 때, 시는 정치적이다. 특성을 나타내는 지점들을 상정할 때, 그런

후 그것이 고여서 과잉 상태에 빠지게 된 시점에 도달하기 바로
직전에 거기서 다시 벗어나고자 할 때, 그리하여 '지금-여기'의
어떤 상태를 관통하는 '특수성'을 만들어낼 때, 시는 정치적이다.

20. '실체' 대신에 '관계'를, '진리' 대신에 '가치'를, '기호' 대신에
'문장'(그것이 디스쿠르의 단위라는 벤베니스트Benveniste의 관점에
서)과 그 결속의 경로를 말하려고 할 때, '관계-가치-문장'의 연대
를 통해, 철학적 해석으로 축소되지 않는 지점과 기호학적 도식으
로 요약되지 않을 권리를 제 몸짓으로 창출해낼 때, 시는 정치적
이다.

21. 구획될 수 없는 것, 확정될 수 없는 것, 예측 불가능한 것, 실현
불가능한 것, 한 시대의, 국가의, 사회의, 집단의, 개인의 무의식
에 접근하고자 할 때, 시는 정치적이다.

22. 위기에 봉착할 줄 알 때, 그 위기의 접점들을 언어활동 속에서 빚
어내고 특수한 방식으로 펼쳐놓을 때, 시는 정치적이다.

23. '모방'에서 '매개'로 이행할 때(미메시스에서 '재현'을 불러올 때),
신-영혼-진리-이성의 패러다임에 예술을 종속시키는 형이상학에
서 "언어활동 속에서, 그리고 언어활동을 통하여"[17] 성립되는 구
체적이고 주관적인 실천으로 옮겨올 때, 언어활동을 통해 접근하
는 나와 타자, 인간과 세계와의 관계 사이에서 끊임없이 '의미를
만들어내면서signifiant' 제 가치와 활동의 동기를 모색해나갈 때,

---

17) E. Benveniste, *Problèmes du linguistique générale I*, Gallimard, 1976, p. 259.

시는 정치적이다.

24. 장르의 규범에 구속되지 않고, 독자의 보편적 상상력을 부정하면서 개별화와 주체화의 고리를 고안해낼 때, 그리하여 과학주의, 객관주의, 주지주의, 서정주의, 구조주의, 순수주의, 목가주의, 이미지주의, 실증주의, 역사주의, 현대주의, 추상주의, 계몽주의, 창조주의, 표현주의, 감각주의 등 그 모든 '이즘'을, 그것의 이데올로기를, 그것이 세계와 예술에다 내려놓은 권위와 전통을 거부할 때, 시는 정치적이다.

25. 삶을 소비하거나 소진하는 게 아니라, 삶에서 다름의 경험을 만들어내고, 삶에서 자기동일성으로 빚어낸 차이나 이데올로기를 부정하고 반박하는 데 소용될 때, 즉 삶을 영위하는 데vivre 소용될 때, 시는 정치적이다. 시-비평-윤리-정치 사이의 관계는 따라서 상호 의존적이다.

26. 시를 읽는 행위는 이미 정치적이다. 독자는 시를 읽을 때, 시에 편승할 때, 자신의 통념에 비추어 부각될 이해의 난관과 접점을 발견할 때, 그리하여 주관성의 체험을 길러낼 때, 이때 시는 정치적이다.

27. '시적(시의) 주체sujet du poème'는 정치적이다. 현실적으로 존재하는 "철학적 주체, 심리적 주체, 타자들을 인식하는 주체, 타자들을 지배하는 주체, 사물들을 인식하는 주체, 사물들을 지배하는 주체, 행복의 주체, 법의 주체, 역사의 주체, 랑그의 주체, 디스쿠르의 주체, 프로이트적 주체"[18]는 시를 만들어내는, 시의 활

동성과 내면성, 시에 내재된 힘을 설명하는 데 가닿지 못한다. 우리는 이것들이 포착해내지 못하는 내면성과 내재적 힘이 엄연히 존재하며, 그것을 '시적 주체'라고 부른다(부르기로 한다). 시적 주체는 열거된 이 주체들이 가닿을 수 없는 무언가를 노정하기에, 이 주체들 사이의 공백 지점을 파고드는 새로운 '주체-형식'이다. 이 '주체-형식'은 정치적이다.

18) H. Meschonnic, *Dans le bois de la langue*, Éditions Laurence Teper, 2008, pp. 40~41.